ବାଲିରାଜା

ବାଲିରାଜା

କାହ୍ନୁଚରଣ ମହାନ୍ତି

ବ୍ଲାକ୍ ଇଗଲ୍ ବୁକ୍ସ
ଭୁବନେଶ୍ୱର, ଓଡ଼ିଶା

BLACK EAGLE BOOKS
Dublin, USA

ବାଲିରାଜା / କାହ୍ନୁଚରଣ ମହାନ୍ତି

ବ୍ଲାକ୍ ଇଗଲ୍ ବୁକ୍ସ : ଭୁବନେଶ୍ୱର, ଓଡ଼ିଶା • ଡବ୍‌ଲିନ୍, ଯୁକ୍ତରାଷ୍ଟ୍ର ଆମେରିକା

BLACK EAGLE BOOKS

USA address:
7464 Wisdom Lane
Dublin, OH 43016

India address:
E/312, Trident Galaxy, Kalinga Nagar,
Bhubaneswar-751003, Odisha, India

E-mail: info@blackeaglebooks.org
Website: www.blackeaglebooks.org

First International Edition Published by
BLACK EAGLE BOOKS, 2023

BALIRAJA
by **Kanhu Charan Mohanty**

Cover & Interior Design: Ezy's Publication

ISBN- 978-1-64560-470-9 (Paperback)

Printed in the United States of America

ପଦେ ଅଧେ

ଆଜିକାର ଛିନ୍ନମସ୍ତା ଉତ୍କଳ ଜନନୀ କ'ଣ ସବୁଦିନେ ଏହିପରି ହତଶ୍ରୀ ହୋଇ ଦରିଦ୍ରା ଅପମାନିତା ହୋଇ ପଡ଼ିଥିଲା ? ତାହାର ଅଙ୍ଗ ଦୁର୍ବଳ ଏବଂ ଶକ୍ତିବିରହିତ ହୋଇଥିଲା ? ତାର ଗେହ୍ଲା ପୁଅମାନେ କ'ଣ ଚିରଦିନ ଦେଶ ବିଦେଶରେ କୁଲିଗିରି କରି ପେଟ ପୋଷୁଥିଲେ ? ନା ! ନିଷ୍ପେଷିତ ଉତ୍କଳୀର ଅତୀତ ଯେ କେଡ଼େ ଗୌରବମୟ, ଏ କଥା ତାମ୍ରଲିପ୍ତ (ତମଲୁକ)ର ଭୂଗର୍ଭ ନିହିତ ସ୍ମୃତି, କଳିଙ୍ଗପଲ୍ଲି (କଳିଙ୍ଗପଟମ୍) ଓ ଚିଲିକାର ଢେଉମାଳା ଅଦ୍ୟାବଧି ନୀରବ ଭାଷାରେ ଗାଉ ଗାଉ ଆତ୍ମହରା ହେଉଛନ୍ତି ।

ଉତ୍କଳୀ ସାଧବର ନୌବାଣିଜ୍ୟ କେବଳ ପ୍ରାଚ୍ୟ ଜଗତର ଦେଶମାନ—ସୁମାତ୍ରା, ଜାଭା, ବୋର୍ଣ୍ଣିଓ, ସେଲିବିସ୍, ଟିମୋର ଓ ବାଲିଦ୍ୱୀପମାନଙ୍କରେ ବ୍ୟାପୀ ନ ଥିଲା, ଏପରି କି ସୁଦୂର ପାରସ୍ୟ ଦେଶରେ ମଧ୍ୟ ନିଜର କାୟା ବିସ୍ତାର କରି ପାରିଥିଲା । ଉତ୍କଳୀ ଯେ କେବଳ ବାଣିଜ୍ୟ କରୁଥିଲା ତାହା ନୁହେଁ, ବାଣିଜ୍ୟ ସଙ୍ଗେ ସଙ୍ଗେ ଉପନିବେଶ ସ୍ଥାପନ କରି ଭାରତୀୟ ହିନ୍ଦୁ ସଭ୍ୟତା ଦେଶ ବିଦେଶରେ ସ୍ଥାପିତ କରିଥିଲା । ଆଜିକାଲି ସୁମାତ୍ରା, ଜାଭା ପ୍ରଭୃତି ଦ୍ୱୀପମାନଙ୍କରେ ସେହି ସଭ୍ୟତା ପ୍ରାୟ ଲୁପ୍ତ; ତଥାପି ସ୍ଥାନେ ସ୍ଥାନେ ହିନ୍ଦୁ ମନ୍ଦିରମାନଙ୍କର ଭଗ୍ନାବଶେଷ ଓ ହିନ୍ଦୁ ଦେବାଦେବୀମାନଙ୍କର ଭଗ୍ନମୂର୍ତ୍ତି ପରିଲକ୍ଷିତ ହୁଏ ।

କିନ୍ତୁ 'ବାଲିଦ୍ୱୀପ' ତା'ର ଗୌରବମୟ ଅତୀତ ହିନ୍ଦୁ ସଭ୍ୟତାର ବିଜୟ କେତନ ଅଦ୍ୟାପି ଧରି ଠିଆହୋଇଛି । ଏ ଦେଶରେ ଅଦ୍ୟାବଧି ବହୁସଂଖ୍ୟକ ନୈଷ୍ଠିକ ହିନ୍ଦୁ ବାସ କରୁଛନ୍ତି ଏବଂ ନିଜକୁ କ୍ଲିଙ୍ଗ୍ ବା କଳିଙ୍ଗ ଅଧିବାସୀ ବୋଲି ପରିଚୟ ଦେଉଛନ୍ତି ।

'ବାଲିରାଜା' ସେହି ଗୌରବମୟ ଅତୀତର ଗୋଟିଏ କାଳ୍ପନିକ କାହାଣୀ ସତ; କିନ୍ତୁ ଏହାର ସମସ୍ତ ଘଟଣା ଯେ ସମ୍ପୂର୍ଣ୍ଣ ଐତିହାସିକ-ଭିତ୍ତି-ବିରହିତ, ଏପରି ନୁହେଁ ।

ଏହି ଉପନ୍ୟାସଟି ଲେଖିବାକୁ ମୋର ପରମାରାଧ୍ୟ ଜ୍ୟେଷ୍ଠଭ୍ରାତା ଶ୍ରୀଯୁକ୍ତ ଗିରିଧାରୀ ମହାନ୍ତି ପଦେ ପଦେ ଉତ୍ସାହିତ କରି ଏବଂ ଅତୀତ ଉତ୍କଳର ଗୌରବ କାହାଣୀମାନଙ୍କର ସୂଚନା ଦେଇ ମୋତେ ଚିରପଦାନତ କରିଛନ୍ତି । ମୋର ଶ୍ରଦ୍ଧେୟ ବନ୍ଧୁ ଶ୍ରୀ ଦେବେନ୍ଦ୍ର କୁମାର ସି. ବି. ଏ. ସାଗ୍ରହରେ ବାଲିରାଜାର ପାଣ୍ଡୁଲିପି ପାଠ କରି ଏବଂ ସ୍ଥାନେ ସ୍ଥାନେ ପରିବର୍ତ୍ତନ କରି ମୋତେ କୃତଜ୍ଞତାପାଶରେ ଆବଦ୍ଧ କରିଅଛନ୍ତି ।

୧୫-୩-୩୧ **କାହ୍ନୁଚରଣ**

କଟକ

କଳିଙ୍ଗ ଉପକୂଳର ବାଲୁକାପ୍ରାନ୍ତର ମଧ୍ୟରେ ମାରବ୍ୟ ଏକ ମରୁ-ଦ୍ୱୀପ। ସ୍ଥାନଟି ଉର୍ବର। ସମୁଦ୍ରକୂଳରୁ ପ୍ରାୟ ଏକକ୍ରୋଶ ଛଡ଼ା। ଚତୁର୍ଦ୍ଦିଗରେ ଛୋଟ ଛୋଟ ବାଲିର ପାହାଡ଼। ପାହାଡ଼ ଉପରେ ଦଣ୍ଡାୟମାନ ହୋଇ ନିରୀକ୍ଷଣ କଲେ ଦିଗ୍‌ବଳୟର ମନୋମୋହନ ଦୃଶ୍ୟ ଦେଖାଯାଏ।

ପୂର୍ବଦିଗରେ ବାଲୁକାପ୍ରାନ୍ତର ପରେ ସୁନୀଳ ସାଗର ଏବଂ ସେହି ସାଗର ଓ ଅମ୍ବରର ସଂଗମସ୍ଥଳ ଭେଦ କରି ଦୂରରେ ବୃକ୍ଷଲତାଚ୍ଛାଦିତ ସୁନୀଳ ପର୍ବତର ଶୃଙ୍ଗ ଦେଖାଯାଏ। ପ୍ରାତଃକାଳରେ ଯେତେବେଳେ ସୂର୍ଯ୍ୟଦେବ ଧୀରେ ଧୀରେ ପର୍ବତଶୃଙ୍ଗର ପଛଆଡୁ ଉଙ୍କିମାରି ପଶ୍ଚିମଦିଗକୁ ଦୃଷ୍ଟିପାତ କରନ୍ତି ସେତେବେଳେ ମନେହୁଏ ସତେ ଯେପରି ସାଗର-ନାଗର ପ୍ରକୃତିର ସୌନ୍ଦର୍ଯ୍ୟରେ ଆତ୍ମହରା ହୋଇ ଶୃଙ୍ଗକର ବଢ଼ାଇ ପ୍ରକୃତିରାଣୀର କପାଳରେ ମଥାମଣି ପିନ୍ଧାଇ ଦେଉଛନ୍ତି ଏବଂ ଆନନ୍ଦରେ ନାଚି ନାଚି ଅଜଣାଭାଷାରେ ଅଜଣା ସଙ୍ଗୀତ ଗାଇ ଯାଉଛନ୍ତି !

ସେହି ଭୂଖଣ୍ଡର ମଧ୍ୟସ୍ଥିତ କ୍ଷୁଦ୍ର ପାହାଡ଼ଟି ନାନାଜାତୀୟ ବୃକ୍ଷଲତାରେ ପରିପୂର୍ଣ୍ଣ। ପାହାଡ଼ର ନିମ୍ନଦେଶରେ ପୁଷ୍କରିଣୀ। ଦିନେ ଏହି ଭୂଖଣ୍ଡରେ ଅନେକଗୁଡ଼ିଏ ଜନବସତି ଥିଲା। କାଳକ୍ରମେ ସମୁଦ୍ରର ଅତ୍ୟାଚାରରେ ସେ ସମସ୍ତ ଲୋପ ପାଇଛି। ଗ୍ରାମ ପରିବର୍ତ୍ତେ ବର୍ତ୍ତମାନ ଧୂସର ବାଲୁକା ରାଶି, ଗୃହପାଳିତ ପଶୁପକ୍ଷୀ ପରିବର୍ତ୍ତେ ବାଲିହରିଣର କ୍ରୀଡ଼ା ଓ ସାମୁଦ୍ରିକ ପକ୍ଷୀମାନଙ୍କର କାକଳୀରେ ଏହି ସ୍ଥାନ ମୁଖରିତ ହେଉଅଛି।

ବର୍ତ୍ତମାନ ଏହି ନିର୍ଜନ ମାରବ୍ୟଦ୍ୱୀପର ଅଧିବାସୀ ମାତ୍ର ଦୁଇଜଣ ମନୁଷ୍ୟ। ପାଦପ ଶୁଷ୍କ ଦେଖି ସବୁ ବିହଙ୍ଗ ଚାଲିଯାନ୍ତି ଅନ୍ୟବୃକ୍ଷ ଅନ୍ୱେଷଣ କରି, କିନ୍ତୁ କପୋତ କପୋତୀ ଅକୃତଜ୍ଞ ନୁହନ୍ତି। ଶୁଷ୍କବୃକ୍ଷର ଭାଗ୍ୟ ଆଦରି ସେମାନେ ପଡ଼ି ରହିଥାନ୍ତି। ସେହିପରି ଏ ଦୁଇପ୍ରାଣୀ। ଭୀଷଣ ସମୁଦ୍ର କାନ୍ତାରର ଭୀଷଣତା ଏମାନଙ୍କ ମନରେ

କେବେ ହେଲେ ଭୟ ସଂଚାର କରିନାହିଁ, ବରଂ ଆନନ୍ଦ-ପ୍ରୀତି ସଂଚାର କରିଛି। ଯେ ନିର୍ଜନ ସ୍ଥାନରେ ଚିରଦିନ ବାସକରି ଆସୁଛନ୍ତି ତାଙ୍କୁ ନିର୍ଜନତାର ଭୀତି କାହୁଁ ଜଣା ପଡ଼ିବ। ଆଜୀବନ ଦୁଃଖୀ ଯେ, ଦୁଃଖ ତା'ର ସୁଖ; ତଥା ସୁଖୀର ସୁଖ ଦୁଃଖ। ବାଇବେଲ ଅନୁଯାୟୀ ଇଡେନ୍ ଗାର୍ଡନରେ ଆଡାମ୍ ଏବଂ ଇଭ୍ ଏକାକୀ ବିଚରଣ କରି ଅପରିମିତ ସୁଖ ଅନୁଭବ କରୁଥିଲେ। ମାତ୍ର କଳିଙ୍ଗ ଉପକୂଳସ୍ଥ ଭଜନା ଓ ରୂପେଇଙ୍କର ଆନନ୍ଦ ସଙ୍ଗେ ସେମାନଙ୍କର ଆନନ୍ଦର ତୁଳନା କରାଯାଇପାରେ କି ନାହିଁ ଚିନ୍ତନୀୟ।

କଳିଙ୍ଗ ଉପକୂଳସ୍ଥ ବିସ୍ତୀର୍ଣ୍ଣ ବାଲୁକା ପ୍ରାନ୍ତର ତୁଳନାରେ ମାରବ୍ୟ ମରୁଦ୍ୱୀପର ଆୟତନ ନିତାନ୍ତ କମ୍। ତଥାପି ତା'ର ପ୍ରାକୃତିକ ସୌନ୍ଦର୍ଯ୍ୟ ଅତୁଳନୀୟ। ମଧ୍ୟସ୍ଥଳରେ ନାନାଦି ବୃକ୍ଷଲତା ଶୋଭିତ କ୍ଷୁଦ୍ର ପାହାଡ଼। ପାହାଡ଼ର ଶୀର୍ଷଦେଶରେ ବିଷ୍ଣୁ ମନ୍ଦିର। ମନ୍ଦିରର କାରୁକାର୍ଯ୍ୟ ସେ ସମୟର ଉତ୍କଳୀ ଶିଳ୍ପୀର ସିଦ୍ଧହସ୍ତ ଏବଂ ଉନ୍ନତ ମସ୍ତିଷ୍କର ପରିଚୟ ଦିଏ।

କାଳକ୍ରମେ ସ୍ଥାନଟି ଜନଶୂନ୍ୟ ହେବାରୁ ମନ୍ଦିରର ଯତ୍ନ ଏବଂ ବିଷ୍ଣୁ ମୂର୍ତ୍ତିର ସେବାରେ ବ୍ୟାଘାତ ଘଟିଲା। ତଥାପି ଯେଉଁ ସମୟର ଘଟଣା ଲେଖା ଯାଉଛି ସେ ସମୟରେ ଲୋକଙ୍କର ପ୍ରଧାନ ବିଶ୍ୱାସ ଥିଲା ଯେ ବାଲିଆ ବିଷ୍ଣୁଙ୍କ କୂପର ଜଳପାନ କଲେ ଅପୁତ୍ରକ ପୁତ୍ରଲାଭ କରେ। ଏହି ଗୋଟିଏ କାରଣରୁ ଦୂରବର୍ତ୍ତୀ ଗ୍ରାମମାନଙ୍କରୁ ସମୟ ସମୟରେ ଲୋକେ କଷ୍ଟ ସ୍ୱୀକାର କରି ଆସି କୂପର ଜଳ ନେଇ ଯାଇଥାନ୍ତି; ସଙ୍ଗେ ସଙ୍ଗେ ବାଲିଆ ବିଷ୍ଣୁଙ୍କର ସେବା ମଧ୍ୟ କରିଯାନ୍ତି। ଏହି କୂପଟି କିଏ କେଉଁ କାଳରେ ଖୋଳାଇ ଥିଲେ କହି ହେବ ନାହିଁ। ବାଲିଦ୍ୱୀପରୁ ମିଳିଥିବା ଭଜନାର ଦୈନିକଲିପି ପୋଥିରୁ ମଧ୍ୟ ଏହାର କୌଣସି ସମ୍ବାଦ ମିଳେ ନାହିଁ। ଯାହାହେଉ, କୂପଟି ସୁଗଭୀର। ବାରମାସ ସେଥିରେ ଜଳଥାଏ। ନିକଟରେ ସମୁଦ୍ର ଥାଇ ମଧ୍ୟ ଜଳ ସର୍ବଦା ସୁମିଷ୍ଟ। ରୂପେଇର ମତରେ ଏହା ବାଲିଆ ବିଷ୍ଣୁଙ୍କର ମହିମାର ଅନ୍ୟତମ ଉଦାହରଣ; କିନ୍ତୁ ଭଜନାର ମତିରେ କୂପର ଝର ନିକଟବର୍ତ୍ତୀ ସୁବର୍ଣ୍ଣରେଖା ନଦୀ ସଙ୍ଗେ ସଂଯୁକ୍ତ।

ପାହାଡ଼ଟିର ଚାରିପାଖେ ଛୋଟବଡ଼ ଅନେକଗୁଡ଼ିଏ ଗୁହା। ଏ ସମସ୍ତ ଶୃଗାଳଙ୍କର ଆଶ୍ରୟ ସ୍ଥଳ। ଯେତେବେଳେ ଆକାଶରେ ସୂର୍ଯ୍ୟ ନ ଥାନ୍ତି ସମୟାନୁବର୍ତ୍ତୀ ଭଜନାକୁ ସମୟ ଜାଣିବାରେ ଏହି ଶୃଗାଳମାନେ ସାହାଯ୍ୟ କରନ୍ତି। ତେଣୁ ଶୃଗାଳଗୁଡ଼ିଙ୍କର କଟୁରବ ଭଜନାର ମନରେ ଆନନ୍ଦ ଦେଇଥାଏ। ପ୍ରାପ୍ତ ବୟସରେ ମଧ୍ୟ ଭଜନା ସମୟ ସମୟରେ ଶୃଗାଳଙ୍କର ଡାକରେ ଯୋଗ ଦେଇ ଚିତ୍କାର କରି ଉଠେ, ହାମ ତୋ ରଜା, ଖଣ୍ଟ ପରଜା, ହୁକେ ହୁକେ ହୋ।

ପାହାଡ଼ର ନିମ୍ନଦେଶରେ ଭଜନାର କୁଟୀର। ସମ୍ମୁଖରେ ବୃହତ୍ କଦମ୍ବ ବୃକ୍ଷମୂଳରେ ବସି ଭଜନା ନିଜର ଦୈନିକ ଜୀବନୀ ଲେଖିଥାଏ। କୁଟୀରଟିର ଚତୁର୍ଦ୍ଦିଗରେ ଛୋଟ ଛୋଟ ବୁଦା। ଟିକିଏ ଦୂରକୁ ବୁଦିବୁଦିଆ ହୋଇ ଅନେକଗୁଡ଼ିଏ ଖରିବୁଦା ଚଅଁର କାଢ଼ି ବେଶ୍ ସୁନ୍ଦର ଦଶୁଥାଏ। ନିକଟରେ ପୁଷ୍କରିଣୀ। ଖରାଦିନେ ଏହି ଖରିବୁଦାଗୁଡ଼ିକ ଶୁଷ୍କହେଲେ ଭଜନା ତହିଁରେ ଅଗ୍ନି ସଂଯୋଗ କରେ। ଯେତେବେଳେ ଅଗ୍ନି ଶିଖା ଊର୍ଦ୍ଧ୍ୱକୁ ଉଠି ମାରବ୍ୟ ଦ୍ୱୀପଟିକୁ ଆଲୋକିତ କରେ, ଭଜନା ଆନନ୍ଦରେ ନାଚି ନାଚି ଚିତ୍କାର କରି ଉଠେ, ଅନଳ ନଳ, ଓଦା କଞ୍ଚା ସବୁ ଜଳ।

ରୂପେଇ ବିରକ୍ତ ହୋଇ କହେ, ଆହା କ'ଣ କରୁଛ? ବୁଦାଟିରେ ଅନେକଗୁଡ଼ିଏ ଛୋଟ ଛୋଟ ଜୀବଜନ୍ତୁ ଥିଲେ। ଭଗବାନଙ୍କର ସେହି ନିରୀହ ଜୀବଙ୍କ ଉପରେ ଏ ଘୋର ଅତ୍ୟାଚାର କରିବାର ଅଧିକାର କିଏ ଦେଲା ତୁମକୁ? ବୃଥାଟାରେ କ୍ଷଣିକ ଆନନ୍ଦ ନିମନ୍ତେ ଏତେ ପାପ କରିବାକୁ ଗଲ କାହିଁକି?

ଭଜନା ରୂପେଇ କଥା କାନରେ ପକାଏ ନାହିଁ। ହସି ହସି କହିପକାଏ, ରଖ ତମର ଭଗବାନଙ୍କୁ କାଞ୍ଜିପାଣି ହାଣ୍ଡିରେ। ମୋର ଏ ଆନନ୍ଦରେ ତମର କୌଣସି ଠାକୁର ବାଧା ଦେଇ ପାରିବେ ନାହିଁ।

ରୂପେଇ ମୁହଁ ମୋଡ଼ି ଅନ୍ୟତ୍ର ଚାଲିଯାଏ।

ଭଜନାର ଗୋଟିଏ ପ୍ରଧାନ ଗୁଣ, ସେ ଅନେକ ପ୍ରକାର ଜୀବଜନ୍ତୁଙ୍କର ସ୍ୱର ଅନୁକରଣ କରିପାରେ। ଯେତେବେଳେ ରୂପେଇ ବାଲିଆ ବିଷ୍ଣୁ ପୂଜାରେ ନିଯୁକ୍ତ ଥାଏ, ଆଖି ବୁଜି, ହାତ ଯୋଡ଼ି, ଭୁଟ୍ ଭୁଟ୍ ହୋଇ କ'ଣ କହୁଥାଏ, ଭଜନା ତାଳପତ୍ର ପୋଥିଖଣ୍ଡ କାଖରେ ଧରି ଲୁହାର ଲେଖନଟି କାନରେ ଖୋସି ଅଲକ୍ଷିତରେ ଆସି ରୂପେଇର ପଛଆଡ଼େ ଲୁଚି ରହି ବିକୃତ ସ୍ୱରରେ କୁକୁରକୁ ଅନୁକରଣ କରି ବୋବାଇ ଉଠେ। ରୂପେଇର ସ୍ନେହପାଳିତ ବିଲେଇଟି ଭୟରେ ମ୍ୟାଉଁ ମ୍ୟାଉଁ ହୋଇ ଠାକୁରଙ୍କ ପଛଆଡ଼େ ଲୁଚିଯାଏ। ରୂପେଇର ଧ୍ୟାନଭଙ୍ଗ ହୁଏ। ସେ ମୁହଁ ବୁଲାଇ ଚାହିଁ ଦିଏ ପଛକୁ। କେହି ନାହିଁ। ଭଜନା ଚାଲିଗଲାଣି।

ପ୍ରାତଃକାଳରୁ ଉଠି ରୂପେଇ ପ୍ରଥମରେ ସ୍ନାନକାର୍ଯ୍ୟ ଶେଷ କରି ବାଲିଆ ବିଷ୍ଣୁଙ୍କର ପୂଜା କରେ। ପୂଜା କରିବାରେ ପ୍ରାୟ ଦୁଇଘଡ଼ି କଟିଯାଏ। ପୋଷା ବିଲେଇଟି ବରାବର ତା ପଛେ ପଛେ ଗୋଡ଼ାଇ ଥାଏ। ରୂପେଇ ପୂଜା କରୁଥିବା ସମୟରେ ବିଲେଇଟି ମ୍ୟାଉଁ ମ୍ୟାଉଁ ଚିତ୍କାର କରି, ଲାଙ୍ଗୁଡ଼ ଟେକି, ବାହାରେ ଛୋଟ ଛୋଟ ଚଢ଼େଇ ଧରିବାରେ ନିଯୁକ୍ତ ଥାଏ। କେବେ କେବେ ମନ୍ଦିର ମଧ୍ୟରେ ପଶି ରୂପେଇର ପୂଜାରେ ବାଧା ଦିଏ।

ରୂପେଇ ଠାକୁରଙ୍କ ନିକଟରେ ଏତେ ସମୟ କ'ଣ ପ୍ରାର୍ଥନା କରେ ଭଜନା ତାର ଦୈନିକ ଜୀବନରେ ଲେଖି ଯାଇଛି। ଭଜନାର ମତରେ, ଦୀପ ରୁଖାତଳ ଅନ୍ଧାର। ଯେଉଁ କୂପର ଜଳ ଥରେ ପାନ କରି ସହସ୍ର ସହସ୍ର ନାରୀ ପୁତ୍ରଲାଭ କରୁଛନ୍ତି, ସେହି ଜଳରେ ପ୍ରତ୍ୟହ ସ୍ନାନ ଓ ସେହି ଜଳପାନ କରି ସୁଦ୍ଧା ରୂପେଇ ନିଃସନ୍ତାନ। ରୂପେଇ ପ୍ରତ୍ୟହ ସନ୍ତାନ କାମନା କରି ଠାକୁରଙ୍କୁ ଏତେ ଜଣାଏ। ଠାକୁରେ ଶୁଣନ୍ତି ନାହିଁ। ଭଜନା ଥଟ୍ଟା କରି କହିଥାଏ, ଗୋଟାଏ ପଥର ପାଖରେ ଏତେ ପ୍ରାର୍ଥନା କରିବାରେ କି ଲାଭ?

ରୂପେଇ ଏଥିରେ ରାଗିଯାଏ।

ରମଣୀର ମନ ଯେତେବେଳେ ଅପତ୍ୟ ସ୍ନେହର ପ୍ରଭାବରେ ନିତାନ୍ତ ଆକୁଳ ହୋଇପଡ଼େ ସେ ମନର ଗତିକୁ ଆଉ ସମ୍ଭାଳି ପାରେ ନାହିଁ। ମନ ଯଥେଚ୍ଛା ଗମନ କରି ଯାହାକୁ ପାରେ ତାକୁ ସନ୍ତାନ ରୂପେ ବରଣ କରେ। ସମସ୍ତ ଅପତ୍ୟ-ସ୍ନେହ ଇତର ପ୍ରାଣୀ ହେଉ ପଛେ ତାହାରିଠାରେ କେନ୍ଦ୍ରୀଭୂତ କରିଦିଏ। ମାତଜାତି ମାତୃତ୍ୱର ମାନ ବୁଝନ୍ତି। ତେଣୁ ଶୀଘ୍ର ମାତା ହେବାକୁ ଆକୁଳ ହୋଇ ପଡ଼ନ୍ତି। ରୂପେଇର ସମସ୍ତ ଅପତ୍ୟ ସ୍ନେହ ପୋଷା ବିଲେଇଠାରେ ପୁଞ୍ଜିଭୂତ। ପୂଜା ଶେଷ କରି ବିଲେଇଟିକୁ ଖାଇବାକୁ ଦିଏ। କେତେ ନଚାଏ, କେତେ ଗେହ୍ଲା କରେ। ପୁଷି ଲୋ ପୁଷି ଡାକି, ତାର ମୁଖରେ ମୁଖ ଲଗାଇ ଚୁମ୍ବନ କରେ।

ଆହା, ସେହି ଚୁମ୍ବନରେ ଉଭୟେ ଯେଉଁ ଆନନ୍ଦ ଉପଭୋଗ କରନ୍ତି, କହିବା ବାହୁଲ୍ୟ ଯେ, ପ୍ରକୃତ ମାନବର ସ୍ନେହଠାରୁ ତାହା ବଳି ପଡ଼େ। ଭଜନା ତାକୁ ରୂପେଇର ଅନୁରୋଧରେ ସ୍ୱର୍ଣ୍ଣଭୂମିରୁ ଆଣିଥିଲା।

ରୂପେଇ ପୂଜା ଶେଷ କରି ଘରକାମରେ ଲାଗିଯାଏ। ରନ୍ଧା ବଢ଼ା କରିବାରେ ତାକୁ କେହି କେବେ ହଟାଇ ଦେବ, ଏହା ସ୍ୱୀକାର କରିବାକୁ ଅନ୍ତତଃ ଭଜନା ଅମଙ୍ଗ। ସେ ଯଦି ଶୁଖିଲ ମାଛକୁ କଞ୍ଚା ପାଣିରେ ସିଝାଇଦେବ ତ ଭଜନାର ପାଟିକୁ ତାହା ଅମୃତ। ରନ୍ଧା ବଢ଼ା କାମ ଛଡ଼ା ଆହୁରି ତାର ଅନେକ କାମ ଥାଏ। ଭଜନା ଯେତେବେଳେ ସମୁଦ୍ର ପାର ହୋଇ ନିକଟସ୍ଥ କ୍ଷୁଦ୍ର ଖୁଣ୍ଟିଆ ଦ୍ୱୀପରେ ମାଛ ଧରୁଥାଏ, ରୂପେଇ ଏଣେ ସମୁଦ୍ର କୂଳରେ ଲୁଣ ପଟାଳିଗୁଡ଼ିକର ତତ୍ତ୍ୱ ନିଏ। କେବେ କେବେ ଶୁଖୁଆ ଗଦାରୁ ଶୁଖୁଆ କାଢ଼ି ଖରାରେ ରଖେ, ଅଥବା ଲୁଣ କିଆରିରୁ ଲୁଣ ବୋହି ନେଇ ଶୁଖୁଆ ଗଦାରେ ପକାଏ।

ଦିନେ ଦିନେ ରୂପେଇର ମନ ଏ ସବୁ କାମରେ ଲାଗେ ନାହିଁ। ସେଦିନ ସେ ଘରେ ବସି ଅରଟ ଖଣ୍ଡକରେ ସୂତା କାଟେ। ତାର ହାତକଟା ସୂତା ଏଡ଼େ ସରସ ହୁଏ

ଯେ, ଦୂର ଗ୍ରାମର ଲୋକେ ତାକୁ ଭାରି ପ୍ରଶଂସା କରନ୍ତି। ଲୋକେ କହନ୍ତି ରୂପେଇ ହାତକଟା ସୂତାରେ ବୁଣାହୋଇଥିବା ଦଶ ହାତି ଲୁଗା ଗୋଟିଏ ବେଲର କୁମ୍ଭି ମଧ୍ୟରେ ଅକ୍ଳେଶରେ ରଖାଯାଇ ପାରେ।

ରୂପେଇକୁ ମୋଟେ ତିରିଶବର୍ଷ। ଦେଖିବାକୁ ଖୁବ୍ ସୁନ୍ଦରୀ ନ ହେଲେ ମଧ୍ୟ ଅସୁନ୍ଦରୀ ନୁହେଁ। ଦୁନିଆରେ କ'ଣ କଳାଲୋକ ନାହାନ୍ତି ? ତେବେ, ରୂପେଇ କାଳୀ ହେଲା ବୋଲି ତାର ଦୋଷ ହେବ କାହିଁକି ? ତା ଦେହରେ କଳାରଙ୍ଗ ତ ଆଉ ସେ ନିଜେ ବୋଳି ନାହିଁ? ଠାକୁରେ ଯାହା କରିଛନ୍ତି କିଏ ଅନ୍ୟଥା କରିବ ତାକୁ ?

ସମୟ ସମୟରେ ଭଜନାର ରୂପେଇ ସଙ୍ଗେ କଜିଆ ଲାଗିଲେ ସ୍ନେହାଧିକ୍ୟରୁ ହେଉ ଅଥବା ରାଗିକରି ହେଉ ରୂପେଇର ଚେହେରା ଉପରେ ସେ କଟାକ୍ଷପାତ କରେ। କହେ, ତମର ରଙ୍ଗଟା ଜହ୍ନି ମଞ୍ଜିଠୁ ଧଳା, ନାକଟା ଚିନା ଲୋକଙ୍କ ନାକ ପରି ଗୋଜା, ଆଖି ଦିଟା କହରା କହରା, ଚିଲ ଆଖି ପରି।

ରୂପେଇ ବିଚରା ଚୁପ୍ ହୋଇଯାଏ। ଭଜନାର ଚେହେରାରେ ତ ଖୁଣିବାକୁ କିଛି ନାହିଁ, କହିବ କ'ଣ ? ଭଜନା ଦୀର୍ଘକାୟ ନୁହେଁ, କିନ୍ତୁ ଭାରି ବଳିଷ୍ଠ। ହାତରେ ସୁନାର ଖଡୁ। ବେକରେ ସୁନାର ହାର। ବେଶ୍, ଅଳଙ୍କାର ଭିତରେ ଏତିକି। ପରିଶ୍ରମୀ ଲୋକର ଦେହରେ ଅଳଙ୍କାର କେବଳ କାର୍ଯ୍ୟର ପ୍ରତିବନ୍ଧକ।

ଭଜନାକୁ ଦେଖିଲେ ଜଣାଯାଏ ସେ ଦୁର୍ବଳ; ମାତ୍ର ପ୍ରକୃତରେ ତାହା ନୁହେଁ। ଦେହର ପ୍ରତ୍ୟେକ ହାଡ଼ରେ ବଳ ପୂର୍ଣ୍ଣ ହୋଇ ରହିଛି। ଦେଖିବାକୁ ଗୋରା। ମୁଣ୍ଡରେ ଚୁଟି। ଗୋଖୁରା ଚଟି ପୁରାଣସଙ୍ଗତ; ଅନ୍ତତଃ ତାର ଥଟ୍ଟାକରି କହିବାନୁଯାୟୀ। ନିଶ ଦାଢ଼ିରେ ଆଜନ୍ମରୁ ଖୁର ବାଜି ନାହିଁ। ଅବଶ୍ୟ ଏଥି ନିମନ୍ତେ ଅନେକେ ତାକୁ ଥଟ୍ଟାକରି ଥାନ୍ତି, କିନ୍ତୁ ସେଥିରେ ଭଜନା ରାଗେ ନାହିଁ। ବରଂ ହସିଦେଇ କହେ, ଯାହାକୁ ଲାଜ ମାଡୁଛି, ସେ ମୁହଁ ବୁଲାଇ ଦେଉ।

ଭଜନା ଯେତେବେଳେ ମାଛ ଖାଳେଇଟି ବେକରେ ପକାଇ ନିକଟସ୍ଥ ଗ୍ରାମ ସୁନାହାଟ କିମ୍ବା ତନ୍ତିପଡ଼ାର ନାଣ୍ଡ ଗୋହିରି ଦେଇ ଚାଲି ଯାଉଥାଏ, ଲୋକେ ତାର ଚେହେରା ଦେଖି ଶଙ୍କି ଯାନ୍ତି। ରାଗ ରୋଷରେ କେହି ତାକୁ କେବେ ପଦେ ହେଲେ କହି ନାହିଁ। ଲୋକେ କହନ୍ତି, ଭଜନା ଭାରି ରାଗୀ। ସିଂହର ବଳ ତା ଦେହରେ। କିଏ ସାହସ କରିବ ତା ସଙ୍ଗେ ଖଜୁରେଇ ହେବାକୁ ? ପ୍ରକୃତରେ ଭଜନା ରାଗୀ ନୁହେଁ। କଥାଗୁଡ଼ାକ ଭାଉଁ ଭାଉଁ କରି ବଡ଼ ପାଟିରେ କହେ।

ମାମଲତ୍‌କାରପଣରେ ଭଜନାକୁ କେହି ହଟେଇ ଦେବ ଏମିତି ନୁହେଁ। ବାଛି ବାଛି ଗଛେଇ କଥାଗୁଡ଼ିକ ଏପରି ଭାବରେ କହିବ, କାଟିବାକୁ କାହାର ଯୁ ନାହିଁ।

ଦୂରଦୂରାନ୍ତ ଦଶଖଣ୍ଡି ଗାଁରେ ପଞ୍ଚାଏତ୍ ବସିଲେ ଆଗ ଭଜନାକୁ ଡାକ ପଡ଼େ। ଅବଶ୍ୟ ସେ ସବୁବେଳେ ଯାଏ ନାହିଁ, ଲୋକଟା ସମାଜର ବହୁ ଦୂରରେ ଜୀବନ କଟାଉଥିବାରୁ ଗହଳ ଚହଳ ସେତେ ଭଲ ପାଏ ନାହିଁ।

ଭଜନା ସନ୍ତରଣପଟୁ। ମାଛପରି ପାଣି ଉପରେ ସେ ଅନେକ ଦିନ ପର୍ଯ୍ୟନ୍ତ ପହଁରି ପାରେ। କଥାର ସତ୍ୟତା ଭଜନାର ଜୀବନୀରୁ ସ୍ପଷ୍ଟ ଜଣାଯାଏ। ବାଣିଜ୍ୟ କରିବାକୁ ଯାଇଥିବା ସମୟରେ ହଠାତ୍ ସମୁଦ୍ର ମଝିରେ ଥରେ ବୋଇତ ଭାଙ୍ଗି ଯାଇଥିଲା। ନାଉରିମାନେ କିଏ କୁଆଡ଼େ ଗଲେ। ମାତ୍ର ଭଜନା ସନ୍ତରଣ କରି ପାଞ୍ଚ ଦିନ ପରେ ଜାଭାଦ୍ୱୀପରେ ଲାଗିଲା। ସେ ସେଇଥର ଜୀବନ ମରଣ ସଂକଟ ସ୍ଥଳରୁ ଉଦ୍ଧାର ପାଇ ଦେଶକୁ ଫେରି ଆଉ କେଭେ ସମୁଦ୍ର ଯାତ୍ରା କରି ନାହିଁ। ସେ କହେ, ତା'ପରି ଜଗତରେ କେହି ସୁଖୀ ନାହିଁ। ଜୀବିକା ନିର୍ବାହ ନିମନ୍ତେ ଯାହା ଆବଶ୍ୟକ ସମସ୍ତ ସେ ଅଳ୍ପ ପରିଶ୍ରମରେ ପାଇପାରେ। ମନୁଷ୍ୟ ପେଟକୁ ମୁଠାଏ ଖାଇବାକୁ ଓ ଦେହକୁ ଖଣ୍ଡେ ପିନ୍ଧିବାକୁ ପାଇଲେ ଯଥେଷ୍ଟ ପାଇଲା। ଆଉ ତାର ଆବଶ୍ୟକ କ'ଣ ? ନିଜର ପରିଶ୍ରମ ତାକୁ ଏତକ ଦେବାକୁ ସମ୍ପୂର୍ଣ୍ଣ କ୍ଷମ। ତେବେ ବୃଥାଟାରେ କାହିଁକି ଜାଭା, ସୁମାତ୍ରା, ଆଫ୍ରିକା, ମାଡ଼ାଗାସ୍କର ପ୍ରଭୃତି ଦୂର ଦେଶକୁ ବଣିଜ ନେଇ ଯାଇ ଜୀବନଟାକୁ ସଂକଟାପନ୍ନ କରିବ ? ଜୀବନରୁ ବଳି ମୂଲ୍ୟବାନ୍ କ'ଣ ହୋଇପାରେ ?

ଭଜନା ପରର ଦୁଃଖ ଦେଖି ସମ୍ଭାଳି ହୋଇ ରହିପାରେ ନାହିଁ। ସବୁଦିନେ ସେ ଖାଳେଇକ ମାଛ ବିକ୍ରିକରି ତା ପରିବର୍ତ୍ତେ ଚାଉଳ, ଡାଲି, ତେଲ, ପ୍ରଭୃତି ନେଇ ଘରକୁ ଫେରେ। କେବେ କେବେ ଲୁଣ, ଶୁଖୁଆ ଅଥବା ରୂପେଇର ହାତକଟା ସୂତା ନିଏ। ଯେଉଁଦିନ ଆଗରେ କୌଣସି ରୋଗଗ୍ରସ୍ତ ଭିକ୍ଷୁକ ପଡ଼ିଯାଏ ସେଦିନ ସେ ମହାଆନନ୍ଦରେ ସେତକ ତା ଆଗରେ ଥୋଇ ହସି ହସି ଖାଲି ହାତରେ ଘରକୁ ଫେରେ।

ଭଜନା ଏପରି କରିବାଦ୍ୱାରା ମନରେ ତାର ଗର୍ବ ଏବଂ ଆନନ୍ଦ ଜାତ ହୁଏ। ସେଦିନ ସେ ତାର ଦୈନିକ ଲିପିରେ କେତେ କ'ଣ ଲେଖିଯାଏ। ଅବଶ୍ୟ ରୂପେଇ ଏପରି କାର୍ଯ୍ୟକୁ ପସନ୍ଦ କରେ ନାହିଁ। ସମୟ ସମୟରେ ମଧ୍ୟ କହିଥାଏ, ଘର କରି ଭବିଷ୍ୟତ ନିମନ୍ତେ କିଛି ସଞ୍ଚୟ କରିବା ଉଚିତ। ଆଜି ଦେହ ମୁଣ୍ଡ ଅଛି, କିଏ ଦେବ ତେତେବେଳକୁ ? ଭଜନା ଏ ସବୁ ଶୁଣିବା ଲୋକ ନୁହେଁ। ସେ କହେ ସଞ୍ଚୟ କରିବା ସ୍ତ୍ରୀଲୋକଙ୍କର କାମ। କୌଣସି ଉପାୟରେ ସେମାନେ ମନ୍ଦମୁହୂର୍ତ୍ତ ନିମନ୍ତେ ସଞ୍ଚୟ କରି ରଖିବେ ନିଶ୍ଚୟ। ଏ ବି ସତ କଥା। ବଖତବେଳେ ରୂପେଇ ଦିନେ କାହିଁକି ଦଶଦିନ ଚଳାଇ ନେଇଛି।

ଭଜନା ଭାବେ, ସେ ତାର କ୍ଷୁଦ୍ର ମରୁ ଦ୍ୱୀପର ଅଧିପତି। 'ଦେଖଇ ନେତ୍ର

ଯାହା ଚଉଦିଗର, ସେ ସର୍ବର ଅଟଇ ମୁଁ ଅଧୀଶ୍ୱର।' ଯେତେବେଳେ ସେ ସମୁଦ୍ର କୂଳରୁ ନୌକା ମେଲି ଏକାକୀ ନୀଳସମୁଦ୍ରର ତରଙ୍ଗ ଭେଦ କରି ଭାସି ଭାସି ଖୁଣ୍ଟିଆ ଦ୍ୱୀପ ଆଡ଼େ ଚାଲିଥାଏ, ମନଫୁଲାଣିଆ ସଙ୍ଗୀତ ଗାଇ ଗାଇ, ସ୍ୱର୍ଗର ଇନ୍ଦ୍ର ମଧ୍ୟ ତା'ର ଆନନ୍ଦ ଦେଖି ଈର୍ଷା କରୁଥିବେ। ଯେଉଁଦିନ ଭଜନାର ବିଶେଷ ଅନୁରୋଧରେ ରୂପେଇ ତା'ର ବିଲେଇଟି ସଙ୍ଗରେ ନେଇ ନୌକାରେ ଉଠେ, ଭଜନା ଆହୁରି ଆନନ୍ଦରେ ଛାତି ଫୁଲାଇ ଦ୍ୱିଗୁଣ ଉତ୍ସାହରେ ନୌକା ବାହିନିଏ ଖୁଣ୍ଟିଆ ଦ୍ୱୀପର ସୌନ୍ଦର୍ଯ୍ୟ ରୂପେଇକୁ ଦେଖାଇବାକୁ।

କେବେ କେବେ ରୂପେଇ ନୌକା ଖଣ୍ଡି ସମୁଦ୍ରରେ ବାହି ନେବାରେ ସ୍ୱାମୀକୁ ସାହାଯ୍ୟ କରିଥାଏ। ଯେଉଁଦିନ ପବନ ଖୁଣ୍ଟିଆ ଦ୍ୱୀପ ଆଡ଼କୁ ବହୁଥାଏ, ପାଲ ଟାଙ୍ଗି ଉଭୟେ ମୁହଁକୁ ମୁହଁ ଅନାଅନି ହୋଇ ଦୁଃଖସୁଖ ହୁଅନ୍ତି। ଭଜନା ତା'ର ସମୁଦ୍ର ଭ୍ରମଣର ଆଶ୍ଚର୍ଯ୍ୟ ବୃତ୍ତାନ୍ତମାନ ବର୍ଣ୍ଣନା କରି ରୂପେଇକୁ ତ୍ରସ୍ତ, ଆନନ୍ଦିତ, ଆଶ୍ଚର୍ଯ୍ୟାନ୍ୱିତ କରାଏ। ଦେଶ ବିଦେଶରେ ବାଣିଜ୍ୟ କରିବା ସମୟରେ କି କି ଅଦ୍ଭୁତ ଘଟଣା ଭଜନାର ଜୀବନରେ ଘଟିଛି ସମସ୍ତ ସେ ଅକ୍ଷରେ ଅକ୍ଷରେ ବର୍ଣ୍ଣନା କରେ।

କେବେ କେବେ ଭଜନାର ଶରୀର ଅସୁସ୍ଥ ଥିଲେ କିମ୍ବା ଇଚ୍ଛା କରି ଭଜନା ମାଛ ଧରିବାକୁ ନ ଗଲେ, ନିଜେ ରୂପେଇ ଜାଲଖଣ୍ଡି ଧରି ସମୁଦ୍ର କୂଳରେ ମାଛ ଧରିବାକୁ ଯାଏ। ଏପାଖ ସମୁଦ୍ର କୂଳରେ ମାଛ ଧରିବାର ବିଶେଷ ସୁବିଧା ନାହିଁ। କୂଳର ଅତି ନିକଟରେ ଗଣ୍ଡ। ଏକାକୀ ମାଛ ଧରିବା କଷ୍ଟ। ଖୁଣ୍ଟିଆ ଦ୍ୱୀପ ନିକଟରେ ଜଳର ଗଭୀରତା ଅଳ୍ପ। ରୂପେଇ ଦିନେ ଦିନେ ନୌକାଖଣ୍ଡି ବାହି ଏକାକିନୀ ଖୁଣ୍ଟିଆ ଦ୍ୱୀପକୁ ଯାଏ ବିଲେଇର ଭାର ଭଜନା ଉପରେ ପକାଇ।

ଭଜନାର ପିତାମାତା କିଏ ସେ ତାର ଦୈନିକ ଲିପିରେ କିଛି ଲେଖିଯାଇ ନାହିଁ। ରୂପେଇ ସମ୍ବନ୍ଧେ ଏତିକି ମାତ୍ର ଅଛି ଯେ ସେ ରୂପେଇରୁ ଆବାଲ୍ୟରୁ ନିଜ ନିକଟରେ ଦେଖି ଆସୁଛି। ସେମାନଙ୍କ ମଧ୍ୟରେ ବିବାହ କେବେ ହୋଇଥିଲା ଜଣା ନାହିଁ।

ସମୁଦ୍ର କୂଳରୁ ଖୁଣ୍ଟିଆ ଦ୍ୱୀପ ପ୍ରାୟ ଏକକ୍ରୋଶ ଦୂର। ଚାରିଆଡ଼େ ଜଳବିଶିଷ୍ଟ ସ୍ଥଳଭାଗର ନାମ ଦ୍ୱୀପ—କେବଳ ଏହି ସତ୍ୟକୁ ଅବଲମ୍ବନ କରି ସମୁଦ୍ର ମଧ୍ୟରେ ସେହି କ୍ଷୁଦ୍ର ଚଟାଣଟିକୁ ଯେ ଦ୍ୱୀପ ନାମରେ ପରିଚିତ କରାଗଲା, ଏହା ନୁହେଁ। ସ୍ଥାନୀୟ ଲୋକେ ତାକୁ ସେହି ନାମରେ ଡାକନ୍ତି। ଭଜନା ତା'ର ଦୈନିକ ଲିପିରେ ଏହି କ୍ଷୁଦ୍ର ଚଟାଣଟିକୁ ଦ୍ୱୀପ ବୋଲି ଅଭିହିତ କରିଛି।

ଖୁଣ୍ଟିଆ ଦ୍ୱୀପର ଲମ୍ବ ପ୍ରାୟ ଅଧକ୍ରୋଶ ଏବଂ ଚୌଡ଼ା ତାହାର ଅଧାରୁ

କମ। କଳିଙ୍ଗ ଉପକୂଳ ସଙ୍ଗେ କ୍ଷୁଦ୍ରଦ୍ୱୀପଟି ଲମ୍ବ ଭାବରେ ସମାନ୍ତର। ଦ୍ୱୀପର କୂଳ ସିଧା ନୁହେ, ଭଙ୍ଗା, ଭଙ୍ଗା; ସ୍ଥାନେ ସ୍ଥାନେ ସମୁଦ୍ରର ଜଳ ଭିତରେ କିଛିଦୂର ପର୍ଯ୍ୟନ୍ତ ପଶି ଯାଇଛି। କେଉଁଠି ବା ସ୍ଥଳଭାଗ ସମୁଦ୍ର ମଧ୍ୟକୁ ଗୋଜା ହୋଇ ତ୍ରିଭୁଜର ଶୀର୍ଷପରି ପଶି ଆସିଛି। ଦ୍ୱୀପର କୂଳ ବଡ଼ ବଡ଼ ଅକର୍ମଶିଳାରେ ପୂର୍ଣ୍ଣ। ସମୁଦ୍ରର ଗଭୀରତା କୂଳ ନିକଟରେ ନିତାନ୍ତ ଅଳ୍ପ, ତେଣୁ ଏକାକୀ ମାଛ ଧରିବାରେ ଉଭୟ ଭଜନା ଏବଂ ରୂପେଇକୁ ଭାରି ସୁବିଧା ହୁଏ। ନୌକାଖଣ୍ଡି ନିକଟସ୍ଥ କୌଣସି ବୃକ୍ଷ ବା ଲତାରେ ବାନ୍ଧି ସମୁଦ୍ର ଜଳ ଭିତରେ ପ୍ରବେଶ କରି ମାଛ ଧରନ୍ତି। ମାଛ ଧରିବାର ଅନେକ ଉପାୟ ତାଙ୍କୁ ଜଣା। ଯେଉଁଦିନ ପବନର ଅତ୍ୟାଚାରରୁ ବଡ଼ ବଡ଼ ଲହରୀମାନ ଆସି ଦ୍ୱୀପରେ ବାଜେ, ସେହି ଦିନ ଜଳ ମଧ୍ୟରେ ପ୍ରବେଶ କରି ମାଛ ଧରିବା କଷ୍ଟକର ହୋଇ ପଡ଼େ; ସେଦିନ ଡଙ୍ଗାରେ ବସି ମୁଣ୍ଡଘୂମା ଜାଲରେ ମାଛ ଧରନ୍ତି।

ସମୁଦ୍ରର ଅନେକ ଦୂର ପର୍ଯ୍ୟନ୍ତ ଜଳ ମଧ୍ୟରେ ସ୍ଥାନେ ସ୍ଥାନେ ଏହି ଅକର୍ମଶିଳା ପଥର ଲୁଚି ରହିଛି। କଳିଙ୍ଗ-ପତ୍ତନ ପ୍ରଭୃତି ନୌବାଣିଜ୍ୟର ପ୍ରଧାନ ସ୍ଥାନମାନଙ୍କରୁ ତାମ୍ରଲିପ୍ତକୁ ଆସୁଥିବା ବାଣିଜ୍ୟ ଦ୍ରବ୍ୟପୂର୍ଣ୍ଣ ବୋଇତଗୁଡ଼ିକ ପ୍ରାୟ ଖୁଣ୍ଟିଆ ଦ୍ୱୀପର ନିକଟ ଦେଇ ଆସେ। ଏହି ସମସ୍ତ ଜଳର ନିମ୍ନଦେଶସ୍ଥ ପଥର ଦେହରେ ଅଜାଣତ ଭାବରେ ବାଜି ଅନେକ ସମୟରେ ବୋଇତ ଜଳମଗ୍ନ ହୋଇଯାଏ ଏବଂ ମୂଲ୍ୟବାନ୍ ମାନବ ଜୀବନ ବିପଦାପନ୍ନ ହୋଇଥାଏ। ଦୂରଦେଶାଗତ ନାବିକକୁ ବିପଦରୁ ରକ୍ଷା କରିବା ନିମନ୍ତେ ଭଜନା ବହୁ ପରିଶ୍ରମ କରି ପଥରଥିବା ସ୍ଥାନମାନଙ୍କରେ ବଡ଼ ବଡ଼ ତମ୍ବାର ଫମ୍ପାଢୋଲ ଭସାଇ ରଖିଛି। ଲୁହାର କଡ଼ି ବାନ୍ଧି, କଡ଼ି ଆଗରେ ବଡ଼ ବଡ଼ ଲୁହା କଣ୍ଟା ବଙ୍କାକରି ଝୁଲାଇ ଢୋଲ ତଳେ ରଖିଛି। ନଙ୍ଗର ପକାଇ ରଖିଥିବାରୁ ପ୍ରକୃତିର କୌଣସି ପ୍ରକାର ଅତ୍ୟାଚାର ଢୋଲଗୁଡ଼ିକୁ ସ୍ଥାନାନ୍ତରିତ କରିପାରେ ନାହିଁ। ସମୁଦ୍ରର ଲହରି ଉଠି ଢୋଲରେ ବାଜିଲେ, ଢୋଲଟି କେବଳ ସେହି ସ୍ଥାନରେ ହଲିଯାଏ। ଏହି ପ୍ରାକୃତିକ ସୁବିଧାକୁ କାର୍ଯ୍ୟରେ ଲଗାଇବା ନିମନ୍ତେ ଭଜନା ପ୍ରତ୍ୟେକ ଢୋଲର ଉପରି ଭାଗରେ ଲୁହାର ବାଡ଼ି ସଂଲଗ୍ନ କରିଛି। ବାଡ଼ିର ଉଚ୍ଚତା ପ୍ରାୟ ୬/୭ ହାତ। ବାଡ଼ିର ଅଗରେ ସମଦ୍ୱିବାହୁ ତ୍ରିଭୁଜ ଆକାରରେ ଖଣ୍ଡେ ଖଣ୍ଡେ ରକ୍ତବର୍ଣ୍ଣର ପତାକା ସାମାନ୍ୟ ପବନରେ ସୁଦ୍ଧା ଫଡ଼ ଫଡ଼ ହୋଇ ବରାବର ଉଡୁଥାଏ। ପତାକାରେ ଲେଖା ହୋଇଥାଏ "ସାବଧାନ"। ମାତ୍ର ଯେଉଁଥି ନିମନ୍ତେ ଏହା ଲେଖା ହୋଇଥାଏ, ତାହା ଏ ପତାକା ସାଧନ କରିପାରେ ନାହିଁ। କାରଣ ସମୁଦ୍ରର ହାୱାରେ ବରାବର ହଲୁଥିବାରୁ ଦୂରରୁ କିମ୍ବା ନିକଟରୁ ଏହି 'ସାବଧାନ' ଶବ୍ଦକୁ କେହି ପଢ଼ି ପାରନ୍ତି ନାହିଁ। ପତାକା ବେଶି

ଦୂରରୁ ଦେଖାଯାଏ ନାହିଁ। ତଥାପି ଯେତିକି ଦୂରକୁ ଦେଖାଯାଏ, ସେତିକିରେ ନାବିକମାନେ ଯଥେଷ୍ଟ ସାବଧାନ ହୋଇଯାନ୍ତି।

ଭଜନା ପ୍ରତିଦିନ ପ୍ରାୟ ଏହି ବିଷୟରେ ଟିକିଏ ଭାବେ। କି ଉପାୟ ଅବଲମ୍ବନ କଲେ, "ନିକଟରେ ବିପଦ ଅଛି" ଏହାକୁ ସେ ଆହୁରି ଦୂରରୁ ନିରୀହ ବିଦେଶୀ ନାବିକମାନଙ୍କୁ ଜଣାଇ ଦେବ। ବହୁଦିନର ଚିନ୍ତା ପରେ ସ୍ଥିର କଲା, ପ୍ରତ୍ୟେକ ବାଡ଼ିର ଅଗରେ ଗୋଟିଏ ହେଉ ଅଥବା ଅଧିକ ହେଉ ଘଣ୍ଟା ବନ୍ଧାଯିବ ପ୍ରତ୍ୟେକ ଲହରୀ ଢୋଲରେ ବାଜିଲେ, ଢୋଲ ଥରି ଉଠିବ ଏବଂ ସଙ୍ଗେ ସଙ୍ଗେ ଘଣ୍ଟାଗୁଡ଼ିକ ବାଜି ଉଠିବ। ପବନ ଯେତିକି ଅଧିକ ଜୋର୍‌ରେ ବହିବ, ଲହରୀ ସେତିକି ପ୍ରବଳ ବେଗରେ ଢୋଲକୁ ଆକ୍ରମଣ କରିବ, ଢୋଲ ସେତିକି ଅସ୍ଥିର ହୋଇ ଥରି ଉଠିବ ଏବଂ ସଙ୍ଗେ ସଙ୍ଗେ ଘଣ୍ଟାଗୁଡ଼ିକ ବାଜି ଉଠିବ। ବିପଦ ଯେତିକି ପ୍ରବଳ ହେବ, ଘଣ୍ଟାଗୁଡ଼ିକ ସେତିକି ଜୋର୍‌ରେ ସାବଧାନ କରାଇ ଦେବେ। ଅବଶେଷରେ ଭଜନା ସେଇଆ କଲା। ବହୁଦୂରରୁ ଘଣ୍ଟାଗୁଡ଼ିକର ନାଦ ଶୁଭେ। ସମୁଦ୍ରରେ ଲହରୀର ଅବସାନ ନାହିଁ। ତେଣୁ ଘଣ୍ଟାଗୁଡ଼ିକ ଦିନରାତି ସବୁବେଳେ ବାଜୁଥାଏ। ଲୋକେ ଭଜନାର ଏପରି କାର୍ଯ୍ୟ ନିମନ୍ତେ ତାକୁ ବହୁ ପ୍ରଶଂସା କଲେ। କିନ୍ତୁ ଭଜନା ସେପରି ପ୍ରଶଂସାରେ ଆନନ୍ଦ ବୋଧ କରେ ନାହିଁ, ଟିକିଏ କେବଳ ହସିଦିଏ।

ଯେଉଁ ଚାନ୍ଦିନୀ ରାତିରେ ସମଗ୍ର ଜଗତ ସୁଧାକରଙ୍କର ଅପୂର୍ବ ତୁଳିରେ ଚିତ୍ରିତ ହୋଇ ସ୍ୱର୍ଗର ସୌନ୍ଦର୍ଯ୍ୟ ସଙ୍ଗେ ବାଦକରି ଉଠେ, (କରିବାର କଥା, ଯେ ନିତ୍ୟ ସୁନ୍ଦର, ନିଜକୁ ସୁନ୍ଦର ବୋଲି ସେ ମନରେ ଟିକିଏ ହେଲେ ଗର୍ବ ଅନୁଭବ କରେ ନାହିଁ; କିନ୍ତୁ ଯାହାର ସୌନ୍ଦର୍ଯ୍ୟ ଦିନକପାଇଁ, ସେହି ଦିନକୁ ସେ ମନରେ ଭାରି ଗର୍ବ ଅନୁଭବ କରେ, ଛାତି ଫୁଲାଇ କହି ଉଠେ "ମୁଁ ସୁନ୍ଦର।") ସୌନ୍ଦର୍ଯ୍ୟପିପାସୁ ଭଜନା ଆନନ୍ଦରେ ଚିତ୍କାର କରି ନାଚି ଉଠେ। ମାରବ୍ୟ ଦ୍ୱୀପର ସେହି କ୍ଷୁଦ୍ର ପାହାଡ଼ର ଉପରିସ୍ଥ ବିଷ୍ଣୁ ମନ୍ଦିର ନିକଟରେ ଦଣ୍ଡାୟମାନ ହୋଇ ଚତୁର୍ଦ୍ଦିଗ ନିରୀକ୍ଷଣ କରି ଆନନ୍ଦରେ ସଙ୍ଗୀତ ଗାଇ ଉଠେ। ସେ ସଙ୍ଗୀତର ଅର୍ଥ କେବଳ ଭଜନାକୁ ଜଣା। କେବେ କେବେ ଏକାକୀ ସେହି ଧୂସର ବାଲୁକା ପ୍ରାନ୍ତରର ଏକ ପ୍ରାନ୍ତରୁ ଅନ୍ୟ ପ୍ରାନ୍ତ ପର୍ଯ୍ୟନ୍ତ ଦୌଡୁଥାଏ, ବାଲି ହରିଣର ଅନୁସରଣ କରି। କେବେ କେବେ ବଳାତ୍କାର କରି ରୂପେଇକୁ ସଙ୍ଗରେ ଘେନି ସମୁଦ୍ର କୂଳକୁ ଯାଏ ଏବଂ ନୌକା ଉପରେ ରୂପେଇକୁ ବସାଇ, ନିଜେ ବସି ଜ୍ୟୋତ୍ସ୍ନାଧବଳିତ ସାଗର ତରଙ୍ଗ ଆଡ଼କୁ ନୌକାଖଣ୍ଡି ପେଲିଦିଏ। ତରଙ୍ଗ ଦୋଳାରେ ଦୋହଲି ଦୋହଲି ନୌକାଖଣ୍ଡି ଖୁଣ୍ଟିଆ ଦ୍ୱୀପ ଆଡ଼େ ଧୀରେ ଧୀରେ ଚାଲିଯାଏ। ଏଣେ ନୌକା ମଧ୍ୟରେ ଭଜନା ଏବଂ ରୂପେଇ ନୀରବରେ ପ୍ରକୃତିର ସୌନ୍ଦର୍ଯ୍ୟ ଉପଲବ୍ଧି କରନ୍ତି।

ଡଙ୍ଗା ଖୁଣ୍ଟିଆ ଦ୍ୱୀପରେ ଲାଗେ । ଜ୍ୟୋତ୍ସ୍ନାମୟୀ ରଜନୀରେ ଉଭୟେ ସାଗରର ଘୋର ଗର୍ଜନ ସଙ୍ଗେ ସଙ୍ଗେ ଘଣ୍ଟାର ଠଣଠଣ ଧ୍ୱନି ଶୁଣି ବଡ଼ ଆନନ୍ଦ ଉପଲବ୍ଧି କରନ୍ତି । କୂଳର ଅନତିଦୂରରେ ଥିବା ନାରିକେଳ ବୃକ୍ଷଗୁଡ଼ିକରୁ ଫଳ ଆଣି ଉଭୟେ ଭକ୍ଷଣ କରନ୍ତି । ଭଜନା କହେ, "ନଡ଼ିଆ ପରି ଉତ୍କୃଷ୍ଟ ପଦାର୍ଥ ଜଗତରେ କିଛି ନାହିଁ । ଏଥିରେ ନାହିଁ କଣ ? ରୁଟି ଅଛି, ସର୍ବତ ଅଛି, ନାଲି ନଡ଼ିଆରେ ଲହୁଣୀ ଅଛି ।"

ଖୁଣ୍ଟିଆ ଦ୍ୱୀପର କୂଳରୁ ମାତ୍ର କେତେକ ହାତ ଛାଡ଼ି ପାହାଡ଼ ଆରମ୍ଭ ହୋଇଛି । ମାରବ୍ୟ ଦ୍ୱୀପର ବାଲିପାହାଡ଼ ଅପେକ୍ଷା ଏହାର ଉଚ୍ଚତା ଢେର ବେଶୀ । ଦୈର୍ଘ୍ୟ ପ୍ରସ୍ଥ ମଧ୍ୟ ଅଳ୍ପ ନୁହେଁ । ଦ୍ୱୀପଟି ଯେଡ଼େ, ପର୍ବତ ତହିଁରୁ ଅଳ୍ପ ଛୋଟ । ପର୍ବତର ନିମ୍ନଦେଶର ଚତୁର୍ଦ୍ଦିଗରେ ନାରିକେଳ ବୃକ୍ଷ । ଉପର ଆଡ଼କୁ ନାନାଜାତି ବୃକ୍ଷଲତା । ଜଙ୍ଗଲ ବୁଦିବୁଦିକିଆ । ଘଞ୍ଚ ନ ହୋଇଥିବାରୁ ଭୟର କୌଣସି କାରଣ ନ ଥାଏ । ପର୍ବତ ଅଧିକ ଗଡ଼ାଣିଆ ନୁହେଁ ତେଣୁ ଉପରକୁ ଉଠିବାକୁ କଷ୍ଟ ହୁଏ ନାହିଁ ।

ଭଜନା ଖୁଣ୍ଟିଆ ପର୍ବତର ନିମ୍ନଦେଶରେ ସ୍ଥାନେ ସ୍ଥାନେ ଖଣ୍ଡେ ଖଣ୍ଡେ କୁଟୀର ପ୍ରସ୍ତୁତ କରିଛି । ମାଛ ଧରୁଥିବା ସମୟରେ ହଠାତ୍ ଝଡ଼ ବର୍ଷା ହେଲେ, ଏଥିରୁ କୌଣସିଟିରେ ଆଶ୍ରୟ ଗ୍ରହଣ କରେ । ଯେଉଁଦିନ ଭଜନା ଏବଂ ରୂପେଇ ଉଭୟେ ଖୁଣ୍ଟିଆ ଦ୍ୱୀପରେ ଆଶ୍ରୟ ଗ୍ରହଣ କରନ୍ତି ସେଦିନ କୁଟୀରରେ ରନ୍ଧନ କରନ୍ତି । ରନ୍ଧନ କରିବା ନିମନ୍ତେ ପ୍ରତ୍ୟେକ କୁଟୀରରେ ଦୁଇଟି କରି ହାଣ୍ଡି ରଖାଥାଏ । କେବଳ ସେତିକି ନୁହେଁ, ହାଣ୍ଡିରେ ଚାଉଳ ରଖି ଢାଙ୍କି ଦେଇଥାଏ । ଏହାର ପ୍ରଧାନ କାରଣ, କୌଣସି ହତଭାଗ୍ୟ ନାବିକ ଅକସ୍ମାତ୍ ସେଠାରେ ଉପସ୍ଥିତ ହେଲେ, ଅନାହାରରେ ସମୟ ଯାପନ କରିବ ନାହିଁ । ଅଗ୍ନି ନିମନ୍ତେ ଚକ୍‌ମକି ପଥର ଏବଂ ଜଳ ନିମନ୍ତେ ଝରଣା ତ ରହିଛି ।

ଦିନେ ଭଜନା ଓ ରୂପେଇ ଖୁଣ୍ଟିଆ ଦ୍ୱୀପରେ ମାଛ ଧରୁ ଧରୁ ସନ୍ଧ୍ୟା ହୋଇଗଲା । ସେଦିନ ଜଳଦେବୀଙ୍କର ନିର୍ଦ୍ଦୟାରୁ ସେମାନେ ପ୍ରଚୁର ମାଛ ଧରିପାରି ନ ଥିଲେ । ତେଣୁ କୂଳକୁ ପ୍ରତ୍ୟାବର୍ତ୍ତନ କରିବା ନିତାନ୍ତ ଆବଶ୍ୟକ ମନେ କଲେ ନାହିଁ । ଖୁଣ୍ଟିଆ ଦ୍ୱୀପରେ ରାତ୍ରି ଯାପନ କରିବେ, ଏହି ଉଦ୍ଦେଶ୍ୟରେ ଝରଣା ନିକଟସ୍ଥ କୌଣସି ଗୋଟିଏ କୁଡ଼ିଆରେ ଆଶ୍ରୟ ଗ୍ରହଣ କରିବା ନିମନ୍ତେ ନୌକାଖଣ୍ଡି କୂଳରେ ବାନ୍ଧି ଦିନକ ପରିଶ୍ରମର ଫଳସହ ନିକଟସ୍ଥ କୁଟୀରକୁ ଫେରି ଆସିଲେ ।

ସନ୍ଧ୍ୟାଗମର ସଙ୍ଗେ ସଙ୍ଗେ ଅନ୍ଧକାର ମାଡ଼ି ଆସିଲା । ଅବରଖ (ଅଭ୍ର) ନଳଟଣ ଜାଳି ରୂପେଇ ରନ୍ଧନ କାର୍ଯ୍ୟରେ ନିଜକୁ ନିଯୁକ୍ତ କଲା । ଝକ୍‌ମକି ପଥର ମାରି ଶୁଖିଲା କାଠରେ ନିଆଁ ଲଗାଇଲା । ଭଜନା ଝରଣାରୁ ଜଳଆଣି ରୂପେଇର ନିକଟରେ

ରଖିଦେଲା। ନଡ଼ିଆ ପତ୍ରର ପଟି ଖଣ୍ଡି ରୂପେଇ ନିକଟରେ ପକାଇ ତାହାରି ଉପରେ ନିଜର ଶ୍ରାନ୍ତ ଶରୀର ଲମ୍ବାଇ ଦେଲା। ଗ୍ରୀଷ୍ମ ରଜନୀ। ଧୀରେ ଧୀରେ ସାନ୍ଧ୍ୟସମୀରଣ ଗଛପତ୍ର ଆନ୍ଦୋଳିତ କରି ଚାଲିଗଲା। ଦୀପର ଅଗ୍ନିଶିଖା ସେହି ଧୀର ପବନରେ ନାଚି ଉଠିଲା। ଏଣେ ଅନଳ ଦେଖି ଦ୍ୱୀପର ନାନାଜାତି କୀଟପତଙ୍ଗ ସେହିଠାରେ ଆସି ରୁଣ୍ଡ ହୋଇଗଲେ। ଶ୍ରାନ୍ତ ଭଜନାର ଦେହ ଉପରେ ନାନାପ୍ରକାର କ୍ରୀଡ଼ାକୌତୁକ ଆରମ୍ଭ କରିଦେଲେ। ମଶକର ପ୍ରଭାବରୁ ଭଜନା ଅଧୀର ହୋଇ ନିଜ ଦେହରେ ବ୍ୟର୍ଥ ଚାପୁଡ଼ା ମାରିହେଲା। ଦେହରୁ ତେଣେ ଘର୍ମ ନିର୍ଗତ ହେଉଛି। ଆଃ, କି ଅଧୀରତା; ଭଜନା ଅସ୍ଥିର ହୋଇ ଚିତ୍କାର କରି ଉଠିଲା।

ମାତ୍ର ତା'ର ସେ ଚିତ୍କାରରେ ବାଧା ଦେଇ ରୂପେଇ କହିଲା, (ଟିକିଏ ଭୀତ ସ୍ୱରରେ) ଶୁଣ, ଶୁଣ, ସମୁଦ୍ର ମଧ୍ୟରେ କାହିଁ କେତେ ଦୂରରୁ କିଏ ଜଣେ ଆର୍ତ୍ତ ସ୍ୱରରେ କାନ୍ଦୁଛି।

ଭଜନା ଥଟ୍ଟା କରି ଉତ୍ତର କଲା, ଆଉ କିଏ ହୋଇଥିବ। ବୋଧହୁଏ ସମୁଦ୍ର ମଧ୍ୟରେ ପ୍ରେତିନୀ କାନ୍ଦୁଛି! ଏ ଦେଶରେ ପ୍ରେତିନୀର ଅତ୍ୟାଚାର ଢେର ବେଶି କି ନା।

ଥଟ୍ଟା କରୁଛ? ମୁଁ କ'ଣ ମିଛ କହୁଛି? କାନ ଡେରି ଶୁଣୁନା।

କାହିଁ କିଛି ତ ଶୁଭୁ ନାହିଁ।

ତେବେ ତମ କାନରେ କିଛି ଦୋଷ ରହିଛି ନିଶ୍ଚୟ। ଏତିକି କହି ରୂପେଇ ବିରକ୍ତ ହୋଇ ପୁନର୍ବାର ରନ୍ଧନ କାର୍ଯ୍ୟରେ ଲାଗିଗଲା। ଭଜନା ଅବରଖ ନଳଟଣଟି ହାତରେ ଧରି ସମୁଦ୍ର କୂଳଆଡ଼େ ଚାଲିଲା।

ଭଜନା ସମୁଦ୍ର କୂଳରେ ଉପସ୍ଥିତ ହୋଇ ଦେଖିଲା ବହୁତ ଦୂରରେ ଦିଗ୍‌ବଳୟ ନିକଟରେ ଗୋଟିଏ କ୍ଷୁଦ୍ର ଆଲୋକ ହଲି ହଲି ଧୀରେ ଧୀରେ ଦ୍ୱୀପ ଆଡ଼କୁ ଆସୁଚି। ସେତେବେଳକୁ ଦୁଇ ଘଡ଼ି ଅନ୍ଧାର ଲୁଚିଗଲାଣି। ଚନ୍ଦ୍ରକିରଣରେ ସମୁଦ୍ରର ବିକ୍ଷୋଭିତ ବକ୍ଷ ଉଜ୍ଜ୍ୱଳ ଦେଖା ଗଲାଣି। ମାତ୍ର ଭଜନା ଠିଆ ହୋଇଥିବା ସ୍ଥାନଟିରୁ ତଥାପି ଅନ୍ଧକାର ଚାଲିଯାଇ ନାହିଁ। ଏହାର ପ୍ରଧାନ କାରଣ, ପର୍ବତର ଛାୟାରେ ଦ୍ୱୀପର ପଶ୍ଚିମ ଦିଗ ସମ୍ପୂର୍ଣ୍ଣ ଆବୃତ ଥିଲା। ଭଜନା କୂଳର ସେହି ଅନ୍ଧକାର ସ୍ଥାନରେ ଠିଆହୋଇ ଦେଖିଲା ଦିଗ୍‌ବଳୟର ନିକଟରୁ ହଲନ୍ତା ଆଲୋକଟି ଧୀରେ ଧୀରେ ଖୁଣ୍ଟିଆ ଦ୍ୱୀପର ନିକଟବର୍ତ୍ତୀ ହେଉଛି।

ଆଲୋକର ଆକାର ଏବଂ ଉଜ୍ଜ୍ୱଳତା କ୍ରମେ ବଢୁଛି। ପ୍ରଥମେ ରୋହିଣୀ ନକ୍ଷତ୍ର ପରି ଦେଖା ଯାଉଥିଲା, ବର୍ତ୍ତମାନ ଧ୍ରୁବତାରାର ଆକାର ଧାରଣ କଲାଣି।

ଭଜନା ଶୁଣିଲା ଖୁଣ୍ଟିଆ ଦ୍ୱୀପର ଚତୁର୍ଦ୍ଦିଗରେ ଘଣ୍ଟା ଗୁଡ଼ିକର ଠଣ ଠଣ ଶବ୍ଦ ଭେଦ କରି କାହାର ମର୍ମଭେଦୀ ଆକୁଳ ଚିତ୍କାର। ସେ ଆଉ କେବେ ଏପରି ଶୁଣି ନ ଥିଲା। ରୂପେଇ ଯେ ଏହି ଚିତ୍କାରକୁ ଲକ୍ଷ୍ୟ କରି ଭଜନାକୁ ପଚାରୁଥିଲା, ସନ୍ଦେହ ନାହିଁ। ରୂପେଇର କଥାରେ ବିଶ୍ୱାସ ନ କରି ଥଟ୍ଟା କରିଥିବାରୁ ସେ ଦୁଃଖିତ ହେଲା।

ଧୀରେ ଧୀରେ କାନ୍ଦଣାର ସ୍ୱର ନିକଟତର ହେଲା। ଏଥର ଭଜନା ସ୍ପଷ୍ଟ ଶୁଣି ପାରିଲା ଏକ ରମଣୀର ଆର୍ତ୍ତ ଚିତ୍କାର ମଧ୍ୟ ଦେଇ କେତେ ଜଣ ଲୋକଙ୍କର ବିକଟ ହାସ୍ୟ। ଅଦୂରରେ ଗୋଟାଏ ପ୍ରକାଣ୍ଡ ବୋଇତ ଧୀରେ ଧୀରେ ଖୁଣ୍ଟିଆ ଦ୍ୱୀପଆଡ଼େ ଆସୁଛି। ପ୍ରଥମେ ବୋଇତର ମାସ୍ତୁଲ ଉପରେ ନଲଟଣଟିର ଆଲୋକ ଦେଖିବାକୁ ପାଉଥିଲା; କିନ୍ତୁ ଜାହାଜ ନିକଟକୁ ଆସିବାରୁ ବହୁ ଆଲୋକ ଫୁଟି ଉଠିଲା।

ଭଜନାର ଆଉ ସନ୍ଦେହ କରିବାରେ କୌଣସି କାରଣ ରହିଲା ନାହିଁ। କ୍ରନ୍ଦନ ଭୂତ କି ପ୍ରେତିନୀର ନୁହେଁ ପ୍ରକୃତ ମନୁଷ୍ୟର—ଏତିକି ଜାଣି ସେ ରୂପେଇ ନିକଟକୁ ଫେରିଗଲା।

ଭଜନା ରୂପେଇକୁ ପ୍ରକୃତ ସମ୍ବାଦ ଦେଇ ନିକଟରେ ଗୋଟିଏ ଖରି ବୁଦାରେ ଅଗ୍ନି ସଂଯୋଗ କଲା। ଅନଳ ଶିଖା ଊର୍ଦ୍ଧ୍ୱକୁ ଉଠିଲା ଏବଂ ସଙ୍ଗେ ସଙ୍ଗେ ସ୍ଥାନଟି ଉଜ୍ଜ୍ୱଳ କଲା। ଭଜନା ଆନନ୍ଦରେ ଦୂରରୁ ସେହି ଅନଳ ଶିଖାରକୁ ଅପଲକ ନୟନରେ ଚାହିଁ ରହିଲା। ଚଡ଼ ଚଡ଼ ଶବ୍ଦରେ ଅଗ୍ନି ବୁଦାକୁ ଭସ୍ମକରି କିଛି ସମୟ ପରେ ନିର୍ବାପିତ ହେଲା। ଭଜନା କୁଟୀରକୁ ଫେରି ଆସିଲା। ସେତେବେଳକୁ ରୂପେଇର ରନ୍ଧନ କାର୍ଯ୍ୟ ଶେଷ ହୋଇଥିଲା।

ଉଭୟେ ଖଣ୍ଡେ କଦଳୀ ପତ୍ରରେ ଖାଇବସିଲେ। ଭାତ ଏବଂ ମାଛ କଦଳୀ ଝୋଳ। ଝରଣାର ନିକଟରେ ଅନେକ କଦଳୀଗଛ। ଜଳ ଆଣିବା ସମୟରେ ଭଜନା କେତେଖଣ୍ଡି ପତ୍ର ଓ କାନ୍ଦିଏ ବନ୍ତଳ କଦଳୀ କାଟି ଆଣିଥିଲା। ମାଛ କଦଳୀ ଝୋଳରେ ଘିଅ କିମ୍ବା ତେଲର ଗନ୍ଧ ନ ଥିଲା। ହଳଦୀ କିମ୍ବା ଅନ୍ୟାନ୍ୟ କୌଣସି ମସଲା ବା ଆସିବ କାହୁଁ? ଜିହ୍ୱାକୁ ଯେ ନିଜର ଅଧୀନରେ ରଖିଛି, ତାକୁ ସମସ୍ତ ପଦାର୍ଥ ଭଲ ଲାଗେ। ରୂପେଇ ହାତର ସେହି ଅଣହଳଦିଆ, ଅଣବଘରା, ଅଣଫୁଟା ଝୋଳ ଟୋପିକ ଭଜନାକୁ ବେଶ୍ ଭଲ ଲାଗିଲା। ଉଭୟେ ଆନନ୍ଦରେ ଭୋଜନ ଶେଷ କଲେ।

ରୂପେଇ ତାର ବିଲେଇଟିକୁ ଗଣ୍ଡିଏ ଭାତ ଖୁଆଇଲା। ସୁକୁମାରିଆ ବିଲେଇ ଛୁଆଟିକୁ ପାଣି ସିଝା ମାଛ ଭଲ ଲାଗିଲା ନାହିଁ। ଦୁଃଖିତ ହୋଇ ରୂପେଇ କହିଲା ପୁଷିଟି ମୋର ଆଜି ଉପାସ ରହିଲା। ତା ଦେହ କ'ଣ ଖରାପ ହେଲାଣି।

ଭଜନା ଟିକିଏ ହସି ଦେଇ କହିଲା, ଏଥର ତାର କାଳ ପୂରିଲା। ହୁସିଆର ! ଚିତ୍ରଗୁପ୍ତ ତାର ପାଞ୍ଜି ପୋଛିଲାଣି।

ରୂପେଇ ବିରକ୍ତ ହୋଇ କହିଲା, ତମେ ସେମିତିକା କାଳକଥା ତୁଣ୍ଡରୁ ବାହାର କର ନା। ସତେ କିଲୋ, ମୋ ପୁଷି ଦେହ କାହିଁକି ଖରାପ ହେବ। ତା ଦେହ ତ ସୁନା। ଆଲୋ, ଆ। ଏହା କହି ପୁଷିକୁ କୋଳକୁ ଟାଣି ନେଲା। ନଡ଼ିଆ ପଟି ଉପରେ ଶୋଇପଡ଼ି ପୁଷିକୁ କୋଳରେ ଶୁଆଇ, ସ୍ନେହରେ ତା'ର ପିଠି ଆଉଁସି ଦେଲା।

ରାତ୍ରିକ ନିମନ୍ତେ ବିଶ୍ରାମ ନେବା ପୂର୍ବରୁ ଭଜନା ଥରେ ସମୁଦ୍ର ମଧ୍ୟସ୍ଥିତ ପ୍ରକାଣ୍ଡ ବୋଇତଟି ଦେଖିବାକୁ ଆସିଲା। ଦେଖିଲା ଦ୍ୱୀପ ନିକଟରେ ଅଳ୍ପ ଦୂରରେ ବୋଇତ ନଙ୍ଗର ପକାଇ ରହିଛି। ରମଣୀର ବିକଳ ସ୍ୱର ଆଉ ଶୁଭୁନାହିଁ। କେତେ ଜଣ ଲୋକଙ୍କର ଉଚ୍ଚ ହାସ୍ୟ ତଥାପି ବନ୍ଦ ହୋଇନାହିଁ। ସମୟ ସମୟରେ ରାତ୍ରିର ନୀରବତା ଭଙ୍ଗକରି ଉଠୁଛି ହାସ୍ୟରୋଳ।

ଭଜନାକୁ ଏପରି ଦୃଶ୍ୟ ନୂତନ ନୁହେଁ। ଏଥିପୂର୍ବେ ସେ ଏପରି ଅନେକ ବୋଇତ ଖୁଣ୍ଟିଆ ଦ୍ୱୀପ ନିକଟରେ ଆଶ୍ରୟ ନେବାର ଦେଖିଛି। ସାଧାରଣତଃ ଦୂର ଦେଶାଗତ ବୋଇତଗୁଡ଼ିକ ରାତ୍ର ହେଲେ ଏହି ଖୁଣ୍ଟିଆ ଦ୍ୱୀପ ନିକଟରେ ଆଶ୍ରୟ ଗ୍ରହଣ କରିଥାନ୍ତି। କାରଣ ରାତ୍ରି ସମୟରେ ବୋଇତ ଚଳାଇ ତାମ୍ରଲିପ୍ତାଭିମୁଖେ ଯିବା ସମ୍ପୂର୍ଣ୍ଣ ନିରାପଦ ନୁହେଁ। ପ୍ରବୀଣ ନାବିକମାନେ ଜାଣନ୍ତି ଯେ ଏହି ଖୁଣ୍ଟିଆ ଦ୍ୱୀପ ନିକଟରୁ ଅନେକ ଦୂର ପର୍ଯ୍ୟନ୍ତ ସ୍ଥାନେ ସ୍ଥାନେ ସମୁଦ୍ର ମଧ୍ୟରେ ବଡ଼ ବଡ଼ ପଥର ଲୁଚି ରହିଛି। ପୂର୍ବରୁ ସାବଧାନ ହୋଇ ବୋଇତ ଖୁଣ୍ଟିଆଦ୍ୱୀପ ନିକଟରେ ବୋଧହୁଏ ସେଇଥି ନିମନ୍ତେ ରଖିଛନ୍ତି।

ଭଜନା କୁଟୀରକୁ ଫେରିଯାଇ ଖଣ୍ଡେ ନଡ଼ିଆ ଚଟେଇ ଉପରେ ବିଶ୍ରାମ ଗ୍ରହଣ କଲା। ସେ ଦିନ ସେ ତାହାର ଦୈନିକ ଲିପିରେ କିଛି ଲେଖିପାରି ନ ଥିଲା। ତାଳପତ୍ରର ପୋଥି ଓ ଲେଖନ ସଙ୍ଗରେ ନେଇ ନ ଥିବାରୁ ତା'ର ପ୍ରଧାନ ଆନନ୍ଦ ଜୀବନୀ ଲେଖାରୁ ବାଧ୍ୟ ହୋଇ ସେ ଦିନ ସେ ବିରତ ହେଲା ସତ, କିନ୍ତୁ କେଜାଣି କାହିଁକି ମନରେ ଆଉ ଶାନ୍ତି ଆସିଲା ନାହିଁ। ବ୍ୟସ୍ତ ହୋଇ ଅର୍ଦ୍ଧନିଦ୍ରିତା ରୂପେଇକୁ ଉଠାଇ କହିଲା, ଦେଖ, ଆଜି ଦିନଟା ଏହିପରି ବୃଥାରେ କଟିଗଲା। ମୁଁ କିଛି ଦି' ଧାଡ଼ି ଲେଖିପାରିଲି ନାହିଁ। ମନଟା ଭାରି ବ୍ୟସ୍ତ ହେଉଛି।

ରୂପେଇ ବିରକ୍ତ ହୋଇ ଆଖି ମଳୁ ମଳୁ କହିଲା, ମଲା ମୋର, ତମର ସେ ଚୁଲିଲେଖା। ମୁଁ ତମର କି ଅପ୍ରାଧ କଲି ବୋଲି ମୋ କଂଚା ନିଦଟା ଭାଙ୍ଗିଦେଲ ?

ମଣିଷ କାମ ଦାମ କରି ଟିକିଏ ପଡ଼ି ଯାଇଥିଲା। ତମର ମନଟା ବ୍ୟସ୍ତ ହେଲେ ମୁଁ କଣ କରିବି ?

ତମୁକୁ ମୁଁ ତ କିଛି କରିବାକୁ କହୁନାହିଁ। ମୋର କହିବାର ଏତିକି ଯେ ମୁଁ କାଲି ବଡ଼ି ସକାଳୁ ଏକୁଟିଆ ପହଁରି ପହଁରି ସେ ପାଖକୁ ଚାଲି ଯିବି। କାଲି ଆଉ ମାଛ ଫାଛ ମୁଁ ଧରି ପାରିବି ନାହିଁ। ଦିନ ଗୋଟାକଯାକ ପୋଥି ଲେଖିବି। ତେମେ ଏଣୁ ମାଛ ଧରି, ନଡ଼ିଆ କଦଳୀ ସଙ୍ଗରେ ନେଇ ଠିକ୍ ସମୟରେ ପହଞ୍ଚିଯିବ। ନୋହିଲେ ଯେତେବେଳେ ଇଚ୍ଛା ଡଙ୍ଗା ଫିଟେଇ ଚାଲିଯିବ। ଯଦି ଡେରି ହୁଏ ଗଣ୍ଡାଏ ଭାତ ପଛେ ତମ ପାଇଁ ମୁଁ ଫୁଟାଇ ଦେଇଥିବି।

ରୂପେଇ ଭଜନାର କଥା ଶୁଣି ନ ଶୁଣିଲା ପରି ହାଇ ମାରୁ ମାରୁ ପଟି ଉପରେ ଶୋଇ ପଡ଼ିଲା। ଭଜନା ମଧ୍ୟ ବିଶେଷ ଡେରି କଲା ନାହିଁ।

ଯେତେବେଳେ ରୂପେଇ ଶଯ୍ୟା ତ୍ୟାଗ କରେ ସେତେବେଳକୁ ରାତ୍ରି ସମ୍ପୂର୍ଣ୍ଣ ରୂପେ ଶେଷ ହୋଇ ନ ଥିଲା। ଅନ୍ଧକାର ଘଞ୍ଚ ବୃକ୍ଷଲତା ଏବଂ ଗୁମ୍ଫାର ନିମ୍ନଦେଶରେ ନିଜକୁ ଲୁଚାଇ ରଖିଥିଲେ ମଧ୍ୟ ସମୁଦ୍ର ବକ୍ଷ ଯଥେଷ୍ଟ ପରିଷ୍କାର ଦେଖାଯାଉଥିଲା। ରୂପେଇ ଶଯ୍ୟା ତ୍ୟାଗ କରି ଦେଖେ, ନିକଟରେ ଭଜନାର ଚଟେଇ ଖଣ୍ଡ ପଡ଼ିଛି, ସେ ନାହିଁ। ଭାବିଲା ତେବେ ସତରେ ସେ ଚାଲିଗଲେ। ରାତି ନ ପାହୁଣୁ ସମୁଦ୍ର ପହଁରି ପହଁରି ଚାଲିଗଲେ। ଧନ୍ୟ ତାଙ୍କର ସେ ଆଲକୁଚି ମାଲକୁଚି ଲେଖାର ନିଶା। ଆସି ଦରବୁଢ଼ା ହେଲେ, ତଥାପି ପିଲାଳିଆ ଢଙ୍ଗ ଛାଡ଼ିଲେ ନାହିଁ। ମାଛଧରା କାମ ମୋରି ମୁଣ୍ଡରେ ପକାଇ ନିଶ୍ଚିନ୍ତରେ ଚାଲିଗଲେ। ଏଣେ ମୁଁ ହଇରାଣ ହୋଇ ମରିବି। ଜଣିକିଆ ଜାଲଖଣ୍ଡି ପାଖରେ ନାହିଁ, ଯାଇ ଡଙ୍ଗା ଭିତରେ। ପୁଷିଟିକୁ ରଖିବି କେଉଁଠି ?

ଏହିପରି ଚିନ୍ତାକରି ରୂପେଇ ପୁଷିକୁ କାଖରେ ଯାକି ସମୁଦ୍ର କୂଳଆଡ଼େ ଚାଲିଲା। ସମୁଦ୍ର କୂଳରେ ଡଙ୍ଗାଟି ପୂର୍ବ ପରି ବନ୍ଧାରହିଛି। ସମୟ ସମୟରେ ଲହରୀ ବାଜି ଉଠୁଛି, ପଡୁଛି। ଦଉଡ଼ି ଫିଟାଇ ଡଙ୍ଗା କୂଳକୁ ଟାଣିଲା। କୂଳରେ ଲାଗିବାରୁ ରୂପେଇ ଡଙ୍ଗାରେ ପୁଷିକୁ ଓହ୍ଲାଇ ଜାଲଖଣ୍ଡି ଓ ସୋଲବିଡ଼ା କୂଳକୁ ପକାଇଦେଲା। ଉତ୍ତମରୂପେ ଲୁଗା ଭିଡ଼ିଭାଡ଼ି ହୋଇ ମାଛଖାଳେଇ ବେକରେ ଝୁଲାଇଲା। ସ୍ନେହରେ ପୁଷିର ଦେହ ଆଉଁସି ସମ୍ବୋଧନ କରି କହିଲା, ପୁଷି ଲୋ, ତୁ ଏଇଠି ଡଙ୍ଗା ଉପରେ ବସିଥା, ମୁଁ ଯାଉଛି ମାଛ ଧରିବାକୁ। ଜଲଦି ଫେରି ଆସିବ। ସୁନାଟି ପରା କାନ୍ଦିବୁ ନାହିଁ। ବିଲେଇ ଛୁଆ କୃତଜ୍ଞତାର ଚିହ୍ନ ସ୍ୱରୂପ ଲାଙ୍ଗୁଡ଼ ହଲାଇ ମ୍ୟାଉଁ ମ୍ୟାଉଁ କହି ରୂପେଇର ମୁହଁକୁ ଚାହିଁଲା। ସ୍ନେହ ପରକୁ ଆପଣାର କରିପାରେ। ଇତର ପ୍ରାଣୀଙ୍କୁ ମନୁଷ୍ୟର ହୃଦୟ

ନିକଟକୁ ଟାଣିଆଣେ। ସ୍ନେହ ଓ ପ୍ରେମ ପରମେଶ୍ୱରଙ୍କର ଶ୍ରେଷ୍ଠ ଅବଦାନ ଜଗତର ପ୍ରାଣୀମାନଙ୍କୁ।

ସେତେବେଳକୁ ସୂର୍ଯ୍ୟ ପୂର୍ବଦିଗ୍‌ବଳୟ ଭେଦ କରି ଆକାଶ ବକ୍ଷକୁ ଆସି ନାହାନ୍ତି। ପୂର୍ବଦିଗ ଉଜ୍ଜ୍ୱଳ ଦେଖାଗଲାଣି। ତାରାଗୁଡ଼ିକ ନିଷ୍ପ୍ରଭ ହୋଇ ଦିବା ଆଲୋକ ସଙ୍ଗେ ମିଶିଯିବାକୁ ବସିଲେଣି—'ମିଶି ଯାଏ ଯଥା ଜୀବାତ୍ମା ବିଶ୍ୱ ଆତ୍ମା ଚରଣେ'। ସେତେବେଳେ ସମୁଦ୍ର ଶାନ୍ତ। ସେହି ଶାନ୍ତ ସମୁଦ୍ର ବକ୍ଷରେ ରୂପେଇ ଦେଖିଲା ବହୁ ଦୂରରେ ପ୍ରକାଣ୍ଡ ବୋଇତ ସ୍ଥିର ଭାବରେ ରହିଛି ଏବଂ ସେହି ବୋଇତରୁ ଗୋଟି ଗୋଟି ହୋଇ ଅନେକ କ୍ଷୁଦ୍ର ନୌକା ଖୁଣ୍ଟିଆ ଦ୍ୱୀପର କୂଳଆଡ଼କୁ ଲକ୍ଷ୍ୟ କରି ଚାଲିଆସୁଛି। ନୌକାଗୁଡ଼ିକର ଦୁଇପାଖେ ଆହୁଲା, ଦେଖାଯାଉଛି, ଯେପରି ଜୀବନ୍ତ ପ୍ରାଣୀ ଗୋଡ଼ ହଲାଇ ଚାଲି ଆସୁଛି ସମୁଦ୍ରର ନୀଳ ବକ୍ଷ ଉପରେ। ସୂର୍ଯ୍ୟୋଦୟ ପୂର୍ବରୁ ଏପର ଅପୂର୍ବ ଦୃଶ୍ୟ ରୂପେଇ ଆଉ କେବେ ଦେଖି ନ ଥିଲା। ସେ ସେହି ଦୃଶ୍ୟ ଦେଖିବାରେ ଲାଗିଗଲା।

ଧୀରେ ଧୀରେ ସୂର୍ଯ୍ୟ ଅଗ୍ନିପିଣ୍ଡ ପରି ବହୁ ଦୂରରେ ସମୁଦ୍ରର ସୁନୀଳ ଜଳ ଭେଦ କରି ଆକାଶକୁ ଉଠିଲେ। ଆକାଶରେ ବଉଦ ଏବଂ ସମୁଦ୍ରରେ ଜଳତରଙ୍ଗ କ୍ଷଣକ ନିମନ୍ତେ ସୂର୍ଯ୍ୟର ରକ୍ତରଶ୍ମିରେ ଲୋହିତ ବର୍ଣ୍ଣ ଧାରଣ କଲେ। ଦେଖୁ ଦେଖୁ ନୌକାଗୁଡ଼ିକ କୂଳର ଅତି ନିକଟରେ ଉପସ୍ଥିତ। ରୂପେଇ ଏତେ ବେଳ ପର୍ଯ୍ୟନ୍ତ ସ୍ଥିର ଚକ୍ଷୁରେ ଅନାଇଁ ରହିଥିଲା। ନୌକାଗୁଡ଼ିକୁ ନିକଟରେ ଦେଖି, ଆଉ ସ୍ଥିର ହୋଇ ରହିପାରିଲା ନାହିଁ। ଶେଷଥର ନିମନ୍ତେ କୌଣସି ଗୋଟିଏ ନୌକାରେ ଚକ୍ଷୁ ପକାଇ ସେ ନିଜ ନୌକାରୁ ତଳକୁ ଓହ୍ଲାଇ ଆସିଲା। ଜାଲଖଣ୍ଡି ହାତରେ ଧରି ମାଛ ଧରିବାକୁ କୂଳେ କୂଳେ ଅନ୍ୟତ୍ର ଚାଲିଗଲା।

ଏକୁଟିଆ ଜାଲରେ ମାଛ ଧରିବା ଶକ୍ତ କଥା। କିନ୍ତୁ ଭଜନାର ଅପୂର୍ବ କୌଶଳରେ ଜାଲଖଣ୍ଡିକ ଏପରି ଭାବରେ ବୁଣା ଯେ, ତାହା ସମୁଦ୍ରରେ ମେଲାଇ ନିଶ୍ଚିନ୍ତରେ ଜଣେ ଲୋକ କୂଳରେ ଠିଆ ହୋଇ ଏକାକୀ ଟାଣି ଆଣି ପାରିବ। ଜାଲର ଗୋଟିଏ ପାଖରେ ଧାଡ଼ି ଧାଡ଼ି ହୋଇ ଏକ ପ୍ରକାର ହାଲୁକା କାଠ ବନ୍ଧା ହୋଇଛି। ସ୍ଥାନେ ସ୍ଥାନେ କାଠର ଅଭାବରୁ ସୋଲ ବନ୍ଧା ହୋଇଛି ଯେପରି ଜାଲଗୁଡ଼ିକ ଜଳ ମଧ୍ୟରେ ସମ୍ପୂର୍ଣ୍ଣ ରୂପେ ନ ବୁଡ଼ି ଉପରେ ଭାସିବ। ଜାଲର ତଳ ଭାଗରେ ଛୋଟ ଛୋଟ ସୀସାଗୁଲି ବନ୍ଧା, ତାହା ବୁଡ଼ି ରହିବ ବୋଲି। ଏ ଜାଲର ଗୋଟିଏ ପାଖ କୂଳରେ ବାନ୍ଧି ଅନ୍ୟ ପାଖ ଧରି ସମୁଦ୍ରରେ ବୃତ୍ତାକାରରେ ମେଲାଇ ଦେବାକୁ ହୁଏ। ସମୁଦ୍ରରେ ଜଳ ଅଳ୍ପ ଥିଲେ ଏପରି ଉପାୟରେ ମାଛ ଧରିବାରେ ସୁବିଧା ହୁଏ।

ରୂପେଇ ମାଛ ଧରିବାକୁ ଚାଲିଯିବା ପରେ ଅନେକ ଗୁଡ଼ିଏ ଛୋଟ ନୌକା ଆସି କୂଳରେ ଲାଗିଲା। ଆରୋହୀଗଣ ନୌକା କୂଳରେ ବାନ୍ଧି, ଗୋଟିଏ ସ୍ଥାନରେ ସମବେତ ହେଲେ। ସେମାନଙ୍କର ସଂଖ୍ୟା ପଚାଶ। ସମସ୍ତେ ଦେଖିବାକୁ ବଳିଷ୍ଠ, ବିଶାଳକାୟ, ସାମୁଦ୍ରିକ ପୋଷାକ ପରିହିତ। ପ୍ରତ୍ୟେକଙ୍କର କଟିଦେଶରେ ତରବାରି ଲମ୍ବିତ।

ସ୍ଥଳରେ ଅବତରଣ କରି ଆନନ୍ଦରେ ନିଜ ନିଜ ମଧ୍ୟରେ ନାନା ପ୍ରକାର ଗଳ୍ପ ଆରମ୍ଭ କରିଦେଲେ ଥୋକେ। ଅନ୍ୟ କେତେ ଜଣ ପର୍ବତର ନିମ୍ନ ଦେଶରୁ ବୃକ୍ଷ ଲତା, କାଟି ତମ୍ବୁ ପକାଇବାର ସୁବିଧା କଲେ। ବାକିଯାକ ଜଙ୍ଗଲର ଏଣେ ତେଣେ ଚାଲିଗଲେ ଜଳ ଏବଂ ଶୁଷ୍କକାଠର ବରାଦରେ।

ଦେଖୁ ଦେଖୁ ଆହୁରି ଗୋଟିଏ ନୌକା ଆସି କୂଳରେ ଲାଗିଲା। ଏହି ନୌକାଖଣ୍ଡି ଅପେକ୍ଷାକୃତ ଟିକିଏ ବଡ଼। ଦେଖିବାକୁ ମଧ୍ୟ ବେଶ୍ ସୁନ୍ଦର। ନୌକାଖଣ୍ଡି କୂଳରେ ଲାଗିବାର ଦେଖି ସ୍ଥଳଭାଗରେ ସମବେତ ନାବିକମଣ୍ଡଳୀ ନୀରବରେ କୂଳ ନିକଟରେ ଉପସ୍ଥିତ ହେଲେ। ସେମାନଙ୍କର ମଧୁରାଳାପ କ୍ଷଣକାଳ ନିମନ୍ତେ ସ୍ଥଗିତ ରହିଲା। ଉପସ୍ଥିତ ନୌକାରୁ ପ୍ରଥମେ କେତେଜଣ ନାବିକ ଓହ୍ଲାଇ ଆସିଲେ; ତତ୍‌ପରେ ବହୁ ମୂଲ୍ୟ ବସ୍ତ୍ରପରିହିତ ଜଣେ ପ୍ରୌଢ଼ ଧୀରେ ଧୀରେ ଅବତରଣକରି ଆଗକୁ ଚାଲିଲେ। ଅନ୍ୟ ସମସ୍ତେ ତାଙ୍କର ଅନୁଗମନ କଲେ। ପ୍ରକୃତରେ ପ୍ରୌଢ଼ ଜଣେ ବିଖ୍ୟାତ ବଣିକ। ସେ ସିଂହଳ ଦ୍ୱୀପକୁ ବଣିଜ ନେଇ ବ୍ୟବସାୟ କରିବାକୁ ଯାଇଥିଲେ। ବ୍ୟବସାୟରେ ବହୁ ଅର୍ଥ ଲାଭ କରି ସ୍ୱଦେଶକୁ ଫେରି ଆସିଛନ୍ତି। ଆସିବା ସମୟରେ କଳିଙ୍ଗପତ୍ତନ ଏବଂ ଚାରିତ୍ର୍ୟ ବନ୍ଦରମାନଙ୍କରେ ଥିବା ତାଙ୍କର ଧନାଗାର ଏବଂ ବ୍ୟବସାୟମନ୍ଦିର ପରିଦର୍ଶନ କରି ବର୍ତ୍ତମାନ ତାମ୍ରଲିପ୍ତ ଫେରି ଯାଉଛନ୍ତି। ତାମ୍ରଲିପ୍ତ ତାଙ୍କ ବ୍ୟବସାୟର କେନ୍ଦ୍ରସ୍ଥଳ। ବଣିକଙ୍କର ଧନ ସମ୍ପତ୍ତି ଓ ପରିବାରବର୍ଗ ସମସ୍ତେ ତାମ୍ରଲିପ୍ତରେ ଥାନ୍ତି। ପକ୍ଷୀ ଆକାଶର ନାନାସ୍ଥାନ ଭ୍ରମଣକରି ଅବଶେଷରେ ଦିବାବସାନରେ ଫେରି ଆସେ ନୀଡ଼କୁ। ବଣିକ ଜଗତର ଅନେକ ସ୍ଥାନ ଭ୍ରମଣ କରି ଶେଷରେ ଫେରି ଆସିଲେ ସ୍ୱଦେଶକୁ।

ବଣିକଙ୍କର ବୟସ ତିରିଶ ବର୍ଷରୁ ଅଧିକ ନୁହେଁ। ହୃଷ୍ଟପୁଷ୍ଟ, ଗୌରବର୍ଣ୍ଣ, ବହୁମୂଲ୍ୟର ସାଜସଜ୍ଜାରେ ସମଗ୍ର ଶରୀର ମଣ୍ଡିତ। ଦକ୍ଷିଣ ପାର୍ଶ୍ୱରେ ସ୍ୱର୍ଣ୍ଣମୟ ଖୋଳ ମଧ୍ୟରେ ତରବାରି। ଚକ୍ଷୁର ତେଜ ପ୍ରଖର, ଦାନବିକ। ଦେଖିଲେ ମନରେ ସ୍ୱତଃ ଭୟର ସଞ୍ଚାର ହୁଏ। ନୌକାରୁ ଅବତରଣ କରି ଘୂର୍ଣ୍ଣାୟମାନ ଚକ୍ଷୁଦ୍ୱୟ ଚତୁର୍ଦ୍ଦିଗରେ ବୁଲାଇ, ସମସ୍ତଙ୍କର ସମ୍ମୁଖୀନ ହୋଇ, ଗର୍ବିତ ପଦ ଧୀରେ ଧୀରେ ପକାଇ ଆଗକୁ

ଚାଲିଲେ । ନାବିକମାନେ ନୀରବରେ ତାଙ୍କର ଅନୁଗମନ କଲେ । ଇତିମଧ୍ୟରେ ବଣିକଙ୍କର ସ୍ୱୀୟ ଭୃତ୍ୟ ନୌକାରୁ ଖଣ୍ଡେ ବେତ୍ରାସନ ନେଇ ଉପସ୍ଥିତ ହେଲା । ବଣିକଙ୍କର ହସ୍ତସଙ୍କେତାନୁଯାୟୀ ଭୃତ୍ୟ ଗୋଟିଏ ସମତଳ ସ୍ଥାନରେ ବେତ୍ରାସନ ସ୍ଥାପନ କଲା ଏବଂ ବେତ୍ରାସନ ଉପରେ ମଖମଲ ଗଦି ପକାଇ ଦୂରକୁ ଘୁଞ୍ଚି ଯୋଡ଼ହସ୍ତରେ ଦଣ୍ଡାୟମାନ ହେଲା । ବଣିକ ଆସନ ଗ୍ରହଣ କଲେ । ନାବିକମାନଙ୍କୁ ତାଙ୍କର ଚତୁର୍ଦ୍ଦିଗରେ ଅର୍ଦ୍ଧବୃତ୍ତାକାରରେ ବସିବାକୁ ଆଦେଶ କଲେ । ନାବିକମାନେ ଆଦେଶ ପାଳନ କଲେ ।

ବଣିକ ଅନେକ ସମୟ ପର୍ଯ୍ୟନ୍ତ ଚିନ୍ତାକର ସ୍ୱଚ୍ଛ ହସି ଧୀର ସ୍ୱରରେ ନାବିକମାନଙ୍କୁ ସମ୍ବୋଧନ କରି କହିଲେ, ବହୁଦିନ ପରେ ନିର୍ବିଘ୍ନରେ ଆମ୍ଭେମାନେ ସ୍ୱଦେଶକୁ ଫେରି ଆସିଛେ । କେଜାଣି କାହିଁକି ତାମ୍ରଲିପ୍ତର ଯେତିକି ନିକଟବର୍ତ୍ତୀ ହେଉଛି, ମନଟା ମୋର ସେତିକି ବେଶି ଚଞ୍ଚଳ ହେଉଛି । ପ୍ରତିକ୍ଷଣ ମନ ମଧ୍ୟରେ ଘରକଥା ପଡ଼ି ପ୍ରାଣଟା କିପରି ଆକୁଳ ହୋଇ ଉଠୁଛି । ଏତେ ଦିନ ହେଲା ଘରର କୌଣସି ସମ୍ବାଦ ଆମ୍ଭମାନଙ୍କୁ ମିଳିନାହିଁ । କିପରି ଅତିଶୀଘ୍ର ଯାଇ ତାମ୍ରଲିପ୍ତରେ ବୋଇତ ଲାଗିବ, ମୋର ବର୍ତ୍ତମାନ କେବଳ ସେହି ଚିନ୍ତା ।

ନାବିକମାନଙ୍କ ମଧ୍ୟରୁ ଜଣେ ବୃଦ୍ଧ ଥଙ୍ଗେଇ ଥଙ୍ଗେଇ ବଣିକଙ୍କର କଥାରେ ଯୋଗଦେଇ କହିଲେ, ବିଦେଶରେ ବେଶି ଦିନ ରହିଲେ, ଘରକଥା ବେଶି ମନେ ପଡ଼େ ନାହିଁ । କାମଧନ୍ଦାରେ ମଣିଷର ମନ ବରାବର ନିଯୁକ୍ତ ଥାଏ । କାମଧନ୍ଦାବେଳେ ଘରକଥା ଭାବୁଛି କିଏ ? କିନ୍ତୁ ଯେତେବେଳେ ବହୁଦିନ ପରେ ଘରମୁହାଁ ହୋଇ ଫେରିବାକୁ ହୁଏ, ସେତେବେଳେ ମନ ଭାରି ଚଞ୍ଚଳ ହୋଇ ପଡ଼େ । ଆପଣେ ଯାହା କହିଲେ, ତା ଠିକ୍ । ଯେ ଯେତିକି ବୃଦ୍ଧ, ତାହାର ଘର ଆଡ଼କୁ ଆକର୍ଷଣ ତେତିକି ବେଶି ।

ମୃଦୁ ହସି ବଣିକ କହିଲେ, ବୁଝିଲ ନା, ରଘୁନାଥ, ତମର କଥାଗୁଡ଼ିକ ମୋ ମନକୁ ଆସିଲା ନାହିଁ । ଅବଶ୍ୟ ଯାହା କହିଲ, ବୃଦ୍ଧର ଗୃହଆଡ଼କୁ ଆକର୍ଷଣର ମାତ୍ରା ଅଧିକ, ଏଟା ଠିକ୍ । କାରଣ ବୃଦ୍ଧ ସଂସାରର କୌଣସି ଶ୍ରମସାଧ୍ୟ କାର୍ଯ୍ୟରେ ନିଜକୁ ରଖିବାର ଇଚ୍ଛା ନ କରି ଘରେ ବସି ଶାନ୍ତିରେ ଜୀବନ କାଟିବାକୁ ଭଲ ପାଏ । ଆହୁରି ମଧ୍ୟ ଆମର ଯେଉଁ ବେଉଷା ସବୁବେଳେ ସମୁଦ୍ର ଉପରେ, ଜୀବନର ସର୍ବଦା ଭୟ । ଯେ ଯେତିକି ବୃଦ୍ଧ, ତାର ଜୀବନକୁ ସେତିକି ଅଧିକ ଲୋଭ ।

ବଣିକର କଥାରେ କେତେ ଜଣ ଯୁବକ ଏକାବେଳେ ହସି ଉଠିଲେ । ବୃଦ୍ଧ ଟିକିଏ ଅପ୍ରସ୍ତୁତ ହେଲା ପରି ବୋଧ ହେଲେ । ସେ ମୃଦୁହାସ୍ୟ କରି ପୁନର୍ବାର ଆରମ୍ଭ

କଲେ, ଶୁଣ ରଘୁନାଥ, ବୃଦ୍ଧର ଗୃହଆଡ଼କୁ ଆକର୍ଷଣର ପ୍ରଭାବ ଯେତେ ତଦପେକ୍ଷା ଢେର ଅଧିକ ଯେ ନୂତନ ବିବାହିତ। ବୃଦ୍ଧ ହସି ଉଠିଲେ। ବଣିକ ହାସ୍ୟର ବାଧା ନ ମାନି କହିଲେ, ଯେତେ ଦୂରକୁ ଯୁବକ ଯାଉ, କି ଏକ ଅଜଣା ସୂତ୍ର ତାକୁ ସେହି ଦେଶ ବା ଘର ଆଡ଼କୁ ଟାଣି ଆଣୁଥାଏ। ବୃଦ୍ଧ ବଣିକଙ୍କୁ ସାହାଯ୍ୟ କରି ଚୁଟି ବାନ୍ଧୁ ବାନ୍ଧୁ କହିଲେ, ଆଜ୍ଞା ଆଉ ଅଜଣା ସୂତ୍ର ବୋଲି କହୁଛନ୍ତି କାହିଁକି ? ସେହି ନବଯୁବତୀର ନବୀନ ସୌନ୍ଦର୍ଯ୍ୟ ଓ ସ୍ମୃତି ପ୍ରକୃତରେ ଯୁବକର ମନକୁ ଟାଣି ଆଣେ ଦେଶ ଆଡ଼କୁ। ମୋର କହିବାର ଭୁଲ ହୋଇଥିଲା ଯେ, କେବଳ ବୃଦ୍ଧକୁ ଦେଶର ସ୍ମୃତି ଟାଣି ଆଣେ। ମାତ୍ର ଆପଣଙ୍କ କଥାରୁ ପ୍ରକାଶ ଏବଂ ପ୍ରମାଣିତ ଯେ ବିବାହିତ ଯୁବକର ମଧ୍ୟ ଆକର୍ଷଣ ଶକ୍ତି ଦେଶଆଡ଼କୁ କୌଣସିମତେ ଅଳ୍ପ ନୁହେଁ। ଯେ ଅବିବାହିତ ତାକୁ ମଧ୍ୟ ଘର ବିଷୟରେ ଭାବିବାକୁ ପଡ଼େ। ଅବିବାହିତ ଯୁବକର ବାପ ମା ଭାଇ ଭଉଣୀ ଏବଂ ସମବୟସ୍କ ବନ୍ଧୁଗଣ ପୁଣି ତ ଅଛନ୍ତି।

ଜଣେ ଯୁବକ ଅନିଚ୍ଛାସତ୍ତ୍ୱେ ଲଜ୍ଜିତ ଭାବକୁ ଟିକିଏ ଯେପରି ଗୋପନ କରି ତା'ର ନିକଟସ୍ଥ ବନ୍ଧୁର କାନରେ କହିଲା, ଏ ତ ଗଲା ବୃଦ୍ଧ ଯୁବକଙ୍କ କଥା, ଯିଏ ବୃଦ୍ଧ ନୁହେଁ କି ଯୁବକ ନୁହେଁ ... ...।

ବଣିକ କହିଲେ ଠିକ୍ ଧରିଛ। ତା'ର ଦେଶର ଟାଣଟା ତା ଉପରେ ବି ଢେର ଅଧିକ। ଏହାର କାରଣ ସେ ବୃଦ୍ଧ ନୁହେଁ କି ଯୁବକ ନୁହେଁ; ଅଥଚ ଉଭୟ। ତେଣେ ଘରଆଡ଼ର କଥା—ସେତେବେଳ ପର୍ଯ୍ୟନ୍ତେ ଅତୃପ୍ତ ପ୍ରେମର ଲାଳସାଟା ଏକାଥରେ ମେଣ୍ଟି ନ ଥାଏ। ତା'ପର ପିଲା ଛୁଆଙ୍କର ମୋହ। ଯଦି ଘରେ ବୃଦ୍ଧ, ପିତା ମାତା ଥାନ୍ତି ସେମାନଙ୍କର ଦାୟିତ୍ୱ, ଘର ଚଳାଇବାର ଭାର ଇତ୍ୟାଦି ଇତ୍ୟାଦି।

ଏହିପରି କଥୋପକଥନ କରୁ କରୁ କେତେ ଜଣ ନାବିକ ଶୁଖିଲା କାଠର ବୋଝ ମୁଣ୍ଡରେ ଧରି ଜଙ୍ଗଲ ମଧ୍ୟରୁ ବାହାରି ଆସିଲେ। ସେତେବେଳକୁ ସମୟ ଅଧିକ ହୋଇ ଗଲାଣି। ଖରାଦିନର ନିରାଟ ଛରାରେ ଲୋକେ ବ୍ୟସ୍ତ ହୋଇ ନିକଟସ୍ଥ ବୃକ୍ଷ ଛାୟାରେ ଆଶ୍ରୟ ଗ୍ରହଣ କରିବାକୁ ଘୁଞ୍ଚିଗଲେ। ବଣିକ ଆଗରୁ ଉପଯୁକ୍ତ ସ୍ଥାନରେ ବସିଥିଲେ। ତେଣୁ ତାଙ୍କୁ ସ୍ଥାନ ପରିବର୍ତ୍ତନ କରିବାକୁ ପଡ଼ି ନ ଥିଲା।

ବଣିକ କହିଲେ, ରଘୁନାଥ, କହ ଭଲା, ଏ ସ୍ଥାନଟି କିପରି ? ପ୍ରଧାନ ସ୍ଥଳଭାଗର ନିକଟବର୍ତ୍ତୀ କ୍ଷୁଦ୍ର ଦ୍ୱୀପଖଣ୍ଡି ଦୂରଦେଶାଗତ ନାବିକମାନଙ୍କର ବେଶି ଉପକାରରେ ଆସେ। ବିଶେଷତଃ, ଆମ ପରି ବଣିକ ଲୋକଙ୍କ ପାଇଁ ସ୍ଥାନ ମନ୍ଦ ନୁହେଁ। ନିକଟରେ ଝରଣା ଅଛି ତ ?

ଜଙ୍ଗଲ ଭିତରୁ ମୁଣ୍ଡରେ କାଠବୋଝ ଧରି ଆସୁଥିବା ଲୋକମାନଙ୍କ ମଧ୍ୟରୁ

ଜଣେ ଉତ୍ତର ଦେଲା; ହଁ, ଗୋଟିଏ ଝରଣା ନିକଟରେ ଅଛି। କିନ୍ତୁ ଭାରି ଛୋଟ। ଜଳ କାଚକେନ୍ଦୁ ପରି ସଫା। ଝରଣା ପାଖରେ ଅନେକଗୁଡ଼ିଏ କଦଳୀଗଛ ଅଛି। ନଡ଼ିଆ ଗଛର ତ ସୁମାରି ନାହିଁ।

କି କଦଳୀ, କାଠିଆ ?

ଖାଲି କାଠିଆ ନୁହେଁ, ବନ୍ତଳକଦଳୀ ଅଛି। କାନ୍ଦିଟାମାନ ଭାରି ବଡ଼ ବଡ଼। ଚାରିହାତ କରି କଦଳୀ କାନ୍ଦି। ଆମେ ସବୁ ବର୍ତ୍ତମାନ ନଡ଼ିଆ ପଇଡ଼ ଖାଇ ଆସିଲୁ। ପାଚିଲା କଦଳୀ ନାହିଁ। କାନ୍ଦିଗୁଡ଼ିକରୁ ଅନେକ ପାକଳ ହୋଇଛି। ଅନ୍ଦାଜ ତିରିଶ କାନ୍ଦି କାଟି ତିନିଜଣ ଲୋକ ଜଗେଇ ଆସିଛୁ। କାଠ ରଖି ସାରି ନେଇ ଆସିବୁ। ଆଉ ଯଦି ଆପଣଙ୍କର ହୁକୁମ ମିଳେ, ନଡ଼ିଆ ଗଛରୁ କେତେଗୁଡ଼ିଏ ନଡ଼ିଆ ଝାଡ଼ି ଜାହାଜକୁ ନେବୁ।

ସ୍ୱର୍ଣ୍ଣଦ୍ୱୀପ ଏବଂ ଅନ୍ୟାନ୍ୟ ଦ୍ୱୀପରୁ ଆସିଥିବା ନଡ଼ିଆ ଜାହାଜ ଚାରିତ୍ର୍ୟ ବନ୍ଦରରୁ ପରା ତାମ୍ରଲିପ୍ତକୁ ପଠାଯାଇଛି। ସେ ସବୁ ଜାହାଜ ତାମ୍ରଲିପ୍ତରେ ଉପସ୍ଥିତ ହେବା ସଙ୍ଗେ ସଙ୍ଗେ ବୋଧ ହୁଏ ବିକ୍ରି ହୋଇଯିବ। ସମ୍ବଲପୁରୀ ବେପାରୀମାନେ ଖାଲି ନଡ଼ିଆ ନିମନ୍ତେ ଚୁଡ଼ା ଚାଉଳ ବାନ୍ଧି ଦେଶରୁ ଆସି ବରାବର ଉପସ୍ଥିତ ଥାନ୍ତି। ସେମାନେ ନଡ଼ିଆରେ ଗାଡ଼ି ବୋଝେଇ କରି କୋଶଳ ଏବଂ ମଗଧ ପ୍ରଭୃତି ଦେଶମାନଙ୍କୁ ପଠାଇ ଦିଅନ୍ତି। ଅତଏବ ଆଶା କରଯାଏ, ଆମର ପହଞ୍ଚିବା ପୂର୍ବରୁ ଜାହାଜ ଖାଲି ଥିବ। ସେହିମାନଙ୍କୁ ଆଦେଶ ଦେଲେ, ଆଣ୍ଡାମାନ୍ ଦେଇ ସୁମାତ୍ରା ଯିବା ପୂର୍ବରୁ ଖୁଣ୍ଟିଆ ଦ୍ୱୀପକୁ ଆସି ଯାହା କିଛି ପାଇବେ ନଡ଼ିଆ ନେଇଯିବେ। ବର୍ତ୍ତମାନ ସମୟ ନାହିଁ ଏତେଗୁଡ଼ାଏ କାର୍ଯ୍ୟ କରିବାକୁ। କଣ କହୁଛ ରଘୁନାଥ ?

ଆଜ୍ଞା, ଆହୁରି ଏକ କଥା, କେବଳ ଆମର ତ ନଡ଼ିଆ ଯାଇ ନାହିଁ, ଆହୁରି ମଧ୍ୟ ଅନେକଙ୍କର ଯାଇଥିବ। ଚାରିତ୍ର୍ୟ ବନ୍ଦରରୁ କେହି ଅବଶ୍ୟ ପଠାଇ ନାହିଁ, ଏଟା ନିଶ୍ଚୟ। ମାତ୍ର ହୁଏ ତ ଲୋକେ କଳିଙ୍ଗପତ୍ତନ କିମ୍ବା ସ୍ୱର୍ଣ୍ଣଦ୍ୱୀପରୁ ସିଧା ସିଧା ତାମ୍ରଲିପ୍ତ ପଠାଇ ଥିବେ। ତେବେ ତ ନଡ଼ିଆ ଖଲାସ ହେବାରେ ଡେରି ହେବ। ଏ ଭିତରେ ଯଦି ଏତକ କିଏ ହାତ କରିନିଏ, ତେବେ ବୃଥା ଲୋକସାନ୍।

ଲୋକସାନ୍ ଆଉ କଣ ? ଲାଭ ହୋଇଥାନ୍ତା, ନ ହେଲେ ନାହିଁ। କାହିଁକି ନ ହେବ ? ହୁକୁମ ଦିଆ ହୋଇଛି। ବେପାରୀ ଥାନ୍ତୁ, ନ ଥାନ୍ତୁ, ପ୍ରଥମେ ଜାହାଜ ଖାଲି କରିଦେବ। ନଡ଼ିଆଯାକ ନଡ଼ିଆ ଗୋଦାମକୁ ପଠାଇ ଦେବ। ହୁଏ ତ ବାଟରେ ସେମାନଙ୍କ ସଙ୍ଗେ ଦେଖା ହେବ। ଯଦି ଦେଖା ନ ପାଉଁ କାଲି ସନ୍ଧ୍ୟା ପୂର୍ବରୁ ଖୁଣ୍ଟିଆ ଦ୍ୱୀପରେ ବୋଇତ ନିଶ୍ଚୟ ଲାଗିବ। ରଘୁନାଥ, ବୋଇତର ବଡ଼ ଅଭାବ ପଡ଼ିଲା।

ଆହୁରି ଖଣ୍ଡେ ଦୁଇଖଣ୍ଡ ନ କଲେ ଚଳିବ ନାହିଁ। ଯେଉଁ ବଡ଼ ବୋଇତରେ ହାତୀ ବୋଝାଇ ହୁଅନ୍ତି, ସେଟା ବି ଆସି ପୁରୁଣା ହେଲାଣି, ମରାମତି ହେବା ନିତାନ୍ତ ଦରକାର। ଏଥର ଆଫ୍ରିକାରୁ ଫେରିଲେ, ମରାମତ କରିବା ବନ୍ଦୋବସ୍ତ କରାଯିବ।

ଯେଉଁ ବୋଇତ ଖଣ୍ଡ ବୁଡ଼େଇ ଦେଲେ ... ...!

ଚୁପ୍ ଚୁପ୍ ସେ କଥା କହି ଲାଭ କ'ଣ ? ଯଦି କୌଣସିମତେ ଧରା ପଡ଼ିଥାନ୍ତୁ ତେବେ କଥା ସରିଥିଲା। ତେବେ ଜାଣ ତ ଆମର କାଣ୍ଡ କାରଖାନା ନିମନ୍ତେ ଏକାମ୍ର କାନନର ଠାକୁର ରାଜା କିପରି ବିରକ୍ତ ହେଲେଣି ମୋ ଉପରେ ? ଶୁଣୁଛି ମୋର କାର୍ଯ୍ୟର ପ୍ରମାଣ ନିମନ୍ତେ ସେ ଲୋକ ନିଯୁକ୍ତ କଲେଣି। ଯଦି ଜଣାଯାଏ, ତେବେ ମୋର ମୁଣ୍ଡଟି ଫାଶୀକାଠରେ ଝୁଲିବ। କେବଳ ସେତିକି ନୁହେଁ, ତମେମାନେ ବି ସେଥିରୁ ଉଧୁରି ଯିବ ନାହିଁ। ଏଥର ଭାରି ହୁସିଆରରେ ଚଳିବାକୁ ହେବ।

ବାମ ହସ୍ତରେ ମସ୍ତକରୁ ଝାଳ ପୋଛି, ଦୀର୍ଘନିଃଶ୍ୱାସ ପକାଇ କହିଲେ, ଏଥର ଭାବିଛି, ଗୋଟିଏ ଉପାୟ କରିବି। ଜଗନ୍ନାଥଙ୍କୁ ବହୁମୂଲ୍ୟହୀରା ଦୁଇ ଖଣ୍ଡି ଉପହାର ଦେବି। ବାଲିଦ୍ୱୀପ ନିକଟରେ ଗୋଟିଏ କ୍ଷୁଦ୍ର ଦ୍ୱୀପରୁ ମିଳିଥିବା ପ୍ରକାଣ୍ଡ ହୀରାଖଣ୍ଡି ରାଜାଙ୍କୁ ଉପହାର ଦେବି। ତାହା ହେଲେ କେଜାଣି ବା ମୋ ଉପରୁ ତାଙ୍କର ସନ୍ଦେହ ଦୂର ହୋଇପାରେ। ବୁଝିଲ ରଘୁନାଥ, ଏ ସମସ୍ତ କାର୍ଯ୍ୟ ତୁମକୁ କରିବାକୁ ହେବ।

ରଘୁନାଥ ନୀରବ ରହିଲେ।

ଜଣେ ଯୁବକ ବଣିକଙ୍କୁ ସମ୍ବୋଧନ କରି ତଳକୁ ମୁହଁ ପୋତି କହିଲା, ଡକାଇତି ଦ୍ୱାରା ଯେଉଁ ଧନ ମିଳିଛି ତାହାର ଉପଯୁକ୍ତ ବାଣ୍ଟ ପ୍ରତ୍ୟେକଙ୍କ ଭାଗରେ କେତେ ପଡ଼ିବ, ଆମେ ଜାଣିବାକୁ ଚାହୁଁ।

ବାଣ୍ଟ ? ବଣିକ ଟିକିଏ ବିସ୍ମୟର ଚିହ୍ନ ଦେଖାଇ କହିଲେ, ବାଣ୍ଟ ଆଉ କ'ଣ ? ତମୁକୁ ମୁଁ ବ୍ୟବସାୟ କରିବା ନିମନ୍ତେ ମାସିକ ବେତନ ଦେଇ ନିଯୁକ୍ତ କରିଛି; ଆହୁରି ମଧ୍ୟ ବିଦେଶରେ, ମୋର ବୋଇତରେ ତୁମ ପଦାର୍ଥ ତୁମ୍ଭେମାନେ ବରାବର ବଣିଜ କରିଥାଅ। ତହିଁରେ ଲାଭବାନ ହୋଇ ମୋତେ କିଛି ଦେଇଥାଅ କି ? ବଣିଜ ଦ୍ରବ୍ୟରେ ତୁମମାନଙ୍କ ନିମନ୍ତେ ମୁଁ ଗୋଟାଏ ସ୍ୱତନ୍ତ୍ର ଅଂଶ ବରାବର ରଖି ଦେଇଛି। ଏତେ କରି ମଧ୍ୟ ତୁମେମାନେ ସନ୍ତୁଷ୍ଟ ନ ହୋଇ ଅଧିକ ଧନ ଆଶାରେ ଆପତ୍ତି କରୁଛ। ତୁମର ତ ଧନର କୌଣସି ଅଭାବ ନାହିଁ ?

ଯାହାର ଅଭାବ କେବଳ ସେହି ଜାଣେ। ଆପଣ ଜାଣିବେ କିପରି ?

ବଣିକ ବିରକ୍ତ ହୋଇ କହିଲେ, ତୁମେମାନେ ବେତନଭୋଗୀ ଭୃତ୍ୟ, ଅତଏବ.......।

କିଏ ଜଣେ ବାଧାଦେଇ କହିଲା, ଅବଶ୍ୟ ଆମେ ବେତନଭୋଗୀ, ବାରଣ କରୁନାହୁଁ, ମାତ୍ର ବେତନ ଭୋଗ କରିବାର କାରଣ କ'ଣ? ହକ୍ ମୂଲ ଲାଗିଲୁ, ଏଥିରେ କହିବାର ନାହିଁ।

ବଣିକ ଉତ୍ତେଜିତ ହୋଇ କହିଲେ, କହିବାର ଢେର ଅଛି। ଢେର୍ କ୍ଷମତା ମଧ୍ୟ ମୋର ଅଛି। ଯେତେବେଳେ ତୁମେମାନେ ମୋର ଭୃତ୍ୟ, ଯେଉଁ କାର୍ଯ୍ୟ କରିବାକୁ ଆଦେଶ କରିବି, ବିନା ସମୟ ବ୍ୟୟରେ ସେ କାର୍ଯ୍ୟ ସାଧନ କରିବାକୁ ତୁମେ ବାଧ୍ୟ। କାର୍ଯ୍ୟରେ ସନ୍ତୁଷ୍ଟ ହୋଇ ମୁଁ ପୁରସ୍କାର ଦେଇ ପାରେ, କିନ୍ତୁ ତୁମେ କୌଣସି ପ୍ରକାର ଅଂଶ ଦାବୀ କରି ନ ପାର।

କିନ୍ତୁ ଆମେ ଡକାୟତି କରିବାକୁ ନିଯୁକ୍ତ ନାହୁଁ। ବୋଇତ ଚଳାଇବା, ଦେଶ ବିଦେଶରେ ବଣିଜ କରିବାରେ ସାହାଯ୍ୟ କରିବା ହେଉଛି ଆମର କାର୍ଯ୍ୟ। ଡକାୟତି କରିବା କଦାପି ନୁହେଁ; ଯେହେତୁ ବିବେକ ବିରୁଦ୍ଧରେ କାର୍ଯ୍ୟ କରିଛୁଁ। ଜୀବନର ସମସ୍ତ ଆଶା ଭରସା ଛାଡ଼ି ପାପ କାର୍ଯ୍ୟର ପୁରସ୍କାର ଆମକୁ ଅବଶ୍ୟ ମିଳିବ। ମନୁଷ୍ୟ ପାପ କରେ କାହିଁକି? ନିଜର କୌଣସି ମନ୍ଦ ଅଭିଳାଷର ପରିତୃପ୍ତି ନିମନ୍ତେ ତ?

ଯଦି ତୁମ୍ଭେମାନେ ପ୍ରାପ୍ତଧନର ଭାଗ ନେବାକୁ ଇଚ୍ଛୁକ, ଧନର କେତେ ଅଂଶ ନେଲେ ତୁମେ ପରିତୃପ୍ତ ହେବ? ବଣିକ ପଚାରିଲେ।

ଏଥି ପୂର୍ବରୁ ଏହିପରି କାର୍ଯ୍ୟ କରିବା ଦ୍ୱାରା ଆମେ ଯାହା ପାଉଥିଲୁ, ତାହାର ଦୁଇଗୁଣ।

ଦୁଇଗୁଣ କିଆଁ? ଦୁଇଗୁଣ ଅର୍ଥ ଅଧାଅଧି, ଏହା ଜାଣ ତ?

ବେଶ୍ ଜାଣୁ; ଆପଣ କହିଲେ ଅଧାଅଧି, କିନ୍ତୁ ସେହି ଅଧାଅଧିଟା ଯେତେବେଳେ ଏତେ ଲୋକରେ ବିଭକ୍ତ କରାଯିବ, ଜଣକର ଭାଗରେ କେତେ ପଡ଼ିବ ଭାବିଲେ?

ନାଁ ଅଧେ ଦିଆଯିବ ନାହଁ। ଏକତୃତୀୟାଂଶ ଦିଆଯିବ। ଏଥିରେ ରାଜି ହୁଅ ନ ହୁଅ, ମୁଁ ଆଉ କଦାପି ଅଧିକ ଦେଇ ପାରିବି ନାହିଁ।

ନାବିକମାନେ ରାଜି ହେଲେ। ବଣିକ ବେତ୍ରାସନକୁ ଟିକିଏ ପଛକୁ ଟାଣି କହିଲେ, ସମୟ ଅଧିକ ହେଲାଣି। ଏଥର ତାମ୍ରଲିପ୍ତ ଯିବାକୁ ହେବ। ବନ୍ଦୀମାନଙ୍କର ଉପଯୁକ୍ତ ବ୍ୟବସ୍ଥା ନ କରି ଗଲେ ଠିକ୍ ହେବ ନାହିଁ। ସେମାନଙ୍କୁ ଯଦି ଏଠାରେ ରଖିବାର ନିଶ୍ଚୟ ହେଲା ରହିବ କିଏ?

ବହୁ ତର୍କବିତର୍କ ପରେ ସ୍ଥିର ହେଲା ଯେ, ଭୀମା ପ୍ରମୁଖ ପନ୍ଦର ଜଣ ଯୁବକ ନାବିକ ବନ୍ଦୀମାନଙ୍କର ପ୍ରହରୀ ରହିବେ। ବନ୍ଦୀ ତରଫରୁ ଦଶଜଣ ଲୋକ, ନିଜେ

ବନ୍ଦୀ ଏବଂ ତାହାର ସ୍ତ୍ରୀ ଓ ପୁତ୍ର। ସମସ୍ତେ ମିଳି ତେରଜଣ। ସେମାନଙ୍କୁ ଖୁଣ୍ଟିଆ ଦ୍ୱୀପକୁ ଆଣିବାକୁ ହେବ। ସେମାନେ ବରାବର ନଜରରେ ରହିବେ ଯେପରି କେହି କୌଣସିମତେ ପଳାଇ ଯାଇ ନ ପାରେ। କାରଣ ଯଦି କେହି ପଳାଇ ଯାଇ ଡକାୟତିର ପ୍ରତ୍ୟକ୍ଷ ଘଟଣା ଦେଶରେ ବର୍ଣ୍ଣନା କରେ ତେବେ ସର୍ବନାଶ। ବଣିକ ତାମ୍ରଲିପ୍ତରେ ପହଞ୍ଚିଲେ, ସେଠାରୁ ଲୁଗା ଓ କତାଦଉଡ଼ିର ବୋଇତ ଜାଭା ଯିବାକୁ ବାହାରିବ। ସେହି ଜାହାଜରେ ନିଜେ ବଣିକ ଯିବେ ନାହିଁ। ବୋଇତର ଅଧ୍ୟକ୍ଷକୁ ଆଦେଶ କରାଯିବ, ଯେପରି ସେ ବୋଇତ ଖୁଣ୍ଟିଆ ଦ୍ୱୀପ ବାଟେ ନିଏ। ବୋଇତର ପତାକାରୁ ପ୍ରହରୀମାନେ ବଣିକଙ୍କର ଜାହାଜ ଚିହ୍ନିପାରି ବନ୍ଦୀମାନଙ୍କୁ ସେହି ବୋଇତରେ ଛାଡ଼ିଦେଇ ତାମ୍ରଲିପ୍ତ ଯାତ୍ରା କରିବେ। ସେଥି ନିମନ୍ତେ ଦୁଇଖଣ୍ଡି ନୌକା ସେମାନଙ୍କର ଅଧୀନରେ ରହିବ।

ଯଦି ବୋଇତ ଆସିବା ପୂର୍ବରୁ ଅନ୍ୟ କାହାର ବୋଇତ ଆସି ଖୁଣ୍ଟିଆ ଦ୍ୱୀପରେ ଲାଗେ, ତେବେ ତ ସର୍ବନାଶ। ଉପାୟ କ'ଣ ? ଉପାୟ ସ୍ଥିର କରାଯାଇଛି, ବନ୍ଦୀମାନଙ୍କୁ ସମୁଦ୍ରକୂଳରେ ନ ରଖି ପର୍ବତ ଉପରକୁ ନିଆଯିବ। ପ୍ରତ୍ୟେକକୁ ଗୋଟିଏ ଲେଖାଏଁ ଗଛରେ ବାନ୍ଧି, ମୁହଁରେ କନା ଭିଡ଼ିଦେବେ, ଯେପରି କେହି ଚିତ୍କାର କରି ନ ପାରେ। ପରେ ବୋଇତ ଆସିଲେ ସେମାନଙ୍କୁ ଗୋଟି ଗୋଟି କରି ବୋଇତରେ ଛାଡ଼ି ଦିଆଯିବ। ସେମାନେ ଆଣ୍ଡାମାନ ଦ୍ୱୀପରେ ଆଜୀବନ ବନ୍ଦୀ ରହିବେ। ଏମାନଙ୍କୁ ବନ୍ଦୀ ନ କରି ଜୀବନରେ ମାରି ସମୁଦ୍ରରେ ଭସାଇ ଦେଲେ ତ ମୁକ୍ତ ହୋଇଯାନ୍ତେ ଦୁଇ ପକ୍ଷ ? ମାତ୍ର ଶୀତଳ ରକ୍ତରେ ଏକାଧାରେ ଏତେ ଲୋକଙ୍କୁ ହତ୍ୟା କରିବାକୁ କିଏ ସାହସ କରିବ ? ବରଂ ସେମାନେ ଆଣ୍ଡାମାନରେ ଅନାହାରରେ ମରନ୍ତୁ।

ବଣିକ କହିଲେ, ବୋଧହୁଏ ତୁମ୍ଭଙ୍କୁ ଏଠି ବହୁଦିନ ରହିବାକୁ ପଡ଼ିବ ନାହିଁ। କଳିଙ୍ଗପତ୍ତନରେ ଥିବା ସମୟରେ ଆଦେଶ ଦେଇ ଲୋକ ପଠାଇଥିଲି ଲୁଗାର ବୋଇତ ଯେପରି ଆଜି ତାମ୍ରଲିପ୍ତରୁ ବାହାରେ। ଯଦି ଆଦେଶ ପାଳିତ ହୋଇଥିବ, ବୋଇତ ସକାଳୁ ବାହାରିବଣି। ଆମେ ତାକୁ ବାଟରେ ଦେଖିଲେ ଅତି ଶୀଘ୍ର ଏଠାକୁ ପଠାଇ ଦେବୁ।

ତେବେ ନିଶ୍ଚୟ ଜାଣିଥା, ଏହି ବାଳକର ଜୀବନ ଅଳ୍ପକ୍ଷଣ ପରେ ଚାଲିଯିବ। ସ୍ତ୍ରୀର ସତୀତ୍ୱ ନିକଟରେ ତା'ର ସନ୍ତାନର ଜୀବନ ତୁଚ୍ଛ। ଯେତେବେଳେ ଜଣେ

ନିରୀହ ବଣିକର ସର୍ବସ୍ୱ ହରଣ କରି ତାର ସମସ୍ତଙ୍କୁ ଅକୁଣ୍ଠିତ ଭାବରେ ହତ୍ୟାକରିଛ ଏବଂ ନିରପରାଧ ଆମ୍ଭମାନଙ୍କୁ କେଜାଣି କେଉଁ ଉଦ୍ଦେଶ୍ୟରେ ବନ୍ଦୀ କରିଛ, ଆମ୍ଭେମାନେ ଆଗରୁ ଜାଣୁ ଯେ ତୁମେମାନେ ମନୁଷ୍ୟ ରୂପଧାରୀ ରାକ୍ଷସ ଆଗରୁ ସେଥି ନିମନ୍ତେ ମହାପ୍ରଭୁ ବୁଦ୍ଧଙ୍କ ଉଦ୍ଦେଶ୍ୟରେ ଜୀବନ ଜଳାଞ୍ଜଳି ଦେଇ ସାରିଛୁ। ଏହି ହତଭାଗ୍ୟ ବାଳକର ଜୀବନ ଯେ କୌଣସି ମତେ ରହିବ, ଏହା ନୁହେଁ, ଅତଏବ ତୁଚ୍ଛ ଜୀବନ—ସନ୍ତାନର ଜୀବନ ନିମନ୍ତେ ସ୍ତ୍ରୀକୁ ଭୟ ଦେଖାଇ ତା'ର ସତୀତ୍ୱ ନଷ୍ଟ କରିବ, ଏହା ସ୍ୱପ୍ନରେ ହେଲେ ଭାବ ନାହିଁ।

ବୃଥା ବକ୍ତୃତାରେ ଫଳ ନାହିଁ, ଗର୍ବିଣୀ, ଶୀଘ୍ର ସମ୍ମତ ହୁଅ। ବର୍ତ୍ତମାନ ମଧ୍ୟ ସମୟ ଅଛି। ଦେଖ୍ ତୋର ଏହ ଶିଶୁ ସନ୍ତାନର ବେକରେ ମୋର ଖଣ୍ଡା କିପରି ଚକ୍ ଚକ୍ ଦିଶୁଛି; କହ।

ଏତକ କହି ଯୁବକ ବାଳକର ବେକରେ ଖଣ୍ଡା ଲଗାଇଲା। ରମଣୀ ଅଧୀରା ହୋଇ ମୁକ୍ତ ହେବାକୁ ଚେଷ୍ଟା କଲା। ମାତ୍ର ପାରିଲା ନାହିଁ। ଗୋଡ଼ହାତ ବୃକ୍ଷ ଦେହରେ ଦୃଢ଼ରୂପେ ବନ୍ଧା। ଚେଷ୍ଟା କଲେ ଲାଭ କ'ଣ? ରମଣୀ ମୁଣ୍ଡ ବୁଲାଇ ଚକ୍ଷୁ ବନ୍ଦ କଲା। ଉଚ୍ଚସ୍ୱରରେ ଭଗବାନଙ୍କୁ ସମ୍ବୋଧନ କରି ବାଳକର ଜୀବନ ରକ୍ଷା ନିମନ୍ତେ ପ୍ରାର୍ଥନା କଲା।

ନାବିକ ଯୁବକ ରମଣୀର ଅଟଳ ପ୍ରତିଜ୍ଞା ଦେଖି ସ୍ତମ୍ଭୀଭୂତ ହେଲା। ରୋରୁଦ୍ୟମାନ ବାଳକଟିକୁ ଛାଡ଼ି, ଖଣ୍ଡା ତଳେ ରଖି ରମଣୀଆଡ଼କୁ ଅଗ୍ରସର ହେଲା। କହିଲା, ଦେଖ୍, ବର୍ତ୍ତମାନ ତୋତେ ମୁଁ ଆକ୍ରମଣ କରିବି। ଦେଖିବି ତୋତେ କିଏ ରକ୍ଷା କରିବ? ଆଉ ତୋର ସତୀତ୍ୱ ରହିବ କେଉଁଠି? ରଖିବ କିଏ?

"ସ୍ତ୍ରୀର ସମ୍ମୁଖରେ ସ୍ତ୍ରୀ ଉପରେ ଅତ୍ୟାଚାର କରି ପାରିବୁ ନାହିଁ ପାପିଷ୍ଠ, ନା, କଦାପି ନୁହେଁ।"

ସେତେବେଳେ ଅସ୍ତଗାମୀ ସୂର୍ଯ୍ୟ ଖୁଣ୍ଟିଆ ପର୍ବତର ପଛଆଡ଼େ ଲୁଚିଗଲେଣି। ଯେଉଁ ସ୍ଥାନରେ ଗୋଟି ଗୋଟି ହୋଇ ବନ୍ଦୀମାନେ ବନ୍ଧାହୋଇ ଥିଲେ, ସେହି ସ୍ଥାନର ନିମ୍ନଦେଶରେ କେତେଗୁଡ଼ିଏ ଲୋକଙ୍କର ମୃତପିଣ୍ଡ ପଡ଼ିଥିଲା। ନିକଟରେ କୌଣସି ଗୋଟିଏ ପଥର ଆଢୁଆଳରୁ ଜଣେ ସ୍ତ୍ରୀ ଲୋକ ବାହାରି, ଭୂପତିତ ଖଣ୍ଡା ହାତରେ ଧରି ପୂର୍ବୋକ୍ତ ବାକ୍ୟ ଦୁଇଟି ଉଦ୍‌ବେଗପୂର୍ଣ୍ଣ କଣ୍ଠରେ କହି ପକାଇଲା। ନାବିକ-ଯୁବକ ପଛରୁ ଚାହିଁଲା। ଦେଖିଲ ଜଣେ ରମଣୀ, ଖଣ୍ଡା ହାତରେ ଧରି, ଆରକ୍ତ ଲୋଚନରେ ତାରି ଆଡ଼କୁ ଅଗ୍ରସର ହେଉଛି। ସେ ରମଣୀ ଉପରେ ଅତ୍ୟାଚାର

କରିବାକୁ ଆଉ ଯାଇ ପାରିଲା ନାହିଁ। ଅବାକ୍ ହୋଇ ଚାହିଁ ରହିଲା। ଏହି ଅବସରରେ ବାଳକ ମୁକ୍ତ ହୋଇ ବନ୍ଦିନୀ ଜନନୀର ଅଞ୍ଚଳ ଧରି କାନ୍ଦିବାକୁ ଲାଗିଲା।

ଏଣେ ଯୁବକ କିଛିକ୍ଷଣପରେ କ୍ରୁଦ୍ଧ ହୋଇ ଆଗନ୍ତୁକାର ନିକଟକୁ ଧାଇଁ ଗଲା। ଉଦ୍ଦେଶ୍ୟ, ନିଜର ଖଣ୍ଡା ଖଣ୍ଡି କୌଣସି ମତେ ଉଦ୍ଧାର କରିବ। ଆଗନ୍ତୁକା, ଭୟର କୌଣସି ଚିହ୍ନ ନ ଦେଖାଇ ସମ୍ବୋଧନ କଲା, ମୂର୍ଖ! ଭଲ ଦଶା ଥିଲେ ଶୀଘ୍ର ଆତ୍ମସମର୍ପଣ କର। ନୋହିଲେ ଏହି ଦେଖ, ଅଦୂରେ ଭୂମିଶାୟୀ ହତଭାଗ୍ୟଙ୍କ ପରି ତୋତେ ଆଜି ତୋରି ଖଣ୍ଡାରେ ଶୁଆଇ ଦେବି। ନିରୀହା ଅବଳା ପ୍ରତି ଅତ୍ୟାଚାର କରିବାକୁ ଯେ ଉଦ୍ୟତ ତା'ର କପାଳରେ ଭଲ ନାହିଁ ଜାଣି ଥା।

କିଏ ତୁ? ତୋର ଏତେ ସାହସ? ତାଚ୍ଛଲ୍ୟ କରି ଯୁବକ ପଚାରିଲା।

ମୁଁ? ମୁଁ ସେହି ଜାତିରୁ ଜଣେ, ଯାହା ଉପରେ ନିର୍ଲଜ୍ଜଙ୍କ ପରି ନିର୍ଭୟରେ ଆଜି ଅତ୍ୟାଚାର କରିବାକୁ ବସିଥିଲୁ। ଗର୍ବିତଭାବରେ ରମଣୀ ଉତ୍ତର ଦେଇ ବନ୍ଦୀ ରମଣୀକୁ ମୁକ୍ତ କରିବାକୁ ଅଗ୍ରସର ହେଲା। ଦେଖିଲା, ରମଣୀ ଜଣେ ସାଧାରଣ-ଘରର ସ୍ତ୍ରୀ ନୁହେଁ, କୌଣସି ବିଶିଷ୍ଟ ସମ୍ଭ୍ରାନ୍ତ ବଂଶୀୟା—ତାକୁ ଦେଖି କୃତଜ୍ଞତାପୂର୍ଣ୍ଣ ଚକ୍ଷୁରେ ଅନାଇ ରହିଲେ, ମୁଖରୁ କଥା ବାହାରିଲା ନାହିଁ। ସେ ନିଜର ଆମିଷଗନ୍ଧ ଯୁକ୍ତ ଅଞ୍ଚଳରେ ଉଭୟ ପୁତ୍ର ଓ ଜନନୀର ଲୋତକ ପୋଛି ଧୀର ସ୍ୱରରେ ଜିଜ୍ଞାସା କଲେ, କିଏ ତୁମେ, କ୍ଷୁଦ୍ର ବାଳକ ସହ ଏମାନଙ୍କ ହସ୍ତରେ ବନ୍ଦିନୀ? ନା ଭଉଣୀ ଭୟ ନାହିଁ। ଆଜି ନିଶ୍ଚୟ ତୁମ ଦୁହିଁଙ୍କୁ ମୁଁ ଉଦ୍ଧାର କରିନେବି। ଦୟାପରବଶା ରମଣୀର ପ୍ରାଣ ଏକାଥରେ ତରଳି ପଡ଼ିଲା, ସେମାନଙ୍କ ଦୁର୍ଦ୍ଦଶା ଦେଖି।

ହୁସିଆର, ତାକୁ ଖୋଲ ନା! ରାଗରେ ଗର୍ଜ୍ଜନ କରି ଯୁବକ କହିଲା, ଜାଣୁ ନିକଟରେ ମୋରି ପରି ଆହୁରି ଅନେକ ଲୋକ ଏମାନଙ୍କୁ ଜଗି ରହିଛନ୍ତି। ଯଦି ସମ୍ବାଦ ଦିଏ ତୋତେ ମଧ୍ୟ ଏହିପରି ବନ୍ଦିନୀ ହୋଇ ରହିବାକୁ ପଡ଼ିବ।

ତୋର ବୃଥା ଆସ୍ଫାଳନରେ ଭୟ କରେ ନା ମୁଁ। ଜାଣୁ, ନିକଟରେ ମୋର ମଧ୍ୟ ଶତାଧିକ ଅନୁଚର ଲୁଚି ରହିଛନ୍ତି। ଆଦେଶ ଦେବା ମାତ୍ରେ ଆସି ଏହିଠାରେ ରୁଣ୍ଡ ହୋଇଯିବେ। ତେବେ ରହ ଯୁବକ, ଯେଉଁଠାରେ ଠିଆ ହୋଇଛୁ ସେହିଠାରେ ଖୁଣ୍ଟପରି ଠିଆ ହୋଇଥା। ଦେଖ, ଯଦି ଏକପଦ ମାତ୍ର କେଉଁ ଆଡ଼କୁ ଯିବୁ ତେବେ ଏହି ଖଣ୍ଡାରେ ତୋର ମୁଣ୍ଡ ଦି'ଖଣ୍ଡ କରିଦେବି।

ରମଣୀ ନିକଟରୁ ଗୋଟାଏ ଲତା କାଟି ଲୋକଟିର ପାଖକୁ ଫେରିଗଲା ଏବଂ ରାଗରେ ଚକ୍ଷୁ ରକ୍ତବର୍ଣ୍ଣ କରି କହିଲା, ବର୍ତ୍ତମାନ ଯୋଡ଼ହସ୍ତ କର, ନୋହିଲେ—

ରମଣୀର ବାକ୍ୟରେ ଯୁବକ ନ ହସି ରହି ପାରିଲା ନାହିଁ। ମନେ ମନେ ଥଟ୍ଟା

କରି କହିଲା, ସାଧାରଣ ଜଣେ ନାରୀର ସାହସ ଦେଖ। ଗୋଟାଏ ଚାପୁଡ଼ାରେ ମୁହଁ ବଙ୍କା ହୋଇଯିବ।

ସେ ସଙ୍ଗେ ସଙ୍ଗେ ସ୍ତ୍ରୀ ଲୋକର ଦେହରେ ମୁଷ୍ଟ୍ୟାଘାତ କରିବାକୁ ଉଦ୍ୟତ ହେଲା, ମାତ୍ର ପାରିଲା ନାହିଁ। ପରକ୍ଷଣରେ ତା'ର ଦକ୍ଷିଣହସ୍ତ ରମଣୀର ବାମହସ୍ତର ମୁଠାଭିତରେ ବନ୍ଦୀ। ଏଁ, ଏ କଣ ? ସ୍ତ୍ରୀ ଲୋକଟାର ଏତେ ବଳ ? ବହୁ ଚେଷ୍ଟାକରି ମଧ୍ୟ ହାତକୁ ମୁକ୍ତ କରି ପାରିଲା ନାହିଁ। ବାଧ୍ୟ ହୋଇ ଶିଶୁ ପରି ଠିଆ ହୋଇ ରହିଲା।

ରମଣୀ ଖଣ୍ଡାଟିକୁ ତଳେ ରଖି ଦକ୍ଷିଣ ହସ୍ତରେ ଯୁବକର ଦୁଇ ହସ୍ତ ପଛଆଡ଼କୁ ବୁଲାଇ ଲଟାରେ ବାନ୍ଧି ଦେଲା। ଯୁବକ ଦେହର ଉତ୍ତରୀୟ ନେଇ ତାକୁ ଦୃଢ଼ରୂପେ ନିକଟସ୍ଥ ଶାଳଗଛରେ ବାନ୍ଧିଲା। ଯୁବକ ସହସ୍ର ଚେଷ୍ଟା କରି ମଧ୍ୟ ରମଣୀର କୌଣସି କାର୍ଯ୍ୟରେ ବାଧା ଦେଇ ପାରିଲା ନାହିଁ।

ହଠାତ୍ ଯୁବକର ମନେ ପଡ଼ିଲା, ନିକଟରେ ତା'ର ସାଥୀ ନାବିକମାନେ ପଶା ଖେଳୁଛନ୍ତି। ଉଚ୍ଚ ସ୍ୱରରେ ଗୋଟାଏ ରଡ଼ି ଛାଡ଼ିଲେ ସମସ୍ତେ ଆସି ମିଳିଯିବେ। କିନ୍ତୁ ରମଣୀ ଆହୁରି ଚଲାଖ। ନିଜ ଶାଢ଼ୀର କିୟଦଂଶ ଛିଣ୍ଡାଇ ଯୁବକର ମୁଖ ମଧ୍ୟରେ ପୂରାଇ ଦୃଢ଼ରୂପେ ବାନ୍ଧି ଦେଲା। ସେ ଚିତ୍କାର କରିବାକୁ ଚେଷ୍ଟା କଲେ ମଧ୍ୟ ପାରିଲା ନାହିଁ—ଖାଲି ଗଁ ଗଁ ଶବ୍ଦକରି ପରେ ନିରସ୍ତ ହେଲା।

ବୀରା ରମଣୀ ଯୁବକକୁ କହିଲା, ଏବେ ତୋର କାର୍ଯ୍ୟର ପ୍ରତିଫଳ ଭୋଗ କରୁଥା ନିଶ୍ଚିନ୍ତରେ। ସେ ଖଣ୍ଡାଖଣ୍ଡି ହାତରେ ଧରି ବନ୍ଦିନୀ ନିକଟକୁ ଗଲା। ତା'ର ବନ୍ଧନ କାଟି ସାନ୍ତ୍ୱନା ଦେଇ କହିଲା, କୌଣସି ଭୟ କରନା ଭଉଣୀ, ଆଜି ତୁମକୁ ମୁକ୍ତକରି ନେବି। ବର୍ତ୍ତମାନ କହ, ଅଦୂରରେ ଯେଉଁମାନେ ବନ୍ଦୀ ଅଛନ୍ତି, ସେମାନେ କିଏ ? ତୁମେମାନେ ଏଠାରେ ଏପରି ଭାବରେ ବନ୍ଦୀ କାହିଁକି ?

କି ଉତ୍ତର ଦେବେ ? ଜଣେ ରମଣୀର କାର୍ଯ୍ୟ ଦେଖି ସେ ସ୍ତମ୍ଭୀତ ହୋଇ ସାରିଥିଲେ। ନିଜର ଶିଶୁପୁତ୍ରକୁ ବୀରାରମଣୀର ପଦତଳେ ପକାଇ ବନର ଦେବୀ ଅନୁମାନରେ ନିଜେ ମଧ୍ୟ ପ୍ରଣାମ କରିବାକୁ ଗଲେ। ମାତ୍ର ନାରୀ ବାଧାଦେଇ ପୁନର୍ବାର ପୂର୍ବୋକ୍ତ ପ୍ରଶ୍ନ ପଚାରିଲା।

ରମଣୀ ସଜଳ ନୟନରେ ଉତ୍ତର କଲେ, ଆମେ କିଏ, କିପରି ବନ୍ଦୀ ହେଲୁ କହିବାକୁ ଗଲେ ସମୟ ଲାଗିବ। ନିକଟରେ ଶତ୍ରୁପକ୍ଷରେ ଅନେକ ଲୋକ ଅଛନ୍ତି। ଆମ୍ଭମାନଙ୍କୁ ଜଗିବା ନିମନ୍ତେ ସେମାନେ ଏହି ଦୁର୍ଦ୍ଦଣ୍ଡ ଯୁବକକୁ ରଖି ଯାଇଥିଲେ। ଯଦି କୌଣସିମତେ ସମ୍ବାଦ ପା'ନ୍ତି, ତେବେ ଆଉ ରକ୍ଷା ନାହିଁ। ହଁ, ମୁଁ ବର୍ତ୍ତମାନ ସବୁ ଖୋଲିକରି କହିବି; କାରଣ ନିକଟରେ ତ ଆପଣଙ୍କର ଅନେକ ଲୋକ ରହିଛନ୍ତି।

ବୋଧହୁଏ ଆପଣଙ୍କର ଆଦେଶ ପାଇଲେ, ସେମାନେ ଆମ୍ଭମାନଙ୍କୁ ଅକ୍ଳେଶରେ ଉଦ୍ଧାର କରି ପାରିବେ। ତେବେ ଶୁଣନ୍ତୁ—

ନା ଭଉଣୀ, ସବୁ ମିଛକଥା। ମୁଁ ଜଣେ ଦରିଦ୍ରା ସ୍ତ୍ରୀ। ମାଛ ଧରି ଦୁଇ ପଇସା ରୋଜଗାର କରେ। କେବଳ ଲୋକଟାକୁ ଡରାଇ ଦେବାକୁ ମିଛରେ କହିଥିଲି ସିନା, ଏଠାରେ ଲୋକ ଆସିବେ କେଉଁଠୁ। ଖୁଣ୍ଟିଆ ଦ୍ୱୀପରେ ମୋ ବ୍ୟତୀତ ଆଉ କେହି ବର୍ତ୍ତମାନ ନ ଥିବେ। କହୁଛ ଶତ୍ରୁପକ୍ଷର ଏତେ ଲୋକ ନିକଟରେ ଅଛନ୍ତି। ଅଦୂରରେ ସମୁଦ୍ର କୂଳରେ ମୋର ଗୋଟିଏ ଛୋଟ ନୌକା ଅଛି, ଶୀଘ୍ର ଆସ। ସ୍ଥଳଭାଗ ବି ବେଶୀ ଦୂରରେ ନୁହେଁ।

ଭଉଣୀ, ମୋର ପରମ ଦେବତା ସ୍ୱାମୀ ଯେ ନିକଟରେ ବନ୍ଦୀ ହୋଇ ରହିଛନ୍ତି। ତାଙ୍କୁ ଶତ୍ରୁ ପାଖରେ ଛାଡ଼ି ଜୀବନ ନେଇ ମୁଁ ପଳାଇ ପାରେ ନା! ଏହି ଦେଖ, ସେ କିପରି ଆନନ୍ଦରେ କୃତଜ୍ଞତାପୂର୍ଣ୍ଣ ଲୋଚନରେ ତମରି ଆଡ଼କୁ ଅନାଇ ରହିଛନ୍ତି। ଆହା, ତାଙ୍କର ଦେହକୁ ଏ ବନ୍ଧନ କିପରି କଷ୍ଟ ଦେଉ ନ ଥିବ?

ବେଶ୍, ତେବେ ତାଙ୍କୁ ମଧ୍ୟ ମୁଁ ଉଦ୍ଧାର କରି ନେଇ ଆସେ। ନୌକାରେ ତାଙ୍କ ନିମନ୍ତେ ସ୍ଥାନ ଅଛି, ଭୟ ନାହିଁ।

ରହ, ତୁମେ ଯାଅ ନା, ମୁଁ ଯାଏଁ, କାଳେ କେହି ଆସି ପହଞ୍ଚିଯିବ?

ସେଥିପାଇଁ ମୁଁ ଭୟ କରେ ନା।

"ମୁଁ ଭୟ କରେ, ମୋର ଏହି ଶିଶୁ ନିମନ୍ତେ। ବର୍ତ୍ତମାନ ଭଉଣୀ, ଏହି ଶିଶୁଟିକୁ ନେଇ ତୁମେ ଜଙ୍ଗଲ ଭିତରରୁ ଚାଲିଯାଅ। ଖଣ୍ଡାଟି ମୋତେ ଦିଅ। ମୁଁ ନିଜେ ଯାଇ ମୋ ସ୍ୱାମୀଙ୍କୁ ଉଦ୍ଧାର କରି ଆଣେ। ଯଦି କେହି ଆସିଯାଏ, ଅନ୍ତତଃ ମୋର ଏହି ଶିଶୁ ସନ୍ତାନଟି ଉଦ୍ଧାର ପାଇଯିବ।

ଦ୍ୱିରୁକ୍ତି ନ କରି ଖଣ୍ଡାଟି ମୁକ୍ତାରମଣୀର ହାତକୁ ବଢ଼ାଇ ଦେଲା। ଶିଶୁଟିକୁ କାଖ କରିବାକୁ ଡାକିଲା, କିନ୍ତୁ ସେ ଆସିଲା ନାହିଁ। ଜନନୀର ଅଞ୍ଚଳ ଧରି କାନ୍ଦିବାକୁ ଆରମ୍ଭ କଲା।

ମା ଲୋତକପୂର୍ଣ୍ଣ ନୟନରେ ସନ୍ତାନକୁ ଚୁମ୍ବନ କରି ଅଞ୍ଚଳରେ ସନ୍ତାନର ଲୋତକ ପୋଛି ସ୍ନେହମିଶ୍ରିତ କୋମଳ କଣ୍ଠରେ କହିଲେ, ଯା ବାପ, ମାଉସୀ ସଙ୍ଗରେ ଯା, ଆଉ ବେଶୀ କାନ୍ଦ ନା। ନିକଟରେ ଦୁଷ୍ଟଲୋକଗୁଡ଼ା ଖେଳୁଛନ୍ତି। ତୋ କାନ୍ଦଣା ଶୁଣିଲେ, ଦଉଡ଼ି ଆସିବେ। କେତେ ମାରିବେ, କେତେ ଗାଳି ଦେବେ, ମୋତେ ନେଇ ପୁଣି ବାନ୍ଧି ପକାଇବେ।

ତୁ ମୋ ମାଉଛି! ଶିଶୁ କାନ୍ଦଣା ବନ୍ଦକରି ଗେହ୍ଲାଳିଆ ସ୍ୱରରେ କହିଲା। ହଁ,

ଧନ ଆ, କହି ଶିଶୁକୁ କାଖକରି ଯିବାକୁ ଉଦ୍ୟତ ହେଲା। ଶିଶୁ ମା'କୁ ଚାହିଁ ପଚାରିଲା; ମା ମୁଁ ମାଉଛି ଛଙ୍ଗେ ଯାଉଛି। ତୁ ଯିବୁ ନାଇଁ!

ହୁଁ, ମୁଁ ଯିବି ଯେ। ମୁଁ ପରା ଯାଉଛି, ବାପାକୁ ମୁକୁଳାଇ ଆଣିବାକୁ। ତୁ ଯା ମୁଁ ବାପାକୁ ସାଙ୍ଗରେ ନେଇ ତୋ ପଛେ ପଛେ ଯାଉଛି।

କିଛି ସମୟ ନୀରବ ରହି—ଭଉଣୀ, ଆଉ ମଠ କର ନା। ଯଦି କେହି ଆସିଯାଏ ସର୍ବନାଶ। ଆମେ ତ କେହି ଉଦ୍ଧାର ପାଇ ପାରିବୁ ନାହିଁ, ତହିଁ ସଙ୍ଗେ ସଙ୍ଗେ ତୁମକୁ ମଧ୍ୟ ବନ୍ଦିନୀ ହେବାକୁ ପଡ଼ିବ। ଯାଉଛି, କେଜାଣି ମହାପ୍ରଭୁ ବୁଦ୍ଧ ଜାଣନ୍ତି, ଆଉ ମୋ ଗଣ୍ଠିଧନ ସଙ୍ଗେ ଏ ଜୀବନରେ ଦେଖା ହେବ କି ନାହିଁ। ଯଦି ନ ହୁଏ, ଭଉଣୀ ସେ ମୋର ପୁଅ ନୁହେଁ, ସେ ତମର। ସ୍ତ୍ରୀଲୋକ ତୁମେ, ସେଥି ନମନ୍ତେ, ସହଜରେ ବୁଝି ପାରୁଥିବ, ସନ୍ତାନ ପାଖରୁ ବିଚ୍ଛିନ୍ନ ହୋଇ ରହିଲେ, ମା'ର ହୃଦୟ କଣ ହୁଏ; ଆଉ ଅଧିକ କଣ କହିବି? ଗୋଟାଇ ନେଉଛ ବୋଲି ଯେପରି ଅନାଦର କରି ଫିଙ୍ଗି ନ ଦିଅ।

ସେ ଆଉ ଉତ୍ତର ଦେଲା ନାହିଁ। ବାଳକକୁ କୋଳରେ ପୂରାଇ ସେ ଜଙ୍ଗଲ ଭିତରକୁ ପଶିଗଲା। ବାଳକ ମଧ୍ୟ ଅଧୀରତାର କୌଣସି ଚିହ୍ନ ନ ଦେଖାଇ ମାଉସୀର ଅବାଧ ନ ହୋଇ କାନ୍ଦଣା ବନ୍ଦ କଲା। ଦେଖୁ ଦେଖୁ ଉଭୟେ ଜଙ୍ଗଲ ଭିତରେ ବୃକ୍ଷଲତା ଆଢୁଆଳରେ ଲୁଚିଗଲେ। ବାଳକର ଜନନୀ ସେମାନଙ୍କୁ ଅଦୃଶ୍ୟ ହେବାର ଦେଖି ଚକ୍ଷୁର ଲୋତକ ପୋଛି ସ୍ୱାମୀକୁ ଉଦ୍ଧାର କରିବାକୁ ଗଲେ।

ଦୂରରୁ ବନ୍ଦୀ ବଣିକ ଆଗନ୍ତୁକାର ସମସ୍ତ କାଣ୍ଡ ଦେଖି ଗୋଟିଏ କଥା ଅନୁମାନ କରି ନେଇଥିଲେ। ବନ୍ଦୀହୋଇ ମଧ୍ୟ ତାଙ୍କର ବଣିକୋଚିତ ପୋଷକ ଦେହରେ ଥିଲା। ନିକଟରେ ସ୍ତ୍ରୀଙ୍କୁ ପ୍ରଫୁଲ୍ଲ ବଦନରେ ଉପସ୍ଥିତ ହେବାର ଦେଖି ସେ ଆହ୍ଲାଦିତ ହୋଇଥିଲେ। ସ୍ତ୍ରୀ ସ୍ୱାମୀଙ୍କର ବନ୍ଧନ ମୁକ୍ତକରି ପଳାୟନର କଥା ଉଠାଇଲେ। କିପରି ସେ ସନ୍ତାନର ଜୀବନ ରକ୍ଷାକରି ପାରିଛନ୍ତି, ଏ ବିଷୟ ମଧ୍ୟ କହିବାକୁ ଭୁଲିଲେ ନାହିଁ। ମାତ୍ର ମୁକ୍ତବଣିକ ଦୁଃଖ ପ୍ରକାଶ କରି କହିଲେ, ଏତିକି ବୁଝିପାରୁନା ଯେ, ପୁତ୍ରର ଜୀବନ ବଞ୍ଚାଇବାକୁ ଯାଇ ଜଣେ ପରୋପକାରିଣୀ ସାକ୍ଷାତ ଦେବୀରୂପିଣୀ ନିରୀହା ରମଣୀର ଜୀବନ ମଧ୍ୟ ବିପଦାପନ୍ନ କରି ସାରିଛ!

ଆମର ଶତ୍ରୁମାନେ ଏଠାରେ ଉପସ୍ଥିତ ହେବା ପୂର୍ବରୁ ବୋଧହୁଏ ମୋର ସନ୍ତାନକୁ ନେଇ ସେ ଚାଲି ଯାଇଥିବେ। ବଣିକ ପତ୍ନୀଙ୍କର ମୁଖ ବିବର୍ଣ୍ଣ ଦେଖାଗଲା। ସ୍ୱାମୀଙ୍କର ବାକ୍ୟରେ ଗୋଟିଏ ଅଜଣା ଭୟ ମନ ମଧ୍ୟରେ ହଠାତ୍ ଖେଳିଗଲା। ନିଜର ଭାବକୁ ଗୋପନ କରିବାକୁ ଚେଷ୍ଟା କଲେ, ମାତ୍ର ପାରିଲେ ନାହିଁ। କହୁଁ କହୁଁ ଉତ୍କଣ୍ଠାରେ ଯେପରି ତାଙ୍କର କଣ୍ଠ ରୁଦ୍ଧ ହୋଇଗଲା।

ବଣିକ ସ୍ତ୍ରୀଙ୍କୁ ସାନ୍ତ୍ୱନା ଦେଇ କହିଲେ, ଏଥି ନିମନ୍ତେ ଭୟ କିଆଁ ? ଭଗବାନ ବୁଦ୍ଧଙ୍କର ଯାହା ବରାଦ ଥିବ, ଅବଶ୍ୟ ହେବ। ଏହି ଦେଖ, ଦୂରରୁ ନାବିକମାନଙ୍କର ଗୋଳମାଳ ଶୁଭୁଛି। ବୋଧହୁଏ ଅତିଶୀଘ୍ର ସେମାନେ ଏଠାରେ ଉପସ୍ଥିତ ହେବେ। ପଳାଇବା ବିଷୟ ଯାହା କହିଲ, ମୁଁ ସେଥିରେ ସମ୍ପୂର୍ଣ୍ଣ ଅନିଚ୍ଛୁକ। କାରଣ ଯେଉଁ ନାବିକମାନେ କୃତଜ୍ଞତାର ସହିତ ଚିରଦିନ ଆମର ଆଦେଶ ପାଳନ କରି ଆସୁଥିଲେ ଏବଂ ଶେଷରେ ଯେଉଁମାନେ ଆମର ମୁକ୍ତି ନିମନ୍ତେ ପ୍ରାଣପଣେ ଚେଷ୍ଟା କରିଥିଲେ, ସେମାନଙ୍କୁ ନିରାଶ୍ରୟ ଅବସ୍ଥାରେ ବନ୍ଦୀରୂପେ ଛାଡ଼ି ମୁଁ ଜୀବନ ରକ୍ଷାପାଇଁ ପଳାଇଲେ, ଭଗବାନ ବୁଦ୍ଧ ଅସନ୍ତୁଷ୍ଟ ହେବେ। ବର୍ତ୍ତମାନ ମୁଁ ମୁକ୍ତ। ଏଥର ଚେଷ୍ଟା କରିବି, ଶତ୍ରୁ ହାତରୁ ସମସ୍ତଙ୍କୁ ଉଦ୍ଧାର କରିବାକୁ; କିନ୍ତୁ ଶୁଣ, ସମୟ ଅଛି, ଚାଲିଯାଅ। ତୁମେ ସେ ରମଣୀର ଅନୁଗାମିନୀ ହୋଇ ଚାଲିଯାଅ। ନିଜକୁ, ସନ୍ତାନକୁ ଏବଂ ସେହି ହିତକାରିଣୀ ରମଣୀକୁ ରକ୍ଷା କର। ନୋହିଲେ ନାବିକମାନେ ଉପସ୍ଥିତ ହେଲେ ଅଳ୍ପ ସମୟ ମଧ୍ୟରେ ସର୍ବନାଶ ଘଟିବ।

ସେମାନେ ଜାଣିବେ କିପରି ?

ଦେଖୁ ନାହଁ, ଦୂରରେ ଜଣେ ନାବିକ ଶାଳଗଛରେ ବନ୍ଧାହୋଇ ସମସ୍ତ ଘଟଣା ଦେଖୁଛି। ଅବଶ୍ୟ ପ୍ରଥମେ ସେ କିଛି କହି ପାରିବ ନାହିଁ, ମାତ୍ର ମୁକ୍ତ ହେଲେ, ଅକ୍ଷରେ ଅକ୍ଷରେ ପ୍ରତ୍ୟେକ ଘଟଣା ବର୍ଣ୍ଣନା କରିବ। ସମ୍ବାଦ ପାଇ ଅନ୍ୟାନ୍ୟ ନାବିକମାନେ ଜଙ୍ଗଲରେ ପ୍ରତ୍ୟେକ ସ୍ଥାନ ଖୋଜି ଆସିବେ ଏବଂ ଦୟାମୟୀ ରମଣୀସହ ଆମର ଶିଶୁ ସନ୍ତାନଟିକୁ ବନ୍ଦୀକରି ଆଣିବେ। ଯାଅ, ଶୀଘ୍ର ଯାଅ; ଦେଖ, ଦୂରରୁ ନାବିକମାନେ ଚିତ୍କାର କରି ଏହି ଆଡ଼କୁ ଆସୁଛନ୍ତି। ଯାଅ, ବିଳମ୍ବ କର ନା।

ନତଜାନୁ ହୋଇ, ଯୋଡ଼ହସ୍ତ କରି ରମଣୀ ଅଶ୍ରୁପୂର୍ଣ୍ଣ ଲୋଚନରେ କହିଲା, ମୁଁ ଯାଇ ପାରିବି ନାହିଁ। ବରଂ ପୁଅ ମୋର ପୁନର୍ବାର ଧରାହୋଇ ଆସୁ, ତଥାପି ମୁଁ ତୁମକୁ ଶତ୍ରୁ ହାତରେ ଛାଡ଼ି ଚାଲିଯାଇ ପାରିବି ନାହିଁ।

ତେବେ ଦିଅ, ଖଣ୍ଡାଟା ମୋ ହାତକୁ ବଢ଼ାଇ ଦିଅ। ଏତିକି କହି ସେ ତରବାରି ହସ୍ତରେ ଦ୍ରୁତପଦରେ ବନ୍ଦୀ ନାବିକ ନିକଟକୁ ଦଉଡ଼ି ଗଲେ। ଅବଳା ସେହିପରି ଅବସ୍ଥାରେ ଯୋଡ଼ହସ୍ତ ହୋଇ ସ୍ୱାମୀଙ୍କୁ ଅନାଇ ରହିଲା। ସ୍ୱାମୀ ଉତ୍ତେଜିତ ଭାବରେ ପ୍ରାର୍ଥନା କଲେ, ହେ ବୁଦ୍ଧ, ବୌଦ୍ଧଧର୍ମାବଲମ୍ବୀ ହୋଇ ମଧ୍ୟ ଆଜି ଅହିଂସା ପରମ ଧର୍ମ ପଥରୁ ମୁଁ ବାହାରି ଆସୁଛି। ସେହି ନିମନ୍ତେ ମୋର ଯେତେ ଦୋଷ କ୍ଷମା କରିବେ। ଆଜ ପୁତ୍ରସ୍ନେହ ଧର୍ମାନୁରାଗକୁ ବଳି ପଡ଼ିଛି, ଆଉ ସମ୍ଭାଳି ପାରୁ ନାହିଁ। ଏତକ କହି ବନ୍ଦୀ ନାବିକର ମସ୍ତକ ଛେଦନ କଲେ।

ଠିକ୍ ସେହି ସମୟରେ ନିକଟରୁ ନାବିକମାନଙ୍କର କୋଳାହଳ ଶୁଣାଗଲା। ସେଥି ମଧ୍ୟରୁ ଜଣେ କାହାର ବାକ୍ୟରୁ ପ୍ରକାଶ ପାଇଲା, ଜାଭା ଯିବାକୁ ବୋଇତ ଆସି ଖୁଣ୍ଟିଆଦ୍ୱୀପ ନିକଟରେ ଉପସ୍ଥିତ ହେଲାଣି।

ପଳାୟନର ଉପାୟ ଉଦ୍ଭାବନା କରିବା ବୃଥା ଭାବି ବଣିକ ରକ୍ତଲିପ୍ତ ଖଣ୍ଡା ହାତରେ ଧରି ସ୍ତ୍ରୀଙ୍କ ନିକଟକୁ ଆସିଲେ। କହିଲେ, ଏଥର ଆମ୍ଭମାନଙ୍କୁ ଖୁଣ୍ଟିଆଦ୍ୱୀପ ଛାଡ଼ି ଅନ୍ୟତ୍ର ନେଇଯିବେ। ସେମାନଙ୍କର ଉଦ୍ଦେଶ୍ୟ ନୁହେଁ, ଆମକୁ ମାରିବା। ତାହା ହୋଇଥିଲେ, ସହଜରେ ଏପରି ନିର୍ଜନ ସ୍ଥାନରେ ତାଙ୍କର ଉଦ୍ଦେଶ୍ୟ ସାଧନ କରି ପାରିଥାନ୍ତେ। ବୋଧହୁଏ ସମୁଦ୍ର ମଝିରେ କୌଣସି ନିର୍ଜ୍ଜନ ଦ୍ୱୀପରେ ଆମକୁ ଛାଡ଼ି ଦେଇଯିବେ। ଅନ୍ୟ ଉପାୟ ଆଉ ଦେଖି ପାରୁ ନାହିଁ। ଯଦି ମୋର ନାବିକମାନଙ୍କୁ ଉଦ୍ଧାର କରେ, ସେମାନେ କଣ ନେଇ ଆତ୍ମରକ୍ଷା କରିବେ ? ଆମ ନିକଟରୁ ସମସ୍ତ ଅସ୍ତ୍ର ଶତ୍ରୁମାନେ ନେଇ ଯାଇଛନ୍ତି। ଆହୁରି ମଧ୍ୟ ଯଦି ନାବିକମାନଙ୍କୁ ମୁକ୍ତ କରେ, ସେମାନେ ଆତ୍ମରକ୍ଷା କରିବାକୁ ଜଙ୍ଗଲର ଏଣେତେଣେ ପଳାଇବେ। ଶତ୍ରୁପକ୍ଷର ଲୋକ ସେମାନଙ୍କୁ ଖୋଜିବାକୁ ଯାଇ ପିଲାଟିକୁ ଧରିବେ। ଆତ୍ମସମର୍ପଣ କରିବାହିଁ ମୋ ପକ୍ଷରେ ଉଚିତ।

ନାବିକମାନେ ଆସି ଉପସ୍ଥିତ ହୋଇଗଲେ।

ରୂପେଇ ଏକାକିନୀ ନୌକା ବାହି କୂଳରେ ପହଞ୍ଚିଲା। ସନ୍ଧ୍ୟା ଅନ୍ଧକାର ଚତୁର୍ଦ୍ଦିଗ ଆଚ୍ଛାଦନ କରି ସାରଥିଲା। ନୌକା କୂଳରେ ଲାଗିଲାରୁ ରୂପେଇ ପ୍ରଥମେ ଅବତରଣ କରି ମୋଟା କତା ଦଉଡ଼ିରେ ପୋତା ହୋଇଥିବା ଖୁଣ୍ଟରେ ଅଗ ମଙ୍ଗକୁ ଦୃଢ଼ରୂପେ ବାନ୍ଧିଲା।

ରୂପେଇ ବାଳକଟିକୁ ଓହ୍ଲାଇ ଆଣିଲା। ତତ୍ପରେ ଓହ୍ଲାଇଲା ବିଲେଇ ଓ ମାଛର ଖାଳେଇ। ଅଧିକ ସମୟ ଅପେକ୍ଷା ନ କରି ବାଳକଟିକୁ କାଖେଇ ଖାଳେଇ କାନ୍ଧରେ ଝୁଲାଇଲା। ବିଲେଇକୁ ଗୋଟିଏ ହାତରେ ଧରି କୁଟିର ଅଭିମୁଖେ ଚାଲିଲା।

କୁଟୀରରେ ଉପସ୍ଥିତ ହେବା ସମୟକୁ ସେ ସମ୍ପୂର୍ଣ୍ଣ କ୍ଳାନ୍ତ ହୋଇ ଯାଇଥିଲା। ବାଳକ, ବିଲେଇ ଏବଂ ମାଛର ଖାଳେଇ ତଳେ ରଖି ଦେଖିଲା, ଘରେ କେହି ନାହିଁ। ବାହାର ପାଖ ଝିଞ୍ଜିର ଦିଆ ହୋଇଛି। ବିଲିବିଲି ଅନ୍ଧାର ଚାରିଆଡ଼େ ଘୋଟିଗଲାଣି। ଘରେ ଆଲୁଅ ଲାଗି ନାହିଁ। ବିରକ୍ତ ହୋଇ ଭାବିଲା, ଆଚ୍ଛା ଲୋକ ତ ଯେ; ଟିକିଏ ଆଲୁଅଟା ଲଗାଇବା ଯାଙ୍କ ଦ୍ୱାରା ହେଲା ନାହିଁ। ମୁଇଁ ଆସି ସବୁ କରିବି। କୁଆଡ଼େ ଗଲେ, ଘର ଏପାଖୁ ଝିଞ୍ଜିର ଦେଇ ? ତାଙ୍କର କ'ଣ ଟିକିଏ ହୋଇ ଡରଭୟ ଅଛି ? ଘରଟାକୁ ମେଲା ପକାଇ କୁଆଡ଼େ ଗସ୍ତକରି ଚାଲି ଗଲେଣି।

ଏଇଠି ବସିଥା, ବାପ; ମୁଁ ଆଲୁଅଟା ଲଗାଏଁ, ଡରିବୁ ନାହିଁ ତ? ବାଳକ ଉତ୍ତର ଦେଲା, ନା।

ରୂପେଈ ସଙ୍ଗେ ସଙ୍ଗେ ଉଠି ଘରର ଝିଞ୍ଜିର ଖୋଲି ଦେଲା। ଘରର ଏକଣ ସେକଣ ଦରାଣ୍ଡି ମାଟିର ଦୀପଟି ପାଇଲା। ଝକମକି ପଥର ସାହାଯ୍ୟରେ ଦୀପ ଜାଳିଦେଲା। ଦୀପର ସ୍ୱଚ୍ଛାଲୋକରେ ଗୃହଟି ଯତ୍‌କିଞ୍ଚିତ୍ ଆଲୋକିତ ହେଲା। ରୂପେଈ ଦେଖିଲା, ଶିଶୁର ମନରେ ସୁଖ ନାହିଁ। ମୁହଁ ଶୁଖି ଯାଇଛି। ଚକ୍ଷୁରେ ଜଳ। ଭାବିଲା, ଏଥିରେ ଆଶ୍ଚର୍ଯ୍ୟର ବିଷୟ କିଛି ନାହିଁ। ପାଞ୍ଚ ଛଅ ବର୍ଷର ବାଳକ। ବାପ ମା'ଙ୍କଠାରୁ ଅଲଗା ହୋଇ ଅପରିଚିତା ନିକଟରେ ସହଜରେ ମନ ମାନିବ କେଉଁଠି? ପୁଣି ବାଳକର ତରଳ ମନରେ ଯୁବକ ନାବିକର ଭୟ ଗୋଟାଏ ଚିହ୍ନ ଆଙ୍କି ଦେଇଛି। ସେ ଚିହ୍ନ ବର୍ତ୍ତମାନ ସୁଦ୍ଧା ରହିଛି। ସମୟ ଧୀରେ ଧୀରେ ସେ ଅଙ୍କିତ ଚିହ୍ନକୁ ଲିଭାଇ ଦେଲେ ମନର ପରିବର୍ତ୍ତନ ହେବ, ସତ; କିନ୍ତୁ ଏତେ ଶୀଘ୍ର ନୁହେଁ। ସେ ଉତାଣି ଶିଶୁ ନୁହେଁ, ବୁଝିବାର କ୍ଷମତା କେତେକ ପରିମାଣରେ ମନ ମଧ୍ୟରେ ବଢ଼ିଗଲାଣି। ବୁଦା ପଛଆଡୁ ସେ ଉତ୍ତମରୂପେ ଦେଖି ପାରିଥିଲା, କିପରି ତା'ର ପିତା ବନ୍ଦୀ ନାବିକକୁ ହତ୍ୟା କରିଥିଲେ, କିପରି ନାବିକମାନେ ପରେ ପିତାମାତାଙ୍କୁ ବନ୍ଦୀ କଲେ।

କାନ୍ଦ ନା ବାପ, କାନ୍ଦ ନା; ରୂପେଈର ସ୍ନେହପୂର୍ଣ୍ଣ କୋମଳ ବାକ୍ୟରେ ବାଳକର ଅଶ୍ରୁ ଧାର ଧାର ହୋଇ ଗଡ଼ି ପଡ଼ିଲା। ସେ କଇଁକଇଁ ହୋଇ କାନ୍ଦି ପକାଇଲା। ଏହି ତ ମାନବ ପ୍ରକୃତି। ମାନବର ଦୁଃଖ ଯେତେବେଳେ ଅତିଶୟ ହୋଇପଡ଼େ, ତା'ର ମନ କଠିନ ହୋଇଯାଏ। ମନ ମଧ୍ୟରେ ଦୁଃଖର ପ୍ରଭାବ ଅତ୍ୟଧିକ ହେଲେ ମଧ୍ୟ ବାହାରକୁ ବିଶେଷ ଚିହ୍ନ ଦେଖାଯାଇ ପାରେ ନା। କିନ୍ତୁ ସହାନୁଭୂତିର ଶୀତଳ-ବାରି ମନୁଷ୍ୟର ଉତ୍ତପ୍ତ ହୃଦୟରେ ପଡ଼ି ଦୁଃଖର କେତେକ ଅଂଶ ବାଷ୍ପାକାରରେ ଉଡ଼ିଗଲେ ଚକ୍ଷୁରେ ଲୋତକ ଉଦୟ ହୁଏ। ଏହି ମହାନିୟମର ବଶବର୍ତ୍ତୀ ହୋଇ ବାଳକ କାନ୍ଦି ପକାଇଲା। କାନ୍ଦଣା ସ୍ୱରରେ ପଚାରିଲା, ମା କାଇଁ? ମୋତେ ତା' ପାଖରେ ଛାଡ଼ିଦେ।

ଆଉ କୌଣସି ବିଷୟ ଗୋପନ କରାଯାଇ ନ ପାରେ। ସେସବୁ ଦେଖି ମଧ୍ୟ ଅବୁଝା ହୋଇଛି। ରୂପେଈ ବାଳକକୁ କ୍ରୋଡ଼କୁ ଟାଣି ଆଣିଲା। ବାଳକ ରମଣୀର ଚେଷ୍ଟାରେ ବାଧା ଦେଲା। ସେ ବାଧା ସ୍ନେହଶୀଳା ରମଣୀର ହୃଦୟ ମାନିପାରେ କେବେ? ବାଳକକୁ କ୍ରୋଡ଼ରେ ବସାଇ ତାକୁ ବାରମ୍ବାର ଚୁମ୍ବନ କରି ରୂପେଈ ପୁନର୍ବାର ଅନୁରୋଧ କଲା, କାନ୍ଦ ନା ଧନ, ତୋର ବାପ ମା'ଙ୍କୁ ଶତ୍ରୁମାନେ ଧରି ନେଇଛନ୍ତି। ତତେ ମୁଁ ଲୁଚାଇ କରି ନେଇଆସି ନ ଥିଲେ ସେମାନେ ଧରି ନେଇଥାନ୍ତେ।

ତୁ ମତେ ମୋ ମା ପାଖରେ ଛାଡ଼ିଦେଇ ଆ।

ତୁ ତ ଦେଖିଛୁ, ଶତ୍ରୁମାନେ କିପରି ତୋ ବାପ-ମା'ଙ୍କୁ ଧରି ଜାହାଜରେ ବସାଇ ସମୁଦ୍ର ଭିତରକୁ ନେଇଗଲେ? ତୁ ତ ଶୁଣିଛୁ, ତୋ ମା କିପରି ତତେ ନେଇଯିବାକୁ ମତେ କହଲା। ବର୍ତ୍ତମାନ ଆଉ ମା ଆସିବ କେଉଁଠୁ?

କାନ୍ଦଣା ସ୍ୱରରେ ବାଳକ ପଚାରିଲା, ଲୋକମାନେ ମୋ ବାପ-ମାକୁ କଣ କରିବେ?

କିଛି କରିବେ ନାହିଁ, ପରେ ଆଣି ଏଇଠି ଛାଡ଼ି ଦେଇଯିବେ। ତୁ ଆଉ କାନ୍ଦ ନା, ମୋ ସୁନାଟି ପରା।

ରୂପେଇ ଏତକ କହି ବାଳକଟିକୁ ଛାତିରେ ଭିଡ଼ି ଧଇଲା। ଶିଶୁର ପ୍ରକୃତି ଯିଏ ଆଦର କରେ, ତାହାକୁ ସେମାନେ ଭଲ ପାନ୍ତି। କଥାରେ କହନ୍ତି, 'ଭିକାରିଙ୍କ ସଙ୍ଗେ ଲାଗନା ମାଗିବେଟି, ପିଲାଙ୍କ ସଙ୍ଗେ ଲାଗନା ଲାଗିବେଟି।' ପିଲାଙ୍କୁ ଯେ ଆଦର କରେ, ସେମାନେ ତା'ରି ହୋଇ ପଡ଼ନ୍ତି।

ରୂପେଇ ବାଳକର ଚକ୍ଷୁରୁ ଲୋତକ ପୋଛି ପଚାରିଲା, ଭୋକ କରୁଛି ବାପ ତତେ? ଆ ଖାଇବୁ!

ବାଳକ ନିଜର କ୍ଷୁଧା ବିଷୟରେ କୌଣସି ଉତ୍ତର ନ ଦେଇ ପଚାରିଲା, ତୁ କିଏ?

ରୂପେଇ ଯେପରି କୁଣ୍ଠିତ ହୋଇ କହିଲା, ମୁଁ ତୋ ମାଉସୀ। ମା ଯିଏ, ମାଉସୀ ସିଏ। ଏଥର ତୁ ମତେ ମା ବୋଲି ଡାକିବୁ, ବୁଝିଲୁ।

କାଇଁକି ତୁ ତ ମୋ ମା ନୁହଁ, ମୋତେ ନେଇ ଆସିଛୁ।

ରୂପେଇ ନ ହସି ରହି ପାରିଲା ନାହିଁ। ବାଳକର ମନରେ ଟିକିଏ ପରିବର୍ତ୍ତନ ହେବାର ଦେଖି ସେ ଖୁସି ହେଲା। ତେଣୁ ପ୍ରଶ୍ନର ଉତ୍ତର ସ୍ୱରୂପ କେବଳ ହସିଦେଇ କଥାକୁ ବାଆଁରେଇ କହିଲା, ଆ ଖାଇବୁ!

ରାତି ବେଶୀ ହେଲା। ବାଳକଟି ଅନେକ ଦିନର ଅଯତ୍ନ ପରେ ଆଜି ଟିକିଏ ଆରାମ ବୋଧକରି ଶୋଇ ପଡ଼ିଲା। ଆବାଲ୍ୟରୁ ରାଜପୁତ୍ର ପରି ବଢ଼ି ଆସିଥିଲା। ଜଣେ ଧନୀ ବଣିକଙ୍କର ଏକମାତ୍ର ପୁତ୍ର। ଚିଲିକା ହ୍ରଦକୂଳସ୍ଥ ବିଶାଳ ଦ୍ୱିତଳ ଅଟ୍ଟାଳିକାର ଅଧିକାରୀ। ଆଜି ବହୁଦୂରରେ ତାମ୍ରଲିପ୍ତ ପଥରେ ଗୋଟିଏ କ୍ଷୁଦ୍ର ମରୁଦ୍ୱୀପସ୍ଥ ଦରିଦ୍ର ମତ୍ସ୍ୟଜୀବୀର ଆଡ଼ମ୍ବରଶୂନ୍ୟ ବିଛଣା ଉପରେ ସୁପ୍ତ।

କିନ୍ତୁ ବାଳକ ଜାଣେ ନା ତା'ର ଘର କିଏ। ତାର ଜନ୍ମ ସମୁଦ୍ର ବକ୍ଷରେ ବୋଇତ ଉପରେ। ଚିରଦିନ ସେ ଦେଖି ଆସିଛି, ସାଗର ଏବଂ ଅମ୍ବରର ନୀଳିମା। କେବେ କେବେ ସମୁଦ୍ର ମଧ୍ୟସ୍ଥ କ୍ଷୁଦ୍ର କ୍ଷୁଦ୍ର ଦ୍ୱୀପର ସବୁଜ ବର୍ଣ୍ଣର ଅଥବା ବିସ୍ତୀର୍ଣ୍ଣ

ବାଲୁକା ଚଟାଣର ଧୂସରିମା। ବାଳକର ଗ୍ରାମ, ବାଳକର ସଂସାର, ସେହି ପ୍ରକାଣ୍ଡ ବୋଇତ ଆଜି ଜଳମଗ୍ନ। ସେହି ବୋଇତରେ ରାଜପୁତ୍ର ପରି ଆଡ଼ମ୍ବରରେ ସେ ବଢ଼ି ଆସିଥିଲା। କିନ୍ତୁ ହା ଦୁର୍ଭାଗ୍ୟ, କାହିଁ ତାର ସେ ରାଜଭୋଗ? ନିର୍ଦ୍ଦୟ ରାକ୍ଷସରୂପୀ ଶତ୍ରୁ ବୋଇତରେ ବନ୍ଦୀ ଏବଂ ପରେ ମୁକ୍ତହୋଇ ମଧ୍ୟ ଦରିଦ୍ର ମତ୍ସ୍ୟଜୀବୀର କୁଟୀରରେ ଗାଢ଼ ନିଦ୍ରାମଗ୍ନ।

ଯେଉଁ ସମୟର ଘଟଣା ଲେଖା ଯାଉଛି, ସେ ସମୟରେ କଳିଙ୍ଗବାସୀ ସୁଦୂର ଜାଭା, ସୁମାତ୍ରା, ବାଲି, ବୋର୍ଣ୍ଣିଓ ପ୍ରଭୃତି ଦେଶମାନଙ୍କରେ ବାଣିଜ୍ୟ କରି ଦେଶକୁ ସମୃଦ୍ଧିଶାଳୀ କରିଥିଲେ। କଳିଙ୍ଗ ଉପକୂଳରେ ସେ ସମୟରେ ପ୍ରଧାନ ପ୍ରଧାନ ଚାରିଗୋଟି ବନ୍ଦର ଥିଲା—ତାମ୍ରଲିପ୍ତ, ଚାରିତ୍ର୍ୟ, ଚିଲିକା ଏବଂ କଳିଙ୍ଗପତ୍ତନ। ସମୟ ସମୟରେ କଳିଙ୍ଗର ପ୍ରକାଣ୍ଡ ବୋଇତମାନ ସିଂହଳ ଦ୍ୱୀପ ବାଟଦେଇ ଦକ୍ଷିଣ-ଆଫ୍ରିକାର ପୂର୍ବ ଅଞ୍ଚଳ ଏବଂ ମାଡ଼ାଗାସ୍କର ପ୍ରଭୃତିକୁ ବ୍ୟବସାୟ କରିବାକୁ ଯାଉଥିଲେ।

ବାଳକର ପିତା ସେହି ବଣିକମାନଙ୍କ ମଧ୍ୟରୁ ଅନ୍ୟତମ। ଦକ୍ଷିଣ ଆଫ୍ରିକା ଏବଂ ସିଂହଳ ସଙ୍ଗେ ବ୍ୟବସାୟ କରି ବହୁ ଧନ ସମ୍ପତ୍ତି ଅର୍ଜନ କରି ସେ ଚିଲିକା ହ୍ରଦଆଡ଼େ ନୌକା ଚଳାଇ ଯାଉଥିଲେ; କିନ୍ତୁ କୌଣସି ପ୍ରକାରେ ଗଣନା କରିବାରେ ସ୍ୱଳ୍ପ ଭ୍ରମ ଘଟିବାରୁ ସେ ବାଧ୍ୟହୋଇ ଚାରିତ୍ର୍ୟବନ୍ଦର ଅଭିମୁଖେ ବୋଇତ ଚଳାଇଲେ। ପଥରେ ଜଳଦସ୍ୟୁର ଆକ୍ରମଣରେ ପଡ଼ି ସମ୍ପୂର୍ଣ୍ଣ ଅପ୍ରସ୍ତୁତ ଅବସ୍ଥାରେ ବନ୍ଦୀ ହେଲେ।

ଏ ଘଟନାର ସତ୍ୟତା ଚାଇନିଜ୍ ପରିବ୍ରାଜକ ହୁଏନ୍‌ସାଂଙ୍କ ଭାରତ ବିବରଣରୁ ମିଳେ। ସେ କେବଳ ଜଳଦସ୍ୟୁର ଭୟରେ ଜଳପଥରେ ସିଂହଳ ଯାତ୍ରା ନ କରି ବାଧ୍ୟ ହୋଇ ସ୍ଥଳପଥରେ ଯାଇଥିଲେ।

ସେ ରାତ୍ରିରେ ରୂପେଇର ଆଖିକୁ ଆଦୌ ନିଦ୍ରା ଆସିଲା ନାହିଁ। ଦେଖୁ ଦେଖୁ ରାତ୍ରି ଅଧିକ ହେଲା, କିନ୍ତୁ ଭଜନା ଘରକୁ ଫେରିଲା ନାହିଁ। ଏହାର କୌଣସି କାରଣ ସେ ବୁଝି ପାରିଲା ନାହିଁ। ପ୍ରଥମରେ ଭାବିଥିଲା, ବୋଧହୁଏ ମଜା କରିବାକୁ ସେ ନିକଟରେ ଲୁଚି ରହିଛନ୍ତି, ପରେ ଆସିବେ। କିନ୍ତୁ ରାତ୍ରି ବୃଦ୍ଧି ସଙ୍ଗେ ସଙ୍ଗେ ପ୍ରଥମ ଭାବନା ତା'ର କେବଳ ଭାବନାରେ ପରିଣତ ହେଲା।

ସ୍ତ୍ରୀ ଜାତିର ମନ ସର୍ବଦା ଅମଙ୍ଗଳ ସୂଚନା ଆଡ଼କୁ ସ୍ୱତଃ ଧାଇଁଯାଏ। ତେଣୁ ଆକାଶ ପାତାଳ ଚିନ୍ତାକରି କରି ମନରେ ତା'ର ଭୟ ହେଲା। ଭୟକୁ ମନରୁ ତଡ଼ି

ସାହସ ଅବଲମ୍ବନ କରି ଭାବିଲା, ହୁଏ ତ ନିକଟସ୍ଥ କୌଣସି ଗ୍ରାମକୁ ଯାଇଥିବେ, ଆସୁ ଆସୁ ଡେରି ହୋଇଗଲା ବୋଲି ଗ୍ରାମରେ ରହିଗଲେ। କିନ୍ତୁ ରୂପେଈଙ୍କୁ ଏକାକିନୀ ରଖି ଅନ୍ତତଃ ରାତ୍ରି ସମୟରେ ଭଜନା କେବେ ହେଲେ କୌଣସି ସ୍ଥାନରେ ରହି ନାହିଁ। ଏହି ସମସ୍ତ ବିଷୟରେ ଚିନ୍ତାକରି ତା'ର ଆଉ ନିଦ ହେଲା ନାହିଁ। ଅବିଶ୍ରାନ୍ତ ବିଛଣାରେ ଛଟପଟ ହୋଇ ରାତ୍ରିର ଶେଷ କାମନା କଲା। ମନୁଷ୍ୟର ମନ ଅଧୀର ହେଲେ, ପ୍ରକୃତି ତା'ର ଅଧୀରତା ଆହୁରି ବଢ଼ାଇ ଦେଲାପରି ଲାଗେ। ରୂପେଈଙ୍କୁ ସେହି ଗୋଟିଏ ରାତ୍ରି ଯେପରି ଗୋଟିଏ ଯୁଗପରି ପ୍ରତୀୟମାନ ହେଲା।

ରଜନୀ ପ୍ରଭାତ ହେଲା। ବାଳକର ଗାଢ଼ନିଦ୍ରାରେ ବାଧା ନ ଦେଇ ରୂପେଈ ଆନ୍ଦୋଳିତ ମନରେ ସମୁଦ୍ର କୂଳଆଡ଼େ ଚାଲି ଯାଉଥିଲା; କିନ୍ତୁ କାଳେ ବାଳକଟି ଉଠିଲେ କାନ୍ଦିବ, ଏହି ଭୟରେ ତା'ର ନିଦ୍ରାଭଙ୍ଗ ପର୍ଯ୍ୟନ୍ତ ଅପେକ୍ଷା କଲା। ଦେଖୁ ଦେଖୁ ସୂର୍ଯ୍ୟଦେବ ଆକାଶକୁ ଉଠିଲେ। ବାଳକର ନିଦ୍ରାଭଙ୍ଗ ହେଲା। ରୂପେଈ କେଜାଣି କାହିଁକି ଗୃହର ବାହାରକୁ ବାହାରି ପଡ଼ି ଦେଖିଲା, ସମୁଦ୍ର କୂଳଆଡୁ କିଛି ଦୂରରେ କିଏ ଜଣେ ଦ୍ରୁତପଦରେ ଦଉଡ଼ି ଦଉଡ଼ି ତାଙ୍କର କୁଟୀର ଉଦ୍ଦେଶ୍ୟରେ ଛୁଟିଛି। ଚିହ୍ନିଲା, ସେ ଜଣକ ଆଉ କେହି ନୁହେଁ, ଭଜନା। ଦେଖୁ ଦେଖୁ ସେ ନିକଟତର ହେଲା।

ରୂପେଈଙ୍କୁ ଦେଖି ଆନନ୍ଦ ପ୍ରକାଶ କରି ଟିକିଏ ଯୋରରେ ଭଜନା ପଚାରିଲା, ତୁମେ କାଲି ଏତେ ଡେରିଯାଏ ଥିଲ କୁଆଡ଼େ ? ବାଃ। ସ୍ତ୍ରୀ ଜାତିଟା ପ୍ରକୃତରେ ବିଶ୍ୱାସଯୋଗ୍ୟ ନୁହେଁ।

ରୂପେଈ ଲଜ୍ଜିତ ହୋଇ ଉତ୍ତର ଦେଲା, ମୁଁ କୁଆଡ଼େ ଥିଲି ବୁଝେଇବାକୁ ଗଲେ, ଦୁଇପଦରେ ଚଳିବ ନାହିଁ। ଅନେକ କଥା। ବର୍ତ୍ତମାନ ମୋର ପାଳି ପଡ଼ିଛି ପଚାରିବାକୁ, ତୁମେ କୁଆଡ଼େ ଥିଲ କାଲି ରାତିଟା ? ଆଜି ଏବେ ଗୋଟାଛାଏଁ ଓଦା ହୋଇ ଧାଇଁଛ ?

ଭଜନା ସେଦିନ ବାଜେକଥା ନ କହି ଉତ୍ତର ଦେଲା, କାଲି ତୁମର ଆସିବାରେ ଡେରି ହେବାର ଦେଖି, ମୋର ମନରେ ଭୟ ହେଲା। ସନ୍ଧ୍ୟାବେଳ ପର୍ଯ୍ୟନ୍ତ ତୁମକୁ ମୁଁ ଅପେକ୍ଷା କରି ରହିଥିଲି। ମାତ୍ର ବିଳମ୍ବ ଦେଖି ମନରୁ ଦୃଢ଼ତା କମିଗଲା। ମୁଁ ତୁମରି ଉଦ୍ଦେଶ୍ୟରେ ପହଁରି ପୁନର୍ବାର ଖୁଣ୍ଟିଆ ଦ୍ୱୀପକୁ ଗଲି। ସେତେବେଳେ ଚାରିଆଡ଼ ଅନ୍ଧାର ହୋଇଥିଲା। ସମସ୍ତରାତ୍ର ତୁମକୁ ଖୋଜି ଖୋଜି ମୁଁ କ୍ଳାନ୍ତ ହୋଇ ପଡ଼ିଥିଲି। ସୂର୍ଯ୍ୟୋଦୟ ପୂର୍ବରୁ ଯେଉଁ ଦୃଶ୍ୟ ଖୁଣ୍ଟିଆ ଦ୍ୱୀପରେ ଦେଖିଲି, ତହିଁରେ ପ୍ରକୃତରେ ମୋର ଭାରି ଭୟହେଲା। ଗୋଟିଏ ଶାଳଗଛରେ ଜଣେ ଲୋକ ସୁଦୃଢ଼ରୂପେ ବନ୍ଧା

ହୋଇଛି। ତା'ର ଦେହରୁ ମୁଣ୍ଡଟା ଅଲଗା ହୋଇ ଖଣ୍ଡେ ଦୂରରେ ପଡ଼ିଛି। ସ୍ଥାନଟି ରକ୍ତରଞ୍ଜିତ। ଏପରି ଦୃଶ୍ୟ ମୁଁ ଜୀବନରେ ସେଠାରେ ଆଉ କେବେ ଦେଖିନାହିଁ। ସେ ଦୃଶ୍ୟରେ ମୋର ଦେହର ସମସ୍ତ ଶକ୍ତି ଲୋପ ପାଇଲା ପରି ଲାଗିଲା। ମନରେ ସାହସ ବାନ୍ଧି ଆହୁରି ଥରେ ଖୁଣ୍ଟିଆ ଦ୍ୱୀପର ଚାରିଆଡ଼ ବୁଲିଗଲି। ତମରି ନାମ ଧରି ଉଚ୍ଚସ୍ୱରରେ ଅନେକ ଡାକିଲି। କେହି ଉତ୍ତର ଦେଲେନାହିଁ। ଶେଷରେ ବାଧହୋଇ ଫେରିଲି। ଆଜିଠାରୁ ପ୍ରତିଜ୍ଞାକର ଯେପରି ଆଉ କେବେ ମୋତେ ନ ପଚାରି ବୃଥାରେ ଏତେ ଡେରି କରିବ ନାହିଁ। ପ୍ରଥମରେ କହ ଡେରିର କାରଣ କ'ଣ ?

ରୂପେଇ ଅଙ୍ଗୁଳି ନିର୍ଦ୍ଦେଶ କରି କହିଲା, ଥରେ ସେ ଭିତରକୁ ଅନାଅ ପରେ ମୁଁ ଉତ୍ତର ଦେବି।

ଅତି ସ୍ନେହରେ ତା'ର ନାମ ଦେଇଥିଲେ ମଣିଆଁ। ଏପରି ଗୋଟିଏ ଅସୁନ୍ଦର ନାମ ରଖିବାରେ ଆପତ୍ତିକରି ଭଜନା ରୂପେଇକୁ ନାମ ପରିବର୍ତ୍ତନ କରିବାକୁ ଅନୁରୋଧ କରିଥିଲା। ରୂପେଇ ଭଜନାର କଥାରେ କର୍ଣ୍ଣପାତ ନ କରି କହିଲା, ପୁଅ ମୋର, ତମର ନୁହେଁ। ମୁଁ ମୋର ଜୀବନରେ ଭରସା ନ ରଖି, କେବଳ ବାଳକର ଲୋଭରେ ଏତେ ଶତ୍ରୁଙ୍କ ମଧ୍ୟରେ ପଶିଥିଲି। ଯଦି ଉପଯୁକ୍ତ ସମୟରେ ଉପସ୍ଥିତ ହୋଇ ନ ଥାନ୍ତି, ତେବେ ବୋଧହୁଏ ସେ ରାକ୍ଷସ ବାଳକଟିକୁ ମାରି ପକାଇଥାନ୍ତା।

ଭଜନା ଥଟ୍ଟାକରି କହିଲା, "ମନେ ରଖିଥା, ବାଲିଆବିଷ୍ଣୁଙ୍କ ନିକଟରେ ପୁତ୍ର କାମନା କରି ତମର କୌଣସି ଲାଭ ହେଲାନାହିଁ"। ଗଳାଖଙ୍କାରି ପୁନର୍ବାର ଆରମ୍ଭ କଲା, ଏବେ ତମର ବାଲିଆବିଷ୍ଣୁଙ୍କ ପୂଜା ବନ୍ଦ ହୋଇଗଲା ପରା। ସତକଥା, ପଥରଟା କତିରେ ଆଖିବୁଜି ଦିନ ରାତି ବସି ଭୁଟୁର ଭୁଟୁର ହେଲେ ଲାଭ କ'ଣ ? ଠିକ୍ କରିଛ, ତମର ଏ କାର୍ଯ୍ୟ ମୋର ମନକୁ ଆସିଛି।

ରୂପେଇ କ୍ରୋଧର ଚିହ୍ନ ଦେଖାଇ କହିଲା, ହୁସିଆର, ଆଉ ଦିନେ ଯେପରି ମୋର ବାଲିଆବିଷ୍ଣୁଙ୍କୁ ନିନ୍ଦା ନ କର, "ତାଙ୍କର ମହିମା ତୁମେ କାହୁଁ ବୁଝିବ ? ଆଉ କୋଉ ସ୍ତ୍ରୀ ସିନା ଦଶମାସ ପେଟରେ ଧରି, କେତେ ଯନ୍ତ୍ରଣା ସହି ପିଲା ପ୍ରସବ କରେ। ସେ ପିଲାକୁ ପୁଣି ବଢ଼ାଇ ବଢ଼ାଇ କେତେ ବିପଦର ମଝିରେ ବାଟକାଟି ଯିବାକୁ ହୁଏ। ବାଲିଆବିଷ୍ଣୁଙ୍କର ଏତେ ଦୟା ଯେ ବିନା କଷ୍ଟ ଦହଗଞ୍ଜରେ ମୋ ପାଖେ ଏଡ଼େ ବଡ଼ ପୁଅ।

ମଣିଆଁର ଉପସ୍ଥିତିରେ, ତା'ର ପୂର୍ବ ଇତିହାସ ସମ୍ବନ୍ଧରେ ଏମାନେ କୌଣସି ବିଷୟ କଥାବାର୍ତ୍ତା ହୁଅନ୍ତି ନାହିଁ କାଳେ ତା'ର ମନରେ କଷ୍ଟହେବ। ମଣିଆଁ ରୂପେଇର ପୁତ୍ରବତ୍ ସ୍ନେହ ଓ ବ୍ୟବହାରରେ, ବାଲ୍ୟ କାଳର ଘଟଣାଗୁଡ଼ିକ କେବଳ ସମୟେ

ସମୟେ ଛାୟା ପରି ତା ମନକୁ ଆସେ। କିନ୍ତୁ ଯେତେବେଳେ ଭଜନା ସଙ୍ଗେ ସମୁଦ୍ରକୂଳକୁ ବୁଲିବାକୁ ଚାଲିଯାଏ, ସେ ଛାୟା ମନ ମଧ୍ୟରେ ଲୀନ ହୁଏ। ଭଜନାକୁ ବାପା ଓ ରୂପେଈକୁ ମାଉସୀ ପରିବର୍ତ୍ତେ, ମା ବୋଲି ସେ ସମ୍ବୋଧନ କରେ।

ସମୟ ସମୟରେ ଭଜନା ବାଳକକୁ ନୌକାରେ ବସାଇ ସମୁଦ୍ର ମଧ୍ୟକୁ ଘଣ୍ଟି ପରିଦର୍ଶନ କରିବାକୁ ଚାଲିଯାଏ। ରୂପେଈର ବାରମ୍ବାର ବାରଣ ମାନେ ନାହିଁ। ବାଳକ ଡଙ୍ଗାରେ ବସି ସମୁଦ୍ର ଭିତରକୁ ଯିବାକୁ ଭାରି ଭଲ ପାଏ, ଏପରିକି ଇଚ୍ଛା ନ ଥିଲେ ସୁଦ୍ଧା, ତାକୁ ସେ ବାଧ୍ୟ କରାଏ।

ଭଜନା ଯେତେବେଳେ ଲେଖନ ଧରି ତାଳପତ୍ର ପୋଥିରେ ଦୈନିକ ଘଟଣା ଲେଖେ, ବାଳକ ତାହାକୁ ଅନୁସରଣ କରି, କାଠି ଖଣ୍ଡିକରେ ବାଲି ଉପରେ ଅନେକ ପ୍ରକାର ଗାର ପକାଏ। ଭଜନା ବାଳକର ଏପରି ପ୍ରକୃତି ଦେଖି ତାକୁ ପାଠପଢ଼ାଇବାକୁ ମନସ୍ଥ କଲା। ନିଜେ ଦୈନିକ ଜୀବନୀ ଲେଖୁଥିବା ସମୟରେ, ବାଲି ଉପରେ କାଠିଧରି 'ଅ', 'ଆ' ଇତ୍ୟାଦି ଲେଖି ଦେଇଥାଏ। ସେ ଅତି ଆଗ୍ରହରେ ସେତକ ଅଳ୍ପ ସମୟ ଭିତରେ ଶିଖିଯାଏ। ଭଜନା ଭାରି ଆନନ୍ଦ ପ୍ରକାଶ କରେ, କିନ୍ତୁ ରୂପେଈ ଆସି ସମୟ ସମୟରେ ବାଧାଦେଇ କହିଯାଏ, ମିଛଟାରେ ପିଲାଟାକୁ ମଣିଷ ମୁଣ୍ଡିଆ ପାଠଗୁଡ଼ା ପଢ଼ାଉଛନ୍ତି, ସତେ ଯେମିତି ପଣ୍ଡିତ କରି ପକାଇବେ। ନିଜେ ଯେପରି ଦୁଇ ଚାରିଟା ଅକ୍ଷର ଶିଖି ସେଥିରେ ନିକିମାଙ୍କ ପରି ଲେଖନଟା ଧରି ପୋଥିଖଣ୍ଡ ରାମ୍ପି ରାମ୍ପି ନଷ୍ଟକରି ପକାଉଛନ୍ତି, ପୁଅଟାକୁ ମୋର ସେମିତି ନିକିମା କାମଗୁଡ଼ା ଶିଖାଇବେ। ନାଇଁରେ ମଣି, ତୁ ସେ ଗୁଡ଼ାକ ଲେଖନା। ଆ, ଯିବା ନୁଣ ମାରିବା, ଶୁଖୁଆ ଗଦା ଦେଖିବା।

ନିକିମା ଶବ୍ଦର ବ୍ୟବହାର ଶୁଣି ଭଜନା ହସିଦେଇ କହେ, ତମର ପରା କୋଉଠି ଗୋଟାଏ ବିଷ୍ଣୁ ବୋଲି ଠାକୁର ଅଛନ୍ତି ? ତାଙ୍କର ପୁଣି ଯୋଡ଼ାଏ ଭାରିଯା ଲକ୍ଷ୍ମୀ, ସରସ୍ୱତୀ। ମତେ ବୋଧ ହେଉଛି ତେବେ ସେହି ସରସ୍ୱତୀ ଭୁଲରେ କିପରି ଆସି ଏଠି ଖସି ପଡ଼ିଥିଲେ। ରୂପେଈ ମୁହଁ ମୋଡ଼ି ଚାଲିଯିବା ବେଳେ କହିଯାଏ, ରଖ, ରଖ, ତମର ସେ ଟାହୁଲିଆଗିରି ରଖ। କଥା କହିଲେ ଶୁଣିବେ ନାଇଁ; ପିଲାଟାକୁ ନିକିମା କରି ସତ୍ୟାନାଶ କରିବେ।

ସମୟ ସମୟରେ ଭଜନା ମଣିଆକୁ ନେଇ ଗାଁ ଆଡ଼େ ମାଛ ବିକିବାକୁ ଯାଏ। ଲୋକେ ମଣିଆକୁ ଦେଖି ପଚାରନ୍ତି, ପିଲାଟି କିଏ ?

ଭଜନା କହେ, ସେ ମୋ ପୁଅ।

ଆଉ କୌଣସି ପ୍ରଶ୍ନ କରିବାକୁ କେହି ସାହସ କରନ୍ତି ନାହିଁ। ଯଦି କେହି କରେ ସେ ଉତ୍ତର ଦିଏ ନାହିଁ। ପିଲାଟିର ଗୁଣ ଦେଖି ସମସ୍ତେ ପ୍ରଶଂସା କରନ୍ତି।

ଭଜନାର ଗୁଣଗୁଡ଼ିକ ଧୀରେ ଧୀରେ ବାଳକ ଅନୁସରଣ କରେ। ଏହିପରି ଆନନ୍ଦରେ ଦେଖୁ ଦେଖୁ ପାଞ୍ଚବର୍ଷ କଟିଗଲା। ମଣିଆଁ ଏଥର ଚଲାଖ ହୋଇଗଲାଣି। ସେ ବାପା ମା'ଙ୍କର ବାଧ୍ୟ। କେବେହେଲେ କଥାରୁ ବାହାରି ଯାଏନାହିଁ। କିନ୍ତୁ ଦେଖିବାକୁ ମତ୍ସ୍ୟଜୀବୀର ପୁତ୍ରପରି ଦେଖାଯାଏ ନାହିଁ। ସ୍ୱାସ୍ଥ୍ୟ ଉତ୍ତମ, ସୁଦୃଢ଼। ବାଲ୍ୟକାଳର ଛାୟା ସ୍ମୃତି ତା ମନରୁ ଲୁପ୍ତ। ସ୍ମୃତିର ସହାୟକ ନ ଥିଲେ, ଅଳ୍ପଦିନ ପରେ ବାଲ୍ୟସ୍ମୃତି ଲୁପ୍ତ ହୁଏ, ଏହା ସ୍ୱାଭାବିକ।

କେତୋଟି ବର୍ଷ ମଧ୍ୟରେ ମଣିଆଁ ଲେଖିପଢ଼ି ଶିଖିଗଲା। ତାଳପତ୍ରରେ ଲେଖି ଶିଖିବା ନିମନ୍ତେ ନିକଟସ୍ଥ ଗ୍ରାମରୁ ଗୋଟିଏ ଛୋଟ ଲେଖନ ଏବଂ ଗୋଟିଏ ତାଳପତ୍ରର ପୋଥି ଭଜନା ତାକୁ କିଣି ଦେଇଛି। ଆଦେଶ କରିଛି ସେ ପ୍ରତିଦିନ ଯାହା କରିବ ଅଥବା ଯାହା ଦେଖିବ ସେହି ପୋଥିରେ ଠିକେ ଠିକେ ଲେଖି ଚାଲିଯିବ। ସମୟ ସମୟରେ ଭଜନାର ଅନୁପସ୍ଥିତିରେ ମଣିଆ ତାର ଦୈନିକ ଲିପି ପଢ଼ିବାକୁ ଚେଷ୍ଟା କରେ, ପାରେନାହିଁ। ଏହାର କାରଣ, ଭଜନା ନିଜର ଲେଖାରେ ଅନେକ ଗୁଡ଼ିଏ କରଣି ଅକ୍ଷର ବ୍ୟବହାର କରିଥାଏ। ନୂଆ ଲେଖକ ବା ପାଠକ ସେ ପ୍ରକାର ଅକ୍ଷର ପଢ଼ିପାରେ ନାହିଁ। ମଣିଆଁ ଭଜନାକୁ ଭୟରେ କୌଣସି କଥା ପଚାରି ପାରେ ନାହିଁ।

ଏ ଥର ଭଜନାର ପ୍ରଧାନ ଝୁଙ୍କ ଉଠିଛି ସେ ତା'ର ପୁଅକୁ ଅଙ୍କ ପଢ଼ାଇବ ଏବଂ ଆକାଶରେ ତାରା ଚିହ୍ନାଇବ। ତାର ଇଚ୍ଛା ମଣିଆଁ ଦେଶ ଭିତରେ ଯେପରି ଗୋଟାଏ ପ୍ରଧାନ ନାବିକ ହେଉ; ତାହାହେଲେ, ତଦ୍ଦ୍ୱାରା ମଣିଆଁ ନିଜର ନାମଟାକୁ ଉଠାଇପାରିବ ଏବଂ ଜଣେ ବିଖ୍ୟାତ ନାବିକ ବୋଲି ଲୋକରେ ଗଣ୍ୟ ହେବ। ଭଜନା ତା'ର ପିତା ଓ ଗୁରୁ ବୋଲି ଲୋକେ ପ୍ରଶଂସା କରିବେ। ଖାଲି ସେତିକି ନୁହେଁ, ନାବିକ ହେବାର ପ୍ରଧାନ ଗୁଣ ସବୁ ମଣିଆଁକୁ ହାସଲ କରିବାକୁ ପଡ଼ିବ, ଯଥା—ସମୁଦ୍ର ପହଁରା, ମାଛଧରା, ଲାଠିଖେଳ, ଖଣ୍ଡାଚାଳନା ଏବଂ ଶର ବିନ୍ଧା।

ଭଜନା ଅବଶ୍ୟ ଏ ସବୁରେ ଅସାଧାରଣ ପାରଗ ନୁହେଁ, ତଥାପି ସବୁଥିରୁ କିଛି କିଛି ଜାଣେ। ଯେଉଁ ବାଳକ ବୁଦ୍ଧିମାନ୍, ବଳବାନ ଏବଂ ଇଚ୍ଛୁକ ତାକୁ କେବଳ ବାଟ ଦେଖାଇ ଦେଲେ ହେଲା। ସେ ଆପେ ଆପେ ମାଡ଼ି ଚାଲିଯିବ। କେହି ଅଟକାଇ ପାରିବ ନାହିଁ। ଚଳନ୍ତି ସ୍ରୋତର ଗତି ବନ୍ଦ କରିବା ସହଜ ନୁହେଁ। ମଣିଆଁର ଏ ସବୁ ବିଷୟ ଶିଖିବାରେ କିପରି ଗୋଟାଏ ସ୍ୱତନ୍ତ୍ର ଇଚ୍ଛା ଥିଲା। ତେଣୁ କୌଣସି ନୂଆ କଥା ଶିଖିବାକୁ ତାକୁ ଭାରି ଭଲ ଲାଗେ। ଏତେ ଅଳ୍ପ ବୟସରୁ ମଣିଆଁ ସେମାନଙ୍କର କ୍ଷୁଦ୍ର ପୁରାତନ ନୌକାଟିକୁ ବେଶ୍ ଚଳେଇ ଜାଣିଲା। ଏକାକୀ ଆହୁଲା ପକାଇ କିମ୍ବା ପାଲ

ଟାଣି, ସେ ନୌକାଟିକୁ ଯଥେଚ୍ଛା ନେଇ ପାରିଲା। ଏଥର ଭଜନାକୁ ମାଛ ଧରିବାରେ ଅଧିକ ପରିଶ୍ରମ କରିବାକୁ ପଡ଼ିଲା ନାହିଁ।

ସାତଦିନ ଧରି ଅନବରତ ବୃଷ୍ଟି ହେଲା। ଏଇ କେତେଦିନ ଲୋକେ ଘର ଭିତରୁ ପଦାକୁ ବାହାରି ପାରି ନ ଥିଲେ। ଭଜନା, ରୂପେଈ ଓ ମଣିଆଁ—ଏମାନଙ୍କର କଥା ଠିକ୍ ସାଧାରଣଙ୍କର ଓଲଟା। ଚତୁର୍ମାସ୍ୟାର ଝଡ଼ିକୁ ନ ମାନି ଏମାନେ ବରାବର ନିଜ ନିଜ କାର୍ଯ୍ୟରେ ନିଯୁକ୍ତ ଥାନ୍ତି। ଝଡ଼-ବର୍ଷାକୁ ସେତେ ଖାତର କରନ୍ତି ନାହିଁ।

ବହୁଦିନ ପରେ ବାଲିଆବିଷ୍ଣୁଙ୍କର ଆରାଧନା ନିମନ୍ତେ ରୂପେଈ ପାହାଡ଼ ଉପରକୁ ଉଠିଥିଲା। ପାହାଡ଼ର ଗୋଟିଏ ପାଖରେ ପାହାଚ; ଅନ୍ୟ ପାଖରେ ଉପରୁ ତଳକୁ ଚାହିଁଲେ ମୁଣ୍ଡ ବୁଲାଏ। ନିମ୍ନ-ଦେଶରେ ଅକର୍ମଶିଳା। ଉପରୁ କୌଣସିମତେ ତଳକୁ ଗଡ଼ିପଡ଼ିଲେ ଆଉ ରକ୍ଷାନାହିଁ।

ଯେଉଁଦିନ ରୂପେଈ ବାଲିଆବିଷ୍ଣୁଙ୍କର ପୂଜା କରିବାକୁ ପର୍ବତ ଉପରକୁ ଉଠିଥିଲା, ଭଜନା ଓ ମଣିଆଁ ସମୁଦ୍ର କୂଳକୁ ଯାଇଥିଲେ। ବର୍ଷା ଅଳ୍ପ ଅଳ୍ପ ହେଉଥିଲା। ରୂପେଈ ବିଷ୍ଣୁଙ୍କର ପୂଜା ନିମନ୍ତେ ଦେଉଳର ସେପାଖରୁ ଫୁଲ ତୋଳିବାକୁ ଗଲା। ଅନ୍ୟ କୌଣସି ପ୍ରକାର ଫୁଲ ନ ପାଇ, କେତେଗୁଡ଼ିଏ କନିଅର ଫୁଲ ତୋଳିବାକୁ ମନ କଲା। କନିଅର ଗଛଗୁଡ଼ିକ ପର୍ବତର ଗଡ଼ାଣିଆ ପାଖରେ। ହାତ ବଢ଼ାଇ ଡାଳ ନୁଆଁଇ ଫୁଲ ତୋଳୁ ତୋଳୁ ମସ୍‌କା ଡାଳଖଣ୍ଡି ଭାଙ୍ଗିଗଲା। ସେ ତଳକୁ ଖସି ପଡ଼ି ଜ୍ଞାନଶୂନ୍ୟ ହୋଇ ପଡ଼ିରହିଲା। ଏଣେ ବର୍ଷା କ୍ରମେ ଅଧିକ ହେଲା। ସାତଦିନ ଅନିୟମିତ ବର୍ଷା ପରେ ମାତ୍ର କେତେ ଘଣ୍ଟା ନିମନ୍ତେ ଯାହା ଛାଡ଼ି ଯାଇଥିଲା।

ରୂପେଈ ଜ୍ଞାନଶୂନ୍ୟ ହୋଇ କେତେକାଳ ପଡ଼ିରହିବା ପରେ ଚେତା ହେଲାରୁ ଦେଖିଲା ବର୍ଷା ମୂଷଳଧାରାରେ ପଡୁଛି। ତା'ର କ୍ଷମତା ନାହିଁ, ଉଠିକରି ଏକପାଦ ମାତ୍ର ଅଗ୍ରସର ହେବ। ଏଣେ ମୁଣ୍ଡ ଫାଟି ରକ୍ତ ବାହାରୁଛି। ଯନ୍ତ୍ରଣାର ଆକୁଳ ଚିତ୍କାର ଶୁଣିବାକୁ ନିକଟରେ କେହି ନାହିଁ। ଭଜନା କିମ୍ବା ମଣିଆଁକୁ ଡାକିଲେ ମଧ୍ୟ ଶୁଣି ପାରିବେ ନାହିଁ। ଏଣେ ବର୍ଷାର ଟପ ଟପ ସଙ୍ଗେ, ଗଛ ପତ୍ର ହଲାଇ ପବନର ସାଇଁ ସାଇଁ, ଏ ସମସ୍ତ ଭେଦକରି ଆହତର ଆର୍ତ୍ତ ଚିତ୍କାର ଦୂରକୁ ଶୁଭିବ କାହୁଁ? ଆହା! ଭକ୍ତିର କି ଜ୍ୱଳନ୍ତ ପୁରସ୍କାର। ଧନ୍ୟ ବାଲିଆବିଷ୍ଣୁଙ୍କର ମହିମା। କିନ୍ତୁ ବାଲିଆବିଷ୍ଣୁ ତ ଅସାବଧାନ ହେବାକୁ କହି ନ ଥିଲେ।

ସମୁଦ୍ର କୂଳରୁ ଫେରି ଭଜନା ଏବଂ ମଣିଆ କୁଟୀରରେ ରୂପେଇଙ୍କୁ ଦେଖି ପାରିଲେ ନାହିଁ। ଅନେକ ବେଳ ଅପେକ୍ଷା କରି ସେ ନ ଆସିବାରୁ ପିତୃ ଆଜ୍ଞାରେ ମଣିଆଁ ତାଳପତ୍ର ଛତା ଧରି ମା'କୁ ଖୋଜିବାକୁ ଗଲା। ଭଜନା ତାଳପତ୍ର ପୋଥି ଧରି ଜୀବନୀ ଲେଖିବାରେ ଲାଗିଗଲା।

ଅନେକ ଡେରି ହୋଇଗଲାଣି। ମଣିଆଁ କି ରୂପେଇ କାହାର ଦେଖାନାହିଁ; କ୍ଷୁଧାରେ ଉଦର ଜ୍ୱାଳା ସମ୍ଭାଳେ କିଏ ? ଭଜନା ପୋଥିଲେଖା ବନ୍ଦକରି ଭାବିଲା, କାହାକୁ ଖୋଜିବାକୁ ଯିବ ? ମଣିଆଁକୁ ଅଥବା ରୂପେଇକୁ ?

ବର୍ଷାପାତ ନ ମାନି ତିନ୍ତି ତିନ୍ତି ସେ ପଦାକୁ ବାହାରି ଆସିଲା। ଏଣେତେଣେ ଖୋଜି ଖୋଜି ଶେଷରେ ପାହାଡ଼ର ଅନ୍ୟପାଖ ଦେଇ ଚାଲି ଯାଉଥିଲା। ଦୂରରେ ଦେଖିଲା କେତେଗୁଡ଼ିଏ ଅରମା ଗଛର ମଝିରେ କିଏ ଜଣେ ଶୋଇଛି। ନିକଟତର ହେଲାରୁ ଶୁଣିପାରିଲା ରୂପେଇର କ୍ଷୀଣ ଆର୍ତ୍ତ କ୍ରନ୍ଦନ। ଅସମ୍ଭାଳ ହୋଇ ଅତି ବେଗରେ ନିକଟରେ ଉପସ୍ଥିତ ହେଲା। କିପରି ସେ ଖସିପଡ଼ିଛି ବୁଝିବାକୁ ଆଉ ବାକି ରହିଲା ନାହିଁ। ସ୍ତ୍ରୀର ଏପରି ଅବସ୍ଥା ଦେଖି ଭଜନାପରି କଠୋର ହୃଦୟ ନାବିକର ଚକ୍ଷୁରୁ ଲୋତକ ପ୍ରବାହିତ ହୋଇଛି କି ନାହିଁ, ବର୍ଷାଜଳ ଯୋଗୁ ବୁଝି ହେଲାନାହିଁ। କି ମୂର୍ଖ ସେ ! ସେପରି ଅବସ୍ଥାରେ ସ୍ତ୍ରୀକୁ ଶାୟିତ ଦେଖି ମଧ୍ୟ କହିବାକୁ ଭୁଲିଲା ନାହିଁ ଉପହାସ କରି, ବାଲିଆବିଷ୍ଣୁଙ୍କର ଗୁଣ ଏବେ ବୁଝି ପାରିଲ ତ ? ସବୁଦିନେ ମନାକରେ, ମନା ନ ମାନି ପଥରଟା ପାଇଁ ଆଜି ତମର ଏ ଦଶା, ଛି, ଛି।

ରୂପେଇ ମୁଣ୍ଡ ବୁଲାଇବାକୁ ଚେଷ୍ଟାକଲା, ପାରିଲା ନାହିଁ। ଭଜନା ଆସିଛି ବୁଝି ପାରିଲା। ଭଜନାର କଥାଗୁଡ଼ିକ ତାର କାନରେ ପଶିଛି କି ନାହିଁ, କହି ହେବ ନାହିଁ। ତଥାପି ସେ ଧୀରେ ଧୀରେ କ'ଣ କହିବାର ଶୁଣାଗଲା, ଭଜନା କିନ୍ତୁ ବୁଝିପାରିଲା ନାହିଁ। ବର୍ଷାରେ ଅନେକ ସମୟ ଭିଜି ରୂପେଇର ଲୋମ ଟାଙ୍କୁରି ଉଠିଥିଲା। ଭଜନା ଆଉ କାଳ ବିଳମ୍ବ ନ କରି ରୂପେଇକୁ ଉଠାଇ କୁଟୀରକୁ ନେବାକୁ ମନସ୍ଥ କଲା। ଏକାକୀ ନେବ କିପରି ? ରୂପେଇର ଦେହରେ ହାତଦେଲେ, ସେ ଯେ ବେଦନାପୂର୍ଣ୍ଣ ଚିତ୍କାର କରି ଉଠୁଛି। ମଣିଆଁର ଉଦ୍ଦେଶ୍ୟରେ ପାଟି କରି ସେ କେତେ ଡାକିଲା। ଉତ୍ତର ସ୍ୱରୂପ କେବଳ ବର୍ଷାଜଳର ଟପ ଟପ ଏବଂ ପବନର ସାଇଁ ସାଇଁ ଶବ୍ଦ ଶୁଣିବାକୁ ପାଇଲା ମାତ୍ର।

ଏଣେ ସନ୍ଧ୍ୟା ଆଗତ ପ୍ରାୟ। ବର୍ଷାର ଭୀଷଣତା ବଢୁଛି। ଆକାଶରେ ବିଜୁଳି ରହି ରହି ଚମକି ଉଠୁଛି; ଆଉ ସମ୍ଭାଳି ହେଲାନାହିଁ। ଭଜନା ରମଣୀର ଆର୍ତ୍ତନାଦକୁ ଲକ୍ଷ୍ୟ ନ କରି, ନିଜର ସମସ୍ତ ପରାକ୍ରମ ଏକିଭୂତ କରି ରୂପେଇକୁ ଉଠାଇ କାନ୍ଧରେ

ପକାଇଲା ଏବଂ ଯଥାସାଧ୍ୟ ଯତ୍ନ ସହକାରେ କୁଟୀର ଆଡ଼େ ଚାଲିଲା। ଅଳ୍ପ ସମୟରେ କୁଟୀରରେ ଉପସ୍ଥିତ ହୋଇ ରୂପେଇକୁ ଶୁଆଇଦେଲା ତଳେ। ସେତେବେଳକୁ ମଣିଆଁର ପତ୍ତା ନାହିଁ। ଅତି କଷ୍ଟରେ ଲୁଗା ବଦଳାଇ, ଗଚ୍ଛିତ ଶୁଖିଲା କାଠରେ ଅଗ୍ନି ସଂଯୋଗ କଲା ଏବଂ ଦେହର ସମସ୍ତ ଅଂଶରେ ତୈଳମର୍ଦ୍ଦନ କରି ତାକୁ ଉତ୍ତମ ରୂପେ ସେକିଦେଲା।

ରୂପେଇ ଆରାମ ବୋଧକଲା ! ମାତ୍ର ଉଠି ବସିବାର ଶକ୍ତି ନାହିଁ। ତେବେ ଟୋକେଇଟା ଓଲଟାଇ ପକାଇ ଭଜନା ତା'ରି ଉପରେ ବସି ଗୋଡ଼ ତଳିପା ନିଆଁ ଆଡ଼କୁ ବଢ଼ାଇ ଦେଲା। ରୂପେଇ ମୁଣ୍ଡବୁଲାଇ ଚାହିଁବାର ଦେଖି, ବ୍ୟସ୍ତ ଭାବରେ ପଚାରିଲା, କେଉଁ ଜାଗାରେ ବେଶୀ ଆଘାତ ହୋଇଛି ? ମୁଣ୍ଡ ଫାଟି ଯାଇଛି ସତ, କିନ୍ତୁ ମାରାତ୍ମକ ନୁହେଁ।

ରୂପେଇ ଭଜନାର ପ୍ରଶ୍ନର କୌଣସି ଉତ୍ତର ନ ଦେଇ କୁନ୍ଥେଇ କୁନ୍ଥେଇ ପଚାରିଲା, ପୁଅ କାହିଁ ? ସେ ତ ମୋ ପାଖରେ ନାହିଁ, ଗଲା କୁଆଡ଼େ ?

ଭଜନା ପ୍ରଶ୍ନର ଉତ୍ତର କଲା, କେଜାଣି ? ସେ ଅନେକ୍ ବେଳରୁ ତୁମକୁ ଖୋଜିବାକୁ ଯାଇଛି। ଏତେବେଳ ଯାଏ ଫେରି ନାହିଁ। ବୋଧହୁଏ ଆସୁଥିବ।

ପିଲାଟା ଗଲା କୁଆଡ଼େ ?

ବର୍ଷା କମିଗଲା। ମେଘ ଅନ୍ଧାର ଚାରିଆଡ଼ୁ ଘୋଟି ଯେପରି ଜଗତକୁ ଆକ୍ରମଣ କରୁଛି। ଝୁପୁ ଝୁପୁ ବର୍ଷାରେ ମଣିଆଁ ବିରସ ମନରେ କୁଟୀରକୁ ଫେରି ଆସିଲା। ରୂପେଇର ଅନ୍ୱେଷଣ କରି କରି ମଣିଆଁ ସେଦିନ ବାଲୁକା ପ୍ରାନ୍ତରର ପ୍ରତ୍ୟେକ ସ୍ଥାନ ତନ୍ନ ତନ୍ନ କରି ଅନ୍ୱେଷଣ କରିଥିଲା। କୃତକାର୍ଯ୍ୟ ନ ହୋଇ ଘରକୁ ଫେରିଲା ବାଧ୍ୟ ହୋଇ। ଧୀର ପଦ ବିକ୍ଷେପ କରି, ଆଙ୍ଗୁଠି ଟିପି ଟିପି ଗୃହ ମଧ୍ୟରେ ପଶିଲା। ରୂପେଇ ସୁପ୍ତ ଏବଂ ନିକଟରେ ଭଜନା ଉପବିଷ୍ଟ ଏହା ଦେଖି ପ୍ରଥମେ ତାର ମୁଖ ଆନନ୍ଦାଲୋକରେ ଉଦ୍ଭାସିତ ହେଲା। କିନ୍ତୁ ଉଭୟଙ୍କୁ ନୀରବ ଦେଖି କ୍ଷଣକ ପରେ ସନ୍ଦେହର ଛାୟା ତାର ହୃଦୟକୁ ଅନ୍ଧକାର କଲା। ଭୟପୂର୍ଣ୍ଣ ସ୍ୱରରେ ପଚାରିଲା, ବାପା, ମା ସେପରି ଭାବରେ ଶୋଇଛି କାହିଁକି ?

ଭଜନା ଉତ୍ତରଦେବା ପୂର୍ବରୁ ରୂପେଇ ଅଧୀର ହୋଇ କହି ପକାଇଲା, କିଏ ?

ମୋ ମଣିଆଁ, ଧନ ଆଇଲୁ, ମୋ ପାଖକୁ ଆ। ଏତେବେଳ ଯାଏ କୋଉଠି ବର୍ଷାରେ ତିନ୍ତୁଥିଲୁ ବାପ ?

ମା, ତୋର କ'ଣ ହୋଇଛି ? ଏତକ ପଚାରି ମଣିଆ ରୂପେଇର ମୁଣ୍ଡ ପାଖରେ ବସିଲା। ଓଦା ଲୁଗା ସେତେବେଳ ଯାଏ ପାଲଟି ନାହିଁ।

ଗମ୍ଭୀର ଭାବରେ ଭଜନା କହିଲା, ଆଉ ହେବ କଅଣ ? ଯେତେ ମନା କରିଲେ ମାନିଲେ ନାହିଁ, ବାଲିଆବିଷ୍ଣୁଙ୍କର ପୂଜା କରିବାକୁ ଯାଇଥିଲେ ପରା। ସେହି ବାଲିଆବିଷ୍ଣୁଙ୍କ ମହିମାରୁ ପାହାଡ଼ ଉପରୁ ଖସିପଡ଼ି ୟାଙ୍କର ଏ ଦଶା।

ବାଲିଆବିଷ୍ଣୁଙ୍କର ମହିମା ନୁହେଁ ଯେ, ସେ ମୋ ଉପରେ ରାଗ କରିଛନ୍ତି।

ରାଗ, କାହିଁକି ମା ?

ମୁଁ ଆଜିଯାଏ ତାଙ୍କର ପୂଜା କରି ନ ଥିଲି। ସେ ଅଗାଧୁଆ ଉପାସ ପଡ଼ି ପଡ଼ି ଶେଷରେ ରାଗ କଲେ। ତେଣୁ ପାହାଡ଼ ଉପରୁ ଖସି ପଡ଼ିଛି। ଓଃ ଆଉ ବଞ୍ଚି ପାରିବି ନାହିଁ, ଭାରି କଷ୍ଟ। ଆ ବାପ, ତତେ ମୁଁ ଥରେ ଦେଖିଯାଏ।

ମା, ତୋର କଣ ହୋଇଛି ? ସେପରି ଆଉ କହ ନା। ରୂପେଇର କଷ୍ଟ ଦେଖି ମଣିଆ ଆଖିରେ ହାତଦେଇ କାନ୍ଦି ପକାଇଲା।

ପୁଅ କାନ୍ଦିବାର ଦେଖି ରୂପେଇ କହିଲା, କାନ୍ଦ ନା ବାପ, ମୁଁ ମୋର କର୍ତ୍ତବ୍ୟ କାର୍ଯ୍ୟରେ ଅବହେଳା କରି ଦେବତାଙ୍କୁ ଅସନ୍ତୁଷ୍ଟ କରିଛି। ତା'ର ପ୍ରତିଫଳ ସ୍ୱରୂପ ଆଜି ମୋର ମେରୁଦଣ୍ଡ, ଗୋଡ଼ହାତ ଭାଙ୍ଗି ଯାଇଛି।

ବାପା, ମୁଁ ଯାଉଛି ବଇଦ ଡାକି ଆଣିବି ?

ଏହି ସମୟରେ ରୂପେଇ ଯନ୍ତ୍ରଣାରେ ବିକଟ ଚିତ୍କାର କରି ଉଠିଲା। ଦେହ ବୁଲାଇବାକୁ ଚେଷ୍ଟା କରି ପାରିଲା ନାହିଁ। ଦେହ ହାତ ଥରିବାକୁ ଲାଗିଲା।

ତେବେ ମୁଁ ଯାଉଚି ବଇଦ ଘରକୁ ?

ନା, ତୁ ଯା ନା, ପିଲାଲୋକ; ଅନ୍ଧାର ରାତି, ବାଟ ବଣାହୋଇ ଯିବୁ। ମା ପାଖରେ ବସି ଥା। ସେ ଯାହା କହିବ କରିବୁ। ମୁଁ ଯାଉଛି। ଦେଖ ତ ବର୍ଷା ବନ୍ଦ ହେଲାଣି କି ?

ମଣିଆ ପଦାକୁ ଉଠି ଆସି ଦେଖିଲା ବର୍ଷା ବନ୍ଦ ହୋଇ ନାହିଁ। ପୂର୍ବପରି ଝୁପୁରୁ ଝୁପୁରୁ ହୋଇ ବର୍ଷୁଛି।

ଭଜନା ବୈଦ୍ୟଘରକୁ ଯିବାକୁ ପ୍ରସ୍ତୁତ ହେବାର ଦେଖି ରୂପେଇ କହିଲା, ନା, ଯାଅ ନା, ମୋ ଆଖି ଆଗରେ ବରାବର ବସିଥାଅ। ଏ ଅନ୍ଧାର ରାତିରେ ବୈଦ୍ୟ ଆସିବାକୁ ମଙ୍ଗିବ ନାହିଁ। କାଲି ସକାଳେ ଯିବ। ବୈଦ୍ୟକୁ ଡାକିବ ବା କାହିଁକି ?

ପରମେଶ୍ୱରଙ୍କ ଇଚ୍ଛା, ମୋର ମୃତ୍ୟୁ ହେଉ। ତାଙ୍କ ପୂଜାରେ ଯେଉଁ ବ୍ୟାଘାତ ଜନ୍ମାଇଛି, ସେଥି ନିମନ୍ତେ ସେ ମୋତେ ଦଣ୍ଡ ଦେଇଛନ୍ତି। ମଣିଆଁକୁ ସମ୍ବୋଧନ କରି କହିଲା, ମଣି, ଭୟ ନାହିଁ, ମନୁଷ୍ୟ ଜଗତରେ ଜନ୍ମହେଲେ ନିଶ୍ଚୟ ମରିବ। ସେଥି ନିମନ୍ତେ ଚିନ୍ତାକରିବା ନିଷ୍ପ୍ରୟୋଜନ।

ଭଜନା କହିଲା, ସତକଥା, ବୈଦ୍ୟ ରାତିରେ ବର୍ଷାରେ ଆସିବ ନାହିଁ। କାଲି ସକାଳେ ଯିବାକୁ ପଡ଼ିବ। ଶୁଣ ମଣି, ବର୍ତ୍ତମାନ ତୋ ମା ଯାହା କହିଲା, ସେ ସବୁ ଶୁଣି ବୋଧହୁଏ ତୁ ଟିକିଏ ଦବି ଯାଉଛୁ। ମରିବାର ତ କଥା, ପିଲାଖେଳ ପରି ପଥର ଖଣ୍ଡକୁ ଯିଏ ପୂଜାକରେ ତା'ର ଫଳ ସେ ଅବଶ୍ୟ ପାଇବ। ଟିକିଏ ଚିନ୍ତାକରି କହିଲା, ତମର କୌଣସି ବିଷୟରେ ଭାବିବା ଉଚିତ ନୁହେଁ।

ସେତେବେଳେ ରାତ୍ରି ଅର୍ଦ୍ଧ। ଭଜନା ରୂପେଇର ମୁଣ୍ଡ ଉପରେ ବସି ଘୁମଉଛି; କିନ୍ତୁ ଗୋଡ଼ତଳେ ମଣିଆଁ ଚୁପ୍‌କରି ବସି ମା'ର ଗୋଡ଼ ଆଉଁଶୁଛି। ସମୟ ସମୟରେ ନିକଟରେ ରଖା ହୋଇଥିବା ମାଟିର ଦୀପରୁ ଶଳିତାଟା ତେଜି ଦେଉଛି। ଆବଶ୍ୟକ ପଡ଼ିଲେ କେତେବେଳେ ବା ଘଡ଼ିରୁ ପୋଲାଙ୍ଗ ତେଲ ଆଣି ଦୀପରେ ପକାଉଛି।

ରୂପେଇ ବ୍ୟସ୍ତ ହୋଇ ବରାବର କୁନ୍ଥାଉଥିଲା। ମଣିଆଁ ଆଡ଼କୁ ଚାହିଁଲା, ଚକ୍ଷୁର ପ୍ରାନ୍ତଦେଇ ଲୋତକ ଧାର ବହି ଆସୁଛି। ମଣିଆଁ କାନ୍ଦି ପକାଇଲା। ରୂପେଇ ମୁଣ୍ଡହଲାଇ ମଣିଆଁକୁ ନିକଟକୁ ଯିବାକୁ ଠାରିଲା। ମଣିଆଁ ଆଦେଶ ପାଳନ କଲା। ରୂପେଇ ମଣିଆଁକୁ କହିଲା, ବାପ, ଗମ୍ଭୀରିଘରୁ ଯା' ତ ମୋର ବେତ ପେଡ଼ିଟା ଆଣିବୁ। ଆଲୁଅ ନେଇ ଯା, ବାଟରେ କାଳେ ପନିକି ପଡ଼ିଥିବ ଝୁଣ୍ଟିବୁ।

ମଣିଆଁ ଗମ୍ଭୀରି ଘରୁ ବେତର ପେଡ଼ି ଆଣିଲା। ମାର ସଂକେତରେ ପେଡ଼ି ଖୋଲି ଉପରୁ ଅନେକ ପ୍ରକାର ଘରକରଣା ପଦାର୍ଥ କାଢ଼ି ତଳେ ଥୋଇଲା। ଖଣ୍ଡେ ସମ୍ବଲପୁରୀ ମଠାକନାରେ ବନ୍ଧା ହୋଇଥିବା ଗୋଟିଏ ପଦାର୍ଥ ଖୋଲି ଯାହା ଦେଖିଲା ତହିଁରେ ସେ ଆଶ୍ଚର୍ଯ୍ୟାନ୍ୱିତ ହେଲା। ଏହି ସମୟରେ ଭଜନାର ନିଦ ଭାଙ୍ଗିଗଲା। ସେ ମଣିଆଁର ହାତରେ କ'ଣ ଗୋଟାଏ ଭାରି ଉଜ୍ଜ୍ୱଳ ପଦାର୍ଥ ଦେଖି ଆଶ୍ଚର୍ଯ୍ୟପୂର୍ଣ୍ଣ ଚକ୍ଷୁରେ ଅନାଇଁ ରହିଲା। ଅବାକ୍ ହୋଇ ବିସ୍ମୟରେ କ୍ଷଣକାଳ ନୀରବ ରହିଲା। ପରେ ଭଜନା ପଚାରିଲା, ସେ କଣ ମଣି ହାତରେ ଧରିଛି ?

ମଣିଆଁ କୌଣସି ଉତ୍ତର ନ ଦେଇ ପଦାର୍ଥଟିକୁ ବାପାଙ୍କ ହାତକୁ ବଢ଼ାଇ ଦେଲା ଏବଂ ସେହି ପଦାର୍ଥଟି ଭଜନାକୁ ପ୍ରଶ୍ନର ଉତ୍ତର ଦେବ ମନେକଲା।

ଏହା ଗୋଟିଏ ବହୁମୂଲ୍ୟ ରତ୍ନ। ଭଜନା ତାର ଜୀବନରେ ଅନେକ ପ୍ରକାର ରତ୍ନ ଦେଖିଛି। କିନ୍ତୁ ଏପରି ସୁନ୍ଦର ଉଜ୍ଜ୍ୱଳ ରତ୍ନ ଆଉ କେବେ ଦେଖି ନ ଥିଲା। ଭଜନା

ଚିହ୍ନିଲା ଏହା ଗୋଟିଏ ହୀରା। ହୀରକର ଉଜ୍ଜ୍ୱଳତାରେ ସ୍ଥାନଟି ଯେପରି ଆଲୋକିତ ହୋଇ ଉଠିଲା। ଚକ୍ଷୁ ଝଲସିଗଲା। ସେ ମଣିଆକୁ ପଚାରିଲା, ଯାକୁ ତୁ ପାଇଲୁ କେଉଁଠୁ ?

ମଣିଆ ପେଡ଼ି ଆଡ଼କୁ ଅନାଇଲା, ଉତ୍ତର ଦେଲା ନାହିଁ! କାଳେ ମା ବିରକ୍ତ ହେବ।

ରୂପେଇ ଉତ୍ତର ଦେଲା—ସେ ରତ୍ନଟି ମଣିଆର ମା ମୋ ଜିମା ଦେଇ ଯାଇଛନ୍ତି। ଡକାଇତମାନେ ତାଙ୍କର ସର୍ବସ୍ୱ ହରଣ କରିନେଲେ ଏବଂ ପରେ ସେମାନଙ୍କୁ ବନ୍ଦୀକଲେ। କାଳେ ଯଦି ସେମାନଙ୍କ ହାତରୁ ରକ୍ଷା ପାଇ ଦେଶକୁ ଫେରନ୍ତି, ତେବେ ସେମାନଙ୍କୁ ତ ଆଉ ପଥର ଭିକାରି ହେବାକୁ ପଡ଼ିବ ନାହିଁ। ଏଇଥି ନିମନ୍ତେ ସର୍ବ ସମ୍ପଦ ହରାଇ ଅତି ଯତ୍ନରେ ମଣିଟିକୁ କାନିରେ ବାନ୍ଧି ଅଣ୍ଟାରେ ଖୋସି ରଖିଥିଲେ।

ସେ କହୁଥିଲେ, ସିଂହଳ ଦ୍ୱୀପରେ ଅନୁରାଧାପୁର ନାମକ ବିଖ୍ୟାତ ସହରର ରାଜା କେତେଗୋଟି ହାତୀ ଏବଂ ହାତୀ ଦାନ୍ତର ମୂଲ୍ୟ ସ୍ୱରୂପ ସେ ରତ୍ନଟିକୁ ତାଙ୍କର ସ୍ୱାମୀଙ୍କୁ ଦେଇ ଆଦେଶ କରିଥିଲେ, ଯେପରି ସେ ରତ୍ନରୁ ଅବଶିଷ୍ଟ ଧନ ବ୍ରହ୍ମଦେଶରେ ବୌଦ୍ଧଧର୍ମ ଉତ୍ତମରୂପେ ପ୍ରଚାର କରିବାରେ ବ୍ୟବହୃତ ହୁଏ। ମୁଁ ଯେତେବେଳେ ପୁତ୍ରକୁ ନେଇ ଚାଲିଆସେ, ମୋତେ ସେ ରତ୍ନଟି ଦେଇ କହିଲେ, ମୋର ଏହି ଶିଶୁ ସନ୍ତାନ ପ୍ରାପ୍ତବୟସ୍କ ହେଲେ ତାକୁ ଏହା ଦେବ ଏବଂ କହିବ, ବାପ ମା'ଙ୍କର ଏହି କ୍ଷୁଦ୍ର ଉପହାର ଗ୍ରହଣ କରି ସେ ଯେପରି ସମୟ ସମୟରେ ସେମାନଙ୍କୁ ମନେ ପକାଏ। ସେ ଯେ ଦେଶର ଜଣେ ପ୍ରଧାନ ବଣିକଙ୍କର ପୁତ୍ର, ଏହା ଯେପରି ସେ ଏହି ରତ୍ନକୁ ଦେଖି ପାସୋରି ନ ଯାଏ ଏବଂ ଯେପରି ଚିରଦିନ ତା'ର ମନ ବୁଦ୍ଧଦେବଙ୍କଠାରେ ଭକ୍ତି ଓ ପ୍ରେମରେ ଆସକ୍ତ ରହେ।

ରୂପେଇ ଟିକିଏ ଅପେକ୍ଷା କରି, ଦମ୍ ନେଇ ପୁନର୍ବାର କହିଲା, ମୋ ମଣି ପ୍ରାପ୍ତବୟସ୍କ ହେଲା ବେଳକୁ ବୋଧହୁଏ ମୁଁ ନ ଥିବି। ତେଣୁ ତା ମା'ର ଆଦେଶ ପାଳନ କରିବାକୁ ମୁଁ ତୁମକୁ ଅଭିଭାବକ ନିଯୁକ୍ତ କରିଗଲି।

ରୂପେଇର କଥାରେ ମଣିଆର ମନରେ ବାଲ୍ୟସ୍ମୃତିର କ୍ଷୀଣ ଢେଉ ଖେଳିଗଲା। ନିଜର ଭାବ ଗୋପନ କରି, ସେ ମୁହଁ ଶୁଖେଇ ନୀରବ ରହିଲା। ଭଜନା ରତ୍ନଟିକୁ ପୁନର୍ବାର ମଠାକନାରେ ବାନ୍ଧି ପେଡ଼ିରେ ରଖିଲା।

ଦିନୁ ଦିନ ରୂପେଇର ଦେହ ଅଧିକ ଖରାପ ହେଲା। ଗ୍ରାମରୁ ବୈଦ୍ୟ ଅଣାଇ ତାର ଚିକିତ୍ସା କରାଗଲା। କିନ୍ତୁ ଶେଷରେ ଦିନେ ସନ୍ଧ୍ୟା ସମୟରେ ପତି ପୁତ୍ରଙ୍କର ମୁହଁକୁ ଚାହୁଁ ଚାହୁଁ ତାର ପ୍ରାଣ ବିହଙ୍ଗମ କେଉଁ ଅଜଣାଦେଶକୁ ଉଡ଼ି ଚାଲିଗଲା।

ରୂପେଈର ମୃତ୍ୟୁ ଦିବସରୁ ଭଜନାର ପ୍ରକୃତି ସମ୍ପୂର୍ଣ୍ଣରୂପେ ପରିବର୍ତ୍ତିତ ହୋଇଯାଇଛି। ସେ ଆଉ ଏଥର ଶୃଗାଳ କିମ୍ବା ଅନ୍ୟାନ୍ୟ ଜୀବଜନ୍ତୁଙ୍କୁ ଅନୁକରଣ କରି ଆନନ୍ଦରେ ଚିତ୍କାର କରି ଉଠେ ନାହିଁ, ଅଥବା ଶୁଖିଲା ବେଣା ବୁଦାରେ ଅଗ୍ନି ସଂଯୋଗ କରି ନାଚି ନାଚି କହେ ନାହିଁ, ଅନଳନଳ ଓଦା କଞ୍ଚା ସବୁ ଜଳ। କେବଳ ନୀରବରେ ବସି ଚିନ୍ତା କରେ—ସେ କାହିଁ ?

ଏହି ଗୋଟିଏ ପ୍ରଶ୍ନର ଉତ୍ତର ପାଇବାକୁ ସେ ସର୍ବଦା ଅସ୍ଥିର ହୋଇ ପଡ଼େ। ସେହି ବିଷୟରେ ଚିନ୍ତାକରେ। ମନ ମଧ୍ୟରେ ନାନାପ୍ରକାର ତର୍କ ବିତର୍କ କରି, ସମୟ ସମୟରେ ନିଜର କଥାକୁ ନିଜେ କାଟି ଅନ୍ୟପ୍ରକାର ତର୍କ ବାହାର କରେ। ଯେଉଁଦିନ ରୂପେଇ ଭବଲୀଳା ସାଙ୍ଗ କଲା, ଭଜନା ରାଗରେ ସେଠାରୁ ଉଠିଗଲା ବାଲିଆବିଷ୍ଣୁଙ୍କ ମନ୍ଦିରକୁ ଏବଂ ଜଗତରେ ଭଗବାନ ମିଛ, ଦେବ ଦେବୀ ମିଛ, କହୁ କହୁ ମୂର୍ତ୍ତିଟିକୁ ପଥରରେ ବାଡ଼େଇ ଖଣ୍ଡ ଖଣ୍ଡ କରି ଭାଙ୍ଗି ପକାଇଲା। କହି ଉଠିଲା, ମୂର୍ତ୍ତିପୂଜାର ଧ୍ୱଂସହେଲା ଆଜିଠାରୁ।

ପୁଣି ସେ ଭାବେ ମୂର୍ତ୍ତିଟିକୁ ଭାଙ୍ଗିଲା କାହିଁକି ? ତା'ର ଏହି ଭାବନା ମଧ୍ୟରେ ଭଗବାନଙ୍କର ଅସ୍ତିତ୍ୱ ଅଜାଣତରେ ଗୁପ୍ତ ହୋଇ ରହି ନାହିଁ କି ? ସେ ଯଦି ଭଗବାନଙ୍କର ଅସ୍ତିତ୍ୱରେ ବିଶ୍ୱାସ ନ କରେ, ରାଗକଲା ତେବେ କାହା ଉପରେ ? ରାଗକରି ମୂର୍ତ୍ତି ଭାଙ୍ଗିଲା କାହିଁକି ? ଯଦି ମୂର୍ତ୍ତି ଭାଙ୍ଗିବା ଦ୍ୱାରା ଭଗବାନଙ୍କୁ ଅପମାନ କରିଛି ବୋଲି ମନେକରେ, ତେବେ ତ ସେ ଭଗବାନ ଅଛନ୍ତି, ଏହା ବିଶ୍ୱାସ କରୁଛି।

ଜଣେ କେହି ଭଗବାନ ଥାଉ ଅବା ନ ଥାଉ, ମନୁଷ୍ୟ ସମାଜର ସୃଷ୍ଟି କାଳରୁ ଲୋକ କୌଣସି ନା କୌଣସି ପ୍ରକାରରେ ସେହି ଅଜଣା ଦେବତାର ପୂଜାକରି ଆସିଛି। ଆର୍ଯ୍ୟ, ମଙ୍ଗୋଲୀୟ ବା ଦ୍ରାବିଡ଼ ସମାଜପରି ଉନ୍ନତ ସମାଜ କହ, ବା ଅସଭ୍ୟ ଅନାର୍ଯ୍ୟ ଜାତିର ସମାଜ କହ, ପ୍ରତ୍ୟେକ ଲୋକ କୌଣସି ରୂପରେ ପରମେଶ୍ୱରଙ୍କର ପୂଜାକରି ଆସୁଛନ୍ତି। ଆଜି ବିଜ୍ଞାନବେତ୍ତାମାନଙ୍କର ଅକାଟ୍ୟ ତର୍କ ଓ ପ୍ରମାଣ ହୃଦୟଙ୍ଗମ କରି, ନିଜେ ବିଜ୍ଞାନବେତ୍ତା ହେଉନ୍ତୁ କିମ୍ବା ତାଙ୍କର ତର୍କର ଶ୍ରୋତୃମଣ୍ଡଳୀ ହେଉନ୍ତୁ, ନାସ୍ତିକ ହେବାକୁ ଚେଷ୍ଟାକଲେ ମଧ୍ୟ, ଅଜାଣତରେ ଆସ୍ତିକର କାର୍ଯ୍ୟକରି ପକାଉଛନ୍ତି। ଏହାର କାରଣ, ବହୁକାଳବ୍ୟାପୀ ମାନବର ମନ ସେହି ଆଡ଼କୁ ଅବିରତ ଧାବିତ ହୋଇଛି।

ଯେତେବେଳେ କଳିଙ୍ଗରେ ବୌଦ୍ଧଧର୍ମ ଏବଂ ହିନ୍ଦୁଧର୍ମ ମଧ୍ୟରେ ଯନ୍ତାଯନ୍ତି

ଲାଗିଥିଲା, ଗୋଟିଏ ଅନ୍ୟଟିକୁ ପରାଜିତ କରି ନିଜକୁ ପ୍ରତିଷ୍ଠିତ କରିବାକୁ ବସିଥିଲା, ସେତେବେଳେ କେଶରୀବଂଶର ରାଜତ୍ୱ। ସେହି ସମୟରେ, ଅନେକ ଶିବଙ୍କୁ ପ୍ରଧାନ ଦେବତା ଭାବି ପୂଜା କରିବାକୁ ଆରମ୍ଭ କରିଥିଲେ। ଏକା କଳିଙ୍ଗ ଉପକୂଳରେ ଭଜନା ଥିଲା ସେ ସମୟରେ ନାସ୍ତିକ। ଯେଉଁ ସମୟର ଘଟଣା ଆଲୋଚିତ ହେଉଛି, ସେତେବେଳେ ବୌଦ୍ଧଧର୍ମର ହ୍ରାସ କେତେକ ପରିମାଣରେ କଳିଙ୍ଗରେ ହୋଇଥିଲା ସନ୍ଦେହ ନାହିଁ; କିନ୍ତୁ ସମ୍ପୂର୍ଣ୍ଣରୂପେ ନୁହେଁ। କଳିଙ୍ଗରୁ ପ୍ରଚାରକ ଯାଇ ଦେଶ ବିଦେଶରେ ବୌଦ୍ଧଧର୍ମ ପ୍ରଚାର କରୁଥିଲେ। ଲୋକେ ମଧ୍ୟ ଏ ଧର୍ମକୁ ଆଦର କରୁଥିଲେ।

ତେଣେ ସମୁଦ୍ର କୂଳରେ ଜଗନ୍ନାଥଙ୍କର ମନ୍ଦିରକୁ ଉଭୟ ହିନ୍ଦୁ ଏବଂ ବୌଦ୍ଧମାନେ ତୀର୍ଥସ୍ଥାନ, ଦର୍ଶନୀୟସ୍ଥାନ ବୋଲି ଗଣନା କରୁଥିଲେ। ବୌଦ୍ଧମାନେ ମାନ୍ୟ କରୁଥିଲେ। କଥିତ ଅଛି, ବୁଦ୍ଧଦେବଙ୍କର ମୃତ୍ୟୁର କେତେ ବର୍ଷ ପରେ ସକଳଦ୍ୱୀପରୁ ତାଙ୍କର ଗୋଟିଏ ଦନ୍ତ ଆସି ପୁରୀର ମନ୍ଦିରରେ ରଖାଯାଇଥିଲା। ହିନ୍ଦୁମାନଙ୍କର ଭକ୍ତି କରିବାର କଥା, ଇନ୍ଦ୍ରଦ୍ୟୁମ୍ନ ମହାରାଜା ଯେତେବେଳେ ସ୍ୱୟଂ ନାରାୟଣଙ୍କୁ ଆଣି ଶ୍ରୀ-କ୍ଷେତ୍ରରେ ସ୍ଥାପନ କରିଛନ୍ତି, ଅନ୍ୟ କଥା ଶୁଣୁଛି କିଏ ? ସେ ସମୟରେ ଶୁଣା ଯାଉଥିଲା, ଏକାମ୍ରକାନନରେ ଶିବଙ୍କର ମନ୍ଦିର ପ୍ରତିଷ୍ଠା ହେବ ଏବଂ ଶୈବଧର୍ମ ରାଜଧର୍ମ ହେବ। ପ୍ରକାଣ୍ଡ ଆୟୋଜନ ଲାଗିଲା। ଦେଶରେ ଯାହାହେଉ, ଭଜନା ତା'ର ନିଜର ଦର୍ଶନ ଶାସ୍ତ୍ର ସୃଷ୍ଟି କରିସାରିଥିଲା। ସେ କହେ, ଦେଶରେ ବିଦ୍ରୋହ, ଆନ୍ଦୋଳନ, ଅତ୍ୟାଚାର ଓ ଗୋଳମାଳର ପ୍ରଧାନ କାରଣ ହେଉଛି ଧର୍ମ। ନିଜର ଧର୍ମ କିପରି ଜଗତ୍‌ସାରା ବ୍ୟାପିଯାଉ ଏହା ପ୍ରତ୍ୟେକ ଲୋକର ଲକ୍ଷ୍ୟ। ଧର୍ମ ପ୍ରଚାରରୁ ସବୁପ୍ରକାର ଗୋଳମାଳ ଆରମ୍ଭ। ସେଥି ନିମନ୍ତେ ଆଗରୁ ବାଟ ସଫା ରଖିଥିଲେ ତ ସବୁ ଭଲ। ଧର୍ମର ସୃଷ୍ଟି, ଭଜନାର ମତରେ, ସମାଜ ଚାଳନାରେ ଶୃଙ୍ଖଳା। ଧର୍ମର ଭୟ ନ ଥିଲେ, ଲୋକେ ପାପକୁ ଭୟ କରିବେ ନାହିଁ, ଅତଏବ ଜଗତରେ କେହି କାହାକୁ ମାନିବେ ନାହିଁ, ଅତ୍ୟାଚାର ବଢ଼ିଯିବ। ବୃଥା ଧର୍ମ ନେଇ ମନୁଷ୍ୟର ବନ୍ଧନ ଅନେକ ବଢ଼ି ଯାଉଛି।

ଧର୍ମ ନିମନ୍ତେ କେତେ ଯେ ଅତ୍ୟାଚାର ଦେଶେ ଦେଶେ ଅଭିନୀତ ହେଉଛି ତାର ଇୟତ୍ତା ନାହିଁ। ଗୋଟାଏ ଧର୍ମାବଲମ୍ବୀକୁ ଅନ୍ୟ ଧର୍ମାବଲମ୍ବୀ ଘୃଣା କରୁଛି। ଏପରି ଗୋଳମାଳରୁ ରକ୍ଷାପାଇବାକୁ ହେଲେ ସଫା କହିବାକୁ ହେବ ସଂସାରରେ ଭଗବାନ କେହି ନାହିଁ। ପ୍ରତ୍ୟେକ ପଦାର୍ଥ ନିଜ ମନରୁ ସୃଷ୍ଟି ହେଉଛି। ଆତ୍ମା କିଛି ନୁହେଁ, ମୁକ୍ତି କିଛି ନୁହେଁ। ମୂର୍ତ୍ତି ପୂଜା ବା କୌଣସି ପ୍ରକାର ପୂଜାର ନିୟମ ବନ୍ଧନରେ ମୁକ୍ତ ମାନବ ସମାଜକୁ ବାନ୍ଧି ରଖିବା ଉଚିତ ନୁହେଁ। ପ୍ରତ୍ୟେକ ପ୍ରତ୍ୟେକର ପ୍ରଧାନ ଦେବତା। ସମାଜର ପ୍ରତ୍ୟେକ ବ୍ୟକ୍ତି ଜଣେ ଜଣେ ଦେବତା, ପ୍ରତ୍ୟେକ ଦେଶ ସ୍ୱର୍ଗ।

କିପରି ନିଜର, ସମାଜର ଏବଂ ଦେଶର ମଙ୍ଗଳ ହେବ, କେବଳ ଏହାହିଁ କରିବା ପ୍ରତ୍ୟେକ ମନୁଷ୍ୟର ଧର୍ମ ଓ କର୍ତ୍ତବ୍ୟ। କେବଳ ଧର୍ମ ଧର୍ମ କହି ଆନ୍ଦୋଳନରେ ଦେଶର ଅବନତି ଘଟିଛି। ପୂଜା ପ୍ରାର୍ଥନା କରିବା ଦ୍ୱାରା ମନୁଷ୍ୟର ବନ୍ଧନ ବଢୁଛି, ବୃଥା ସମୟ ନଷ୍ଟ ହେଉଛି। ସେହି ପୂଜା ସମୟରେ ନିଜର ଅବା ଦେଶର ମଙ୍ଗଳ କାମନା କରିବା ଶ୍ରେୟ। ରୂପେଇର ମୃତ୍ୟୁରେ ଭଜନା ଦୁଃଖ ପ୍ରକାଶ କରେ ନାହିଁ। କେବଳ କହେ, ସେ କାହିଁ—ସେ? ଯାହା ସଙ୍ଗେ ଏତେ ଆନନ୍ଦରେ ସମୟ କଟାଇ ଆସିଥିଲି ସେ କାହିଁ? ସେ ଯେଉଁ ସବୁ ପଦାର୍ଥକୁ ମୋର ମୋର ବୋଲି କହି ଆସିଥିଲା, ସେଥି ମଧ୍ୟରୁ ତ କିଛି ନେଇ ଚାଲିଯାଇ ନାହିଁ।

ଏହିପରି ଅନେକ ଚିନ୍ତା କରୁ କରୁ ଶେଷରେ ପୂର୍ବୋକ୍ତ କଥାଗୁଡ଼ିକ ନିକଟକୁ ଚାଲିଆସେ ଏବଂ ସଙ୍ଗେ ସଙ୍ଗେ ତାର ଚିନ୍ତା ଭାଙ୍ଗିଯାଏ। ସେ ବୀର ପରି ଉଠି ପୁନର୍ବାର ମନୁଷ୍ୟ ଜୀବନର ନିତ୍ୟନୈମିତ୍ତିକ କାର୍ଯ୍ୟ କରିବାରେ ଲାଗିଯାଏ। ମାତ୍ର ମନ ଲାଗେ ନାହିଁ। ଦୈନିକଲିପି ଲେଖିବାକୁ ଚେଷ୍ଟାକଲେ ମଧ୍ୟ ଲେଖିପାରେ ନାହିଁ। ଅଜାଣତରେ ରୂପେଇର ଚିନ୍ତା ମନୋରାଜ୍ୟ ଅଧିକାର କରି ବସେ। ଇଚ୍ଛା ବିରୁଦ୍ଧରେ ଚକ୍ଷୁ ଆର୍ଦ୍ର ହୋଇ ପଡ଼େ।

ମଣିଆଁ ରୂପେଇର ଅଭାବ ବେଶୀ ବୋଧକଲା ଏବଂ ପ୍ରତ୍ୟହ ଅସ୍ଥିର ହୋଇ କାନ୍ଦିବାକୁ ଲଗିଲା। ହୃଦୟ ମଧ୍ୟରେ ଯେଉଁ ଭାବ ଥାଉ ପଛକେ ତାହା ଗୋପନକରି, ଭଜନା ହାସ୍ୟପୂର୍ଣ୍ଣ ମୁଖରେ ମଣିଆକୁ ବୁଝାଏ ଏ ସଂସାରରେ କେହି କାହାର ନୁହେଁ। ସମସ୍ତଙ୍କୁ ଦିନେ ମୃତ୍ୟୁର କବଳରେ ପଡ଼ିବାକୁ ହେବ। ତେଣୁ, ଯେ ମୃତ ତାକୁ ମନେକରି କିମ୍ବା ତାର ସ୍ନେହ ମମତାକୁ ସ୍ମରଣକରି ମନରେ ଦୁଃଖ କରିବା ମୂର୍ଖର କାର୍ଯ୍ୟ। ଯେ ମୃତ, ଯେ ସଂସାରର ଜଞ୍ଜାଳରୁ ମୁକ୍ତ, ତାହାର ଆଉ ସଂସାରରେ ଜନ୍ମ ନାହିଁ; କର୍ମଫଳ ମିଥ୍ୟା, ପୁନର୍ଜନ୍ମ ମିଥ୍ୟା, ଭଗବାନ ମିଥ୍ୟା। କେବଳ ସମାଜର ଶୃଙ୍ଖଳା ନିମନ୍ତେ ଧର୍ମର ସୃଷ୍ଟି। ଅତଏବ, କାହାର ମୃତ୍ୟୁରେ ଦୁଃଖ ନ କରି ସଂସାରରେ ଯେତେ ଦିନ ଅଛ ନିଶ୍ଚିନ୍ତରେ ଆନନ୍ଦରେ ସମୟ କଟାଇ ଯିବା ଭଲ। ପରର ଅମଙ୍ଗଳ ସାଧନ କରିବା ପାପ ନୁହେଁ, ମାତ୍ର ଯେ ପରର ଅମଙ୍ଗଳ ଚିନ୍ତା କରେ, ସାଧନ କରେ, ତାର ଅମଙ୍ଗଳ ଅନ୍ୟ କେହି ସାଧନ କରିବ ନିଶ୍ଚୟ; କାରଣ ସେ ନିଜେ ସେ କାର୍ଯ୍ୟରେ ଅନ୍ୟକୁ ଉତ୍ସାହିତ କଲା। ଏବେ ବୁଝିଛି, ଧର୍ମର ହସ୍ତକ୍ଷେପ ମାନବ ସମାଜରେ ନ ଥିଲେ, କେହି କାହାକୁ ମାନନ୍ତେ ନାହିଁ। ସଂସାର ଶ୍ମଶାନରେ ପରିଣତ ହୁଅନ୍ତା। ଅତଏବ ବାପ, ବୃଥା ଚିନ୍ତା ନ କରି କର୍ତ୍ତବ୍ୟ କାର୍ଯ୍ୟରେ ଲାଗିଯାଅ। ନିଜର ଉନ୍ନତି ହେବ, ଦେଶର, ସମାଜର ମଧ୍ୟ ଉନ୍ନତି ହେବ।

ଭଜନାର ସମସ୍ତ ପ୍ରବୋଧନା ମଣିଆଁର କାନରେ ପଶି ବାହାରି ଆସେ ପଦାକୁ। ହୃଦୟକୁ ଆନ୍ଦୋଳିତ କରି ପକାଏ।

ଏଣିକି ସେ ଉତ୍ତମରୂପେ ପଢ଼ି ଲେଖି ଜାଣିଲାଣି। ସମୟ ସମୟରେ ଭଜନାର ଦୈନିକ ଲିପି ପୋଥିଗୁଡ଼ିକରୁ ଖଣ୍ଡେ ଖଣ୍ଡେ ଆଣି ପଢ଼େ ଏବଂ ଆନନ୍ଦ ଉପଭୋଗ କରେ। ଭଜନାର ଏକ ପୋଥିରୁ ସେ ନିଜର ପୂର୍ବ ବୃତ୍ତାନ୍ତ ପଢ଼ି ଜାଣିଛି, ସେ କିପରି ରୂପେଇର ପାଳନାଧୀନରେ ଆସିଲା ଏବଂ କିପରି ସେ ଜଣେ ଦେଶର ପ୍ରଧାନ ବଣିକଙ୍କର ପୁତ୍ର। ରୂପେଇର ସ୍ନେହ ଏବଂ ମମତାରେ ସେ ମାତାର ଅଭାବ ଭୁଲିଯାଇ ଥିଲା। ସେ ବୁଝିଲା ସେ ରୂପେଇର ପୁତ୍ର ନୁହେଁ, ଅନ୍ୟର। ଏହା ବିଶ୍ୱାସ କରିବାକୁ ସେ କିନ୍ତୁ ପ୍ରସ୍ତୁତ ନୁହେଁ।

ରୂପେଇର ମୃତ୍ୟୁ ପରେ ଗୃହର ସମସ୍ତ କାର୍ଯ୍ୟ ମଣିଆଁ କରେ। ମାଛଧରା, ମାଛ ବିକ୍ରି ଏବଂ ରନ୍ଧନ କାର୍ଯ୍ୟ ପର୍ଯ୍ୟନ୍ତ ହାତରେ କରିବାକୁ ହୁଏ। ତେଣୁ କାମ ଭିତରେ ସମୟ କଟିଯାଏ। ଭଜନାକୁ ବିଶେଷ କିଛି କରିବାକୁ ପଡ଼େ ନାହିଁ। ସମୁଦ୍ରକୁ ମାଛ ଧରିବାକୁ ସେ ପ୍ରାୟ ଯାଏ ନାହିଁ। ଅକାଳେ ସକାଳେ ଇଚ୍ଛା ହେଲେ ନୌକା ବାହି ଖୁଣ୍ଟିଆ ଦ୍ୱୀପକୁ ବୁଲି ଚାଲିଯାଏ।

ନିକଟସ୍ଥ ଗ୍ରାମ ସୁନାହାଟରେ ଲୋକେ ମଣିଆଁକୁ ଭଜନାର ପୁତ୍ର ବୋଲି ଭଲ ଭାବରେ ଚିହ୍ନି ଗଲେଣି। ରୂପେଇର ମୃତ୍ୟୁରେ କେହି କେହି ସହାନୁଭୂତି ଦେଖାଇ ବାଳକକୁ ଅନେକ ବିଷୟ କହିଥାନ୍ତି। ସମସ୍ତଙ୍କର ଦୟା ପିଲାଟି ଉପରେ ଥାଏ। ଲୋକେ ପ୍ରଶଂସା କରି କହିଥାନ୍ତି, ମଣିଆ ଶାନ୍ତ, ଧୀର, ପ୍ରିୟବାଦୀ ଏବଂ ଶିଷ୍ଟାଚାରୀ।

ସୁନାହାଟର ଲୋକେ ମଣିଆଁକୁ ଅନୁରୋଧ କରି ଅନେକ ଥର କହିଲେଣି ବାପାକୁ କହି, ସମୁଦ୍ରକୂଳରୁ ଚାଲିଆସ ଗ୍ରାମକୁ। ଘରେ ମାଇପେ ନାହାନ୍ତି ତେଣୁ ତୁମକୁ ସେଠାରେ ଚଳାଚଳରେ ଅସୁବିଧା ହେଉଥିବ। ଗ୍ରାମକୁ ଆସିଲେ ଅସୁବିଧା ତେତେ ଜଣା ପଡ଼ିବ ନାହିଁ।

ମଣିଆଁ କହେ, ସେ ସ୍ଥାନଟି ଆମକୁ ଆରେଇ ଗଲାଣି। ସେଠାରୁ ଆସିଲେ ଆମକୁ ଅସୁବିଧାରେ ପଡ଼ିବାକୁ ହେବ। ସମୁଦ୍ରଠାରୁ ଦୂରରେ ରହିଲେ ମାଛ ଧରାଧରି କରିବାରେ ଅସୁବିଧା ହେବ।

ଏହିପରି ଅନେକ ଦିନ କଟିଗଲା। ମଣିଆଁ ଏତେ ଅଳ୍ପ ବୟସରୁ ମନୁଷ୍ୟ ଜୀବନର କଠିନତାରେ ଅନେକ ପରିମାଣରେ ପରିଚିତ। ଏତେ ପିଲା ଦିନୁ ତାର ପ୍ରକୃତି, ଢଙ୍ଗଢାଙ୍ଗ ଏବଂ ବୁଦ୍ଧି ପରିବର୍ତ୍ତିତ ହେଲା। ସଂସାର ବୋଝ ମନୁଷ୍ୟକୁ ଅତି

ଶୀଘ୍ର କର୍ମ ପଥକୁ ନେଇଆସେ ଏବଂ ମନୁଷ୍ୟର ମନୋଭାବ ପରିବର୍ତ୍ତନ କରିଦିଏ। ମଣିଆଁର ତାହାହିଁ ଘଟିଲା।

ଦିନେ ଭଜନା ତାର ଦୈନିକ ଲିପି ଲେଖୁଥିବା ସମୟରେ ବାର ବର୍ଷର ବାଳକ ମଣିଆଁ ନିକଟରେ ବସି ଅନେକ ବିଷୟ ଭାବୁଥିଲା। ହଠାତ୍ ତାର ମୁଖ ଉଜ୍ଜ୍ୱଳ ହୋଇ ଉଠିଲା ଏବଂ ସେ ଭଜନାକୁ କହିଲା, ବାପା, ଗୋଟିଏ କଥା କହିବି, ଟିକିଏ ଶୁଣିବ କି ?

ଲେଖା ବନ୍ଦକରି ମଣିଆଁର ମୁହଁକୁ ଚାହିଁଲାରୁ ସେ ଆରମ୍ଭ କଲା, ବାପା, ଆମେ ଏତେ କଷ୍ଟ, ଏତେ ଦୁଃଖ ସହି ଏପରି ନିର୍ଜ୍ଜନ ଶ୍ମଶାନ ପରି ସ୍ଥାନରେ ଆଉ କେତେ ଦିନ ରହିଥିବା ? ଯଦି ଚେଷ୍ଟା କର ନିକଟବର୍ତ୍ତୀ ଗ୍ରାମରେ ଆମେ ତ ବେଶ୍ ଭଲଭାବରେ ବ୍ୟବସାୟ କରି ଘର କରି ରହି ପାରିବା।

ମଣିଆଁର କଥାରେ ଭଜନା ଟିକିଏ ବିସ୍ମିତ ହୋଇ ପଚାରିଲା, ଧନ କାହିଁ ?

ଧନ ତ ଆମର ପ୍ରଚୁର ଅଛି। ସେଦିନ ରାତିରେ ମା ଯେଉଁ ରତ୍ନ ଖଣ୍ଡିକ ଦେଇଯାଇଛି ତାହାର ମୂଲ୍ୟ ଅଳ୍ପ ହେବ ନାହିଁ। ଘରଦ୍ୱାର କରି ଟିକିଏ ଭଲଭାବରେ ବ୍ୟବସାୟ ଆରମ୍ଭ କରିବାକୁ ଅଣ୍ଟିବ। ବୃଥାଟାରେ ଏ ଭୀଷଣ ଜନଶୂନ୍ୟ ବାଲୁକା ପ୍ରାନ୍ତରରେ ପଡ଼ି ରହିଥିବା କାହିଁକି ?

ବାଳକର ପ୍ରଶ୍ନରେ ଭଜନା ହସି ହସି କହିଲା, ଏତେ ଗୁଡ଼ାଏ କାମ ତୁ ଏକାକୀ କରି ପାରିବୁ ?

ଯଦି ତୁମର ଆଦେଶ ପାଏ କରିବାକୁ ବିଶେଷ କଷ୍ଟ ପଡ଼ିବ ନାହିଁ।

ମୋର ଆଦେଶ ? ମୁଁ ତ ଏ ବାଲୁକା ପ୍ରାନ୍ତରକୁ ଭୟ କରେ ନା। ଆବାଲ୍ୟରୁ ଏହି ବାଲୁକା ପ୍ରାନ୍ତର ସଙ୍ଗେ ମିଶି ମିଶି ଏବଂ ଦୂରରେ ସୁନୀଳ-ସାଗରରେ ନୌକା ବାହି ବାହି ସମୟ କଟାଇଛି। ଆଜି ମୁଁ ଅନ୍ୟ ପ୍ରକାର ପରିବର୍ତ୍ତନ ଜୀବନରେ ଆଣିବାକୁ ଚାହେଁ ନା। ତୋ ପରି ମୁଁ ମୋର ଅବ୍ୟବସ୍ଥାରେ କ୍ଳାନ୍ତ ହୋଇ ପଡ଼ି ନାହିଁ। ଯାହାକୁ ଦୁଃଖ ବୋଲି ତୁ କହୁ, ମୁଁ ଚିରଅଭ୍ୟସ୍ତ ଥିବାରୁ ମତେ ତାହା କଷ୍ଟ ପରି ଆଦୌ ଜଣା ପଡ଼େ ନାହିଁ; ବରଂ ଜୀବନର ସୁଖ ବୋଲି ମନେ କରେ।

ତୁ ବାଳକ ହୋଇ ଜୀବନର ଏହି ସାଧାରଣ ଦୁଃଖକୁ ଯଦି ଦୁଃଖ ବୋଲି ମନେ କରୁ ତେବେ ତୁ ନିତାନ୍ତ ଦୁର୍ବଳ। ତୋ ବିଷୟରେ ମୋର ବିଶେଷ କିଛି କହିବାର ନାହିଁ। ଏହି ଦେଖ, ଅଦୂରରେ ଯେଉଁ ପଥରର ଗହ୍ୱରଟି ଦେଖିବାକୁ ପାଉଛୁ, ସେଥିରେ ତୋ ମା'ର ସମସ୍ତ ପଦାର୍ଥ ମୁଁ ଲୁଚାଇ ରଖିଛି ଅତି ଯତ୍ନରେ, ଯେପରି କେହି ଦେଖି ନ ପାରେ। ଯଦି ତୋର ଇଚ୍ଛା ଥାଏ କୌଣସି ଗ୍ରାମକୁ ଯାଇ ଘର ଦ୍ୱାର

କରି ବ୍ୟବସାୟ ଦ୍ୱାରା ସ୍ୱଚ୍ଛନ୍ଦରେ ଜୀବନ କଟାଇବାକୁ, ତୁ ତାହା କରିପାରୁ; କିନ୍ତୁ ବାବା ମୋତେ ସେ ବିଷୟରେ ଅନୁରୋଧ କର ନା। ମୋ ଅଭ୍ୟାସ ଯାହା ମୁଁ ତାହା ଅବଶ୍ୟ ପାଳନ କରିବି।

ଯେଉଁ ସମୁଦ୍ରର ଢେଉ ଗୋଟିକ ପରେ ଗୋଟିଏ ଆସି ଆନନ୍ଦରେ ସମୁଦ୍ର ବେଳାରେ ବାଜି ଗର୍ଜ୍ଜନ କରି ଉଠୁଛି, ମୁଁ ତାହାର ସଙ୍ଗରେ ଖେଳି ଖେଳି ସମୟ କଟାଇ ଦେବି ଆନନ୍ଦରେ। ମୋ ନିମନ୍ତେ ଚିନ୍ତା କରିବା ଆବଶ୍ୟକ ନାହିଁ। ମୋତେ ସମସ୍ତେ ଗୋଟି ଗୋଟି କରି ଛାଡ଼ି ଚାଲିଯାଅ, ମୁଁ ମୋର ମରୁ ଏବଂ ଦିଗନ୍ତବ୍ୟାପୀ ସାଗର ଓ ଅମ୍ବରକୁ ଛାଡ଼ି ଚାଲିଯାଇ ନ ପାରେ। ସମୁଦ୍ର ଗର୍ଭରେ ଯେଉଁ ପୁରାତନ ନୌକା ଖଣ୍ଡି ଢେଉ ବାଜି ଅଧୀର ହୋଇ ନାଚି ଉଠୁଛି ତାକୁ ଛାଡ଼ି ମୁଁ କେଉଁ ଆଡ଼େ ଯାଇ ନ ପାରେ। ମୋର ସେ ଖଣ୍ଡି ପରମ ବନ୍ଧୁ।

ମୃତ୍ୟୁ ପୂର୍ବରୁ ତୋତେ ସେ ମୋର ହସ୍ତରେ ସମର୍ପଣ କରି ଚାଲି ଯାଇଛି। ଯହିଁରେ ତୋର ମଙ୍ଗଳ ହେବ, ଯାହା କଲେ ତୁ ସୁଖରେ ଜୀବନ କଟାଇ ପାରିବୁ, ମୋର ତାହାହିଁ ଇଚ୍ଛା। ତୋର ବର୍ତ୍ତମାନ ବୁଝିବାର ଶକ୍ତି ହେଲାଣି, ଯାହା ଇଚ୍ଛା ତାହା କର ବାପ; ମୋର କିଛି ଆପତ୍ତି ନାହିଁ।

ମଣିଆଁ କହିଲା, ମୁଁ ତୁମକୁ ଛାଡ଼ି ଚାଲି ଯାଇ ନ ପାରେ। ଗଲେ ମଧ୍ୟ, କିଛି କରି ପାରିବି ନାହିଁ।

ତେବେ ତୁ ଏକାମ୍ରକୁ ଯାଇ ରାଜାଙ୍କ ଛାମୁରେ ସମସ୍ତ ଦୁଃଖ ଜଣାଇ ପାରୁ। ସେ ହୁଏତ ଦୟା କରି ତୋର ମଙ୍ଗଳ ନିମନ୍ତେ କିଛି କରି ପାରନ୍ତି। ଆହୁରି ମଧ୍ୟ ସମୁଦ୍ରରେ ଯେପରି ଆଉ କେବେ ଏପରି ଡକାଏତି ନ ହୁଏ, ସେଥି ପ୍ରତି ନଜର ରଖିବେ।

ଏତକ କହି ଭଜନା ପୋଥି ବନ୍ଦ କଲା। ବାଳକ ଅନେକ ସମୟ ଚିନ୍ତା କରି କହିଲା, ଉତ୍କଳର ସମ୍ରାଟ ମୋ କଥା ବିଶ୍ୱାସ କରିବେ କାହିଁକି ? ମୋର ପିତା କିଏ ଏବଂ ସେମାନଙ୍କର ସର୍ବସ୍ୱ ହରଣ କରି ନେଲା କିଏ, ଏ ସମସ୍ତ ତାଙ୍କୁ ଜଣାଇଲେ ସିନା ସେ ଗୋଟାଏ କିଛି କରି ପାରିବେ। ଏସବୁ କହିବାକୁ ତୁମକୁ ଯିବାକୁ ପଡ଼ିବ।

ତା ତୁ କ'ଣ ପାରିବୁ ନାହିଁ ? ତରତର କରି ଭଜନା ପ୍ରଶ୍ନ କଲା।

ମୋର କିଛି ମନେ ପଡୁ ନାହିଁ। ପିତା ମାତା କିଏ ମୁଁ ଜାଣେ ନାହିଁ।

ସେ ଯାହାହେଉ ମୁଁ କୌଣସି ସମ୍ରାଟଙ୍କ ନିକଟକୁ କେବେହେଲେ ଯାଇ ନାହିଁ କି ଯିବି ନାହିଁ। ତୁ ଯଦି ମୋତେ ଛାଡ଼ି କରି ଚାଲି ଯିବାକୁ ଇଚ୍ଛା କରୁ ତାହା କରି ପାରୁ। ମୁଁ ସେଥି ନିମନ୍ତେ ଆପତ୍ତି କରିବି ନାହିଁ। ଯାହା ପାଖରେ, ଯାହା ସଙ୍ଗରେ

ଜୀବନର ସୁଖ ଦୁଃଖର ପ୍ରତ୍ୟେକ ମୁହୂର୍ତ୍ତ କଟାଇ ଆସିଥିଲି, ସେ ଆଜି କାହିଁ? ଆଜି ତ ମୁଁ ନିଶ୍ଚିନ୍ତ; କେତେଦିନ ହେଲା ତୁ ଆସି ମୋର ଜୀବନରେ ମିଶିଥିଲୁ, ଚାଲିଯିବୁ, ସେଥି ନିମନ୍ତେ ଟିକିଏ ବି ଦୁଃଖ ନାହିଁ। ଦୁଃଖ କେବଳ ଏତିକି ଯେ, ମୋର ସଂସର୍ଗରେ ଆସି ସୁଦ୍ଧା ତୋ ପରି ବୁଦ୍ଧିମାନ ବାଳକର ମନ ଦୁର୍ବଳ ରହିଛି।

ଭଜନାର ଚକ୍ଷୁ ଢଳ ଢଳ ଦେଖାଗଲା। ମଣିଆଁ ଦୁଃଖିତ ହୋଇ ନୀରବ ରହିଲା।

ଭଜନା ପୁଣି କହିଲା, ମୋର ଉଦ୍ଦେଶ୍ୟ ଥିଲା ତୋତେ ଜଣେ ଶ୍ରେଷ୍ଠ ନାବିକ କରିଥାନ୍ତି। ସେହ ଉଦ୍ଦେଶ୍ୟକୁ ମନେରଖି ତୋତେ ମୁଁ ଶିକ୍ଷାଦେଇ ଆସୁଥିଲି କିପରି ତୁ ସମୁଦ୍ର ସଙ୍ଗେ ଉତ୍ତମରୂପେ ପରିଚିତ ହୁଅ। କିପରି ସାମୁଦ୍ରିକ ଦୁଃଖ କଷ୍ଟକୁ ସାଦରେ ବରଣ କରି ନେ। ଏ ସମସ୍ତ ତୋତେ ତୋ'ର ପର ଜୀବନରେ ସାହାଯ୍ୟ କରିବ। ମୋର ସେହ ଶିକ୍ଷା ପ୍ରଭାବରେ ଅତି ଅଳ୍ପ ବୟସରେ ସମୁଦ୍ର ସଙ୍ଗେ କେତେକ ପରିମାଣରେ ତୁ ପରିଚିତ ହୋଇ ପାରିଛୁ। ତୁ ଯଦି ପ୍ରକୃତରେ ମୋର ପୁତ୍ର ହୋଇଥାନ୍ତୁ ଆଜି ମୋର ଇଚ୍ଛା ବିରୁଦ୍ଧରେ ଶାନ୍ତ ଭାବରେ ଜୀବନ ଯାପନ କରିବାକୁ ପ୍ରସ୍ତାବ କରି ନ ଥାନ୍ତୁ।

ମଣିଆଁ ଲଜ୍ଜିତ ହେଲା; ଦୁଃଖିତ ହେଲା। ସେ ଜାଣି ନ ଥିଲା ଗୋଟିଏ କଥା ପଚାରିବା ଦ୍ୱାରା ବାପା ଏତେ ରାଗିଯିବେ। ସେ ଜାଣେ, ଭଜନା ଥରେ ବିରକ୍ତ ହୋଇଗଲେ, କେତେ ଯୁକ୍ତି ବା ଅନୁରୋଧ ତାଙ୍କ ମନର ଭାବକୁ ପରିବର୍ତ୍ତନ କରିପାରିବ ନାହିଁ।

ରାଜାଙ୍କ ନିକଟରେ ଅଭିଯୋଗ କରିବାକୁ ସେ ବତାଇ ଦେଇଥିଲେ କେବଳ ମଣିଆଁର ମନ ବିଢ଼ିବାକୁ। କିପରି ଭାବରେ ପିତାଙ୍କ ମନରୁ ସମସ୍ତ ଦୁଃଖ ଦୂର କରି ପୂର୍ବର ସ୍ନେହଭାବ ଜାଗ୍ରତ କରିପାରିବ ଏହି ଚିନ୍ତାରେ ମଣିଆଁ ବ୍ୟସ୍ତ ହୋଇ ପଡ଼ିଲା। ତାଙ୍କର ପାଦତଳେ ପଡ଼ି ଲୋତକପୂର୍ଣ୍ଣ ଚକ୍ଷୁରେ କହିଲା, ମୋର ଦୋଷ କ୍ଷମା କର। ମୁଁ ଆପଣଙ୍କର ଅବାଧ୍ୟ ପୁତ୍ର। ମୁଁ କେବଳ ଆପଣଙ୍କ ଉତ୍ତର-ଜୀବନ କିପରି ସହଜରେ ବିନା କଷ୍ଟରେ କଟିଯିବ ସେଥି ନିମନ୍ତେ କହୁଥିଲି ସିନା। ଜାଣି ନ ଥିଲି, ଆପଣ ରାଗିଯିବେ। ସମୁଦ୍ର ପ୍ରତି ମୋର ମମତା ବେଶୀ। ଆବାଲ୍ୟରୁ ଦିନରାତି ସବୁବେଳେ ସମୁଦ୍ରକୁ ସମ୍ମୁଖରେ ଦେଖି ଆସୁଛି; ସର୍ବଦା ସମୁଦ୍ର ଉପରେ ଚଳି ଆସୁଛି; ତେଣୁ ସମୁଦ୍ର ପ୍ରତି ମୋର ଆଦୌ ଭୟ ନାହିଁ ବରଂ ମୁଁ ନଗର ବା ଗ୍ରାମ ଅପେକ୍ଷା ଏହି ସମୁଦ୍ର ଏବଂ ବିସ୍ତୀର୍ଣ୍ଣ ବାଲୁକା ପ୍ରାନ୍ତର ମଧ୍ୟସ୍ଥିତ ଏହି କ୍ଷୁଦ୍ର ଉର୍ବର ସ୍ଥାନକୁ ଭଲ ପାଏ।

ଆଜିଠାରୁ ଆଉ କଦାପି ମୁଁ ଗ୍ରାମ ବା ନଗରରେ ବାସ କରିବାକୁ ଇଚ୍ଛାକରି ଅନୁରୋଧ କରିବି ନାହିଁ। ଆପଣଙ୍କ ପରି ସମୁଦ୍ର ଉପରେ ଖେଳି ଖେଳି ସମୟ କଟାଇ ଦେବି।

ଭଜନା କହିଲା, ଭୟ ନାହିଁ ବାଳକ, ଭୟ ନାହିଁ। ଏଥର ଦୃଢ଼ପ୍ରତିଜ୍ଞ ହୁଅ। ମୁଁ ତୋତେ ଆକାଶରେ ଯେଉଁ ସମସ୍ତ ତାରକା ଦେଖାଇ, ଦିଗ ଏବଂ ସ୍ଥାନ ନିରୂପଣ କରିବାକୁ ବତାଇ ଦେବି, ତୁ ସମସ୍ତ ମନେ ରଖିବୁ। ତେବେ ଅକ୍ଳେଶରେ ତୁ ବିଶାଳ ଚୀନ୍ ସମ୍ପତ୍ତିର ଅଧିକାରୀ ହୋଇ ପାରିବୁ।

ଚୀନ୍ ସମ୍ପତ୍ତି କ'ଣ ବାପା ?

ତୁ ପରେ ଜାଣିବୁ। ବର୍ତ୍ତମାନ ଜାଣିବା ଆବଶ୍ୟକ ନାହିଁ। କିପରି ମାଛ ପରି ସମୁଦ୍ରରେ ଚଳିପାରୁ ତାହା ଶିକ୍ଷା କରିବାରେ ଲାଗିଯା। ବିନା ନୌକା, ବିନା ଟିପା କାଠିରେ ଯେପରି ତୁ ବହୁଦିନ ପର୍ଯ୍ୟନ୍ତ ସମୁଦ୍ରରେ ବଞ୍ଚିପାରୁ, ତାହା ଶିକ୍ଷା କର। ଉଠ, ମନରେ ଆଉ ଦୁଃଖ କରନା।

ରାତ୍ରିର ଗଭୀରତା ଭେଦ କରି ସମୁଦ୍ରର ଅବିରାମ ଗର୍ଜ୍ଜନ କୁଟୀରକୁ ମୁଖରିତ କରି ଦେଉଥିଲେ ମଧ୍ୟ ଚିର ଅଭ୍ୟସ୍ତ ସୁପ୍ତ ପିତାପୁତ୍ରଙ୍କର ଗାଢ଼ ନିଦ୍ରା ଭଙ୍ଗ କରିବାକୁ କ୍ଷମ ହେଉ ନ ଥିଲା। ପୂର୍ଣ୍ଣିମା ରାତ୍ରି; ତେଣୁ ସାଗରର ଅଙ୍ଗ ଆନନ୍ଦରେ ଫୁଲି ଉଠୁଛି; ସେ ଗର୍ଜ୍ଜନ କରି ଧାଇଁ ଆସୁଛି, ସତେ କି ଜଗତକୁ ଗ୍ରାସ କରିବ; କିନ୍ତୁ ଅଭିଶପ୍ତ ପରି କେବଳ ଛୁଇଁଦେଇ ଫେରି ଯାଉଛି।

ସାଗର ଏବଂ ବେଳାଭୂମିର ଏହିପରି ତୁମୂଳ ଯୁଦ୍ଧ ଲାଗିଥିଲା ବେଳେ ତେଣେ ବୈଶାଖ ପୂର୍ଣ୍ଣିମାର ନୀଳ ଆକାଶ ବକ୍ଷରେ ଶତ ଶତ ବଉଦ ଭାସି ଭାସି ଗତି କରୁଛନ୍ତି ଉତ୍ତରମୁଖୀ ହୋଇ। ଚନ୍ଦ୍ରଦେବଙ୍କ ସୁନ୍ଦର ମୁଖମଣ୍ଡଳ କେତେବେଳେ କେତେବେଳେ ଆଚ୍ଛାଦିତ କରୁଛନ୍ତି। ପବନ ହୁ ହୁ ହୋଇ କୁଟୀରଦ୍ୱାରର ଫାଙ୍କ ଦେଇ ପ୍ରବେଶ କରୁଛି ଗୃହମଧ୍ୟରେ। କେତେବେଳେ ବା ଦୂରରୁ ବାଲିକଣା ଉଡ଼ାଇ ଆଣି କୁଟୀରର ଚତୁର୍ଦ୍ଦିଗସ୍ଥ ବୃକ୍ଷରାଜିର ପତ୍ର ଦେହରେ ବଜାଉଛି ସାଇଁ ସାଇଁ କରି; ଆପେ ସାଇଁ ସାଇଁ ହୋଇ ଧାଇଁ ଯାଉଛି ଅନନ୍ତ ଲକ୍ଷ୍ୟରେ। ରହି ରହି ପାହାଡ଼ ଗୁହାରୁ ଶୃଗାଳପଲ ଚିତ୍କାର କରି ଉଠୁଛନ୍ତି। ତଥାପି, ଏ ସମସ୍ତ ଭଜନା ଏବଂ ମଣିଆଁର ଗାଢ଼ ନିଦ୍ରାରେ ବାଧା ଦେଇ ପାରିଲା ନାହିଁ।

ନିଶୀଥର ଗଭୀରତା ଭେଦ କରି ଅଦୂରରୁ ଭେରୀର ଭୟପ୍ରଦ ଶବ୍ଦ ଶୁଭିଲା। ଜଣା ଗଲା, ଯେପରି ଅନେକ ଅଶ୍ୱାରୋହୀ ଦ୍ରୁତଗତିରେ ଧାଇଁ ଆସୁଛନ୍ତି କୁଟୀର ଆଡ଼କୁ। ଭଜନାର ନିଦ୍ରା ଭଙ୍ଗହେଲା। ସେ ଉଠି ବସିଲା। ଚକିତ ହୋଇ ଚାରି ଆଡ଼କୁ ଚାହିଁଲା। ଘର ଭିତରେ ଅନ୍ଧକାର। ସେହି ଅନ୍ଧକାର ଭେଦକରି ଆଲୋକ

ରେଖାଟିଏ ଦ୍ୱାରବାଟେ ଆସି ତରବାରିର ଦେହରେ ପଡ଼ି ଝଲସି ଉଠୁଛି। ସଙ୍ଗେ ସଙ୍ଗେ ଆହୁରି ଥରେ ଭେରୀ ବାଜି ଉଠିଲା। କିଏ ଜଣେ ଚିତ୍କାର କରି ଅନ୍ୟ କାହାକୁ ଡାକିଲା ପରି ଜଣାଗଲା। ସଙ୍ଗେ ସଙ୍ଗେ ଜଣେ କିଏ ଚିତ୍କାର କରି ଉଠିଲା। ଯେପରି ନିକଟରେ, ଅତି ନିକଟରେ ସେ।

ଭଜନାର ହୃଦୟ ଅନ୍ଦୋଳିତ ହେଲା। ମନ ଚଞ୍ଚଳ ହୋଇ ପଡ଼ିଲା। ସେ ଶଯ୍ୟା ତ୍ୟାଗ କରି ଉଠିଲା। କାଳେ ମଣିଆଁ ଉଠିବ ସେଥି ନିମନ୍ତେ ସାବଧାନତାର ସହିତ ଦ୍ୱାର ଖୋଲିଲା। ତରବାରି ଖଣ୍ଡି ହାତରେ ଝୁଲାଇ ବାହାର ପାଖରୁ କବାଟ ଆଉଜାଇ କ'ଣ ଦେଖିଲା କେଜାଣି ପାଗଳପରି ଦ୍ରୁତଗତିରେ ଛୁଟିଗଲା ସମୁଦ୍ର କୂଳଆଡ଼େ।

କେତୋଟି ବାଲିବନ୍ତ ପାର ହୋଇ ଦେଖିଲା ଗୋଟିଏ ଖାଲରେ ଜଣେ ମନୁଷ୍ୟର ମସ୍ତକହୀନ ଶରୀର, ସଦ୍ୟମୃତ, ତେଣୁ ରକ୍ତରେ ସ୍ଥାନଟି ରଂଜିତ ହୋଇଛି। ସେ ବିସ୍ମିତ ହୋଇ ଠିଆ ହେଲା, କିଏ ଏ ମୃତ ବ୍ୟକ୍ତିଟି ?

ହଠାତ୍ ବଉଦ ଆଢୁଆଳରେ ଚନ୍ଦ୍ର ଲୁଚି ଗଲା। ଆଲୋକ କମିଗଲା। ପବନରେ ବାଲିକଣା ଉଡ଼ି ଆସି ଭଜନାର ନଗ୍ନ ଦେହରେ ଚାଉଁ ଚାଉଁ ଲାଗିଲା। ଭଜନା ଆଉ ଅଧିକ ସମୟ ଚିନ୍ତା ନ କରି ତରବାରି ହସ୍ତରେ ସମୁଦ୍ର କୂଳଆଡ଼େ ଧାଇଁଗଲା।

ସେ ସମୁଦ୍ର କୂଳରେ ଦଣ୍ଡାୟମାନ ହୋଇ ଦେଖିଲା; ସମୁଦ୍ର ମଧ୍ୟରେ, କିଛି ଦୂରରେ ଗୋଟାଏ ବୋଇତରେ ଜୁଳୁଜୁଳିଆ ପୋକପରି କେତେ ଗୁଡ଼ିଏ ଆଲୋକ ଜଳୁଛି। ଭାବିଲା ନିକଟକୁ ଯିବ। ସେହି ଉଦ୍ଦେଶ୍ୟରେ ନିଜର ନୌକାଖଣ୍ଡିର ଅନ୍ୱେଷଣରେ କୂଳରେ ଏକ ସ୍ଥାନରୁ ଅନ୍ୟ ସ୍ଥାନକୁ ଗଲା, ପାଇଲା ନାହିଁ। ବଡ଼ ଆଶ୍ଚର୍ଯ୍ୟର କଥା, ନୌକା ଗଲା କୁଆଡ଼େ ? ନେଲା କିଏ ? ତେବେ କ'ଣ ପହଁରି କରି ଯିବାକୁ ପଡ଼ିବ ? ଭଜନା ଭାବିଲା ନିଶ୍ଚୟ; ନୋହିଲେ ଏ ସମସ୍ତ ଘଟଣାର କୌଣସି କାରଣ ବୁଝାପଡ଼ିବ ନାହିଁ। ପୁନର୍ବାର ଭାବିଲା, ମୋର ଏ ସମସ୍ତ ଘଟଣାର କାରଣ ବୁଝି ଲାଭ ? ନିଶ୍ଚୟ ଲାଭ ଅଛି। ନୌକାଖଣ୍ଡି ଯେ ମୋର କିଏ ଚୋରାଇ ନେଲାଣି।

ସମୁଦ୍ର ବକ୍ଷକୁ ଲମ୍ଫ ପ୍ରଦାନ କରିବାକୁ ପ୍ରସ୍ତୁତ ହେଉଥିବା ସମୟରେ ଶୁଣି ପାରିଲା, ଯେପରି କେତେଜଣ ଲୋକ ଅଦୂରରେ କଥାବାର୍ତ୍ତା ହେଉଛନ୍ତି। ସେ କାନ ଡେରି ଶୁଣିଲା, କିଏ ଜଣେ ବ୍ୟସ୍ତ ହୋଇ ପଚାରୁଛି। ଆଚ୍ଛା, ମାଲମତା ତ ହସ୍ତଗତ ହେଲା, ଏବେ ସ୍ତ୍ରୀ ଲୋକଟାକୁ ଖୋଜି ଲାଭ କ'ଣ ?

ମାଲମତା ଲୁଟ କରିବାକୁ ଆମକୁ ଆଦେଶ ଥିଲା। ସ୍ତ୍ରୀଲୋକ ସଙ୍ଗେ ଆମର କିଛି ସମ୍ପର୍କ ନାହିଁ।

ସମ୍ପର୍କ ନାହିଁ କେମିତି । ତା ଦେହରେ ଯେତେ ଗହଣା ଅଛି, କେବଳ ସେତିକିର ମୂଲ୍ୟରେ ଆମ୍ଭେମାନେ ସାରା ଜୀବନ ଧନୀ ହୋଇ ପାରିବା । ତା'ର ସବାରୀ ଏବଂ ଲୋକବାକ ଗଲେ କୁଆଡ଼େ ?

ସେମାନଙ୍କ ମଧ୍ୟରୁ ଜଣେ ଦି'ଜଣ ହାଣ ଖାଇବାରୁ ବାକିଯାକ ମାଲମତା ଛାଡ଼ି ପଳାଇଛନ୍ତି । କୂଳରେ ଗୋଟାଏ ଡଙ୍ଗା କେଜାଣି କାହାର ବନ୍ଧା ହୋଇଥିଲା । ସେଇଥିରେ ସବୁ ବୋଝାଇ କରି ବୋଇତକୁ ପଠାଇ ଦେଇଛୁ । ତା ତରଫରୁ କେତେଜଣ ଲୋକ ଘୋଡ଼ା ଛୁଟାଇ କୁଆଡ଼େ ପଳାଇ ଗଲେଣି । ସେମାନଙ୍କୁ ଧରିବା ସହଜ ନୁହେଁ, ଆବଶ୍ୟକ ମଧ୍ୟ ନାହିଁ । ନୌକା ମାଲ ରଖି ଆଉ ଦୁଇଟାସହ ଫେରି ଆସିଲାଣି । ଆମ ଭିତରୁ କେତେଜଣ ଚାଲିଗଲେଣି । ବାକି ରହିଛନ୍ତି ପନ୍ଦର ଜଣ । ଆମେ ଏଠି ଅଛୁଁ ସାତଜଣ । ବାକି ଆଠଜଣ କୁଆଡ଼େ ଗଲେ ? ଶୀଘ୍ର ସେମାନଙ୍କୁ ଡାକି ଆଣିବା ଦରକାର । ଡେରି ହେଲେ, ବିପଦରେ ପଡ଼ିବାକୁ ହେବ ।

ଏତିକି କହି ଜଣେ ଭେରୀ ନାଦ କଲା ।

ସଙ୍ଗେ ସଙ୍ଗେ ଦୂରରୁ ପ୍ରତ୍ୟୁତ୍ତର ଆସିଲା ଆଉ ଗୋଟିଏ ଭେରୀର ଶବ୍ଦ । ସମସ୍ତେ ସେହି ଶବ୍ଦକୁ ଲକ୍ଷ୍ୟକରି ବାଲିଏ ବାଲିଏ ଚାଲିଲେ । ଭଜନା କାଳ ବିଳମ୍ବ ନ କରି ସେମାନଙ୍କର ଅନୁସରଣ କଲା ।

କିଛି ଦୂର ଯାଇ ଭଜନା ଶୁଣିଲା, ଯେପରି ସେମାନଙ୍କ ମଧ୍ୟରୁ କିଏ ଜଣେ ଅତି ନିମ୍ନସ୍ୱରରେ ଅନ୍ୟଜଣକୁ କ'ଣ କହୁଛି; ମାତ୍ର କିଛି ବୁଝି ପାରିଲା ନାହିଁ । ସେମାନେ ଦୂରକୁ ଚାଲି ଯାଇଥିଲେ । ତା'ର କଥାରେ ଯେପରି ଅନ୍ୟ ଜଣେ କ୍ରୁଦ୍ଧ ହୋଇ ପାଟିକି କହୁଛି, ଆଚ୍ଛା କଲି, ବେଶ୍ କଲି । ସେଥିରେ ତୁମର କ୍ଷତି କ'ଣ ହେଲା ଶୁଣେ !

ଆରଜଣକ ମଧ୍ୟ ଟିକିଏ ଜୋର୍‌ରେ କହିଲା, ବାଜେ କଥାରେ ନିଜ ଭିତରେ କଳହ କରି ବାଡ଼ିଆ ପିଟା ହେବାର ଦର୍କାର ନାହିଁ । ମୋର ପଚାରିବାର ଏତିକି ଅଛି, ଲାଭ କ'ଣ ହେଲା ଶୁଣେ ? ମା ପାଖରୁ ଛୁଆଟାକୁ ଟାଣିଆଣି ବୃଥାଟାରେ ମାରି ପକାଇଲ ନା । ସତରେ ମନଟା ଭାରି ଖରାପ ହେଉଛି । ଛୁଆ, ବୁଢ଼ା ଏଗୁଡ଼ାଙ୍କୁ ମାଇଲେ ଲାଭ କ'ଣ ? ମାଛି ମାଇଲେ ହାତ ଗନ୍ଧାଇଲା ପରି ହେଲା ଏ କଥା, ଛି ।

କିଏ ଜଣେ ଉଚ୍ଚହାସ୍ୟ କରି କହିଲା, ଯଦ ତୋର ମନରେ କଷ୍ଟ ହେଉଛି, ତୁ ଏଇଠି ବସି ବାହୁନୁ ଥା । ଆରେ ଓଲୁ, ଆମେ କ'ଣ ବିନା ଲାଭରେ ତାକୁ ମାରୁଥିଲୁ ନା କ'ଣ ? ଆମକୁ ଏମିତି ଭୂତ ଲାଗିଥିଲା ? ଏଡ଼ିକି ଟିକେ ପିଲା ହେଲେ କ'ଣ ହେବ ତା ଦେହରେ ବହୁମୂଲ୍ୟର ଅଳଙ୍କାର ପୂର୍ଣ୍ଣ ହୋଇଥିଲା । ସବୁ ମାମୁ ଘରର, ବୁଝିଲୁ ତ । ସେହି ଅଳଙ୍କାର ଲୋଭରେ ତା ପିଠିରେ ତରବାରିଟା ଭୁସି ଦେଇଛି ।

ଗୋଡ଼ ହାତରୁ ଅଳଙ୍କାର ଫିଟାଇ ଆଣିଛି, କିନ୍ତୁ ନାକ କାନରୁ ଖୋଲି ପାରିଲି ନାହିଁ, ଟାଣି ଆଣିଛି। ଆଣିଲାବେଳେ ସେ ଟିକିଏ ଯେପରି ଚମକି ପଡ଼ିଲା ପରି ବୋଧ ହେଲା। ଏଥିରୁ ଜଣା ପଡୁଛି, ସେ ସେତେବେଳଯାଏ ବଞ୍ଚିଥିଲା, ମାତ୍ର ବର୍ତ୍ତମାନ ଖତମ ହେଲାଣି। ଆଚ୍ଛା କହ ତ ଭଲା ଏଥିରେ ମୁଁ କି ଅନ୍ୟାୟ କାର୍ଯ୍ୟଟା କରି ପକାଇଛି ?

ତାକୁ ନ ମାରି ମଧ୍ୟ ଏତକ କାମ କରାଯାଇ ପାରିଥାନ୍ତା ଅକ୍ଳେଶରେ।

କଦାପି ନୁହେଁ। ସେ ନିଶ୍ଚୟ ବାଧା ଦେଇଥାନ୍ତା। ବାଧାଦେଇ ନ ଥିଲେ ଅନ୍ତତଃ, ବଡ଼ପାଟି କରି କାନ୍ଦିଥାନ୍ତା ତ। ଅତଏବ ସିଧା ବାଟରେ ନ ଯାଇ ବଙ୍କା ରାସ୍ତାକୁ ଯିବୁ କାହିଁକି, ଏତେ ଗୋଳମାଳରେ ପଡ଼ିବୁ ନାହିଁକି ? ଛାଡ଼ ସେ କଥା, ଭେରୀ ବଜା, ସେମାନେ ସବୁ କେଉଁଠି ରହିଲେ ଜାଣିବା।

ଭେରୀ ଗର୍ଜ୍ଜନ କରି ଉଠିଲା। ସଙ୍ଗେ ସଙ୍ଗେ ନିକଟରୁ ଆଉ ଗୋଟିଏ ଭେରୀ ପ୍ରତ୍ୟୁତ୍ତର ଦେଲା। ସେମାନେ ସେହିଆଡ଼େ ଚାଲିଲେ।

ଭଜନା ପଛରେ ପଡ଼ିଗଲା। ତାକୁ ଜଣାଗଲା ଯେପରି ତା'ର ଅତି ନିକଟରେ କେତେଜଣ ଲୋକ ଗୋଟିଏ ବାଲିବନ୍ତର ଅନ୍ୟପାଖେ ଲୁଚି ରହିଛନ୍ତି। ଏମାନଙ୍କୁ ଆସିବାର ଦେଖି ସେମାନଙ୍କର କଥୋପକଥନ ବନ୍ଦ କରିଛନ୍ତି। ଆଗରେ ଚାଲୁଥିବା ଲୋକମାନଙ୍କୁ ଆଖି ଆଗରେ ରଖି କାନପାରି ଟିକିଏ ଅପେକ୍ଷା କଲା। କିଛିକ୍ଷଣ ପରେ କିଏ ଜଣେ ରମଣୀ କଣ୍ଠରେ କ'ଣ କହିବାକୁ ବସିଥିଲା, ଅନ୍ୟ କିଏ ଜଣେ ବାଧାଦେଇ କହିଲା, ବର୍ତ୍ତମାନ ପାଟି କରନ୍ତୁ ନାହିଁ। ଦୟାକରି ସ୍ଥିର ହେଉନ୍ତୁ। ଦେଖନ୍ତୁ, ଆଗରେ ଶତ୍ରୁ। କନ୍ଦାକଟା କଲେ, ସେମାନେ ଏଠାକୁ ଆସି ଆମକୁ ଧରି ନେବେ କିମ୍ବା ମାରି ପକାଇବେ। ଆପଣଙ୍କର ମଧ୍ୟ ଅନିଷ୍ଟ ହେବ।

ବାଧା ଦେଇ ରମଣୀ କ୍ରୁଦ୍ଧା ହୋଇ କହିଲେ, ଆଉ ଅଧିକ ଅନିଷ୍ଟ ହୋଇପାରେ କ'ଣ କାପୁରୁଷ ? ମୋର ସ୍ନେହର ପିତୁଳାକୁ ସେମାନେ ଧରି ନେଇଛନ୍ତି; ପାପିଷ୍ଠେ ଧନ ଲୋଭରେ ହୁଏ ତ ତାକୁ ମାରି ପକାଇଥିବେ। ତାର ଯଦି ଅମଙ୍ଗଳ ହୋଇଛି, ମୋର ମଙ୍ଗଳରେ ଦରକାର ନାହିଁ। ଯାଅ, ଶୀଘ୍ର ଯାଅ, ବୁଝି ଆସିବ, ଖୋଜିଆଣିବ, ସେ କେଉଁଠି ଅଛି।

ଭଜନା ବୁଝିଲା, ଏ ରମଣୀକୁ ସେମାନେ ଖୋଜି ଖୋଜି ଯାଉଛନ୍ତି। ଯଦି କୌଣସି ପ୍ରକାରେ ଜାଣି ପାରନ୍ତି ତେବେ ସର୍ବନାଶ। ଏମାନଙ୍କୁ ଜଣାଇ ଦେବା ଦର୍କାର ଯେ ଯେଉଁ ବାଳିକାକୁ ସେମାନେ ଖୋଜୁଛନ୍ତି ସେ ମୃତ। ତା ବିଷୟରେ ବୃଥାଟାରେ ତର୍କ ବିତର୍କ ନ କରି ପଳାୟନ କରିବା ଉତ୍ତମ।

ଭଜନା ଉଦ୍‌ବିଗ୍ନତାପୂର୍ଣ୍ଣ ଆଗ୍ରହର ସହିତ ଆହୁରି ନିକଟକୁ ଘୁଞ୍ଚି କାନ ପାରି ବୁଝିଲା—ସେମାନଙ୍କ ମଧ୍ୟରେ ଯେପରି ମହା ଆନ୍ଦୋଳନ ଲାଗିଛି। ବାଳିକାକୁ ଖୋଜି ଯିବାକୁ କେହି ମଙ୍ଗୁ ନାହାନ୍ତି। ଜୀବନର ଭୟରେ ଶେଷରେ ରମଣୀ ଦୁଃଖିତା ହୋଇ ଉପସ୍ଥିତ ଲୋକମାନଙ୍କୁ ବହୁ ପ୍ରକାର ତିରସ୍କାର କରି କହୁଛନ୍ତି, ଯଦି ତୁମ୍ଭେମାନେ ଏଡ଼େ କାପୁରୁଷ, ମୋ ସଙ୍ଗରେ ଆସିଲ କାହିଁକି ? ଆସିବା ପୂର୍ବରୁ ବାପାଙ୍କ ନିକଟରେ କହି ଆସିଥିଲ ମୋତେ ତାମ୍ରଲିପ୍ତରେ ଶୁଭରେ ପହଞ୍ଚାଇ ଦେବ। ଏହି କ'ଣ ତମର ପ୍ରତିଜ୍ଞା ? ରାସ୍ତାରେ କେତେଜଣ ଡକାୟତଙ୍କୁ ଡରି ଜୀବନ ଭୟରେ ପଳାଇ ଆସିଛ, ମୋର ପିଲାଟିକୁ ସେମାନଙ୍କର ଦୟାଧୀନ କରି। ଏହି କ'ଣ ତମର ପ୍ରତିଜ୍ଞା ପାଳନ। ଛି, ଛି, ମନୁଷ୍ୟ ହୋଇ କୁକୁରଠାରୁ ହୀନ ହେଲ ପ୍ରଭୁ ଭକ୍ତିରେ ? ବାପା କହିଥିଲେ ମୋ ସଙ୍ଗେ ଚାରିଜଣ ଅଶ୍ୱାରୋହୀ ଏବଂ ସବାରୀବାହକଙ୍କୁ ଛାଡ଼ି ରକ୍ଷୀ ପନ୍ଦର ଜଣ ଆସୁଛନ୍ତି। ଏବେ ତମର ଘୋଡ଼ାସବାର ଗଲେ କୁଆଡ଼େ ? ରକ୍ଷୀ ଗଲେ କୁଆଡ଼େ ? ବାକି ରହିଛି ଆଠଜଣ ସବାରୀବାହକ। କଥା ମାନି ବର୍ତ୍ତମାନ ଯାଅ, ସେମାନଙ୍କ ହାତରୁ ପିଲାଟିକୁ ମୋର ଉଦ୍ଧାର କର, ଯଦି ଭଲ ଚାହଁ।

କେହି ଯିବାକୁ ମଙ୍ଗିଲେ ନାହିଁ। ସମସ୍ତେ ମୁହଁ ବୁଲାଇ ଗୋଟି ଗୋଟି କରି ବାରଣ କଲେ।

ତେବେ, କେହି ଯିବ ନାହିଁ ? ହଉ ନ ଯାଅ, ମୁଁ ନିଜେ ଯାଉଛି।

ଭଜନା ଭାବିଲା ଯଦି ବର୍ତ୍ତମାନ ମୁଁ ଏମାନଙ୍କର ସହାୟ ନ ହୁଏ, ରମଣୀ ହୁଏ ତ ଏକାକିନୀ ତାର ମୃତା ବାଳିକାର ଅନ୍ୱେଷଣରେ ବାହାରି ପଡ଼ିବ। ଶତ୍ରୁ ପକ୍ଷର ଲୋକେ ବହୁଦୂରରେ ନାହାନ୍ତି, ନିକଟରେ। ସେମାନେ ରମଣୀକୁ ଖୋଜୁଛନ୍ତି, ହୁଏତ ଏ ଧରାପଡ଼ି ଯାଇପାରେ। ଥରେ ଧରାପଡ଼ିଗଲେ ଆଉ ରକ୍ଷା ନାହିଁ। ଉଦ୍ଧାରର ସମସ୍ତ ପଥ ରୁଦ୍ଧ ହୋଇଯିବ। ରମଣୀର ଜୀବନର ମଧ୍ୟ ଭୟ ରହିବ। ବର୍ତ୍ତମାନ ମୋର କର୍ତ୍ତବ୍ୟ ଏହାର ଦୁଃସାହସିକ କାର୍ଯ୍ୟରେ ବାଧାଦେବା। ଯଦି ତାର ଦୁର୍ବଳ ମାତୃ ହୃଦୟ ବାଧା ନ ମାନେ ତେବେ ବଳାତ୍କାର କରି କାର୍ଯ୍ୟରୁ ରହିତ କରାଇବା !

ଏହିପରି ଚିନ୍ତା କରି ଭଜନା ହଠାତ୍ ବାଲିବନ୍ତର ଅନ୍ୟପାର୍ଶ୍ୱରେ ପହଞ୍ଚି ଉପସ୍ଥିତ ଲୋକଙ୍କୁ ଅବାକ୍ କରି ପକାଇଲା। ବାହକମାନେ ଅମଙ୍ଗଳର ଧୂମକେତୁ ଉପସ୍ଥିତ ବିଚାର କରି ଚମକି ପଡ଼ିଲେ। ନିଜ ନିଜର ଜୀବନ ରକ୍ଷା ନିମନ୍ତେ ପଳାଇବାକୁ ଉଦ୍ୟତ ହେଲେ, କିନ୍ତୁ, ରମଣୀର ପୂର୍ବ ପରି ସବାରୀକୁ ଆଉଜି ନିର୍ଭୟ ଚିତ୍ତରେ ଠିଆ ହୋଇଛନ୍ତି। ସେ ବ୍ୟାଘ୍ର ପରି ଗର୍ଜନ କରି ପଚାରିଲେ, ତୁ କିଏ ?

ଭୟ ନାହିଁ ମା; ଭୟ ନାହିଁ ! ମୁଁ ଶତ୍ରୁ ପକ୍ଷର କେହି ନୁହେଁ।

ତେବେ ତୁ ଆମ ପକ୍ଷର ଲୋକ? ଆଉମାନେ କାହାନ୍ତି? ମୋର ସୁଶୀଳା କାହିଁ? ତା'ର ବାହକମାନେ ଗଲେ କୁଆଡ଼େ? ଶୀଘ୍ର କହ।

ମୁଁ ଆପଣଙ୍କ ପକ୍ଷର କେହି ନୁହେଁ।

ତେବେ ନିଶ୍ଚୟ ଶତ୍ରୁ ପକ୍ଷର। ବାହକଗଣ ଏହାକୁ ବନ୍ଦୀକର, ନୋହିଲେ ସର୍ବନାଶ। ଏ ଜଣେ ଗୁପ୍ତଚର। ଏହାରିଠାରୁ ମୋର ସୁଶୀଳା ଖବର ବଳାତ୍କାର କରି ବାହାର କରିବାକୁ ପଡ଼ିବ। ଛାଡ଼ ନା, ଶୀଘ୍ର ବାନ୍ଧ, ଶୀଘ୍ର।

ମୁଁ ତମ ସୁଶୀଳାର ସମସ୍ତ ଖବର ଜାଣେ, କିନ୍ତୁ ମୋତେ ଶତ୍ରୁ ପକ୍ଷର ବୋଲି ଭାବିବ ନାହିଁ। ମୁଁ ଏ ପକ୍ଷର ନୁହେଁ କି ସେ ପକ୍ଷର ନୁହେଁ, ମୁଁ ଜଣେ ତୃତୀୟ ବ୍ୟକ୍ତି। ମୋଠାରୁ କୌଣସି ଭୟର ଆଶଙ୍କା କରିବ ନାହିଁ, ବରଂ ମୁଁ ମଙ୍ଗଳାକାଙ୍କ୍ଷୀ।

ତୁମେ ଯିଏ ହୁଅ, ଦୟାକରି ମୋତେ କହ ମୋ ସୁଶୀଳା କାହିଁ? ମୋ ପ୍ରାଣର କନ୍ୟାକୁ ସେମାନେ କେଉଁଠି ବନ୍ଦିନୀ କରି ରଖିଛନ୍ତି? କହ ଯଦି ଜାଣ, ଶୀଘ୍ର କହ ଦୟାକରି।

ତାକୁ ଡକାଇତମାନେ ମାରି ପକାଇଛନ୍ତି। ବର୍ତ୍ତମାନ ସବାରୀ ଭିତରେ ବସ। ନିକଟରେ ଗୋଟିଏ ଗ୍ରାମ ଅଛି, ବାହକମାନେ ତୁମକୁ ସେହିଠାକୁ ନେଇ ଯାଆନ୍ତୁ। ମୁଁ ବାଟ ଦେଖାଇ ଦେଉଛି। ଡେରି କଲେ ବିପଦରେ ପଡ଼ିବ, ଜାଣିଥାଅ।

ଡକାଏତମାନେ ମାରି ପକାଇଛନ୍ତି; ତମୁକୁ କିଏ କହିଲା? ମିଛକଥା, ଯେଡ଼େ ଶତ୍ରୁ ହେଉ ପଛେ ଦେଖିଲେ ନିଶ୍ଚୟ ମନରେ ଦୟା ଆସିବ, ମାରିବାକୁ ହାତ ଚଳିବ ନାହିଁ।

ଯେଉଁମାନେ ତାକୁ ମାରିଛନ୍ତି, ମୁଁ ସେମାନଙ୍କ ମୁହଁରୁ ଶୁଣିଛି। ସେମାନେ ନିଜ ନିଜ ମଧ୍ୟରେ ବର୍ତ୍ତମାନ କଥାବାର୍ତ୍ତା ହୋଇ ଯାଉଥିଲେ, ଲୁଚିକରି ଶୁଣିଲି। ତାକୁ ମାରି ତା ଦେହରୁ ଅଳଙ୍କାରସବୁ କାଢ଼ି ନେଇଛନ୍ତି। ଅଳଙ୍କାର ହିଁ ତା ଜୀବନର କାଳ ହେଲା। ବର୍ତ୍ତମାନ ମୁଁ ଏହି ବାଲିଗଦାର ଆରପାଖେ ଲୁଚି ତମମାନଙ୍କର କଥାବାର୍ତ୍ତା ଶୁଣୁଥିଲି। ମୁଁ ଏକାକୀ ଏହି ବାଲୁକା ପ୍ରାନ୍ତରରେ ବାସ କରେ। ରାତିରେ ନିଦ୍ରିତ ଥିବା ସମୟରେ ଘୋଡ଼ାର ଖୁରା ଶବ୍ଦ ଓ ଭେରୀ ନାଦ ଶୁଣି ମୁଁ ଦେଖିବାକୁ ଚାଲି ଆସିଲି। ତମର ଶତ୍ରୁପକ୍ଷର ଲୋକ, ଜାହାଜରୁ ଓହ୍ଲାଇ ଡକାଏତ କରିବାକୁ ଆସିଛନ୍ତି। ତେଣୁ ଯେତେଦୂର ଅନୁମାନ କରାଯାଇ ପାରେ, ସେମାନଙ୍କର ଘୋଡ଼ା ନାହିଁ। ଘୋଡ଼ା ଯଦି ତୁମର ହୋଇଥାନ୍ତି, ଆଶା କରେ ସେମାନେ ନିକଟରେ ଥିବା ଗ୍ରାମ ସୁନାହାଟରେ ଏତେବେଳକୁ ପହଞ୍ଚି ସାରିବେଣି। ସେମାନଙ୍କ ନିମନ୍ତେ ଚିନ୍ତା କରିବ—

ଚିନ୍ତା ସେମାନଙ୍କ ନିମନ୍ତେ ଆଦୌ ନାହିଁ। ସେମାନେ ବଞ୍ଚନ୍ତୁ ଅବା ମରନ୍ତୁ,

ଆମର ସେଥିରେ ଯାଏ ଆସେ କେତେ ? ଆଜିକି ଚାରିଦିନ ହେଲା, ଆମେ ଚାରିତ୍ର ଛାଡ଼ି ଆସିଛୁଁ। ଚିଲିକାରୁ ଚାରିତ୍ର ଆସି ସେଠାରେ ଆମେ ଦୁଇଦିନ ରହିଥିଲୁଁ। ସାଧବ ଆମକୁ ଏ ବାଟେ ଆସିବାକୁ ମନାକରି କହୁଥିଲେ, ବୋଇତରେ ସମୁଦ୍ର ବାଟେ ତାମ୍ରଲିପ୍ତ ଯାଅ, କିନ୍ତୁ ସାଆନ୍ତାଣୀ କହିଲେ, ସେ ସମୁଦ୍ରରେ ଯାଇ ଆସି ବଡ଼ ବିରକ୍ତ ହୋଇ ପଡ଼ିଲେଣି, ଏଥର ସେ ସ୍ଥଳବାଟେ ଯିବେ। ସାଧବ ସେହି ଅନୁଯାୟୀ ସମସ୍ତ ଅୟୋଜନ କରିଦେଲେ। ସବୁଦିନେ ଦିନବେଳା ଆସୁ, ରାତିରେ କୌଣସି ଗ୍ରାମରେ ରହିଯାଉଁ। କିନ୍ତୁ ଆଜି ଶୁଣିଲୁଁ, ତାମ୍ରଲିପ୍ତ ବେଶୀ ଦୂରରେ ନାହିଁ। ଚାଲି ଚାଲି କ୍ଳାନ୍ତ ହୋଇଥିଲି। ଭାବିଲୁ ରାତାରାତ୍ ଚାଲିଲେ, ସକାଳକୁ ତାମ୍ରଲିପ୍ତରେ ପହଞ୍ଚି ଯିବୁଁ। ଏତେ ନଈନାଳ ଡେଇଁ ଆସିଲୁ, ଏଇଠି ଆମକୁ ବିପଦ ପଡ଼ିଲା। ଘୋଡ଼ା ନେଇ ସେମାନେ କୁଆଡ଼େ ଚାଲିଗଲେ। ଆଉ ଯେତେକ, ସେମାନେ ଭୟରେ ପଳାଇଲେ। ଏଥିରେ ଜାଗା ହେବ ନାହିଁ ବୋଲି ଆଗପଛ କରି ଦୁଇଟି ସବାରୀ ଚାଲିଥିଲା। ପଛ ସବାରୀକୁ ଡକାଇତମାନେ ଧରି ନେଇଗଲେ। ଆମେ ସବୁ ଜୀବନ ବିକଳରେ ଏ ସବାରୀ ନେଇ ପଳାଇ ଆସିଲୁ। ନିରୋଳା ଗାଡୁଆ ସ୍ଥାନ ଦେଖି ଏଠି ଲୁଚିଛୁ। ଛୋଟ ସାଆନ୍ତାଣୀଙ୍କର କୌଣସି ଖବର ଜାଣି ପାରିଲି ନାହିଁ। ତାମ୍ରଲିପ୍ତ କେଉଁଠି ? କୁଆଡ଼େ ଯିବୁଁ ?

ତୁମେମାନେ ଭାବିଛ, ତାମ୍ରଲିପ୍ତ ଅତି ନିକଟରେ? ତା ନୁହେଁ, ଶୀଘ୍ର ସାଆନ୍ତାଣୀଙ୍କୁ ନେଇ ସୁନାହାଟ ଯାଅ। ସେମାନେ ବାଟ ବତାଇ ଦେବେ, ଆହୁରି ଦୁଇ ଦିନର ବାଟ ବାକୀ ଅଛି।

ସମସ୍ତଙ୍କର ଅନୁରୋଧ ବ୍ୟର୍ଥ ହେଲା। ରମଣୀ କାହାରି କଥା ମାନିଲେ ନାହିଁ। ସେ ଯିବାକୁ ଅନିଚ୍ଛୁକା ହେଲେ। ପ୍ରକୃତରେ କନ୍ୟାକୁ ପଛରେ ସନ୍ଦିହାନ ଅବସ୍ଥାରେ ବିପକ୍ଷ ଦଳର ଲୋକଙ୍କ ହାତରେ ପକାଇ କେଉଁ ଜନନୀ ଚାଲିଯିବାକୁ ଇଚ୍ଛା କରେ ନିଜର ଜୀବନ ବଞ୍ଚାଇବାକୁ ? ସନ୍ତାନ ମୃତ, କୌଣସି ରମଣୀ ଏହା ସହଜରେ ବିଶ୍ୱାସ କରିବାକୁ ଅମଙ୍ଗ।

ରମଣୀ ଏକାକିନୀ କନ୍ୟାର ଅନ୍ୱେଷଣରେ ଚାଲିଲେ। ଭଜନା ଅନ୍ୟ ଉପାୟ ନ ଦେଖି ନିକଟକୁ ଯାଇ କହିଲା, ମା, ମୁଁ ଶପଥ ମାନେ ନାହିଁ। ଯଦି ମାନୁଥାନ୍ତି, ଆଜି ଯେଉଁ ଶପଥ ଦିଅନ୍ତି, ତାହା ପକାଇ ମୁଁ କହିବି, ଆପଣଙ୍କର କନ୍ୟା ମୃତା। ମୁଁ ମୋ ପାଇଁ କହୁ ନାହିଁ, ଆପଣଙ୍କର ମଙ୍ଗଳ ନିମନ୍ତେ କହୁଛି; ଜାଣି ଜାଣି ବୃଥା ବିପଦକୁ ବରଣ କରିବାର ଇଚ୍ଛା ଯଦି ଥାଏ, ତେବେ ଯାଅ।

ରମଣୀ ଦଣ୍ଡାୟମାନ ହେଲେ, ଉତ୍ତର ଦେଇ ପାରିଲେ ନାହିଁ। ତାଙ୍କର କଣ୍ଠ

ରୁଦ୍ଧହୋଇ ଆସିଲା। ଭାବିଲେ, ସତରେ ତେବେ କଣ ସୁଶୀଳା ଆଉ ଏ ଜଗତରେ ନାହିଁ? ମୋର ସୁନାର ପ୍ରତିମା ସୁଶୀଳାକୁ ମୋ କୋଡ଼ରୁ ବଳାତ୍କାର କରି ଯେଉଁ ପାଷଣ୍ଡମାନେ ଚିରଦିନ ପାଇଁ ଛଡ଼ାଇ ନେଇଛନ୍ତି ଲିଙ୍ଗରାଜ ମହାପ୍ରଭୁ ତାଙ୍କର ସର୍ବନାଶ କରିବେ। ସୁଶୀଳା, ତୁ ଆଉ ନାହୁଁ ମା? ସତେ କଣ ମୋତେ ଛାଡ଼ି ତୁ ଚାଲିଗଲୁ? କି ନିର୍ବୋଧ ମୁଁ, ବାପାଙ୍କର କଥା ମାନି ଯଦି ମୁଁ ସମୁଦ୍ର ବାଟେ ତାମ୍ରଲିପ୍ତ ଯାଇଥାନ୍ତି, ପହଞ୍ଚି ସାରନ୍ତାଣି। ହେ ଶିବ, କି ଦୁର୍ବୁଦ୍ଧି ମୋତେ ଘୋଟିଲା? ପିତୃ ଆଜ୍ଞା ପାଳନ ନ କରିବାର ଦଣ୍ଡ କ'ଣ ଏଡ଼େ ପ୍ରଚଣ୍ଡ? ମୁଁ ମୋର ସୁନାର ପ୍ରତିମା ଏକମାତ୍ର ସ୍ନେହର ସନ୍ତାନକୁ ଛାଡ଼ି ଅନ୍ଧ ହୋଇ ଯିବି କୁଆଡ଼େ? ସେ ଯେତେବେଳେ ତାଙ୍କର ହୃଦୟର ନିଧିକୁ କୋଳକୁ ଟାଣିନେବାକୁ ଆସିବେ, ମୁଁ କହିବି କ'ଣ? ଦେବି କାହାକୁ? ମୋର ଦୋଷ ନିମନ୍ତେ ମତେ ତ ସେ କ୍ଷମା କରିବେ ନାହିଁ—ଏପରି ଭାବୁ ଭାବୁ ରମଣୀଙ୍କର ଚକ୍ଷୁ ଲୋତକପୂର୍ଣ୍ଣ ହେଲା। ଭଜନା ସହାନୁଭୂତି ଦେଖାଇ ପ୍ରଶ୍ନ କଲା କ'ଣ ଚିନ୍ତା କରୁଛ ମା? ଏହି ଦେଖ ଦୂରରୁ ଭେରୀର ଭୈରବ ନାଦ ଶୁଣା ଯାଉଛି। ବୋଧହୁଏ ସେମାନେ ଏହିଆଡ଼େ ଆସୁଛନ୍ତି। ମୁଁ ଜାଣେ, ଯେ ଚାଲିଗଲା, ତା ବିଷୟରେ ଆଉ ଚିନ୍ତା କରିବା ଆବଶ୍ୟକ ନୁହେଁ। ତହିଁରେ ନିଜର କ୍ଷତି ଛଡ଼ା ଲାଭ ନାହିଁ। ନିଜର ଜୀବନ କିପରି ରକ୍ଷା କରିବାକୁ ହେବ ତାହାର ଉପାୟ କରନ୍ତୁ।

ରମଣୀ ଦୀର୍ଘନିଃଶ୍ୱାସ ତ୍ୟାଗକରି କହିଲେ, ମୋ ସୁଶୀଳାର ଜୀବନ ଅପେକ୍ଷା ମୋ ଜୀବନର ମୂଲ୍ୟ ଅଧିକ ନୁହେଁ। ଆସନ୍ତୁ ସେମାନେ। ଏହି ବାଟ ଦେଇ ଯିବା ସମୟରେ ସେମାନଙ୍କର ଗୋଡ଼ତଳେ ପଡ଼ି ମୋର ସୁଶୀଳାକୁ ମାଗିବି?

ଭଜନା ବିନୀତ ଭାବରେ କହିଲା—ମା, ଆପଣ ପାଗଳ ହେଲେଣି। ବିପକ୍ଷ ଦଳର ଲୋକଙ୍କ ପାଦତଳେ ପଡ଼ିଲେ, ସେମାନେ କନ୍ୟା ଦେବା ପରିବର୍ତ୍ତରେ ବରଂ ଆନନ୍ଦିତ ହେବେ। କାରଣ ବିନା ଜାଲ, ବିନା ଫାଶରେ ଶିକାର ଧରା ପଡ଼ିବ। ସେମାନେ ଆପଣଙ୍କୁ ନିଶ୍ଚୟ ବନ୍ଦୀ କରିବେ। ଦୁର୍ଦ୍ଦଣ୍ଡ ରାକ୍ଷସ ପ୍ରକୃତିର ଲୋକଙ୍କର କଠିନ ହୃଦୟ କଦାପି ବିଗଳିତ ହୁଏ ନାହିଁ। ବୃଥା ପାଗଳିନୀ ପରି ନିଜର ଅମୂଲ୍ୟ ଜୀବନକୁ ବିପଦାପନ୍ନ କରିବେ କାହିଁକି? ମୁଁ କଣ ମିଛଟାରେ ଆପଣଙ୍କୁ ଭୁଲାଇ କହୁଛି? ଆଉ ସମୟ ବିଳମ୍ବ କରିବାର ପ୍ରୟୋଜନ ନାହିଁ। ଆସନ୍ତୁ... ...

ମୁଁ ତମର କଥାରେ ଅବିଶ୍ୱାସ କରୁ ନାହିଁ। ମୋର କହିବାର ଏତିକି, କାଳେ ସେମାନେ ମିଛରେ କହିଥିବେ।

ମିଛରେ କାହାକୁ କହିବେ? ସେମାନେ ତ ଆଉ ମୋତେ କହୁ ନ ଥିଲେ। ତାଙ୍କର ନିଜ ନିଜ ମଧ୍ୟରେ କଥାବାର୍ତ୍ତା ହେଉଥିବା ଯାହା ମୁଁ ଶୁଣିଛି।

ଟିକିଏ ଅପେକ୍ଷା କରି ଚାରିଆଡ଼କୁ ଅନାଇ ଭଜନା ପୁଣି କହିଲା ଏହି ଦେଖ, ସେମାନେ ଆସୁଛନ୍ତି। ବୋଧହୁଏ ଏହି ବାଟଦେଇ ସମୁଦ୍ରକୁ ଯିବେ। ଆଉ ଡେରି କର ନା।

ହେଉ ତେବେ ଟିକିଏ ରହ। ମୁଁ ମୋର ସୁଶୀଳାକୁ ଶେଷଥର ନିମନ୍ତେ ଚୁମ୍ବନ କରି ଆସେ। ଏହା କହି ରମଣୀ ଆଗକୁ ଯିବାକୁ ଉଦ୍ୟତ ହେଲେ; କିନ୍ତୁ ଭଜନା ବାଧାଦେଇ କହିଲା, ତାକୁ ପାଇବେ ନାହିଁ।

ରମଣୀର ଇଚ୍ଛା ବିରୁଦ୍ଧରେ ଭଜନା ତାଙ୍କୁ ସବାରୀରେ ବସାଇ ବାହକମାନଙ୍କୁ ଦିଗ ଦେଖାଇ କହିଲା, ଶୀଘ୍ର ପଳାଇ ଯାଅ। ଏଇବାଟ ଦେଇଗଲେ ସୁନାହାଟ ଗ୍ରାମ ପାଇବ।

ସବାରୀ ନେଇ ବାହକମାନେ ଚାଲିଗଲେ। ଭଜନା ସେହିଠାରେ ଠିଆ ହୋଇ ଆସୁଥିବା ଦସ୍ୟୁମାନଙ୍କ ଆଡ଼କୁ ଚାହିଁ ରହିଲା ଏବଂ ଚିନ୍ତା କଲା କ'ଣ କରିବ?

ସଙ୍ଗେ ସଙ୍ଗେ ନିକଟରୁ ଭେରୀ ନାଦ ଶୁଣାଗଲା।

ପ୍ରକାଣ୍ଡ ବୋଇତର ତଳଦେଶରେ କ୍ଳାନ୍ତ ନାବିକମାନେ ଯେ ଯେଉଁଠି ପଡ଼ି ଯାଇଛନ୍ତି। ଆଗ ମଙ୍ଗ ନିକଟରେ କାଠ ତିଆରି କୋଠରୀଗୁଡ଼ିକର ଦ୍ୱାର ବନ୍ଦ। ବୋଧହୁଏ ଭିତରୁ ପଛମଙ୍ଗ ପାଖ ଘରଗୁଡ଼ିକ ସବୁ ମାଲମତାରେ ପୂର୍ଣ୍ଣ। ପଛମଙ୍ଗ କୋଠରୀ ମଧ୍ୟରୁ ଗୋଟିକରେ ଜଣେ ରମଣୀ ବହୁଦିନରୁ ବନ୍ଦିନୀ ରହିଥିଲେ। ଆଜି ଆଉ ଜଣେ ନୂତନ ବନ୍ଦୀ ସେ କୋଠରୀରେ ରଖା ହୋଇଛି। କୋଠରୀର ବାହାର ପାଖ ଜଞ୍ଜିର ବନ୍ଦ, ମାତ୍ର ତାଲା ପଡ଼ି ନାହିଁ। ବୋଧହୁଏ ନାବିକମାନେ ରାତ୍ରିର ପରିଶ୍ରମରେ କ୍ଳାନ୍ତ ହୋଇ ପଡ଼ି ଯାଇଛନ୍ତି; ତାଲା ବନ୍ଦ କରିବାକୁ ସମୟ ପାଇ ନାହାନ୍ତି।

ବନ୍ଦୀ ବନ୍ଦିନୀର ଦୁରବସ୍ଥା ଦେଖି ପ୍ରଥମେ ବଡ଼ ଦୁଃଖିତ ହୋଇଥିଲା, ସହାନୁଭୂତି ଦେଖାଇ କେତେ ଆଶା ଦେଇଥିଲା ଉଦ୍ଧାରର। କିନ୍ତୁ ବନ୍ଦିନୀ—ତାର ମନରେ ଦୁଃଖର ଚିହ୍ନ ନାହିଁ। ବନ୍ଦୀର ବାକ୍ୟରେ ଏକଭାବରେ ଥାଇ ସେ କହିଲା, ଦୁଇବର୍ଷ ହେଲା ମୁଁ ଏହି କୋଠରୀରେ ବନ୍ଦିନୀ ରହି ମୋତେ ଏ ସ୍ଥାନ ଆରେଇ ଯାଇଛି। ତେଣୁ ଆଜି ଆଉ ଦୁଃଖ ବା କଷ୍ଟ ମୁଁ କିଛି ଜାଣିପାରୁ ନାହିଁ। ଏହିପରି ଅନେକ ସମୟରେ ତମପରି ଜଣେ ଜଣେ ବନ୍ଦୀ ଆସି ଏ କୋଠରୀରେ ରହିଥାନ୍ତି। ସେମାନେ ମୋର ଅଭ୍ୟସ୍ତ ଅବସ୍ଥା ଦେଖି ସହାନୁଭୂତି ଦେଖାଇ ଥାନ୍ତି, କିପରି ମୋତେ ମୁକ୍ତ କରିବେ ଏବଂ

ନିଜେ ମୁକ୍ତ ହେବେ। ଉପାୟ ଚିନ୍ତା କରି ପାରନ୍ତୁ ନ ପାରନ୍ତୁ ମସ୍ତବଡ଼ ପ୍ରତିଜ୍ଞା କରି ପକାନ୍ତି। କିନ୍ତୁ ଦିନେ ଅକସ୍ମାତ ଏ ଘରୁ ତାଙ୍କୁ ଚାଲିଯିବାକୁ ହୁଏ। ସେମାନେ କାହିଁକି ବନ୍ଦୀ ହୋଇ ଏ ଗୃହକୁ ଆସନ୍ତି, କେଉଁଆଡ଼େ ବା ସେମାନଙ୍କୁ ନେଇଯାନ୍ତି ମୁଁ ତାହା କହି ପାରିବି ନାହିଁ।

ମୋର ପ୍ରଧାନ ଆନନ୍ଦ ଏବଂ ପ୍ରଧାନ ଦୁଃଖ, ଏ କୋଠରୀରେ ଯେ ପଶିଲା ତାହାରି ପାଖରେ ମୋର ଅତୀତ ଜୀବନର ପ୍ରଧାନ ପ୍ରଧାନ ଘଟଣା ବର୍ଣ୍ଣନା କରିବା। ସେ ଶୁଣୁ ବା ନ ଶୁଣୁ। ପ୍ରଥମରୁ କହିଚି, ଜୀବନୀ ବର୍ଣ୍ଣନା କରିବା ଦ୍ୱାରା ମୋର ଆନନ୍ଦ ହୁଏ। ଦେଖୁ ଦେଖୁ ପରକ୍ଷଣରେ ଦୁଃଖ ଆସି ସମଗ୍ର ପ୍ରାଣକୁ ଅଧିକାର କରି ନିଏ। ସେହି ତ ମୋର ଜୀବନର ପରିବର୍ତ୍ତନ ସୁଖ।

ମୋତେ ଏଠାରେ କାହିଁକି ବନ୍ଦିନୀ କରି ରଖିଛନ୍ତି, ମୁଁ ଉତ୍ତମ ରୂପେ ଜାଣେ ନା। କିଏ ଯେ ମୋତେ ବନ୍ଦିନୀ କରି ରଖିଛି ତା ମୁଁ ଅନେକ ଭାବି ଭାବି ମଧ୍ୟ ସ୍ଥିର କରିପାରିଲି ନାହିଁ। ଜଗତରେ ଆମର ଶତ୍ରୁ କେହି ନ ଥିଲେ। ଶତ୍ରୁ ନ ହେଲେ ଏପରି ଦଣ୍ଡ ଦିଅନ୍ତା କିଏ କାହିଁକି ? ସମୟ ସମୟରେ ମୋତେ କିଏ ଜଣେ ପଦାରୁ କେବେ କର୍କଶ କେବେ କୋମଳ ସ୍ୱରରେ ସମ୍ବୋଧନ କରି ପଚାରେ, ରମଣୀ ମୁକ୍ତ ହେବାକୁ ଚାହୁଁ ? ଆଲୋକ ଦେଖିବାକୁ ଚାହୁଁ ? ଜଗତରେ କିଏ ମୁକ୍ତ ହେବାକୁ ଇଚ୍ଛା ନ କରେ ? କିଏ ଚକ୍ଷୁଥାଇ ମଧ୍ୟ ଚିରଦିନ ଅନ୍ଧଙ୍କ ପରି ଅନ୍ଧକାରର ଗଭୀରତା ମଧ୍ୟରେ ବାସ କରିବାକୁ ଚାହେଁ ?

ଦେଖ ଏ ପ୍ରକୋଷ୍ଠରେ ଗୋଟିଏ ବୋଲି କ୍ଷୁଦ୍ର ଗବାକ୍ଷ, ଆକାରରେ ଗୋଟିଏ ଆଖିପରି ଠିକ୍ ହୋଇଛି, ନାହିଁ ? ବାହାରୁ ଦିନବେଳା ଆଲୋକ ରେଖା ଏହି ବାଟ ଦେଇ କୋଠରୀରେ ପଶେ। ଦିନରେ ଥରେ ମାତ୍ର ଏ ଘର ଖୋଲାଯାଏ। ଲୋକେ ମୋତେ ଖାଦ୍ୟ ଦେଇଯାନ୍ତି। ଏହି ଯେ ମାଟିର ଖପରା ଖଣ୍ଡ ଦେଖୁଛ ତାହା କେବେ ପାଣିରେ ଧୂଆ ହୋଇ ନାହିଁ। ସେହି ଅପରିଷ୍କାର ଖପରାରେ ମୋତେ ପ୍ରତ୍ୟହ ପଶୁଙ୍କ ପରି ଖାଇବାକୁ ପଡ଼େ। ଏପାଖେ ଯେଉଁ ଅନ୍ଧାରୁଆ କଣା ଦେଖୁଛ, ଏଟା ହେଉଛି ପାଇଖାନା। ଏ ଘର ଦୁର୍ଗନ୍ଧମୟ। ତେଣୁକରି ତୁମେ ନାକରେ ହାତ ଦେଇଛ। କିନ୍ତୁ ମୋତେ ଦେବାକୁ ପଡ଼େ ନାହିଁ। ନରକର କୀଟକୁ ନରକ ଯେ ଆରେଇ ଥାଏ।

ତଥାପି କିପରି ଏ ସ୍ଥାନରୁ ମୁକ୍ତ ହେବି, ତାହାରି ଭାବନା ମନରେ ସମୟେ ସମୟେ ଆସେ। ଯେତେବେଳେ ଦ୍ୱାରଦେଶରୁ କିଏ ମୋତେ ସମ୍ବୋଧନ କରି ପଚାରେ, ରମଣୀ ମୁକ୍ତ ହେବୁ ? ମୋର ଅନିଚ୍ଛା ସତ୍ତ୍ୱେ ଅବାଧ ଜିହ୍ୱାଟା କହି ପକାଏ, ହଁ। ଅନିଚ୍ଛା କାହିଁକି ଜାଣିବାକୁ ଚାହଁ ? ମୁକ୍ତି ସଙ୍ଗେ ସଙ୍ଗେ ଯେ ଗୋଟାଏ ଭୟଙ୍କର

କଥା ସଂଯୋଜିତ ଥାଏ। ବହୁଦିନ ବନ୍ଦିନୀ ରହି ଯୌବନର ସମସ୍ତ ସୌନ୍ଦର୍ଯ୍ୟଲୁପ୍ତ—ଅଙ୍ଗ ବିକଳ, ମନ ଅସ୍ଥିର, ତଥାପି ପାପିଷ୍ଠେ ମୋଠାରୁ, ରମଣୀର ଅମୂଲ୍ୟ ରତ୍ନଟି କାଢ଼ି ନେବାକୁ ପ୍ରସ୍ତାବ କରନ୍ତି। କେତେଥର ବଳ ପ୍ରୟୋଗ କରିଛନ୍ତି। ମାତ୍ର ଭଗବାନ୍ ବୁଦ୍ଧ ତାଙ୍କର ଭକ୍ତକୁ ପ୍ରତିପଦରେ ଜଗି ରହିଥାନ୍ତି।

ଏଥର ମୁଁ ମୋର ଜିହ୍ୱାକୁ ସମ୍ପୂର୍ଣ୍ଣ ଅଧୀନରେ ରଖିଚି। ଯେତେବେଳେ କିଏ ପଦାରୁ ସମ୍ବୋଧନ କରି କହେ, ରମଣୀ ମୁକ୍ତ ହେବୁ? ମୁଁ ଭଗବାନ୍ ବୁଦ୍ଧଙ୍କୁ ସ୍ମରଣ କରି କହେ, ନା, ଏବଂ ପ୍ରଶ୍ନକର୍ତ୍ତା ମୋତେ ଆଉ ଅଧିକ ବିରକ୍ତ କରେ ନାହିଁ। ମୁଁ ଭୟକରି ତଳେ ପଡ଼ି ବୁଦ୍ଧଙ୍କୁ ସ୍ମରଣ କରେ। କେବେ କେବେ ଆହୁରି ଗୋଟିଏ ପ୍ରଶ୍ନ ଅଧିକା ପଚାରେ, ତେବେ ଚିରଦିନ ଏହିପରି ବନ୍ଦିନୀ ରହିବାକୁ ପଡ଼ିବ ଜାଣିଥା। ମୁଁ ଉତ୍ତର ଦିଏ, ହଁ। ମୁଁ ବେଶ୍ ଜାଣିଛି, ଯେତେଦିନ ଯାଏ ବୁଦ୍ଧଙ୍କର ଦୟା ନ ହୋଇଛି ସାଧାରଣ ମନୁଷ୍ୟର କ୍ଷମତା ନାହିଁ ମୋତେ ସେ ମୁକ୍ତ କରି ପାରିବ।

ରମଣୀର ପ୍ରତ୍ୟେକ କଥା ବନ୍ଦୀ ଶୁଣୁଥିଲା କି ନାହିଁ କହି ହେବ ନାହିଁ। କାରଣ, ବନ୍ଦୀ ହୋଇ କୋଠରୀରେ ରହିବା ସମୟରୁ ସେ ପ୍ରକୋଷ୍ଠଟିକୁ ଉତ୍ତମରୂପେ ପରୀକ୍ଷା କରି ଦେଖୁଥିଲା, ମୁକ୍ତିର କୌଣସି ଉପାୟ ଅଛି କି ନାହିଁ। କିନ୍ତୁ ରମଣୀର ଶେଷ ବାକ୍ୟ ଶୁଣି ସେ କହିଲା, ଢେର୍ ଅଛି ବନ୍ଦିନୀ, ଢେର୍ ଅଛି। ମନୁଷ୍ୟ ନ କରିପାରେ ଏପରି ଦୁନିଆଁରେ କିଛି ନାହିଁ। ମୁକ୍ତ ହେବାକୁ ଚାହଁ?

ବନ୍ଦିନୀ ହସି ହସି କହିଲା, ମୋ ସଙ୍ଗେ ଅଦ୍ୟାପି ଯେଉଁମାନେ ବନ୍ଦୀରୂପେ ଦିନେ ରହିଛନ୍ତି, ସେମାନେ ସମସ୍ତେ ପ୍ରାୟ ମୋର ମୁକ୍ତି ନିମନ୍ତେ ଅସ୍ଥିର ହୋଇ, ତମର ପରି ପ୍ରଶ୍ନ ପଚାରି ଥାନ୍ତି। ପ୍ରଶ୍ନ ପଚାରିବାର ଅଧିକାର ସମସ୍ତଙ୍କର ଥାଇପାରେ, କିନ୍ତୁ ଉତ୍ତର ଦେବାକୁ କେବଳ ମୁଁ।

ବାଜେକଥା ଗୁଡ଼େ କହିବା ଦରକାର ନାହିଁ, ଲାଭ ନାହିଁ; ଯଦି ମୁକ୍ତ ହେବାର ଅଭିଳାଷ ଥାଏ ଶୀଘ୍ର କହ।

ବନ୍ଦିନୀ ସେ ଲୋକର କଥାରେ ବିଶ୍ୱାସ କରି କହିଲା, ଯଦି ପ୍ରକୃତରେ ପଚାରୁ ଥାଅ, ମୁଁ କହିପାରେ ମୁକ୍ତ ହେବାକୁ ଇଚ୍ଛା ନୁହେଁ କାହାର? ସମସ୍ତଙ୍କର ଥାଏ।

ତେବେ ସ୍ଥିର ହୋଇ ରହ, କହି ବନ୍ଦୀ ତରବାରି କାଢ଼ି କ'ଣ କାର୍ଯ୍ୟ କରିବାରେ ଲାଗିଗଲା। ବନ୍ଦୀ ଶୁଣୁ ବା ନ ଶୁଣୁ, ରମଣୀ ତା'ର ଜୀବନୀ ବର୍ଣ୍ଣନା କଲା ଠିକେ ଠିକେ।

ମୋର ବୟସ ଯେତେବେଳେ ଚାରି ମୁଁ ସେତେବେଳେ ବିବାହିତା ହେଲି। ମୋର ପିତା ଜଣେ ଦରିଦ୍ର ସ୍ଥୂଳବ୍ୟବସାୟୀ। ସେ ଜାଭା ବାଲି ପ୍ରଭୃତିର ମସଲା ନେଇ

ଚିଲିକାର ନିକଟସ୍ଥ ଗ୍ରାମମାନଙ୍କରେ ବିକ୍ରୟ କରୁଥିଲେ। ପୋହଳା ଦ୍ୱୀପମାନଙ୍କରୁ ଆସୁଥିବା ପୋହଳା ନେଇ ମଧ୍ୟ ଗ୍ରାମମାନଙ୍କରେ ବିକ୍ରୟ କରୁଥିଲେ। ସିଂହଳର ମୋତି କିଣାବିକା କରିବାକୁ ତାଙ୍କ ପାଖରେ ଧନ ନ ଥିଲା।

ମୋର ଶ୍ୱଶୁର ଘର ଧନୀ ବଣିକ ହେଲେ ମଧ୍ୟ ଆମ୍ଭମାନଙ୍କୁ ପଚାରୁ ନ ଥିଲେ, କାରଣ ଆମେ ଥିଲୁ ହିନ୍ଦୁ। ପିଲାଦିନୁ ମା ମରି ଯାଇଥିଲେ। ଗ୍ରାମରେ ଜଣେ ଦୂର ସମ୍ପର୍କୀୟା ବୃଦ୍ଧାଙ୍କର ତତ୍ତ୍ୱାବଧାନରେ ମୁଁ ବଢ଼ି ଆସୁଥିଲି। ମୋତେ ଯେତେବେଳେ ସାତବର୍ଷ, ପିତା ଏକାକୀ ଛାଡ଼ି କୁଆଡ଼େ ଗଲେ ଆଉ କେହି ଜାଣିଲୁ ନାହିଁ। ଗ୍ରାମରେ ବହୁ କଷ୍ଟ ପାଇ ଯାହାର ତତ୍ତ୍ୱାବଧାନରେ ମୁଁ ଥିଲି, ସେ ମୋତେ ମୋର ସ୍ୱାମୀଙ୍କ ଘରେ ଛାଡ଼ିଗଲେ। ମୋର ସ୍ୱାମୀ ତିନି ଭାଇ। ପୈତୃକ ସମ୍ପତ୍ତି ଯଥେଷ୍ଟ ଥିଲା। ତିନିଭାଇ ମଧ୍ୟରୁ ଜଣେ ଘରେ ରହିଲେ, ଆଉ ଦୁଇ ଭାଇ ବଣିଜ କରିବାକୁ ସକଳ ଦ୍ୱୀପ, ଜାଭା, ସୁମାତ୍ରା କିମ୍ବା ବ୍ରହ୍ମଦେଶ ଯାନ୍ତି। ମୋର ସ୍ୱାମୀ ସମୁଦ୍ରକୁ ଭାରି ଭଲ ପାନ୍ତି। ତେଣୁ ଆବାଲ୍ୟରୁ ସେ ବୋଇତରେ ଯାଇ ଅନେକ ଦେଶ ଦେଖି ଅନେକ ବିଷୟ ଶିଖିଥିଲେ। ମୋତେ ଯେତେବେଳେ ବାର ବର୍ଷ, ସ୍ୱାମୀ ମୋତେ ବୋଇତରେ ନେଇ ଦୂର ଦେଶକୁ ଯିବାକୁ ଅନୁମତି ମାଗିଲେ।

ସେତେବେଳକୁ ଦେବର ଅବିବାହିତ। ଜ୍ୟେଷ୍ଠ ପ୍ରଥମେ ଅମଙ୍ଗ ହେଉଥିଲେ, କିନ୍ତୁ ପରେ ଅନୁମତି ଦେଲେ। ଯାଆ ଏବଂ ଜ୍ୟେଷ୍ଠଙ୍କୁ ପ୍ରଣାମ କରି ମୁଁ କେଉଁ ଅନୁକୂଳରେ ସମୁଦ୍ରକୁ ବାହାରିଲି କେଜାଣି, ସେହିଦିନଠାରୁ ଆଉ ଘରକୁ ଫେରିନାହିଁ। ଆମର ବୋଇତ ଲୁଣ ଏବଂ ଲୁଗାରେ ବୋଝେଇ ହୋଇଥିଲା। ଜ୍ୟେଷ୍ଠଙ୍କର ଆଦେଶ ଥିଲା ବୋଇତ ସୁମାତ୍ରାରେ କିମ୍ବା ଲୋମ୍ବୋକରେ ଲଗାଇ ପୂର୍ବ ଦ୍ୱୀପମାନଙ୍କରୁ ମସଲା ଓ ପୋହଳା ନେଇ ସିଂହଳ ବାଟେ ଫେରିବ। ସୁବିଧା ପାଇଲେ ସିଂହଳରୁ ହାତୀଦାନ୍ତ ଆଣିବ। ଜ୍ୟେଷ୍ଠଙ୍କର ଆଦେଶ ପାଇ ଆମର ନୌକା ଜାଭା ଏବଂ ବାଲିଦ୍ୱୀପ ଆଡ଼େ ଚାଲିଲା। ବହୁ ବାଧାବିଘ୍ନ ଅତିକ୍ରମ କରି, ଜାଭା ଏବଂ ସୁମାତ୍ରାରେ ବହୁଦିନ ପରେ ଉପସ୍ଥିତ ହେଲୁ।

ଏଥି ମଧ୍ୟରେ ସ୍ୱାମୀଙ୍କର ଇଚ୍ଛା ହେଲା ସେ ଚୀନ୍ ଦେଶକୁ ଯିବେ ବ୍ୟବସାୟ କରିବାକୁ; ଅନ୍ତତଃ ଦେଖିବାକୁ। କେତେ ଦ୍ୱୀପରେ ଜାହାଜ ଲାଗି ଲାଗି ଚୀନ୍‌ରେ ଉପସ୍ଥିତ ହେଲା। ସେତେବେଳେ ମୋର ବୟସ ମୋଟେ ପନ୍ଦର; କିନ୍ତୁ ଏହି ଅଳ୍ପବୟସରୁ ମୁଁ ଗର୍ଭବତୀ ହୋଇଥିଲି। ମୋର ପ୍ରସବ ହେବା ଯାଏ ମସଲା ବୋଇତକୁ ଦ୍ୱୀପରେ ଅଟକାଇ ରଖିଲେ। ଏହି ସମୟରେ ଶୁଣାଗଲା ସେଲିବିସ୍‌ରୁ ଗୋଟିଏ ଓଡ଼ିଆ ବୋଇତ କଳିଙ୍ଗପଲ୍ଲୀ ଆସୁଛି। ସ୍ୱାମୀ ଭୋଜପତ୍ରରେ ଖଣ୍ଡେ ଚିଠି ଲେଖିଲେ ଜ୍ୟେଷ୍ଠଙ୍କ ନିକଟକୁ।

ପତ୍ରଖଣ୍ଡି ସେଲିବିସ୍ ପଠାଇଦେଲେ। ପ୍ରଧାନ ନାବିକଙ୍କୁ ସମ୍ବାଦ ପଠାଇଥିଲେ, ଯେପରି ସେ କଳିଙ୍ଗପତ୍ତନରେ ଉପସ୍ଥିତ ହୋଇ ପତ୍ରଖଣ୍ଡି ତାଙ୍କ ଭାଙ୍କ ନିକଟକୁ ପଠାଇ ଦିଅନ୍ତି। ତାଙ୍କର ଇଚ୍ଛା ଥିଲା ଦେଶକୁ ଫେରିବାକୁ; କିନ୍ତୁ ମୋ ନିମନ୍ତେ ଅଟକି ରହିବାକୁ ବାଧ ହେଲା ବୋଇତ।

କିଛିଦିନ ପରେ ମୋର ଗୋଟିଏ ସୁନ୍ଦର ପୁତ୍ର ଜାତ ହେଲା। ମୋର ଦେଶକୁ ଫେରିବାର ଇଚ୍ଛା ବଳବତୀ ହେଲା। ମୁଁ ସ୍ୱାମୀଙ୍କୁ ବହୁବାର ଅନୁରୋଧ କଲି, ମାତ୍ର ସେ ମଙ୍ଗିଲେ ନାହିଁ; କାରଣ ତାଙ୍କୁ କିଏ ଜଣେ କହିଲା, ବାଲିଦ୍ୱୀପର ଅଗଙ୍ଗ ପର୍ବତର କୌଣସି ଶୃଙ୍ଗ ମଧ୍ୟରେ ଚୀନ୍‌ର ଜଣେ ରାଜା ତାଙ୍କର ମୃତ୍ୟୁ ପୂର୍ବରୁ ଅଗାଧ ସମ୍ପତ୍ତି ଗଚ୍ଛିତ ରଖି ଯାଇଛନ୍ତି ଏବଂ ତାଳପତ୍ରରେ ଅନେକଗୁଡ଼ିଏ ଚିଟାଉ ଲେଖି ପ୍ରତି ଦେଶକୁ ପଠାଇଛନ୍ତି। ଅନେକଗୁଡ଼ିଏ ସମୁଦ୍ର ଉପରେ ଭସାଇ ଦେଇଛନ୍ତି। ସେ ଚିଟାଉରେ ଖଣ୍ଡେ ତ୍ରିକୋଣମିତି ଅଙ୍କ ଥିଲା। ସେ ଅଙ୍କ ଖଣ୍ଡ ଯେ କରି ପାରିବ ଚୀନ୍ ରାଜାଙ୍କ ଧନର ଅଧିକାରୀ ସେ ହେବ,—ସେ ଯଦି ସେ ଅଙ୍କର ଫଳ ସୂତ୍ର ନେଇ, ଅଗଙ୍ଗ ପର୍ବତରେ କାର୍ଯ୍ୟ କରେ।

ତହିଁରେ ଆଉ କ'ଣ ଲେଖାଥିଲା ମୁଁ କହି ପାରିବି ନାହିଁ। ମାତ୍ର ସେହି ସମ୍ବାଦ ପାଇଲା ଦିନଠାରୁ ସ୍ୱାମୀ ସର୍ବଦା ଅଙ୍କ କରିବାରେ ଲାଗି ରହିଲେ। ଦିନ ରାତି ସର୍ବଦା ସେ ଅଙ୍କରେ ମନୋନିବେଶ କଲେ। କେଜାଣି କାହିଁକି ଦେଶକୁ ଫେରିବାକୁ ମୋର ସହସ୍ର ଅନୁରୋଧ ଆଉ ରକ୍ଷା ହେଲା ନାହିଁ। ଯେତେବେଳେ ମୋର ସନ୍ତାନକୁ ଦେଢ଼ ବର୍ଷ, ବୋଇତ ବାଲିଦ୍ୱୀପ ଆଡ଼େ ଚାଲିଲା। ବାଟରେ ଝଡ଼ ହେବାରୁ ବାଲିଦ୍ୱୀପକୁ ନ ଆସି ବୋଇତ ଆହୁରି ଦକ୍ଷିଣକୁ ଚାଲିଗଲା। ପୂର୍ବ ଏବଂ ଦକ୍ଷିଣ କୋଣ ଦେଇ ଯାଉ ଯାଉ ଆମ୍ଭେମାନେ ଆଉ ଧ୍ରୁବତାରା ଦେଖିବାକୁ ପାଇଲୁ ନାହିଁ।

ସ୍ୱାମୀ କହବାର ଶୁଣିଛି, ଆକାଶର ତାରାଗୁଡ଼ାକ କିପରି ବଦଳି ଗଲେ। ଚୁମ୍ବକ ପଥର ଘଷା ଯେଉଁ ଲୁହାଖଣ୍ଡ ଗୋଟାଏ ଲୁହା କଣ୍ଟା ଉପରେ ଝୁଲୁଥିଲା ତାହାରି ସାହାଯ୍ୟରେ ବୋଇତ ଚଳାଗଲା। ସେ ଲହାଖଣ୍ଡକୁ ଆମ କୈବର୍ତ୍ତମାନେ ଦିଗ ନିର୍ଣ୍ଣାୟକ ଯନ୍ତ୍ର ବୋଲି କହନ୍ତି। ଆମେ ଯେଉଁଠାକୁ ଯାଉଥିଲୁ, ନାଉରିମାନେ ତାକୁ ପୋହଳାଦ୍ୱୀପମାଳା ବୋଲି କହୁଥିଲେ। ଅନେକ ପୋହଳା ଆମ ନାଉରିମାନେ ସେଠାରୁ ସଂଗ୍ରହ କରି ବୋଇତରେ ରଖିଲେ।

ନୌକା ଧୀରେ ଧୀରେ ଆହୁରି ଦକ୍ଷିଣକୁ ଚାଲିଲା। ମୋର ଇଚ୍ଛା ଥାଏ କିପରି ଶୀଘ୍ର ଦେଶକୁ ଫେରିବି, କିନ୍ତୁ ସ୍ୱାମୀଙ୍କର ଆଦେଶ ଅନ୍ୟ ପ୍ରକାର।

ଏହି ସମୟରେ ଦିନେ ହଠାତ୍ ଦିଗ ନିରୂପଣ ଯନ୍ତ୍ରଟିକୁ ମୋର ଦୁଇ ବର୍ଷର

ଶିଶୁ ଭାଙ୍ଗି ପକାଇଲା। ଲୁହାଖଣ୍ଡେ ଭାବି ମୁଁ ତା ହାତରୁ ଛଡ଼ାଇ ସମୁଦ୍ରକୁ ପକାଇ ଦେଲି। ମୁଁ ତ ଆଉ ଜାଣି ନ ଥିଲି; ମୋର କି ଦୋଷ। ନାଉରିମାନେ ସମସ୍ତେ ମୁଣ୍ଡରେ ହାତ ଦେଇ ବସିଲେ।

ସ୍ୱାମୀ କେବଳ ଦୁଃଖିତ ହୋଇ କହିଲେ, "ବଡ଼ ଭୁଲ କରିଛ ! ବର୍ତ୍ତମାନ ଜୀବନର ଭୟ ହେଲାଣି। ତଥାପି ସାହସ ଅବଲମ୍ବନ କରି, ପୂର୍ବ ତାରାଗୁଡ଼ିକକୁ ଚିହ୍ନି ଚିହ୍ନି ସ୍ୱାମୀ ନୌକା ଚଳାଇବାକୁ ଆଦେଶ କଲେ। ଆହୁରି ଦକ୍ଷିଣକୁ ବୋଇତ ନ ନେଇ ଉତ୍ତରକୁ ଫେରାଇଲେ। ମୁଁ ଭୟରେ ମହାପ୍ରଭୁ ବୁଦ୍ଧଙ୍କୁ ଦିନରାତି ଡାକୁଥାଏ। ଶିଶୁ ସନ୍ତାନଟିକୁ କୋଡ଼ରେ ଧରି ନୀଳ ସମୁଦ୍ରକୁ ଚାହିଁ ରହିଥାଏ କେବଳ ଶୂନ୍ୟ ନିରାଶ ଦୃଷ୍ଟିରେ। ବୋଇତ ଦିନ ରାତି ଚାଲି ଥାଏ।

ଦିନେ ସ୍ୱାମୀ ମୋ ନିକଟକୁ ଆସି ହସି ହସି କହିଲେ, ଦେଖ, ଦୂରରୁ ଧ୍ରୁବତାରା କି ସୁନ୍ଦର ଦିଶୁଛି। ଆଉ ଭୟର କୌଣସି କାରଣ ନାହିଁ।

ଆମର ବୋଇତ ଆଗକୁ ଆଗକୁ ଯେତେ ଅସୁଥାଏ ଧ୍ରୁବତାରା ସେତିକି ଉପରକୁ ଦେଖାଯାଉଥାଏ। ଶେଷରେ ବୋଇତ ପଶ୍ଚିମମୁଖ ହୋଇ ଚାଲିଲା।

ଆମେମାନେ ବ୍ରହ୍ମଦେଶରେ ଉପସ୍ଥିତ ହେଲୁ। ମୋର ସ୍ୱାମୀ ପେଗୁର ଓଡ଼ିଆ ରାଜାଙ୍କ ଠାରୁ ଦୁଇଟି ବଡ଼ ବଡ଼ ହାତୀ ଆଣି ବୋଇତରେ ଚଢ଼ାଇଲେ।

ବହୁଦିନ ପରେ ବୋଇତ ଅନ୍ୟ ଗୋଟିଏ ଦେଶରେ ଆସି ଉପସ୍ଥିତ ହେଲା, ଯାହାକୁ ଲୋକେ ବିଭିନ୍ନ ନାମରେ ଡାକନ୍ତି। କେହି କହେ ସିଂହଳ, କେହି ବା କହେ ସକଳ ଦ୍ୱୀପ ଅଥବା ଲଙ୍କା। ଆମେମାନେ ସିଂହଳରେ ଉପସ୍ଥିତ ହୋଇ ଦେଶକୁ ଫେରି ଆସିଛୁ ବୋଲି ବଡ଼ ଆନନ୍ଦ ପ୍ରକାଶ କଲୁ। ସ୍ୱାମୀ ପ୍ରକାଣ୍ଡ ହାତୀ ଯୋଡ଼ିକ ଅନୁରାଧାପୁରର ରାଜାଙ୍କ ପାଖକୁ ଭେଟି ପଠାଇଲେ। ରାଜାଙ୍କର ପୂର୍ବପୁରୁଷ ତ ଓଡ଼ିଆ। ସେ ଖୁସି ହୋଇ ଖଣ୍ଡେ ବହୁ ମୂଲ୍ୟର ରତ୍ନ ତାଙ୍କୁ ଉପହାର ଦେଇ କହି ପଠାଇଥିଲେ, ସିଂହଳରେ ହାତୀର ଅଭାବ ନାହିଁ। ଯଦି ପଠାଇ ଦେଇଛ ମୁଁ ରଖିଲି। ଫେରାଇ ଦେବା ରାଜୋଚିତ ହେଉ ନାହିଁ। ଏହି ହୀରା ଖଣ୍ଡି ତାର ବିନିମୟରେ ପଠାଇଲି। ହାତୀର ଯଥାର୍ଥ ମୂଲ୍ୟ କାଟି ଅବଶିଷ୍ଟ ଧନ ବ୍ରହ୍ମଦେଶ ଏବଂ ପୂର୍ବସାଗରର ଅନ୍ୟାନ୍ୟ ସ୍ଥାନରେ ବୌଦ୍ଧ ଧର୍ମ ପ୍ରଚାରରେ ଯେପରି ବ୍ୟବହୃତ ହୁଏ ତାହାର ବ୍ୟବସ୍ଥା କରିବ।

ବିଶେଷ ବର୍ଣ୍ଣନା କରିବା ନିଷ୍ପ୍ରୟୋଜନ। ବର୍ତ୍ତମାନ ଜୀବନର ପ୍ରଧାନ ଘଟଣା ବର୍ଣ୍ଣନା କରେ—ଯେଉଁ ଘଟଣା ସ୍ମରଣ ମାତ୍ରେ ହୃଦୟ ଆନ୍ଦୋଳିତ ହୋଇ ଉଠେ, ଇଚ୍ଛା ବିରୁଦ୍ଧରେ, ଅଲକ୍ଷ୍ୟରେ ମୋର ଏ ଶୁଷ୍କ ଚକ୍ଷୁରୁ ଲୋତକଧାରା ବହି ଆସେ। ଜଗତରେ ଯେତେ ଜଣଙ୍କ ସଙ୍ଗେ ସାକ୍ଷାତ ହେବ ସମସ୍ତଙ୍କୁ ଭଗ୍ନ ହୃଦୟର ଅସହ୍ୟ

ଆବେଗ ଶୁଣାଇ ଦେବି। କେହି ଶୁଣୁ ନ ଶୁଣୁ କେବଳ ବର୍ଣ୍ଣନା କରିବାଦ୍ୱାରା ମୋ ହୃଦୟର ଆବେଗ କମିଥାଏ। ହୃଦୟରେ ନୂତନ ଆଶା ଜାଗି ଉଠେ। କାଳେ ଯାହା ନିକଟରେ ବର୍ଣ୍ଣନା କରୁଛି ସେ ମୋ ଗଣ୍ଡିଧନର କୌଣସି ଖବର ରଖିଥିବ, କାଳେ କେବେ ଦୟାପରବଶ ହୋଇ ଦରିଦ୍ର ଭିକ୍ଷୁକ ବୋଲି, ମୋର ସେହି ହତଭାଗ୍ୟ ସନ୍ତାନକୁ ଭିକ୍ଷା ଦେଇଥିବ, ମାତ୍ର ସେ ଭିକ୍ଷା କରିବ କାହିଁକି ? ଧର୍ମର ଅବତାର ଲଳିତେନ୍ଦ୍ରଙ୍କ ଏ ରାଜ୍ୟରେ ଭିକ୍ଷା କରିବ କିଏ ? ଆଜି ସେହି ମହାତ୍ମାଙ୍କର ଚକ୍ଷୁର ଅନ୍ତରାଳରେ ସହସ୍ର ପାପକାର୍ଯ୍ୟ ସମାହିତ ହେଉଛି; ସେ କାହୁଁ ଜାଣିବେ ?

କେଶରୀ ରାଜାଙ୍କର ଛତ୍ରତଳେ ଭିକ୍ଷା ଅସମ୍ଭବ। ମୋର ସନ୍ତାନକୁ ମୁଁ ଯେଉଁ ରତ୍ନ ଉପହାର ଦେଇ ଆସିଛି, ତହିଁରେ ସେ ଆଜୀବନ ସୁଖୀ ହୋଇ ପାରିବ। ମାତ୍ର, ଯାହାଙ୍କର ହାତରେ ସନ୍ତାନ ଏବଂ ରତ୍ନ ଉଭୟ ସମର୍ପଣ କରିଛି, ସେ ଯଦି ରତ୍ନକୁ ଆତ୍ମସାତ୍ କରିବାକୁ ଯାଇ ବାଳକକୁ ହତ୍ୟା କରିଥିବେ !

ହୃଦୟ ସ୍ଥିର ହୁଅ ! ସମଗ୍ର ଜଗତ ଧ୍ୱଂସ ହେଉ, ସେଥିକି ଭ୍ରୂକ୍ଷେପ ନାହିଁ। ଜଗତରେ କଷ୍ଟ ବୋଲି କିଛି ନାହିଁ। ପୁତ୍ରର ମୃତ୍ୟୁ, ତହିଁରେ ଜନନୀର କଷ୍ଟ ହେବ କାହିଁକି ? ସେ ତ ବହୁ ଦିନର କଥା। ବନ୍ଦୀ ଶୁଣନ୍ତୁ।

ନା, ନା, ସେ କଦାପି ସେପରି ହୋଇ ନ ଥିବେ। ନାରୀର ମାନ ରଖିବାକୁ ସେ ଦେବୀରୂପେ ଉପସ୍ଥିତ ହୋଇଥିଲେ। ରମଣୀର ମାତୃତ୍ୱର ମାନ ରଖିଲେ। ବୁଦ୍ଧଦେବ ତାଙ୍କର ମଙ୍ଗଳ କରିବେ। ଜଳଦସ୍ୟୁ ହସ୍ତରୁ ସେ ମୋ ସନ୍ତାନକୁ ଉଦ୍ଧାର କରିଛନ୍ତି। ଆଜି ଶୁଣୁଥିଲି, ନାବିକମାନେ କଥାବାର୍ତ୍ତା କରୁଥିଲେ, ଖୁଣ୍ଟିଆ ଦ୍ୱୀପର ଅତି ନିକଟରେ ବୋଇତ ଅଛି। ବୁଦ୍ଧ, ଅଭାଗିନୀର ଅଧିକାର ନାହିଁ, କ୍ଷମତା ନାହିଁ, ଥରେ ମୁକ୍ତହୋଇ ତାର ପ୍ରାଣର ସନ୍ତାନକୁ ଖୋଜିବ।

କାହାନ୍ତି ମୋର ସେହି ଶାସ୍ତ୍ରପ୍ରବୀଣ ସ୍ୱାମୀ ? ତାଙ୍କୁ କି ପାପିଷ୍ଠମାନେ ଜୀବନରେ ରଖିଛନ୍ତି ? ତାଙ୍କର ହସ ହସ ମୁଖଟି ମୋର ଆଖି ଆଗରେ ନାଚି ଉଠୁଛି; ହୃଦୟ ଆନନ୍ଦରେ ବଙ୍କାଶାମ ଶିଖରୀ ଉଚ୍ଚକୁ ଉଠୁଛି, ସ୍ୱାମୀଙ୍କର କଥା ଭାବିବା ମାତ୍ରେ। ସେ କାହାନ୍ତି, ଏହି ପ୍ରଶ୍ନ ଅବୋଧ ମନକୁ ପଚାରିବା ମାତ୍ରେ ମନ ପୁଣି ନୈରାଶ୍ୟ ସାଗରରେ ବୁଡ଼ି ଯାଉଛି। ହେ ବନ୍ଦୀ, ଶୁଣ, ମୁଁ ଏହିଠାରେ ବନ୍ଦିନୀ ରହିଛି। ମୋର ପାର୍ଥିବ ପିଣ୍ଡ ନାନାପ୍ରକାର ଯନ୍ତ୍ରଣା ସହୁଛି, ମିଛ ନୁହେଁ, କିନ୍ତୁ ମାନବର ସ୍ୱାଧୀନ ମନକୁ ବନ୍ଦୀକରି ରଖି ପାରିବ କିଏ ?

ଆଜି ମୋର ସ୍ୱାଧୀନ ମନ ବିଜୁଳିଠାରୁ ଅଧିକ ଜୋର୍‌ରେ ଚାଲିଛି। କ୍ଷଣକ ମଧ୍ୟରେ ସୁଦୂର ଜାଭା ଏବଂ ସୁମାତ୍ରା ପ୍ରଭୃତି ଓଡ଼ିଆ ଉପନିବେଶମାନଙ୍କରେ ମନ

ବୁଲି ଆସୁଛି । ସ୍ୱାମୀ ମୋର ସେହିଠାରେ ଅଛନ୍ତି ପରା ! କେତେବେଳେ ସେହି ପୋହଳା ଦ୍ୱୀପର ଅନ୍ଧାରିଆ ପ୍ରାନ୍ତକୁ ଉଡ଼ି ଯାଉଛି—ସ୍ୱାମୀ ମୋର ସେହିଠାରେ ନିରୋଳାରେ ଅଙ୍କ କଷୁଥିବେ ପରା । କେତେବେଳେ ବା ମନ ଆନନ୍ଦରେ ଉଡ଼ିଯାଉଛି ଚିଲିକା କୂଳସ୍ଥ ସେହି ଦ୍ୱିତଳ ପ୍ରାସାଦକୁ । ମୋର ସ୍ନେହର ସନ୍ତାନଟି ସେହିଠାରେ ଅଛି ପରା ! କେତେବେଳେ... ...

ବନ୍ଦିନୀ, ମୁକ୍ତ ହେବାକୁ ଚାହୁଁ ? ମଣିଆକୁ ଦେଖିବାକୁ ଚାହୁ ? ମୋର ଅନୁଗମନ କର ତେବେ ।

ବନ୍ଦୀ ବହୁ ଶ୍ରମକରି ଦ୍ୱାର ଉଦ୍‌ଘାଟିତ କଲା । ସେତେବେଳକୁ ରାତ୍ରି ଢେର୍ ଅଛି । ନାବିକମାନେ ବୋଇତର ନିମ୍ନଦେଶରେ କ୍ଲାନ୍ତଶରୀର ଲମ୍ବାଇ ଦେଇଛନ୍ତି । ଦୂରରୁ ଘଣ୍ଟିର ଶବ୍ଦ ରାତ୍ରିର ନୀରବତା ଭଙ୍ଗ କରୁଛି ।

ବନ୍ଦିନୀ ଆଶ୍ଚର୍ଯ୍ୟାନ୍ୱିତ ହୋଇ ଦେଖିଲା, ଦ୍ୱାର ଖୋଲା ହୋଇଛି । ବନ୍ଦୀ ତାର ସମ୍ମୁଖରେ ଦଣ୍ଡାୟମାନ ହୋଇ ହାତ ଠାରି ତାକୁ ଡାକୁଛି । ସେ ନିକଟକୁ ଯାଇ ପଚାରିଲା, କାହିଁକି ଡାକୁଛ ?

ଧୀର ଅଥଚ ଗମ୍ଭୀର ଭାବରେ ବନ୍ଦୀ ପଚାରିଲା, ରମଣୀ ମୁକ୍ତ ହେବାକୁ ଚାହୁଁ ?

ବନ୍ଦୀର ଅପୂର୍ବ ସାହସ ଦେଖି ବନ୍ଦିନୀ ଅବାକ୍ ହେଲା । ଭୀତା ହୋଇ କହିଲା; ହଁ, କିନ୍ତୁ ଯଦି ବିନିମୟରେ ରମଣୀର ଅମୂଲ୍ୟମଣି ନ ଚାହଁ ତେବେ—ନତୁବା ଏହିଠାରେ ବନ୍ଦିନୀ ହୋଇ ରହିବାକୁ ମୁଁ ଶ୍ରେୟ ମନେ କରେ ।

ବନ୍ଦୀ ନ ହସି ରହି ପାରିଲା ନାହିଁ । କହିଲା, ଭ୍ରାନ୍ତ । ଜଣେ ବନ୍ଦୀଠାରୁ ସେ ଭୟ କରୁଛ କାହିଁକି ? ବର୍ତ୍ତମାନ ମୋର ଅନୁଗମନ କର ।

ଧୀର ପଦ ବିକ୍ଷେପ କରି ଉଭୟେ ପ୍ରକୋଷ୍ଠରୁ ବାହାରି ଆସିଲେ । କୋଠରୀ ବାହାର ଜଞ୍ଜିର ବନ୍ଦକରି ଆଣିଲେ । ଯଦି କେହି ହଠାତ୍ ଉଠି ପଡ଼େ, କୋଠରୀକୁ ଅନାଇ ବନ୍ଦୀ ଏବଂ ବନ୍ଦିନୀ ପଳାୟିତ ବୋଲି ସନ୍ଦେହ କରିବ ନାହିଁ ।

କିନ୍ତୁ ପଳାୟନର ଉପାୟ କଣ ? ଚାରିଆଡ଼େ ସମୁଦ୍ର; ଚନ୍ଦ୍ରାଲୋକ ଭେଦ କରି ଅଳ୍ପଦୂରରୁ ଖୁଣ୍ଟିଆ ଦ୍ୱୀପର ପାହାଡ଼ ଅସ୍ପଷ୍ଟ ଦେଖା ଯାଉଛି । ବାଲିଆବିଷ୍ଣୁଙ୍କର ପାହାଡ଼ ଦୂରରେ; ଢେର୍ ଦୂରରେ । ଆତ୍ମରକ୍ଷା କରିବାକୁ ପ୍ରଥମେ ଆତ୍ମଗୋପନ କରିବା ଆବଶ୍ୟକ । ଆତ୍ମଗୋପନ କରିବାର ଉପଯୁକ୍ତ ସ୍ଥାନ ଏହି ଅଦୂରସ୍ଥ ଖୁଣ୍ଟିଆ ଦ୍ୱୀପ; କିନ୍ତୁ ଖୁଣ୍ଟିଆ ଦ୍ୱୀପକୁ ଯିବେ କିପରି ? ବନ୍ଦୀ ଯଦି ଏକା ହୋଇଥାନ୍ତା, ଭୟର କୌଣସି କାରଣ ନ ଥିଲା । ସମୁଦ୍ର ମଧ୍ୟକୁ ଲମ୍ଫ ପ୍ରଦାନ କରି ପହଁରି ପହଁରି ସହଜରେ ଚାଲି ଯାଇ ପାରନ୍ତା । ବନ୍ଦିନୀକୁ ସେ ମୁକ୍ତ କରି ତା'ର ମନରେ ଏତେ ଆଶା ଦେଇଛି, ତା'

ତ ସେ କରି ପାରିବ ନାହିଁ। ଯଦି କେବଳ ନିଜ ଜୀବନ ରକ୍ଷା କରିବାକୁ ଲମ୍ଫ ପ୍ରଦାନ କରି ପଳାଏ, ତେବେ, ବୃଥା ଆଶା ଦେଲା ନାହିଁକି? ଯଦି ମାତା ପୁତ୍ରଙ୍କର ମିଳନ ଘଟାଇ ପାରେ କି ଆନନ୍ଦ ଉଭୟଙ୍କ ମନରେ ନ ହେବ? ମାତ୍ର ଉପାୟ?

କୌଣସି ସୁବିଧାଜନକ ଉପାୟ ଦେଖାଗଲା ନାହିଁ। ବୋଇତରେ ଛୋଟ ଛୋଟ ନୌକା ଅନେକ ଥିଲା। ମାତ୍ର ପ୍ରତ୍ୟେକେ ଉତ୍ତମରୂପେ ବନ୍ଧା। ଏକାକୀ ଖୋଲିବାକୁ ଗଲେ ଲୋକେ ଜାଗି ଉଠିବେ।

କାଳବିଳମ୍ବ କରିବାର ସମୟ ନ ଥିଲା। ହଠାତ୍ ଲୋକଟିର ମୁଣ୍ଡରେ ଗୋଟାଏ ବୁଦ୍ଧି ଖେଳିଗଲା। ସେ ରମଣୀକୁ କହିଲା, ମୋର ଆଦେଶ ପାଳନ କରି ସମୁଦ୍ର ମଧ୍ୟକୁ ଡେଇଁ ପଡ଼। ମୁଁ ଅନୁଗମନ କରୁଛି।

ରମଣୀ ଦୋଦୋପାଞ୍ଚ ହେଲା; କିନ୍ତୁ ଆଦେଶ ପାଳନ କରି ସମୁଦ୍ର ମଧ୍ୟକୁ ଲମ୍ଫ ପ୍ରଦାନ କଲା।

ଲୋକଟି ମଧ୍ୟ କ୍ଷଣେ ମାତ୍ର ଅପେକ୍ଷା ନ କରି ରମଣୀର ପଛେ ପଛେ ଲମ୍ଫ ଦେଲା।

ଭଜନା ଭାବିଲା, ମନୁଷ୍ୟ ଉପରେ ଯେଉଁ ନରାଧମମାନେ ଅତ୍ୟାଚାର କରିବାକୁ ଟିକିଏ ହେଲେ କୁଣ୍ଠିତ ନୁହନ୍ତି, ସେମାନେ ମନୁଷ୍ୟ ପଦବାଚ୍ୟ ନୁହନ୍ତି। ଯେଉଁମାନେ ପରଧନ ଅପହରଣ କରିବାକୁ ଜୀବନକୁ ମଧ୍ୟ ଖାତିର ନ କରନ୍ତି ସେମାନେ ତ ସହଜରେ ପ୍ରକୃତିର ଭଣ୍ଡାରରୁ ଧନ ଆହରଣ କରି ପାରନ୍ତେ। ଏଠାରେ ନିରୀହ ସ୍ୱଦେଶୀଙ୍କ ଉପରେ ଅତ୍ୟାଚାର ନ କରି ପୋହଳା ଦ୍ୱୀପମାଳକୁ ଯାଇ ପୋହଳା ସଂଗ୍ରହ କରନ୍ତେ କିମ୍ବା ସକଳ ଦ୍ୱୀପରୁ ହାତୀଦାନ୍ତ ଆଣି ବଣିଜ ଚଳାଇ ଲାଭବାନ୍ ହୁଅନ୍ତେ। ପରିଶ୍ରମ କରି ମନୋମତ ଧନ ପାଇ ପାରନ୍ତେ। ସମସ୍ତେ ଯଦି ବାଲିଦ୍ୱୀପର ଅଗଙ୍ଗ ପର୍ବତ ଉତ୍ତମରୂପେ ପରୀକ୍ଷା କରନ୍ତେ ଏବଂ ପ୍ରତ୍ୟେକ ସ୍ଥାନ ଖୋଜନ୍ତେ, ଚୀନ୍ ରାଜା ସମ୍ପତ୍ତି ସହଜରେ ଲାଭ କରି ପାରନ୍ତେ। ବଡ଼ଲୋକ ହେବାର ଇଚ୍ଛା ଥିଲେ, ଆଜି ଏହି ନିଶୀଥରେ ଯେଉଁ ସାହସରେ ସ୍ୱଦେଶୀଙ୍କୁ ଆକ୍ରମଣ କଲେ, ଠିକ୍ ସେତିକି ସାହସର ସହିତ ସୁମାତ୍ରା, ଜାଭା ଓ ବାଲିଦ୍ୱୀପମାନଙ୍କରେ ଆଦିମ ଅଧିବାସୀ, ଅସଭ୍ୟ, ଅନାର୍ଯ୍ୟ, ତ୍ରିପଣ୍ଡ କଳା ଜଉନମାନଙ୍କୁ ଆକ୍ରମଣ କରି, ବଶୀଭୂତ କରି ରାଜ୍ୟସ୍ଥାପନ କରି ପାରନ୍ତେ। ଆଦିମ ଅଧିବାସୀ ବାମନମାନଙ୍କୁ ଶିକ୍ଷିତ କରାଇ, ରାଜା ହୋଇ, ନିଜର ଗୌରବ ଓ

ଜାତିର ଟେକ ବଢ଼ାଇ ପାରନ୍ତେ। ଅସଭ୍ୟ ସମାଜକୁ ଶିକ୍ଷିତ କରାଇ ପୃଥିବୀର ମଙ୍ଗଳ କରନ୍ତେ।

ଏ ସମସ୍ତଙ୍କ କଥା ବୋଧହୁଏ ସେମାନେ ଜାଣନ୍ତି ନାହିଁ। ଏହି ତ, ସେମାନେ ନିକଟରେ ହେଲେଣି। ଏ ସମସ୍ତ କଥା ସେମାନଙ୍କୁ ଜଣାଇ ଦେବି। କେଜାଣି ବା ସେମାନଙ୍କ ମନୋଭାବରେ ପରିବର୍ତ୍ତନ ଘଟିପାରେ। ଶିବିକା ବୋଧହୁଏ ବର୍ତ୍ତମାନ ବହୁ ଦୂରରେ ହୋଇ ଯିବଣି। ଆଉ ଭୟର କାରଣ ନାହିଁ। ଅସାବଧାନତା ଯୋଗୁ ପ୍ରାଣର ସନ୍ତାନଟିକୁ ସେ ରମଣୀ ହରାଇ ବସିଲା ସିନା।

ଦସ୍ୟୁଦଳ ନିକଟବର୍ତ୍ତୀ ହେଲେ। ଗର୍ବରେ ଛାତି ଫୁଲାଇ ସମୁଦ୍ରକୂଳଆଡ଼େ ଚାଲି ଚାଲି ଆନନ୍ଦରେ ନିଜ ନିଜ ମଧ୍ୟରେ ଗଳ୍ପ କରୁଥିଲେ। ରମଣୀକୁ ହସ୍ତଗତ କରି ପାରିଲେ ନାହିଁ ଏତିକି ଦୁଃଖ ସେମାନଙ୍କ ମନରେ ରହି ଯାଇଥିଲା। ମାତ୍ର ସେମାନେ ଯେଉଁ ନିମନ୍ତେ ପଠାଯାଇ ଥିଲେ ତାହା କେତେକ ପରିମାଣରେ ସାଧନ କରି ପାରିଛନ୍ତି। ସେମାନଙ୍କ ପ୍ରଭୁ ନିଶ୍ଚୟ ସନ୍ତୁଷ୍ଟ ହେବେ। ଏହି ସମସ୍ତ ବିଷୟ କଥୋପକଥନ କରି ଯାଉଁ ଯାଉଁ ହଠାତ୍ ଦେଖିବାକୁ ପାଇଲେ କିଏ ଜଣେ ସେମାନଙ୍କ ସମ୍ମୁଖରେ ଦଣ୍ଡାୟମାନ।

ଭଜନା ସେମାନଙ୍କର ସମ୍ମୁଖୀନ ହେଲା। ମନରେ ଅତୁଳ ସାହସ। ସେ ଲୋକଙ୍କୁ ଚକିତ କରି ଆଦେଶ ସୂଚକ ସ୍ୱରରେ କହିଲା, ଯେଉଁଠାରେ ଅଛ ସେହିଠାରେ ଦଣ୍ଡାୟମାନ ହୁଅ। ମୋର କେତୋଟି କଥା ପଚାରିବାର ଅଛି। ଉତ୍ତର ଦିଅ।

ଭଜନାର ଆଦେଶରେ ସମସ୍ତେ ସ୍ତମ୍ଭୀତ ହେଲେ। ରାତ୍ରିର ଏତେବଡ଼ ଡକାଏତିରେ କେହି ତାଙ୍କର ବିପକ୍ଷରେ ଠିଆ ହୋଇ ବାଧା ଦେଇ ନ ଥିଲା। ଯଦି ସେମାନଙ୍କର ସମକକ୍ଷ ଅନେକ ଲୋକ ଆସି ଏକାଥରେ ବାଧା ଦେଇଥାନ୍ତେ ସେମାନେ ଏତେ ଅବାକ୍ ହୋଇ ନ ଥାନ୍ତେ, ଭୀତ ହୋଇ ନ ଥାନ୍ତେ। କିନ୍ତୁ, ମୋଟେ ଜଣେ ଲୋକ। ସେ ଜଣକ ପ୍ରଭୁର ଆଦେଶ ପରି ଆଦେଶ ଦେଉଛି। ସମସ୍ତେ ଯେଉଁ ସ୍ଥାନରେ ଥିଲେ, ସେହି ସ୍ଥାନରେ ଠିଆହୋଇ ରହିଲେ। ସେମାନଙ୍କ ମଧ୍ୟରୁ କିଏ ଜଣେ ସାହସ କରି ପଚାରିଲା, ଆପଣ କିଏ ?

ଭଜନା ନ ହସି ରହି ପାରିଲା ନାହିଁ। ସେ ଆଜି ଆପଣ ହୋଇଛି। ଭାବିଲା, ଯେ ଅନ୍ୟ କାର୍ଯ୍ୟକରି ପରର ସ୍ୱାଧୀନତା ହରଣ କରିଥାଏ, ଯେଡ଼େ ସାହସୀ ହେଲେ ମଧ୍ୟ ହଠାତ୍ ତାର ଭୟ ହୁଏ। ସେ ଗମ୍ଭୀର ଭାବରେ ଉତ୍ତର ଦେଲା, ମୁଁ କିଏ ଜାଣିବାକୁ ଚାହଁ? ମୁଁ ଏହି ବିସ୍ତୀର୍ଣ୍ଣ ବାଲୁକା ପ୍ରାନ୍ତରର ରାଜା। ଆଉ ଯଦି ଅଧିକା ଜାଣିବାକୁ ଚାହଁ, ମୁଁ ଏତିକି କହିପାରେ ଯେ ମୁଁ ମହାପ୍ରତାପୀ କଳିଙ୍ଗ ରାଜବଂଶର ଜଣେ ସାମାନ୍ୟ

ପ୍ରଜା। ଯାହାଙ୍କର କୀର୍ତ୍ତି କେବଳ ଭାରତ ସାରା ନୁହେଁ, ସମଗ୍ର ଜଗତରେ ଆଜି ପରିଚିତ, ମୁଁ ସେହି ମହାତ୍ମା ଲଳିତେନ୍ଦ୍ର କେଶରୀଙ୍କର ଅନାଦିଷ୍ଟ ପ୍ରତିନିଧି।

ଆମ୍ଭମାନଙ୍କର ଗତିରୋଧ କଲ କାହିଁକି ?

ବନ୍ଧୁ ଭାବରେ ଏତିକି ଜଣାଇ ଦେବାକୁ ଯେ, ତୁମର ଏ କାର୍ଯ୍ୟ ମନୁଷ୍ୟୋଚିତ ହୋଇ ନାହିଁ। ଯଦି ଧନ ପାଇବାର ଇଚ୍ଛା ଥାଏ, ଚୋରପରି ନିକୃଷ୍ଟକାର୍ଯ୍ୟ କରି, ମନୁଷ୍ୟର ଅମୂଲ୍ୟ ଜୀବନ ବିନିମୟରେ ଧନ ନେଇ, ସମାଜରେ ପ୍ରତିଷ୍ଠା ଲାଭ କରି ନ ପାର ! ଜୀବ ହିଂସା କରିବା ଉଦ୍ଦେଶ୍ୟ ଥିଲେ, ମୋପରି ସମୁଦ୍ର ଗର୍ଭରୁ ଅଜସ୍ର ମାଛ ଧରି ପାର। ଜଗତରେ ଏତେ ବଣ ଜଙ୍ଗଲ ଅଛି। ତହିଁରେ ଶତ ଶତ ହିଂସ୍ରକ ପ୍ରାଣୀ ଅଛନ୍ତି। ସେହିମାନଙ୍କୁ ବଧ କଲେ ତମର ଜୀବହଂସା କରିବାର ଆଶା ମେଣ୍ଟିବ। ଧନ ପାଇବାର ଇଚ୍ଛା ଥିଲେ, ମୁଁ ସହଜ ଉପାୟ ବତାଇ ଦେବି। ଯାଅ ପୋହଳା ଦ୍ୱୀପକୁ ପୋହଳା ଆଣ, ଯାଅ ମସଲା ଦ୍ୱୀପମାଳକୁ ମସଲା ଆଣ, ସିଂହଳକୁ ଯାଅ ହାତୀଦାନ୍ତ, ମୁକ୍ତା ଆଣି ବ୍ୟବସାୟ କର। ଦେଖିବ ଅଳ୍ପ ଦିନରେ ତୁମ୍ଭେମାନେ କୁବେର ହୋଇ ଉଠିବ। ଆଉ ଯଦି ରାଜ୍ୟ ସ୍ଥାପନ କରିବାର ଇଚ୍ଛାଥାଏ, ଏହି ବିଶାଳ ପୃଥିବୀରେ ରାଜ୍ୟର ଅଭାବ ନାହିଁ। ଅଭାବ ଅଛି ଇଚ୍ଛା ଏବଂ ସାହସର। ତମରି ଭାଇମାନେ ଯାଇ ସୁଦୂର ସୁମାତ୍ରା, ଜାଭା, ଲୋମ୍ବୋକ, ବୋର୍ଣ୍ଣିଓ ଏବଂ ସେଲବିସ୍ ପ୍ରଭୃତି ଦ୍ୱୀପମାନଙ୍କର ଆଦିମ ଅଧିବାସୀମାନଙ୍କୁ ବଶୀଭୂତ କରି ରାଜ୍ୟ ସ୍ଥାପନ କରିଛନ୍ତି, ବସତି ସ୍ଥାପନ କରିଛନ୍ତି। ଆର୍ଯ୍ୟ ସଭ୍ୟତା ଓ ଆର୍ଯ୍ୟ ଧର୍ମର ପ୍ରଚାର କରି ନିଜକୁ ଧନୀ ଓ ଧନ୍ୟ କରିଛନ୍ତି। ଦେଶକୁ ସମୃଦ୍ଧିଶାଳୀ କରିଛନ୍ତି। ଆଜି ବ୍ରହ୍ମ ଦେଶରେ ଦେଖ, ଇରାବତୀ ନଦୀ କୂଳରେ ତମର ପୂର୍ବପୁରୁଷ ତ୍ରିପୁସା ଏବଂ ଭଲ୍ଲିକଙ୍କର ବଂଶଧରମାନେ କିପରି ରାଜ୍ୟ ସ୍ଥାପନ କରି, ମହାପରାକ୍ରମଶାଳୀ ରାଜା ହୋଇ ଉଠିଛନ୍ତି। ତଥାପି ତମପାଇଁ ଆଜି ଯଥେଷ୍ଟ ସ୍ଥାନ ରହିଛି। ରାଜା ହେବାର ଇଚ୍ଛା ଥିଲେ ଶୀଘ୍ର ଯାଅ। ଯଦି ଆହୁରି ସହଜରେ ଧନ ଲାଭ କରିବାର ଇଚ୍ଛା ଥାଏ, ଯାଅ ବାଲିଦ୍ୱୀପର ଅଗଙ୍ଗ ପର୍ବତକୁ। ଜଣେ ଚୀନ୍ ରାଜା ସେହି ଅଗଙ୍ଗ ପର୍ବତର କୌଣସି ଗୋଟିଏ ସ୍ଥାନରେ ତାଙ୍କର ବିପୁଳ ଧନ ରତ୍ନ ପୋତି ରଖିଛନ୍ତି। ସେ ଅପୁତ୍ରକ ଥିଲେ। ତୁମ୍ଭେମାନେ ସେଠାକୁ ଯାଇ ଖୋଜିଲେ ସେ ଧନ ପାଇ ପାରିବ। ଧନୀ ହୋଇ ପାରିବ। ମୋର ଉପଦେଶ ପାଳନ କରିବ କି ଭାଇମାନେ ?

ଭଜନାର କଥା ଦସ୍ୟୁଙ୍କର ହୃଦୟ ତରଳାଇ ପାରିଲା ନାହିଁ। ସେମାନଙ୍କ ମଧ୍ୟରୁ ଜଣେ ଗର୍ଜ୍ଜନ କରି କହିଲା, ଭୟ ହେଉନାହିଁ ମୂର୍ଖ, ଏକାକୀ ସାକ୍ଷାତ ଯମଦୂତଙ୍କ ସମ୍ମୁଖୀନ ହୋଇ ଗତିରୋଧ କରିବାକୁ ଇଚ୍ଛା କରୁଛ। ପାଗଳ ପରି ଯାହା ଇଚ୍ଛା ତାହା

ଗୁଡ଼ାଏ ବକି ଆମ୍ଭମାନଙ୍କୁ ଉପଦେଶ ଦେବାକୁ ସାହସ କରୁଛୁ? ଏପରି ଉପଦେଶ ଆମେ ଶୁଣିଛୁ। ବାଟ ଛାଡ଼ି ଆଡ଼ ହୋଇ ଯା।

ଭଜନା କହିଲା ମୋର କଥା ତମର ମନ ଘେନିଲା ନାହିଁ। ସେଥିପାଇଁ ମୋର ଚିନ୍ତା ନାହିଁ। ଯାହା କହିଲି ଭୟ, ସେ ଭୟ ମୋଠାରେ ନାହିଁ। ମୁଁ ସତ୍ ପଥରେ ଯାଉଁ ଯାଉଁ ଯଦି ମୃତ୍ୟୁ ଆସେ ଆନନ୍ଦରେ ବରଣ କରିବି।

କିଏ ଜଣେ ଥଟ୍ଟାକରି କହିଲା ହଉ, ବର୍ତ୍ତମାନ ଆତ୍ମସମର୍ପଣ କରିବାକୁ ପ୍ରସ୍ତୁତ ହୁଅ।

ମୁଁ କେବେ ଆତ୍ମସମର୍ପଣ କରି ନାହିଁ। ଦେହରେ ବୁନ୍ଦାଏ ରକ୍ତ ଥିବାଯାଏ ସଂସାରର ମଙ୍ଗଳ କରିବାରେ ନିଯୁକ୍ତ ଥିବି—ସେଥିରେ ମୋ'ର ଜୀବନ ଯାଉ ପଛେ। ପ୍ରସ୍ତୁତ ହୁଅ। ମୁଁ ଏକାକୀ—ତୁମେ ଅନେକ।

ଏତିକି କହି ପଛପାଖେ ଅଣ୍ଟାରେ ଝୁଲୁଥିବା ତରବାରି ଆଣିବାକୁ ଦକ୍ଷିଣ ହସ୍ତ ବଢ଼ାଇଲା। ଆଶ୍ଚର୍ଯ୍ୟ। କିଏ ଜଣେ ପଛଆଡୁ ତା'ର ହାତ ଧରି ପକାଇଛି, ସେ ଆଉ ହାତ ଟାଣି ଆଣି ପାରିଲା ନାହିଁ। ପଛକୁ ଚାହିଁ ଦେଲା। ସଙ୍ଗେ ସଙ୍ଗେ ଅନେକ ଲୋକ ଆସି ତା'ର ଚାରିଆଡ଼େ ଘେରିଗଲେ। ଆଉ ଉପାୟ ନାହିଁ। ଭଜନା ଏଥର ବନ୍ଦୀ! ତାର କହିବା କଥା ମୁହଁରେ ହିଁ ରହିଲା।

କିଏ ଜଣେ ତା'ର ଦାଢ଼ିଟାଣି ମୁଣ୍ଡ ହଲାଇ କହିଲା, ଏଥର ଆତ୍ମସମର୍ପଣ କରିବେ ତ ଭଦ୍ର ଲୋକ?

ଭଜନା ରାଗି କରି କହିଲା, ମୁଁ କହି ଦେଇଛି, ଦେହରେ ବୁନ୍ଦାଏ ରକ୍ତ ଥିବାଯାଏ ଆତ୍ମସମର୍ପଣ କରି ନ ପାରେ। ତୁମ୍ଭେମାନେ ଚୋର, ମୋତେ କୌଶଳରେ ବନ୍ଦୀ କରିଛ। ମୋତେ ଥରେ ମୁକ୍ତ କରିଦିଅ, ମୁଁ ଏକାକୀ ତୁମ୍ଭମାନଙ୍କ ସଙ୍ଗେ ଯୁଦ୍ଧ କରିବାକୁ ପ୍ରସ୍ତୁତ ଅଛି।

ଏତେ ଅତୁଆରେ ପଶିବୁ କାହିଁକି? ସହଜରେ ତ ତୋତେ ବନ୍ଦୀ କରିଛୁଁ।

କିଏ ଜଣେ ଥଟ୍ଟାକରି କହିଲା, ହୈଯୋ, ତୁ ଏହି ବାଲୁକା ପ୍ରାନ୍ତରର ରାଜାଙ୍କୁ ତୁ ବୋଲି ସମ୍ବୋଧନ କରୁଛୁ। ମା କାଳୀଙ୍କର ପ୍ରସାଦ ନିମନ୍ତେ ଏପରି ଜଣେ ଲୋକ ଦରକାର। ଆଉ ବିଳମ୍ବ କାହିଁକି? ସମ୍ରାଟଙ୍କ ଦେହରୁ ସମସ୍ତ ରକ୍ତ ପଦାକୁ କାଢ଼ି ଦିଆଯାଉ। ସେ ଆତ୍ମସମର୍ପଣ କରନ୍ତୁ।

ଅନ୍ୟ ଜଣେ ରାଗିକରି କହିଲା, ଦେଖ, ତମେମାନେ ଭାରି ଅଭଦ୍ର। ବାଜେ କଥାରେ ପ୍ରୟୋଜନ କ'ଣ। ଆମ୍ଭେମାନେ ତାଙ୍କୁ ବନ୍ଦୀ କରିଛୁ। ବଣିକଙ୍କର ଆଦେଶ, ଯେଉଁ ବନ୍ଦୀ ସାହସୀ ବଳବାନ୍ ତାଙ୍କୁ ହତ୍ୟା କରିବାର ଅଧିକାର ଆମଠାରେ ନାହିଁ।

ବଣିକ ନିଜେ ଦଣ୍ଡାଜ୍ଞା ପ୍ରଦାନ କରିବେ। ତେବେ ବର୍ତ୍ତମାନ ବଣିକଙ୍କ ନିକଟକୁ ତାମ୍ରଲିପ୍ତ ଯିବା ଯାଏ ଏହାକୁ ବନ୍ଦିନୀ ସଙ୍ଗେ ରଖାଯାଉ। ଯାହା ଆଦେଶ କରିବେ, ତାହା କରାଯିବ। ତମରିମାନଙ୍କ ମଧ୍ୟରେ ଅନେକ ଅଛନ୍ତି, ଯେଉଁମାନେ ପ୍ରଥମେ ବଣିକଙ୍କ ବୋଇତରେ ବନ୍ଦୀ ଥିଲେ। ମୁଁ ତ ନିଜେ ଜଣେ ଥିଲି। ୟାକୁ ନେଇ ଚାଲ। ଡେରି କରିବା ମଙ୍ଗଳ ଜନକ ନୁହେଁ। ହୁଏ ତ ଯେ ଦିନେ ଆମର ଜଣେ ବନ୍ଧୁ ହୋଇପାରେ।

ସେ ତ କେବକାର କଥା। ୟାକୁ ଏବେ ରଖିବ କେଉଁଠି ?

ଯେଉଁଠାରେ ବନ୍ଦୀମାନେ ରହନ୍ତି।

ସେଠି ଯେ ବନ୍ଦିନୀ ରହିଛି।

ରହୁ ନା, ୟା ପୂର୍ବରୁ ତ ଅନେକ ବନ୍ଦୀ ଦିନେ ଦିନେ ରହି ଆସିଛନ୍ତି। କ୍ଷତି କ'ଣ ହେଲା। ସେମାନେ ଯେ ଦିନେ ରହି ଆରଦିନ ହାଣ ଖାଉଥିଲେ। ୟାକୁ ଅନେକ ଦିନ ରଖିବାକୁ ହେବ, ଏ ଭିତରେ ଯଦି ମହାତ୍ମା... ...। କଥା ଶେଷ ହେବା ପୂର୍ବରୁ ଅନ୍ୟମାନେ ହିଁ ହିଁ ହୋଇ ହସି ପକାଇଲେ। ଭଜନା ଆବଦ୍ଧ ସିଂହ ପରି ଗର୍ଜନ କରି କହିଲା, ନରାଧମ, ଭଜନା ତମରିମାନଙ୍କ ପରି ପଶୁ ନୁହେଁ।

ଆହା ହା, ମରି ଯାଉଥାଏଁ କି। ମୁହଁ ଟିକେ ଟେକିଲୁ, ତୋର ଦାଢ଼ିଆ ମୁହଁକୁ ଟିକିଏ ଦେଖେଁ। ଏତିକି କହି ଭଜନାର ଚୁଟି ଧରି ମୁଣ୍ଡ ବଙ୍କାଇ ଦେଲା ଏବଂ କହିଲା, ହଁ, ମୁହଁଟି ତ ବେଶ୍ ସୁନ୍ଦର। ୟାକୁ ଦେଖି ତ ସେ ଏକାଥରକେ ମୋହ ହୋଇଯିବ।

ଅନ୍ୟ ଜଣେ କହିଲା ସେ ସେପରି ନୁହେଁ। ବଣିକଙ୍କଠୁଁ ତାକୁ ମାଗି ରଖିଥିଲା। ଆମର ସବୁ ପ୍ରଲୋଭନ, ସବୁ ଭୟ ବୃଥା ହେଲା। ସେ ବରଂ ସେହି ଅନ୍ଧାରୁଆ କୋଠରୀରେ ସଢ଼ି ବଢ଼ି ମରିବ, ପଦାକୁ ଆସି ସ୍ୱାଧୀନ ହୋଇ ଆମର କଥା କରିବ ନାହିଁ। ତାକୁ ଏଥର ବଣିକଙ୍କୁ କହି ଆଣ୍ଡାମାନ୍ ପଠାଇ ଦେବା ଏବଂ ଆଉ ଦୁଇଜଣ ଆଣିବା।

ଏହିପରି କଥୋପକଥନ କରି ବନ୍ଦୀ ସହ ସମୁଦ୍ର କୂଳକୁ ଗଲେ।

ଭଜନା ବନ୍ଦିନୀ ଥିବା କୋଠରୀରେ ବନ୍ଦୀ ହୋଇ ଚିନ୍ତା କଲା, କିପରି ନିଷ୍ଠୁରମାନଙ୍କ ହାତରୁ ମୁକ୍ତ ହୋଇଯିବ। ସେମାନଙ୍କ କଥାରୁ ସେ ବୁଝିପାରିଥିଲା ଯେ, ତାକୁ ବନ୍ଦୀ ହୋଇ ଅନେକ ଦିନ ରହିବାକୁ ପଡ଼ିବ। ପରେ ତାର ଭାଗ୍ୟରେ କ'ଣ ଅଛି ସ୍ଥିର କରି ପାରିଲା ନାହିଁ। ଦସ୍ୟୁ ବଣିକ ହୁଏ ତ ତାର ମୃତ୍ୟୁ ଦଣ୍ଡ ଆଦେଶ କରି ପାରନ୍ତି। ଯଦିବା ମୁକ୍ତ କରନ୍ତି, ତେବେ ତାକୁ କ୍ରୀତଦାସ ପରି ତାଙ୍କର ଆଜ୍ଞା ପ୍ରତି

କଥାରେ ପାଳନ କରିବାକୁ ହେବ। ସେ ଏହି ଦୁରାଚାର ଦସ୍ୟୁମାନଙ୍କର ପରି ଜଣେ ହୋଇ ରହିବ। ସେ ତ ଚାହେଁନା ତୁଚ୍ଛଜୀବନ ନିମନ୍ତେ ବିବେକର ବିପକ୍ଷରେ ଯାଇ ନିରୀହ ଲୋକଙ୍କ ଉପରେ ଅତ୍ୟାଚାର କରିବ। ସେ ଯଦି ସ୍ୱୀକାର କରେ ତାଙ୍କର ଦଳରେ ରହିବାକୁ, ତାକୁ ମୁକ୍ତ କରିବେ ସତ, କିନ୍ତୁ କି କାମରେ ଲଗାଇବେ ସେ ତାହା ଜାଣେନା। କେଜାଣିବା କିଛି ଅଧିକାର ଦେଲେ "ଶଠେ ସାଠ୍ୟଂ ସମାଚରେତ୍" କରି ପଳାଇ ଯାଇ ମୁକ୍ତ ହେବ।

ବନ୍ଦିନ ଯେତେବେଳେ ତାର ଦୁଃଖପୂର୍ଣ୍ଣ ଜୀବନ ବର୍ଣ୍ଣନା କରୁଥାଏ, ଭଜନା କବ୍‌ଜା କାଟିବାରେ ନିଯୁକ୍ତ ଥାଏ। ବନ୍ଦିନୀ ବିଷୟରେ ସେ ଆଗରୁ ପଦେ ଅଧେ କଥା ଶୁଣିଥିଲା। ସେ ସେଠାରେ କେଉଁ ଉଦ୍ଦେଶ୍ୟ ସାଧନ କରିବାକୁ ରକ୍ଷିତା ଥିଲା, ତାହା ଭଜନା ଜାଣି ପାରିଥିଲା ଦସ୍ୟୁମାନଙ୍କ କଥାରୁ।

ବନ୍ଦିନୀର ଜୀବନୀ ସେ ସମ୍ପୂର୍ଣ୍ଣ ରୂପେ ଶୁଣି ନ ଥିଲେ ମଧ୍ୟ ଯାହା ଶୁଣିଲା, ସେତିକିରେ ବେଶ୍ ବୁଝି ପାରିଥିଲା, ଏ ମଣିଆର ମା। ତାର ବର୍ଣ୍ଣିତ ଜୀବନ ସଙ୍ଗେ ରୂପେଈର ସବୁ ବର୍ଣ୍ଣନା ମିଳି ଯାଇଥିଲା। ତେଣୁ ଭଜନାର ମନ ଆନନ୍ଦରେ ନାଚି ଉଠିଲା। ସେ ନିଜର ମୁକ୍ତି ସଙ୍ଗେ ମଣିଆର ଜନନୀକୁ ମଧ୍ୟ ମୁକ୍ତ କରିବାକୁ ଚେଷ୍ଟା କଲା। ସେ ସମସ୍ତ କଥା ବୁଝି ପାରିଲା, କିନ୍ତୁ ରମଣୀକୁ ସନ୍ତାନ ବିଷୟରେ କୌଣସି କଥା କହିଲା ନାହିଁ। କହିବାକୁ ଅବସର ନ ଥିଲା।

ଏହାପରେ ଭଜନା କିପରି ମୁକ୍ତ ହେଲା ଏବଂ କିପରି ବନ୍ଦିନୀକୁ ମୁକ୍ତିର ଆଶା ଓ ସନ୍ତାନ ଦେଖିବାର ଆଶା ଦେଇ ମୁକ୍ତ କଲା ସେ କଥା ପୂର୍ବେ କୁହା ଯାଇଛି।

ଉଭୟେ ସମୁଦ୍ର ବକ୍ଷକୁ ଡେଇଁ ପଡ଼ିଥିଲେ।

ସମୁଦ୍ର ତରଙ୍ଗ ଭେଦ କରି ଭଜନା ରମଣୀକୁ ପୃଷ୍ଠ ଦେଶରେ ବହି ଖୁଣ୍ଟିଆ ଦ୍ୱୀପ ଅଭିମୁଖେ ପହଁରି ପହଁରି ଚାଲିଲା। ସେତେବେଳକୁ ରାତ୍ରି ଶେଷ ପ୍ରାୟ। ପଶ୍ଚିମ ସମୁଦ୍ରର ଗର୍ଭ ଆଡ଼କୁ ଚନ୍ଦ୍ର ଧୀରେ ଧୀରେ ଅଗ୍ରସର ହେଉଛନ୍ତି। ଏଣେ ପୂର୍ବଦିଗ ଆଲୋକିତ ହେଲାଣି। ପବନ ବାଜି ତରଙ୍ଗଗୁଡ଼ିକ ଅଧିକ ଅସ୍ଥିର ହୋଇ ବେଳାଭୂମି ଆଡ଼କୁ ଦ୍ରୁତଗତିରେ ଧାଇଁଛନ୍ତି। ଭଜନା ପ୍ରକୃତିର ନିର୍ଦ୍ଦୟ ଅତ୍ୟାଚାର ନ ମାନି, ଦ୍ୱିଗୁଣ ଉତ୍ସାହରେ ପହଁରି ଚାଲିଛି। ସେ ସମୁଦ୍ର ସଙ୍ଗେ ଚିରପରିଚିତ—ସମୁଦ୍ରକୁ ଭୟ କରିବ କିଆଁ ? କଟିଦେଶରେ ଝୁଲୁଥିବା ତରବାରି ତାକୁ ଗତିରେ ବାଧା ଦେଲା। ଭଜନା ଭାବିଲା ତରବାରିଟାକୁ ଖୋଲି ପକାଇବ, ମାତ୍ର ଯେତେବେଳ ଯାଏ ସମ୍ପୂର୍ଣ୍ଣ ମୁକ୍ତ ନ ହୋଇଛି, ତାର ଏକମାତ୍ର ସହାୟ ତରବାରଟିକୁ ହାତଛଡ଼ା କରିବାକୁ ଇଚ୍ଛା କଲା ନାହିଁ। କିଏ ଜାଣିଛି ପଥରେ ଆହୁରି ବିପଦ ଅଛି କି ନାହିଁ ?

ଖୁଣ୍ଟିଆ ଦ୍ୱୀପ ଆହୁରି ଅନେକ ଦୂରରେ। ଭଜନା କ୍ଳାନ୍ତ ହୋଇ ପଡ଼ିଲା। ନିକଟରେ ସମୁଦ୍ର ଉପରେ ତମ୍ୱାର ଢୋଲଟି ଥରି ଥରି ଘଣ୍ଟି ବଜାଉଛି। ଏହା ଭଜନାର କୀର୍ତ୍ତି। ଢୋଲର କିଛି ଦୂରରେ ସମୁଦ୍ର ଭେଦ କରି ଖଣ୍ଡେ ଅକର୍ମଶିଳା ସମୁଦ୍ର ଉପରକୁ ଚାଖଣ୍ଡେ ଉଠିଛି।

ଭଜନା ଖୁସି ହେଲା। ଭାବିଲା, ଯେଉଁ ଶିଳା ତାର ଜନ୍ମକାଳରୁ ସହସ୍ର ସହସ୍ର ବୋଇତ ଭାଙ୍ଗି ଅଗଣନ ଲୋକଙ୍କର ଜୀବନ ନାଶ କରିଛି, ଆଜି ସେହି ଶିଳା ତାକୁ ଆଶ୍ରୟ ଦେବ। ରମଣୀକୁ ପଚାରିଲା, ପହଁରି ଜାଣ? ରମଣୀ ଉତ୍ତର ଦେଲା—ନାଁ।

ଶିଳା ନିକଟରେ ହେଲେ ମଧ୍ୟ ଭଜନା କ୍ଳାନ୍ତ ହୋଇ ପଡ଼ିଲାଣି। ରମଣୀକୁ ପିଠିରୁ ଓହ୍ଲାଇ କାନ୍ଧରେ ବସାଇଲା। କିନ୍ତୁ ସେ କାନ୍ଧରେ ନ ବସି ନିଜର ଦେହକୁ ସମୁଦ୍ର ଜଳରେ ଭସାଇ ଦୁଇହାତରେ ଭଜନାର ଅଣ୍ଟାକୁ ଧରିଲା। ସମ୍ପୂର୍ଣ୍ଣ ବୋଝରୁ ରକ୍ଷା ପାଇ ଭଜନା ଟିକିଏ ସୁସ୍ଥ ବୋଧକଲା ଏବଂ ସମୁଦ୍ର ମଧ୍ୟସ୍ଥ ଶିଳା ଆଡ଼କୁ ପହଁରି ଚାଲିଲା।

ଶିଳା ଉପରେ ରମଣୀକୁ ଓହ୍ଲାଇ, ଦୀର୍ଘ ନିଃଶ୍ୱାସ ତ୍ୟାଗକଲା। ରମଣୀ ସୁସ୍ଥ ହୋଇ କୃତଜ୍ଞତାପୂର୍ଣ୍ଣ ଚକ୍ଷୁରେ ଭଜନାକୁ ଚାହିଁଲା।

ସେ ଧୀର ଏବଂ କୃତଜ୍ଞତାପୂର୍ଣ୍ଣ ସ୍ୱରରେ ପଚାରିଲେ, ଆପଣ କିଏ ମୋତେ ମୁକ୍ତ କରିଛନ୍ତି, ଦୟାକରି କହିବେ ଥରେ?

କହିବାର ସ୍ଥାନ ଏ ନୁହେଁ। ଉପଯୁକ୍ତ ସ୍ଥାନରେ, ଉପଯୁକ୍ତ ସମୟରେ ବଳେ ଜାଣିପାରିବ।

ଏତକ କହି ଭଜନା ପଛକୁ ଚାହିଁଲା। ଯାହା ଦେଖିଲା ତହିଁରେ ତାର ମୁକ୍ତିଲାଭ ଆଶା ଏକାଥରେ ମିଳାଇଗଲା। ବେଶୀ ଦୂରରେ ନୁହେଁ, ଏହି ତ ନିକଟରେ—ଅତି ନିକଟରେ ତିନିଟା ନୌକା ସେମାନଙ୍କୁ ଅନ୍ୱେଷଣ କରି ଛୁଟିଛି। ମୁକ୍ତିଲାଭର ସମସ୍ତ ପଥ ରୁଦ୍ଧ। ସମୁଦ୍ର ମଧ୍ୟରେ ଏତେ ଗୁଡ଼ାଏ ଲୋକଙ୍କ ସଙ୍ଗେ ଯୁଦ୍ଧ କରି ଆତ୍ମରକ୍ଷା କରିବା ସହଜ ନୁହେଁ। ହୁଏତ ମୃତ୍ୟୁ ନୋହିଲେ ବନ୍ଦୀ। ନୌକାଗୁଡ଼ିକ ଏତେ ନିକଟରେ ହେଲାଣି ଯେ, ପଳାୟନ କରି ଖୁଣ୍ଟିଆ ଦ୍ୱୀପରେ ଉପସ୍ଥିତ ହେବା ଆଶା ବୃଥା।

ଭଜନା ରମଣୀକୁ କହିଲା, ଦେଖ ତିନିଟା ନୌକା କିପରି ତୀର ବେଗରେ ଛୁଟିଛି ଆମକୁ ଧରିବାକୁ। ଆଉ ମୁକ୍ତିର ଆଶା ନାହିଁ। ମୋର ଇଚ୍ଛାଥିଲା ମା ପୁଅଙ୍କୁ ଏକାଠି କରି ଉଭୟଙ୍କର ଆନନ୍ଦ ବଢ଼ାଇ ଦେବି, କିନ୍ତୁ......।

ଭୀତ ହୋଇ ରମଣୀ କହିଲା—ଆହା, ଏ ହତଭାଗିନୀ ବନ୍ଦିନୀକୁ ଉଦ୍ଧାର, କରିବାକୁ ଯାଇ ନିଜର ଜୀବନ ବିପଦାପନ୍ନ କଲ। ମୋତେ ସଙ୍ଗରେ ଆଣି ନ

ଥିଲେ ଠିକ୍ ସ୍ଥାନରେ ପହଞ୍ଚି ସାରନ୍ତେଣି। ପରମେଶ୍ୱରଙ୍କଠାରେ ମୁଁ କି ଅପରାଧ କରିଛି କେଜାଣି ମୋତେ ଯିଏ ସାହାଯ୍ୟ କରିବାକୁ ଆସୁଛି, ତାର ସେ ମଙ୍ଗଳ କରୁ ନାହାନ୍ତି।

ଭଜନା ତରବାରି ହାତରେ ଝୁଲାଇ କହିଲା, ଛାଡ଼ ସେ ସବୁ କଥା। ଦେହରେ ଜୀବନ ଥିବାଯାଏ, ମୁଁ ପୁନର୍ବାର ବନ୍ଦୀ ହୋଇ ଯିବି ନାହିଁ। ମୋର ମୃତ୍ୟୁ ଅନିବାର୍ଯ୍ୟ। ମୃତ୍ୟୁ ପୂର୍ବରୁ ଯାହା କହୁଛି ଶୁଣ। ଯଦି ତୁମକୁ ସେମାନେ ଜୀବନରେ ରଖନ୍ତି, ତେବେ ସନ୍ତାନ ନିମନ୍ତେ କେଉଁ ଚିନ୍ତା କରିବ ନାହିଁ। ତମ ନିକଟରୁ ତାକୁ ଯେ ଉଦ୍ଧାର କରି ନେଇଥିଲା, ମୁଁ ତାରି ସ୍ୱାମୀ। ସେ ଅନେକ ଦିନୁ ମରି ଗଲାଣି। ପୁଅର ଭାର ମୋ ଉପରେ। ସେ ଆଉ ଆଜି ଶିଶୁ ହୋଇ ନାହିଁ। ବାଲ୍ୟାବସ୍ଥା ଅତିକ୍ରମ କରିବାକୁ ବସିଲାଣି। ସ୍ନେହରେ ତା'ର ନାମ ରଖିଛୁ ମଣିଆଁ। ମୁଁ ତାକୁ ପୁତ୍ରଭଳି ସ୍ନେହ କରେ। ସେ ମୋତେ ପିତା ବୋଲି ମାନେ। ସ୍ନେହର ଋଣୀ ହୋଇ ନାହିଁ ସେ। ଆଶାକରେ, ଦିନେ ସେ ଦେଶର ଜଣେ ଶ୍ରେଷ୍ଠ ଲୋକ ହୋଇ ଉଠିବ। ତମେ ଉପହାର ଦେଇଥିବା ମଣିଟି ତା ନିକଟରେ ଅଛି। ସେହି ମଣିର ମୂଲ୍ୟରେ ନିଜକୁ ସେ ବିଖ୍ୟାତ କରି ପାରିବ। ଆଉ ଅଧିକ କହିବାର ବେଳ ନାହିଁ। ଏଥର ପ୍ରସ୍ତୁତ ହେବାକୁ ପଡ଼ିବ। ରମଣୀ ଚକ୍ଷୁରୁ କୃତଜ୍ଞତାର ଲୋତକଧାର ଗଡ଼ାଇ ହସ୍ତ ଯୋଡ଼ି ଭଗବାନଙ୍କୁ ପ୍ରାର୍ଥନା କଲା, ପରମେଶ୍ୱର, ପରୋପକାରୀର ମଙ୍ଗଳ କର।

ବାଳକର ତରଳ ପ୍ରାଣରେ ଏପରି ଦୃଶ୍ୟ ଅସହ୍ୟ। ସ୍ୱର୍ଗର ତାରକା ଚନ୍ଦ୍ରଙ୍କୁ ଅଭିମାନ କରି ଖସି ଆସିଛି ଧରାକୁ? ଉତ୍କଳ ତ ସବୁ ଦେବାଦେବୀଙ୍କର ସ୍ଥାନ, ଅସମ୍ଭବ ହେବ କାହିଁକି? ଦେବୀ ଆଜି ବାଳିକା ହୋଇ ବାଲୁକାରାଶିର ଶୀତଳ ବକ୍ଷରେ କାହିଁକି? ସେ ଯଦି ହିନ୍ଦୁ ହୋଇଥାନ୍ତା କେଜାଣିବା ଏପରି କଥାରେ ବିଶ୍ୱାସ କରନ୍ତା। ସେ ହିନ୍ଦୁ ନୁହେଁ କି କିଛି ନୁହେଁ। ତଥାପି ଭଗବାନଙ୍କର ଅସ୍ତିତ୍ୱ ପ୍ରତିପଦରେ ଉପଲବ୍‌ଧି କରିପାରେ, ତେଣୁ ଭଗବାନଙ୍କୁ ସମୟ ସମୟରେ ନିଜର ଦୁଃଖ ଜଣାଏ।

ତାର ପାଳକ ପିତାମାତାଙ୍କର ଧର୍ମବିଶ୍ୱାସ ସମ୍ପୂର୍ଣ୍ଣ ପରସ୍ପରବିରୋଧୀ। ସେ ଉଭୟଙ୍କର ପଥ ମଧ୍ୟରେ ଚାଲେ। ରୂପେଇ ପରି ମୂର୍ତ୍ତି ପୂଜା କରିବାକୁ ସେ ଶିଖିନାହିଁ କି ଭଜନାପରି ଏକାଥରେ ପରମେଶ୍ୱରଙ୍କର ସ୍ଥିତି ଅସ୍ୱୀକାର କରେ ନାହିଁ। ସେ କେବଳ ବିଶ୍ୱାସ କରେ ଜଣକଠାରେ। ସେ ଯେଉଁଠାରେ ଥାନ୍ତୁ ପଛେ, ସେ ନିଶ୍ଚୟ ଅଛନ୍ତି।

ଏହାର ପ୍ରମାଣ ତାଙ୍କର କୀର୍ତ୍ତି ଏହି ଅନନ୍ତବିଶ୍ୱ। ଆଜି ସେହି ବିଶ୍ୱପତିଙ୍କି ଡାକି ସେ କେତେ ପ୍ରାର୍ଥନା କରୁଛି, ବାଳିକାର ଅସହନୀୟ ଯନ୍ତ୍ରଣା ଦେଖି।

ଗୋଲାକାର ପ୍ରକାଣ୍ଡ ସୂର୍ଯ୍ୟର କିରଣ ବାଳିକାର ଯନ୍ତ୍ରଣା-ବିକୃତ ମୁଖରେ ପଡ଼ିଛି। ବାଳିକାଟି ଆକୁଳ ହୋଇ କ୍ରନ୍ଦନ କରିପାରୁ ନାହିଁ, କେବଳ କୁନ୍ଥନ ତା'ର ମୁଖରୁ ବହିର୍ଗତ ହେଉଛି। ଚକ୍ଷୁ ଉନ୍ମିଳିତ, ସମୟ ସମୟରେ ସ୍ପନ୍ଦିତ। ନାସିକା ଏବଂ କର୍ଣ୍ଣର ବାଉଳି ଛିଣ୍ଡି ରକ୍ତ ବୋହୁଥିଲା। ରକ୍ତସ୍ରାବ ବନ୍ଦ ହୋଇଛି, ସ୍ଥାନଗୁଡ଼ିକ ଫୁଲିଉଠି ରକ୍ତରେ ଲାଲ ଦେଖାଯାଉଛି। ମୁକ୍ତ କୁନ୍ତଳ ବାଲୁକା ଉପରେ ବିକ୍ଷିପ୍ତ। ସ୍ଥାନେ ସ୍ଥାନେ ରକ୍ତ ଧାରରେ କେଶ ବିଡ଼ାବାନ୍ଧି ରଙ୍ଗ ଦେଖାଯାଉଛି। କେଉଁଠାରେ ବା କେରିଏ ଏକାଥରେ ବାଲି ଭିତରେ ପୋତିହୋଇ ପଡ଼ିଛି। ବାଳିକା ସମ୍ପୂର୍ଣ୍ଣ ନଗ୍ନ, ପିଠିମାଡ଼ି ପଡ଼ିଛି। ସମୀରଣ ତା'ର ବହୁମୂଲ୍ୟ ବସନ ଖଣ୍ଡି ନିକଟରୁ ଉଡ଼ାଇ ନେଇ ଟିକିଏ ଦୂରରେ ପକାଇଛି।

ଏପରି ଦୃଶ୍ୟ ବାଳକର କୋମଳ ପ୍ରାଣ ସହିବ କିପରି ? କରୁଣାର ଅଶ୍ରୁ-ବୁନ୍ଦା ବାଳକର ଚକ୍ଷୁ ପ୍ରାନ୍ତ ଆର୍ଦ୍ର କଲା। ସେ ଯୋଡ଼ହସ୍ତରେ ପ୍ରାର୍ଥନା କଲା, ପରମେଶ୍ୱର, ତୁମର ପବିତ୍ର ରାଜ୍ୟରେ ଏପରି ଦୃଶ୍ୟ ଦେଖିବାକୁ ମିଳେ କାହିଁକି ? ନିରୀହା ଶିଶୁ ପ୍ରତି ଏ ଅତ୍ୟାଚାର ! ପ୍ରଭୋ, ଦୋଷୀକୁ ଦଣ୍ଡବିଧାନ କର।

ବାଳକ ଧୀରେ ଧୀରେ ଶିଶୁର ନିକଟକୁ ଯାଇ ତାର ମସ୍ତକରେ ହସ୍ତ ସ୍ଥାପନ କଲା। ବାଳିକାର ମୁଖରେ କୌଣସି ପ୍ରକାର ଚିହ୍ନ ଦେଖିବାକୁ ପାଇଲା ନାହିଁ। ସେ ପୂର୍ବପରି କେବଳ କୁନ୍ଥାଇବାକୁ ଲାଗିଲା। ବାଳକ ମଣିଆ ଚିନ୍ତାକଲା, କର୍ତ୍ତବ୍ୟ କ'ଣ ? ସକାଳୁ ବାପା କୁଆଡ଼େ ଗଲେ ଖୋଜି ଖୋଜି ପାଉନାହିଁ। ସମୁଦ୍ରରେ ନୌକା ନାହିଁ। ଏଥିରୁ ଅନୁମାନ, ସେ ହୁଏତ ଖୁଣ୍ଟିଆ ପାହାଡ଼ ଆଡ଼େ ଯାଇଥିବେ। ମୋତେ ନ ଉଠାଇ ଗଲେ କାହିଁକି ? ସମୁଦ୍ରକୂଳ ଆଡ଼େ ଯାଉ ଯାଉ, ଗୋଟିଏ ମସ୍ତକହୀନ ପିଣ୍ଡ ଏବଂ କିଛି ଦୂରରେ ପିଣ୍ଡହୀନ ମସ୍ତକ, ଏହାର ଅର୍ଥ ? ଆଉ ଏ ବାଳିକାଟି କିଏ ? ଏଠାରେ ଏପରି ହୋଇ ପଡ଼ିଛି କିଆଁ ? ବାଳିକାର ଦେହରେ ପ୍ରାଣ ଅଛି, ମାତ୍ର ସଂଜ୍ଞାହୀନା। ମୁଁ ତାକୁ କୁଟୀରକୁ ନେବି। ଯେଉଁମାନେ ତାକୁ ପରିତ୍ୟାଗ କରିଛନ୍ତି, ସେମାନଙ୍କର ଏ ପ୍ରାଣ ଉପରେ ଅଧିକାର ନାହିଁ। ବାଳକ ମଣିଆଁ ବାଳିକାକୁ ଉଠାଇବାକୁ ଚେଷ୍ଟାକଲା। ବାଳିକା ମୁଖ ବିକୃତ କରି ଅଧିକ କୁନ୍ଥେଇ ଉଠିଲା। ମଣିଆ ଦେଖିଲା ପିଠିପାଖେ ମସ୍ତବଡ଼ ଖଣ୍ଡିଆ। ସେହି କଟା ସ୍ଥାନରେ କେତେଗୁଡ଼ାଏ ବାଲିକଣା ଲାଗ ରହିଛି। ବିଳମ୍ବ କରିବା ନିରାପଦ ନୁହେଁ। ବାଳିକାକୁ କାନ୍ଧରେ ପକାଇ, ରେଶମୀ ଲୁଗାକୁ ହାତରେ ଧରି କୁଟୀରାଭିମୁଖେ ଚାଲିଲା।

କୁଟୀରରେ ଉପସ୍ଥିତ ହୋଇ ଦେଖିଲା, ଦ୍ୱାର ଯେପରି ଖୋଲାଥିଲା ଠିକ୍ ସେହିପରି ଅଛି, ବାପା ଫେରି ଆସିନାହାଁନ୍ତି। ରାତିର ବିଛଣା ପୂର୍ବପରି ପଡ଼ି ରହିଛି। ଯତ୍ନ ସହକାରେ ବାଳିକାକୁ ଶୁଆଇ ଦେଲା, ମୁହଁ ମଡ଼ାଇ। ଘା'କୁ ଉତ୍ତମରୂପେ ପରୀକ୍ଷା କରି ଦେଖିଲା, ଘା' ମୁହଁରୁ ବାଲିଯାକ ଓଦା କନାରେ ପୋଛି ପକାଇଲା। ବଟା ହଳଦୀ ଟିକିଏ ଗରମ କରି ଘା ମୁହଁରେ ଦେଲା। ମାତ୍ର କୌଣସି ପରିବର୍ତ୍ତନ ଦେଖାଗଲା ନାହିଁ। ସେ ପୂର୍ବପରି ସଂଜ୍ଞାହୀନା ହୋଇ ପଡ଼ି ରହିଲା। ତା'କୁ ଜଗି ବସିବାକୁ ସମୟ ନାହିଁ, ଘରର ଧନ୍ଦା କରିବାକୁ ହେବ।

ସନ୍ଧ୍ୟା ହେଲା, ଭଜନାର ଦେଖାନାହିଁ। ଆଶ୍ଚର୍ଯ୍ୟ, ମଣିଆଁ ଚିନ୍ତାକଲା, ବାପା ଗଲେ କୁଆଡ଼େ ? ବାଳିକା ନିମନ୍ତେ ସେ ତାଙ୍କୁ ଖୋଜିବାକୁ ଯାଇ ପାରୁନାହିଁ। ମନୁଷ୍ୟର ଚିନ୍ତା ସର୍ବଦା ଦୁଶ୍ଚିନ୍ତା ଆଡ଼କୁ ଧାବିତ ହୁଏ। ବାଳିକାର ନିକଟରେ ବସି, ତା' ଦେହରେ ହାତ ବୁଲାଉ ବୁଲାଉ ମନ ମଧ୍ୟରେ ସହସ୍ର ଚିନ୍ତାର ଢେଉ ଖେଳି ଉଠିଲା।

ରାତ୍ରି ହେଲା। ବାଳିକା କରମୋଡ଼ିବାକୁ ଚେଷ୍ଟା କଲା। ପାରିଲା ନାହିଁ। ଚକ୍ଷୁ ମେଲାଇ ଦେଖିଲା ନିକଟରେ କିଏ ଜଣେ ଉପବିଷ୍ଟ। ଦୀର୍ଘ ନିଶ୍ୱାସ ପକାଇ ନିଶ୍ଚଳ ରହିଲା। ମଣିଆର ମନ ଆନନ୍ଦରେ ନାଚି ଉଠିଲା। ଆଶା ହେଲା ହୁଏତ ବାଳିକାଟି ବଞ୍ଚିଯିବ। ପଚାରିଲା, ଭୋକ କରୁଛି ? ମାତ୍ର ବାଳିକା ପୁନର୍ବାର ଚକ୍ଷୁ ବନ୍ଦ କଲା।

ପରଦିନ ପ୍ରାତଃକାଳରୁ ଉଠି ମଣିଆଁ ପ୍ରଥମେ ବାପାର ଅନ୍ୱେଷଣ କରିବାକୁ ବାହାରିଲା। ସମୁଦ୍ର କୂଳରେ ଉପସ୍ଥିତ ହୋଇ ଦେଖିଲା ଦୁଇଟି ମୃତ ପିଣ୍ଡ ଲହରୀରେ ଭାସିଆସି କୂଳରେ ପଡ଼ିଛି। ଲହରୀ ମାଡ଼ିଆସି ପୁନର୍ବାର ସେ ଦୁଇଟି ଭସାଇ ନେଉଛି— ସତେ କି ସମୁଦ୍ର ସେହି ମୃତପିଣ୍ଡ ଦୁଇଟି ଘେନି ଖେଳା କରୁଛି। ମଣିଆଁ ଦେଖିଲା ସେଥିମଧ୍ୟରୁ କୌଣସିଟି ତା'ର ପରିଚିତ ନୁହେଁ।

ସେ ସମୁଦ୍ର ପାରିହୋଇ ଖୁଣ୍ଟିଆ ଦ୍ୱୀପକୁ ଗଲା। ଉତ୍ତମରୂପେ ଦ୍ୱୀପର ପ୍ରତ୍ୟେକ ସ୍ଥାନ ଖୋଜିଲା। କିନ୍ତୁ ଭଜନା କାହିଁ ନାହିଁ।

ବାପା ଗଲେ କୁଆଡ଼େ ? ଏହି ପ୍ରଶ୍ନ ତା ମନରେ ଉଦିତ ହେଲା। ଉତ୍ତର ସ୍ଥିର କରି ପାରିଲା ନାହିଁ।

ଭଗବାନ ତାର ମୁଣ୍ଡ ଉପରେ ଭାର ଆଣି ଥୋଇ ଦେଲେଣି। ସେ ପରମେଶ୍ୱରଙ୍କୁ ପ୍ରାର୍ଥନା କଲା, ଭଗବାନ, ତାକୁ ମୁକ୍ତକର। ଯଦି ତାକୁ ବଞ୍ଚାଇବାର କଥା, ଶୀଘ୍ର ଆରୋଗ୍ୟ କର, ନୋହିଲେ ନିକଟକୁ ନେଇଯାଅ। ଛୋଟ ବାଳିକାଟି ଯନ୍ତ୍ରଣା ସମ୍ଭାଳି ପାରୁନାହିଁ।

ବାଳିକାର ପରିଚର୍ଯ୍ୟା ନିମନ୍ତେ ତାକୁ ନିକଟସ୍ଥ ଗ୍ରାମକୁ ଯିବାକୁ ପଡ଼ିଲା। ବୈଦ୍ୟଙ୍କଠାରୁ ଔଷଧ, ଗ୍ରାମରୁ ଗୋଦୁଗ୍ଧ ଆଣି ବାଳିକାର ସେବାରେ ଲାଗିଗଲା।

ଦେଖୁ ଦେଖୁ ସାତଦିନ ଅତୀତ ହେଲା। ଭଜନାର ଦେଖାନାହିଁ। ଏ ମଧ୍ୟରେ ଭଜନାର ଅନ୍ତର୍ଦ୍ଧାନ ଖବର ନିକଟବର୍ତ୍ତୀ ଗ୍ରାମମାନଙ୍କରେ ବ୍ୟାପିଗଲା। ଲୋକେ ସହାନୁଭୂତି ଦେଖାଇ ମଣିଆଁକୁ ସାନ୍ତ୍ୱନା ଦେଲେ; ଅନେକ ଅନୁରୋଧ କଲେ ସମୁଦ୍ର କୂଳରେ ଏକାକୀ ନ ରହି କୌଣସି ଗ୍ରାମକୁ ଯାଇ ବସତି ସ୍ଥାପନ କର।

ମଣିଆଁ ପିତାଙ୍କର ନିର୍ଦ୍ଦେଶ ବିରୁଦ୍ଧରେ ଯିବାକୁ ଇଚ୍ଛା କଲା ନାହିଁ। ଏଣେ ବାଳିକାଟି ଧୀରେ ଧୀରେ ଆରୋଗ୍ୟ ଲାଭ କରିବାକୁ ବସିଲାଣି। ଏପରି ଅବସ୍ଥାରେ ପୁରୁଣା ଘର ଛାଡ଼ି, ପରିବର୍ତ୍ତନ କରିବା ଅନୁଚିତ।

ବାଳିକା ଚେତନା ପାଇବା ଦିନୁ ସେ କେବଳ ଅବାକ୍ ହୋଇ ଚାରିଆଡ଼କୁ ଚାହୁଁଛି। ଭାବୁଛି, ସେ କେଉଁଠି ? ତା'ର ମା' ବାପ କୁଆଡ଼େ ଗଲେ, ଆଉ ଯେଉଁମାନେ ତାକୁ ସବାରୀରୁ ଓଟାରି ନେଇ ତାର ପିଠିରେ ତରବାରି ଭୁଷି ଦେଇଥିଲେ, ସେମାନେ କାହାନ୍ତି ? ଯେ ତା'ର ସେବା କରିଛି ତାକୁ ସେ କେବେହେଲେ ଏଥିପୂର୍ବରୁ ଦେଖି ନ ଥିଲା। ମାତ୍ର ତା'ର ସ୍ନେହପୂର୍ଣ୍ଣ କୋମଳ କଥାଗୁଡ଼ିକରେ ବାଳିକାର ମନରୁ ସମସ୍ତ ଦୁଃଖ ଦୂର ହୁଏ। ବର୍ତ୍ତମାନ ସେ ତାର ବାପ, ମା, ଭାଇ, ଚାକର ସବୁ। ସବୁ କାମ ସେ ଅକୁଣ୍ଠିତ ଭାବରେ କରେ।

ମଣିଆଁ ବାଳିକାର ଶଯ୍ୟାପାଖରେ ବସି ତା'ର ନାକ ଓ କାନ କ୍ଷତରେ ଔଷଧ ଲଗାଉଛି, ବାଳିକା ଚକ୍ଷୁ ମେଲି ଚାହିଁଲା। ମଣିଆଁ ଆନନ୍ଦରେ ତାର କୋମଳ ହାତଟି ନିଜର ବାମହାତରେ ଧରି ସ୍ନେହରେ ଟିକେ ହଲାଇ ଦେଲା। ବାଳିକା ହସିଲା। ମଣିଆଁ ସୁଖ ପ୍ରକାଶକରି ପଚାରିଲା, ଭଲ ଲାଗୁଛି ?

ବାଳିକା ଉତ୍ତର ଦେଲା ନାହିଁ, ହସିଦେଲା। ମଣିଆଁ ଭାବିଲା, ବୋଧହୁଏ ତାକୁ ଭଲ ଲାଗୁଛି। ସାନ୍ତ୍ୱନା ଦେଇ କହିଲା, କିଛି ଭୟ କର ନା, ଏଥର ଭଲ ହୋଇଯିବୁ। ଏତେ ଦିନ ହେଲାଣିତ ଖାଲି ଦୁଧ ଖାଉଛୁ, ଆଜି ଗଣ୍ଡିଏ ଭାତ ଖା।

ଭଜନାର ନିରୁଦ୍ଦେଶ୍ୟ-ଜନିତ ଦୁଃଖ ମଣିଆଁର ମନରୁ କେତେକ ପରିମାଣରେ ତିରୋହିତ ହୋଇ ଗଲାଣି। ସେ ଏବେ ନୂତନ ଆନନ୍ଦରେ ମତ୍ତ। ସୁଶୀଳାର କୋମଳ କଥା ଏବଂ ବ୍ୟବହାରରେ ସେ ପ୍ରୀତ। ଅବଶ୍ୟ ସୁଶୀଳା ଅଦ୍ୟାପି ସମ୍ପୂର୍ଣ୍ଣ ଆରୋଗ୍ୟ ଲାଭ

କରି ନାହିଁ, ତଥାପି ମଣିଆଁର ସାହାଯ୍ୟରେ ବସାଉଠା କରି ପାରୁଛି। ଚାଲବୁଲ ମଧ୍ୟ ଟିକିଏ ଟିକିଏ କରି ପାରିଲାଣି। ଏଣିକି ଚାଲିଲାବେଳେ ଅଣ୍ଟା ପାଖରୁ କିପରି ଭାବରେ ସମଗ୍ର ଶରୀରଟା ଆଗ ଆଡ଼କୁ ଟିକିଏ ବଙ୍କା ହୋଇ ପଡ଼େ। ସିଧା ହୋଇ ଚାଲିବାକୁ ଚେଷ୍ଟାକଲେ କଷ୍ଟ ହୁଏ। ମଣିଆଁ ଭାବେ ବୋଧହୁଏ ପିଠିର ଘା'ଟା ଏକାଥରେ ଶୁଖି ଯାଇ ନ ଥିବାରୁ ଏପରି କଷ୍ଟ ହେଉଛି, ଶୁଖିଗଲେ ସିଧା ହୋଇ ଚାଲିପାରିବ।

ସେ ଦିନ ମଣିଆଁ ଏବଂ ସୁଶୀଳା କୁଟୀରର ପିଣ୍ଡାରେ ବସି ସାନ୍ଧ୍ୟ ଆକାଶର ସୌନ୍ଦର୍ଯ୍ୟ ଦେଖୁଥିଲେ। ମଣିଆଁ ଆକାଶରୁ ଚକ୍ଷୁ ଫେରାଇ ପାଞ୍ଚ ଛ ବର୍ଷର ବାଳିକା ସୁଶୀଳାକୁ ଚାହିଁଲା। ଦେଖିଲା ତା'ର ମନରେ ସୁଖ ନାହିଁ। କାହ୍ନୁକୁ ଆଉଜି ବସି କ'ଣ ଭାବନାରେ ଲାଗିଯାଇଛି। ମଣିଆଁ ତା'ର ଚିନ୍ତାରେ ବାଧା ଦେଇ ଜ୍ୟେଷ୍ଠ ଭ୍ରାତାର ସ୍ନେହମିଶ୍ରିତ ସ୍ୱରରେ ପଚାରିଲା, ସୁଶୀଳା, ଏତେ କ'ଣ ଭାବୁଛୁ ବସି? ବାଳିକାର ମୁଣ୍ଡରେ ହାତ ବୁଲାଇ ନିକଟକୁ ଘୁଞ୍ଚିଯାଇ ପଚାରିଲା, କ'ଣ ଭାବୁଛ ଏତେ, କହ ଭଉଣୀ, ତୋ ମୁହଁଟି କାହିଁକି ଆଜି ଶୁଖି ଯାଇଛି?

ସୁଶୀଳା ମଣିଆଁର ହାତ ଧରି ହସି ହସି ପଚାରିଲା ଭାଇ, ତେମେ କିଏ?

ମୁଁ ପରା ତୋ ଭାଇ।

ସୁଶୀଳା ଭାଇର କାନ୍ଧରେ ଝୁଲି ପଡ଼ି ପୁନର୍ବାର ପ୍ରଶ୍ନକଲା, ତୁମେ ଏଠି କାହିଁକି ଅଛ? ମା' ମୋର କାହିଁ? ବାପା କାହିଁ? ଆମର କୋଠା କାହିଁ? କିଛି ତ ଏଠି ନାହିଁ। ୟେ ତ ଅମ ଘର ନୁହେଁ? ତମେ ତ ମୋ ଭାଇ ପରି ଦିଶୁ ନାହଁ।

ଆଚ୍ଛା, ତୁ ତୋର ବାପ ମା'ଙ୍କ ନିକଟକୁ ଯିବାକୁ ଇଚ୍ଛାକରୁ?

ହଁ, ସେମାନେ କାହାନ୍ତି?

ତୋ'ର ଘା ଭଲ ହୋଇ ଯାଉ, ମୁଁ ନେଇ ତୋ ବାପ ମାଙ୍କ ପାଖରେ ତତେ ଛାଡ଼ିଦେଇ ଆସିବି।

ତମେ ଏକା ରହିବ ଆମ ଘରେ।

ମୋ ଘର ତ ଏହି। ମୁଁ ତତେ ଛାଡ଼ି ଆସିଲେ ଏଇଠି ରହିବି। ତମ ଘରେ ରହିବି ନାହିଁ।

ଏଠି ତ ଆଉ କେହି ନାହିଁ, ତମେ ଏକା ରହିବ?

ହଁ ଏକା ରହିବି।

ଡର ମାଡ଼ିବ ନାହିଁ? ହଁ ନିଶ୍ଚୟ ଡର ମାଡ଼ିବ।

ବାଳିକା ମଣିଆଁ ଆଗକୁ ଆସି ଅନୁରୋଧ କଲା, ନା ତମେ ଏଠି ଏକା ରହିବ ନାହିଁ। ମୋ ସାଙ୍ଗେ ଯିବ। ନଇଲେ ପଛେ ମୁଁ ରହିବି ଏଠି।

ମଣିଆଁ ବାଳିକାର ମୁହଁରେ ମୁହଁ ଲଗାଇ ଗେଲକଲା।

ସ୍ନେହରେ ହାତ ଦୁଇଟି ବେକର ଚାରିପାଖେ ବୁଲାଇ କହିଲା, ହଉ ଭଉଣୀ, ତୁ ଯାହା କହିଲୁ ତାହା ହେବ।

ମଣିଆଁ ସୁଶୀଳାକୁ ପଚାରିଲା, ତୋର ବାପାଙ୍କ ନାମ କ'ଣ କହି ପାରିବୁ କି? ମୁଁ ଚେଷ୍ଟା କରିବି, ତୋତେ ନେଇ ସେମାନଙ୍କ ପାଖେ ଛାଡ଼ିଦେବାକୁ।

ବାପାଙ୍କ ନାଁ କ'ଣ ମୁଁ ଜାଣେ ନାହିଁ। ତାଙ୍କର ବଡ଼ ବଡ଼ ନିଶ ଅଛି, ଦାଢ଼ିଅଛି। ତାଙ୍କ ମୁଣ୍ଡରେ ଗୋଟାଏ ଚିହ୍ନ ଅଛି। ମୋତେ ସେ ଗେହ୍ଲା କଲାବେଳେ ମୁଁ ସେ ଖଣ୍ଡିଆକୁ ଦରାଣ୍ଡି ପଚାରେ, ବାପା, ଏ କ'ଣ? ସେ କହନ୍ତି, ସେ ପିଲାଦିନେ ପଡ଼ି ଯାଇଥିଲେ, ସେଇ ଚିହ୍ନ ରହିଛି। ମୋର ଯୋଡ ଭାଇ ଅଛି ସେ ତମରି ମିତିକା। ତାଙ୍କୁ ମୁଁ ରାଧୁ ଭାଇ ବୋଲି ଡାକେ।

ତମ ଘର କୋଉ ଗାଁରେ?

ଆମ ଘର ଯୋଉଠି ସେଠି ବହୁତ କୋଠାଅଛି। ଆମର ବି କୋଠା ଘର ଅଛି। ଚାଳଘର ଭାରି କମ୍। ସେଠି ସବୁବେଳେ ବହୁତ ଲୋକ ଯା ଆସ କରନ୍ତି। ଏଠି ତ କେହି ନାହିଁ। ଆମ ଘର ପାଖେ ରାଧୀର ଘର। ରାଧୀ ଆମ ଘରକୁ ସବୁବେଳେ ଆସେ। ସେ ମୋ ସଙ୍ଗେ ଖେଳେ। ବୋଉ କହେ, ସେ କୁଆଡ଼େ ଭାରି ସୁନ୍ଦର, ବଡ଼ ହେଲେ ତାକୁ ସେ ବୋହୂ କରିବ। ଆମ ଘର ଆଗରେ ଯେଉଁ ବଡ଼ ଓସ୍ତଗଛ ସେଥିରେ ବହୁତ ହନୁମାଙ୍କଡ଼ ଥାନ୍ତି। କୋଠା ଉପରେ ଚଢ଼ି ରାଧୁଭାଇ ତାଙ୍କୁ ଟେକା ମାରେ। ସେମାନେ ଦାନ୍ତ ଦେଖାଇ ମୋତେ ଗୋଡ଼ାଇ ଆସନ୍ତି। କାହିଁ, ଏଠି ତ ହନୁ ନାହାନ୍ତି?

ତମ ଘରପାଖକୁ ସମୁଦ୍ର କେତେ ବାଟ?

ଆମ ଘରପାଖରୁ ବେଶି ଦୂର ନୁହେଁ। ବାପାଙ୍କ ସଙ୍ଗେ ମୁଁ ଅନେକ ଥର ବୋଇତ ଦେଖିବାକୁ ସମୁଦ୍ର କୂଳକୁ ଯାଇଛି। କେତେ ରାଇଜରୁ କେତେ ବୋଇତ ଆସି ସେଠି ଲାଗେ। ଥରେ ଥରେ ମାଇପେ ସବୁ ବୋଇତ ବନ୍ଦେଇ ଆଣିବାକୁ ସମୁଦ୍ର କୂଳଆଡ଼େ ଯାନ୍ତି। ମୁଁ ତାଙ୍କ ସଙ୍ଗେ ଯାଏ।

ଆମ ମାମୁଙ୍କ ଘର ଠିକ୍ ସମୁଦ୍ର କୂଳରେ। ମାମୁ ଘରେ ଥିବାଯାଏ ମୁଁ ମାମୁଙ୍କ ସାଙ୍ଗରେ ସମୁଦ୍ର କୂଳରେ ବୁଲୁଥାଏ। ସେ ମୋତେ କାଖକରି ସମୁଦ୍ର ଆଡ଼କୁ ହାତ ବଢ଼ାଇ କହନ୍ତି, ଦେଖ, ବୋଇତ ଆସୁଛି। ତୋ ମଝିଆ ମାମୁ ଫେରି ଆସୁଛି ଘରକୁ। ତୋତେ ସେ କେତେ ଭଲପାଇବ।

ସମୁଦ୍ର ଆଡ଼କୁ ଅନେଇ ରହୁଁ। ବୋଇତ କୂଳରେ ଲାଗେ। ମଝିଆ ମାମୁ ଆସନ୍ତି ନାହିଁ। ମୁଁ ଦେଖିଛି ବଡ଼ମାମୁଙ୍କ ଆଖିରୁ ଲୁହ ଝର ଝର ହୋଇ ଝରି ପଡ଼େ। ମୁଁ

ପଚାରେ, ମାମୁ, ତୁମେ କାନ୍ଦୁଛ କାହିଁକି? ସେ ମୋତେ ଗେହ୍ଲା କରି କହନ୍ତି, ତୁ ମୋର ଝିଅ, ତତେ ମୁଁ ଝିଅ କରିବି? ତୁ ମୋ ଝିଅ ହେବୁଟି? ମୁଁ କହେ, ହଁ ମୁଁ ତୁମ ଝିଅ ହେବି। କହ ମାମୁ, ତୁମେ କାହିଁକି କାନ୍ଦୁଥିଲ?

ନାଇଁରେ ଝିଅ, ତୋ ମଝିଆ ମାମୁ କଥା ମନେ ପଡ଼ିଗଲା ଯେ ସେଥିପାଇଁ କାନ୍ଦ ମାଡ଼ିଲା।

ମୁଁ ପଚାରେ, ମୋ ମଝିଆ ମାମୁ କାହିଁ? ମୁଁ ତ ତାକୁ ଦେଖି ନାହିଁ? ମାମୁ କହନ୍ତି, ସେ ବହୁତ ଦିନରୁ ସମୁଦ୍ରକୁ ବଣିଜ କରିବାକୁ ଯାଇଛି। ତା ସଙ୍ଗେ ତୋ ମାଈଁ ମଧ୍ୟ ଯାଇଛି। ଆଜିକି ବହୁତ ଦିନ ହେଲାଣି, ସେ ମସଲା ଦ୍ୱୀପରୁ ଖଣ୍ଡେ ଚିଠି ଦେଇଥିଲା। ଆଜିଯାଏ ଫେରି ନାହିଁ। ତାର ଗୋଟିଏ ପୁଅ ହୋଇଛି ବୋଲି ଲେଖିଥିଲା। ସେମାନେ ଏତେ ଦିନ ହେଲା ଫେରି ନ ଥିବାରୁ, ତାଙ୍କ ନାଁରେ ଘରେ ଶୁଦ୍ଧ ହୋଇ ସାରିଲୁଣି।

ମଣିଆଁ ବଡ଼ ଆଗ୍ରହର ସହିତ ବାଳିକାର ସମସ୍ତ କଥା ଶୁଣୁଥିଲା। ବାଧା ଦେଇ ପଚାରିଲା, ତୋ ମାମୁଙ୍କ ନା କଣ?

ମୁଁ ଜାଣେ ନାହିଁ। ମୋ ମାମୁଙ୍କ ବାପା ଭାରି ବୁଢ଼ା। ତାଙ୍କୁ ମାମୁଙ୍କ ଘରେ ସମସ୍ତେ ମାନନ୍ତି। ସେ ମୋତେ ଭାରି ଭଲ ପାନ୍ତି। ମଣିଆଭାଇ, ମତେ ଯଦି ତମେ ମୋ ମାମୁ ଘରେ ନେଇ ଛାଡ଼ିଦେଇ ଆସନ୍ତ, ମତେ ଅଜା ଆମଘରକୁ ପଠାଇ ଦିଅନ୍ତେ। ମଣିଆଭାଇ ମତେ କେମିତି ଏଠିକି ଆଣିଲ? ସେ ଦିନ ରାତିରେ ଡକାଇତମାନେ ମୋ ସବାରୀ ବନ୍ଦ କରି ରଖିଲେ। ମୁଁ ଦ୍ୱାରବାଟେ ଆର ଖଣ୍ଡିକ ସବାରୀକୁ ଅନାଇଁ ମା'କୁ ଡାକି କେତେ କାନ୍ଦିଲି। ଆମର ଲୋକଗୁଡ଼ାକ ଯିଏ ଯୁଆଡ଼େ ପଳେଇଲେ ମତେ ଏକୁଟିଆ ଛାଡ଼ି। ଡକାଇତ ଜଣେ ମତେ ଟାଣିନେଲା, ମୋ ଦିହରୁ ସବୁଯାକ ଅଳଙ୍କାର କାଢ଼ି ନେଲା। ମୁଁ ସେତେବେଳେ କାଠପରି ଠିଆ ହୋଇଥିଲି। ସେଥି ଭିତରୁ କିଏ ଜଣେ ଆସି ମୋ ପିଠିରେ ଛୁରି ଭୁଷି ଦେଲା। ମୁଁ ପଡ଼ିଗଲି। ତାପରେ ଆଉ କ'ଣ ହେଲା ମୁଁ କହିପାରିବି ନାହିଁ। ମୁଁ ଯେତେବେଳେ ଆଖି ଫିଟାଇ ଅନାଏଁ, ଦେଖିଲି ତମେ ମୋ ପାଖେ ବସିଛ। ମୁଁ ତୁମକୁ ଚିହ୍ନି ପାରିଲି ନାହିଁ।

ମଣିଆଁ କହିଲା, ମୋ ସୁନା ଭଉଣୀଟି, ମୋ ପାଖକୁ ଆ, ମୁଁ ତତେ ଟିକିଏ କାଖକରି ଗେହ୍ଲାକରେ। ଏତିକି କହି ମଣିଆଁ ସୁଶୀଳାକୁ ପାଖକୁ ଆଣି ତା'ର କୋମଳ ଗଣ୍ଡସ୍ଥଳ ଚୁମ୍ବନ କଲା। ସୁଶୀଳା ଆନନ୍ଦରେ ଭାଇର କାନ୍ଧରେ ମୁଣ୍ଡ ବଙ୍କାକରି ଢଳି ପଡ଼ିଲା।

ମଣିଆଁ ସ୍ନେହରେ ତାର ପିଠିରେ ହାତ ବୁଲାଉ ବୁଲାଉ କହିଲା, ଠାକୁରେ

ତତେ ମଲାଠଉଁ ବଞ୍ଚାଇଛନ୍ତି। ସୁଶୀଳା, ତୋତେ ଆଉ ପୂର୍ବ କଥା ଭାବିବାକୁ ଦେବି ନାହିଁ। ବର୍ତ୍ତମାନ ସେ ସବୁ ଭୁଲିଯା, ମୁଁ ତତେ ଅନେକ ଗଳ୍ପ କହିଛି। ସେ ସବୁ ଯେପରି ମନେ ରଖିଛୁ, ତୋର ଏ ଅତୀତ ଜୀବନକୁ ତୁ ସେହିପରି ଗୋଟିଏ ଗଳ୍ପ ବୋଲି ଭାବି ନେ। ଏହି ଭୟଙ୍କର ବାଲୁକା ପ୍ରାନ୍ତରରେ ମୋତେ ଏକାକୀ ଛାଡ଼ି, ଗୋଟି ଗୋଟି ହୋଇ ସମସ୍ତେ ଚାଲି ଯାଇଛନ୍ତି। ପରମେଶ୍ୱର ମୋର ନିର୍ଜନତା ଦୁଃଖ ଦୂର କରିବେ ବୋଲି ତୋତେ ମୋ ନିକଟକୁ ପଠାଇ ଦେଇଛନ୍ତି। ଏହି ନିର୍ଜନ ସ୍ଥାନରେ ତୁହି ମୋର ସୁନାର କଣ୍ଢାଇଟି ଏକା ମୋର ହୃଦୟର ଆନନ୍ଦ। ତୋତେ ମୋର ହୃଦୟରୁ କଦାପି ବିଚ୍ଛିନ୍ନ କରି ପାରିବି ନାହିଁ ଭଉଣୀ, ନା, କଦାପି ନୁହେଁ। ଆଉ ଦିନେ କେବେ ମୋତେ ଅନୁରୋଧ କରିବୁ ନାହିଁ ତୋତେ ତୋ ଘରେ ଛାଡ଼ି ଆସିବାକୁ; କହ, ଅନୁରୋଧ କରିବୁ ନାହିଁ।

ମଣିଆଁଭାଇର ସ୍ନେହ ରକ୍ଷା କରିବାକୁ ସୁଶୀଳା ମୁହଁ ବୁଲାଇ କହିଲା, ହଉ, ଭାଇ, ହଉ, ଆଉ କେବେ କହିବି ନାହିଁ।

ମଣିଆଁର ଜୀବନରେ ଘୋର ପରିବର୍ତ୍ତନ ଘଟିଛି। ନୂତନ କାର୍ଯ୍ୟ, ନୂତନ ଆନନ୍ଦରେ ସେ ନିଯୁକ୍ତ। ସଂସାରର ସମସ୍ତ ଭାର ଏବେ ତା ମୁଣ୍ଡରେ। ମାଛଧରା, ଘରର ରୋଷାଇ କାର୍ଯ୍ୟ ସବୁ ସେ ନିଜ ହାତରେ କରେ। ସୁଶୀଳା, ବାଳିକା ସେ, ଗୃହକାର୍ଯ୍ୟ କରିପାରିବ ବା କେଉଁଠୁ? ମଣିଆଁ ନାହିଁ କରୁଥିଲେ ମଧ୍ୟ, ସେ ତା'କୁ ଛୋଟ ଛୋଟ କାର୍ଯ୍ୟରେ ସାହାଯ୍ୟ କରିଥାଏ। ତହିଁରେ ସେ ଆନନ୍ଦ ଉପଭୋଗ କରେ।

ମଣିଆଁ ଟିପାକାଠି ଖଣ୍ଡି ଧରି ସମୁଦ୍ର ଭିତରେ ପଶେ। ପହଁରି ପହଁରି ମାଛ ଧରିବାକୁ ଖୁଣ୍ଟିଆଦ୍ୱୀପ ଅଭିମୁଖେ ଯାଏ। ସୁଶୀଳା ସମୁଦ୍ର କୂଳରେ ଠିଆ ହୋଇ ଅନିମେଷ ନୟନରେ ତାହାରି ଆଡ଼କୁ ଚାହିଁ ରହିଥାଏ। ଗୋଟିକ ପରେ ଗୋଟିଏ ଲହରୀ ପାରହୋଇ ନାଚି ନାଚି ସେ ସମୁଦ୍ର ଭିତରକୁ ଧୀରେ ଧୀରେ ଅଗ୍ରସର ହେଉଥାଏ। ସୁଶୀଳା କୂଳରେ ଠିଆହୋଇ ଚିତ୍କାର କରି ଡାକୁଥାଏ, ଆନନ୍ଦରେ ବେଳାଭୂମି ଉପରେ ନାଚୁଥାଏ। ଦେଖୁ ଦେଖୁ ସମୁଦ୍ର ମଧ୍ୟରେ ମଣିଆଁ କାହିଁ କେତେ ଦୂରରେ ଲୁଚିଯାଏ। ସୁଶୀଳା ଚକ୍ଷୁ ଫେରାଇ ସମୁଦ୍ର କୂଳରେ ବସିପଡ଼ି ବାଲିଘର ତୋଳିବାରେ ଲାଗିଯାଏ। ସମୁଦ୍ରର ଢେଉ ଆସି ବାଲିର ଘରତକ ଭାଙ୍ଗିଭୁଙ୍ଗି ସମାନ କରିଦିଏ। ସୁଶୀଳା ହତାଶ

ନ ହୋଇ ପୁନର୍ବାର ଘର ତୋଳେ। କେବେ କେବେ ବାଲିର ଛୋଟ ଛୋଟ ପାହାଡ଼ ଗଢ଼େ। ନିଷ୍ଠୁର ପ୍ରକୃତି—ବାଳିକା ବୋଲି ତା'ର ମନରେ ଟିକିଏ ହୋଇ ଦୟା ଆସେ ନାହିଁ। ଏତେ କଷ୍ଟ, ଏତେ ଯତ୍ନରେ ତୋଳିଥିବା ଘର ଏବଂ ପାହାଡ଼ ହସି ହସି ଭସାଇ ନିଏ। ଘୋର ଗର୍ଜନ କରି ବାଳିକାକୁ ଭୟ ଦେଖାଏ। ଡରିବାର ପିଲା ସେ ନୁହେଁ। ସେ ଉତ୍ତମ ରୂପେ ଜାଣେ, ସମୁଦ୍ର ପୁନର୍ବାର ପଛକୁ ଫେରିଯିବ। ପୁନର୍ବାର ସେ ନିଜର ଖେଳରେ ଲାଗିଯାଏ।

ମଣିଆଁର ଅନୁପସ୍ଥିତିରେ ସୁଶୀଳା ସମୁଦ୍ର କୂଳର ଏକ ସ୍ଥାନରୁ ଅନ୍ୟ ସ୍ଥାନକୁ ଦଉଡ଼ିଯାଏ। ପଛଆଡ଼େ ତା'ର ମୁକ୍ତକୁନ୍ତଳ ସମୀରଣରେ ଦୋହଲୁ ଥାଏ। ପ୍ରକୃତିସଙ୍ଗେ କ୍ରୀଡ଼ା କରିବାକୁ ତାକୁ ଭଲ ଲାଗେ। ପଶ୍ଚିମ ପବନ ବାଲି ଉଡ଼ାଇ ତା'ରି ଆଡ଼କୁ ଧାବିତ ହେଲେ ସେ ମଧ୍ୟ ହାତ ଟେକି ଆନନ୍ଦରେ ନାଚି ନାଚି ତାକୁ ଆଲିଙ୍ଗନ କରିବାକୁ ଯାଏ। ବାଲିରେ ସମଗ୍ର ଶରୀର ଧୂସରିତ ହୋଇଯାଏ। ଆଜାନୁଲମ୍ବିତ କେଶଗୁଚ୍ଛ ଭିତରେ ବାଲିକଣା ଭରତି ହୋଇଯାଏ। ଝାଡ଼ିବାକୁ ତର ନଥାଏ। ଦେଖୁ ଦେଖୁ ଯେ ଆହୁରି ଗୋଟାଏ ଖଣ୍ଡିଆଭୂତ ଦୂରରୁ ଉଡ଼ି ଆସୁଛି, ତାକୁ ଯାଇ ଧରିବାକୁ ହେବ। ଖଣ୍ଡିଆଭୂତର ଦେହରେ ନିଜର ଦେହକୁ ମିଶାଇ ଏକାକାର କରିବାକୁ ହେବ।

ସେ ଆକାଶର ବିହଙ୍ଗମକୁ ଅନୁକରଣ କରି ଉଡ଼ିଯିବାକୁ ଇଚ୍ଛା କରେ—ପକ୍ଷୀଟି ଯେପରି ନୀଳ ଆକାଶରେ ନିଜର ଦେହକୁ ମିଶାଇ ଆନନ୍ଦରେ ରବ କରି କରି ଉଡ଼ି ଯାଉଛି। ସୁଶୀଳାର ଇଚ୍ଛା ହୁଏ, ଅକାଶରେ ଉଡ଼ି ଉଡ଼ି ଭାସି ଯାଉଥିବା ସୁନେଲି ରଙ୍ଗ ସଙ୍ଗେ ମିଶିଯିବ, ପୃଥିବୀର କେତେ କେତେ ମୋହନ ଦୃଶ୍ୟ ଦେଖି ଆନନ୍ଦରେ ଆତ୍ମହରା ହୋଇ ପଡ଼ିବ।

ସୁଶୀଳା ସମୁଦ୍ର ଭିତରେ ପଶି ସମୁଦ୍ରର ଢେଉ ଭାଙ୍ଗେ। ସକାଳୁ ସନ୍ଧ୍ୟାଯାଏ ସମୁଦ୍ର ଜଳରେ ମାଛ ପରି ପଡ଼ି ମଣିଆ ଭାଇର ଅପେକ୍ଷା କରୁଥାଏ। ମଣିଆଁ ଆସି ପହଞ୍ଚିଗଲେ, ସେ ଭାରି ଖୁସି ହୁଏ।

କେବେ କେବେ ମଣିଆଁ ତାକୁ ହରିଣ ପଛରେ ଗୋଡ଼ାଉ ଥିବାର ଦେଖି ନିକଟକୁ ଧାଇଁଯାଏ। ଲୁଗା କାନିରେ ତାକୁ ପୋଛିପାଛି ଦେଇ ଗେହ୍ଲା କରେ, କେତେ ବୁଝାଏ। ଭଉଣୀଟି ମୋର, ସୁନାଟି ମୋର, ଆଉ କେଭେ ଖରାରେ ସେପରି ଦୌଡ଼ିବୁ ନାହିଁ। ଚୋର ସିନା ତୋର ପିଠି ଭୁକ୍ଷି ଦେଇ ଥିଲା, ବାଲିହରିଣ ପେଟ କଣା କରିଦେବ।

ପରଦିନ ମଣିଆଁ ସମୁଦ୍ରକୁ ମାଛ ଧରିବାକୁ ଚାଲିଗଲେ ସୁଶୀଳା ପୁନର୍ବାର ତାର ଖେଳରେ ଲାଗିଯାଏ।

ସୁଶୀଳା ଗଳ୍ପ ଶୁଣିବାକୁ ଭଲ ପାଏ। ମଣିଆଁକୁ ଅନେକ ଥର ଗପ କହିବାକୁ

ଅନୁରୋଧ କରେ। ମଣିଆଁ ଘରର କାମ ଧନ୍ଦା ଶେଷ କରି ବିଶ୍ରାମ କରୁଥିବା ସମୟରେ ଗଳ୍ପ କହେ। ସେ କହେ ରୂପେଈର କଥା, ଭଜନାର କଥା, ନିଜର କଥା। କିପରି ରୂପେଈ ତାକୁ ଭଲ ପାଉଥିଲା, କିପରି ତାକୁ ଲେଖି ପଢ଼ି ଶିଖାଇଛି, ଇତ୍ୟାଦି ଇତ୍ୟାଦି।

ଆହୁରି ମଧ୍ୟ କହେ, ଭଜନା ସମୁଦ୍ରରେ ବଣିଜ କରୁଥିବା ସମୟରେ ଯାହା ଯାହା ଘଟିଥିଲା। କେବେ କେବେ ମନଗଢ଼ା ଭୂତର କଥା କହେ। ପୁରୁଣା କଥାଗୁଡ଼ା ବାରମ୍ବାର କହୁଥିଲେ ମଧ୍ୟ ସୁଶୀଳାକୁ ସବୁ ନୂଆ ନୂଆ ଲାଗେ।

ମଣିଆଁ ପାଖରେ ଦୁଇଖଣ୍ଡି ଧନୁ ରଖିଛି। ଧନୁଗୁଡ଼ିକ ଏପରି ଗଢ଼ା ଯେ କେବଳ ତନ୍ତ ପରିବର୍ତ୍ତନ କରିଦେଲେ ସେ ସବୁ ବାଟୁଲିଖଡ଼ାରେ ପରିଣତ ହୋଇ ପାରେ। ସେହି ଧନୁ ନେଇ ଆଜିକାଲି ସମୟ ସମୟରେ ମଣିଆଁ ଦୂରରୁ ବାଲିହରିଣମାନଙ୍କୁ ଆକ୍ରମଣ କରିଥାଏ। ସୁଶୀଳା ତାକୁ ସାହାଯ୍ୟ କରେ। ବାଲିହରିଣ ଚରୁଥିବା ସମୟରେ ସେମାନଙ୍କ ମଧ୍ୟରୁ ଜଣେ ଏକ ପାଖରେ ଏବଂ ଆରକ ଅନ୍ୟ ପାଖରେ ଥାଇ ଆକ୍ରମଣ କରନ୍ତି। ଆହତ ହରିଣ ପଳାଇବାକୁ ଚେଷ୍ଟା କଲେ ଏ ଦୁହିଙ୍କ ହାବୁଡ଼ରୁ ଖସିଯାଇ ପାରେ ନାହିଁ।

କେବେ କେବେ ବାଟୁଲିଖଡ଼ା ଧରି ଆକାଶରେ ଉଡ଼ି ଯାଉଥିବା ପକ୍ଷୀମାନଙ୍କୁ ଲକ୍ଷ୍ୟ କରନ୍ତି। ଅଭ୍ୟାସ କରି କରି ଏପରି ସିଦ୍ଧହସ୍ତ ହୋଇଗଲେ ଯେ, ଉଡ଼ନ୍ତା ଚଢ଼େଇକୁ ବାଟୁଲି ମାରି ତଳେ ପକାଇବା ଏମାନଙ୍କୁ ନିତାନ୍ତ ସହଜ ବୋଲି ମନେ ହେଲା। କାଣ୍ଡବିନ୍ଧିବା ଅପେକ୍ଷା ବାଟୁଲିଖଡ଼ା ମାରିବାରେ ସୁଶୀଳା ମଣିଆଁକୁ ଅକ୍ଳେଶରେ ହରାଇ ପାରେ। ଯେଉଁ ଦିନ ମଣିଆଁ ସମୁଦ୍ର ଭିତରକୁ ମାଛ ଧରିବାକୁ ଯାଏ, ସୁଶୀଳା ପୋଖରୀରୁ ପଙ୍କ ଆଣି ବାଲି ମିଶାଇ ବାଟୁଲି ବଳେ, ସମୁଦ୍ର କୂଳରୁ ଏକ ସ୍ଥାନରୁ ଅନ୍ୟ ସ୍ଥାନକୁ ଦଉଡ଼ି ବାଟୁଲିଖଡ଼ା ଧରି ଛୋଟ ଛୋଟ ଚଢ଼ାଇ ମାରେ।

ସେଦିନ ମସ୍ତବଡ଼ କାଣ୍ଡ ଘଟିଗଲା। ସୁଶୀଳା ଅଜାଣତ ଭାବରେ ବାଟୁଲି ମାରୁ ମାରୁ ଦେଖିଲା, ଜଣେ ଅଶ୍ୱାରୋହୀ ଦୂରରେ ଘୋଡ଼ା ଛୁଟାଇ ଦଉଡ଼ିଛନ୍ତି। ବାଟୁଲି ଅଶ୍ୱାରୋହୀର ଦେହରେ ବାଜିଲା। ସେ ସଙ୍ଗେ ସଙ୍ଗେ ଘୋଡ଼ାରୁ ଖସି ତଳେ ପଡ଼ିଲେ। ପ୍ରଭୁଭକ୍ତ ବିଶାଳକାୟ ଘୋଡ଼ାଟି ଆଉ ଦଉଡ଼ି ନ ଯାଇ ତାଙ୍କରି ପାଖରେ ଠିଆହୋଇ ଚିତ୍କାର କଲା। ସୁଶୀଳା ବାଲି ଗଦାର ଅନ୍ତରାଳରେ ଅନେକ ସମୟ ଅପେକ୍ଷା କଲା। ସେ ଉଠିଲେ ନାହିଁ। ମନରେ ଭୟ ହେଲା। ଚିନ୍ତାକଲା, ଯଦି କପାଳରେ ବାଜିଥିବ! ସେ ଏକମୁହାଁ ହୋଇ କୁଟୀର ଆଡ଼କୁ ଛୁଟିଗଲା। କୁଟୀରରେ ବାଟୁଲିଖଡ଼ା ରଖି ଲୋଟାରେ ଥଣ୍ଡାପାଣି ନେଇ ପୁନର୍ବାର ଛୁଟିଲା ସେହି ଅଶ୍ୱାରୋହୀ ପଡ଼ିଥିବା ଆଡ଼େ।

ନିକଟରେ ଉପସ୍ଥିତ ହୋଇ ସେ ଦେଖିଲା, ଆରୋହୀ ବାଲି ଉପରେ ପ୍ରାଣହୀନ

ପିଣ୍ଡ ପରି ପଡ଼ି ରହିଛନ୍ତି। କପାଳରୁ ରକ୍ତଧାର ବୋହିଯାଉଛି। ବାଟୁଳି କପାଳରେ ବାଜିଥିଲା ନିଶ୍ଚୟ। ସେ ଭୟ ନ କରି ଯୁବକର ମସ୍ତକରୁ ରକ୍ତ ଧୋଇ ଦେଲା। ହୃଦୟରେ ହସ୍ତ ସ୍ଥାପନ କରି ଦେଖିଲା ଜୀବନ ଅଛି। ବାରମ୍ବାର ଥଣ୍ଡାଜଳ ପାନ କରାଇବାରୁ କିଛି ସମୟ ପରେ ତା'ର ଚେତା ଆସିଲା। ସେ ଆଖି ଖୋଲି ଚାହିଁଲା। ଦେଖିଲା ନିକଟରେ ଜଣେ ବାଳିକା ଠିଆ ହୋଇଛି। ହାତରେ ତାର ଜଳପାତ୍ର।

ସେ ଉଠି ବସିଲା। ବାଳିକା ଧୀରେ ଧୀରେ ଆଡ଼େଇ ହୋଇ ଚାଲି ଯିବାକୁ ଉଦ୍ୟତ ହେଲା। ତାର ମନେ ହେଲା ସେ ଯେପରି ଏ ଯୁବକକୁ ଏହା ପୂର୍ବରୁ ଆହୁରି କେବେ ଦେଖିଛି ଏବଂ ଭଲ ଭାବରେ ଚିହ୍ନିଛି। ଯୁବକ ମଧ ମନେ କଲା ଯେପରି ସେ ଏ ବାଳିକାକୁ ଆଉ କେବେ ଦେଖିଛି।

ବାଳିକାକୁ ଚାଲି ଯାଉଥିବାର ଦେଖି, ଯୁବକ ହାତଠାରି ପାଖରୁ ଡାକିଲା। ବାଳିକା ଶୁଣିଲା ନାହିଁ। ତାର ମନରେ ଭୟ, କାଳେ ସେ ତାକୁ ଧରି ଦଣ୍ଡ ଦେବ। ଦୂରରେ ଠିଆ ହୋଇ ସେ ପଚାରିଲା, କ'ଣ ?

ଯୁବକ ହାତଠାରି ଜଣାଇଲା ଶୋଷ କରୁଛି। ବାଳିକା ନିକଟକୁ ଯାଇ ପାତ୍ରଟି ବଢ଼ାଇ ଦେଲା। ପଚାରିଲା, ଘୋଡ଼ା ଉପରୁ ଖସିପଡ଼ି ଆଘାତ ଲାଗିଛି କି ?

ଢକ ଢକ କରି ଜଳତକ ଉଦରସ୍ଥ କରି ସେ ଉତ୍ତର ଦେଲା, ନା। ବାଲିଜାଗା ତ—କିଛି କ୍ଷତି ହୋଇ ନାହିଁ। କେବଳ ମୁଣ୍ଡରେ ଗୋଟାଏ କଣ ବାଜି ଯିବାରୁ ମୁଣ୍ଡ ଫାଟି ଯାଇଛି। ବାଳିକା ବୁଝିପାରିଲା, ତା ପ୍ରତି ତାଙ୍କର ସନ୍ଦେହ ହୋଇ ନାହିଁ। ତେଣୁ ସେ ସାହସ ଧରି ପଚାରିଲା, ଟିକେ ଦମ୍ ନେବ ଛାଇରେ ?

ଯୁବକ ପ୍ରଶ୍ନର ଉତ୍ତର ଦେବା ପୂର୍ବରୁ ଗୋଟାଏ ତୁରୀ ଧରି ଚାରି ଥର ଫୁଙ୍କିଦେଲା। ତୁରୀ ନାଦରେ ବାଲୁକା ପ୍ରାନ୍ତର ପ୍ରକମ୍ପିତ ହେଲା। ସୁଶୀଳା ସମୁଦ୍ର ଆଡ଼କୁ ଅନାଇ ଦେଖିଲା, ବହୁ ଦୂରରେ ଗୋଟାଏ ବୋଇତ ପାଲ ଟାଣି ଯାଉଛି। ସେ ବୋଇତ ଆଡ଼କୁ ଚାହିଁ ରହିଲା। ବୋଇତ ପାଲ ଖୋଲି କୂଳ ଆଡ଼କୁ ଆସିଲା। ଏହି ସମୟରେ ସେ ହଠାତ୍ ଚମକି ପଡ଼ି ଦେଖିଲା, ଯୁଦକ ତାର ହାତ ଧରି ହସୁଛି। ବାଳିକାର ମନରେ ଭୟ ହେଲା। ସେ ଭୀତା ହୋଇ ଅନୁରୋଧ କଲା, ମୋତେ ଛାଡ଼ିଦିଅ।

ଯୁବକ କହିଲା, ଯଦି ମୋର ପ୍ରଶ୍ନ ଗୁଡ଼ିକର ଉତ୍ତର ଦେବ ତେବେ ତୁମକୁ ଛାଡ଼ିଦେବି। ଆଗ କହ, ତୁମେ କିଏ ?

ବାଳିକା କହିଲା, ମୁଁ ଜାଣେ ନାହିଁ ? ମତେ ଛାଡ଼।

ଏ, ଜାଣ ନାହିଁ, ତମେ ନିଜେ କିଏ ?

ନା, ଓଃ ଛାଡ଼।

ଭୟ କର ନା । ମୁଁ ତୁମର କିଛି ଅନିଷ୍ଟ କରିବି ନାହିଁ ।

ମୋ ହାତ ଛାଡ଼ି ଦେଉନା କାହିଁକି ?

ହଁ, ଛାଡ଼ିଦେବି । ଆଗ ମୁଁ ଯାହା ପଚାରୁଚି କହ । ତମେ ଏ ବାଲୁକା ପ୍ରାନ୍ତରେ ଏକାକୀ ବୁଲୁଛ କାହିଁକି ? ନିକଟରେ ବସ୍ତି ଅଛି ?

ନା, ଓଃ, ମୋ ହାତ ଛାଡ଼ ।

ବସ୍ତି ନାହିଁ ? ତମେ ଏ ସମୁଦ୍ର କୂଳକୁ କିପରି ଆସିଲ ?

ମୁଁ ଜାଣେ ନାହିଁ ।

ମୁଁ ଛାଡ଼ିବି ନାହିଁ । ଧରି ନେବି । ମୋର ପ୍ରଶ୍ନର ଉତ୍ତର ଦିଅ । ଏଠି ତମର ବାପା ମା' କି ଆଉ କେହି ଅଛନ୍ତି ?

ସରଳା ବାଳିକା ଏତେ ଛନ୍ଦ କପଟ ଜାଣିବ କାହୁଁ ? ସେ ଉତ୍ତର ଦେଲା, ବର୍ତ୍ତମାନ ଏଠାରେ କେହି ନାହାନ୍ତି ।

ତମର ବାପ ମା' ଅଛନ୍ତି ?

ନା, ମୋର ଏଠି କେହ ନାହାନ୍ତି । ଭାଇ ଅଛନ୍ତି । ସେ ମାଛ ଧରିବାକୁ ଯାଇଛନ୍ତି । ମୁଁ ଏଠି ବୁଲୁଥିବି, ତୁମକୁ ଦେଖି ଏଠିକି ଆସିଛି । ଭାଇ ଆସିବଣି । ମୁଁ ଯିବି, ମତେ ଛାଡ଼ । ମତେ ଏତେକଥା କାହିଁକି ପଚାରୁଛ ? ମୁଁ ଆଉ କିଛି କହିବି ନାହିଁ ।

ଆଉ ଅଧିକା କିଛି କହିବା ଦରକାର ନାହିଁ । ମୋର ଇଚ୍ଛା, ତୁମକୁ ମୁଁ ମୋ ସଙ୍ଗରେ ଆମ ଘରକୁ ନେଇଯିବି । ଏପରି ଏକୁଟିଆ ସ୍ଥାନରେ ରହିବ କାହିଁକି ? ଆମ ଘରକୁ ଚାଲ । ସେଠାରେ ସୁଖରେ ରହିବ ।

ତମର ସିନା ଇଚ୍ଛା, ମୋର ତ ଇଚ୍ଛା ନୁହେଁ । ମୁଁ ମୋ ଭାଇକୁ ଛାଡ଼ି ତମ ସାଙ୍ଗରେ କାହିଁକି ଯିବି ?

ବାଳିକା ଯୁବକର ମୁହଁକୁ ଚାହିଁଲା । ଦେଖିଲା ତାର ଚକ୍ଷୁରୁ କିପରି ଗୋଟାଏ ଭୟର ଭାବ ଫୁଟି ଉଠୁଛି । ଭୟ ହେଲା—କାଳେ ସତରେ ତାକୁ ଧର ନେବ । କରିବ କ'ଣ ? ମଣିଆଁ ଭାଇକି ଛାଡ଼ି ସେ କୌଣସି ସ୍ଥାନକୁ ଯାଇ ନ ପାରେ ।

ତାର ଚକ୍ଷୁ ଢଳ ଢଳ ଦେଖାଗଲା । ସେ ବିନୀତ ହୋଇ କହିଲା, ତମ ଗୋଡ଼ ତଳେ ପଡୁଛି, ମତେ ଛାଡ଼ ଦିଅ । ଭାଇ ଆସି ମୋତେ ଖୋଜୁଥିବ, ମୁଁ ଯିବି ।

ଯୁବକର ମୁଖରେ ହାସ୍ୟ ଫୁଟି ଉଠିଲା । ସେ ବାଳିକାର ହାତକୁ ଜୋର୍‌ରେ ଚିପି ଧରି ହସି ହସି କହିଲା, ଚିରଦିନ କ'ଣ ଭାଇ ସାଙ୍ଗରେ ଏଠି ଥିବ ? ଦିନେ ତ ଭାଇକୁ ଛାଡ଼ି ଶାଶୂଘରକୁ ଯିବାକୁ ପଡ଼ିବ । ଆଜି ନ ଯିବ କାହିଁକି । ଅବାଧ୍ୟତା ଦେଖାଅ ନାହିଁ । ଆଜି ମୋ'ରି ସାଙ୍ଗରେ ଶାଶୂଘରକୁ ଯିବାକୁ ପଡ଼ିବ, ଜାଣିଲ ।

ଶାଶୂଘର କ'ଣ ସେ ବୁଝି ପାରିଲା ନାହିଁ। ତଥାପି ଏତିକି ବୁଝିଲା ଯେ ମଣିଆଁ ଭାଇଠାରୁ ଛଡ଼ାଇ ଅନ୍ୟତ୍ର ନେଇ ଯିବାକୁ ଯୁବକ ଇଚ୍ଛା କରିଛି। ଚକ୍ଷୁରୁ ଲୋତକ ଧାର ଗଡ଼ି ପଡ଼ିଲା। ଯୁବକର ସେ ଆଡ଼କୁ ଲକ୍ଷ୍ୟ ନାହିଁ। ସେ ପୂର୍ବପରି ବାଳିକାକୁ ଅଟକାଇ ରଖିଲା। ବାଳିକା ପୁନର୍ବାର ଅନୁନୟ ବିନୟ କରି ତାକୁ ଛାଡ଼ିଦେବାକୁ କହିଲା। ସେ ଶୁଣିଲା ନାହିଁ।

ଯୁବକ ଆଙ୍ଗୁଠି ବଢ଼ାଇ କହିଲା, ହେଇ ଦେଖ, ସମୁଦ୍ରରେ ଯୋଉ ବୋଇତ ଦିଶୁଛି ସେଥିରେ ତମ୍ଭୁକୁ ଯିବାକୁ ପଡ଼ିବ। ସୁଶୀଳା ସମୁଦ୍ରକୁ ଚାହିଁଲା, ଦେଖିଲା ସତକୁ ସତ ଗୋଟାଏ ବୋଇତ ଆସି ସମୁଦ୍ର କୂଳର ଅତି ନିକଟରେ ହେଲାଣି। ସୁଶୀଳା ଭାବିଲା ବଳ ପ୍ରୟୋଗ କରି ଏହା ନିକଟରୁ ମୁକ୍ତ ହୋଇ ପଳାଇବା ଅସମ୍ଭବ। ଉପାୟ କ'ଣ? ସେ ମଣିଆଁଭାଇକୁ ଛାଡ଼ି କୌଣସି ଆଡ଼େ ଯିବ ନାହିଁ।

ସୁଶୀଳା ନଇଁପଡ଼ି ଆର ହାତରେ ମୁଠାଏ ବାଲି ଧରିଲା। ଯୁବକ ହସ ହସ ମୁହଁରେ ବାଳିକା ଆଡ଼କୁ ଯେପରି ଚାହିଁଛି, ସୁଶୀଳା ବାଲି ମୁଠାକ ସଜୋରେ ତାର ଆଖିକୁ ଛାଟି ଦେଲା। ଯୁବକ ଅତର୍କିତ ଭାବରେ ଏପରି ଆଘାତ ପାଇ ହଠାତ୍ ଚକ୍ଷୁ ବନ୍ଦ କରିବା ସଙ୍ଗେ ସଙ୍ଗେ ହାତ ଛାଡ଼ିଦେଲା। ଏହି ଅବସରରେ ବାଳିକା ପାତ୍ର ହାତରେ ଧରି ବିଜୁଳି ବେଗରେ ପଳାୟନ କଲା।

ଯୁବକ ଚକ୍ଷୁ ଖୋଲି ଚତୁର୍ଦ୍ଦିଗକୁ ଅନାଇଁଲା। କେହି ନାହିଁ। ବାଳିକା ଅନ୍ତର୍ହିତ ହୋଇ ଗଲାଣି। ତାର ପତ୍ତା ନାହିଁ। ହିନ୍ଦୁ ଘରର ଅନ୍ଧବିଶ୍ୱାସ ସଙ୍ଗେ ସଙ୍ଗେ ତା'ର ମନକୁ ଆସିଲା। ସେ ଚିନ୍ତାକଲା, ମୋତେ ବିପଦାପନ୍ନ ଦେଖି, ଆମର ଅଧିଷ୍ଠାତ୍ରୀ ଦେବୀ ମା ମଙ୍ଗଳା କ'ଣ ଆଉ ମୋତେ ଉଦ୍ଧାର କରିବାକୁ ଆସିଥିଲେ? ମୋର ମାଙ୍କର ଅଚଳା ଭକ୍ତି ସର୍ବଦା ଥାଏ ତାଙ୍କ ଉପରେ। ମୋର ମନ ବିଡ଼ିବାକୁ ଆଉ କ'ଣ ସେ ବାଳିକା ବେଶରେ ମୋ ନିକଟରେ ଠିଆ ହୋଇଥିଲେ? ନୋହିଲେ ସାଧାରଣ ବାଳିକା ପକ୍ଷରେ ଏତେ ଶୀଘ୍ର ଉଭେଇ ଯିବା ଅସମ୍ଭବ। ସନ୍ଦିହାନ ହୋଇ ସେ ମା'ମଙ୍ଗଳାଙ୍କ ଉଦ୍ଦେଶ୍ୟରେ ପ୍ରଣାମ କଲା। ସଙ୍ଗେ ସଙ୍ଗେ ତୁରୀ ବଜାଇଲା।

ସୁଶୀଳା ଅଧିକ ଦୂର ଯାଇ ନ ପାରି ଗୋଟିଏ ବାଲିଗଦାର ଆଢୁଆଳରେ ଲୁଚି ଯୁବକର କାର୍ଯ୍ୟକଳାପ ପ୍ରତି ନଜର ରଖିଲା। ମନରେ ଭୟ ହେଉଥାଏ—କାଳେ ତାର ପାଦଚିହ୍ନ ଦେଖି ସେ ଘୋଡ଼ା ଦଉଡ଼ାଇ ତାର ପଛେ ପଛେ ଗୋଡ଼ାଇବ।

ସୁଶୀଳା କିଛିକ୍ଷଣ ଅପେକ୍ଷା କରି ଦେଖିଲା, ବୋଇତ କୂଳରେ ଲାଗିବା ସଙ୍ଗେ ସଙ୍ଗେ କେତେଜଣ ଲୋକ ଯୁବକ ନିକଟରେ ଉପସ୍ଥିତ ହୋଇ ପ୍ରଣାମ କଲେ। ସେମାନଙ୍କ ମଧ୍ୟରେ ଆଲୋଚନା ଚାଲିଲା। କିଛି ସମୟ ପରେ ଜଣେ ନାବିକକୁ

ଛାଡ଼ି ଅନ୍ୟ ସମସ୍ତେ ଯୁବକକୁ ସଙ୍ଗରେ ଘେନି ବୋଇତକୁ ଫେରିଲେ। ବୋଇତ ସମୁଦ୍ର ମଧ୍ୟକୁ ଚାଲିଲା। ଯେଉଁ ଜଣକୁ ଛାଡ଼ି ଯାଇଥିଲେ ପରେ ସେ ଅଶ୍ୱାରୋହଣ କରି ସମୁଦ୍ର କୂଳେ କୂଳେ ଅଶ୍ୱ ଛଟାଇ ଦେଲା। ଅଶ୍ୱ ଅଦୃଶ୍ୟ ହେଲାରୁ ସୁଶୀଳା ଘର ଆଡ଼େ ଚାଲିଲା।

ଯାଉ ଯାଉ ବାଟରେ ତାର ନଜର ପଡ଼ିଗଲା ବାଁହାତ ମଝି ଆଙ୍ଗୁଠି ଉପରେ। ଏତେବେଳ ଯାଏ ତାକୁ ହାତଟା ଅଡୁଆ ଅଡୁଆ ଲାଗୁଥିଲା। ସେ ତେଣିକି ନଜର ଦେଇ ନ ଥିଲା। ମନରେ ଉଦ୍‌ବିଗ୍ନତା ଥିବାରୁ ଗୋଟେ ସାଧାରଣ କଥାକୁ ସେ ନିଘା ଦେଇ ନ ଥିଲା। ଦେଖିଲା ଆଙ୍ଗୁଠିରେ ସୁନାର ମୁଦିଟିଏ। କେବଳ ସୁନା ନୁହେଁ ତହିଁରେ ଖଣ୍ଡେ ହୀରା ଲାଗିଛି। ଏ ଆସିଲା କାହୁଁ? ସୁଶୀଳା ଭାବିଲା, ନିଶ୍ଚୟ ସେହି ଯୁବକ, ଦେଇଛି। ଯାକୁ ମୁଁ କ'ଣ କରିବି ? ଫୋପାଡ଼ି ଦେବି ? ମୁଦିର ସୌନ୍ଦର୍ଯ୍ୟରେ ସେ ମୋହିତ ହୋଇଥିଲା, ତେଣୁ ଇଚ୍ଛାକଲା ତାକୁ ନେଇ ମଣିଆଁ ଭାଇକୁ ଦେଖାଇବ।

ସୁଶୀଳା ଘରକୁ ଫେରିଆସି ଦେଖିଲା ମଣିଆଁ ଭାଇ ଆସି ସାରିଛି। ମଣିଆଁ କିଛି ପଚାରିବା ଆଗରୁ ସେ ଠିକେ ଠିକେ ସମସ୍ତ କଥା ଜଣାଇଲା। ମଣିଆଁ ବାଳିକାର କୌଶଳ ନିମନ୍ତେ ତାକୁ ପ୍ରଶଂସା କଲା।

ସୁଶୀଳା ଲେଖିପଢ଼ି ଜାଣିଲାଣି। ମଣିଆଁର ଅନୁପସ୍ଥିତିରେ ସମୟ ସମୟରେ ଭଜନାର ଜୀବନୀ ପଢ଼େ। କେବେ କେବେ ମଣିଆଁ ନିଜେ ପଢ଼ି ଶୁଣାଏ। ଭଜନାର ଜୀବନୀ ପଢ଼ି ପଢ଼ି ମଣିଆଁ ସମୁଦ୍ର ବିଷୟରେ ଅନେକ କଥା ଶିଖି ପାରିଲାଣି। ଏବେ ତା'ର ମନର ଭାବ ପରିବର୍ତ୍ତିତ ହେଲାଣି। ତା'ର ଆଉ ଇଚ୍ଛା ନାହିଁ ଗ୍ରାମ ବା ସହରକୁ ଯାଇ ବସତି ସ୍ଥାପନ କରିବ। କିପରି ସମୁଦ୍ରକୁ ଯାଇ ସମୁଦ୍ରର ସୌନ୍ଦର୍ଯ୍ୟ ଉପଲବ୍ଧି କରିବ, ଦେଶରେ ଜଣେ ପ୍ରଧାନ ନାବିକ ବୋଲି ଗଣ୍ୟ ହେବ ଏବଂ ସମୁଦ୍ରରେ ଜଳଦସ୍ୟୁଙ୍କର ଅତ୍ୟାଚାରରୁ ନିରୀହ ବଣିକଙ୍କୁ ରକ୍ଷା କରି ପାରିବ, ଏହା ହେଲା ତା'ର ଲକ୍ଷ୍ୟ।

ଲକ୍ଷ୍ୟକୁ କାର୍ଯ୍ୟରେ ପରିଣତ କରିବାକୁ ହେଲେ କ'ଣ କରିବାକୁ ହେବ ସେ ଜାଣେ ନାହିଁ। ଉପଦେଶ ଦେବାକୁ କେହି ନାହିଁ। ଘରେ ରହି କେବଳ ଉଦର ଚିନ୍ତାରେ କାଳାତିବାହିତ କଲେ ତ ଲକ୍ଷ୍ୟ ନିଜେ ନିଜେ ଚରିତାର୍ଥ ହେବ ନାହିଁ। ଉଦ୍‌ଯୋଗ ଆବଶ୍ୟକ, ଧନ ଆବଶ୍ୟକ, ଉତ୍ସାହ ଆବଶ୍ୟକ। ମଣିଆଁ ଭାବିଲା, ଯଦି ସେ ତାର

ମାତାଙ୍କ ଉପହାର ରତ୍ନଟି ବିକ୍ରୟ କରେ ଏବଂ ତାହାରି ମୂଲ୍ୟରେ ବୋଇତ କିଣି ବଣିଜ କରିବାରେ ନିଜକୁ ନିଯୁକ୍ତ କରେ, ତେବେ କେଜାଣିବା ସେ ସମୁଦ୍ର ସଙ୍ଗେ ଭଲଭାବରେ ପରିଚିତ ହୋଇ ପାରିବ।

ବୋଇତ କିଣିଲେ ମାଲମତା କିଣିବା ଦରକାର, ବୋଇତ ଚଳାଇବାକୁ ନାବିକ ଦରକାର। ଏସବୁ ଏତେ ଶୀଘ୍ର ସେ ପାଇବ କୋଉଠୁ ? ସୁଶୀଳାକୁ ଛାଡ଼ିଯିବ କାହା ପାଖରେ ? ଯଦି ନିଜର ବୋଇତ ହୁଏ ତେବେ କେଜାଣି ତାକୁ ସଙ୍ଗରେ ନେଇପାରେ, କିନ୍ତୁ ଯଦି ଅନ୍ୟ କୌଣସି ବଣିକଙ୍କ ଜାହାଜରେ ଜଣେ ସାଧାରଣ ନାବିକ ହୋଇ ରହିବ, ସମୁଦ୍ର ବିଷୟରେ ଅନେକ କଥା ଜାଣିବା ନିମନ୍ତେ, ତେବେ ତ ସୁଶୀଳାକୁ ସଙ୍ଗରେ ନେଇଯିବା ସୁବିଧା ହେବ ନାହିଁ।

ମଣିଆଁ ଏହିପରି ଅନେକ ସମୟରେ ଚିନ୍ତା କରିଥାଏ। ପରକ୍ଷଣରେ ସୁଶୀଳା ଆସି ତା'ର ବଙ୍କାଦେହର ସମସ୍ତ ଭାର ଭାଇ ଉପରେ ଲଦି କହେ, ଭାଇ, ତମେ ସବୁବେଳେ ଏତେ କ'ଣ ଭାବୁଛ ? ଆସ ଯିବା ହରିଣ ଧରିବା। ସେ ମଣିଆଁର ହାତ ଧରି ଟାଣେ। ମଣିଆଁ ତାରି ହସ ହସ ସୁନ୍ଦର ମୁହଁକୁ ଅନାଇଁ ଦେଲେ କୌଣସି କଥାରେ ବାଧା ଦେଇ ପାରେ ନାହିଁ। ମନ ମଧ୍ୟରେ କିପରି ଗୋଟିଏ ଭାବର ଉଦୟ ହୁଏ। ସେ ହସିଦେଇ ସୁଶୀଳା ସଙ୍ଗେ ବାହାରି ପଡ଼େ।

ଏଣିକି ସୁଶୀଳା ଘରର ସମସ୍ତ ଭାର ନିଜ ମୁଣ୍ଡକୁ ନେଲାଣି। ରୋଷାଇବାସ ଠାରୁ ଆରମ୍ଭ କରି ଘରର ଯାବତୀୟ କାର୍ଯ୍ୟ ନିଜ ହାତରେ କରେ। ମଣିଆଁ ତହିଁରେ ତାକୁ ସାହାଯ୍ୟ କରିବାକୁ ବସିଲେ ସେ ବିରକ୍ତ ହୋଇ କୃତ୍ରିମ କ୍ରୋଧ ପ୍ରକାଶ କରେ। ବାରଣ କରି କହେ, ସମୁଦ୍ରରେ କାର୍ଯ୍ୟ କରି କ୍ଳାନ୍ତ ହୋଇଯାଇଛ, ଘରର କାମ କରିବାକୁ ଦେବି ନାହିଁ। ଯାଅ ଚୁପ୍‌କରି ବସି ପଡ଼ିବ। ଟିକିଏ ହସି ଦେଇ କହେ, ନୋହିଲେ ଚୁପ୍‌କରି ବସି ଭାବିବ ଯାଅ।

ସୁଶୀଳାର କଥାରେ ମଣିଆଁ କାନ ନ ଦେଇ କାର୍ଯ୍ୟ କରିବାକୁ ବସିଲେ ସେ ବିରକ୍ତ ହୋଇ କହେ, ମରଦ ପୁଅ କେଉଁକାଳେ କେଉଁ ଗାଁରେ ଘରକାମ କରୁଥାନ୍ତି ? ତୁମେ ମୋ ପାଖରୁ ଚାଲିଯାଅ। ଏ ସବୁ ମାଇକିନିଆଙ୍କର କାମ—ତମର ନୁହେଁ।

ମଣିଆଁ କାର୍ଯ୍ୟ କରିବାରୁ ବିରତ ହୋଇ କହେ, ତୁ କେଇଟା ଗାଁ ଦେଖିଛୁ ଟିକିଏ କହିଲୁ, ମୁଁ ଶୁଣେ ? ଏଡ଼େବଡ଼ ମାଇକିନିଆଟେ ତୁ ହୋଇ ଗଲୁଣି ସୁଶୀଳା ? ତୁ ପରା କାଲିକାର ଛୁଆ, ମୋ ଆଗର ଛୁଆ।

ଲଜ୍ଜାରେ ସୁଶୀଳାର ମୁହଁ ଲାଲ ପଡ଼ିଯାଏ। ସେ କହେ କାହିଁକି, ମୁଁ ଗାଁ ଦେଖି ନାହିଁ ? ସୁନାହାଟ କେତେଥର ଦେଖିଛି।

ଦେଖି ଦେଖି ସେହ ସୁନାହାଟ ଗାଁ ବକଟକ ତ ଆଉ କ'ଣ? ଏହା କହି ମଣିଆଁ ସୁଶୀଳା ମୁହଁକୁ ଚାହେଁ। ସୁଶୀଳା ଲଜ୍ଜାରେ ମୁଖାବନତ କରେ। ମଣିଆଁ ଧୀରେ ଧୀରେ ସେଠାରୁ ଖସି ଚାଲିଯାଏ ଧନୁ ଧରି ଚଢ଼େଇ ମାରିବାକୁ। ଭାବେ—ସୁଶୀଳା ଦେଖିବାକୁ ସୁନ୍ଦର, ମୁହଁଟି ଦେଖିବାକୁ ପୂର୍ଣ୍ଣମୀ ଚାନ୍ଦ ପରି, ଚକ୍ଷୁ ଦିଓଟି ଦୁଇଟି ତାରା। ହସୁଥିଲାବେଳେ ଦାନ୍ତଗୁଡ଼ିକ ମୋତି ପରି ଝଲସି ଉଠେ, ତିଳଫୁଲ ପରି ନାସିକାଟି ନାଚି ଉଠେ।

ଏହିପରି ଚିନ୍ତା କରୁ କରୁ ଶରୀର ଏକ ଅଜଣା କମ୍ପନରେ କମ୍ପି ଉଠେ। ସୁଶୀଳାର ମୁହଁକୁ ଆହୁରି ଥରେ ଚାହିଁବାକୁ ଇଚ୍ଛା ହୁଏ। ସେ ମୁହଁ ଫେରାଇ ପଛକୁ ଚାହେଁ, କ'ଣ ଦେଖେ? ସୁଶୀଳା ତାହାରି ଆଡ଼କୁ ଅନାଇ ରହିଛି। କ୍ଷଣକାଳ ପର୍ଯ୍ୟନ୍ତ ଚାରିଆଖି ଏକାଠି ହୁଏ। ପୁନର୍ବାର ଉଭୟେ ଚକ୍ଷୁ ବିପରୀତ ଦିଗକୁ ଫେରାନ୍ତି। କି ଏକ ଅଜଣା ଭାବ ଉଭୟଙ୍କର ହୃଦୟ ଅଧିକାର କରି ବସେ। ଉଭୟେ ଚିନ୍ତା କରିବାରେ ଲାଗିଯାନ୍ତି।

ଅଲକ୍ଷ୍ୟରେ ଆସି ଯୌବନର ସ୍ନିଗ୍ଧ ତରଙ୍ଗ ବାଳିକାର ସମଗ୍ର ଶରୀର ଅଧିକାର କରିଛି। ପ୍ରତ୍ୟେକ ଅଙ୍ଗ-ପ୍ରତ୍ୟଙ୍ଗରୁ ସତେ କି ଯୌବନର ଲାବଣ୍ୟ ବୋହି ପଡ଼ୁଛି। ବିସ୍ତୀର୍ଣ୍ଣ ସେହି ନିର୍ଜନ ବାଲୁକା ପ୍ରାନ୍ତରରେ ଆବାଲ୍ୟରୁ ବଢ଼ି ଆସିଛି। ତେଣୁ ଯୌବନ-ସୁଲଭ ରୀତିନୀତି ତା ଠାରେ ଅଳ୍ପ ଦେଖାଯାଏ। ବାଳିକାର ସରଳତା, ଚପଳତା, ତାଠାରୁ ଅନ୍ତର୍ହିତ ହୋଇନାହିଁ। ମାନବ ସମାଜରୁ ବହୁଦୂରରେ ବଢ଼ିଥିବାରୁ ଏବଂ ମାନବ ସମାଜ ସଙ୍ଗେ ତାର ସମ୍ପର୍କ ନିତାନ୍ତ ଅଳ୍ପ ଥିବାରୁ ସେ ପରିଧାନ ବିଷୟରେ ଅତ୍ୟଳ୍ପ ମାତ୍ର ଜାଣେ।

ବସ୍ତ୍ରଦ୍ୱାରା ଶରୀରକୁ ଉତ୍ତମରୂପେ ଘୋଡ଼ାଇ ରଖିବା—ସେ ଭାବେ ଗୋଟାଏ ବନ୍ଧନ। ସମୟେ ସମୟେ ଭାବେ ବିଳାସ। ସେ ଅନେକଙ୍କୁ ବସ୍ତ୍ର ପରିଧାନ କରିବାର ଦେଖିଛି, ମାତ୍ର ନିଜେ କେବେ ନିଜକୁ ସେପରି ଉତ୍ତମ ଭାବରେ ଆବୃତ କରି ନାହିଁ। ତା'ର ମଣିଆଁ ଭାଇ ଯେପରି ପିନ୍ଧେ, ସେ ବାଲ୍ୟକାଳରୁ ସେପରି ପିନ୍ଧି ଆସିଛି। ଆଜି ଯେ ତାର କି ଏକ ପରିବର୍ତ୍ତନ ହୋଇଛି, ତେଣୁ ଶରୀର ଉତ୍ତମ ଭାବରେ ଆବୃତ କରିବାକୁ ହେବ, ସେ ଜାଣେ ନାହିଁ।

ମଣିଆଁର ନିକଟବର୍ତ୍ତୀ ଗ୍ରାମମାନଙ୍କରେ ଯଥେଷ୍ଟ ସମ୍ପର୍କ ଥିଲେ ମଧ୍ୟ ସେ କେବେହେଲେ ଏ ବିଷୟରେ ସୁଶୀଳାକୁ ଉପଦେଶ ଦେଇ କୃତକାର୍ଯ୍ୟ ହୋଇ ନାହିଁ। ଯଦି ସେ କେବେ ସୁଶୀଳାକୁ ଶରୀର ଆବୃତ କରିବାକୁ ଆଦେଶ କରେ, ସୁଶୀଳା ଅକୁଣ୍ଠିତ ଭାବରେ ଉତ୍ତର କରେ, ଭାଇ, ମତେ ଯେମିତି କହୁଛ ଆଗ ତେମେ ସେମିତି ପିନ୍ଧ, ତମକୁ ଦେଖି ମୁଁ ପିନ୍ଧିବି।

ମଣିଆଁ ତ ଆଉ ସ୍ତ୍ରୀ ସାଜିବ ନାହିଁ, ସେ ମୁଖ ଗମ୍ଭୀର କରି ସେଠାରୁ ଚାଲିଯାଏ। ଭାବେ, ଆଚ୍ଛା ନିର୍ବୋଧ ତ, କଥା କହିଲେ ଶୁଣୁ ନାହିଁ; ତାକୁ କ'ଣ ଲଜ୍ଜା ନାହିଁ? ପରକ୍ଷଣରେ ଭାବେ, ନା, ଯେତେହେଲେ ସୁଶୀଳାଟି ମୋର ଭାରି ସୁନ୍ଦର। ଆଲୁରୀବାଲୁରୀଟା। କିଛି ଜାଣେ ନାହିଁ। ସେ ମୋତେ ଭଲ ପାଏ।

ମଣିଆଁ ମୁହଁ ବୁଲାଇ ପଛକୁ ଅନାଏଁ, ଦେଖେ ସୁଶୀଳା ମଧ୍ୟ ତାହାରି ଆଡ଼କୁ ଅନାଇଛି।

ମଣିଆଁ ଘରେ ଥିବାଯାଏ ସୁଶୀଳା ଭାଇକୁ ଅନୁକରଣ କରି ଲୁଗା ଖଣ୍ଡ ଇଚ୍ଛା ବିରୁଦ୍ଧରେ ପିନ୍ଧିଥାଏ। ମଣିଆଁ ସମୁଦ୍ର ଭିତରେ ଟିପାକାଠି ନେଇ ପ୍ରବେଶ କରି ଅଦୃଶ୍ୟ ହୋଇଗଲେ, ସେ ନିଜ ନଗ୍ନ ଦେହ ସମୁଦ୍ରରେ ଭସାଇ ଦିଏ। ଲୁଗାଖଣ୍ଡି କୂଳରେ ରଖେ—ଓଦା ହୋଇଯିବ। ସମୁଦ୍ର ଜଳରେ ଖେଳ ନଗ୍ନ ପ୍ରକୃତି ଦେହରେ ତାର ନଗ୍ନ ଯୌବନର ସୌନ୍ଦର୍ଯ୍ୟ ମିଶାଇ ଦିଏ।

ସ୍ଥଳଭାଗରେ କ୍ରୀଡ଼ା କରୁଥିବା ସମୟରେ ଲୁଗାଖଣ୍ଡି ପିନ୍ଧିଥାଏ। ଆକାଶରେ ମେଘ ଉଠିଲେ, କିମ୍ବା ପବନ ଅତି ବେଗରେ ବହିଲେ ସେ ତା'ର ହାତ ଦୁଇଟି ଟେକି ସମୁଦ୍ରର ବେଳାଭୂମିରେ ଦଉଡୁଥାଏ। ଅଯତ୍ନ ପରିହିତ ଲୁଗାଖଣ୍ଡି ଖୋଲି ଗଲେ ସୁଦ୍ଧା ତେଣିକି ତାର ନିଘା ନାହିଁ। ସେ ଯେପରି ନଗ୍ନ ପ୍ରକୃତିକୁ ଚୁମ୍ବନ କରିବାକୁ ଧାଏଁ।

କେବେ କେବେ ଲୁଗା ଖଣ୍ଡି ଖୋଲି ପବନରେ ଉଡ଼ାଏ। ପବନ ବସନ ଖଣ୍ଡି ଉଡ଼ାଇ ନିଏ ଉପରେ ଉପରେ। ସୁଶୀଳାର ଇଚ୍ଛା ହୁଏ ସେ କିପରି ଉପରକୁ ଉଡ଼ିଯାନ୍ତା ଏବଂ ତାର ଲୁଗାଖଣ୍ଡ ଦୁଷ୍ଟ ପବନ ହାତରୁ ବଳପ୍ରୟୋଗ କରି ଛଡ଼ାଇ ଆଣନ୍ତା। ମାତ୍ର ପାରେ ନାହିଁ। ହାତ ବଢ଼ାଇ ଲୁଗା ପାଇବାକୁ ବାଲୁକାରାଶି ଉପରେ ପବନର ପଛେ ପଛେ ଗୋଡ଼ାଇ ଯାଏ। ସଂସାରର ବନ୍ଧନରୁ ବହୁ ଦୂରରେ ସେ, ପ୍ରକୃତିର ସୌନ୍ଦର୍ଯ୍ୟରେ ସେ ଆତ୍ମହରା।

ସେଦିନ ମେଘ ଚତୁର୍ଦ୍ଦିଗ ଘୋଟିଥିଲା। ମଧ୍ୟାହ୍ନ, ମାତ୍ର ସୂର୍ଯ୍ୟ ଦେବଙ୍କର ଦେଖା ନାହିଁ। ପବନ ଅତି ବେଗରେ ବହୁଛି। ମେଘ ଦେହରୁ ସମୟ ସମୟରେ ଜଳବିନ୍ଦୁ ଖସି ପଡୁଛି ସେହି ବିସ୍ତୀର୍ଣ୍ଣ ବାଲୁକା-ଶଯ୍ୟା ଉପରେ। କେବେ କେବେ ବାଲିକଣା ଉଡ଼ାଇ ପବନ ସାଗରର ବକ୍ଷୋଭିତ ବକ୍ଷରେ ପକାଉଛି।

ସେହି ବିକ୍ଷୋଭିତ ସାଗରର ଉତ୍ତୁଙ୍ଗ-ତରଙ୍ଗରେ ନାଚି ନାଚି ମଣିଆଁ ଆସି

ଉପସ୍ଥିତ ହେଲା। ଟିପା କାଠି ଏବଂ ମାଛର ଖାଳେଇ ଗୋଟିଏ କାନ୍ଧରେ ଝୁଲାଇ ଅନ୍ୟ କାନ୍ଧରେ ମୁଣ୍ଡଘୂମା ଜାଲ ପକାଇ ସେ ସିଧା ସିଧା କୁଟୀରାଭିମୁଖେ ଚାଲିଲା।

ମଣିଆଁ କିଛି ଦୂର ଅଗ୍ରସର ହୋଇ ଦେଖିଲା, ଦୂରରେ ସୁଶୀଳା ଉପରକୁ ହାତ ଟେକି ଏକମୁହାଁ ହୋଇ ଦଉଡୁଛି। ସେ ଏକ ବାଲିବନ୍ତର ଆଢୁଆଳରେ ଲୁଚିଗଲା ଏବଂ ପରକ୍ଷଣରେ ଅନ୍ୟ ଏକ ବାଲିବନ୍ତର ଉପରକୁ ଉଠିଲା। ହାତ ଦୁଇଟି ସେହିପରି ଉପରକୁ ଟେକିଛି। ମସ୍ତକର ଅଯତ୍ନବର୍ଦ୍ଧିତ କେଶ ପବନରେ ଫର୍ ଫର୍ ଉଡୁଛି। ଦେଖାଗଲା, ତା ଦେହରେ ଲୁଗା ନାହିଁ। ଲୁଗା ଖଣ୍ଡିକ ଧଳା ମେଘ ପରି ପବନରେ ଉଡ଼ି ଯାଉଛି। ବାଳିକା ତାହାରି ପଛେ ପଛେ ଗୋଡ଼ାଇଛି।

ମଣିଆଁ ଭାବିଲା, ସୁଶୀଳା ଏଡ଼େଟାଏ ହେଲାଣି, ଟିକିଏ ହୋଇ ଲଜ୍ଜା ନାହିଁ, ଶିଶୁର କ୍ରୀଡ଼ା, ଶିଶୁର ଚପଳତା ଅଦ୍ୟାପି ତାର ଭାଙ୍ଗି ନାହିଁ। ସଂସାରର ଚିନ୍ତା ଟିକିଏ ହୋଇ ତା ମନରେ ପ୍ରବେଶ କରି ନାହିଁ। ସେ କ'ଣ ଜାଣେ ନା, ସେ ଆଉ ଚପଳମତୀ, କ୍ରୀଡ଼ାମୟୀ କ୍ଷୁଦ୍ର ବାଳିକା ନୁହେଁ? ଏବେ ସେ ଯୁବତୀ, ଯୌବନର ସୌନ୍ଦର୍ଯ୍ୟ ପ୍ରତି ଅଙ୍ଗ-ପ୍ରତ୍ୟଙ୍ଗରୁ ଗଳି ପଡୁଛି। ସ୍ତ୍ରୀ ସୁଲଭ ଲଜ୍ଜା ତାହା ନିକଟରେ ନାହିଁ। ସେ କାଲି ଯେପରି ବାଳିକାରୂପେ ଉଲଗ୍ନ ହୋଇ ମୋରି ଆଗରେ ଖେଳୁଥିଲା, ଆଜି ମଧ୍ୟ ସେହିପରି ଖେଳୁଛି। ବାଧାଦେବାକୁ, ଶିକ୍ଷାଦେବାକୁ କେହି ନାହିଁ। ଶିଖିବ କିପରି? ଅବଶ୍ୟ ଏ ନିର୍ଜନ ସ୍ଥାନରେ ମୋ ବ୍ୟତୀତ ଅନ୍ୟ କୌଣସି ଲୋକର ସମାଗମ ନ ଥାଏ। ତେଣୁ ଲଜ୍ଜା କରିବା ଆବଶ୍ୟକ ପଡ଼େ ନାହିଁ। ମୋରି ଆଗରେ ବଢ଼ି ଆସିଛି। ମୋତେ ସେ ଲଜ୍ଜା କରେ ନାହିଁ। ତେବେ କ'ଣ ସେ ଭାବିଛି, ଚିରଦିନ ସେହିପରି ମୋରି ଆଗରେ ଖେଳି ଖେଳି ସମୟ କଟାଇବ?

ଏହିପରି ଚିନ୍ତାକରି ମଣିଆଁ ଟିପାକାଠି, ଜାଲ ଓ ମାଛର ଖାଳେଇ ଯଥା ସ୍ଥାନରେ ରଖି ସୁଶୀଳା ଖେଳୁଥିବା ସ୍ଥାନ ଆଡ଼େ ଚାଲିଲା। ଏଥର ସେ ସୁଶୀଳାର ଅତି ନିକଟରେ ବାଲିବନ୍ତ ଆଢୁଆଳରେ। ଚିନ୍ତାକଲା, ସରଳାର ଖେଳରେ ବାଧା ଦେବି? ହଠାତ୍ ତାର ସମ୍ମୁଖୀନ ହୋଇ ତାକୁ ଅପ୍ରସ୍ତୁତ କରାଇବି? କିନ୍ତୁ ସେ ଅପ୍ରସ୍ତୁତ ହେବ କାହିଁକି? ତା'ର ମନରେ କୌଣସି ବିକାର ନାହିଁ। ସେହି ବାଲିବନ୍ତର ଆଢୁଆଳରେ ଥାଇ ଦେଖିଲା, କିପରି ସେ ଜାଣି ଜାଣି ଲଗା ଉପରକୁ ପକାଇ ହାତ ଟେକି ତା'ରି ପଛେ ପଛେ ଧାଇଁଛି, ମନକୁ ମନ ହସି ଗୁଣୁ ଗୁଣୁ ହୋଇ କେତେ କଣ କହୁଛି।

ମଣିଆଁ ବାଳିକାର ନଗ୍ନ ସୌନ୍ଦର୍ଯ୍ୟ ଏବଂ ବିକାର-ଶୂନ୍ୟ କ୍ରୀଡ଼ା ଅପଲକ ନେତ୍ରରେ ଅନାଇଁ ରହିଲୁ। ତାର ମନ ପରିବର୍ତ୍ତିତ ହେଲା। ବିବେକର ଶତ ବାଧା ସହସ୍ର ତର୍କ ବିଫଳ ହେଲା। ତା'ର ସେହି ମନ ପରିବର୍ତ୍ତନ କରି ପାରିଲା ନାହିଁ।

ପରିବର୍ତ୍ତିତ ମନ ଯେତେ କ୍ଷିପ୍ର ଗତିରେ ଅନ୍ୟଦିଗକୁ ପ୍ରବାହିତ ହେଉଥିଲେ ମଧ୍ୟ ସରୋବରର ଶୀତଳ ବକ୍ଷରେ କମଳ ପରି ମନ ମଧ୍ୟରେ ସାଧୁତା ଫୁଟି ଉଠୁଥିଲା। ସେ ଚିନ୍ତାକଲା, ନିଶ୍ଚୟ ସୁଶୀଳା ମୋର ହୃଦୟର ରାଣୀ, ସୁଶୀଳା ସୁନ୍ଦରୀ, ତା'ର ଅଙ୍ଗ ପ୍ରତ୍ୟଙ୍ଗ, ଅଙ୍ଗଭଙ୍ଗୀରୁ ସୌନ୍ଦର୍ଯ୍ୟର ମନମୋହକ ସ୍ରୋତ ପ୍ରବାହିତ ହେଉଛି। ସେହି ସୌନ୍ଦର୍ଯ୍ୟର ସ୍ରୋତ ତରୁଣର ହୃଦୟରେ ତଡ଼ିତ୍ ପ୍ରବାହ ସୃଷ୍ଟି କରିଦିଏ।

ସୁଶୀଳା ବହୁ ଚେଷ୍ଟା ପରେ ପବନ ହାତରୁ ଲୁଗାଖଣ୍ଡି ଉଦ୍ଧାର କରି ବିଜୟୋନ୍ମତ୍ତା ହୋଇ ଆନନ୍ଦରେ ଅବାଧ ପବନକୁ ଗାଳି ଦେଉଥିଲା। ହଠାତ୍ ବାଲିଗଦାର ଆଢୁଆଳରୁ ବାହାରି ପଡ଼ି ମଣିଆଁ ଧୀରେ ତାର ପୃଷ୍ଠଦେଶରେ ଗୋଟିଏ ସ୍ନେହର ଚାପୁଡ଼ା ମାରିଲା। ବାଳିକା ଚମକିପଡ଼ି ମୁହଁ ବୁଲାଇ ଦେଖିଲା, ପାଖରେ ତାର ମଣିଆଁ ଭାଇ। ମୁଖ ଗମ୍ଭୀର। କାହିଁ ବାଳିକାର ମୁଖ ଲଜ୍ଜାରେ ରକ୍ତିମ ଦେଖାଗଲା ନାହିଁ ତ; ଚକ୍ଷୁ ଲଜ୍ଜାରେ ଅବନତ ହେଲା ନାହିଁ ତ? ହେବ କାହିଁକି? ତା'ର ମନରେ ବିକାର ନାହିଁ। ସେ ତ ଏପରି କୌଣସି ପାପ ବା ଦୋଷ କରିନାହିଁ ଯହିଁରେ ତାର ଭୟ ହେବ, ହୃଦୟ କମ୍ପି ଉଠିବ? ସେ ସରଳା ବାଳିକା ମାତ୍ର।

ମଣିଆଁକୁ ଦେଖି ସୁଶୀଳାର ଅଧରରେ ହାସ୍ୟର ରେଖା ଫୁଟି ଉଠିଲା। କହିଲା ଭାଇ, ତମେ ଅନେକ ବେଳୁ ଆସି ମୋତେ ଖୋଜୁଥିଲ ପରା! ମତେ ଆଜି କାହିଁକି ଭାରି ଖୁସି ଲାଗିଲା, ମନ ଆନନ୍ଦରେ ନାଚି ଉଠିଲା। ତେଣୁ ଏଠାରେ ଏକୁଟିଆ ଖେଳୁଥିଲି। ତମକୁ ଭୋକ କରୁଥିବ। ଚାଲ, ଖାଇବାକୁ ଦେବି। ତମେ ଆସି ନ ଥିଲ ବୋଲି ମୁଁ ଖାଇ ନାହିଁ।

ଲୁଗା ଖଣ୍ଡି ପିନ୍ଧିପକା ଲୋ ପାଗଳୀ—ଗମ୍ଭୀର ଭାବରେ ମଣିଆଁ କହିଲା। ଛି, ଛି, ପାଗଳୀଙ୍କ ପରି ଲଙ୍ଗଳା ହୋଇ ଏଠାରେ ନାଚୁଛୁ—ତତେ ଲାଜ ମାଡୁନାହିଁ, ଘୃଣା ଲାଗୁନାହିଁ? ତୋର ଆଉ ଲଙ୍ଗଳା ହୋଇ ନାଚିବାର ବୟସ ନାହିଁ। ଅନେକ ଦିନୁ ଚାଲିଗଲାଣି। ଏବେ ତୁ ବଡ଼ ହେଲୁଣି। ବଡ଼ ହେଲେ ଯେପରି ଚଳିବାକୁ ହୁଏ ସେପରି ଚଳ। ତୋତେ ଏପରି ଭାବରେ ନାଚୁଥିବାର ଦେଖିଲେ ଲୋକେ କଣ ଭାବିବେ? ପାଗଳୀ ବୋଲି କହିବେ ନାହିଁ?

କିଏ ଆଉ ଦେଖିବ? ଏଠାରେ କିଏ ଅଛି? ଏକା ତମେ। ତମେ କଣ ମୋତେ ଜାଣ ନାହିଁ ଯେ... ... ...।

ଆଗ ଲୁଗା ଖଣ୍ଡ ପିନ୍ଧିପକା—ବିରକ୍ତ ହୋଇ ମଣିଆଁ କହିଲା।

ସୁଶୀଳା ଯେପରି ଇଚ୍ଛା ସେପରି ଲୁଗା ଖଣ୍ଡ ବେଢ଼େଇ ହୋଇ ପଡ଼ିଲା। ମଣିଆଁ ନିଜେ ତାକୁ ଉତ୍ତମରୂପେ ଲୁଗା ପିନ୍ଧାଇଦେଇ କହିଲା, ବୁଝିଲୁ, ମୋ ସୁନାଟି

ପରା, ସାନକୁହା ମାନି ସବୁଦିନେ ଏହିପରି ଲୁଗା ପିନ୍ଧୁଥିବୁ, ସବୁବେଳେ ମାଇପେ ଏମିତି ଲୁଗା ପିନ୍ଧନ୍ତି। ଏଣିକି ଆଉ ଏପରି ନାଚିବୁ ନାହିଁ। ତତେ ମୋ ରାଣଟି। ଯଦି ଆଉ କେବେ ତତେ ଏପରି ଲଙ୍ଗଳା ହୋଇ ନାଚୁଥିବାର ଦେଖେ, ଜାଣିଥା, ଆଉ କେବେ କଥା କହିବି ନାହିଁ। ବୁଝିଲୁ ଏଥର ? ମୋ କଥା ମାନି ଚଳିବୁ ତ ?

ମୁଣ୍ଡରେ ଲୁଗାଟା ଏମିତି ପକେଇଲେ ଅଡୁଆ ଅଡୁଆ ଲାଗୁଛି। ଆଚ୍ଛା ଭାଇ, ମୋର ଏମିତି ଲୁଗା ପିନ୍ଧିବାରେ ତମର ଏତେ ଜିଦି କାହିଁକି ? ତମେ ଏମିତି ପିନ୍ଧୁନ ?

ନା, ମରଦପୁଅମାନେ ଏମିତି ପିନ୍ଧନ୍ତି ନାହିଁ, ମାଇପୀମାନେ ଏପରି ପିନ୍ଧନ୍ତି। ତତେ ଟିକେ ଅଡୁଆ ଅଡୁଆ ଲାଗୁଛି। ଅଭ୍ୟାସ ହୋଇଗଲେ ଆରେଇ ଯିବି। ଏଥର ଠିକ୍ ଏହିପରି ଲୁଗା ପିନ୍ଧିବୁ, ଏଁ ?

ହଉ ତେବେ। ଚାଲ ଘରକୁ ଯିବା। ତମକୁ ଭୋକ କରୁଥିବ, ମତେ ବି ଭୋକ କରୁଛି। ସୁଶୀଳା ମଣିଆଁର ହାତ ଧରି ଆଗେ ଆଗେ ଚାଲିଲା। ସୁଶୀଳାର ବୟସ ବାର କି ତେର ହେବ। ଉଚ୍ଚରେ ଛୋଟ। ମଣିଆଁ ସଙ୍ଗରେ ଚାଲୁଥିଲା ବେଳେ ଠିକ୍ ଛାତି ପର୍ଯ୍ୟନ୍ତ ହୁଏ। ବଙ୍କା ଦିହ ସିଧା କରି ଠିଆ ହେଲେ କେଜାଣି ବା ଟିକିଏ ବଡ଼ ଦେଖା ଯାଇପାରେ। ଦୁର୍ବଳ ନୁହେଁ କି ବେଶୀ ମୋଟାସୋଟା ନୁହେଁ।

କିଛି ଦୂର ଅଗ୍ରସର ହୋଇ ଚପଳମତି ସୁଶୀଳା ବାଲି ଘାସରେ ଗୋଡ଼ ବାଜିବାରୁ ଝୁଣ୍ଟିପଡ଼ିଲା। ମଣିଆଁ ହାତରୁ ତା ହାତ ଖସିଗଲା। ସେ ତଳେ ପଡ଼ିଗଲା। ମଣିଆଁ ତାକୁ ଶିଶୁପରି ଦୁଇହାତରେ ଉଠାଇ ନେଲା ଶୂନ୍ୟେ ଶୂନ୍ୟେ। ଦେଖିଲା ତାର କୌଣସି କ୍ଷତି ହୋଇ ନାହିଁ। ସେ ହସୁଛି। ମଣିଆଁ ଦୁଇ ହାତରେ ତାକୁ ହୃଦୟରେ ଲଗାଇ ପଚାରିଲା, ସୁଶୀଳା, ତୁ ମତେ ଭଲ ପାଉଟି।

ମୁଁ ତ ତମ ବିନା ଆଉ କାହାକୁ ଚିହ୍ନେ ନାହିଁ !

ହସି ହସି ମଣିଆଁ ପଚାରିଲା, ଯଦି ଆଉ କାହାକୁ ଚିହ୍ନି ଥାନ୍ତୁ ମତେ ଭଲ ନ ପାଇ ତାକୁ ଭଲପାନ୍ତୁ ତେବେ ? ସେଦିନ ଯେ ତୋତେ ଧରିବାକୁ ବସିଥିଲା ତାକୁ ତୁ ଭଲ ପାଉ ନାହିଁ ? କହୁଥିଲୁ, ତତେ ସେ ଦୋଦୋଚିହ୍ନାପରି ଲାଗିଲା ?

ନା, ଭାଇ, ମୁଁ ତମ ବିନା ଆଉ ଯେତେ ଚିହ୍ନାଲୋକ ହେଲେ ବି ଭଲ ପାଏ ନାହିଁ। ସେଦିନ ମତେ ଯେ ଧରି ନେବାକୁ ବସିଥିଲା, ତାକୁ ମୁଁ ଘୃଣାକରେ। ସେ ବଡ଼ ଦୁଷ୍ଟ ଲୋକ, ତା'ର ବ୍ୟବହାର ବଡ଼ ଖରାପ।

ମଣିଆଁ ସୁଶୀଳାର ମୁହଁକୁ କ୍ଷଣକାଳ ଅନାଇଁ ରହିଲା। ମନେ ମନେ କେତେ କ'ଣ ଭାବି ପ୍ରଶ୍ନକଲା, ତୁ ମୋ ପାଖେ ସବୁଦିନ ରହିବୁଟି ସୁଶୀଳା, ନା ମୋତେ ଛାଡ଼ି ଦିନେ କେବେ ଆଉ କାହା ସଙ୍ଗେ ପଳାଇବୁ ?

ମୋତେ ଏପର ଅଖାଡୁଆ କଥା କାହିଁକି ପଚାରୁଛ ? ମୁଁ ଏଡ଼େ ଅକୃତଜ୍ଞ ? ତମକୁ ଛାଡ଼ି କୁଆଡ଼େ ପଳାଇବି ? ଏହି ବାଲୁକାଖଣ୍ଡ ମୋର ସଂସାର । ଆଉ ତମେ ମୋର ସବୁ । ତମେ ଏହି କ୍ଷୁଦ୍ର ସଂସାରର ରାଜା ଆଉ—

ସୁଶୀଳାର ପାଟିରୁ କଥା ଛଡ଼ାଇ ମଣିଆଁ ତରତର କରି ପଚାରିଲା, ଆଉ ତୁ ଏହି କ୍ଷୁଦ୍ର ସଂସାରର ରାଣୀ ନୋହୁଁ ?

ନିଶ୍ଚୟ, ନୋହିଲେ ରାଣୀ ହେବାକୁ କିଏ ଅଛି ?

ତୁ ମୋର ହୃଦୟର ରାଣୀ ହେବୁ ତେବେ, କହି ମଣିଆଁ ଧୀରେ ମୁଣ୍ଡ ନୁଆଇଁ ବାଳିକାର ଗୋଲାପୀ ଗଣ୍ଡଦେଶରେ ପ୍ରେମର ମୋହରଟିଏ ବସାଇଦେଲା ।

ସେହି ମୁହୂର୍ତ୍ତରେ ଦୁଇ ଅଙ୍ଗରେ ସତେ କି ବିଦ୍ୟୁତ୍ ପ୍ରବାହ ଛୁଟିଗଲା !

ସବୁଦିନ ମନୁଷ୍ୟ ସମାନ ରହେ ନାହିଁ । ସମୟ ସଙ୍ଗେ ସଙ୍ଗେ ପରିବର୍ତ୍ତନ ହୁଏ । ଏବେ ସୁଶୀଳାର ମନ ସମ୍ପୂର୍ଣ୍ଣ ପରିବର୍ତ୍ତିତ । ସେ ଆଉ କାଲିପରି ସମୁଦ୍ର ବକ୍ଷରେ ନିଜର ନଗ୍ନ-ଶରୀର ଭସାଇ ଦେଉ ନାହିଁ ଆନନ୍ଦରେ କିମ୍ବା ଲୁଗାଖଣ୍ଡି ପବନରେ ଉଡ଼ାଇ ହାତଟେକି ତାହାରି ପଛେ ପଛେ ଗୋଡ଼ାଇ ଯାଉନାହିଁ । ସେ ଆଉ ନିତାନ୍ତ ନିର୍ବୋଧ ପରି କଥୋପକଥନ କରେ ନାହିଁ । ଏଥର କଥା କହିବାରେ ସଂଯତ ହୋଇଛି ।

ମଣିଆଁ ଜାଲ ଓ ଟିପାକାଠି ନେଇ ସମୁଦ୍ରକୁ ଗଲେ ମଧ୍ୟ ସୁଶୀଳା ଏଥର କୁଟୀର ଛାଡ଼ି ନଗ୍ନଦେହରେ ଖଣ୍ଡିଆଭୂତର ପଛେ ପଛେ ଗୋଡ଼ାଇ ଯାଏ ନାହିଁ । ଦେହରୁ ଟିକିଏ ଲୁଗା ଖସିଗଲେ, ଚୋରଙ୍କପରି ଚାରିଆଡ଼େ ଅନାଏ, କେହି ଆସୁଥିବ ପରା, କେହି ତା'ର ନଗ୍ନ ଦେହ ଦେଖି ମନେ ମନେ ହସୁଥିବ ପରା । ଏଥର ସେ କୁଟୀରରୁ ଦୂରକୁ ଖେଳିବାକୁ ଯାଏ ନାହିଁ । ଇଚ୍ଛା ହେଲେ କେବେ କେବେ ଘର ଆଗରେ ବାଟୁଳିଖଡ଼ା ଧରି ଏଣେ ତେଣେ ବାଟୁଳି ମାରେ । ବାଲିରେ ଘର କରି ଖେଳେ । କେହି ଏଠାରେ ନାହିଁ ଜାଣି ମଧ୍ୟ ଲୁଗାପଟାର ଯତ୍ନ ନିଏ । ଖେଳା ଖେଳି ଅଧିକ କରେ ନାହିଁ, ଘର କାମରେ ଲାଗିଯାଏ । ଘରଟି କିପରି ପରିଷ୍କାର ରଖିବାକୁ ହେବ, କେଉଁ ସ୍ଥାନରେ କଣ ସଜାଇ ରଖିଲେ ସୁନ୍ଦର ଦିଶିବ ଅଥଚ ସ୍ଥାନର ଅଭାବ ହେବ ନାହିଁ, କିପରି ଉପାୟରେ ରନ୍ଧନ କଲେ ଖାଦ୍ୟ ସୁସ୍ୱାଦୁ ହେବ, କିପରି ଲୁଗାପଟା ପରିଷ୍କାର ରଖିବାକୁ ହେବ, ଏହି ସମସ୍ତ ବିଷୟରେ ବିଶେଷ ନଜର ଦିଏ ।

ଘର ପଛଆଡ଼ ପଡ଼ିଆଟିରେ ମଣିଆଁ ଅନେକଗୁଡ଼ିଏ କପାଗଛ ଲଗାଇଛି । ସେହି

କପାରେ ସୁଶୀଳା ସୂତା କାଟେ। ଅବଶ୍ୟ ସୂତାକଟା ପାଇଁ ରୂପେଇ ଯେପରି ଆଖପାଖ ଗ୍ରାମମାନଙ୍କରେ ପ୍ରସିଦ୍ଧି ଲାଭ କରିଥିଲା ସୁଶୀଳା ସେପରି ସୁନ୍ଦର ସୂତା କାଟିପାରେ ନାହିଁ। କିନ୍ତୁ ଆଗେ ଯେପରି ଲୁଗା କଣିବାକୁ ପଡୁଥିଲା ଏବେ ସେପରି କିଣିବାକୁ ପଡ଼େ ନାହିଁ।

ପୋଖରହୁଡ଼ା ନିକଟରେ ପାହାଡ଼ ତଳେ ମଣିଆଁ ଖଣ୍ଡେ ଛୋଟ ବଗିଚା କରିଛି। ଧାଡ଼ି ଧାଡ଼ି କରି ନାନାପ୍ରକାର ଫୁଲଗଛ ମଲ୍ଲି, ଗେଣ୍ଡୁ, ହେନା, ଯୁଇ ଇତ୍ୟାଦି ଲଗାଇଛି। ବାଇଗଣ, ତରଭୁଜ ପ୍ରଭୃତି ଫଳଗଛ ମଧ୍ୟ ତହିଁରେ ଲଗା ହୋଇଛି। ସୁଶୀଳା ପୋଖରୀରୁ ପାଣି ବୋହି ଗଛରେ ଢାଳେ। ଗଛଗୁଡ଼ିକକୁ ନିଜର ସନ୍ତାନଠାରୁ ଅଧିକ ସ୍ନେହ କରେ। ଅବିବାହିତା ବାଳିକା ପୁତ୍ର ସ୍ନେହକୁ ବୃକ୍ଷ ସ୍ନେହରେ ପରିଣତ କରିଛି। ଗଛରେ ପୋକଟାଏ ଲାଗିଲେ ସେ ଅତି ଯତ୍ନରେ ତାକୁ ଖସାଇ ଦିଏ।

ବଗିଚା ମଝିରେ ଗୋଟାଏ ପ୍ରକାଣ୍ଡ କଦମ୍ବ ଗଛ। ଏହି ଗଛର ବିଶେଷତ୍ୱ, ବାରମାସ ତହିଁରେ ଫୁଲ ଫୁଟେ। ଏତେ କଷ୍ଟ ଏତେ ଯତ୍ନରେ ପାଳି ଆଣିଥିବା ଗଛମାନଙ୍କରେ ଫୁଲ ଫୁଟିବାର ଦେଖିଲେ ସରଳାର ପ୍ରାଣ ଆନନ୍ଦରେ ନାଚି ଉଠେ। ସମୟ ସମୟରେ ସୁଶୀଳା ଗଛରୁ ଫୁଲ ତୋଳି କଦମ୍ବଗଛର ଛାଇରେ ବସି ପଟରେ ଗୁନ୍ଥି ହାର ପ୍ରସ୍ତୁତ କରେ। ହାରଟି ନିଜର ଗଳାରେ ଲମ୍ବାଇ ଦିଏ। ଫୁଲରାଣୀ ସାଜି କଦମ୍ବ ଗଛର ମୂଳରେ ବସେ—ସତେ କି ବିରହିଣୀ ରାଧା !

ସୁଶୀଳାର ଏତେ ବଡ଼ ପରିବର୍ତ୍ତନ ହେଲା କିପରି ? ଯେତେବେଳେ ମଣିଆଁ ଦେଖିଲା ସୁଶୀଳାକୁ ବାରମ୍ବାର କହି ମଧ୍ୟ ତାର ଅଭ୍ୟାସର ପରିବର୍ତ୍ତନ ହେଲା ନାହିଁ, ସେ ବହୁତ ଚିନ୍ତାକରି ଗୋଟିଏ ଉପାୟ ସ୍ଥିର କଲା।

ମଣିଆଁ ସମୁଦ୍ରରୁ ମାଛଧରି ସୁନାହାଟ ଗ୍ରାମକୁ ମାଛ ବିକ୍ରୟ କରିବାକୁ ଗଲାବେଳେ ସଙ୍ଗରେ ସୁଶୀଳାକୁ ନେଲା। ସୁନାହାଟ ଗ୍ରାମରେ ମୁକୁନ୍ଦ ମହାପାତ୍ରଙ୍କ ଘର। ଆଖପାଖ କେଇ ଖଣ୍ଡି ଗ୍ରାମରେ ସେ ଜଣେ ଭଲ ଲୋକ ବୋଲି ତାଙ୍କର ଖ୍ୟାତି ଥିଲା।

ତାଙ୍କର ଗୋଟିଏ ପୁତ୍ର ଓ ଗୋଟିଏ କନ୍ୟା। ପୁତ୍ରର ନାମ ଅଧିରାଜ। କନ୍ୟାଟି ସତେକି ସୁନାର ପ୍ରତିମା, ତାର ନାମ ଚଞ୍ଚଳା। ମହାପାତ୍ରେ ଭଜନାକୁ ଭାରି ଭଲ ପାଉଥିଲେ ! ଭଜନାର ପୁତ୍ର ବୋଲି ମଣିଆଁକୁ ମଧ୍ୟ ସେ ଭଲ ପାଆନ୍ତି। ମଣିଆଁ ପ୍ରତ୍ୟହ ମହାପାତ୍ରଙ୍କ ଘରେ ମାଛ ଯୋଗାଏ। ତାଙ୍କର ସ୍ତ୍ରୀ ମେଳାପି ଲୋକ। ମଣିଆଁକୁ ପୁତ୍ରପରି ସ୍ନେହ କରନ୍ତି। ମଣିଆଁ ଯେଉଁଦିନ ସାଆନ୍ତାଣୀଙ୍କ ହାବୁଡ଼େ ପଡ଼େ, ସେ ଦିନ ସେ ତାକୁ ଖୁଆଇ ପିଆଇ ଛାଡ଼ନ୍ତି।

ସୁଶୀଳା ତାର ଛୋଟ ଭଉଣୀ ବୋଲି, ମଣିଆଁ ସମସ୍ତଙ୍କ ପାଖରେ ପରିଚୟ ଦେଉଥାଏ। ସାମନ୍ତାଣୀ ସୁଶୀଳା ବିଷୟରେ ଅନେକ କଥା ମଣିଆଁକୁ ପଚାରନ୍ତି। ସମୟ ସମୟରେ ସୁଶୀଳାକୁ ସଙ୍ଗରେ ଆଣିବାକୁ ଅନୁରୋଧ କରନ୍ତି। ମଣିଆଁ ସୁଶୀଳାକୁ ମୁକୁନ୍ଦ ମହାପାତ୍ରଙ୍କ ଘରେ ଛାଡ଼ି, ଅବଶିଷ୍ଟ ମାଛ ବିକ୍ରୟ କରିବାକୁ ଗ୍ରାମକୁ ବୁଲିବାକୁ ଯାଏ। ସନ୍ଧ୍ୟା ସମୟରେ ଫେରିବା ବେଳକୁ ସଙ୍ଗରେ ଘେନି ସମୁଦ୍ର କୂଳକୁ ଆସେ। କେବେ କେବେ ସାମନ୍ତାଣୀ, ଛେଉଣ୍ଡ ବୋଲି ଦୟା କରି ସନ୍ଧ୍ୟା ସମୟରେ ଘରକୁ ଫେରିବାକୁ ବାରଣ କରନ୍ତି। ମଣିଆଁ ବିନା ଆପତ୍ତିରେ ମହାପାତ୍ରଙ୍କ ଘରେ ରାତ୍ରି ଯାପନ କରେ।

ଚଞ୍ଚଳା ବୟସରେ ଟିକିଏ ଛୋଟ ହେଲେ ମଧ୍ୟ ସୁଶୀଳା ସଙ୍ଗେ ଖେଳିବାକୁ ଭଲପାଏ। ସନ୍ଧ୍ୟାରେ ଘରକୁ ଫେରିବା ସମୟରେ ସେ ବାରମ୍ବାର ସୁଶୀଳାକୁ ଅନୁରୋଧ କରିଥାଏ ଯେପରି ସେ କାଲି ଆସିବ। ସେହି ଚଞ୍ଚଳା ସଙ୍ଗରେ ମିଶି ସୁଶୀଳାର ଏ ଘୋର ପରିବର୍ତ୍ତନ। ଯେତେବେଳେ ଉଭୟେ ଏକାସଙ୍ଗେ ବସି ଖୁସି ଗପ କରୁଥାନ୍ତି ଚଞ୍ଚଳା ଧନୀର କନ୍ୟା ବୋଲି ଟିକିଏ ହେଲେ ବଡ଼ପଣିଆ ଦେଖାଏ ନାହିଁ। ସୁଶୀଳା ଜଣେ ଦରିଦ୍ର କନ୍ୟାବୋଲି ତାହାର ମନରେ ମଧ୍ୟ ଡର ଭୟ ନ ଥାଏ। ସତେକି ଦୁଇଜଣ କେତେକାଳର ପରିଚିତ ବନ୍ଧୁ।

ଚଞ୍ଚଳା ସଙ୍ଗରେ ମିଶି ସୁଶୀଳା ବୁଝିପାରିଛି, ବାହାଘର କଣ, ଶାଶୂ କଣ ଏବଂ ସ୍ୱାମୀ କଣ। ଅବିବାହିତା ବାଳିକା ପକ୍ଷରେ ଏ ସବୁ ଯେ ଲାଜର କଥା, ଏହା ସେ ଉତ୍ତମ ରୂପେ ବୁଝିପାରିଛି। ଲାଜ କାହିଁକି କରିବ—ଏହି ପ୍ରଶ୍ନଟିର କୌଣସି ଉତ୍ତର ସେ ସ୍ଥିର କରି ପାରେ ନାହିଁ। ମାତ୍ର ଏତିକି ଜାଣେ, ଲାଜ କରିବାକୁ ହେବ। କେବଳ ଏତିକି ଜାଣିଲେ ତ ଲାଜ ନିଜେ ନିଜେ ଆସିବ ନାହିଁ। ଏହା ସ୍ୱାଭାବିକ।

ସେଦିନ ସୁଶୀଳା ଫୁଲଗଛରୁ ଫୁଲ ତୋଳି କଦମ୍ବଗଛର ଛାଇରେ ବସି ମାଳ ଗୁନ୍ଥୁଥିଲା। ଅଧିକ ଗୁଡ଼ିଏ ଫୁଲ ଥିବାରୁ, ଅତି ଯତ୍ନରେ ଦୁଇଖଣ୍ଡି ମାଳଗୁନ୍ଥି ମଣିଆଁ ଭାଇର ଅପେକ୍ଷାରେ ବସିଥିଲା। ସେ ଦିନ ଆଉ ସେ ମାଳ ଦିଓଟି ନିଜେ ଲମ୍ବାଇ ଫୁଲରାଣୀ ସାଜି ବସିଲ ନାହିଁ। ଫୁଲମାଳ ଦିଓଟି ଗୋଟିଏ କନିଅର ଡାଳରେ ଝୁଲାଇ ରଖିଲା ଏବଂ ଉପରକୁ ଅନାଇ ଚିନ୍ତାକଲା।

ସେ ଚିନ୍ତାକଲା, ତହିଁରେ କ୍ଷତି କଣ? ମୁଁ ତ ଆଉ ତାଙ୍କର ନିଜର ଭଉଣୀ ନୁହେଁ, ମତେ ସେ ପିଲାଦିନୁ ପାଳି ଆସିଛନ୍ତି ବୋଲି ତାଙ୍କୁ ମୁଁ ଭାଇ ବୋଲି ଡାକି ଆସିଛି। ସେ ମଧ୍ୟ ସେପରି ମୋତେ ଭଉଣୀପରି ସ୍ନେହ କରି ଆସିଥିଲେ। ମୋତେ ସେ ଜୀବନରୁ ଅଧିକ ଭଲପାଆନ୍ତି। ମଣିଆଁ ଭାଇ ମୋର ଦେଖିବାକୁ ସୁନ୍ଦର। ଚଞ୍ଚଳା

କହୁଥିଲା ଯଦି ସେ ବଡ଼ଲୋକ ଘରେ ଜନ୍ମ ହୋଇଥାନ୍ତେ, ତେବେ ମଣିଆଁ ଭାଇକୁ ନିଶ୍ଚୟ ବିବାହ କରନ୍ତା।

ସେ କାଳର ଝିଅମାନେ ବାପ ଭାଇକି, ଅନ୍ୟ ମିଣିପଙ୍କୁ ଆଡ଼ ହୋଇ ହାଣ୍ଡି କଣରେ ଲୁଚୁ ନ ଥିଲେ। ବିବାହ ସମ୍ବନ୍ଧରେ ନିଜର ଇଚ୍ଛା ପ୍ରକାଶ କରିବାରେ ଏବକାଳ ପରି ଲଜ୍ଜାର ପ୍ରସଙ୍ଗ ବୋଲି ମନେ କରୁ ନ ଥିଲେ।

ସୁଶୀଳା ଯେତେବେଳେ ଏହିପରି ଚିନ୍ତାମଗ୍ନ ଥାଇ ତାର ମଣିଆଁଭାଇର ରୂପ ସଙ୍ଗେ ଅନ୍ୟ କୌଣସି ଯୁବକର ରୂପ ତୁଳନା କରି ପ୍ରତି କ୍ଷେତ୍ରରେ ମଣିଆଁକୁ ଉପରକୁ ଟେକୁଥିଲା, ମଣିଆଁ ସେତେବେଳେ ସୁଶୀଳା ବିଷୟ ଚିନ୍ତାକରି ସୁନାହାଟରେ ମାଛ ବିକ୍ରୟ କରି ଫେରି ଆସୁଥିଲା। ବେଳ ରତ ରତ।

ମଣିଆଁ ସୁଶୀଳାକୁ ଖୋଜି ଖୋଜି ଆସି ବଗିଚାରେ ଉପସ୍ଥିତ ହେଲା। ସୁଶୀଳା ତାକୁ ଦେଖିନାହିଁ। ସେ ଦୂରରେ ସ୍ଥିର ଭାବରେ ଦଣ୍ଡାୟମାନ ହୋଇ ଅସ୍ତଗାମୀ ସୂର୍ଯ୍ୟର ରଶ୍ମିରେ ଝଲସି ଉଠୁଥିବା ସୁଶୀଳାର ସୁନ୍ଦର ମୁହଁଟିକୁ ଅନାଇ ରହିଲା। ସୁଶୀଳା ଚାହିଁ ଦେଖେ, ନିକଟରେ ମଣିଆଁ ଭାଇ ଠିଆ ହୋଇ ତାହାରି ଆଡ଼କୁ ଅନାଇ ରହିଛି। ଲଜ୍ଜାରେ ତାର ମୁଖ ରକ୍ତବର୍ଣ୍ଣ ଧାରଣ କଲା। ଟିକିଏ ଯତ୍ନ କରି ଲୁଗା ଟାଣି ସେ ଉଠି ଠିଆହେଲା।

ମଣିଆଁ ସୁଶୀଳାର ନିକଟକୁ ଯାଇ ହସ ହସ ମୁହଁରେ ପଚାରିଲା, ସୁଶୀଳା, ତୋର ଦେହ ଭଲ ଅଛି ତ? ଆଜି କାହିଁକି ଏଡ଼େ ଶୁଖିଲାଟା ଦିଶୁଛ? ଖରାରେ ବୁଲୁଥିଲୁ ନା? ଯେତେ ମନା କଲେ ତୋର ଗରଜ ପଡୁଛି ମୋ କଥା ଶୁଣିବାକୁ? ବସି ବସି ଏତେ କଣ ଭାବୁଥିଲୁ ଶୁଣେ?

ମୁଁ ତ ଖରାରେ ବୁଲି ନାହିଁ। ଏହି କଦମ୍ବଗଛ ଛାଇରେ ବସି ବଗିଚା ଦେଖୁଥିଲି, ଫୁଲ ଗୁନ୍ଥୁଥିଲି। ମୋ ମୁଣ୍ଡ କାହିଁକି ଟିକିଏ ବୁଲାଉଛି।

ସୁଶୀଳା ନିଜ କପାଳରେ ହାତ ବୁଲାଉ ବୁଲାଉ କହିଲା, ବାଃ ଭାଇ, ତମେ ତ ଭାରି ଭଲ ଲୋକ। ଚଲାଖି କରି ମତେ ଆଗକରି ପଚାରି ଦେଲେ କଣ ଛାଡ଼ିବି? ଏବେ ତମେ କହ, ତମ ଦେହ କଣ ଖରାପ ହୋଇଛି? ତମେତ ଆଜି କାହିଁକି ଭାରି ଝଡ଼ିଗଲା ପରି ଦିଶୁଛ?

ଏ ଖରାଟାରେ ଚାଲିକରି ଆସିଛି କିନା। ହଁ, ସୁଶୀଳା, ଏଇ ନେ ଚଞ୍ଚଳା ତୋ ପାଇଁ ଖଣ୍ଡେ ଚିଠି ପଠାଇଛନ୍ତି। ମୋତେ କହିଛନ୍ତି କାଲି ତାଙ୍କର ଜନ୍ମଦିନ, ତୋତେ ସଙ୍ଗରେ ନେଇଯିବି।

କ୍ଷତି କ'ଣ ଭାଇ? ମୁଁ ଯିବି। ଦେଖେ, ଚିଠିରେ ସେ କଣ ଲେଖିଛନ୍ତି।

ମଣିଆଁ ତାଳପତ୍ରର ଖଣ୍ଡେ ଚିଟାଉ ମାଛ ଖାଲେଇରୁ ବାହାର କରି ସୁଶୀଳା ହାତକୁ ବଢ଼େଇଦେଇ ଦୁଇ ଆଣ୍ଠୁରେ ହାତ ଭରାଦେଇ କଦମ୍ବଗଛ ମୂଳେ ବସି ପଡ଼ିଲା।

ଚିଠିରେ ଲେଖା ଥିଲା—

ଭଉଣୀ ସୁଶୀଳା,

ତୁ ଏଡ଼େ କପଟୀ ବୋଲି ମୁଁ ଜାଣି ନ ଥିଲି। ଆଜିକି କେଇଦିନ ହେଲା ତୋର ଦେଖା ନାହିଁ କାହିଁକି। ତୋର ମଣିଆଁ ଭାଇ ଏଠିକି ଯେତେବେଳେ ଆସନ୍ତି, ତାଙ୍କୁ ମୁଁ ତୋ ବିଷୟରେ କେତେ ପଚାରେ। ସେ କିଛି କହନ୍ତି ନାହିଁ କାହିଁକି କେଜାଣି। ଦିନଯାକ ତୋତେ ଦେଖିବାକୁ ଭାରି ଛଟପଟ ହେଉଥାଏ। କାହା ସାଙ୍ଗରେ ମନମୁତାବକ ହସ ଖେଳ କଉତୁକ କରିବି ? କାହା ସାଙ୍ଗରେ ଖୁସିରେ ଦି' ଚାରିପଦ କଥା ହେବି ? ତୋ ସାଙ୍ଗେ ମୋର କେଇଦିନ ହେଲା ବା ପରିଚୟ। ସେତିକି ଦିନରେ ତୁ ତୋର ସ୍ନେହପାଶରେ ମତେ ବାନ୍ଧି ପକାଇଛୁ। ତୋତେ ମୋ ରାଣଟି, କାଲି ତୁ ନିଶ୍ଚୟ ଆସିବୁ। ମା କହିଛନ୍ତି, କାଲି ମୋ ଜନ୍ମଦିନ, ମତେ ଏଗାରବର୍ଷ ପୂରିଯିବ। ହଁ ଭଉଣୀ, ଦଇବ ମୋର ସହାୟ ହେଲାଣି। ମା ଗୋଟିଏ ପ୍ରସ୍ତାବ କରୁଥିଲେ। ସେତକ ଯଦି ଠାକୁରେ କରନ୍ତି ଆଉ ତୁ ଏତେ ଦୂରରେ ରହିବୁ ନାହିଁ। ଦୁଇଜଣଯାକ ଏକାଠି ରହିବା। ଏଠିକି ଆସିଲେ ତତେ ସବୁ କଥା କହିବି। ଭାଇଙ୍କର ଭାରି ମନ। ତୁ ନିଶ୍ଚୟ ଆସିବୁ। ଇତି।

ତୋର ସଙ୍ଗିନୀ
ଚଞ୍ଚଳା

ଚିଠି ପଢ଼ା ଶେଷ ହେଲା। ଚଞ୍ଚଳା ଧନୀ ଘର କନ୍ୟା ହୋଇ ଜଣେ ଧୀବର କନ୍ୟା ପାଖକୁ ଏପରି ଭାବରେ ଚିଠି ଲେଖିଛି କାହିଁକି ? ଚଞ୍ଚଳା ସୁଶୀଳାର ଅନ୍ତରଙ୍ଗ ବନ୍ଧୁ। ଉଭୟେ ଦୁଃଖସୁଖ ହେବା ସମୟରେ ସୁଶୀଳା ତା'ର ଗତ ଜୀବନର ଝାପ୍‌ସା ଚିତ୍ରଗୁଡ଼ିକର ବର୍ଣ୍ଣନା କରିଛି ତା'ର ସଙ୍ଗିନୀ ନିକଟରେ। ମଣିଆଁ ଯେ ଜଣେ ସାମାନ୍ୟ ଲୋକର ସନ୍ତାନ ନୁହେଁ ଏହା ମଧ୍ୟ ସେ ଜଣାଇ ଦେଇଛି। ଆହୁରି ମଧ୍ୟ ସେ କହିଛି, ମଣିଆଁକୁ ତା'ର ମା ଯେଉଁ ହୀରା ଖଣ୍ଡିକ ଉପହାର ଦେଇଛନ୍ତି ତାହାର ମୂଲ୍ୟ ଏତେ ଅଧିକ ଯେ, ସେ ଇଚ୍ଛା କଲେ ଦେଶରେ ଜଣେ ଧନୀଲୋକ ହୋଇ ନିଜର ବୋଇତ ଚଳାଇ ପାରେ। କିନ୍ତୁ ତାହା ନ କରୁଛି—ଏହାର ପ୍ରଧାନ କାରଣ, ତାଙ୍କର ଉଚ୍ଚାଶା ଓ ପୂଜନୀୟ ପାଳକ-ପିତୃଦେବଙ୍କର ଆଜ୍ଞା। ଚଞ୍ଚଳା କିନ୍ତୁ ସ୍ଥିର ହୋଇ ରହିବାର ବାଳିକା ନୁହେଁ। ସେ ସମସ୍ତ ଘଟଣା ତା'ର ପିତା ମାତା ଭ୍ରାତାଙ୍କ ଆଗରେ କହି ଦେଇଛି।

ବହୁଦିନ ପରେ ମହାପାତ୍ରେ ବୁଝି ପାରିଛନ୍ତି, ଉଭୟେ ମଣିଆଁ ଏବଂ ସୁଶୀଳା କୁଳୀନ ବଂଶଜ। କେବଳ ନିଜର ଭାଗ୍ୟ ନିମନ୍ତେ ଏପରି ଧୀବର ବ୍ୟବସାୟ କରନ୍ତି। ସେ ନ ଜାଣିଲା ପରି ମଣିଆଁକୁ କିଛି କହନ୍ତି ନାହିଁ, ମନେ ମନେ କିନ୍ତୁ ତା' ପ୍ରତି ତାଙ୍କର ପ୍ରଗାଢ଼ ସ୍ନେହ ଥାଏ। ମଣିଆଁର ପ୍ରକୃତି ଓ ଗୁଣରେ ସେ ସନ୍ତୁଷ୍ଟ। ସୁବିଧା ପାଇଲେ ସେ ଯେ ମଣିଆଁକୁ ସାହାଯ୍ୟ କରି ତାକୁ ସମାଜରେ ପ୍ରତିଷ୍ଠିତ କରାଇବେ ଏହା ସ୍ଥିର କରିଅଛନ୍ତି।

ଏଣେ ଅଧିରାଜ ସୁଶୀଳାର ସୌନ୍ଦର୍ଯ୍ୟରେ ବିମୋହିତ। ସେ ଚଞ୍ଚଳାଠାରୁ ସୁଶୀଳାର ଇତିହାସ ଶୁଣି ମନେ ମନେ କେତେ ଆଶା ବାନ୍ଧିଛନ୍ତି। ଅଧିରାଜଙ୍କ ଅଭିପ୍ରାୟ ତାଙ୍କର ପିତା ମାତା ଯେ ବୁଝି ପାରି ନାହାନ୍ତି ତାହା ନୁହେଁ, ମାତ୍ର ବୁଝିକରି ମଧ୍ୟ ନ ବୁଝିଲା ପରି ସମୟର ପ୍ରତୀକ୍ଷାରେ ଅଛନ୍ତି।

ଚଞ୍ଚଳା ସୁଶୀଳାକୁ ନିଜର ସମାନସ୍କନ୍ଧ ଭାବରେ ପତ୍ର ଲେଖିଛି। ପତ୍ର ପାଠ ଶେଷ ହେଲା। ଉଭୟେ ମଣିଆଁ ଏବଂ ସୁଶୀଳା ଚିନ୍ତାମଗ୍ନ ଥିଲାପରି ଦେଖାଗଲେ। କେହି କାହାକୁ କିଛି ନ କହି ଚଞ୍ଚଳାର ପତ୍ରର ଶେଷ ଅଂଶର ଅର୍ଥ ବୁଝିବାକୁ ଚେଷ୍ଟା କଲେ। ସୁଶୀଳା ଭାବିଲା, ବୋଧହୁଏ ଚଞ୍ଚଳାର ବିବାହ ପ୍ରସ୍ତାବ ନେଇ ସେ ଲେଖିଛି। ବୋଧହୁଏ ମଣିଆଁ ଭାଇ ସଙ୍ଗେ ଚଞ୍ଚଳାର ଶୁଭ ପରିଣୟ ବିଷୟ ନେଇ ତାଙ୍କର ବାପା ମା ସ୍ଥିର କରିଛନ୍ତି। ସତ କଥା, ମଣିଆଁ ଭାଇର ବିଦ୍ୟାବୁଦ୍ଧି ଅଛି, ସାହସ ଅଛି, ରୂପ ଅଛି, ଧନ ଅଛି, ନାହିଁ କ'ଣ ? ସେ ଚଞ୍ଚଳାକୁ ପାଇ ସୁଖୀ ହୋଇ ପାରିବେ। ଚଞ୍ଚଳା ମଧ୍ୟ ମଣିଆଁ ଭାଇ ପରି ସର୍ବଗୁଣ ପରିପୂର୍ଣ୍ଣ ସ୍ୱାମୀ ପାଇ ନିଜକୁ ସୌଭାଗ୍ୟବତୀ ମନେ କରିବେ। ସେ ମଣିଆଁ ଭାଇକୁ ପ୍ରେମଚକ୍ଷୁରେ ଦେଖେ ଏହାର ପ୍ରମାଣ ମୁଁ ପାଇଛି। ତେଣୁକରି ସିନା ସେ ଲେଖିଛି ଦୁଇଜଣଯାକ ଏକାଠି ରହିବା।

ମୁଁ କ'ଣ ଚଞ୍ଚଳା ପରି ନୂଆବୋହୂ ପାଇ ସୁଖୀ ହେବି ନାହିଁ? ସେ ଯେ ମୋତେ ଭାରି ଭଲ ପା'ନ୍ତି। ଯଦି ଶୁଭପରିଣୟ ସମ୍ପାଦିତ ହୁଏ, ସେମାନଙ୍କୁ ଆଉ ଏଠାରେ ରହିବାକୁ ପଡ଼ିବ ନାହିଁ। ସୁନାହାଟ କିମ୍ବା ଅନ୍ୟ କୌଣସି ନିକଟସ୍ଥ ଗ୍ରାମକୁ ଯାଇ ରହିବାକୁ ହେବ। ଏପରି ନିରୀହ ଧୀବର ବେଉସା ଛାଡ଼ି ଧନୀର ସନ୍ତାନ ପରି ଚଳିବାକୁ ହେବ।

ଏ ବିବାହରେ ମଣିଆଁ ଭାଇ ରାଜି ହେବେ ତ? ହେବେ ନାହିଁ କାହିଁକି। ତାଙ୍କୁ ସତ୍‌ପାତ୍ର ମିଳିବ, ଆହୁରି ଅନେକ ସୁବିଧା ହେବ। ତେବେ ଯାହାକୁ ମନେ ମନେ ହୃଦୟର ଦେବତା ବୋଲି ବରଣ କରିଥିଲି ତାଙ୍କୁ ହରାଇବି ସିନା।

ମଣିଆଁ ଚିନ୍ତାକଲା, ବୋଧହୁଏ ସେମାନେ ସ୍ଥିର କରିଛନ୍ତି ସୁଶୀଳା ସଙ୍ଗେ

ଅଧିରାଜର ପରିଣୟ କରିବେ। ମୋର ହୃଦୟର ରାଣୀ ସୁଶୀଳା କ'ଣ ଏଥିରେ ସମ୍ମତ ହେବ। ନା, ଏହା ମୁଁ ସହ୍ୟ କରି ପାରିବି ନାହିଁ।

କିଛି ସମୟ ଚିନ୍ତା ପରେ ଦୁହେଁ ଦୁହିଁଙ୍କ ଆଡ଼କୁ ଚାହିଁଲେ—ଦୁହିଁଙ୍କ ଚକ୍ଷୁରେ ଅଶ୍ରୁ। ଉଭୟଙ୍କର ହୃଦୟ ଅସହ୍ୟ ଯନ୍ତ୍ରଣାରେ ଅଧୀର ହୋଇ ପଡ଼ିଲା। ମଣିଆଁ ସୁଶୀଳାର ନିକଟକୁ ଯାଇ ନିଜର ଲୁଗାରେ ତା'ର ଚକ୍ଷୁ ପୋଛି ପକାଇଲା। ସୁଶୀଳା ମଧ୍ୟ ମଣିଆଁର ଚକ୍ଷୁଜଳ ନିଜ ଅଞ୍ଚଳରେ ପୋଛଦେଲା।

ସୁଶୀଳା ପଚାରିଲା, ଭାଇ କାନ୍ଦୁଛ କାହିଁକି ? ତୁମେ ତ ଭାରି ସୁଖୀ। ଚଞ୍ଚଳା ପରି ଗୁଣବତୀ କନ୍ୟାକୁ ସ୍ତ୍ରୀ ରୂପେ ପାଇବ।

ମଣିଆଁ ଚମକି ପଡ଼ିଲା, ସେ ଭାବିଲା, ମୁଁ ଯାହା ଭାବୁଥିଲି ତାହା ଭ୍ରମ। ଚିଠିର ପ୍ରକୃତ ଅର୍ଥ ତେବେ ଏଇଆ ? ମୁଁ ବୁଝି ପାରି ନ ଥିଲି। କହିଲା, ମୋର ଏ ହୃଦୟରେ ଯେ ଆଉ କାହାର ସ୍ଥାନ ନାହିଁ ସୁଶୀଳା ! ତୁ ତାହା ନିଜେ ଅଧିକାର କରିଛୁ। ମନେ ନାହିଁ, ସେଦିନ ମୁଁ ତୋତେ ପଚାରିଥିଲି, ଏ କ୍ଷୁଦ୍ର ସଂସାରର ରାଣୀ କିଏ ? ତୁ କଣ କହିଥିଲୁ ମନେ ରଖିଛୁ ତ ? ଆଜି କାହିଁକି ତେବେ ଅଧିରାଜକୁ...।

ବାଧା ଦେଇ ସୁଶୀଳା କହିଲା ଅଧିରାଜ ? ମୋର ହୃଦୟରେ ତା'ର ସ୍ଥାନ ନାହିଁ। ତା ବିଷୟରେ ମୁଁ ଦିନେ ହେଲେ କେବେ ଭାବି ନାହିଁ ତ ?

ସେ ଯେ ତୋ ବିଷୟରେ ସବୁବେଳେ ଚିନ୍ତା କରୁଛି।

ତେବେ ଏହିଠାରେ ଆଜି ପ୍ରତିଜ୍ଞା କରିବା। ଅତି ଶୀଘ୍ର ବିବାହର ଅୟୋଜନ କରିବାକୁ ପଡ଼ିବ।

ସୁଶୀଳା ଆରକ୍ତ ମୁଖ ଅବନତି କରି ବିଗତ ଭାବେ କୋମଳ ସ୍ୱରରେ କହିଲା, ନା, ଅୟୋଜନ ତମକୁ କିଛି କରିବାକୁ ପଡ଼ିବ ନାହିଁ। ମୁଁ ସମସ୍ତ ଆୟୋଜନ କରି ରଖିଛି।

ସୁଶୀଳା ଧୀରେ ଧୀରେ କନିଅର ଗଛ ନିକଟକୁ ଘୁଞ୍ଚିଗଲା। ଦୁଇମାଳ ଫୁଲ ଦୁଇ ହାତରେ ଧରି ମଣିଆଁର ନିକଟରେ ଉପସ୍ଥିତ ହେଲା। ମାଳେ ମଣିଆଁର ହାତକୁ ବଢ଼ାଇଦେଲା। ଅନ୍ୟ ମାଳକ କମ୍ପିତ ହସ୍ତରେ ମଣିଆଁର ଗଳାରେ ଲମ୍ବାଇ ଦେଲା। ଲଜ୍ଜାରେ ମୁଖ ତାର ଆରକ୍ତ ଦେଖାଗଲା, ଭୟରେ ଅଧରଦ୍ୱୟ କମ୍ପିତ ହେଲା। ସେ ଧୀରେ ଧୀରେ ମସ୍ତକ ନୁଆଇଁ ମଣିଆଁର ପଦଦେଶରେ ଲଗାଇ ଦେଲା।

ମଣିଆଁ ପ୍ରଣୟିନୀକୁ ତଳୁ ଉଠାଇ ଫୁଲର ହାରଠି ତା ଗଳାରେ ଲମ୍ବାଇ ଦେଲା। ତାକୁ ନିଜର ହୃଦୟ ଆଡ଼କୁ ଟାଣି ଆଣିଲା। ସନ୍ଧ୍ୟା ପ୍ରହରର ଚନ୍ଦ୍ରଦେବ ତାରକାରାଜି

ବେଷ୍ଟିତ ହୋଇ ଏହି ପରିଣୟର ସାକ୍ଷୀ ରହିଲେ। ସମୀରଣ ପ୍ରଣୟ-ସଙ୍ଗୀତ ଗାନ କଲା, ସାଇଁ ସାଇଁ କରି ବୃକ୍ଷ ଲତାର ପତ୍ର ହଲାଇ।

ଚଞ୍ଚଳାର ଜନ୍ମୋତ୍ସବ ଉପଲକ୍ଷେ ସୁଶୀଳା ଫୁଲ ଗୁନ୍ଥିବାରେ ବ୍ୟସ୍ତ। ସଙ୍ଗିନୀର ଜନ୍ମୋତ୍ସବରେ ତାକୁ ସେ ଏହି ଫୁଲର ହାରଟି ଉପହାର ଦେବ। ଧୀବର ବାଳିକାର ଆଉ ଉପହାର ଦେବାକୁ ଅଛି କଣ ? ସେହି କୁସୁମର ହାରଟି ସଙ୍ଗେ ତା'ର ହୃଦୟର ମଲ୍ଲିକା-ଶୁଭ୍ର ପ୍ରେମ। ବାଳିକା କୁସୁମ ଗୁନ୍ଥିବାରେ ନିଜର ମନ ପ୍ରାଣ ଏକାଥରେ ଲଗାଇ ଦେଇଛି। ତେଣେ ବହିର୍ଜଗତରେ ହେଉଛି କ'ଣ ତା'ର ସେ ଆଡ଼କୁ ନିଘା ନାହିଁ। ମଣିଆଁ ଆଜି ବଡ଼ି ସକାଳୁ ମାଛ ଧରିବାକୁ ଯାଇଛି ଦ୍ୱିଗୁଣ ଉତ୍ସାହରେ, ଭେଟି କରିବାକୁ।

ଏତିକି ବେଳେ କିଏ ଜଣେ ପଛଆଡୁ ଆସି ହଠାତ୍ ତା'ର ଆଖି ବୁଜି ଧରିଲା। ସେ ଭାବିଲା ବୋଧହୁଏ ମଣିଆଁ ଭାଇ। ତେଣୁ ଉଚ୍ଚ ସ୍ୱରରେ ହସିଉଠିଲା। ଆଗନ୍ତୁକ ସୁଶୀଳାର ଆଖି ଛାଡ଼ି ଦେଇ ସମ୍ମୁଖକୁ ଯାଇ ଦଣ୍ଡାୟମାନ ହେଲା।

ଏଁ, ଏତ ମଣିଆଁ ଭାଇ ନୁହେଁ, ଏ ତ ସେହି !

ସୁଶୀଳାର ମୁଖ ମଳିନ ପଡ଼ିଗଲ। ଜଣାଗଲା, ସତେ ଯେପରି ତା'ର ଦେହରୁ ସମସ୍ତ ରକ୍ତ କୁଆଡ଼େ ଉଭେଇଗଲା ! ସେ ଯେପରି ଭାବରେ ବସିଥିଲା, ଠିକ୍ ସେହିପରି ବସି ରହିଲା। ଆଗନ୍ତୁକର ମୁହଁକୁ ଅନାଇବାକୁ ସାହସ କଲା ନାହିଁ। ଚକ୍ଷୁ ନତ କରି ଫୁଲ ଗଦାକୁ ଚାହିଁ ରହିଲା।

ଆଗନ୍ତୁକ ନିକଟକୁ ଘୁଞ୍ଚି ଆସି କୋମଳ ସ୍ୱରରେ କହିଲା, ସୁନ୍ଦରୀ, ଭୟର କାରଣ ନାହିଁ। ଆଉ ବିଳମ୍ବ କରିବାକୁ ସମୟ ନାହିଁ। ଶୀଘ୍ର ମୋ ସଙ୍ଗେ ଆସ। ସମୁଦ୍ର କୂଳରେ ସମସ୍ତ ପ୍ରସ୍ତୁତ ଅଛି।

ସୁଶୀଳା ମୁଖ ଟେକି କହିଲା ତେମେ କିଏ ? ମୁଁ ସମୁଦ୍ର କୂଳକୁ ଯିବି କାହିଁକି ?

ମୋତେ ଚିହ୍ନି ପାରୁନ ? ମନେ ନାହିଁ, କେତେ ବର୍ଷ ପୂର୍ବେ ତୁମେ ଯେଉଁ ଆହତ ଲୋକଟିର ମୁଖରେ ଜଳ ଦେଇ ତାର ଜୀବନ ରକ୍ଷା କରିଥିଲ, ମୁଁ ସେହି। ଏ ଜୀବନ ତେମେ ବଞ୍ଚାଇଛ। ତେମେ ମୋ ଜୀବନର ଅଧିକାରିଣୀ ରାଣୀ। ପ୍ରଥମରେ ମୋର ଭ୍ରମ ହୋଇଥିଲା, ତୁମେ ଦେବୀ ବୋଲି। ଦୟାକରି ମୋର ଅନୁରୋଧ ରକ୍ଷାକର।

ତମର ଏଠାରେ ଠିଆ ହେବାର କୌଣସି ଅଧିକାର ନାହିଁ। ଶୀଘ୍ର ଏଠାରୁ ଚାଲିଯାଅ।

ଅଧିକାର ଅଛି। ମୋର ହୃଦୟର ରାଣୀ ନିକଟରେ.........।

ହୁସିଆର ହୋଇ କଥା କହ। ପର ଝିଅ, ପରର ସ୍ତ୍ରୀ ପାଖରେ ଏପରି ନିର୍ଲଜ୍ଜ ପ୍ରେମ ପ୍ରକାଶ କରିବା ମହାପାପ।

ପାପପୁଣ୍ୟ ବିଚାରବୁଦ୍ଧି ମୋର ଅଛି ସୁନ୍ଦରୀ, ତମୁକୁ କଷ୍ଟ କରି ବତାଇ ଦେବାକୁ ପଡ଼ିବ ନାହିଁ। ଏବେ ପ୍ରସ୍ତୁତ ହୁଅ।

ଯୁବକ ଭେରୀ ବଜାଇଲେ। ଏହା ଦେଖି ବାଳିକାର ହୃଦୟ ଭୟରେ ପ୍ରକମ୍ପିତ ହେଲା। ସେ ସାହସ ଅବଲମ୍ବନ କରି ଦଣ୍ଡାୟମାନ ହେଲା। ଭାବିଲା, ପଳାୟନ କରିବ। କିନ୍ତୁ ଭେରୀ ଶବ୍ଦରେ ତା'କୁ ଚାରିଆଡୁ ବେଷ୍ଟନ କରି କେତେକ ବ୍ୟକ୍ତି ଦଣ୍ଡାୟମାନ, ପଳାୟନର ଉପାୟ ନାହିଁ। ସୁଶୀଳାର ଚକ୍ଷୁପ୍ରାନ୍ତ ଦେଇ ଲୋତକଧାର ଗଡ଼ିପଡ଼ିଲା। ସେ ଉପାୟଶୂନ୍ୟ ହୋଇ ପୁନର୍ବାର ବସି ପଡ଼ିଲା। ମନେ ମନେ ଭଗବାନଙ୍କୁ ପ୍ରାର୍ଥନା କଲା, ହେ ପରମେଶ୍ୱର ! ଏ ବିପଦରୁ ରକ୍ଷାକର।

ସୁନ୍ଦରୀ, ଆଉ ଡେରି କିଆଁ କରୁଛ ?

ଆଚ୍ଛା, ଭାଇ, ପରର ସ୍ତ୍ରୀ ମୁଁ, ଛଡ଼ାଫୁଲ। ମୋ ଉପରେ ଅତ୍ୟାଚାର କରିବାକୁ ବସିଛ କାହିଁକି ? ଛଡ଼ାଫୁଲଟାଏ ଚୋରାଇ ନେଇ କେଉଁ ସୁଖ ପାଇବ ?

ଆଗନ୍ତୁକ ଯୁବକ ହସି ହସି ଉତ୍ତର ଦେଲା, ଛଡ଼ାଫୁଲ ହେଉ ପଛେ ଯଦି ସୁନ୍ଦର ହୋଇଥାଏ, ସୁଗନ୍ଧ ଥାଏ, ତାହା ଆଦରଣୀୟ। ତମର ମସ୍ତକରେ ସିନ୍ଦୂର ନାହିଁ। କେବଳ ମୋତେ ଠକିବାକୁ ଏ ଚଲାଖି। ମୁଁ ଏଡ଼େ ସହଜରେ ଭୁଲି ଯିବାର ଲୋକ ନୁହେଁ। ଆଚ୍ଛା, ତମର ଅନିଚ୍ଛା କାହିଁକି ? ମୁଁ ଦେଶର ଜଣେ ପ୍ରଧାନ ସାଧବଙ୍କର ପୁତ୍ର। ପିତାଙ୍କ ମୃତ୍ୟୁ ପରେ ବିଶାଳ ସମ୍ପତ୍ତିର ଏକମାତ୍ର ଅଧିକାରୀ। ମୋର ସେ ସୌଭାଗ୍ୟର ଅଂଶ ନେବାକୁ ଏତେ ଅନିଚ୍ଛୁକ କାହିଁକି ସୁନ୍ଦରୀ ? ଏହି ଦେଖ, ତମର ଆଙ୍ଗୁଠିରେ ଯେଉଁ ମୁଦିଟି ନାଇଛ, ସେଟି ମୋର। ତାର ମୂଲ୍ୟ ଏତେ ଅଧିକ ଯେ, ସହଜରେ କେହି ଅନୁମାନ କରିପାରିବେ ନାହିଁ। ପ୍ରଥମ ସାକ୍ଷାତ ଦିନଠାରୁ ତମ ସ୍ମୃତି ମୁଁ ହୃଦୟରେ ରଖି ବୁଲୁଥିଲି। ଯୁଆଡ଼େ ଗଲେ ତମରି ଚିନ୍ତା ମୋ ହୃଦୟକୁ ଆଲୋଡ଼ିତ କରି ଦେଉଥିଲା। ମୁଁ ଦେଖୁଛି, ତେମେ ମଧ୍ୟ ମୋର ସ୍ମୃତି ଜାଗ୍ରତ ରଖିବାକୁ ମୋର ଉପହାର ମୁଦିଟି ସର୍ବଦା ଅଙ୍ଗରେ ରଖିଛ। ତେବେ ଆଉ ଏତେ ଛଳନା କାହିଁକି ?

ଗରିବ ଧୀବର କନ୍ୟା ପ୍ରତି ଲୋଭ କର ନା। ତା'ର ଦୁର୍ଗନ୍ଧ ଦେହ ସ୍ପର୍ଶ କରିବା ଆପଣଙ୍କ ପରି ଧନୀ ଯୁବକ ପକ୍ଷରେ ଲଜ୍ଜାର କଥା।

ଯୁବକ ଆଶାବାନ୍ ହୋଇ କହିଲା, ବୋଧହୁଏ ମହାଭାରତରୁ ପଢ଼ିଥିବ ଯୋଜନ-ଗନ୍ଧାଙ୍କର ପରିଣୟ ବିଷୟରେ। ସେ ତ ଧୀବର କନ୍ୟା ଥିଲେ।

ମୁଁ ଯୋଜନ-ଗନ୍ଧାଙ୍କ ବିଷୟରେ କୌଣସି କଥା ପଢ଼ି ନାହିଁ। ଦିନେ ଚଞ୍ଚଳା ମୁହଁରୁ ଶୁଣିଥିଲି। କିନ୍ତୁ ଆପଣ ତ ଆଉ ଋଷି ନୁହନ୍ତି। ହଁ, ଠିକ୍ କଥା ମନେ ପଡ଼ିଛି। ମୋର ମତରେ ଆପଣଙ୍କ ପରି ଧନୀ, ରୂପବାନ୍, ବୁଦ୍ଧିମାନ୍ ଯୁବକର ଚଞ୍ଚଳା ସଙ୍ଗେ ପରିଣୟ ହେବା ବାଞ୍ଛନୀୟ। ସେ ଅତ୍ୟନ୍ତ ସୁନ୍ଦରୀ। ତା'ର ଗୋଡ଼ଘଷା ପଥର ଖଣ୍ଡ ସାଙ୍ଗେ ବି ମୁଁ କୌଣସି ଗୁଣରେ ସମାନ ନୁହେଁ। ସେ ଶିକ୍ଷିତା। ସେ ଧନୀର କନ୍ୟା, ସବୁ ଗୁଣରେ ଆପଣଙ୍କର ସମକକ୍ଷ।

ଚଞ୍ଚଳା କିଏ ?

ଶୁଣନ୍ତୁ, ମୁଁ କହୁଛି। ଏ ବିଷୟରେ ମୁଁ ମଧ୍ୟସ୍ଥର କାର୍ଯ୍ୟ କରିବି। ଚଞ୍ଚଳାର ପିତାଙ୍କୁ କହିବି। ସେ ନିଶ୍ଚୟ ରାଜି ହେବେ। ଆପଣଙ୍କ ପରି ଜାମାତା ପାଇ କେଉଁ ଲୋକ ନିଜକୁ ଭାଗ୍ୟବାନ୍ ମନେ ନ କରିବ ? କହନ୍ତୁ, ମୁଁ ବର୍ତ୍ତମାନ ଯାଇ ଠିକଣା କରି ଆସିବି। ଆଜି ତାର ଜନ୍ମଦିନ। ମୋର ସଙ୍ଗିନୀକୁ ଉପହାର ଦେବାକୁ ଏ ଫୁଲର ହାରଟି ଗୁନ୍ଥୁଥିଲି।

ସୁଶୀଳା ଅସମ୍ପୂର୍ଣ୍ଣ ଫୁଲର ହାରଟି ଗୁନ୍ଥିବାକୁ ଚେଷ୍ଟା କଲା। ସତେ କି ମନରେ କୌଣସି ଭୟ ନାହିଁ।

ଯୁବକ ଚିନ୍ତାକରି ପଚାରିଲା, ଚଞ୍ଚଳା କିଏ ?

ନିକଟରେ ସୁନାହାଟ ବୋଲି ଗ୍ରାମ ଅଛି। ସେହି ଗ୍ରାମର ପ୍ରଧାନ ଧନୀ ହେଉଛନ୍ତି ମହାପାତ୍ର ଘର, ଚଞ୍ଚଳା ମହାପାତ୍ରଙ୍କର କନ୍ୟା। ଆଖ ପାଖ କେଇ ଖଣ୍ଡ ଗାଁରେ ମୋର ସଙ୍ଗିନୀ ଚଞ୍ଚଳାର ତୁଳନାରେ ଆସିବାକୁ କେହି ନାହିଁ।

ମୋର ଯେ ବିଶ୍ୱାସ ହେଉ ନାହିଁ ତମ କଥାରେ। ହୁଏ ତ, ମୋ ନିକଟରୁ ପଳାଇଯିବାକୁ ଏ ଫିସାଦି କରୁଥିବ।

ମିଛ କି ଫିସାଦି ମୁଁ ଜାଣେ ନାହିଁ। ଯଦି ପ୍ରମାଣ ଚାହଁ, ହେଇ ନିଅ, ଦେଖ। ସୁଶୀଳା ସଙ୍ଗିନୀର ଚିଟାଉ ଖଣ୍ଡି ଯୁବକର ନିକଟକୁ ଫିଙ୍ଗିଦେଲା। କିନ୍ତୁ ହଠାତ୍ ଚିନ୍ତାକଲା ଆହା, ମୁଁ କ'ଣ କଲି, ମୋର ତ ସର୍ବନାଶ ହୋଇଛି। ଏହା ଜାଣି ମଧ୍ୟ ମୁଁ ମୋର ସଙ୍ଗିନୀର ସର୍ବନାଶ କରିବାକୁ ବସିଛି ? ଏ ଯୁବକ ନିଶ୍ଚୟ ଜଣେ ଦସ୍ୟୁସର୍ଦ୍ଦାର। କିଏ ଜାଣେ, ଏ ଦୁରାଚାର ଦିନେ ମହାପାତ୍ରଙ୍କ ଘରେ ଚଢ଼ାଉ କରି ବଳାତ୍କାରପୂର୍ବକ ଚଞ୍ଚଳାକୁ ଧରି ନ ନେବ ? ମୁଁ କେଡ଼େ ଭୁଲ କରି ନ ପକାଇଛି। ତା'ର ଚିଠି ଖଣ୍ଡ ମୁଁ ପାପିଷ୍ଠକୁ ଦେଲି କାହିଁକି ? ଏ ମୋର ସଙ୍ଗିନୀର ଅଇଣ୍ଠା ପତ୍ର ଛୁଇଁବାର ଯୋଗ୍ୟ ନୁହେଁ। ଏଥି ନିମନ୍ତେ କ'ଣ ଚଞ୍ଚଳା ମୋତେ ଭଲ ପାଇଥିଲା ! ମୁଁ ରାକ୍ଷସୀ।

ସୁଶୀଳାର ଚିନ୍ତାରେ ବାଧାଦେଇ ଯୁବକ କହିଲା, ହଁ ସୁନ୍ଦରୀ, ମୁଁ ସବୁ ବୁଝି ପାରିଛି। ମାତ୍ର, ମୋର ହୃଦୟରେ ଯେ ତମ ବ୍ୟତୀତ ଅନ୍ୟ କାହାର ସ୍ଥାନ ନାହିଁ। ସ୍ୱର୍ଗର ଅପ୍ସରୀ ମୋ ଚକ୍ଷୁରେ ତମଠାରୁ ହୀନ ଦେଖାଯିବ। ସତ କହୁଛି, ଚଞ୍ଚଳା ପରି ସହସ୍ର ଚଞ୍ଚଳାଙ୍କୁ ପଦପ୍ରହାର କରିପାରେ ତମୁକୁ ପାଇଲେ।

ଚଞ୍ଚଳା ପ୍ରତି ଯେ ଯୁବକ ଆକୃଷ୍ଟ ନୁହେଁ, ଏହା ବୁଝିପାରି ସୁଶୀଳା ମନେ ମନେ ସୁଖୀ ହେଲା। ଭଗବାନଙ୍କୁ ଧନ୍ୟବାଦ ଦେଲା। ଚିନ୍ତାକଲା, ମୋ ଉପରେ ଯେତେ ବିପଦ ଆସୁ ପଛେ, ଚଞ୍ଚଳା ପରି ସରଳା ବାଳିକା ସୁଖରେ ଥାଉ, ଭଗବାନ୍ ତା'ର ଜୀବନ ସୁଖମୟ କରନ୍ତୁ। ପ୍ରକାଶ୍ୟରେ କହିଲା, ମୋର ହୃଦୟରେ ତମର ସ୍ଥାନ ନାହିଁ। ଆଉ ବିଶେଷ ଅନୁରୋଧ କରିବା ଆବଶ୍ୟକ ନାହିଁ। ଦୟାକରି ମୋ ପାଖରୁ ଚାଲିଯାଅ। ଯଦି ବିଶ୍ରାମ କରିବ, ତମର ଲୋକମାନଙ୍କୁ ଡାକ, ସେମାନେ ସମସ୍ତେ ଏହିଠାରେ ବସନ୍ତୁ। ମୁଁ ରୋଷେଇ କରିବାର ଆୟୋଜନ କରେ।

ସୁଶୀଳା ଉଠିଲା। ଯୁବକଙ୍କ ନିକଟକୁ ଯାଇ ପୁନର୍ବାର କହିଲା, ଦୟାକରି ଲୋକମାନଙ୍କୁ ମନା କରିବ ସେମାନେ ଯେପରି ବଗିଚାରୁ ଗଛପତ୍ର ନ ଛିଣ୍ଡାନ୍ତି। ମୁଁ ଭାରି ଯତ୍ନରେ ଏ ଗଛଗୁଡ଼ିକ ବଢ଼ାଇଛି। ଏଥିରୁ ଗୋଟିଏ ପତ୍ର ଛିଣ୍ଡାଇଲେ ମୋତେ ଭାରି କଷ୍ଟ ହୁଏ।

ସୁଶୀଳା ଚାଲିଯିବାକୁ ଚେଷ୍ଟା କଲା।

ଯୁବକ ସୁଶୀଳାର ହାତଧରି କହିଲା, ସୁଶୀଳା, ତମର ହୃଦୟରେ ମୋର ସ୍ଥାନ ନ ଥାଇ ପାରେ, ନ ଥାଉ, ମାତ୍ର ହୃଦୟ ତମର ଶୂନ୍ୟ। ସେ ଶୂନ୍ୟ ସ୍ଥାନରେ ଯାହାକୁ ଇଚ୍ଛା ତାକୁ ବସାଇପାର। ଅନୁରୋଧ କରେ, ମୋତେ ସେ ଆନନ୍ଦରୁ ବଞ୍ଚିତ କରିବ ନାହିଁ।

ନା' ମୋ ହୃଦୟ ଶୂନ୍ୟ ନୁହେଁ। ତାହା ଅନ୍ୟ ଜଣଙ୍କ ଦ୍ୱାରା ଅଧିକୃତ।

ମୋ ପାଇଁ ତାକୁ ସେ ସ୍ଥାନରୁ ତଡ଼ିବାକୁ ହେବ।

ବଞ୍ଚି ଥାଉଁ ଥାଉଁ ତାହା ମୁଁ କରି ନ ପାରେ। ମୋତେ ଛାଡ଼ିଦିଅ।

ମୁଁ ନିର୍ବୋଧ ନୁହେଁ। ସେଦିନ ଯେପରି ଭାବରେ ମୋ ନିକଟରୁ ପଳାଇଗଲ, ସେଥିରୁ ମୁଁ ଶିକ୍ଷା କରିଛି। ଆଉ ନୁହେଁ। ମୋତେ ଠକି ପଳାଇବା ସହଜ ମନେ କରିବ ନାହିଁ।

ଯୁବକ ତିନିଥର ଭେରୀ ବଜାଇଲା। ସଙ୍ଗେ ସଙ୍ଗେ ଚାରିଆଡୁ ଅନେକ ଲୋକ ଆସି ଘେରିଗଲେ। ସୁଶୀଳାର ପଳାୟନ ଚେଷ୍ଟା ବ୍ୟର୍ଥ ହେଲା। ସେ ଚିତ୍କାର କରିଉଠିଲା। ମଣିଆଁଭାଇଙ୍କୁ ସେ କେତେ ଡାକିଲା। ଆହା ! ମଣିଆଁଭାଇ ତାର କାହିଁ ?

ସୁଶୀଳାକୁ ତିନିଜଣ ଲୋକ ଟାଣି ଟାଣି ସମୁଦ୍ର କୂଳକୁ ନେଇ ଚାଲିଲେ। ଅନ୍ୟ ଲୋକମାନେ ତାଙ୍କର ଚାରିଆଡ଼େ ଘେରି ଚାଲିଲେ। ଯୁବକ ସମସ୍ତଙ୍କର ପଛରେ ଥାନ୍ତି।

ସମୁଦ୍ର କୂଳରେ ନୌକା ଆଗରୁ ରଖାଯାଇଥିଲା। ସେହି ପ୍ରକାଣ୍ଡ ନୌକାର ଗୋଟିଏ ପ୍ରକୋଷ୍ଠରେ ବନ୍ଦିନୀ ହୋଇ ରହିଲା ସୁଶୀଳା। ନୌକା ସମୁଦ୍ର ମଧ୍ୟକୁ ଚାଲିଲା। ସୁଶୀଳା ଉଚ୍ଚ ସ୍ୱରରେ ଚିତ୍କାର କରି କାନ୍ଦୁଥାଏ। ଆଉ ତାର କି ବଳ ଅଛି ?

ସମସ୍ତେ ବସି ଆନନ୍ଦରେ ଗଳ୍ପ କରୁଛନ୍ତି, ଏହି ସମୟରେ କିଏ ଜଣେ ପଛଆଡ଼ୁ ଧାଇଁ ଆସିଲା ଧଇଁସଇଁ ହୋଇ। ସେମାନଙ୍କର ମଧୁରାଳାପ ଭାଙ୍ଗିଗଲା। ଧଡ଼ପଡ଼ ହୋଇ ଠିଆ ହେଲେ ସମସ୍ତେ। ଆଗନ୍ତୁକ ଦେଖିବାକୁ ବଳିଷ୍ଠକାୟ। ଚକ୍ଷୁ ଘୂର୍ଣ୍ଣାୟମାନ। ସମସ୍ତ ଶରୀର ଜଳସିକ୍ତ।

ସମସ୍ତେ ଦେଖି ଆଶ୍ଚର୍ଯ୍ୟାନ୍ୱିତ ହେଲେ। ଅପରିଚିତ ଏ ବ୍ୟକ୍ତି ବୋଇତ ଉପରକୁ ଉଠିଲା କିପରି ?

ଆଗନ୍ତୁକ ମଣିଆଁ ବ୍ୟତୀତ ଆଉ କେହି ନୁହେଁ। ସେ ମାଛ ଧରୁଥିବା ସମୟରେ ବୋଇତରୁ କାହାର କାନ୍ଦଣା ଶୁଣିବାକୁ ପାଇଲା। ସିଧା ବୋଇତକୁ ଲକ୍ଷ୍ୟ କରି ପହଁରି ପହଁରି ଚାଲିଲା। ସେ ଯେତିକି ନିକଟକୁ ଆସୁଥାଏ, ତାର ହୃଦୟ ସେତିକି ଅସ୍ଥିର ହେଉଥାଏ। କିଛିଦୂର ଆସି ବୁଝି ପାରିଲା, ସେ ନିଶ୍ଚୟ ସୁଶୀଳାର ସ୍ୱର, ଆଉ କାହାରି ନୁହେଁ।

ସୁଶୀଳା ବିପଦାପନ୍ନ। ଦସ୍ୟୁମାନେ ତାକୁ ଧରି ନେଉଛନ୍ତି। ଏତିକି ଭାବି ମଣିଆଁ ପାଗଳ। ସେ ବୋଇତ ପାଖକୁ ଆସିଲା। ସିଢ଼ି ନାହିଁ ଉପରକୁ ଚଢ଼ିବ କିପରି ? ଗୋଟାଏ କାତର ଦଉଡ଼ି ପଛମଙ୍ଗ ନିକଟରେ ଓହଳି ଥିଲା। ସାହସ ପୂର୍ବକ ମଣିଆଁ ସେହି ଦଉଡ଼ି ଧରି ଉପରକୁ ଉଠିଲା ଭାରି କଷ୍ଟରେ। ଉପରକୁ ଉଠି ଦେଖିଲା, କେତେକ ଲୋକ ନିଶ୍ଚିନ୍ତ ମନରେ ଆଳାପ କରୁଛନ୍ତି। ପଚାରିଲା, କାହାକୁ ବନ୍ଦୀ କରି ରଖିଛ ? ଛାଡ଼ିଦିଅ ଯଦି ଭଲ ଚାହଁ।

ମଣିଆଁର କଥା ଶେଷ ହେବା ପୂର୍ବରୁ ଯୁବକ ସମସ୍ତ ଘଟଣା ଠଉରାଇ ନେଇଥିଲେ। ସେ ହାତ ଠାରିଲେ। ପଛଆଡ଼ୁ ଦୁଇ ଜଣ ଲୋକ ଆସି ତାକୁ ବନ୍ଦୀକଲେ। ଉଦ୍ଧାରର ଚେଷ୍ଟା ବିଫଳ ହେଲା।

ଯୁବକଙ୍କର ଆଦେଶରେ ଲୋକେ ବନ୍ଦୀକୁ ନେଇ ବନ୍ଦିନୀ ଥିବା କୋଠରୀରେ ପୂରାଇ ବାହାର ପାଖୁ ତାଲା ବନ୍ଦକଲେ ।

ବନ୍ଦିନୀର କାନ୍ଦଣା ବନ୍ଦ ହୋଇଗଲା ।

ବୋଇତ ତାମ୍ରଲିପ୍ତ ଆଡ଼େ ଚାଲିଲା ।

ଭାରତ ମହାସାଗର ମଧ୍ୟସ୍ଥିତ ଆଣ୍ଡାମାନ ଦ୍ୱୀପପୁଞ୍ଜ । ସେହି ଦ୍ୱୀପପୁଞ୍ଜର ବିଭିନ୍ନ ଅଂଶ ବିଭିନ୍ନ ନାମରେ ପରିଚିତ । ଉତ୍ତର ଆଣ୍ଡାମାନ, ଦକ୍ଷିଣ ଆଣ୍ଡାମାନ, ମଧ୍ୟ ଆଣ୍ଡାମାନ, ଛୋଟ ଆଣ୍ଡାମାନ ଇତ୍ୟାଦି । ଉତ୍ତର, ମଧ୍ୟ ଏବଂ ଦକ୍ଷିଣ ଦ୍ୱୀପଗୁଡ଼ିକର ଲମ୍ବ ପ୍ରାୟ ପଚାଶ ମାଇଲ ହେବ । ବଡ଼ ଆଣ୍ଡାମାନ ଦ୍ୱୀପପୁଞ୍ଜର ପ୍ରାୟ ତିରିଶ ମାଇଲ ଦକ୍ଷିଣକୁ ଛୋଟ ଆଣ୍ଡାମାନ ଅବସ୍ଥିତ । ଦକ୍ଷିଣ ଏବଂ ଛୋଟ ଆଣ୍ଡାମାନର ମଧ୍ୟସ୍ଥିତ ଗୋଟିଏ ଦ୍ୱୀପର ନାମ ସୂର୍ଯ୍ୟ ଦ୍ୱୀପ ।

ସପ୍ତମ ଶତାବ୍ଦୀର ପ୍ରାରମ୍ଭରେ ପ୍ରବଳପ୍ରତାପୀ ଯଯାତି କେଶରୀଙ୍କ ମୃତ୍ୟୁ ପରେ ସୂର୍ଯ୍ୟ କେଶରୀ ନାମରେ ଜଣେ ରାଜା ଉତ୍କଳରେ ରାଜତ୍ୱ କରୁଥିଲେ । ତାଙ୍କର ନାମ ଅନୁଯାୟୀ ତାମ୍ରଲିପ୍ତର ଓଡ଼ିଆ ନାବିକମାନେ ଏ ଦ୍ୱୀପର ନାମ ରଖିଥିଲେ ସୂର୍ଯ୍ୟଦ୍ୱୀପ । ଭୂମିକମ୍ପର ଅତ୍ୟାଚାରରୁ ସୂର୍ଯ୍ୟ ଦ୍ୱୀପ ବହୁଶତ ବର୍ଷ ପୂର୍ବରୁ ଲୋପ ପାଇଲାଣି; ମାତ୍ର ଯେଉଁ ସମୟର ଘଟଣା ଲେଖା ହେଉଛି ସେତେବେଳେ ଏ ଦ୍ୱୀପଟି ଡକାଇତ ରାଜ୍ୟ ଭାବରେ କୁଖ୍ୟାତି ଲାଭ କରିଥିଲା । ଦ୍ୱୀପର ଲମ୍ବା ପ୍ରାୟ ଆଠ ମାଇଲ, ଚୌଡ଼ା ପାଞ୍ଚ ମାଇଲ ।

ଆଣ୍ଡାମାନ ଦ୍ୱୀପପୁଞ୍ଜର ବିଶେଷତ୍ୱ—ତହିଁରେ ନଡ଼ିଆ ଗଛ ନାହିଁ । ଅଥଚ, ଟିକିଏ ତଳକୁ, ନିକୋବାର ଦ୍ୱୀପପୁଞ୍ଜ ନଡ଼ିଆ ଗଛରେ ପୂର୍ଣ୍ଣ । ଉତ୍କଳୀୟ ସାଧବମାନଙ୍କର ବୋଇତ ନଡ଼ିଆ ନିମନ୍ତେ ନିକୋବାର ଦ୍ୱୀପପୁଞ୍ଜରେ ଲାଗୁଥିଲା । ସେଠିକାର ତାମ୍ରରଙ୍ଗର ବାମନ ଅଧିବାସୀମାନେ ସମୟ ସମୟରେ ବୋଇତ ଆକ୍ରମଣ କରି ଚୁଡ଼ା ପ୍ରଭୃତି ଖାଦ୍ୟ ପଦାର୍ଥ ବୋହି ନେଉଥିଲେ । ସେମାନଙ୍କ ନାକ ଚେପଟା, ପାଟି ବଡ଼, ଦାଢ଼ି ଅଳ୍ପ, ମୁଣ୍ଡର କଳା ବାଳ ଠିଆ ଠିଆ । ଉତ୍କଳୀୟ ନାବିକମାନେ ସେମାନଙ୍କ ସଙ୍ଗେ ବନ୍ଧୁତା ସ୍ଥାପନ କରି ଚୁଡ଼ା, ଗୁଡ଼, ତୈଳ ଏବଂ ମୁଖିଆ ମୁଖିଆ ଲୋକ ଦେଖି ଉତ୍କଳର ଉତ୍କୃଷ୍ଟ ଖଦି ଉପହାର ଦେଉଥିଲେ । କିନ୍ତୁ, ଯାହା ଦେଉଥିଲେ, ତାହାର ବହୁଗୁଣ ମୂଲ୍ୟର ଶୁଖିଲା ନଡ଼ିଆ ଆଣୁଥିଲେ ।

ଆଣ୍ଡାମାନରେ ନଡ଼ିଆଗଛର ଚିହ୍ନ ନ ଥିଲା। ଏପରି ମଧ୍ୟ ଅନ୍ୟ କୌଣସି ପଦାର୍ଥ ନ ଥିଲା, ଯାହା ଲୋଭରେ ସାଧବମାନଙ୍କର ବୋଇତ ଯାଇ ସେଠାରେ ଲାଗନ୍ତା। କିନ୍ତୁ, ବୋଇତରୁ ପାନୀୟଜଳ ଶେଷ ହୋଇଗଲେ ବାଧ୍ୟତଃ ଜଳ ନିମନ୍ତେ ଆଣ୍ଡାମାନ ଦ୍ୱୀପମାଳାର କୌଣସିଠାରେ ବୋଇତ ଲାଗେ। ଏଥିନମନ୍ତେ ଆଣ୍ଡାମାନର ଅସଭ୍ୟ ଆଦିମ ଅଧିବାସୀଙ୍କଠାରୁ ବହୁତ କଷ୍ଟ ସହିବାକୁ ପଡ଼େ। କିନ୍ତୁ ଜଳବିନା ଯେ ଏଣେ ଜୀବନ ଯାଉଛି। ସମୟେ ସମୟେ ଯୁଦ୍ଧ ମଧ୍ୟ କରିବାକୁ ହୋଇଥାଏ। ଅଣ୍ଡାମାନବାସୀମାନେ ଉଚ୍ଚରେ ଛୋଟ। ଦେହର ରଙ୍ଗ କଜ୍ଜଳ କଳା। ମୁଣ୍ଡର ଆକାର ଛୋଟ ଓ ଗୋଲ, ବାଳ କୁଁଚିକୁଁଚିକା। ସ୍ତ୍ରୀ ପୁରୁଷ ସମସ୍ତେ ଲଙ୍ଗଳା। ଅଣ୍ଟାର ଆଗପାଖେ ଗୁନ୍ଥା ହୋଇଥିବା ପତରରୁ ମାଳେ ବନ୍ଧା ହୋଇଥାଏ। ଆତ୍ମୀୟ ଲୋକଙ୍କର ମୁଣ୍ଡର ହାଡ଼ ହେଉଛି ଏମାନଙ୍କର ପ୍ରଧାନ ଅଳଙ୍କାର। ଏହି ମୁଣ୍ଡ-ମାଳା ବେକରେ ଲମ୍ୱାଇ ଦେଇଥାନ୍ତି। ଦେହ ସୁନ୍ଦର ଦିଶିବ ବୋଲି ବେଳେ ବେଳେ ଦେହରେ ଲାଲମାଟି ବୋଳି ହୋଇଥାନ୍ତି।

ଏମାନେ ଚାଷବାସ କରନ୍ତି ନାହିଁ। ବନ୍ୟଜନ୍ତୁଙ୍କର ମାଂସ ଏବଂ ମାଛ ଏମାନଙ୍କର ପ୍ରଧାନ ଖାଦ୍ୟ। ଜଳ ରଖିବାକୁ ମାଟିରେ ଏକ ପ୍ରକାର ପାତ୍ର ତିଆରି କରନ୍ତି। ପୋଲା ବାଉଁଶ ଗିଲାସରୂପେ ବ୍ୟବହୃତ ହୁଏ। ଏମାନେ ଟୋକେଇ ଓ ଜାଲ ବୁଣି ପାରନ୍ତି। ଧନୁଶର ପ୍ରଧାନ ଅସ୍ତ୍ର। ଧନୁଶର ଧରି ଜୀବଜନ୍ତୁ ମାରନ୍ତି। ଖାଲି ହାତରେ ମାଛ ଧରି ପାରନ୍ତି। ଆଣ୍ଡାମାନ ଅଧିବାସୀ ସମୁଦ୍ର ଭିତରେ ଅନେକ ବେଳଯାଏ ବୁଡ଼ି ଉପରକୁ ଉଠିବା ବେଳେ ଦୁଇ ହାତରେ ଦୁଇଟା ବଡ଼ ବଡ଼ ମାଛ ଧରି ଉଠିଥାଏ।

ବିଧବାମାନଙ୍କର ପ୍ରଧାନ ଅଳଙ୍କାର ମୃତ ପତିର ମସ୍ତକ। ମୃତବ୍ୟକ୍ତି ନିମନ୍ତେ ଦୁଃଖ ପ୍ରକାଶ କରିବାକୁ ହେଲେ ଏମାନେ ଦେହ ମୁଣ୍ଡ କ୍ଷୌର ହୋଇ ଦେହରେ ଧଳା କାଦୁଅ ବୋଳନ୍ତି। ବାହାର ଲୋକକୁ ଦେଖିଲେ ମେଳି ହୋଇ ଶର ବିନ୍ଧନ୍ତି। ଏହି କାରଣରୁ ସାଧବମାନଙ୍କରୁ ବୋଇତ ଆଣ୍ଡାମାନରେ ଲାଗ ନାହିଁ।

ସୂର୍ଯ୍ୟଦ୍ୱୀପରେ ସଭ୍ୟ ଭାରତୀୟଙ୍କର ଦେଖା ମିଳେ। ସପ୍ତମ ଶତାବ୍ଦୀର ପ୍ରାରମ୍ଭରୁ ଭାରତ ମହାସାଗରରେ ଯେଉଁ ସମସ୍ତ ଡକାଇତି ହେଉଥିଲା, ସେ ସବୁର ମୂଳରେ ତାମ୍ରଲିପ୍ତର ପ୍ରଧାନ ବଣିକ ନାରାୟଣ ପଣ୍ଡାଙ୍କର ପିତା ଥିଲେ। ପରେ ଜଣା ପଡ଼ିଲା, ଏହି ପଣ୍ଡାଙ୍କର ପୂର୍ବପୁରୁଷମାନେ ମଧ୍ୟ ଡକାଇତି କରି ବହୁତ ଧନ ସଞ୍ଚୟ କରିଥିଲେ। ଦେଶରେ ସମସ୍ତେ ଜାଣନ୍ତି, ପଣ୍ଡାବଂଶ ଭାରି ଧନୀ। ଏମାନେ ଦେଶରେ କାମ କରିବାକୁ ଯଥେଷ୍ଟ ଦାନ କରୁଥିଲେ। କେଉଁଠାରେ ଦେବମନ୍ଦିର ତୋଳାଉ ଥିଲେ, କାହିଁ ବା ପୁଷ୍କରିଣୀ ଖୋଳାଉ ଥିଲେ। ଶୁଣାଅଛି, ଭୁବନେଶ୍ୱରରେ ଲିଙ୍ଗରାଜଙ୍କ ଦେଉଳ

ତୋଳାରେ ଏମାନେ ଅଜସ୍ର ଧନ ସାହାଯ୍ୟ କରିଥିଲେ। ତାମ୍ରଲିପ୍ତର ଦୁର୍ବଳ ମୟୂରବଂଶୀ ରାଜାମାନଙ୍କ କଥା ଦୂରେ ଥାଉ, ଏପରି କି କୈବର୍ତ୍ତ ବଂଶର ପ୍ରଥମ ଏବଂ ପ୍ରଧାନ ରାଜା କାଲୁଭୂୟାଁଙ୍କର ଆଖିରେ ଧୂଳି ଦେବାକୁ ଛାଡ଼ି ନ ଥିଲେ। ବିଦେଶରେ ସମୁଦ୍ର ମଧ୍ୟରେ ନିରୀହ ସାଧବଙ୍କର କଷ୍ଟଲବ୍ଧ ଧନ ଦସ୍ୟୁବୃତ୍ତି ଦ୍ୱାରା ଅପହରଣ କରି ଦେଶରେ ସେହି ଧନର ସାମାନ୍ୟ ଅଂଶ ଧର୍ମକାର୍ଯ୍ୟରେ ବ୍ୟୟ କରୁଥିଲେ ଏବଂ ସମୟ ସମୟରେ ତାମ୍ରଲିପ୍ତର ରାଜା କିମ୍ବା ଉତ୍କଳର ସମ୍ରାଟଙ୍କ ନିକଟକୁ ବହୁମୂଲ୍ୟର ରତ୍ନମାନ ଉପହାର ପଠାଇ ତାଙ୍କର ସ୍ନେହଭାଜନ ହେଉଥିଲେ।

ନାରାୟଣଙ୍କର ଲୋକମାନେ ଯେଉଁ ବୋଇତକୁ ଆକ୍ରମଣ କରୁଥିଲେ, ତାହାର ସମ୍ପୂର୍ଣ୍ଣ ଧ୍ୱଂସ ସାଧନ ନ କରି ଛାଡ଼ୁ ନ ଥିଲେ। ତହିଁର ପ୍ରତ୍ୟେକ ଲୋକକୁ ମାରି ପକାଇ ବୋଇତକୁ ସମୁଦ୍ରରେ ବୁଡ଼ାଇ ଦେଉଥିଲେ। କିଏ କେବେ ଉଦ୍ଧାର ପାଇ ଆସିଲେ ସିନା ଦେଶରେ ଦୁର୍ନାମ ପ୍ରଚାରିତ ହେବ। ନାରାୟଣଙ୍କର ପିତା ଦେଖିଲେ, ବଳାତ୍କାରର ଧନ ହରଣ କରି ଶେଷରେ ଏତେ ସ୍ତ୍ରୀ ବାଳକ ବୃଦ୍ଧ ସମସ୍ତଙ୍କୁ ଜୀବନରୁ ମାରି ପକାଇବା ପାପ। ଅତଏବ ଏପରି କୌଣସି ଉପାୟ ସ୍ଥିର କରିବା ଅବଶ୍ୟକ, ଯାହାଦ୍ୱାରା ଲେକମାନଙ୍କୁ ଜୀବନରୁ ମାରି ପାପ ବଢ଼ାଇବାକୁ ହେବ ନାହିଁ; ଅଥଚ କେହି ଦେଶକୁ ଫେରି ନନ୍ଦା ରଟନା କରିପାରିବେ ନାହିଁ।

ବହୁଚିନ୍ତା ପରେ ସେ ସ୍ଥିର କଲେ, ଲୋକମାନଙ୍କୁ ବନ୍ଦୀକରି ଏପରି କୌଣସି ସ୍ଥାନରେ ରଖିବା ଆବଶ୍ୟକ, ଯେଉଁଠାରେ ଅନ୍ୟ କୌଣସି ଓଡ଼ିଆ ବଣିକର ବୋଇତ ଲାଗେ ନାହିଁ। ସେ ଆଣ୍ଡାମାନ ଦ୍ୱୀପପୁଞ୍ଜର ସୂର୍ଯ୍ୟଦ୍ୱୀପରେ ଏକ ବନ୍ଦୀଶାଳା ପ୍ରସ୍ତୁତ କଲେ। ସେହି ଦିନରୁ ଯେତେକ ବନ୍ଦୀ ସମସ୍ତଙ୍କୁ ସେହି ବନ୍ଦୀଶାଳାରେ ରଖିଲେ। ସେମାନଙ୍କର ଚଳାଚଳ ନିମନ୍ତେ କର୍ମଚାରୀ ନିଯୁକ୍ତ ରହିଲେ। ବୃଦ୍ଧ ବଣିକଙ୍କର ମୃତ୍ୟୁ ପରେ ନାରାୟଣ ପଣ୍ଡା ଘରର ମାଲିକ ହୋଇ ପିତାଙ୍କର କାର୍ଯ୍ୟ ଚଳାଇଲେ। ଅନ୍ୟ କୌଣସି ଦ୍ୱୀପରେ ବନ୍ଦୀଶାଳା ନ କରି ସୂର୍ଯ୍ୟଦ୍ୱୀପରେ କରିବାର କାରଣ, ଏଠାରେ ଆଦିମ ଅଧିବାସୀମାନଙ୍କର ସଂଖ୍ୟା ଅଳ୍ପ। ବନ୍ଦୀଶାଳା ନିକଟକୁ ଆସିବାକୁ ସେମାନେ ସାହସ କରନ୍ତି ନାହିଁ।

ବନ୍ଦୀଶାଳା ଗୋଟିଏ ବଡ଼ ପଥର ଟାଙ୍ଗଡ଼ା ଉପରେ ନିର୍ମିତ। ଏହି ପଥରର ଗୋଟିଏ ପାଖ ସମୁଦ୍ରର ଜଳ ପତନଠାରୁ ପ୍ରାୟ ୫୦୦ ହାତ ଉପରକୁ ଉଠିଛି। ସମୁଦ୍ର ଆଡ଼କୁ ପଥର ଶେଷ ସୀମାର କରେ କରେ ଧାଡ଼ିଏ ଘର ଇଟା ଏବଂ ପଥରରେ ତିଆରି। ସମୁଦ୍ର ସଙ୍ଗେ ସମାନ୍ତରାଳ। ସମୁଦ୍ର ପାଖେ ପ୍ରାଚୀର ପ୍ରସ୍ତୁତ କରିବା ଅନାବଶ୍ୟକ ମନେକରି ପ୍ରାଚୀର ତୋଳା ହୋଇ ନାହିଁ, କିନ୍ତୁ ଅନ୍ୟ ତିନିଆଡ଼େ ଅତ୍ୟୁଚ୍ଚ ପ୍ରାଚୀର।

କେହି ଲଙ୍ଘନ କରି ପଳାୟନ କରି ନ ପାରେ। ସମୁଦ୍ରର ବିପରୀତ ଦିଗରେ ପ୍ରାଚୀରର ଦରଜା, ଦରଜାରେ ବଡ଼ କବାଟ। ଏହି ବନ୍ଦୀଶାଳା ମଧ୍ୟରେ ଆହୁରି ମଧ୍ୟ ଅନେକଗୁଡ଼ିଏ ଘର ତୋଳା ହୋଇଛି। କେତେଗୁଡ଼ିକରେ ବନ୍ଦୀ ଏବଂ ବନ୍ଦିନୀମାନଙ୍କୁ ଜଗି ରହୁଥିବା ଲୋକେ ରହନ୍ତି।

ପ୍ରକାଣ୍ଡ ପଥର ଉପରୁ ତଳକୁ ଓହ୍ଲାଇ ଆସିବାକୁ ପ୍ରାକୃତିକ ପାହାଚ ପଡ଼ିଛି। ତଳକୁ ଆସିଲେ ବୁଦିବୁଦିକିଆ ଗଛ। ଟିକିଏ ଦୂରକୁ ଜଙ୍ଗଲ। ଜଙ୍ଗଲର ମଧ୍ୟଦେଇ ଗୋଟିଏ ରାସ୍ତା ବଙ୍କା ହୋଇ ସମୁଦ୍ରକୂଳ ଯାଏ ପଡ଼ିଛି। ରାସ୍ତାରୁ ବାଟ ଭାଙ୍ଗି ବାଁ ହାତି ଚାଲିଗଲେ କିଛି ଦୂରରେ ଗୋଟିଏ ଛୋଟ ନାଳ ଦେଖିବାକୁ ମିଳେ। ନାଳଟି ଗ୍ରୀଷ୍ମ କାଳରେ ଶୁଖି ଯାଇଥାଏ। କେବଳ ସ୍ଥାନେ ସ୍ଥାନେ ଜଳ ଥାଏ। ବର୍ଷାକାଳରେ ଜଳ ପୂର୍ଣ୍ଣ ଥାଏ। ନାଳର ଦୁଇ ପାଖେ ଜଙ୍ଗଲ କଟାଇ କେତେ ଖଣ୍ଡ ଜମି ତିଆର କରାଯାଇଛି। ବୋଧହୁଏ, ଉତ୍କଳୀୟ ଜଗୁଆଳମାନେ ଏଠାରେ ଚାଷ କରନ୍ତି। ଖରାଦିନେ ନାଳରୁ ଜଳ ଶୁଖିଗଲେ ବାଲି ଖୋଳି ପାଣି ବାହାର କରନ୍ତି। ନିକଟରେ ମଧ୍ୟ ଗୋଟିଏ ଝରଣା ଥାଏ।

ବନ୍ଦୀଶାଳାରେ ବନ୍ଦୀଙ୍କର ସଂଖ୍ୟା ପଞ୍ଚଶତାଧିକ। ଏମାନଙ୍କୁ ଛାଡ଼ି, ଖାଦ୍ୟ ଯୋଗାଇବା ପାଇଁ ଏବଂ ଜଗିରହିବା ନିମନ୍ତେ ଆହୁରି ପ୍ରାୟ ପଚାଶ ଜଣ ନରନାରୀ ବନ୍ଦୀଶାଳାର ବାହାରେ ଏବଂ ଭିତରେ ଥାନ୍ତି। ଦରକାର ବେଳେ କାର୍ଯ୍ୟରେ ଆସିବ ବୋଲି ତଳେ ସମୁଦ୍ରରେ କେତେଖଣ୍ଡ ଡଙ୍ଗା ଓ ଗୋଟିଏ ବଡ଼ ବୋଇତ ଥାଏ। ସମୟ ସମୟରେ ଏମାନେ ବୋଇତ ନେଇ ଦସ୍ୟୁବୃତ୍ତି କରନ୍ତି। କୌଣସି ଆଡ଼ୁ କିଛି ନ ପାଇଲେ ବୋଇତ ନେଇ ବ୍ରହ୍ମଦେଶକୁ ଯାନ୍ତି।

ଇରାବତୀ ନଦୀ କୂଳରେ ଆରାକ୍ଷେତ୍ରରେ ନାରାୟଣ ସାଧବଙ୍କର ବ୍ୟବସାୟ କୋଠୀ ଥିଲା। ସାଧବଙ୍କର କର୍ମଚାରୀମାନେ ବରାବର ସେଠାରେ ଉପସ୍ଥିତ ଥାନ୍ତି। ବୋଇତ ସେହିଠାରୁ ଚାଉଳ ନେଇ ପୁନର୍ବାର ଆଣ୍ଡାମାନ ଫେରେ। ସମୟ ସମୟରେ ନିଜେ ସାଧବ ପରିଦର୍ଶନ କରିବାକୁ ଉପସ୍ଥିତ ହୋଇଥାନ୍ତି।

ବନ୍ଦୀଶାଳାରେ ଅନେକଗୁଡ଼ିଏ ଛୋଟ ଛୋଟ କୋଠରୀ ଲଗାଲଗି ହୋଇ ତିଆରି ହୋଇଛି। ଏହା ଦ୍ୱିତଳ। ପ୍ରତ୍ୟେକ କୋଠରୀରେ ଜଣେ କରି ଲୋକ ଥାନ୍ତି। ଏହି ଲୋକମାନଙ୍କ ମଧ୍ୟରୁ କୌଣସି ଜଣକର ଦୈନିକ ଜୀବନୀ ବର୍ଣ୍ଣନା କଲେ ଯଥେଷ୍ଟ ହେବ। ବନ୍ଦୀମାନେ ଯେ କେବଳ ଉତ୍କଳୀୟ ବା ଭାରତୀୟ ତାହା ନୁହେଁ। ସେମାନଙ୍କ ମଧ୍ୟରେ ଚାଇନା, ମିଶର ଏବଂ ପାରସ୍ୟର ଲୋକ ମଧ୍ୟ ଅଛନ୍ତି। ବୋଧହୁଏ ନାରାୟଣ ସାଧବଙ୍କର ବୋଇତ ଯେତେବେଳେ ଆରବ ଉପସାଗରରେ ବାଣିଜ୍ୟ

କରିବାକୁ କିମ୍ବା ଡକାଇତି କରିବାକୁ ଯାଉଥିଲା, ଏହି ହତଭାଗ୍ୟ ବିଦେଶୀମାନେ ସେମାନଙ୍କ ହାବୁଡ଼େ ପଡ଼ିଥିଲେ ।

ତଳ ମହଲାର ଏକ କୋଠରୀରେ ଜଣେ ବନ୍ଦୀ କାନ୍ଥକୁ ଆଉଜି ବସି ତାର ଅତୀତ ଜୀବନ ଏବଂ ବର୍ତ୍ତମାନ ଅବସ୍ଥାର ଚିନ୍ତା କରୁଥିଲା । ପ୍ରକୋଷ୍ଠ ଅନ୍ଧକାର । କାନ୍ଥ ଉପରର ଗୋଟିଏ କ୍ଷୁଦ୍ର ଜଳା ଦେଇ ସୂର୍ଯ୍ୟରଶ୍ମିର ସୂକ୍ଷ୍ମ ରେଖାଟିଏ ଆସି ସେହି ଅପ୍ରଶସ୍ତ ପ୍ରକୋଷ୍ଠରକୁ କେତେକ ପରିମାଣରେ ଆଲୋକିତ କରୁଥିଲା । ବନ୍ଦୀଯୁବକ କେତେ କ'ଣ ଚିନ୍ତା କରି ଦଣ୍ଡାୟମାନ ହେଲା । କିନ୍ତୁ ସିଧା ହୋଇ ଠିଆହୋଇ ପାରିଲା ନାହିଁ । ଘରର ଉଚ୍ଚତା ଏତେ ଅଳ୍ପ ଯେ, ଉପର ଛାତ ତା'ର ମୁଣ୍ଡରେ ବାଜିଲା । ମୁଣ୍ଡ ନୁଆଇଁ ଆଲୋକ ଆସୁଥିବା ପଥ ଦେଇ ପଦାକୁ ଚାହିଁଲା । ଦେଖିଲା, ନିମ୍ନରେ ବହୁ ତଳେ ସମୁଦ୍ରର ନୀଳଜଳ ନାଚି ନାଚି ଉନ୍ମତ୍ତ । ସେହି ନୀଳଜଳର ବକ୍ଷ ଉପରେ ଗୋଟିଏ ନୌକା ଭାସମାନ । ବଡ଼ ଦୂରରୁ ଏତେ ଛୋଟ ଦେଖାଯାଉଛି ଯେ, ସେଥିରେ ଥିବା ଲୋକମାନେ ଛୋଟ ଛୋଟ ମାଙ୍କଡ଼ ପରି ଦେଖାଯାଉଛନ୍ତି । ଯୁବକ ଭାବିଲା, ସେ କାନ୍ଥ ଭାଙ୍ଗି ସମୁଦ୍ର ବକ୍ଷରେ ଲମ୍ଫ ପ୍ରଦାନ କରାଯାଇ ପାରିବ କି ନା । ଜୀବନ ଗଲେ ଯାଉ । ମାତ୍ର, ତା'ର ଏତେ କ୍ଷମତା ନାହିଁ । ଅଙ୍ଗର ଶକ୍ତି ଧୀରେ ଧୀରେ ଖାଦ୍ୟ ଅଭାବରୁ କମିଯାଇଛି । ସେ ପୁନର୍ବାର ବସିପଡ଼ି କେତେ କ'ଣ ଚିନ୍ତା କଲା । ଚକ୍ଷୁରୁ ଲୋତକ ଧାର ଗଡ଼ିପଡ଼ିଲା ।

ଏହି ସମୟରେ ପ୍ରକୋଷ୍ଠ ଆରପାଖରୁ ଚିରପରିଚିତ ସେହି ଠକ୍ ଠକ୍ ଶବ୍ଦ ତା'ର କର୍ଣ୍ଣଦ୍ୱୟ ବଧିର କରିପକାଇଲା । ଯୁବକ ବନ୍ଦୀ ହେବାଦିନୁ ଏହି ଠକ୍ ଠକ୍ ଶବ୍ଦ ଶୁଣି ଆସୁଛି, କିନ୍ତୁ ଶବ୍ଦର ଅର୍ଥ କଣ, ସେ ଭାବିପାରେ ନାହିଁ । ବନ୍ଦୀ ଚିନ୍ତା କଲା, ତେବେ କ'ଣ ମୋର ଜୀବନପ୍ରଦୀପ ଏହି ଅଜଣା ଅଶୁଣା ଅନ୍ଧକାରମୟ ପ୍ରକୋଷ୍ଠରେ ନିର୍ବାପିତ ହେବ ? ଭଗବାନ୍, ତମର କ'ଣ ଏହି ବିଚାର ? ସଂସାରରେ ଯେଉଁ ଲୋକ ଅନ୍ୟାୟ କରିବାକୁ ତିଳେମାତ୍ର କୁଣ୍ଠିତ ନୁହେଁ, ତୁମେ ସର୍ବଦା ତାହାର ଉନ୍ନତି କର କାହିଁକି ? ବହୁଦିନ ପରେ ଯେତେବେଳେ ନିଷ୍ଠୁରମାନେ ମୋର ହୃଦୟରୁ ବଳାତ୍କାରପୂର୍ବକ ସୁଶୀଳାକୁ ଟାଣି ନେଲେ, ଆହା ସେ କିପରି ଅଶ୍ରୁପୂର୍ଣ୍ଣ ଲୋଚନରେ ମୋରି ଆଡ଼କୁ ଅନାଇଁଥିଲା । ଆଜି ଦୁର୍ଦ୍ଦାନ୍ତମାନେ ତାକୁ କେଉଁଠି ବନ୍ଦିନୀ କରି ରଖିଛନ୍ତି । ତା'ର ସେହି ବିଦାୟ ମୁହୂର୍ତ୍ତର ଚିତ୍ରଟି ହୃଦୟରେ ସ୍ପଷ୍ଟରୂପେ ଅଙ୍କିତ ରହିଛି । ମୁକ୍ତି ଲାଭର ସମସ୍ତ ଚେଷ୍ଟା ଯେତେବେଳେ ବ୍ୟର୍ଥ ହେଲା, ସୁଶୀଳା ଅଶ୍ରୁପୂର୍ଣ୍ଣ ଲୋଚନରେ କ'ଣ କହିଗଲା ? ମୋତେ ମନରୁ ଅନ୍ତର କରିବ ନାହିଁ । ତା'ର ସେହି ଶେଷ ବାକ୍ୟଟି ବର୍ତ୍ତମାନ ସୁଦ୍ଧା ମୋର କର୍ଣ୍ଣଦ୍ୱୟରେ ପ୍ରତିଧ୍ୱନିତ ହେଉଛି । କିନ୍ତୁ ସୁଶୀଳା, ମୁଁ ତୋର

ମନେ ଅଛି ତ ? ତୋର ମନେ ପଡୁଛି ତ କିପରି ତୋତେ ମୃତ୍ୟୁମୁଖରୁ ବଞ୍ଚାଇ ଏହି ଅସ୍ଥିର ବକ୍ଷ ଉପରେ ବଢ଼ାଇ ଆଣିଥିଲି ? ଆଜି ତୋଠାରୁ ବିଚ୍ଛିନ୍ନ ହୋଇ କେଉଁ ଦୂରଦେଶରେ ରହିଛି ବୋଲି ଯେପରି ଭୁଲି ନ ଯାଉ ।

ତୁ ଯଦି ଜାଣି ପାରନ୍ତୁ, ମୁଁ କିପରି ନରକକୁଣ୍ଡରେ ଘାଣ୍ଟି ହେଉଛି, ତେବେ ତୋର ହୃଦୟ ଦୁଃଖରେ ଫାଟିପଡ଼ନ୍ତା । ତୁ ମୋତେ ଭଲ ପାଉଥିଲୁ । କିନ୍ତୁ ଭଗବାନ୍ ତାହା କରାଇ ଦେଲେ ନାହିଁ । ବୋଇତରେ ଯେତେବେଳେ ଗୋଟିଏ ପ୍ରକୋଷ୍ଠରେ ଉଭୟେ ବନ୍ଦୀ ହୋଇଥିଲେ, ଯେତେ କଷ୍ଟ ପାଇଲେବି ତ କଷ୍ଟପରି ଲାଗୁ ନ ଥିଲା ! ତୁ ଯେ ମୋହରି ପାଖରେ ଥିଲୁ । କିନ୍ତୁ, ଆଜି ତୋର ଅଭାବ ମୁଁ ମର୍ମେ ମର୍ମେ ଅନୁଭବ କରୁଛି ।

ଏ କ'ଣ ! ଲୋତକ ? ସ୍ଥିର ରହ । ସୁଶୀଳା ଯହିଁ ଥାଉ, ସେ ସୁଖରେ ଅଛି । ମନ, ମାନୁନାହିଁ କିଆଁ ? କାହିଁକି ମନେ ହେଉଛି ସୁଶୀଳା ଉପରେ ଅତ୍ୟାଚାର କରିବାକୁ ସେମାନେ ବସିଥିବେ । କିନ୍ତୁ ସୁଶୀଳା ତୁ ଯେ ବିବାହିତା, ସତୀ, ହିନ୍ଦୁ ସ୍ତ୍ରୀ, ଜୀବନ ଥିବାଯାଏ ତୁ ସ୍ତ୍ରୀର ଅମୂଲ୍ୟ ରତ୍ନ ସୁରକ୍ଷା ନିମନ୍ତେ ଯୁଦ୍ଧ କରିବୁ । ପ୍ରାଣ ଦେବୁ, ତାହା ବରଂ ବାଞ୍ଛନୀୟ, କିନ୍ତୁ କେବଳ ଜୀବନର ଭୟରେ କୁଳଟା ହେବାକୁ ସ୍ୱୀକୃତା ହେବୁ ନାହିଁ । ତୁ ଯେ ପରର ସ୍ତ୍ରୀ । ମନେ ନାହିଁ, ସେଦିନ ନିଜେ ନିଜେ ତୁ ମୋର ଗଳାରେ କୁସୁମହାର ଲମ୍ବାଇ ଦେଇ ସ୍ୱାମୀରୂପେ ବରଣ କରିଥିଲୁ ?

ଓଃ, ଏ କ'ଣ ? କିଏ ଆସି ମୋର କାନରେ କହିଯାଉଛି ସୁଶୀଳା ଆଜି ପରର ସ୍ତ୍ରୀ । ସେ ଅନ୍ୟ ଜଣକୁ ବିବାହ କରି ଆନନ୍ଦରେ ଜୀବନ କଟାଉଛି । ଏହା କି ହୋଇପାରେ କେବେ ? ଆଜିକି କେତେବର୍ଷ ହେଲା ମୁଁ ଏହି ନରକକୁଣ୍ଡରେ ବନ୍ଦୀ ଅଛି, ମୁଁ ଜାଣେ ନାହିଁ । ଜଣା ପଡୁଛି ଯେପରି ମୁଁ ଏଠାରେ ବହୁବର୍ଷ ହେଲା ବନ୍ଦୀ ଅଛି । ଆଜି ମୋର ମସ୍ତକର କେଶ ବଢ଼ି ପିଠିରେ ପଡ଼ିଲାଣି, ନିଶ ଦାଢ଼ି ବଢ଼ି ବଢ଼ି ଗୋଛାଏ ହେଲାଣି । ମୁଁ ଏତେ କଷ୍ଟ ସହ୍ୟକରି, ଏତେଦିନ ଏଠାରେ ରହି ସୁଦ୍ଧା ଦିନେ ହେଲେ ସୁଶୀଳାର ସ୍ମୃତିକୁ ମନରୁ ଦୂର କରିନାହିଁ । ସେ କଣ ମୋତେ ଭୁଲିଗଲା । ଏବେ ନୂତନ ସଂସାର କରି ବସିଛି ?

ଆଜି ମନ କାହିଁକି ଭାରି ଅସ୍ଥିର ହେଉଛି । କିଏ ଯେପରି ଆସି ମୋର କାନରେ କହିଯାଉଛି, ମଣିଆଁ, କେତେଦିନ ଆଉ ଏହି କବର ମଧ୍ୟରେ ଜୀବନ୍ତ ସମାଧି ପାଇ ରହିଥିବୁ ? କୋଠରୀର ଉଚ୍ଚ ଯେତେ, ମନୁଷ୍ୟ ଠିଆ ହୋଇପାରୁ ନାହିଁ । ଶୋଇବାକୁ ଚେଷ୍ଟା କଲେ ଗୋଡ଼ ଲମ୍ବାଇ ହେଉନାହିଁ । ପଳାୟନ, ପଳାୟନର ଚେଷ୍ଟା ଉଦ୍ଭାବନ କରିବା ଆବଶ୍ୟକ । ଆଜି ଯେତେବେଳେ ଜଗୁଆଳ ଭାତନେଇ ଆସିବ, ତାକୁ ଆକ୍ରମଣ କରିବି । ପଳାୟନର ଏହି ହେଉଛି ପ୍ରକୃତ ଉପାୟ । ଯଦି ଅକୃତକାର୍ଯ୍ୟ ହୁଏ,

ଜୀବନରେ ଆଉ ମୁକ୍ତିର ଆଶା ବିଡ଼ମ୍ବନା। କିଏ ଜାଣିଛି ଜଗୁଆଳ ଭାତ ନେଇ ଆସିବ କି ନାହିଁ। ସମୟ ସମୟରେ ପାଞ୍ଚ ସାତଦିନରେ ବି ଭାତ ଆସେ ନାହିଁ।

ହଠାତ୍ କାନ୍ଥର ଆରପାଖୁ ପୂର୍ବ ପରିଚିତ ଠକ୍ ଠକ୍ ଶବ୍ଦ ବନ୍ଦ ହୋଇଗଲା। ମଣିଆଁ ଜାଣେ ଠକ୍ ଠକ୍ ବନ୍ଦ ହେବାର ଅଳ୍ପ ସମୟ ପରେ ଜଗୁଆଳ ସୁଖୁଭାତ ଗଣ୍ଡାଏ ଆଣି ଦେଇଯାଏ। ଛୋଟ ଠେକିଟିରେ ପାଣି ଠେକିଏ। କାରାଗାରରେ କ୍ଷୁଧାର୍ତ୍ତର ତୁଣ୍ଡକୁ ଏହି ସୁଖୁଭାତ ଗଣ୍ଡିକ ଅମୃତ ପରି ଲାଗେ। ମଣିଆଁ ଚିନ୍ତା ତ୍ୟାଗକରି ଉଠିଲା। ଜଗୁଆଳ ଭାତ ଆଣି ଥରେ ଦୁଇଥର ଡାକ ଦିଏ। ଏତିକିରେ ଯଦି ବନ୍ଦୀ ଉପସ୍ଥିତ ନ ହୁଏ, ତେବେ ସେ ଆଉ ଅଧିକା ନ ଡାକି ବାହାର ପାଖୁ ପୁନର୍ବାର ତାଲା ବନ୍ଦ କରି ଚାଲିଯାଏ। ପଛରେ ଯେତେ ଡାକିଲେ ଆଉ ଶୁଣେ ନାହିଁ।

କିଏ ଜଣେ କବାଟ ଖୋଲି ଡାକିଲା, ଭାତ ପାଣି ନେ।

କ୍ଷୁଧାର୍ତ୍ତ ମଣିଆଁ ଡେରି ନ କରି ଠେକି ଏବଂ ଖପରା ନେଇ ନିକଟରେ ଉପସ୍ଥିତ ହେଲା। ସେ ଭାବିଲା ଜଗୁଆଳକୁ ଆକ୍ରମଣ କରିବ ଏବଂ ଦରଜାବାଟେ ପଳାୟନ କରିବ। ମାତ୍ର ଭୀମକାୟ ଲୋକଟିକୁ ଆକ୍ରମଣ କରିବା ସହଜ ନୁହେଁ। ଲୋକଟିର ଗୋଟିଏ ଚାପୁଡ଼ାରେ ହୁଏତ ସେ ମାଟି କାମୁଡ଼ି ପକାଇବ। ଯଦି ପଦାକୁ ବାହାରି ଯାଏ, ଜଗୁଆଳ ପ୍ରହରୀମାନେ ଧରି ନେବେ। ଥରେ ଚେଷ୍ଟା କରି ଧରା ପଡ଼ିଲେ ସବୁ ଶେଷ। ମଣିଆଁ ପୁଣି ଚିନ୍ତା କଲା, ମନୁଷ୍ୟ ତରତର ହୋଇ ସବୁ ନଷ୍ଟ କରେ। ପ୍ରହରୀ ମନ୍ଦ ପ୍ରକୃତିର ଲୋକ ପରି ତାକୁ ଦେଖାଯାଉ ନାହିଁ। ଯଦି କୌଣସି ପ୍ରକାରେ ବିଶ୍ୱାସ ଜନ୍ମାଇ ପ୍ରହରୀ ସଙ୍ଗେ ଭାବ କରିପାରେ; ତେବେ କେଜାଣି ବା ତା'ର କାର୍ଯ୍ୟ ନିର୍ବିଘ୍ନରେ ସମ୍ପାଦିତ ହୋଇପାରେ। ଥରେ ଚେଷ୍ଟା କରି ଦେଖିବା ଆବଶ୍ୟକ। ଯଦି ନିତାନ୍ତ ନ ହୁଏ, ଅବଶେଷରେ ବଳ ପ୍ରୟୋଗ କରିବାକୁ ପଡ଼ିବ।

ମଣିଆଁ ଖପରା ଖଣ୍ଡି ପଦାକୁ ବଢ଼ାଇ ଦେଲା। ପ୍ରହରୀ ସେହି ଖପରାରେ ଭାତ ଦେଲା। ମଣିଆଁ ପୁଣି ପାଣି ନିମନ୍ତେ ଠେକି ବଢ଼ାଇଲା। ପ୍ରହରୀ ଠେକିରେ ପ୍ରାୟ ଅଧଠେକିଏ ଜଳ ଦେଲା। ମଣିଆଁ ସେତକ କୋଠରୀ ଭିତରେ ରଖି ପଦାକୁ ଅନାଇଁ ରହିଲା।

ପ୍ରହରୀ ସେଦିନ ହସି ହସି ମଣିଆଁକୁ ପଚାରିଲା, ଆଚ୍ଛା ବଡ଼ ଆଶ୍ଚର୍ଯ୍ୟ କଥା, ମୁଁ ଯାହାକୁ ଭାତ ଦିଏ, ସେ ଆପତ୍ତି କରି ଦାନ୍ତ ନିକୁଟି ଆଉ ଗଣ୍ଡିଏ ଆଉ ଗଣ୍ଡିଏ କହି ମାଗେ। କେହି କେହି ଲୁଣ ତରକାରି ମାଗନ୍ତି। କିନ୍ତୁ ତୁ କୋଠରୀରେ ଦୁଇବର୍ଷ ହେଲା ରହିଲୁଣି। ଦିନେ ତ କେବେ ଆପତ୍ତି କରିନୁ। ଏହାର କାରଣ କଣ ? ତୋ'ର କ'ଣ ଏହି ସୁଖୁା ଭାତରେ ଚଳିଯାଏ ?

ଚଲୁ ନ ଚଲୁ କ'ଣ କରିବି କହ ? ମୁଁ ଜାଣେ, ମତେ ଆପଣ ଯାହା ଦେଉଛନ୍ତି ଠିକ୍ ଦେଉଛନ୍ତି, ଆଉ ଆପତ୍ତି କରିବି କାହିଁକି ?

ପ୍ରହରୀ କହିଲା, ତୁ ତ ଭାରି ଭଦ୍ର ଲୋକଟିଏ । ତୋର ଘର କେଉଁଠି ଶୁଣେ ?

ଘର ମୋର ଯେଉଁଠି ଥିଲା, ସେଠି ବୋଧହୁଏ ଆଉ ମୋର କେହି ନ ଥିବେ । ଏବେ ଏହି କୋଠରୀ ଖଣ୍ଡିକୁ ମୁଁ ମୋର ଘର ବୋଲି ମନେ କରିଛି । ସଂସାରରେ ଦୁଃଖ, ସୁଖ କଣ ? ଦୁଃଖକୁ ଦୁଃଖ ବୋଲି ମନେ କଲେ ଦୁଃଖ, ସୁଖ ବୋଲି ମନେ କଲେ ସୁଖ ।

ଦିନଯାକ ଏକୁଟିଆ ଏହି କୋଠରୀରେ ବସି କ'ଣ କରୁ ?

ପରମେଶ୍ୱରଙ୍କୁ ମନେ ମନେ ପ୍ରାର୍ଥନା କରି ଜଣାଉଥାଏ, ଆମକୁ ଯେ ବିନା ପରିଶ୍ରମରେ ଏଠାରେ ରାଜଭୋଗରେ ରଖିଛନ୍ତି, ତାଙ୍କର ମଙ୍ଗଳ କର ।

ଥଟ୍ଟା ଖେଳୁଛୁ ମୋ ସଙ୍ଗେ ? ଜାଣୁ, ଇଚ୍ଛା କଲେ ଚାରି, ଛଅ ଦିନ ତୋର ଖୋରାକ ବନ୍ଦ କରିଦେଇ ପାରେ ?

ନା ଆପଣଙ୍କ ସଙ୍ଗେ ଥଟ୍ଟା ଖେଳୁ ନାହିଁ । ସତକଥା କହୁଛି । ଆପଣ ମୋର ଅନ୍ନଦାତା । ଆପଣଙ୍କ ସଙ୍ଗେ ଥଟ୍ଟା ଖେଳିବି କାହିଁକି ?

ସତରେ କହୁଛ, ଦିନରାତି ବସି ଠାକୁରଙ୍କୁ ଭାବୁଥାଉଁ ।

ମୁଁ ମିଛ କହି ଜାଣେ ନା ।

ରାଜଭୋଗ ବୋଲି କହୁଛୁ କାହିଁକି ?

ନୁହେଁ ନା ? ବିନା ପରଶ୍ରମରେ ଖାଦ୍ୟ କେତେ ଜଣଙ୍କ ଭାଗ୍ୟରେ ଜୁଟେ । ଆଚ୍ଛା, ଆପଣ ତ ମୋତେ ଏତେ କଥା ପଚାରିଲେଣି ମୁଁ କେଇଟି କଥା ପଚାରିବି ଉତ୍ତର ଦେବ !

କ'ଣ ଶୁଣେ ?

ମୁଁ ଯେଉଁ ଦେଶରେ ଅଛି ତା ନା' କ'ଣ ?

ଜାଣି କିଛି ଲାଭ ଅଛି ?

ହଁ, ଜାଣିପାରିବି କେଉଁ ଦେଶରେ ଅଛି ।

ଏ ଦେଶର ନା ସୂର୍ଯ୍ୟଦ୍ୱୀପ । ଦକ୍ଷିଣ ଆଉ ଛୋଟ ଆଣ୍ଡାମାନର ଠିକ୍ ମଝିରେ ଏ ଦେଶ ।

ମୋତେ ଏଠି କିଏ ବନ୍ଦୀ କରିଛି ?

କିଛିକ୍ଷଣ ଚିନ୍ତାକରି ପ୍ରହରୀ କହିଲା, ସମସ୍ତଙ୍କୁ ଯିଏ ବନ୍ଦୀ କରିଛି ସେହି ।

ତାଙ୍କ ନାଁ ନାରାୟଣ ସାଧବ। ସେ ତାମ୍ରଲିପ୍ତର ନା ସମଗ୍ର ଦେଶର ଜଣେ ପ୍ରଧାନ ବଣିକ। ସେ ଭାରି ଦାନୀ, ଦୟାଳୁ। ଦେଶରେ ତାଙ୍କୁ ସମସ୍ତେ ଚିହ୍ନନ୍ତି।

ବନ୍ଦୀ ହସି ହସି କହିଲା, ଆମମାନଙ୍କ ଉପରେ ତାଙ୍କର ଏତେ ଦୟା କାହିଁକି କହିପାରିବ କି ?

ଏଥିରେ କହିବାର କ'ଣ ଅଛି ? ନିଜେ ନିଜେ କ'ଣ ଅନୁମାନ କରି ପାରୁନୁ ? ବୋଧହୁଏ ତୁ ତାଙ୍କ କାର୍ଯ୍ୟରେ ବାଧା ଦେଇଥିବୁ।

ତେବେ ସେହି ହେଉଛନ୍ତି ଦାନୀ, ଦୟାଳୁ, ନାରାୟଣ ସାଧବ; ସେହି ହୀନଚରିତ୍ର ଯୁବକ ? ଓଃ ! ମୁଁ ତ ଏହା ଆଗରୁ ଜାଣି ନ ଥିଲି।

ଏୟୋ, ଚୁପ୍; ତୁ ଆମର ଖାମିଦଙ୍କୁ ଏପରି କହିପାରିବୁ ନାହିଁ। ତା' ହେଲେ ମାଡ଼। ସେ ଏବେ ନୂତନ ବିବାହ କରି ସସ୍ତ୍ରୀକ ଦେଶ ବୁଲି ବାହାରିଛନ୍ତି। ଅନେକ ଦେଶ ବୁଲି ବୁଲି ବ୍ରହ୍ମଦେଶ ବାଟେ ସୂର୍ଯ୍ୟଦ୍ୱୀପକୁ ଆସୁଛନ୍ତି। ବୋଧହୁଏ ଦିନେ ଦି'ଦିନ ମଧ୍ୟରେ ସେ ଆସି ଏଠାରେ ପହଞ୍ଚିବେ। ଆସୁଛନ୍ତି ବୋଲି ଆଗରୁ ଗୋଟାଏ ବୋଇତ ଆସି ସମ୍ବାଦ ଦେଇ ଯାଇଛି। ସେ ଆସିଲେ ତେମେମାନେ ମୁକ୍ତ ହୋଇଯିବ।

ତମର ଖାମିଦ ଏବେ ନୂଆ ବାହା ହୋଇଛନ୍ତି। ସେ କେଉଁଠି ବାହା ହୋଇଛନ୍ତି, କହି ପାରିବ କି ?

କଳିଙ୍ଗପତ୍ତନର ଜଣେ ବିଖ୍ୟାତ ବଣିକଙ୍କର ଏକମାତ୍ର କନ୍ୟାଙ୍କୁ।

ଠିକ୍ ଜାଣ ତ ?

ଠିକ୍ ଜାଣେ।

ଆଚ୍ଛା ଭାଇ, ମୋତେ ଏଠାରୁ ତୁମେ ମୁକ୍ତ କରି ପାରିବ ?

ହଁ; ନିଶ୍ଚୟ ପାରିବି। ମୁଁ ନ ପାରିବି ଏପରି କଥା କ'ଣ ଅଛି; କିନ୍ତୁ ଯଦି ଆଜି ତତେ ମୁକ୍ତ କରିଦେବି, କାଲି ମୋତେ ତୋରି ସ୍ଥାନ ଅଧିକାର କରିବାକୁ ପଡ଼ିବ।

ଦିନେ ଦୁଇଦିନ ମୋ ନିମନ୍ତେ ଏଠାରେ ବନ୍ଦୀ ରହ ନା ? ମୁଁ ପଦାକୁ ବାହାରିଲେ, ଦଣ୍ଡକ ଭିତରେ ସମସ୍ତଙ୍କୁ ମୁକ୍ତ କରିପାରିବ।

ହସି ହସି ପ୍ରହରୀ କହିଲା, ବେଶ୍ ତ କହୁଛୁ, ତୁଟା ଭାରି ବୁଦ୍ଧିଆ, ଆଉ ମୁଁ ଏଡ଼େ ଓଲୁ ନା !

ମଣିଆଁ ଏତେବେଳ ଯାଏ କ'ଣ ଚିନ୍ତା କରୁଥିଲା ? ପ୍ରହରୀର କଥା ଶେଷ ନ ହେଉଣୁ ତା'ର ଦୁର୍ବଳ ଦେହର ସମସ୍ତ କ୍ଷମତା ଏକତ୍ର କରି ପ୍ରହରୀର ହାତ ଧରି କୋଠରୀ ଭିତରକୁ ଟାଣି ଆଣିଲା। ପ୍ରହରୀ ଭିତରକୁ ନ ଆସି କାନ୍ଥରେ ଭରା ଦେଇ ନିଜକୁ ଅଟକାଇ ନେଲା। କେବଳ ତା ହାତର ଲୁହା ଖଡ଼ିକା ଖଣ୍ଡି କୋଠରୀ ଭିତରକୁ

ଛିଡ଼ିକି ପଡ଼ିଲା। ନିଜର ଶକ୍ତିକୁ ନିଜେ ରୋକି ନ ପାରି ଚିତ୍‌ପଟାଙ୍ଗ ହୋଇ ଘର ଭିତରେ ପଡ଼ିଲା ମଣିଆଁ।

ପ୍ରହରୀ ସଙ୍ଗେ ସଙ୍ଗେ ଦ୍ୱାର ବନ୍ଦକରି ଉଚ୍ଚ ସ୍ୱରରେ କହିଲା—ତୁଟା ଏଡ଼େ ବଦମାସ ବୋଲି ନ ଜାଣି ତୋ ସଙ୍ଗେ ଗଳ୍ପକରି ବସିଥିଲି। ମୋର ଭୁଲ। ତୋତେ ଭଦ୍ର ଭାବିଥିଲି। ମନେ ରଖି ଥା, ତୋର କାର୍ଯ୍ୟ ନିମନ୍ତେ ସେହି ଅନ୍ଧାରୁଆ ଘରେ ତୁ ପଚି ପଚି ମରିବୁ। ତୋ ପାଟିରେ ଟିକିଏ ପାଣି କେହି ଦେବେ ?

ନାରାୟଣ ସାଧବ ବିବାହିତ ?

ହଁ, ସେ ବିବାହିତ। ସେଥିରେ ମୋର କ'ଣ ଥାଏ ? କିନ୍ତୁ ହୃଦୟ ତ ମାନି ରହୁ ନାହିଁ। ଅଲକ୍ଷ୍ୟରେ ମନର ଗତି କେଉଁ ଅଜଣା ରାଜ୍ୟକୁ ଚାଲିଯାଉଛି। କେତେ ହୃଦୟବିଦାରକ ଦୃଶ୍ୟ କ୍ଷଣକରେ ଆସି ଆଖି ଆଗରେ ନାଚିଯାଉଛି। ନାରାୟଣ ସାଧବ କେଉଁଠାରେ ବିବାହିତ, କାହାକୁ ବିବାହିତ ନ ଜାଣିବାଯାଏ ମନରେ ଶାନ୍ତି ନାହିଁ।

ଆଜିକି ଦୁଇଦିନ ହେଲା ମୋର ଆହାର ବନ୍ଦ। ପ୍ରହରୀ ମୋ ଉପରେ ବିରକ୍ତ। ମୁଁ କି ମୂର୍ଖ ! କେଡ଼େ ବଡ଼ ନିର୍ବୋଧତାର କାର୍ଯ୍ୟକରି ପକାଇଲି। ପ୍ରହରୀକୁ ଆକ୍ରମଣର ଚେଷ୍ଟାକରି ଅକୃତକାର୍ଯ୍ୟ ତ ହୋଇଛି, ଶେଷରେ ଜୀବନ ହରାଇବାକୁ ପଡ଼ିବ ଅନଶନରେ। ସେ ପ୍ରତିଜ୍ଞା କରିଛି, ମୋତେ ଆଉ ଖାଦ୍ୟ ଆଣିଦେବ ନାହିଁ। ଅଗତ୍ୟା ଶୁଖି ଶୁଖି ମରିବାକୁହିଁ ପଡ଼ିବ।

ମୁକ୍ତିଲାଭର ସକଳ ପଥ ରୁଦ୍ଧ। ଆହା, ମୋର ସୁଶୀଳା କାହିଁ ? ଚିରଦିନ ନିମନ୍ତେ କ'ଣ ତା'ଠାରୁ ବିଦାୟ ନେଇ ଆସିଥିଲି ? ତାକୁ ଜୀବନରେ ନ ଦେଖି, ତା'ଠାରୁ ବହୁ ଦୂରରେ ସାକ୍ଷାତ୍ ନରକକୁଣ୍ଡରେ ପ୍ରାଣତ୍ୟାଗ କରିବାକୁ ହେବ ? ମୋର ସୁଶୀଳାର ଶେଷବାକ୍ୟ "ମୋତେ ମନରୁ ଅନ୍ତର କରିବ ନାହିଁ" ଆଜିସୁଦ୍ଧା ହୃଦୟର ପ୍ରତିକୋଣରେ ପ୍ରତିଧ୍ୱନିତ ହେଉଛି।

ହଁ, ସୁଶୀଳା, ମୁଁ ତୋର ମୁଖରୁ ଉଚ୍ଚାରିତ ସରଳ ବାକ୍ୟଟି ଆଜି ସୁଦ୍ଧା ହୃଦୟରେ ଜାଗରିତ କରି ରଖିପାରିଛି। ଆଶା କରେ, ତୋରି ସ୍ମୃତିର ପ୍ରତିମୂର୍ତ୍ତିଟି ଆଖି ଆଗରେ ଧରି ତୋରି ସେହି ସ୍ନେହପୂର୍ଣ୍ଣ ବାକ୍ୟ ମନରେ ଜାଗ୍ରତ ରଖି ଚିରଦିନ ନିମନ୍ତେ ଆଖି ବୁଜିଦେବି। ଜୀବନର ଅନ୍ତିମ କାଳରେ ତାହାହିଁ ମୋତେ ଶାନ୍ତି ଦେଇପାରିବ।

ଆଉ ଚିନ୍ତା କରିବି ନାହିଁ। ବୃଥା ଚିନ୍ତା କରି ଶରୀର ଓ ମନକୁ କ୍ଲେଶ ଦେବି

ନାହିଁ। ସେହି ଚିନ୍ତାକୁ ଆଜି ଅନ୍ୟ ଦିଗରେ ଲଗାଇବି। ଦେଖେ, ତାହା ମୁକ୍ତିଲାଭର ଅନ୍ୟ କୌଣସି ଉପାୟ ଉଦ୍ଭାବନ କରି ପାରୁଛି କି ନାହିଁ। ପୁରୁଷର ଉଚିତ ନୁହେଁ, ହତାଶ ହେବା। ମନରେ ଦମ୍ଭ ଆଣି ଜୀବନର ଶେଷ କ୍ଷଣ ଯାଏ ମୁକ୍ତିଲାଭର ଉପାୟ ଚିନ୍ତା କରିବା କର୍ତ୍ତବ୍ୟ।

ଅନ୍ଧକାର ରଜନୀରେ ସମୁଦ୍ରର ସେହି ଘୋର ଗର୍ଜନ ଭେଦକରି ସମ-ସମୟ ବ୍ୟବଧାନରେ ଅବିରତ ଆସି ଯୁବକର କର୍ଣ୍ଣଦ୍ୱୟକୁ ଅସ୍ଥିର କରିପକାଇଲା, ଚିର ପରିଚିତ ଠକ୍ ଠକ୍ ଶବ୍ଦ। ଯୁବକ ଅସ୍ଥିର ହୋଇ ଠିଆ ହେବାକୁ ଚେଷ୍ଟା କଲା। ଓଃ, ସେ ଯେ ଭାରି ଦୁର୍ବଳ ହୋଇପଡ଼ିଛି। ଠିଆ ହେବାକୁ ଦେହରେ କ୍ଷମତା ନାହିଁ। କାନ୍ଥ ଦେହରେ ସେହି କ୍ଷୁଦ୍ର ଛିଦ୍ର ମଧ୍ୟଦେଇ ସୁଦୂର ତାରକାର କ୍ଷୀଣରଶ୍ମି ଛିଦ୍ର ମୁହଁଟିକୁ ପ୍ରକୋଷ୍ଠର ଅନ୍ୟାନ୍ୟ ଅଂଶ ତୁଳନାରେ ଅପେକ୍ଷାକୃତ ଆଲୋକିତ କରୁଥିଲା। ଯୁବକ କାନ୍ଥରେ ହାତଭରା ଦେଇ ରଜନୀର ବିଭୀଷିକା ଦେଖିବାକୁ ଲାଗିଗଲା।

ଅନ୍ଧକାର ରଜନୀ, ଆକାଶରେ ଅସଂଖ୍ୟ ତାରା ସଗର୍ବରେ ଫୁଟି ଉଠିଥିଲେ। ପବନ ପ୍ରଚଣ୍ଡ ବେଗରେ ବହୁଥିଲା। ଏହିପରି ଅବସ୍ଥାରେ ପ୍ରାୟ ଅଧଘଣ୍ଟା ଅତୀତ ହେଲା ପରେ ଯୁବକ ଦେଖିଲା, ତୋଫାନ ପ୍ରଚଣ୍ଡତର ହୋଇଉଠୁଛି। ସେ ସାଇଁ ସାଇଁ ସ୍ୱର ତାକୁ କାହିଁକି ଭାରି ଭଲ ଲାଗିଲା। ସେ ସମସ୍ତ ଦୁଃଖ ଭୁଲି ପ୍ରକୃତିର ଖେଳରେ ମନୋନିବେଶ କଲା।

ଦେଖୁ ଦେଖୁ କାହୁଁ ମାଡ଼ିଆସିଲା ଅଜସ୍ର ମେଘମାଳ। କ୍ଷଣକରେ ଆକାଶର ଅର୍ଦ୍ଧାଧିକ ତାରା ସେହି ମେଘମାଳର ଉତ୍ତୁଆଳରେ ଲୁଚିଗଲେ। ବିଦ୍ୟୁଲ୍ଲତା ସ୍ୱର୍ଣ୍ଣହାର ପରି ମେଘ ଦେହରେ କ୍ଷଣକ ନିମନ୍ତେ ଲମ୍ବାଇ ହୋଇ ନିଜର ସୌଷ୍ଠବ ଦେଖାଇଦେଲା ଚରାଚରକୁ। ସେହି କ୍ଷଣିକ ଆଲୋକରେ ପଥରର ନିମ୍ନରେ ବହୁ ଦୂରରେ ବିକ୍ଷୋଭିତ ସମୁଦ୍ର ବକ୍ଷ ସମୁଜ୍ଜ୍ୱଳ ଦେଖାଗଲା।

ପୁନର୍ବାର ଯୁବକର ମନରେ ନୂତନ ଭାବ ଖେଳିଗଲା। ନିଶୀଥର ଅନ୍ଧକାର ଭେଦକରି ଯେତେବେଳେ ପ୍ରେମିକ ବଉଦର ପ୍ରଶସ୍ତ ଅଙ୍କରେ ପ୍ରଣୟିନୀ ବିଦ୍ୟୁତ୍ ନିଜର ସୁନ୍ଦର ମୁହଁଟି କେତେବେଳେ ଦେଖାଇ ଦେଉଥାଏ; କେତେବେଳେ ବା ପତିଙ୍କର କ୍ରୋଡ଼ରେ ଲୁଚାଇ ରଖୁଥାଏ, ପ୍ରଣୟର, ପ୍ରେମର ଆନନ୍ଦାଶ୍ରୁ ଗଳିପଡୁଥାଏ ଝର ଝର। ଏଣେ କଳିଙ୍ଗ ଉପକୂଳର ବାଲୁକା ପ୍ରାନ୍ତର ମଧ୍ୟସ୍ଥିତ ମରୁଦ୍ୟାନବାସିନୀ ସୁଶୀଳା ନିଶୀଥର ଅନ୍ଧକାରକୁ ନ ମାନି ଧୀରେ ଧୀରେ ମଣିଆଁ ନିକଟରୁ ଉଠିଯାଏ। ଲୁଗା ଖଣ୍ଡି ପିଣ୍ଡାରେ ଥୋଇ, ତାର ନଗ୍ନ ବକ୍ର ଦେହଟି ପ୍ରକୃତି ଦେହରେ ମିଶାଇ ଦେବାକୁ ଚାହେଁ। ହାତ ଦୁଇଟି ଉପରକୁ ଟେକି ଏକାକିନୀ ନିର୍ଭୟରେ ଆନନ୍ଦ

ଚିତ୍ତରେ ନାଚୁଥାଏ ବାଲୁକା ପ୍ରାନ୍ତରରେ। ଘଡ଼ଘଡ଼ିର ଗର୍ଜ୍ଜନ ଯେତେବେଳେ ଖୁଣ୍ଟିଆ ପର୍ବତରେ ପ୍ରତିଧ୍ୱନିତ ହୋଇ ନିକଟସ୍ଥ ଗ୍ରାମମାନଙ୍କରେ ଅରାମରେ ଶୋଇଥିବା ବାଳକ ବାଳିକାଙ୍କର ପ୍ରାଣରେ ଚମକ ଆଣେ, ସେତେବେଳେ ବାଳିକା ସୁଶୀଳା ଘଡ଼ଘଡ଼ିର ସ୍ୱର ସଙ୍ଗେ ସ୍ୱର ମିଶାଇ ଦେବାକୁ ଚିତ୍କାର କରି ଉଠେ। ମଣିଆଁର ନିଦ୍ରାଭଙ୍ଗ ହେଲେ ସେ ଦେଖେ ନିକଟରେ ସୁଶୀଳା ନାହିଁ। ଭୟରେ କାତର ହୋଇ ପଡ଼େ, ପଦାକୁ ଉଠି ଆସେ। ମେଘ କୋଳରେ ବିଜୁଳି ଚମକି ଉଠେ। ମଣିଆଁ ଦେଖେ, ଅଦୂରରେ କିଏ ଜଣେ ନାଚୁଛି। ସ୍ନେହ ମିଶ୍ରିତ ଭୟାତୁର ସ୍ୱରରେ ଡାକେ— ସୁଶୀଳା !

ସୁଶୀଳା ଶୁଣି ନ ଶୁଣିଲା ପରି ରହେ। ମଣିଆଁ ଆହୁରି ଥରେ ଡାକେ— ସୁଶୀଳା। ସୁଶୀଳା ଅନିଚ୍ଛା ସତ୍ତ୍ୱେ ଫେରି ଆସେ ମଣିଆଁ ନିକଟକୁ। ବିଜୁଳି ଆହୁରି ଥରେ ଝଲସାଇ ଦିଏ ସମଗ୍ର ଜଗତ। ମଣିଆଁ ସୁଶୀଳାର ହାତଧରି ନିକଟକୁ ଟାଣି ଆଣେ। ପ୍ରେମିକା ବିଦ୍ୟୁତ୍ ପ୍ରେମିକ କଦମ୍ବ କୋଳରେ ମୁହଁ ଲୁଚାଇ ଦିଏ ଏବଂ ସୁଶୀଳା ଲତାଟି ପରି ଢଳି ପଡ଼େ ମଣିଆଁ ବକ୍ଷରେ।

ଆଜି ଯୁବକ ସୁଶୀଳାଠାରୁ ବିଚ୍ଛିନ୍ନ ହୋଇ ବହୁ ଦୂରରେ ଥାଇ ପ୍ରକୃତିର ଖେଳ ଦେଖୁ ଦେଖୁ ଅତୀତର ସେହି ଭୟଙ୍କରୀ ଅଥଚ ଆନନ୍ଦ ପ୍ରଦାୟିନୀ ରଜନୀର ସମସ୍ତ ଘଟଣା ଗୋଟି ଗୋଟି କରି ମନରେ ଆଣିଲା। ଆହା, ଆଜି ମୋର ପ୍ରାଣର ସୁଶୀଳା କାହିଁ, ଆଉ ହତଭାଗ୍ୟ ମୁଁ କାହିଁ !

ଏହି ଗୋଟିଏ କଥା ଚିନ୍ତା କରୁ କରୁ ଚକ୍ଷୁରୁ ଲୋତକ ଗଡ଼ି ପଡ଼ିଲା। ପ୍ରକୋଷ୍ଠ ଅନ୍ଧକାର, ନିର୍ଜ୍ଜନ। ସେ ଲୋତକ ଜନ-ମାନବ କେହି ଦେଖିଲେ ନାହିଁ। ମାତ୍ର ଦୂରରେ, ବହୁ ଦୂରରେ, ପ୍ରକୃତିର ଚକ୍ଷୁ ଏଡ଼ି ଦେଇ ପାରିଲା ନାହିଁ। ଘଡ଼-ଘଡ଼ି ଛଳେ ପ୍ରକୃତି ସତେ କି ଗର୍ଜନ କରି କହି ଉଠିଲା, ନାରାୟଣ ସାଧବ ! ତୋର ନିଷ୍ଠୁର କାର୍ଯ୍ୟର ପ୍ରତିଫଳ ତୁ ଦିନେ ପାଇବୁ। ତାହା ବେଶୀ ଦୂରରେ ନାହିଁ।

ନିରାଶ ପ୍ରେମିକର ଦୁଃଖରେ ସହାନୁଭୂତି ଦେଖାଇ ପ୍ରକୃତି ଅଶ୍ରୁ ବର୍ଷଣ କଲା। ଯୁବକ ସେ ଶୀତଳ ଅଶ୍ରୁଛଟା ସମ୍ଭାଳି ନ ପାରି ଧୀରେ ଧୀରେ ବସିପଡ଼ିଲା। କିଛିକ୍ଷଣ ପରେ ସେ ଆନନ୍ଦରେ ଚିତ୍କାର କରି ଉଠିଲା, ନିଶ୍ଚୟ, ମୁଁ ଠିକ୍ ଭାବିଛି। ଧୀରପାଣି ପଥର କାଟେ। ଏହାହିଁ କରିବି। ହୁଏତ ଏପାର ନୋହିଲେ ସେପାର।

ପ୍ରହରୀ ହାତରୁ ଯେଉଁ ଲୁହାର କରଛୁଲି ଖଣ୍ଡ ଖସି ପଡ଼ିଥିଲା ତାକୁ ଉଠାଇ ଧରିଲା ଏବଂ ପାଗଳ ପରି ତାକୁ ଧୀର ସ୍ୱରରେ ପଚାରିଲା, ପାରିବୁ ମୋତେ ଉଦ୍ଧାର କରି ଭାଇ ? ତୋ ବିନା ଯେ ମୋ'ର ସହାୟ ଆଉ କେହି ନାହିଁ। ମନସ୍ଥ କରିଛି,

ତୋହରି ସାହାଯ୍ୟରେ କାନ୍ଥ ଫୁଟାଇ ସମୁଦ୍ର ବକ୍ଷକୁ ଲମ୍ଫ ପ୍ରଦାନ କରିବି। ଜୀବନ ରହୁ ବା ଯାଉ।

ଏହି ସମୟରେ ଠକ୍ ଠକ୍ ଶବ୍ଦ କ୍ଷଣକ ନିମନ୍ତେ ବନ୍ଦ ହୋଇଗଲା। ମୂଷା ମାଟି ପରି ଝର ଝର ହୋଇ କଣ ଗୁଡ଼ାଏ ଯୁବକର ମୁଣ୍ଡ ଉପରେ ଖସି ପଡ଼ିଲା। ସେ ଚମକ ପଡ଼ି ଚିନ୍ତା କଲା, ଏ କ'ଣ ? ଦିନେ ହେଲେ ତ ଏ ଘରେ ମୂଷା ଦେଖି ନାହିଁ ?

ସଙ୍ଗେ ସଙ୍ଗେ ଆହୁରି ଛଅ ଥର ଠକ୍ ଠକ୍ ଶବ୍ଦ ଶୁଣାଗଲା। ଜଣାଗଲା, ଯେପରି ଶବ୍ଦ ତା'ର କାନ ନିକଟରେ ହେଉଛି। ମୁହୂର୍ତ୍ତକ ପରେ ଆହୁରିଗୁଡ଼ିଏ ମାଟି ତା ମୁଣ୍ଡ ଉପରେ ଖସି ପଡ଼ିଲା। ଶୁଣାଗଲା ଯେପରି କୌଣସି ଲୋକ କ୍ଳାନ୍ତ, ବ୍ୟସ୍ତ ହୋଇ କହୁଛି, 'ଓଃ !' ଯୁବକର ଦୃଢ଼ ମନ ସୁଦ୍ଧା ଭୟରେ ଛନ୍ନ ହୋଇ ପଡ଼ିଲା। ସେ ମନରେ ଦମ୍ଭ ଆଣି ଠିଆ ହେଲା।

ମୁଣ୍ଡ ନୁଆଇଁ କାନ୍ଥର ପ୍ରତ୍ୟେକ ସ୍ଥାନରେ ହାତ ବୁଲାଇଲା। କିଛି ସମୟ ପରେ ତା'ର ହାତ ଗୋଟିଏ ଗାଡ଼ ଭିତରେ ପ୍ରବେଶ କଲା। ନିରୀକ୍ଷଣ କରି ଦେଖିଲା। କିଛି ଜଣା ପଡ଼ିଲା ନାହିଁ। ସେ ଯେଉଁ ଅନ୍ଧକାର, ମାନବର ଦୃଷ୍ଟିଶକ୍ତି ସେ ଅନ୍ଧକାର ଭେଦ କରନ୍ତା କାହୁଁ? ସେହି ଗାଡ଼ ମଧ୍ୟରେ ଦୁଇ ହାତ ପୂରାଇ ଦେଖିଲା, ତାହା ଛୋଟ ନୁହେଁ। ଏପରି ବଡ଼ ଯେ ଅକ୍ଳେଶରେ ଜଣେ ମନୁଷ୍ୟ ସେହି ବାଟ ଦେଇ ଗଳି ଯାଇ ପାରିବ। ଜଉଘରେ ପାଣ୍ଡବମାନଙ୍କୁ ବିପଦାପନ୍ନ ଦେଖି, ଶ୍ରୀକୃଷ୍ଣଙ୍କ ମନ୍ତ୍ରଣାରେ ଯେପରି ସୁଡ଼ଙ୍ଗ ତିଆରି ହୋଇଥିଲା, କେହି କ'ଣ ଆଉ ସେପରି ଯୁବକକୁ ବିପଦରୁ ଉଦ୍ଧାର କରିବାକୁ ସୁଡ଼ଙ୍ଗ ଫୁଟାଇଛନ୍ତି।

ମଣିଆଁ ସେହି କଣା ବାଟେ ମୁହଁ ଗଳାଇ ଦେଖିଲା ! କେବଳ ଅନ୍ଧକାର। ମୁଣ୍ଡ ଭିତରକୁ ଆଣି ଚିନ୍ତାକଲା ହୁଏତ ତାରି ପରି କେହି ହତଭାଗ୍ୟ ବନ୍ଦୀ ମୁକ୍ତି ଆଶାରେ ବହୁ ଚେଷ୍ଟା କରି କାନ୍ଥ ଫୁଟାଇଛି। ହଁ, ଏହା ସମ୍ପୂର୍ଣ୍ଣ ସମ୍ଭବ। ସେ ଧୀରେ ଧୀରେ ପ୍ରଶ୍ନ କଲା, କିଏ ?

କେହି ଉତ୍ତର ଦେଲା ନାହିଁ।

କିଛିକ୍ଷଣ ପରେ ଆକାଶ ଉଜ୍ଜ୍ୱଳକରି ବିଦ୍ୟୁତ ଚମକି ଉଠିଲା। ସଙ୍ଗେ ସଙ୍ଗେ ଘଡ଼ଘଡ଼ି ଗର୍ଜି ଉଠିଲା। ଯୁବକ ପୁନର୍ବାର ଭୀତିସୂଚକ କଣ୍ଠରେ ପ୍ରଶ୍ନକଲା, କିଏ ତୁମେ ?

ପ୍ରକୋଷ୍ଠର ଅପରପାର୍ଶ୍ୱରୁ ଉତ୍ତର ଆସିଲା, ଗୋଟିଏ ଗଭୀର, ସୁଦୀର୍ଘ "ଓଃହୋ"।

ଅନ୍ୟ କୌଣସି ପ୍ରଶ୍ନ ପଚାରିବାକୁ ସାହସ କଲା ନାହିଁ। ଭାବିଥିଲା, ସେ ଯେ ହେଉ ଏଥର ନିଶ୍ଚୟ ନିଜେ ନିଜେ କଥା କହିବ। ଅନେକ ସମୟ ନୀରବରେ

କାନଡେରି ରହିଲା। ଶୁଣିଲା ଯେପରି କିଏ ଜଣେ ହାଇ ମାରୁ ମାରୁ ଧୀରେ ଧୀରେ କହୁଛି, ବୁଦ୍ଧ ହେ, ଜଗତର ମଙ୍ଗଳ କର।

ମଣିଆଁର ଆଖି ନିଦରେ ମାଡ଼ି ମାଡ଼ି ପଡ଼ିଲା। ସେ ଧୀରେ ଧୀରେ କଣା ନିକଟରୁ ଘୁଞ୍ଚିଆସି ଅଖା ଉପରେ ତାର ଦୁର୍ବଳ ଅଙ୍ଗ ଲମ୍ବାଇ ଦେଲା। ମାତାଙ୍କର "ଧୋରେ ବାଇଆ ଧୋ" ଗୀତ ବୁଝୁ ନ ବୁଝୁ ଶିଶୁ ଯେପରି ଧୀରେ ଧୀରେ ଆଖି ବୁଜିଦିଏ ମଣିଆଁ ପ୍ରକୃତିର ସଙ୍ଗୀତ ଶୁଣୁ ଶୁଣୁ ନିଦ୍ରାମଗ୍ନ ହେଲା। ସଙ୍ଗେ ସଙ୍ଗେ ଭାବନାତୁଳି ଅଙ୍କିତ ସ୍ୱପ୍ନ ରାଜ୍ୟରେ ଭ୍ରମଣ କଲା। ତାର ନାସିକାର ଘଡ଼ ଘଡ଼ ଶବ୍ଦ ପ୍ରକୋଷ୍ଠର ନିସ୍ତବ୍‌ଧତା ଭଙ୍ଗ କରୁଥାଏ।

ଯେତେବେଳେ ମଣିଆଁର ନିଦ୍ରା ଭଙ୍ଗ ହେଲା ସେ ଦେଖିଲା ପ୍ରକୋଷ୍ଠ ଆଉ ପୂର୍ବପରି ଅନ୍ଧକାର ନାହିଁ। ଝଡ଼ବର୍ଷା ଛାଡ଼ି ଯାଇଛି। ଥଣ୍ଡାରେ ଦେହ ଶୀତେଇ ଉଠୁଛି। ସେ ହାଇ ମାରୁ ମାରୁ ଅନ୍ୟମନସ୍କ ଭାବରେ ଏଣେ ତେଣେ ଦୃଷ୍ଟି ପକାଇଲା। ଦେଖିଲା ସେ ପାଖ କାନ୍ଥରେ ଗୋଟିଏ ମସ୍ତବଡ଼ ଜଳା ଏବଂ ଭିତରେ ମୁଣ୍ଡ ଗଳାଇ ସତେ କି ମୂର୍ତ୍ତିମାନ ମୃତ୍ୟୁ ଦଣ୍ଡାୟମାନ।

ହଁ,—ମୃତ୍ୟୁ ନିଶ୍ଚୟ। ସେ ତ ଜଗତର ପ୍ରାଣୀ ପରି ଦେଖା ଯାଉ ନାହିଁ; ମୁଖ ରକ୍ତମାଂସ ଶୂନ୍ୟ। କେବଳ ଅସ୍ଥି ନିର୍ମ୍ମିତ। ଚର୍ମ ଆବୃତ। ଚକ୍ଷୁ କୋଟରାଗତ, ଜ୍ୟୋତିଃବିହୀନ। ମସ୍ତକର କେଶ ଅର୍ଦ୍ଧପକ୍ୱ। ନିଶ ଏବଂ ଲମ୍ବମାନ ଦାଢ଼ି, ଶୁକ୍ଳ କୃଷ୍ଣର ସମ୍ମିଳନରେ କିପରି ଭିନ୍ନପ୍ରକାର ଦେଖା ଯାଉଛି। ନିଶ୍ୱାସ ମାରିବା ସମୟରେ ମସ୍ତକ ସ୍ୱତଃ ଅନ୍ଦୋଳିତ ହେଉଛି। ବିଦାକାଠି ପରି ବକ୍ଷଦେଶରେ କେତୋଟି ମାତ୍ର ହାଡ଼ ସ୍ପଷ୍ଟ ଫୁଟି ଦିଶୁଛି। ସେ ମୃତ୍ୟୁ ବିନା କଣ ହୋଇପାରେ ?

ମଣିଆଁକୁ ଜାଗ୍ରତ ଦେଖି ସେ ଧୀରେ ଧୀରେ ମୁଣ୍ଡ ନୁଆଇଁ ଆରପାଖକୁ ନେଇ ଗଲା। ମାତ୍ର ଯୁବକର ମନରେ ସେ ଯେଉଁ ଚମକ ଦେଇଗଲା ତହିଁରେ ତାର ପ୍ରାଣ ପ୍ରକମ୍ପିତ ହେଲା। ଚିନ୍ତାକଲା, ଏ କଣ ମନୁଷ୍ୟ ?

ମଣିଆଁ ଶଯ୍ୟା ତ୍ୟାଗକରି ଉଠି ଠିଆହେଲା। ଆହାର ବିନା ଦୁର୍ବଳଅଙ୍ଗ ଅବଶ ହୋଇଛି। ଟଳ ଟଳ ହୋଇ ପଡ଼ିଯିବା ବେଳେ କାନ୍ଥରେ ହାତଭରା ଦେଇ ଜଳା ବାଟେ ଆରଘରକୁ ଅନାଇଲା। ଦେଖିଲା ସେହି ବ୍ୟକ୍ତି ମୁଖାବନତ କରି ବସିଅଛି। ସେ ବୁଝିପାରିଲା, ଏ ଜଣେ ତାହାରି ପରି ବନ୍ଦୀ। ଖାଦ୍ୟାଭାବରୁ ଶରୀରର ଅବସ୍ଥା ଏପରି ହୋଇଛି। ନିଜର ଦୁର୍ଦ୍ଦଶା ଭୁଲିଗଲା। ମନରେ ସ୍ୱତଃ ଦୟା ଜାତ ହେଲା। ସେ ଥରି ଥରି ଅତି କଷ୍ଟରେ ଜଳାବାଟ ଦେଇ ଅନ୍ୟ ପ୍ରକୋଷ୍ଠରେ ପ୍ରବେଶ କଲା।

ଲୋକଟିର ଅବସ୍ଥା ଦେଖି ଯୁବକର ହୃଦୟ ଥରି ଉଠିଲା। ଚକ୍ଷୁରୁ ଲୋତକ

ବାଧା ନ ମାନି ଝରି ପଡ଼ିଲା ଝର ଝର। ଲୋକଟି ଧୀରେ ଧୀରେ ମୁଣ୍ଡ ଟେକି ଯୁବକକୁ ଚାହିଁଲା। ତାର ଚକ୍ଷୁ ମଧ୍ୟ ଲୋତକାର୍ଦ୍ର ହେଲା। ଉଭୟଙ୍କର ଚାରିଚକ୍ଷୁ ମିଳନ ହେଲା।

ଯୁବକ ଧୀରେ ଧୀରେ ମୁଣ୍ଡ ନୁଆଇଁ ବୃଦ୍ଧଙ୍କୁ ପ୍ରଣାମ କଲା। ବୃଦ୍ଧ ରକ୍ତ ମାଂସହୀନ କମ୍ପିତ ହସ୍ତ ଯୁବକର ମସ୍ତକରେ ସ୍ଥାପନ କରି କହିଲେ, ଉଠ ବାବା, ବୁଦ୍ଧ ତମର ମଙ୍ଗଳ କରିବେ।

ଯୁବକ ସମ୍ମୁଖରେ ବସିପଡ଼ି ପଚାରିଲା, ଆପଣ କିଏ ?

ତମ ପରି ଜଣେ ସାମାନ୍ୟ ବନ୍ଦୀ। ନିଜର ଦୁର୍ବଳ ହସ୍ତରେ ଗୋଡ଼ ଚିପୁ ଚିପୁ ଟିକିଏ ପରେ କହିଲେ, ମୁଁ ଜାଣେନା କେଉଁ ଅପରାଧରୁ ମୋତେ ଏଠାରେ ବନ୍ଦୀ କରିଛନ୍ତି ? କିନ୍ତୁ ଏପରି ବନ୍ଦୀ ହୋଇ ରହିବା ଅପେକ୍ଷା ମୃତ୍ୟୁ କଣ ବାଞ୍ଛନୀୟ ନୁହେଁ ?

ନିଶ୍ଚୟ। ଯୁବକ ହାତ ବଢ଼ାଇ ବୃଦ୍ଧର ପାଦ ଚିପିବାକୁ ଇଚ୍ଛା ପ୍ରକାଶ କଲା। ବୃଦ୍ଧ ବାରଣ କରି ମୁଣ୍ଡ ହଲାଇଲେ। ମଣିଆଁ ନ ମାନି ଗୋଡ଼ ଘଷି ଦେଉଁ ଦେଉଁ ଆରମ୍ଭ କଲା, ସାକ୍ଷାତ ନରକ କୁଣ୍ଡରେ ଜୀବନ୍ତ ସମାଧି ପାଇବା ଅପେକ୍ଷା ମୃତ୍ୟୁ ବାଞ୍ଛନୀୟ। ଆତ୍ମା ଆମର ମୁକ୍ତ ହୋଇଯିବ।

ବୃଦ୍ଧ ଗୋଡ଼ ଲମ୍ୱାଇ କହିଲେ, ମୋ ପରି ବୃଦ୍ଧ ପାଇଁ ତାହା ଲୋଡ଼ା। ତୁମେ ଯୁବକ; ଏହି ଅବସ୍ଥାରେ ହତାଶ ହୋଇ ପଡ଼ିଛ କାହିଁକି ?

ଏ ଯେ ନରକ !

ହେଉ। ମୋର ଗୋଟିଏ ପାଦ ମୃତ୍ୟୁରାଜ୍ୟରେ, ଅନ୍ୟଟି ଏହି ସଂସାରରେ। ମୃତ୍ୟୁରେ ଶାନ୍ତି ଅଛି। ବହୁଦିନୁ ଯନ୍ତ୍ରଣା ଭୋଗ କରି କରି ସଂସାର ପ୍ରତି ଘୃଣା ଆସିଥିଲା। ଟିକିଏ ରହି କହିଲେ, ଥାଉ ଥାଉ। ମୋର ଗୋଡ଼ ଚିପନା। ସେ ରୋଗ ଆଉ ଭଲ ହେବ ନାହିଁ। ମୁଁ ବୁଝି ପାରୁଛି, ଦେହରେ ମୋର ରକ୍ତ ନାହିଁ। ତେଣୁ ଦିନରାତି ସବୁବେଳେ ଗୋଡ଼ ହାତରୁ ଘୋଳା ଉଠୁଛି। ଆଉ ସମ୍ଭାଳି ହେଉ ନାହିଁ। ଅସହ୍ୟ ଯନ୍ତ୍ରଣା, ଓଃ। ଥାଉ, ଯେତେ ଚିପିଲେ ସେ ବନ୍ଦ ହେବ ନାହିଁ। ବରଂ ତୁମକୁ କଷ୍ଟ ହେବ। ଗୋଡ଼ ଟାଣି ନେଇ କହିଲେ, ମୋର ମୃତ୍ୟୁ ଲୋଡ଼ା କିନ୍ତୁ ତୁମପରି ଯୁବକର ନୁହେଁ। ଦିନେ ମୁକ୍ତ ହୋଇ ପାରିବ। ଓଃ, ଅସହ୍ୟ ଯନ୍ତ୍ରଣା। ଆଉ ସମ୍ଭାଳି ହେଉ ନାହିଁ। ଆଶା ଅଛି, ଦିନେ ତୁମେ ମୁକ୍ତି ପାଇ ପାର। ସେତେବେଳେ ଉତ୍କଳଦେଶରେ ଉପସ୍ଥିତ ହୋଇ ଉତ୍କଳ କେଶରୀ ଲଲାଟେନ୍ଦୁଙ୍କୁ ଜଣାଇ ଆମ ପରି ଅନ୍ୟାନ୍ୟ ହତଭାଗ୍ୟଙ୍କୁ ଉଦ୍ଧାର କରି ପାରିବ। ଓଃ, ଅସହ୍ୟ।

ଏତକ କହି ବୃଦ୍ଧ ବଡ଼ କ୍ଳାନ୍ତ ବୋଧ କଲେ। ସେ କାନ୍ଥକୁ ଆଉଜି ବସି ଦୀର୍ଘ

ନିଶ୍ୱାସ ତ୍ୟାଗ କଲେ। ଏହି ସମୟରେ ବାହାରୁ ଝମ ଝମ ଶବ୍ଦ ଶୁଭିଲା ! ବୃଦ୍ଧ ଚଞ୍ଚଳ ଦେଖାଗଲେ। ବ୍ୟସ୍ତ ହୋଇ ଡେରି ଡାରି ହୋଇ ବସିଲେ। ଯୁବକକୁ କହିଲେ, ବର୍ତ୍ତମାନ ଶୀଘ୍ର ତୁମ କୋଠରୀକୁ ଚାଲିଯାଅ। ପ୍ରହରୀ ଭାତ ନେଇ ଆସିଲାଣି। ଯଦି ଜାଣିପାରେ ତେବେ ଦୁଇଜଣଙ୍କର ସର୍ବନାଶ।

ଯୁବକ ନୀରବରେ ଉଠିଗଲା !

ଏଡ଼େ ଦୁର୍ବଳ ହୋଇ ସୁଦ୍ଧା ଆପଣ ଏତେ ମୋଟା କାନ୍ଥଟା ଫୁଟାଇ ପାରିଛନ୍ତି ?

ବାବା, ମନେରଖ; ମୋର ଅଙ୍ଗ ଦୁର୍ବଳ ହେଲେ ସୁଦ୍ଧା ମନ ଦୁର୍ବଳ ନୁହେଁ। ଯାହାର ମନର ଦୃଢ଼ତା ଅଛି ତାକୁ କୌଣସି କାର୍ଯ୍ୟ ଶକ୍ତ ଲାଗେ ନାହିଁ। ବହୁଦିନ ବନ୍ଦୀ ରହିଲା ପରେ, ଦିନେ ହଠାତ୍ ମୋ ମନରେ ମୁକ୍ତିଲାଭର ଏହି ଗୋଟିଏ ଉପାୟ ଉଦିତ ହେଲା। ଧୀର ପାଣି ପଥର କାଟେ। କାନ୍ଥ ଫୁଟାଇବାକୁ ମନସ୍ଥ କଲି। ମୋ ନିକଟରେ ସେପରି କୌଣସି ଯନ୍ତ୍ର ନ ଥିଲା। କେବଳ ଏହି ପୁରୁଣା ଲୁହା ଖଡ଼ିକା ଖଣ୍ଡି। ଏହି ଖଣ୍ଡିକ କିପରି ପାଇଲି କହୁଚି ଶୁଣ।

ବୃଦ୍ଧର ନିଶ୍ୱାସ ଘନ ଘନ ଯାତାୟାତ କରିବାକୁ ଲାଗିଲା। ନିଜର ମୁଣ୍ଡରେ ହାତ ବୁଲାଉ ବୁଲାଉ କହିଲେ, ଓଃ ଦେହର ଯନ୍ତ୍ରଣା ଅପେକ୍ଷା ମୁଣ୍ଡର ଯନ୍ତ୍ରଣା ବଳେଇ ପଡୁଛି। ତେଲ ଏବଂ ପାନିଆଁର ଅଭାବରୁ ମୁଣ୍ଡରେ ମଳି ବସି ଉକୁଣୀ ସାଲୁ ସାଲୁ ହେଉଚନ୍ତି। ଅନେକ ଜାଗାରେ ଘା ହୋଇଗଲାଣି। ନିରୁପାୟ ! ହାଃ ବୁଦ୍ଧ, ଉଦ୍ଧାରକର !

ମଣିଆଁ ତାଙ୍କର ଗୋଡ଼ ଆଉଁଶୁ ଆଉଁଶୁ କହିଲା, କଥା କହିବା ଦ୍ୱାରା ଆପଣଙ୍କୁ ବଡ଼ କଷ୍ଟ ହେଉଛି। ଟିକିଏ ବିଶ୍ରାମ କରନ୍ତୁ।

ବୃଦ୍ଧଙ୍କର ଯନ୍ତ୍ରଣା ବିକୃତ ମୁଖରେ ହାସ୍ୟରେଖା ଫୁଟି ଉଠିଲା। ସେ କହିଲେ, ଆଉ ବିଶ୍ରାମ ନେବି କ'ଣ ? ବେଳ ହେଲାଣି ଏଥର ଡକରା ଆସିବ। କେବେ ସେ ଶୁଭଦିନ ଆସିବ ତାହାରି ପ୍ରତୀକ୍ଷାରେ ଅନାଇଁ ବସିଛି। ଶୁଣ, ସେ ଶୁଭକ୍ଷଣ ଆସିବା ପୂର୍ବରୁ ଯେତିକି ପାରୁଛି କହିଯାଏଁ, ମୋ ଜୀବନର କଷ୍ଟପୂର୍ଣ୍ଣ ଘଟଣାଗୁଡ଼ିକ। ତହିଁରୁ ଯଦି କିଛି ଶିକ୍ଷା କରି ମୁକ୍ତିର ଚେଷ୍ଟା କରିପାର ତେବେ ଉତ୍ତମ। କ'ଣ କହୁଥିଲି ଭୁଲି ଯାଉଛି। ବହୁଦିନ ପୂର୍ବେ ଯେଉଁ ସମସ୍ତ ଘଟଣା ଜୀବନରେ ଘଟିଥିଲା ତାହା ସ୍ପଷ୍ଟରୂପେ ମୋ ମନରେ ଅଙ୍କିତ ରହିଛି। ମନର ସେ ସବୁ ଲେଖା ଜୀବନରେ କେବେ ହେଲେ

ଭୁଲି ପାରିବି ନାହିଁ। କିନ୍ତୁ ବାବା, କେଜାଣି କାହିଁକି ବର୍ତ୍ତମାନର ପ୍ରତ୍ୟକ୍ଷ ଘଣାଗୁଡ଼ିକ କହୁ କହୁ ଭୁଲି ଯାଉଛି। ମନେ ପକାଇ ଦେବ।

ଆପଣ ବର୍ତ୍ତମାନ କ'ଣ ଲୁହାଖଡ଼ିକା କଥା କହୁଥିଲେ ?

ହଁ ଠିକ୍ ମନେ ପଡ଼ିଲା, ଲୁହାଖଡ଼ିକା କଥା। ବହୁଦିନ ପୂର୍ବେ, ନା, ବହୁବର୍ଷ ପୂର୍ବେ, ବୋଧହୁଏ। ମୁଁ ଏବେ କିପରି ଠିକ୍ କରି କହିବି ? ଦିନ ବାର ଜାଣିବାର ତ କୌଣସି ଉପାୟ ନାହିଁ। ଏହି କ୍ଷୁଦ୍ର କଣାଟି ବାଟେ ସୂର୍ଯ୍ୟଙ୍କର ଆଲୋକ ଆସି ପ୍ରକୋଷ୍ଠଟିକୁ ଆଲୋକିତ କରିଥାଏ। ସେହି ଆଲୋକ ଦେଖି ଦିନବାର ଠିକ୍ କରିଥାଏ। ମାତ୍ର ସେପରି କେତେଦିନ ଚଳିପାରେ ? ଯାହା ହେଉ ସେଦିନ ପ୍ରହରୀ ଭାତ ଆଣିବା ସମୟରେ ମୁଁ ମୂର୍ଖ ତା ହାତରୁ ଲୁହାଖଡ଼ିକାଖଣ୍ଡି ଛଡ଼ାଇ ତାର ଜୀବନ ଶେଷ କରିବାର ଅଭିପ୍ରାୟରେ ଆକ୍ରମଣ କଲି। ସେ ମୁକ୍ତ ହୋଇ ଚାଲିଗଲା। ସେହିଦିନରୁ ମୋତେ ଆଉ ଖାଦ୍ୟ ଆଣିଦେଲା ନାହିଁ।

ମଣିଆଁ ଚାରିଆଡ଼କୁ ଅନାଉଁ ଅନାଉଁ ଦେଖିଲା ନିକଟରେ ଖଣ୍ଡେ ଖପରାରେ ଭାତ ଗଦାହୋଇ ରହିଛି। ନିକଟରେ ଶୁଖିଲା ଭାତ ବୁଣି ହୋଇ ପଡ଼ିଛି। ପାଖରେ ଗୋଟାଏ ଠେକି। ଫନ୍ଦରୁ ଟିକିଏ ଭାଙ୍ଗି ଯାଇଛି। ତହିଁରେ ଜଳପୂର୍ଣ୍ଣ ରହିଛି। ସେ ଦିନକୁ ମିଶାଇ ମଣିଆଁର ତିନିଦିନ ହେଲା ଆହାର ହୋଇ ନାହିଁ। ଜଳ ମଧ ଦିନକ ଆଗରୁ ଶେଷ ହୋଇ ଯାଇଛି। ତା ପାଟିରେ ପାଣି ନାହିଁ। ଅଠା ଅଠା ହୋଇ ଯାଉଛି। ସେ ବୃଦ୍ଧଙ୍କୁ କହିଲା, ମୋତେ ଭାରୀ ଶୋଷ ହେଉଛି, ଟିକିଏ ପାଣି। ଭାବିଥିଲା, ବୃଦ୍ଧ ବୋଧହୁଏ ତାକୁ ଖାଇବାକୁ କହିବେ। କିନ୍ତୁ ବୃଦ୍ଧ ଜାଣନ୍ତି ନାହିଁ ଯେ ମଣିଆଁ ତିନିଦିନ ହେଲା ଉପାସ ଅଛି।

ସେ କହିଲେ, ଠେକିରେ ଜଳ ଅଛି। ଯାଅ ପିଅ।

ପୁନର୍ବାର ଆରମ୍ଭ କଲେ, ସେହି ଦିନରୁ ପ୍ରହରୀ ପ୍ରତ୍ୟହ ମୋତେ ଖାଦ୍ୟ ଆଣିଦିଏ ନାହିଁ। ମନେ ପଡ଼ିଲେ, ଚାରିଦିନେ ଛ'ଦିନେ ଥରେ ଆଣେ। ଏଥର ସେ ଏକାକୀ ଆସେ ନାହିଁ। ତା ସଙ୍ଗରେ ଦୁଇ ତିନିଜଣ ଆସିଥାନ୍ତି। ସେ ଯାହା ଆଣି ଦିଅନ୍ତି, ତାହା ଅତି ଅଳ୍ପ। ମାତ୍ର ଦୈନିକ ପରିମାଣରୁ ଟିକିଏ ଅଧିକ। ଖାଦ୍ୟ ଅଭାବରୁ ଆଜି ମୋର ଏ ଦୁର୍ଦ୍ଦଶା। ପ୍ରକୃତରେ ମୁଁ ବୃଦ୍ଧ ନୁହେ। ମୋର ବୟସ ଯଦିଚ ମୁଁ ଠିକ୍‌କରି କହିପାରୁ ନାହିଁ, ତଥାପି ନିଶ୍ଚୟ ପଚାଶରୁ କମ୍।

ବୃଦ୍ଧ ଏତିକି କହି ଧଇଁସଇଁ ହୋଇଗଲେ। ଟିକିଏ ଦମ୍‌ନେଇ ପୁନର୍ବାର କହିଲେ, ଶେଷରେ ବାବା, ମୋର ଏ ଶୋଚନୀୟ ଅବସ୍ଥା ହେଲା। ମୁଁ ପ୍ରହରୀର ଗୋଡ଼ତଳେ ପଡ଼ି କାନ୍ଦି କାନ୍ଦି କେତେ ଯେ ପ୍ରାର୍ଥନା କରିଛି, ଅଧିକ ଖାଦ୍ୟଦେବା

ପାଇଁ କହିପାରୁ ନାହିଁ। ସେ ମୋ କଥାରେ କାନ ନ ଦେଇ ହସିଦେଇ ଚାଲିଯାଏ। କିଛିଦିନ ପରେ କାନ୍ଥ ଫୁଟାଇ ପଳାୟନ କରିବାର ଅଭିଳାଷ ମନରେ ଜାଗ୍ରତ ହେଲା। ଉପାୟ ଖୋଜି ଖୋଜି ଠିକ୍ କଲି କାନ୍ଥର ଏହିପାଖେ ଫୁଟାଇବି। କାରଣ ସେପାଖ ଫୁଟାଇଲେ ଲାଭ ନାହିଁ, ସମୁଦ୍ର। ସେହି ଦିନଠାରୁ ମୁଁ ମୋର କାର୍ଯ୍ୟ ଆରମ୍ଭ କଲି। କୃତକାର୍ଯ୍ୟ ହୋଇଛି। ମାତ୍ର ଲାଭ ନାହିଁ। ଓଃ—

ମଣିଆଁ ସତୃଷ୍ଣ ନୟନରେ ଖପରା ଆଡ଼କୁ ଅନାଇ କହିଲା, ଆପଣଙ୍କର ଭାରି ଦୁର୍ବଳ ଅବସ୍ଥା। ଏ ଅବସ୍ଥାରେ ଅଧିକ କଥା କହିଲେ, କ୍ଲାନ୍ତହୋଇ ପଡ଼ୁଛନ୍ତି। କିଛି ଖାଇଲେଣି ?

ବୃଦ୍ଧ ଗଳା ଖଙ୍କାରି କହିଲେ, ମୁଁ ଯେ ତମ ସଙ୍ଗେ ଆନନ୍ଦରେ ଦୁଇ ଚାରି ପଦ ଦୁଃଖସୁଖ ହୋଇ ପାରୁଛି, ସେତିକିରେ ମୋର ଆନନ୍ଦ। ଏତେଦିନ ହେଲା ପାଟି ବନ୍ଦକରି ବସିଥିଲି। କଥା କହିବାକୁ ଭଲ ଲାଗୁଛି।

ଭୋଜନ ଶେଷ ହେଲାଣି ?

ନାଇଁ, ଇଚ୍ଛା ନାହିଁ; ମୋର ଏପରି ଦୁର୍ବଳାବସ୍ଥା ଦେଖି ଏଥର ପ୍ରହରୀ ପ୍ରତ୍ୟହ ପ୍ରଚୁର ଭାତ ଆଣିଦିଏ। ଇଚ୍ଛା ହେଲେ କେଉଁଦିନ ଦି'ଟା ଖାଏ ନୋହିଲେ ନାହିଁ। ପ୍ରହରୀକୁ ବାରଣ କରେ ନାହିଁ। ଭାତଗୁଡ଼ିକ ତଳେ ଶୁଖାଇ ଗୋଟିଏ କଣରେ ଗଦାକରି ରଖିଥାଏ। କାଳେ କେତେବେଳେ ଦରକାରରେ ଆସିବ। ମୋର ନ ଆସିପାରେ; ଅନ୍ୟ କେହି ବନ୍ଦୀ ମୋର ମୃତ୍ୟୁପରେ ଏଠାରେ ରହିଲେ, ତା'ର ଉପକାରରେ ଆସିପାରେ ? ମୋର ଅଉ କ୍ଷୁଧା ନାହିଁ। ସମୟ ସମୟରେ ଖାଲିପାଣି ମନ୍ଦିଏ ପିଇ ମୋ କାର୍ଯ୍ୟରେ ଲାଗିଯାଏ। ହଁ, ବାବା, ତମକୁ ଶୋଷ କରୁଥିଲା; ପାଣି ପିଇଲ ନାହିଁ ? ବୃଦ୍ଧ ଗଳା ଖଙ୍କାରି କହିଲେ, ତମର ଆଜି ଭୋଜନ ହୋଇଛି ତ ?

ମଣିଆଁର ଇଚ୍ଛା ହେଲା, କହିବ ହଁ! ନାହିଁ କଲେ ବୃଦ୍ଧ ତାକୁ ଖାଇବାକୁ କହିବେ। ଯଦିଚ ପ୍ରଥମରୁ ତାର ଇଚ୍ଛା ଥିଲା, କିପରି ବୃଦ୍ଧ ତାକୁ ଖାଇବାକୁ କହନ୍ତେ କି ସେ ଦ୍ୱିରୁକ୍ତି ନ କରି ବସିଯାନ୍ତା। ସେ ହଁ କରିବାକୁ ମନସ୍ଥ କରିଥିଲା। ପୁଣି ଭାବିଲା, କାଳେ ହଁ କହିଲେ, ବୃଦ୍ଧ ନୀରବ ରହିବେ, ଏଣେ ଯେ ଜଠରାଗ୍ନି ଜଳୁଛି। ସମ୍ମୁଖରେ ଖାଦ୍ୟ ପଦାର୍ଥ ଦେଖି ସେହ ଅଗ୍ନିଶିଖା ବେଳୁଁବେଳ ବଢ଼ି ଉଠୁଛି। ସତେକି କ୍ଷଣକ ମଧ୍ୟରେ ସମସ୍ତ ଶରୀର ଭସ୍ମ କରି ପକାଇବ।

ବୃଦ୍ଧଙ୍କର ପ୍ରଶ୍ନରେ ମଣିଆଁ ଉତ୍ତର ଦେଲା, ଆଜିକି ତିନିଦିନ ହେଲା ମୋର ଆହାର ହୋଇ ନାହିଁ।

ଏଁ ତିନିଦିନ ହେଲା। କାହିଁକି ? ପ୍ରହରୀ ଭାତ ଆଣିଦେଇ ନାହିଁ। ବୃଦ୍ଧ ଚମକି

ପଡ଼ି କହିଲେ। ଭ୍ରୂଲତା ଉପରକୁ ଟେକି ଆଖିପତା ନଚାଇ ବ୍ୟସ୍ତ ହୋଇ ପୁଣି କହିଲେ, ତେବେ ତୁମେ ମଧ୍ୟ ପ୍ରହରୀକୁ ଆକ୍ରମଣ କରିବାକୁ ବସିଥିଲ ?

ଟିକିଏ ଲଜ୍ଜିତ ହୋଇ ମଣିଆଁ କହିଲା, ଆପଣ ଠିକ୍ ଅନୁମାନ କରିଛନ୍ତି। ମୋର ଆଉ ଏ କାରାଗାର କଷ୍ଟ ସହ୍ୟ ହେଲା ନାହିଁ। ମୁଁ ଭାବିଲି, ମୃତ୍ୟୁ କିମ୍ବା ମୁକ୍ତି। ଏହି ଦୁଇଟି ମଧ୍ୟରୁ କୌଣସି ଗୋଟିକୁ ବରଣ କରିବାକୁ ପଡ଼ିବ।

ତେଣୁ ମୃତ୍ୟୁ ବରଣ କରିବାକୁ ସେହି ପଥରେ ପଦ ଦେଇଛ ନା।

ବୃଦ୍ଧ ଟିକିଏ ହସି କହିଲେ, ଖାଦ୍ୟ ଅଭାବରୁ ମୁଁ ଯେପରି ହୋଇଛି, ତମୁକୁ ଦିନେ ସେହିପରି ହେବାକୁ ପଡ଼ିଥାନ୍ତା। ଅଉ ଭୟ ନାହିଁ। ତୁମ ନିମନ୍ତେ ଯଥେଷ୍ଟ ଖାଦ୍ୟ ସଞ୍ଚୟ କରି ରଖିଛି। ଆଶା କରେ ଏହି ଖାଦ୍ୟ ଶେଷ ହେବା ପୂର୍ବରୁ ନିଶ୍ଚୟ ତୁମେ ମୁକ୍ତ ହୋଇ ପାରିବ।

ମୁକ୍ତ ହୋଇ ପାରିବା ?

ପାରିବା କାହିଁକି କହୁଛ; ପାରିବି କହ। ନା, ନା, ଠିକ୍ କହିଛ; ଉଭୟେ ମୁକ୍ତ ହେବା। ମୁଁ ମୁକ୍ତ ହୋଇ ସଂସାରରୁ ଚାଲିଯିବି; ତୁମେ ମୁକ୍ତ ହୋଇ ଏହି ଯନ୍ତ୍ରଣାପ୍ରଦ କୋଠରୀରୁ ଚାଲିଯିବ। ମୁକ୍ତ ଆଲୋକ ଦେଖିବ। ମୁକ୍ତ ସମୀରଣ ଉପଭୋଗ କରିବ। ଗୋଟିଏ ବାକ୍ୟରେ କହିବାକୁ ହେଲେ, ମୁକ୍ତ ପ୍ରକୃତିର ଦୃଶ୍ୟରେ ଆତ୍ମହରା ହେବ। ଯୁବକ, ହତାଶ ହୁଅ ନାହିଁ। ବୃଦ୍ଧଙ୍କ କୃପାରୁ ମୁକ୍ତିପଥ ଆବିଷ୍କାର କରିବାକୁ କ୍ଷମ ହେବ। ଧୈର୍ଯ୍ୟ ଧର। ଧୈର୍ଯ୍ୟଚ୍ୟୁତ ହୋଇ ତରତର କରି କୌଣସି କାର୍ଯ୍ୟ କଲେ, ପତନ ହେବ ସନ୍ଦେହ ନାହିଁ। ଆହୁରି ଥରେ କହୁଛି ତୁମେ ଯୁବକ। ଧୈର୍ଯ୍ୟଧରି କାର୍ଯ୍ୟ କରିବାକୁ ତତ୍ପର ହୁଅ। ମନୁଷ୍ୟ ଜୀବନରେ କଷ୍ଟ ନ ପାଇଲେ, କିଛି ଶିଖିପାରେ ନାହିଁ। ସଂସାରରେ ବଡ଼ ହେବାକୁ ହେଲେ, ମନୁଷ୍ୟ ଜୀବନରେ କାରାବାସ ଆବଶ୍ୟକ। ସମସ୍ତେ ଯେ କୃତକାର୍ଯ୍ୟ ହୋଇ ବଡ଼ ହୋଇ ପାରିବେ, ତାହା ନୁହେଁ। ସେମାନଙ୍କ ମଧ୍ୟରୁ କେହି କେହି ବାହାରି ପଡ଼ିବେ। ମୋର ମନେ ହେଉଛି, ତୁମେ ଜଣେ ପ୍ରଧାନ ଲୋକ ହୋଇ ଉଠିବ। ଆତ୍ମ-ଶକ୍ତିକୁ କଦାପି ହେୟ ମନେ କରିବ ନାହିଁ। ଓଃ, ଧର ଧର, ମୋର ମୁଣ୍ଡ ଧର ! ଓଃ, ବଡ଼ କଷ୍ଟ ! ମୁଣ୍ଡ ବୁଲେଇ ପଡୁଛି।

ଏତିକିରେ ବୃଦ୍ଧଙ୍କର ଚକ୍ଷୁ ମୁଦ୍ରିତ ହେଲା। ସେ ତଳେ ଢଳି ପଡ଼ିବାକୁ ବସିଲେ। ମଣିଆଁ ବୃଦ୍ଧଙ୍କୁ କୋଡ଼କୁ ଆଉଜାଇ ଆଣିଲା। ହାତ ବଢ଼ାଇ ଠେକିରୁ ଚଳେ ଥଣ୍ଡାପାଣି ଆଣି ମୁଣ୍ଡରେ ମାରିଲା।

ବୃଦ୍ଧଙ୍କ ମୁଦ୍ରିତ ଚକ୍ଷୁରୁ ଅଶ୍ରୁଧାର ଗଡ଼ି ପଡ଼ିଲା। ମଣିଆର ଏ ଦୃଶ୍ୟ ଆଉ ସହ୍ୟ

ହେଲା ନାହିଁ। ପଡ଼ିଥିବା ଅଖା କାନିରେ ଲୋତକ ପୋଛି ପକାଇଲା। ହଠାତ୍ ସନ୍ଦେହ ହେଲା। ଏହା କ'ଣ ତେବେ ଶେଷ ?

କିଛି ସମୟ ପରେ ବୃଦ୍ଧ ମୁଣ୍ଡ ଟେକିଲେ। ଗୋଟିଏ ଦିଓଟି ହାଇ ମାରି ନିଦରୁ ଉଠିଲା ପରି ଅଳସ ଭାଙ୍ଗି ସିଧା ହୋଇ ବସିଲେ। ପୁନର୍ବାର ଆରମ୍ଭ କଲେ, ଏହି ବାବା, ଦିନେ ମୋର ଜୀବନ ନେବ। ରକ୍ତ ଅଭାବରୁ ହୃଦୟ ବଡ଼ ଦୁର୍ବଳ ହୋଇ ପଡ଼ିଛି। ଯୋର୍ କରି ଟିକିଏ କହିଲେ କିମ୍ବା କିଛି ସମୟ ପରିଶ୍ରମ କଲେ, ମୁଁ ନିଜେ ମୋହ ହୋଇ ପଡ଼େ। ଆଜି ଯଦି ତେମେ ମୋ ପାଖରେ ନ ଥାନ୍ତ, ଏହିପରି ଅର୍ଦ୍ଧମୃତ ଅବସ୍ଥାରେ ଅନେକ ସମସ୍ତେ ପଡ଼ି ରହିଥାନ୍ତି। ସ୍ୱତଃ ମୂର୍ଚ୍ଛା ଭାଙ୍ଗି ଯାଇଥିଲେ ଉଠିଥାନ୍ତି। ତୁମର ପରିଚର୍ଯ୍ୟାରୁ ଏତେ ଶୀଘ୍ର ଉଠି ପାରିଛି। କିଏ ତୁମେ ବାବା, ମୋର ଏତେ ସେବା କରୁଛ ? ମୋର ଅବସ୍ଥା ଦେଖି ତମପରି ଅନ୍ୟ କେହି ଯୁବକ ହୋଇଥିଲେ, ପାଖକୁ ଆସିବା ଦୂରେ ଥାଉ ଘୃଣାକରି କଥାପଦେ ମଧ୍ୟ କହନ୍ତେ ନାହିଁ। ତୁମର ମନରେ ଟିକିଏ ହୋଇ ତ ବିକାର ଦେଖୁ ନାହିଁ? ବୋଧହୁଏ ପୂର୍ବଜନ୍ମରେ ଆମେ ଦୁଇଜଣ ଦୁଇଭାଇ ଥିଲେ।

ବାଧା ଦେଇ ମଣିଆଁ କହିଲା, ଆଉ ବେଶୀ ଗପ କରନ୍ତୁ ନାହିଁ।

ନା, ଏତେ ଶୀଘ୍ର ଆଉ ମୂର୍ଚ୍ଛା ହେବି ନାହିଁ। ହଁ, ତମର ତିନିଦିନ ହେଲା ଆହାର ହୋଇନାହିଁ ପରା ! ଆହା, ମୁଁ କେଡ଼େ ନିଷ୍ଠୁର। ଖାଇବାକୁ ନ କହି ବୃଥା ଗୁଡ଼ାଏ ଗପକରି କ୍ଷୁଧା ବଢ଼ାଉଛି। ଓଃ ! ଆଉ ସେ ପୂର୍ବଦିନ କାହିଁ? ଏହି ଦୁର୍ବଳ ହସ୍ତରେ ନିତ୍ୟ ନିତ୍ୟ କେତେ ଦୁଃଖୀ ରଙ୍କଙ୍କୁ ଆହାର ଦେଇଛି। ନା, ଆଉ ନୁହେଁ। ଗତସ୍ୟ ଶୋଚନା ନାସ୍ତି। ଯାଅ ବାବା, ଗଣ୍ଡିଏ ଭାତଖାଇ କ୍ଷୁଧା ନିବାରଣ କର।

ଆପଣ ଖାଇବେ ତ ?

ନା ନା, ନା। ମୁଁ ଖାଇବି ନାହିଁ। ମୋର କ୍ଷୁଧା ନାହିଁ।

ତେବେ ମୁଁ ଖାଇବି ନାହିଁ।

ଆଚ୍ଛା ହେଉ; ତେବେ ଖପରା ଆଣ। ଆହା, ଖପରାରେ ଖାଇବାକୁ ପୁଣି ଯୋଗ ଥିଲା। କଳିଙ୍ଗର ପ୍ରଧାନ ବଣିକ ପୁତ୍ର ମୁଁ; ମୋର ଭାଗ୍ୟରେ ପୁଣି ଏଇଆ ଥିଲା ? ଅଲାବୁ, ତମେ ଉତ୍କଳର ସିଂହାସନରେ ବସିଛ କାହିଁକି ? କେବଳ ରାଜଭୋଗ କରିବାକୁ ? ତମର ନୌସୈନ୍ୟଙ୍କୁ ବୃଥା ବେତନ ଦେଇ ଭାରତ ମହାସାଗରରେ ଜଗାଇ ରଖି ନିଶ୍ଚିନ୍ତ ହେଲ। କୌଣସି ଖବର ନେଲ ନାହିଁ ତ। ତେମେ କଣ ଜାଣ ନାହିଁ, ଏକାମ୍ରରେ ପୂର୍ବପୁରୁଷଙ୍କର ଅର୍ଦ୍ଧନିର୍ମିତ ଶିବମନ୍ଦିର ସମ୍ପୂର୍ଣ୍ଣ କରିବା ଅପେକ୍ଷା ପ୍ରଜାର ଜୀବନ ରକ୍ଷା କେଡ଼େ ଶ୍ଲାଘ୍ୟ ? ତେବେ ନିଶ୍ଚିନ୍ତ ରହିଲ କାହିଁକି ?

ଏ ମଧ୍ୟରେ ଅନେକ ଦିନ ଗତ ହୋଇ ଗଲାଣି। ବୃଦ୍ଧ ଏବଂ ଯୁବକଙ୍କର ଘନିଷ୍ଠତା ଦିନକୁଦିନ ଉତ୍ତରୋତ୍ତର ବଢୁଛି। କେବଳ ପ୍ରହରୀର ଆସିବା ସମୟ ଛଡ଼ା ପ୍ରାୟ ସର୍ବଦା ଉଭୟ ଏକତ୍ର ଥାନ୍ତି। ଏ ମଧ୍ୟରେ ଉଭୟଙ୍କ ମଧ୍ୟରେ ଅନେକ ପ୍ରକାର କଥୋପକଥନ ଚାଲେ। ମଣିଆଁ ବୃଦ୍ଧଙ୍କୁ ପିତାପରି ଜ୍ଞାନକରି ସେବା କରେ। ଉଭୟଙ୍କ ମଧ୍ୟରେ ସ୍ନେହର ସ୍ରୋତ ପ୍ରବାହିତ।

ମଣିଆଁ ବୃଦ୍ଧଙ୍କୁ ନିଜ ଜୀବନର କେତୋଟି ଘଟଣା କହେ। କିନ୍ତୁ ବୃଦ୍ଧ କେବେ ହେଲେ ସ୍ୱଜୀବନୀ ମଣିଆଁକୁ ଧାରାବାହିକ ରୂପେ କହନ୍ତି ନାହିଁ।

ଦିନେ ମଣିଆଁ ପଚାରିଲା, ଆପଣଙ୍କର ଜୀବନୀ ସମ୍ବନ୍ଧେ କିଛି କହିଲେ ନାହିଁ। ଏହାର କି କୌଣସି ବିଶେଷ କାରଣ ଅଛି ?

ନା ବାବା, କୌଣସି ବିଶେଷ କାରଣ ନାହିଁ। ମୋ ଜୀବନୀ କହିବାକୁ ଗଲେ ଅନେକ ବିଷୟ କହିବାକୁ ପଡ଼ିବ। ଏତେଗୁଡ଼ାଏ କଥା କହିବାକୁ ମୋର କ୍ଷମତା ନାହିଁ। ଅତୀତ କଥା କହିବାକୁ ଗଲେ ମନରେ କଷ୍ଟ ହୁଏ। ସେ କଷ୍ଟରୁ ରକ୍ଷାପାଇବାକୁ ମୁଁ ଅତୀତକୁ ଜାଣି ଜାଣି ଭୁଲି ଯାଇଛି।

ଆପଣଙ୍କର ଘର କେଉଁଠି ? କି କାରଣରୁ ବନ୍ଦୀ ହେଲେ ?

ବାବା, ଏହ ଦୁଇଟି ପ୍ରଶ୍ନର ଉତ୍ତର ଦେବାକୁ ହେଲେ ମୋର ସମସ୍ତ ଜୀବନର ଚିତ୍ର ତମ ଆଖିଆଗକୁ ଆଣିବାକୁ ହେବ। ଯଦି ଶୁଣିବାକୁ ଆଗ୍ରହ, ଯେତିକି କହିବି ସେତିକିରେ ସନ୍ତୁଷ୍ଟ ହେବ ତ ?

ଯଦି କହିବାଦ୍ୱାରା ଆପଣଙ୍କ ମନରେ କଷ୍ଟ ହେଉଥାଏ, କିମ୍ୱା ଆପଣ କ୍ଳାନ୍ତ ହୋଇ ପଡ଼ନ୍ତି, ତେବେ ଥାଉ।

ହଁ, କହିବାକୁ ଗଲେ କଷ୍ଟ ହେବ। ତେଣୁ ବିଶେଷ ବର୍ଣ୍ଣନା ନ କରି ତମର ପ୍ରଶ୍ନର ଉତ୍ତର ଦିଏ। କଣ ପଚାରୁଥିଲ ?

ଆପଣଙ୍କର ନିବାସ ?

ଚିଲିକା। ଚିଲିକା କୂଳର ଜଣେ ବିଖ୍ୟାତ ସାଧବଙ୍କର ମଧ୍ୟମ ପୁତ୍ର ମୁଁ। ଯେତେବେଳେ ମୁଁ ଯୁବକ, ସସ୍ତ୍ରୀକ ବାଣିଜ୍ୟ କରିବାକୁ ଆସିଥିଲି। ସେହି ଦିନଠାରୁ ଆଉ ଘରକୁ ଫେରିବାର ସୁଯୋଗ ପାଇ ନାହିଁ। ସ୍ତ୍ରୀ କୁଆଡ଼େ ଗଲେ। ସେ ଜୀବିତା କି ମୃତା କିପରି ବା ବୁଝି ପାରିବି ? ଆଉ ମୋର ଏକମାତ୍ର ପୁତ୍ର। ତାକୁ ବୁଦ୍ଧ କାହିଁ

ରଖିଛନ୍ତି ମୁଁ ତା କହି ପାରିବି ନାହିଁ। କି କାରଣରୁ ବନ୍ଦୀ ହୋଇଛି ତାହା ମୁଁ ନିଜେ ଜାଣେ ନାହିଁ। ଏହି ତ ମୋର ଜୀବନୀ। ମୋର ଜୀବନୀ ଶୁଣିଥିଲେ ତମର କିଛି ଲାଭ ହୋଇ ନ ଥାନ୍ତା। ବର୍ତ୍ତମାନ ଯାହା କହୁଛି ମନ ଦେଇ ଶୁଣ। ଜୀବନ ସାରା ପରିଶ୍ରମ କରି ଯାହା ପାଇବାର ଆଶା କରିଥିଲି ପାଇ ପାରି ନାହିଁ। ଯଦି ପାଇଥାନ୍ତି, ଆଜି ମୁଁ ଅସାମାନ୍ୟ ଲୋକ ହୋଇଥାନ୍ତି। ଦେଶର ପ୍ରଧାନ ପ୍ରଧାନ ଧନୀଙ୍କ ସଙ୍ଗେ ସମାନ ହୋଇଥାନ୍ତି। କିନ୍ତୁ, ତାହା ମୁଁ ପାଇ ପାରି ନାହିଁ। ଆଶା କରିଥିଲି କଳିଙ୍ଗରୁ ବୋଇତ ନେଇ ଆହୁରି ଥରେ ବଣିଜ କରିବାକୁ ଆସିବି। କିନ୍ତୁ ଆଶା-କଢ଼ି ପ୍ରସ୍ଫୁଟିତ ନ ହେଉଣୁ ମଉଳି ପଡ଼ିଲା। ବାଟରେ ଦସ୍ୟୁ ଆକ୍ରମଣ କଲେ। ବନ୍ଦୀ ହେଲି।

ଓଃ-ଦିଅ ବାବା, ଟିକିଏ ଜଳ ଦିଅ, ତଣ୍ଟି ଅଠା ଅଠା ହୋଇଯାଉଛି। ଓଃ, ଭାରି କଷ୍ଟ। ହା ବୁଦ୍ଧ, କେଉଁ ଅପରାଧରୁ ମୋତେ ଏପରି ଘାଣ୍ଟୁଛ। ମୁକ୍ତକର, ଶୀଘ୍ର ମୁକ୍ତ କର। ଆଉ ସହ୍ୟ ହେଉ ନାହିଁ।

ବୃଦ୍ଧ ଯନ୍ତ୍ରଣାରେ ମୁଖ ବିକୃତ କଲେ।

ମଣିଆଁ ଠେକିରୁ ଜଳ ଆଣି ବୃଦ୍ଧଙ୍କୁ ପାନ କରାଇଲା। କହିଲା, ଆପଣଙ୍କୁ କଷ୍ଟ ହେଉଛି, ଟିକିଏ ଶୋଇ ପଡ଼ନ୍ତୁ।

ପାଣି ପିଇ ବୃଦ୍ଧ ଆରାମ ବୋଧ କଲେ। ସେ ପୁନର୍ବାର ଆରମ୍ଭ କଲେ, ମୁଁ ଯାହା କହୁଛି ସବୁ ମନେ ରଖ। ଯଦି କେବେ ମୁକ୍ତ ହୋଇ ଏଠାରୁ ଚାଲିଯାଇ ପାରିବ ମୋର କଥା ମାନି ଚଳିଲେ ତୁମେ ଦେଶର ଜଣେ ପ୍ରଧାନ ଲୋକ ହୋଇ ପାରିବ। ଦିନେ ମୋର ପିତା ମାତା, ଭାଇ ଭଉଣୀ ଓ ସ୍ତ୍ରୀ ପୁତ୍ର ଥିଲେ। ଆଜି ସେମାନେ କେହି ନାହାନ୍ତି, ଏକା ତୁମେ ମୋର ପାଖରେ ଅଛ। ତୁମେ ମୋର ସବୁ। ତେଣୁ ଜୀବନର ସାଧନା ଦ୍ୱାରା ଯାହା ସ୍ଥିର କରି ପାରିଛି ତାହାରି ମୂଲ୍ୟରେ ତୁମେ ଧନୀ ହୋଇ ପାରିବ, ଶୁଣ।

ବୃଦ୍ଧ ବାଁ ହାତ ଗାଲରେ ରଖି ଉପରକୁ ଅନାଇ ଅନେକ ସମୟ କଣ ଚିନ୍ତା କଲେ। ଛେପ ଢୋକି କହିଲେ, ବାବା, ମୋର ଆଉ ବେଶିଦିନ ନୁହେ। ସମୁଦ୍ର ମାଡ଼ି ଆସିଆଣି। ଏଥର ଦ୍ୱାର ଅଧିକାର କରିବ। ପୃଥିବୀ ପ୍ରଳୟ ହେବ।

ମଣିଆଁ ବିନୀତ ଭାବରେ କହିଲା, ଆପଣ କଣ କହୁଛନ୍ତି ମୁଁ ବୁଝି ପାରୁନାହିଁ।

ବୃଦ୍ଧ ସ୍ମିତ ହାସ୍ୟ କରି କହିଲେ, ବୁଝିପାରୁନା? ଏଥିରେ ବୁଝିବାର କଣ ରହିଲା? ଶୁଣ, କଣ୍ଠ କିପରି ଘଡ଼ ଘଡ଼ ହେଉଛି। କଫ ଚାରିଆଡୁ ମାଡ଼ି ଆସିଲଣି। କେତେବେଳେ କଣ୍ଠ ରୁଦ୍ଧ କରିଦେବ କିଏ ଜାଣେ? ଶ୍ୱାସରୁଦ୍ଧ ହେଲେ ସବୁ ଶେଷ। ମୃତ୍ୟୁ ମୋତେ ଆଖିଆଗରେ ଦେଖା ଯାଉଛି। ହଁ, କ'ଣ କହିବାକୁ ବସିଥିଲି ଭୁଲିଗଲି।

କ'ଣ କେତେ ପରିଶ୍ରମ କରି କୃତକାର୍ଯ୍ୟ ହୋଇଛନ୍ତି ବୋଲି କହୁଥିଲେ, ଥାଉ ଆଉ କହିବା ଆବଶ୍ୟକ ନାହିଁ। ଏ କାରଗାରରୁ ଯେ ଆମେ କେବେ ହେଲେ ମୁକ୍ତ ହୋଇଯିବା ମୋର କାହିଁକି ଏଥିରେ ସନ୍ଦେହ ହେଉଛି। ମୁକ୍ତିର ଉପାୟ ଦେଖିପାରୁ ନାହିଁ।

ବୃଦ୍ଧ ଟିକିଏ ଉତ୍ତେଜିତ ଭାବରେ କହିଲେ, ଯୁବକ ହୋଇ ଭବିଷ୍ୟତ୍ ଆଶା ଛାଡୁଛ ? ଜଣା ଯାଉଛି ତମର ମାନସିକ ଶକ୍ତି ଦୁର୍ବଳ। ସତ କହୁଛି ମୁଁ ଏ ମୁମୂର୍ଷୁ ଅବସ୍ଥାରେ ମୁକ୍ତିର ଆଶା ଛାଡ଼ି ନାହିଁ। ଏଟା ମନେ ରଖିଥାଅ, ଯେତେ ଦିନ ଯାଏ ମୁଁ ଜୀବିତ ରହିଛି, ତମର ମୁକ୍ତି ନିମନ୍ତେ କିଛି ନା କିଛି ଉପାୟ ଚିନ୍ତା କରୁଛି। ଯାହା ମୁଁ ଚିନ୍ତା କରେ, ଶେଷରେ ତହିଁରେ କୃତକାର୍ଯ୍ୟ ହୁଏ। ତମ ପରି ମୋର ହୃଦୟ ଦୁର୍ବଳ ନଥିଲା। ଯଦି ଦୁର୍ବଳ ହୋଇଥାନ୍ତା ନିଶ୍ଚୟ କରି କହୁଛି, ଧୈର୍ଯ୍ୟଧରି ବହୁଦିନ ଚିନ୍ତା କରି ଯାହା ମୁଁ ସ୍ଥିର କରିପାରିଛି ତାହା କଦାପି ପାରି ନ ଥାନ୍ତି।

ମଣିଆଁ ବୃଦ୍ଧଙ୍କର ଭଦ୍ରଶୋଧନରେ ଲଜ୍ଜିତ ହୋଇ ପଚାରିଲା, ଆପଣ କ'ଣ ସ୍ଥିର କରି ପାରିଛନ୍ତ କହନ୍ତୁ।

କହୁଛି। ଧୀରେ ଧୀରେ କହୁଛି। ତମକୁ ମୋର ଉପଦେଶ, ଜୀବନରେ କେବେ ହେଲେ ହତାଶ ହେବ ନାହିଁ। ଧୈର୍ଯ୍ୟ ଧରି କାର୍ଯ୍ୟ କରିବ। ଯାହା କରିବ ପ୍ରଥମରୁ ଟିକିଏ ଭଲ ଭାବରେ ଚିନ୍ତାକରି, ପରେ କାର୍ଯ୍ୟକ୍ଷେତ୍ରରେ ଅଗ୍ରସର ହେବ। କାର୍ଯ୍ୟ କରୁ କରୁ ଯେତେ ବିପଦ ଆସୁ ସାହସ ଧରି ସହ୍ୟ କରିବାକୁ ପଡ଼ିବ। ଯଦି କୌଣସି କ୍ଷେତ୍ରରେ ବିଫଳ ହୁଅ, ହତାଶ ହେବନାହିଁ। ବୃଦ୍ଧର ଏହି କେତୋଟି ଉପଦେଶ ମନେ ରଖିଲ ତ ବାବା ? ପାଳନ କରିବାକୁ କୁଣ୍ଠିତ ହେବ ନାହିଁ ତ ? ପ୍ରତିଜ୍ଞା କର।

ପ୍ରତିଜ୍ଞା କରୁଛି। ଆପଣଙ୍କର ଉପଦେଶ ଅକ୍ଷରେ ଅକ୍ଷରେ ପାଳନ କରିବି ?

ଆଚ୍ଛା ବାବା, ତୁମେ କେଉଁ ଧର୍ମାବଲମ୍ବୀ ? ଦେଶରେ ଲୋକେ ଧର୍ମ ନିମନ୍ତେ ପାଗଳ ହୋଇ ଯାଉଛନ୍ତି। ଗୋଟିଏ ଧର୍ମାବଲମ୍ବୀ ଅନ୍ୟ ଧର୍ମାବଲମ୍ବୀ ସଙ୍ଗେ କଳହ କରୁଛି। ଲୋକଙ୍କୁ ଏପରି କଳହରୁ ରକ୍ଷା କରିବାକୁ ହେଲେ ବୌଦ୍ଧଧର୍ମକୁ ଜଗତର ଏକମାତ୍ର ଧର୍ମ କରିବାକୁ ହେବ। ଏତେଗୁଡ଼ିଏ କାର୍ଯ୍ୟ କରି ପାରିବ ତ ?

ନା ଏପରି କାର୍ଯ୍ୟ କରି ପାରିବି ନାହିଁ। ମୁଁ କୌଣସି ଧର୍ମାବଲମ୍ବୀ ନୁହେଁ। ମୁଁ କେବଳ ଭଗବାନଙ୍କଠାରେ ବିଶ୍ୱାସ କରେ। ମୋର ମତ ଯେଉଁ ଲୋକର ଯେଉଁ ଧର୍ମ ଗ୍ରହଣ କରିବାର ଇଚ୍ଛା ସେ ସେହି ଧର୍ମ ଗ୍ରହଣ କରୁ। କଲେ ବରଂ ଭଲ। ମୋର ପ୍ରତ୍ୟେକ ଧର୍ମ ଉପରେ ବିଶ୍ୱାସ, ଯେଉଁ ଧର୍ମ କହେ ଭଗବାନ ଅଛନ୍ତି। କୌଣସି ଧର୍ମ ପ୍ରଚାର କରିବାକୁ ମୁଁ ପ୍ରତିଜ୍ଞା କରିପାରିବି ନାହିଁ।

ତେବେ ତ ସେ ଧନରେ କୌଣସି ଅଧିକାର ତମର ରହିବ ନାହିଁ ?

ବରଂ ନ ରହୁ। ମୁଁ ସାମାନ୍ୟ ଧୀବରର ଜୀବନ ଯାପନ କରି ସୁଖରେ ଥିଲି। ଯଦି କେବେ ମୁକ୍ତ ହୁଏ ମୋର ପୂର୍ବବୃତ୍ତ ମୁଁ ବରଣ କରି ନେବି।

ବାଲିଦ୍ୱୀପସ୍ଥ ଅନଙ୍ଗ ପର୍ବତ। ସେହି ଦ୍ୱୀପର ପଶ୍ଚିମ କୂଳରୁ ନୌକାରୋହଣ କରି ଗୋଟିଏ କ୍ଷୁଦ୍ର ନଦୀବକ୍ଷରେ ଅନଙ୍ଗ ପର୍ବତ ଆଡ଼େ ଯିବାକୁ ହେବ। ଅନେକ ଦୂର ଯାଇ ଦେଖିବ ବାମହାତି ଗୋଟିଏ ଛୋଟ ଶୃଙ୍ଗ ଉପରେ ଗୋଟିଏ ଛୋଟ ବୌଦ୍ଧମନ୍ଦିର ! ଆହୁରି କିଛିଦୂର ଅଗ୍ରସର ହେଲେ ଅନ୍ୟ ଗୋଟିଏ ପର୍ବତ ଶୃଙ୍ଗ ଉପରେ ଗୋଟିଏ ହିନ୍ଦୁ ମନ୍ଦିର। ଦୁଇ ମନ୍ଦିର ମୁଖାମୁଖି ହୋଇ ଦୁଇ ଭାଇପରି ପରସ୍ପରଙ୍କୁ ଅନାଇଁ ସୁଖ ଦୁଃଖ ହେଉଥିଲାପରି ଜଣାଯାଏ। ଦୁଇ ଶୃଙ୍ଗର ମଧ୍ୟବର୍ତ୍ତୀ ଉପତ୍ୟକାରେ ଅନେକଗୁଡ଼ିଏ ଗହ୍ୱର ଅଛି। ଗହ୍ୱରଗୁଡ଼ିକ ପର୍ବତ ଉପରେ ହାରପରି ଅର୍ଦ୍ଧବୃତ୍ତାକାରରେ ରହିଛି। ବିଶେଷ ବର୍ଣ୍ଣନାର ପ୍ରୟୋଜନ ନାହିଁ। ହିନ୍ଦୁ ମନ୍ଦିର ସମ୍ମୁଖରୁ ତିରିଶଟି ଗହ୍ୱର ଛାଡ଼ିଦେଲେ ଆହୁରି ଗୋଟିଏ ଗହ୍ୱର ପଡ଼ିବ। ସେହି ଗହ୍ୱରରେ ଜଣେ ଚୀନଦେଶୀୟ ରାଜା ତାଙ୍କର ବିପୁଳ ସମ୍ପତ୍ତି, ଧନରତ୍ନ, ଲୁଚାଇ ରଖି ଯାଇଛନ୍ତି। ନାନା ଉପାୟରେ ଜଗତରେ ଘୋଷଣା କରାଇଛନ୍ତି ଯେ, ଯେଉଁ ଲୋକ ସେହି ଧନର ଅଧିକାରୀ ହେବ, ସେ ଜଗତରେ ବୌଦ୍ଧଧର୍ମ ପ୍ରଚାର କରି ନିଜକୁ ଧନ୍ୟ କରିବ। ମୁଁ ଏତେଗୁଡ଼ିଏ ସମ୍ବାଦ ବହୁକଷ୍ଟରେ ସଂଗ୍ରହ କରିଛି। ଯେଉଁ ତିରିଶଟି ଗହ୍ୱର କଥା କହିଲି, ତାହା କୌଣସି ଲୋକ ମୋତେ କହି ନାହିଁ। କିଏ ବା କାହିଁକି କହିବ ? ଯେ ଜାଣି ପାରିବ ସେ ମହାଧନୀ ହୋଇ ଉଠିବ ? ମୁଁ ଖଣ୍ଡେ ତ୍ରିକୋଣମିତିର ଅଙ୍କ ପାଇ ତାକୁ କଷି ଏହି ଗହ୍ୱର ସଂଖ୍ୟା ସ୍ଥିର କରିଛି। ଅଙ୍କଟି ଏଡ଼େ ଶକ୍ତ ଯେ ତାହାର ଫଳ ବାହାର କରିବାକୁ ମୋତେ ଜୀବନର ଅର୍ଦ୍ଧାଧିକ ସମୟ ଲାଗିଛି। ଓଃ, ମୋର ଶ୍ୱାସରୁଦ୍ଧ ହୋଇ ଆସୁଛି। ଧର, ଧର, ମୋତେ ଧର। ବଡ଼କଷ୍ଟ। କହୁ କହୁ ବୃଦ୍ଧ ଚକ୍ଷୁବନ୍ଦ କରି ଢଳି ପଡ଼ିଲେ। ମଣିଆଁ ବୃଦ୍ଧଙ୍କୁ କୋଳକୁ ଆଉଜାଇ ଧରି ମୁହଁରେ ଜଳ ସିଞ୍ଚିଲା।

ବୃଦ୍ଧଙ୍କର ମୂର୍ଚ୍ଛାଭଙ୍ଗ ହେବା ପୂର୍ବରୁ କିଏ ଜଣେ ଆସି ପ୍ରକୋଷ୍ଠର ବାହାରପାଖୁ ଜଞ୍ଜିର ଝମ୍ ଝମ୍ କଲା। ପ୍ରହରୀର ଆଗମନ ବୁଝିପାରି ମଣିଆଁ ଧୀରେ ଧୀରେ ବୃଦ୍ଧଙ୍କୁ ତଳେ ଶୁଆଇ ଦେଲା। ଉପରେ ଖଣ୍ଡେ ଅଖା ଘୋଡ଼ାଇ ଅତିଶୀଘ୍ର ସ୍ୱପ୍ରକୋଷ୍ଠକୁ ପ୍ରତ୍ୟାବୃତ୍ତ ହେଲା।

ବୃଦ୍ଧ ତାଙ୍କର ଦୁର୍ବଳ ହସ୍ତଦ୍ୱୟ ଯୋଡ଼ି ପ୍ରହରୀକୁ ପ୍ରଣାମ କଲେ। ଚକ୍ଷୁରୁ ଉଷ୍ମ ଲୋତକ ବହିଯାଉଥାଏ। ସେ ମସ୍ତକ ନତ କରି ବିନୀତ ଭାବରେ କହିଲେ, ଆଉ ସନ୍ଦେହ କରନା ପ୍ରହରୀ। ମୁଁ ପଳାୟନ କରିବି କାରାଗାରରୁ, ଏ ଭୟ ତମର ବୃଥା। ବୋଧହୁଏ ଆଉ ଦିନେ ଦୁଇଦିନ ମଧ୍ୟରେ ମୋତେ ଏ ସଂସାର ଛାଡ଼ି ଯିବାକୁ ହେବ।

ପ୍ରହରୀ ଗର୍ବିତ ଭାବରେ କହିଲା, ନା ନା। ତମର ଅଯଥା ଅନୁରୋଧ ମୁଁ ରକ୍ଷା କରିବାକୁ ପ୍ରସ୍ତୁତ ନୁହେଁ। ତୁମେ ଯେ ପଳାଇ ଯାଇ ନପାର ଏହାର ପ୍ରମାଣ ?

ଓଃ, ଆହୁରି ଅଧିକ ପ୍ରମାଣ ଚାହଁ? ସାକ୍ଷୀ ଦରକାର? ଯଦି ତୁମେ ନିଜେ ବୁଝି ପାରୁନାହିଁ ଯେ ମୁଁ ପଳାଇ ପାରିବି ନାହିଁ, ଆଉ ମୁଁ ଅଧିକା କିଛି କହିବାକୁ ଚାହେଁନା। ମୋର ବର୍ତ୍ତମାନ ଶାରୀରିକ ଅବସ୍ଥା ଦେଖି କ'ଣ ଅନୁମାନ କରୁଛ ଶୁଣେ ଟିକେ? ବୃଦ୍ଧ ମୁଣ୍ଡ ଟେକି ପ୍ରହରୀକୁ ଅନାଇଲେ।

ପ୍ରହରୀର ଆପାଦ ମସ୍ତକ ନିରୀକ୍ଷଣ କରି କହିଲେ, ମୋର ଚଳିବାର କ୍ଷମତା ରହିତ ହୋଇଛି। ବସିବାଠାରୁ ଉଠି ପାରୁନାହିଁ। ଦୃଷ୍ଟିଶକ୍ତି ଏକାଥରେ କମିଗଲାଣି। ଏଇତ, ତୁମେ ମୋର ସମ୍ମୁଖରେ ଠିଆ ହୋଇଛ। ମୁଁ ଦେଖୁଛି ଗୋଟିଏ ଅସ୍ପଷ୍ଟ ଛାୟାମୂର୍ତ୍ତି! ଏଇଥିରୁ କଣ ଅନୁମାନ କରୁଛ, ମୁଁ ପଳାଇ ଯିବାକୁ ଏତେ ପେଖନା କାଢୁଛି? ହଉ।

କଥା କହିଲା ବେଳେ ତ ପାଟିରେ ବାଟୁଳି ବାଜୁ ନାହିଁ।

ଭଗବାନଙ୍କୁ ମୁଁ ସେଥି ନିମନ୍ତେ ଧନ୍ୟବାଦ ଦେଉଛି। ଯଦି ସେତକ ସେ ମୋଠାରୁ କାଢ଼ି ନେଇ ଥାନ୍ତେ, ଆଜି ମୁଁ ମୋର ଦୁଃଖ ତମପରି ନିର୍ମ୍ମମ ହୃଦୟ-ହୀନଠାରେ ଜଣାଇ ଗୋଟିଏ ସାମାନ୍ୟ ଅନୁରୋଧ ନିମନ୍ତେ ଏତେ ତର୍କ ବିତର୍କ କରନ୍ତି କିପରି?

ସାମାନ୍ୟ ଅନୁରୋଧ କରୁଛ କାହିଁକି?

ପ୍ରହରୀର ହୃଦୟ ତରଳି ଗଲା ବୃଦ୍ଧର କରୁଣ ବାକ୍ୟରେ। ସେ ହସ ହସ ହୋଇ କହିଲା, ଏ ତ ସାମାନ୍ୟ ଅନୁରୋଧ ନୁହେଁ। ଯଦି ତମରି ପରି ସମସ୍ତେ ମୋତେ ଅନୁରୋଧ କରନ୍ତି, ତେବେ ତ ନିହାଲ୍।

କାହିଁକି, ଏଥିରେ ଆଶ୍ଚର୍ଯ୍ୟର କାରଣ କ'ଣ ରହିଲା? ସମସ୍ତେ ଯଦି ମୋରି ପରି ପଳାୟନ କରି ପାରିବାକୁ ଅକ୍ଷମ ହୋଇଥିବେ ଏବଂ ସମସ୍ତେ ଯଦି ମୋରି ପରି ମୃତ୍ୟୁ ରାଜ୍ୟର ଦ୍ୱାରବନ୍ଧ ଉପରେ ବସିଥିବେ ତେବେ ସେମାନଙ୍କର ଏହି ସାମାନ୍ୟ ପ୍ରାର୍ଥନାରେ ତମର କର୍ତ୍ତବ୍ୟର ହାନି ହେବ ନାହିଁ। ବରଂ, କର୍ତ୍ତବ୍ୟ ପାଳନ ସଙ୍ଗେ ସଙ୍ଗେ ଧର୍ମ ବଢ଼ିବ। ଚିରଦିନ କାରାଗାରର ଅନ୍ଧକାର ମଧ୍ୟରେ ଯେ ବାସକରି ଆସିଛି,

ଦରିଦ୍ର ପ୍ରଚୁର ଧନ ପାଇଲେ ଯେତେ ଖୁସି ନ ହେବ, ଅନାହାରରେ ଶୁଷ୍କ ଦେହରେ ତାଙ୍କର ଜଗତର ମୁକ୍ତ ପବନ ଲାଗିଲେ ଏବଂ ଜୀବନର ଅନ୍ତିମ ଜାଲରେ ମୁକ୍ତ ଆଲୋକର ସୌନ୍ଦର୍ଯ୍ୟ ଦେଖିବାକୁ ପାଇଲେ ତଦପେକ୍ଷା ବେଶୀ ଖୁସି ହେବେ। ମୋର ଆଜି ସେହି ଅନୁରୋଧ।

ବୃଦ୍ଧ, ତମର ଯୁକ୍ତିରେ ପରାସ୍ତ ହେଲି। ଅନୁରୋଧ ରକ୍ଷାକରିବି; ଏଥର ମନ ଆନନ୍ଦରେ ବସି ଖୋଲ ହାୱା ଯେତେ ଇଚ୍ଛା ସେତେ ଖାଉଥାଅ। ମନେ ରଖିଥାଅ, ପଳାଇବାକୁ ଚେଷ୍ଟା ମୋଟେ କରିବ ନାହିଁ। ଆମେମାନେ ଆଜିଠୁଁ ସତର୍କ ରହିଲୁ। ଯଦି କେବେ ପ୍ରହରୀଠାରୁ ପଳାୟନର ଚେଷ୍ଟାକର, ପଳାଇ ତ ପାରିବ ନାହିଁ, ଲାଭ ଭିତରେ ଏତିକି ହେବ ହାଣ ଖାଇ ମରିବ।

ତମର ଭାରି ଦୟା। ସେଥି ନିମନ୍ତେ ତମକୁ ଧନ୍ୟବାଦ ଦେଉଛି। ପ୍ରହରୀ ଚାଲିପିବା ପରେ ବୃଦ୍ଧ ହସି ହସି ମନେ ମନେ କହିବାକୁ ଲାଗିଲେ ଏତେଦିନେ ପଳାୟନର ଉପାୟ କରି ପାରିଛି ! ଏଥର ଦ୍ୱାର ଉନ୍ମୁକ୍ତ। ଯେତେବେଳେ ପାରେ ସେତେବେଳେ ଯୁବକ ମୁକ୍ତ ହୋଇ ପାରିବ। କିନ୍ତୁ ମୁକ୍ତହୋଇ ପଳାୟନ କରି ପାରିବ କି ? ପ୍ରହରୀ ଯେ ଏଣିକି ସତର୍କ ରହିବ।

ଏହି ସମୟରେ ଯୁବକ ଆସି ବୃଦ୍ଧଙ୍କୁ ଅଭିବାଦନ କଲା। ବୃଦ୍ଧ କୌଣସି କଥା କହିବା ଆଗରୁ ଯୁବକ ଜଣାଇ ଦେଲା ସେ ସବୁ ଶୁଣିଛି।

ଏ ଭିତରେ ଅନେକ ଦିନ ଗତ ହୋଇ ଗଲାଣି। ସୁଶୀଳାର ଚିନ୍ତା ଯୁବକର ମନକୁ ବାରମ୍ବାର ଆନ୍ଦୋଳିତ କଲେ ମଧ ସେ ସମସ୍ତ ଭାବ ଗୋପନ କରି ଆନନ୍ଦରେ ବୃଦ୍ଧଙ୍କର ସେବାରେ ନିଯୁକ୍ତ ଅଛି। ବୃଦ୍ଧଙ୍କର ଦୃଷ୍ଟିଶକ୍ତି ସମ୍ପୂର୍ଣ୍ଣଭାବରେ ବିଲୁପ୍ତ ହୋଇଛି। ସେ ଶବ୍ଦରୁ ଯାହା ବୁଝନ୍ତି, ସେତିକି।

ପ୍ରହରୀର ଆଉ ଏଣିକି ସନ୍ଦେହ ନାହିଁ। ଏତେଦିନ ହୁସିଆରରେ ଜଗି ଜଗି ସେ ବୁଝିପାରିଛି, ବୃଦ୍ଧଙ୍କର ପଳାଇବାର ଆଦୌ ଇଚ୍ଛା ନାହିଁ। ଏଣିକି ସେ ବେଳେ ବେଳେ ଆସି ବୃଦ୍ଧଙ୍କ ସଙ୍ଗେ ପଦେଅଧେ ସୁଖ ଦୁଃଖ ହୁଏ। ବୃଦ୍ଧଙ୍କ ମନରେ ଭୟ ହେଉଥାଏ କାଳେ ପ୍ରହରୀ କାନ୍ଥର କଣାଟି ଦେଖିଦେବ।

ଦିନେ ସନ୍ଧ୍ୟା ସମୟରେ ବୃଦ୍ଧ ମୂର୍ଚ୍ଛାଯାଇ ତଳେ ପଡ଼ିଥିଲେ, ମଣିଆଁ ତାଙ୍କର ସେବା ଶୁଶ୍ରୂଷା କରୁଥିଲା। ବୃଦ୍ଧଙ୍କୁ ଦେଖିଲେ ମନେ ହେଉଥିଲା ସତେ ଯେପରି ସେ

ମୃତ। ଦେହର ପ୍ରତ୍ୟେକ ଅସ୍ଥି ବାରିହୋଇ ପଡୁଛି। ଶିରାପ୍ରଶିରା ଉପରକୁ ଫୁଟି ଦିଶୁଛି। ମୁଣ୍ଡ, ଦେହ, ହାତ ଓ ଗୋଡ଼, ଚାରିଆଡ଼ର ଘା'ଗୁଡ଼ାକ ସଢ଼ି ଦୁର୍ଗନ୍ଧ ହେଉଛି। ମଣିଆଁ ସେହି ଘା ମଧ୍ୟରୁ ଗୋଟିଏ ଗୋଟିଏ କୀଟ ତଳକୁ କାଢ଼ି ଫୋପାଡୁଛି। କେଉଁ ପାପରୁ ଭଗବାନ୍ ତାଙ୍କୁ ଏଡ଼େ ଦଣ୍ଡ ଦେଉଛନ୍ତି କେବଳ ତାଙ୍କୁହିଁ ଜଣା। ଏତେ କଷ୍ଟ ପାଇ ମଧ୍ୟ ନିଲଠା ଜୀବନଟା ଦେହ ଛାଡ଼ି ପଳାଉ ନାହିଁ।

ମଣିଆଁର ଯତ୍ନରେ ବୃଦ୍ଧ ସଂଜ୍ଞା ଲାଭକରି କ୍ଷୀଣ କଣ୍ଠରେ କହିଲେ, ବାବା ଯଦି ନିଜର ମଙ୍ଗଳ ଚାହଁ, ଏଠାରେ ବନ୍ଦୀ ହତଭାଗ୍ୟ ନରନାରୀଙ୍କର ମଙ୍ଗଳ ଚାହଁ, ମୋତେ ଏହିଠାରେ ଛାଡ଼ି ଅତିଶୀଘ୍ର ପଳାୟନ କର। ଅନ୍ଧାର ରାତି। କେହି ଧରି ପାରିବେ ନାହିଁ। ଧରିବା ଦୂରେ ଥାଉ, କେହି ଜାଣି ପାରିବେ ନାହିଁ ଯେ ତମେ ପଳାୟିତ। ମୋର କଥାମାନ। ମୁଁ ନିଶ୍ଚୟ କରି କହୁଛି ମୋର ଜୀବନ ଆଉ କେତେ ଘଣ୍ଟା ମାତ୍ର ରହିବ। ଜୀବନ ଥାଉ ଥାଉ, ମୁଁ ଦେଖିବାକୁ ଚାହେଁ, ତମେ ମୁକ୍ତ ହୋଇଛ।

ବୃଦ୍ଧଙ୍କୁ ମୃତ୍ୟୁ ମୁଖରେ ପକାଇ ନିଜର ଜୀବନ ଘେନି ପଳାୟନ କରିବା ଅନ୍ୟାୟ। ଯେଉଁ ବୃଦ୍ଧ ତାର ମୁକ୍ତି ନିମନ୍ତେ ଏତେ ଉପାୟ ସ୍ଥିରକରି ରଖିଛନ୍ତି ତାଙ୍କୁ ସବୁ କଷ୍ଟର ମଝିରେ ଛାଡ଼ି ପଳାଇବା ମନୁଷ୍ୟେତ୍ୱର କାର୍ଯ୍ୟ ନୁହେଁ। ବୃଦ୍ଧଙ୍କର ଅନୁରୋଧ ରକ୍ଷା କରିବା ମଣିଆଁକୁ କଷ୍ଟକର ବୋଧ ହେଲା। ସେ ନିରବ ରହିଲା।

ବୃଦ୍ଧ କୁନ୍ଥାଉ କୁନ୍ଥାଉ ପୁନର୍ବାର କହିଲେ, ମୋର କଥା ମାନିବ ନାହିଁ? ହଁ, ମୁଁ ବୁଝିପାରୁଛି, ତେମେ ଏତେ କୁଣ୍ଠିତ କାହିଁକି। କିନ୍ତୁ କରିବ କଣ? ଏପରି ଅବସ୍ଥାରେ ଆସି ପଡ଼ିଛ, ମୋତେ ଛାଡ଼ି ଚାଲିଯିବାକୁ ହିଁ ପଡ଼ିବ। ମୁଁ ବାରମ୍ବାର ଅନୁରୋଧ କରୁଛି। କଥା ମାନୁ ନାହିଁ। ପରେ ବିପଦରେ ପଡ଼ିବାକୁ ହେବ—ଏହା ମନେ ରଖିଥାଅ। ବର୍ତ୍ତମାନ ସୁବିଧା ଅଛି। ଯଦି ନ ଯାଇଛ ଆଉ ଯାଇ ପାରିବ ନାହିଁ।

ବରଂ ତାହା ଭଲ। କିନ୍ତୁ—

ତମ ପକ୍ଷରେ ଭଲ ହୋଇପାରେ। କିନ୍ତୁ ତମ ଉପରେ ଯେ ଆହୁରି ଅନେକଙ୍କର ଜୀବନ ନିର୍ଭର କରେ। ବୃଦ୍ଧ ବିରକ୍ତ ଭାବ ଦେଖାଇ କହିଲେ।

ତେବେ କଣ ଆପଣଙ୍କର ଇଚ୍ଛା ମୁଁ ଆପଣଙ୍କୁ ଏପରି ଅବସ୍ଥାରେ ତ୍ୟାଗ କରି ମୋର ଜୀବନ ଘେନି ପଳାଇବି? ଯଦିବା କୌଣସି ଉପାୟରେ ବନ୍ଦୀଶାଳାରୁ ମୁକ୍ତ ହୋଇ ଯାଏ, ଏହି କ୍ଷୁଦ୍ର ଦ୍ୱୀପଟି ତ୍ୟାଗକରି ଅନ୍ୟଆଡ଼େ ଯିବି କିପରି? ଶେଷରେ ଧରାପଡ଼ି ମରିବି ତ।

ଏହି କାରାଗାରରେ ମୋପରି ସଢ଼ି ସଢ଼ି ମରିବା ଅପେକ୍ଷା ମୁକ୍ତ ସ୍ଥାନରେ

ବୀରପରି ଲଢ଼େଇ କରି ମରିବା ଶତଗୁଣେ ଭଲ ନୁହେଁ କି ? ତେଣୁ ଅନ୍ତତଃ ମୁକ୍ତିର ଚେଷ୍ଟାରେ ଶୀଘ୍ର ତୁମେ ଆଜି ରାତିରେ କାରାଗାର ତ୍ୟାଗକର । କରିବ ତ ?

ହଁ, କରିବି, କିନ୍ତୁ ଇଚ୍ଛା ବିରୁଦ୍ଧରେ ।

ଯୁବକର ଚକ୍ଷୁ ଲୋତକାର୍ଦ୍ର ହେଲା । ସେ ଚିନ୍ତା କଲା, ବହୁଦିନ ପରେ ବୃଦ୍ଧଙ୍କୁ ଛାଡ଼ି ମୋତେ ଚାଲିଯିବାକୁ ହେବ । ଆହା, କେଡ଼େ ଦୟାଳୁ ସେ, କେଡ଼େ ମିଳାପି ! ନିଜର ଦୁଃଖ ନିମନ୍ତେ ସେ ଯେତେ କାତର ନୁହନ୍ତି, ପରର ଦୁଃଖ ନିମନ୍ତେ ସେତେ କାତର । ପରର ଜୀବନ ରକ୍ଷା ଆଶାରେ ନିଜର ଜୀବନ ସେ ଅକ୍ଳେଶରେ ଦେବାକୁ ପ୍ରସ୍ତୁତ । ଏପରି ସ୍ୱାର୍ଥତ୍ୟାଗ ଦୁନିଆଁରେ ବିରଳ ।

ଧୀରେ ଧୀରେ ରାତ୍ରି ଅଧିକ ହେବାକୁ ଲାଗିଲା । ଘୋର ମେଘ ଅନ୍ଧକାର, ଆକାଶରେ ଗୋଟିଏ ବୋଲି ତାରା ନାହିଁ । ଥଣ୍ଡା ପବନ ଧୀରେ ଧୀରେ କେଉଁ ଆଡ୍ରୁ ଆସି କେଉଁଆଡ଼େ ବହିଯାଉଛି । ଏହିପରି ସମୟରେ ମଣିଆଁ ବୃଦ୍ଧଙ୍କର ଗୋଡ଼ରୁ ହାତ ଖସାଇ ଆଣି ଦୁଃଖ ପ୍ରକାଶ କରି କହିଲା, ମୁଁ ଆଜି କାରାଗାରରୁ ପଳାୟନ କରିବାକୁ ଚେଷ୍ଟା କରୁଛି । ପାଗ ଯେପରି ହୋଇଛି, ଅସୁବିଧା ହେଲା ପରି ବୋଧ ହେଉ ନାହିଁ । ଏଠାରୁ ବାହାରି ଗଲେ ତ ମୁକ୍ତ ହେବି ନାହିଁ । ସମୁଦ୍ର ପାର ହୋଇ ଉତ୍କଳକୁ ଯିବି କିପରି ?

ଏତେ କଥା ଭାବୁଛ କାହିଁକି ? ବୃଦ୍ଧ ମୁଣ୍ଡ ଟେକି କହିଲେ, ବଳେ ବୁଦ୍ଧି ଦିଶିଯିବ ।

ମୋର ପ୍ରଣାମ ଗ୍ରହଣ କରନ୍ତୁ, କହି ମଣିଆଁ ମୁଣ୍ଡ ନୁଆଇଁ ପ୍ରଣାମ କଲା । ବୃଦ୍ଧ କଲ୍ୟାଣ କରି କହିଲେ, ତମର ସାଧୁ ଇଚ୍ଛାରେ ଭଗବାନ ବୁଦ୍ଧ ତମୁକୁ ସାହାଯ୍ୟ କରିବେ । ବାବା, ଖୁସିରେ ମୁଁ ତୁମକୁ ବିଦାୟ ଦେଉଛି ।

ମଣିଆଁ ଶେଷଥର ପାଇଁ ବୃଦ୍ଧଙ୍କର ପଦସ୍ପର୍ଶ କରି ଧୀରେ ଧୀରେ ପ୍ରକୋଷ୍ଠ ତ୍ୟାଗ କଲା ।

ଚତୁର୍ଦ୍ଦିଗ ଅନ୍ଧକାର । ସୂର୍ଯ୍ୟଦ୍ୱୀପର କୌଣସି ଚିହ୍ନ ଦେଖାଯାଉ ନାହିଁ । ପୂର୍ବପରି ମୂଷଳ ଧାରାରେ ବୃଷ୍ଟି ହେଉଛି । ପ୍ରଭଞ୍ଜନରୁ ପ୍ରବାହ ସହି ନ ପାରି ସମୁଦ୍ର ତରଙ୍ଗ ପର୍ବତ ପରି ଉପରକୁ ଉଠି ପରକ୍ଷଣରେ ଖସିପଡୁଛି । ବିଦ୍ୟୁତର ଚମକ କ୍ଷଣକ ନିମନ୍ତେ ଆକାଶ ଏବଂ ସାଗରର ମିଳନ ସ୍ଥାନ ଚମକାଇ ଦେଉଛି । ମାତ୍ର ଏ ସମସ୍ତ ଦୃଶ୍ୟ

ଭାବୁକ, କବିଙ୍କୁ ଦେଖିବାକୁ ଭଲଲାଗେ। ଜୀବନ ମରଣର ସଂକଟ ସ୍ଥଳରେ ଉପନୀତ କ୍ଳାନ୍ତ ଯୁବକ ପକ୍ଷରେ—?

ମଣିଆଁ ମନ ମଧ୍ୟରେ କଳ୍ପନା କରିଥିଲା, ସୁବିସ୍ତୃତ ବଙ୍ଗୋପସାଗର ସନ୍ତରଣ କରି ମାରବ୍ୟ ଦ୍ୱୀପରେ ଉପସ୍ଥିତ ହେବ। ମନ ଆନନ୍ଦରେ ଧୀରେ ଧୀରେ କୁଟୀର ନିକଟକୁ ଯାଇ ହାତମାରି ଡାକିବ ସୁଶୀଳା। ସୁଶୀଳା ବୋଧହୁଏ କୌଣସି ଉପାୟରେ ମୁକ୍ତ ହୋଇ ଆସି କୁଟିରରେ ବାସ କରୁଥିବ ଏକାକିନୀ। ସେ ମନ ମଧ୍ୟରେ ମଣିଆଁର ନାମ ଅବିରତ ଘୋଷୁଥିବ। ଅପେକ୍ଷା କରି କାନ ଡେରି ଶୁଣୁଥିବ, ମଣିଆଁ ଆସି ଡାକିଲା କି! ଡାକ ଶୁଣି ଦ୍ୱାର ଉଦ୍‌ଘାଟନ କରିବ। ଆହା, ସେ ମିଳନ କେଡ଼େ ଆନନ୍ଦପ୍ରଦ ହେବ ?

ଭାବନା ଯେପରି ସ୍ୱପ୍ନରେ ପରିଣତ ହୁଏ, ତାହାହିଁ ହେଲା। ବିନା ଟିପା-କାଠିରେ ମଣିଆଁ ସାହସ ଅବଲମ୍ବନ କରି ଅନେକ ଦୂର ସନ୍ତରଣ କରି ଚାଲି ଆସିଲା। ଏଣିକି ସେ କ୍ଳାନ୍ତ। ଆଉ ସନ୍ତରଣ କରିପାରୁ ନାହିଁ। କେବଳ ନିଜକୁ ସମୁଦ୍ର ଉପରେ ଭସାଇ ରଖିଛି। ସମୁଦ୍ରରେ ଯେଣିକି ଇଚ୍ଛା ତେଣେ ଭାସି ଭାସି ଚାଲି ଯାଉଛି। ସେ ଚିନ୍ତା କଲା, କାରାଗାର ଅନ୍ଧକାର ମଧ୍ୟରେ ଆବଦ୍ଧ ଥାଇ ମରିବା ଅପେକ୍ଷା ସମୁଦ୍ରବକ୍ଷରେ ଜଳକବର ଗ୍ରହଣ ଶ୍ରେୟ। ସମୁଦ୍ର ବକ୍ଷରେ ଯେ ସେ ମୁକ୍ତ।

ଜୀବନର ସମସ୍ତ ଆଶା ଭରସା ଛଡ଼ା ଯୁବକ ଭାସି ଭାସି ଯାଉଛି। ହଠାତ୍ ତା ଦେହରେ କ'ଣ ଗୋଟାଏ ବାଜିଲା। ସେ ଓଲଟି ପଡ଼ି ଦେଖିଲା, କିଛି ଜଣା ପଡ଼ିଲା ନାହିଁ। ଭାସମାନ ପଦାର୍ଥ ଉପରେ ନିଜର ଶରୀରର ସମସ୍ତ ଭାର ରଖି ସାମାନ୍ୟ ଶ୍ରାନ୍ତି ହରଣ କରିବାକୁ ଚେଷ୍ଟା କଲା। ପଦାର୍ଥ ଦୁର୍ଗନ୍ଧମୟ। ମାତ୍ର ମୃତ୍ୟୁ-ମୁଖରୁ ଯେ ରକ୍ଷାକରି ପାରେ, ସେ କେଭେ ଦୁର୍ଗନ୍ଧମୟ ହୋଇପାରେ କି ବିପଦାପନ୍ନ ଲୋକ ପକ୍ଷରେ? ମାତ୍ର ସଙ୍ଗେ ସଙ୍ଗେ ପଦାର୍ଥଟି ମଣିଆଁକୁ ନେଇ ଜଳମଗ୍ନ ହେଲା। ମଣିଆଁ ପୁନର୍ବାର ଉପରକୁ ଉଠିଲା। ସେ ଭାସମାନ ବସ୍ତୁ କୁଆଡ଼େ ଗଲା, ଅନ୍ଧକାରରେ ଆଉ ଦେଖାଗଲା ନାହିଁ।

ରାତ୍ରି ଶେଷ ହେଲା। ଝଡ଼ବର୍ଷା କମି ନାହିଁ। ଯୁବକ ହତାଶ ପ୍ରାଣରେ ଭାସି ଭାସି ଯାଉଛି। ଦିଗନ୍ତବିସ୍ତାରୀ ସମୁଦ୍ରର ଜଳ। ଥରେ ଗୋଟିଏ ଲହରୀ ତାକୁ ଖୁବ୍ ଉଚ୍ଚକୁ ଉଠାଇନେଲା। ଏତିକିବେଳେ ସେ ଦେଖିଲା, ଦୂରରେ ଯେପରି ଗୋଟିଏ ନୌକା ଭାସି ଭାସି ଯାଉଛି। ମନ ମଧ୍ୟରେ ଉଦ୍ଧାରର ଅଶା ଜାଗିଉଠିଲା। ପରକ୍ଷଣରେ ଲହରୀ ଖସିଗଲା। ନୌକା ଅଦୃଶ୍ୟ ହେଲା।

ଯୁବକ ମନେ ମନେ ନୌକାର ଦିଗ ସ୍ଥିରକରି ତାହାରି ଆଡ଼କୁ ଲହରୀ କାଟି

ଧୀରେ ଅଗ୍ରସର ହେଲା । ଅନେକ ଦୂର ଆସି ଦେଖିଲା, ପ୍ରକୃତରେ ତାହାର ଭାବନା ବା ଅନୁମାନ ଏକାଥରେ ବୃଥା ନୁହେଁ । ଯୁବକର ସ୍ଥିର ମନରେ ପରକ୍ଷଣରେ ଅନ୍ୟ ଭାବ ଜାଗ୍ରତ ହେଲା । ଏ ନୌକା କାହାର ? ମୋତେ ଖୋଜି ଧରିନେବାକୁ ପ୍ରହରୀମାନେ ନୌକା ନେଇ ଆସୁ ନାହାନ୍ତି ତ ? ଯୁବକ ଚିନ୍ତା କଲା, ଧରାପଡ଼ି ପୁଣି ଥରେ ବନ୍ଦୀ ହେବି ପଛେ ନିଶ୍ଚୟ ନିକଟକୁ ଯିବି ।

ଯୁବକ ଦେଖିଲା, ନୌକାରେ ପାଲ ନାହିଁ । ମାସ୍ତୁଲ ଖୁଣ୍ଟ ମଧ୍ୟ ନାହିଁ । ଅତଏବ ପ୍ରହରୀମାନଙ୍କର ନୌକା କଦାପି ନୁହେଁ । ହୁଏତ ଆଣ୍ଡାମାନର ଆଦିମ ଅଧିବାସୀଙ୍କର ହୋଇଥିବ । ସେମାନଙ୍କର ହାବୁଡ଼େ ପଡ଼ିଲେ ମଧ୍ୟ ରକ୍ଷା ନାହିଁ । ସେମାନେ ବିଦେଶୀଙ୍କୁ ଦେଖିଲେ ମାରିପକାନ୍ତି ।

ନୌକା ନିକଟବର୍ତ୍ତୀ ହେଲା । ଜଣାଗଲା, ଯେପରି ତହିଁରେ କେହି ଲୋକ ନାହିଁ । ସେ ଦ୍ୱିଗୁଣ ଉତ୍ସାହରେ ନୌକା ଆଡ଼କୁ ସନ୍ତରଣ କରି ଚାଲିଲା । ଏଥର ସେ ପାଖକୁ ଆସି ଦେଖିଲା, ଉପରକୁ ଉଠିବାର କୌଣସି ଉପାୟ ନାହିଁ । ପ୍ରଥମେ ତାହା ଯେତେ଼ ଛୋଟ ବୋଲି ମନେ ହେଉଥିଲା, ପ୍ରକୃତରେ ସେତେ଼ ନୁହେ । ମଣିଆଁ ନୌକା ଉପରକୁ ଉଠିବାର ଉପାୟ ଚିନ୍ତାକରି ନୌକାର କରେ କରେ ପହଁରି ପହଁରି ଚାଲିଲା । କିଛିଦୂର ଯାଇ ଦେଖିଲା, ଖଣ୍ଡେ ଦୌଡ଼ି ନୌକା ଦେହରୁ ତଳକୁ ଲମ୍ବିପଡ଼ିଛି । ଧରିବା ସଙ୍ଗେ ସଙ୍ଗେ ଦଉଡ଼ି ଖସିଗଲା । କିଛିଦୂର ପଛକୁ ଯାଇ ଦେଖିଲା, ମଙ୍ଗ ନିକଟରେ ଗୋଟିଏ ଲୁହାର କଡ଼ି ତଳକୁ ଝୁଲି ଆସିଛି । ସେହ କଡ଼ିର ସାହାଯ୍ୟରେ ସେ ଉପରକୁ ଉଠିଲା ।

ସତକୁ ସତ ନୌକାରେ କେହି ନାହିଁ । ଝଡ଼ବର୍ଷା କମି ନାହିଁ । ବେଳକୁ ବେଳ ଅଧିକ ହେଉଛି । ଚାରିଆଡ଼ ଅସ୍ପଷ୍ଟ । ଯୁବକ କ୍ଳାନ୍ତ ହୋଇ ପଡ଼ିଥିଲା । ସେ ମଞ୍ଚା ଉପରକୁ ମଙ୍ଗଆଡ଼େ ଚାଲିଲା । ଉଦ୍ଦେଶ୍ୟ ପଛ ମଙ୍ଗର କୋଠରୀରେ ଆଶ୍ରୟ ଗ୍ରହଣ କରିବ । ନିଜକୁ ଝଡ଼ବର୍ଷାର ଅତ୍ୟାଚାରରୁ ରକ୍ଷା କରିବ, ଶ୍ରାନ୍ତି ହରଣ କରିବ । ନୌକାର ମଝି ମଙ୍ଗଠାରୁ ଦୁଇ ମଙ୍ଗଆଡ଼କୁ ଅନେକଗୁଡ଼ିଏ କୋଠରୀ ଅଛି । ସେଗୁଡ଼ିକ ଅନୁଚ୍ଚ । କାଠରେ ତିଆରି । ଅନେକଗୁଡ଼ିଏ କୋଠରୀ ଭାଙ୍ଗି ପଡ଼ିଛି । ପ୍ରତି ମୁହୂର୍ତ୍ତରେ ନୌକାଟି ସମୁଦ୍ରର ବିକ୍ଷୋଭିତ ବକ୍ଷରେ ଟଳମଳ ହେଉଛି । କେତେବେଳେ ଓଲଟି ପଡ଼ି ଜଳମଗ୍ନ ହେବ । ମଣିଆଁ କୋଠରୀ ଭିତରକୁ ପ୍ରବେଶ କଲା ।

ଓଃ, ସେ କି ଦୁର୍ଗନ୍ଧ ! ପଚା ଶବର ଦୁର୍ଗନ୍ଧରେ ତାହାର ନାକ ଫାଟି ପଡ଼ିଲା । ଗୋଟିଏ ମୃତପିଣ୍ଡ ନିର୍ଜ୍ଜନ ପ୍ରକୋଷ୍ଠରେ ମୁହଁମାଡ଼ି ପଡ଼ିଛି । କେତେଦିନର ମଡ଼ା କେଜାଣି ? ତାକୁ ସମୁଦ୍ର ଭିତରକୁ ନିକ୍ଷେପ କରିବା ଆବଶ୍ୟକ । ସେ ଶବଟିର ଗୋଡ଼ ଧରି ପଦାକୁ

ଘୋଷାରିଆଣିଲା। ସମୁଦ୍ର ବକ୍ଷରେ ନିକ୍ଷେପ କରିବା ପୂର୍ବରୁ ଶବକୁ କିଛି ସମୟ ଚାହିଁ ରହିଲା। ନାକରେ ହାତଦେଇ ମୁଣ୍ଡଟାକୁ ଓଲଟାଇ ଦେଲା। ଶବର ସମସ୍ତ ଦେହ ଫୁଲିଉଠିଛି। ମୁଖ ଭୟଙ୍କର ଦେଖାଯାଉଅଛି। ମଣିଆଁ ବିସ୍ମୟ ବିସ୍ଫାରିତ ଲୋଚନରେ ଚାହିଁ ରହିଲା। ଜଣାଗଲା ଯେପରି ସେ ତାର ପରିଚିତ।

ମଣିଆଁର ଆପାଦ ମସ୍ତକ ଥରି ଉଠିଲା। ଅଜାଣତରେ ଚକ୍ଷୁରୁ ଜଳ ଖସି ପଡ଼ିଲା। ଏ କିପରି ଆସିଲେ ଏଠିକି? ସଙ୍ଗେ ସଙ୍ଗେ ସେ ଶବର ନିକଟରେ ବସି ପଡ଼ିଲା। ଦେଖିଲା, ଶବର ଅନେକ ସ୍ଥାନରେ କ୍ଷତ। ସେହି କ୍ଷତଗୁଡ଼ିକ ଯୋଗୁଁ ହିଁ ସେ ମୃତ— ସନ୍ଦେହ ନାହିଁ। ଇଚ୍ଛା ହେଲା ନାହିଁ ନୌକା ଉପରୁ ତାକୁ ତଳକୁ ଖସାଇ ପକାଇବାକୁ।

ଯେଉଁ ଲୋକର ତତ୍ତ୍ୱାବଧାନରେ ଆବାଲ୍ୟରୁ ସେ ବଢ଼ିଆସିଥିଲା, ତାହାରି ଶବକୁ ଅବମାନନା କରି ମାଟି ଗୋଡ଼ିପରି ନିକ୍ଷେପ କରିବ? ଯେଉଁ ଭଜନାର ବାତ୍ସଲ୍ୟ ଜୀବନରେ କେବେ ହେଲେ ଭୁଲିପାରିବ ନାହିଁ, ତାହାରି ଶବକୁ ଅତଳ ସାଗରରେ ପକାଇ ଦେବ ସାମୁଦ୍ରିକ ମତ୍ସ୍ୟଙ୍କର ଆହାର ନିମନ୍ତେ? ମଣିଆଁ ନିଜ ମନର ବେଦନା ସମ୍ଭାଳିପାରିଲା ନାହିଁ। ଶିଶୁଟି ପରି ଉଚ୍ଚସ୍ୱରରେ ରୋଦନ କଲା। ଶବର କପାଳରେ ହସ୍ତ ସ୍ଥାପନ କଲା।

କିଛି ସମୟ ପରେ ଝଡ଼ ବର୍ଷା ବନ୍ଦ ହୋଇଗଲା। ସାଗରବକ୍ଷ ଶାନ୍ତ। ମାର୍ତ୍ତଣ୍ଡ ମଧ୍ୟ ଗଗନର ବଉଦମାଳ ଭେଦକରି ଉଙ୍କି ମାରୁଛନ୍ତି। ମଣିଆଁ ରୋଦନ ତ୍ୟାଗକରି ଭାବିଲା, କର୍ତ୍ତବ୍ୟ କ'ଣ? ନୌକାଟି ଧୀରେ ଧୀରେ କେଉଁ ଆଡ଼କୁ ଗତି କରୁଛି, ଠିକ୍ ବୁଝାପଡୁ ନାହିଁ। ସୂର୍ଯ୍ୟ ମଧ୍ୟ-ଗଗନରେ। ମୃତ ଶବଟି ନିକଟରେ ବସି ବୃଥା ରୋଦନ କଲେ, ଲାଭ ନାହିଁ। ସେ ଶବର ମୁଖକୁ କିଛିକ୍ଷଣ ଅନାଇ ରହିଲା। ଚକ୍ଷୁରେ ହସ୍ତ ସ୍ଥାପନ କରି କେତେ କ'ଣ ଚିନ୍ତା କଲା। ପରେ ଶବଟିକୁ ଧୀରେ ଧୀରେ ନୌକାରୁ ସମୁଦ୍ର ବକ୍ଷକୁ ଖସାଇ ପକାଇଲା। ହସ୍ତଯୋଡ଼ି କାହାକୁ ପ୍ରଣାମ କଲା, ନିଜେ ଜାଣେ।

ମଣିଆଁ ନୌକାର ଏ ପାଖରୁ ଅନ୍ୟ ପାଖକୁ ଯାଇ ନୌକାରେ କ'ଣ ଅଛି, ତନଖିକଲା। ଆଗ ମଙ୍ଗର ଗୋଟିଏ ଘରେ ଅନେକଗୁଡ଼ିଏ ଅଖା—ଚୂଡ଼ା ପୂର୍ଣ୍ଣ। ପାଖରେ ମୁଣ୍ଡା ମୁଣ୍ଡା ହୋଇ କେତେଖଣ୍ଡ ନବାତ ଟଙ୍ଗା ହୋଇଛି। ସଂଲଗ୍ନ ପ୍ରକୋଷ୍ଠରେ ଅନେକଗୁଡ଼ିଏ ମାଠିଆ ଜଳପୂର୍ଣ୍ଣ। ମଣିଆଁ ଚିନ୍ତା କଲା, ମୋତେ ଆଉ ଖାଦ୍ୟ କିମ୍ବା ପାନୀୟ ଅଭାବରୁ ଜୀବନ ହରାଇବାକୁ ପଡ଼ିବ ନାହିଁ। ଯେତେ ଖାଦ୍ୟ ଏବଂ ପାନୀୟ ଅଛି, ସେଥିରେ ଅନେକ ମାସ ଚଳିଯିବ। ବାରଣ୍ଡା ବାଟ ଦେଇ ପଛ ମଙ୍ଗଆଡ଼େ ଯିବାବେଳେ ଦେଖିଲା, ଖଣ୍ଡେ ପୋଥି ମଞ୍ଚା ଉପରେ ପଡ଼ିଛି। ପୋଥିଖଣ୍ଡ ତଳୁ ଉଠାଇ ମୁଣ୍ଡରେ ଲଗାଇଲା—ଆନନ୍ଦ ପ୍ରକାଶ କରି ମନକୁ ମନ କହିଲା, ଏଥିରୁ ବାପାଙ୍କର

ଜୀବନୀ ନିଶ୍ଚୟ ମିଳିବ। ପୋଥିଖଣ୍ଡି ପଢ଼ିବା ଆବଶ୍ୟକ। କିଛିଦୂର ଯାଇ ଖଣ୍ଡେ ଭଙ୍ଗା ତରବାରୀ ଦେଖିଲା।

ପଞ୍ଚମଙ୍ଗର କୋଠରୀରେ ଗୋଟିଏ ଅର୍ଦ୍ଧଭଗ୍ନ ବେତ୍ରାସନ। ତାହାରି ଉପରେ ବସି ପୋଥି ଖୋଲି ଭଜନାର ଦୈନିକ ଲିପି ପାଠ କରିବାକୁ ଲାଗିଲା।

ସେ ଭାରି ସୁନ୍ଦରୀ। ତାଙ୍କର ଆଚରଣ ଅନୁକରଣୀୟ। ପାପିଷ୍ଠେ ତାଙ୍କୁ ଯେଉଁ ଆଶାରେ ଏତେଦିନ ବନ୍ଦିନୀ କରି ରଖିଥିଲେ, ସେ ଆଶା ସେମାନଙ୍କର ପୂରଣ ହୋଇପାରିଲା ନାହିଁ। ସେ ବରଂ ଚିରଦିନ ନରକକୁଣ୍ଡରେ ଘାଣ୍ଟିହୋଇ ମରିବେ, କଦାପି ମଙ୍ଗିବେ ନାହିଁ। ସ୍ୱାମୀଙ୍କ ପ୍ରତି ଏପରି ଅଚଳାଭକ୍ତି ବୋଧହୁଏ ଅନ୍ୟ କୌଣସି ରମଣୀଠାରେ ଦେଖିବାକୁ ପାଇନାହିଁ। ଏହା ମୋର ଭୁଲ। କାରଣ ଅନ୍ୟ କୌଣସି ରମଣୀକୁ ମୁଁ ଆଉ କେବେ ଏପରି ବିପଦରେ ପଡ଼ିଥିବାର ଦେଖି ନ ଥିଲି। ଅଗ୍ନି ଦଗ୍ଧ ସ୍ୱର୍ଣ୍ଣ ପରି ବିପଦ ସମୟରେ ଲୋକର ପ୍ରକୃତ ଗୁଣ ଜଣାପଡ଼େ। ତାଙ୍କୁ ଦେଖିଲେ, କେଜାଣି କାହିଁକି ସ୍ୱତଃ ଭକ୍ତି ଜାଗ୍ରସ୍ତ ହୁଏ। ସେ ମଧ୍ୟ ମୋତେ ଭକ୍ତି କରନ୍ତି।

ସେଦିନ ବହୁ ଚେଷ୍ଟା କରି ବିଫଳ ହେଲି। ପାପିଷ୍ଠେ ମୋତେ ଏବଂ ରମଣୀକୁ ବନ୍ଦୀ କଲେ। ଇଚ୍ଛା କରିଥିଲେ ଉଭୟଙ୍କୁ ଅକ୍ଲେଶରେ ମାରି ପାରିଥାନ୍ତେ। ମାରିଲେ ନାହିଁ। ସେମାନଙ୍କ ମଧ୍ୟରୁ କେହି କେହି ଏ ପ୍ରସ୍ତାବ ଉତ୍‌ଥାପନ କରିଥିଲେ; କିନ୍ତୁ ଅନ୍ୟ କେତେ ଜଣକୁ କହିବାର ଶୁଣିଲି, ସାଧବଙ୍କର ଆଦେଶ ନାହିଁ। ବୃଥାରେ ମନୁଷ୍ୟର ଅମୂଲ୍ୟ ଜୀବନ ନଷ୍ଟ କରିବ ନାହିଁ। ମୁଁ ଚିନ୍ତା କଲି, ବେଶ୍ ତ ! ସାଧବ ଭାରି ଦୟାଳୁ; କିନ୍ତୁ ନିରୀହଙ୍କ ଉପରେ ଏ ଅତ୍ୟାଚାର କାହିଁକି ? ବୁଝିପାରିଲି ନାହିଁ।

ଏହି ସମୟରେ ସେମାନେ ଆମ ଦୁହିଙ୍କୁ ବନ୍ଦୀକରି ପଥର ଚଟାଣରୁ ନୌକା ଉପରକୁ ଉଠାଇ ନେଲେ। ସେତେବେଳେ ରମଣୀ ମୂର୍ଚ୍ଛ୍ୟମାନ। ଆର୍ଦ୍ରବସନ ପରିହିତା ମୂର୍ଚ୍ଛ୍ୟମାନା ରମଣୀ ଉପରେ କଟାକ୍ଷପାତ କରି ଥଟ୍ଟା କଥା କହିବାକୁ ସେମାନେ ଟିକିଏ କୁଣ୍ଠିତ କିମ୍ବା ଲଜ୍ଜିତ ହେଲେ ନାହିଁ। ସେମାନଙ୍କ ମଧ୍ୟରୁ ଜଣେ ମୋତେ ଲକ୍ଷ୍ୟ କରି କହିଲା, ଆରେ ବୁଝିଲ କି ଭାଇମାନେ, ଏ ଶଳାଟା ସେ ଶାଳୀକୁ ବେସ୍ ଫୁସଲା ଫୁସଲି କରି ଆମ ଆଖିରେ ଧୂଳି ପକାଇ ନେଇ ଚାଲି ଯିବାକୁ ବସିଥିଲା। ରମଣୀ ସରଳା। ଚକ୍ଷୁ ବୁଜି ଢଳିପଡ଼ିଥିଲେ ନୌକା ଉପରେ। ମୁଁ ଏଣେ କ୍ରୁଦ୍ଧ ସିଂହ ପରି ଗର୍ଜନ କରିଉଠୁଥାଏ। କ'ଣ କରିବି, ବନ୍ଦୀ ମୁଁ। ମୋ ପାଖରୁ ସେମାନେ ତରବାରୀ

ଖଣ୍ଡି ଛଡ଼ାଇ ନେଇଥିଲେ। ସମୁଦ୍ର ଜଳ ଉପରେ ଯୁଦ୍ଧକରି ତାହାରି ସାହାଯ୍ୟରେ ଦୁଇ ଜଣଙ୍କର ଜୀବନ ନେଇ ପାରିଛି। ତିନିଜଣଙ୍କୁ ଆହତ କରିଛି। ସେପରି ତରବାରୀକୁ କି କଦାପି ସେମାନେ ମୋ ନିକଟରେ ଛାଡ଼ିଯାନ୍ତେ? ଯାହା ହେଉ, ମୋର ପକ୍ଷ ନେଇ ସେମାନଙ୍କ ମଧ୍ୟରୁ କେହି ଜଣେ ବୁଦ୍ଧିମାନ ଲୋକ କହିଲା; ଏ ଯଦି ହେଲା ତୋର ଶଳା, ସେ ଯଦି ହେଲା ତୋର ଶାଳୀ, ଏଥିରେ ଆଉ ଫୁସଲା ଫୁସଲି କରିବାର କିଛି ରହିଲା ନାହିଁ ତ।

ଦୁଇ ଜଣଙ୍କୁ ଭିନ୍ନ ଭିନ୍ନ କୋଠରରେ ବନ୍ଦୀ କରିଥାନ୍ତେ, ମାତ୍ର ନୌକାରେ କୋଠରୀର ଅଭାବ ଦେଖି ଉଭୟଙ୍କୁ ଗୋଟିଏ କୋଠରୀରେ ବନ୍ଦ କରି ରଖିଲେ। ଏଥି ପୂର୍ବେ ଆମକୁ ଯେଉଁଠାରେ ବନ୍ଦୀକରି ରଖିଥିଲେ, ଏ ସେହି କୋଠରୀ। ରମଣୀ ମୋତେ ତାଙ୍କ ସଙ୍ଗେ ବନ୍ଦୀ ହେବାର ଦେଖି ବଡ଼ ଦୁଃଖିତ ହେଲେ। ନିଜକୁ ସହସ୍ରବାର ଧିକ୍‌କାର କରି ମୋତେ କହିଲେ, ଏହି ହତଭାଗିନୀ ରମଣୀକୁ ଉଦ୍ଧାର କରିବାକୁ ଯାଇ ନିଜେ ବନ୍ଦୀ ହୋଇଛ! ବୁଦ୍ଧଦେବଙ୍କୁ ପ୍ରଣାମ କରି କହିଲେ, ଏହା କ'ଣ ତମର ଉପଯୁକ୍ତ ବିଚାରବୁଦ୍ଧି! ଯେ ନିର୍ଦ୍ଦୋଷ, ଯେ ପରୋପକାରୀ, ତାହାର ସହାୟ ନ ହୁଅ କାହିଁକି?

ରମଣୀ ବୁଦ୍ଧଙ୍କୁ ପ୍ରାର୍ଥନା କରିବା ଶୁଣି ମୁଁ ମନେ ମନେ ହସିଲି। ଭାବିଲି, ବୁଦ୍ଧ ଆମରିପରି ଜଣେ ମନୁଷ୍ୟ ଥିଲେ। ମାନବର ଭାଗ୍ୟ ଉପରେ ତାଙ୍କର କୌଣସି ହସ୍ତ ନାହିଁ। ଜଣେ ମନୁଷ୍ୟ କି କେବେ ଅନ୍ୟ ଜଣକର ଭାଗ୍ୟଗଠନ କରିପାରେ, ପରିବର୍ତ୍ତନ କରିପାରେ? ନିଶ୍ଚୟ, କିନ୍ତୁ ତାହା ନିଜର କାର୍ଯ୍ୟ ଦ୍ୱାରା। ଏହି ତ, ମୁଁ ରମଣୀର ଭାଗ୍ୟପରିବର୍ତ୍ତନ କରିବାକୁ ବସିଥିଲି। ଯଦି ଦସ୍ୟୁମାନଙ୍କ ହାବୁଡ଼େ ପଡ଼ି ନଥାନ୍ତୁ, ତେବେ ଆମ ଦୁହଙ୍କର ଜୀବନ ସମ୍ପୂର୍ଣ୍ଣ ପରିବର୍ତ୍ତିତ ହୋଇଯାଇଥାନ୍ତା। ମୋର ଜୀବନକୁ ମଧ୍ୟ ଓଲଟାଇ ଦେଲେ ଦସ୍ୟୁମାନେ। କାହିଁ, କଳିଙ୍ଗ ଉପକୂଳସ୍ଥ ବାଲୁକା ପ୍ରାନ୍ତର, କାହିଁ ବାଲିଦ୍ୱୀପର ଅଗଙ୍ଗ ପର୍ବତୋପରି ବୁଦ୍ଧମନ୍ଦିର! କାହିଁ ସାମାନ୍ୟ ଦରିଦ୍ର ମତ୍ସ୍ୟଜୀବୀ ଭଜନା ଆଉ କାହିଁ ଆଜି ବିପୁଳ ସମ୍ପତ୍ତିର ଅଧିକାରୀ ଭଜନା। ତେଣୁ ମୁଁ ଆଜି ମୋର ଅତୀତ ଜୀବନୀ ଲେଖୁ ଲେଖୁ ଚିନ୍ତା କରୁଛି, ମାନବ ଭାଗ୍ୟର ଗଠକ ନିଜେ ମାନବ। ବୁଦ୍ଧ ମହାବୀରଙ୍କର ନାମ କଦାପି ନୁହେଁ। ସେମାନେ ଆମରି ପରି ମନୁଷ୍ୟ ଥିଲେ। ଖାଲି ସେମାନଙ୍କର ନାମ ଉଚ୍ଚାରଣ କଲେ ମାନବର ଭାଗ୍ୟ ପରିବର୍ତ୍ତିତ ହେବ କାହିଁକି? ସେମାନେ ବହୁଦିନରୁ ଚାଲିଗଲେଣି। ତାଙ୍କର ପ୍ରେତାତ୍ମା ବି ଆଜି ଅଛି କି ନାହିଁ ସନ୍ଦେହ।

ସେହି କୋଠରୀରେ ଆମକୁ ଅନେକ ଦିନ ରହିବାକୁ ପଡ଼ିଲା। କେତେ ଦିନ

ରହିଲୁ ଠିକ୍ କହିପାରିବି ନାହିଁ; ମାତ୍ର ଅନେକ ଦିନ। ଏ କେଇଦିନ ଭିତରେ ରମଣୀ ତାଙ୍କ ଅତୀତ ଜୀବନର ଅନେକ କଥା କହିଲେ। ସେ ଯେ ମଣିଆଁର ମା, ଏଥିରେ ଆଉ ସନ୍ଦେହ କରିପାରିଲି ନାହିଁ।

ମଣିଆଁ ଚମକିପଡ଼ିଲା। ଉପରକୁ ଅନାଇଁ ଚିନ୍ତାକଲା ମଣିଆଁର ମା! ମଣିଆଁ କିଏ? ମୁଁ?

ପୋଥିରୁ ପୂର୍ବୋକ୍ତ ବାକ୍ୟଟି ଆହୁରି ଥରେ ପଢ଼ିଲା।

ସେ ଯେ ମଣିଆଁର ମା, ଆଉ ସନ୍ଦେହ କରିପାରିଲି ନାହିଁ। ତାଙ୍କର ବର୍ଣ୍ଣନା ସଙ୍ଗେ ଦେଖିଲେ ମଣିଆଁର ପ୍ରତ୍ୟେକ କଥା ମିଳିଗଲା। ରୂପେଈର ବର୍ଣ୍ଣନା ସଙ୍ଗେ ଏ ରମଣୀର ସବୁ କଥା ମିଳିଯାଉଛି, ଆଉ ସନ୍ଦେହ? ଆହା, ରମଣୀର ହୃଦୟ କ'ଣ ହେଉଥିବ। ନିଜର ହୃଦୟରେ ଏକମାତ୍ର ସନ୍ତାନକୁ ଦେଖିବାର ବଳବତୀ ଇଚ୍ଛା, ପେଟିକା ମଧ୍ୟରେ ବୃଦ୍ଧ ତମ୍ପ ମୋଡ଼ିମାଡ଼ି ହୋଇ ସ୍ଥିର ରହିଲା ପରି ତାଙ୍କର ମନ ମଧ୍ୟରେ ଆବଦ୍ଧ ରହିଥିବ ସିନା।

ସେଦିନ ମୁଁ ମଣିଆଁ ବିଷୟରେ ଅନେକ ଭାବିଛି। ରାତିଅଧରୁ ତା ପାଖରୁ ଉଠି ଚାଲିଆସିଥିଲି। ସେ ଜାଣେ ନାହିଁ। ସେ ଯେତେବେଳେ ଶେଯରୁ ଉଠି ମୋତେ ଖୋଜି ଖୋଜି ନ ପାଇବ, କ'ଣ ଭାବି ଥିବ? ବାଲିଯାକ ଖୋଜୁ ଖୋଜୁ ସେ ଶବ ଦେଖିବାକୁ ପାଇ ମୋତେ ମୃତ ବୋଲି ମନେ କରିଥିବ ବୋଧହୁଏ। ହତଭାଗିନୀ ରମଣୀର ବାଳିକା କନ୍ୟା ସୁଶୀଳାର ମୃତଦେହ ଦେଖି ମଣିଆଁ ମୋର ଚମକିପଡ଼ିଥିବ। ବାଳକ ହୃଦୟ ଏତେ ରକ୍ତପାତ ସହିବ କିପରି? ମୁଁ ଜାଣିପାରୁ ନାହିଁ, ସୁଶୀଳାର ମାତା ନିର୍ବିଘ୍ନରେ ତାମ୍ରଲିପ୍ତରେ ପହଞ୍ଚି ପାରିବେ କି ନାହିଁ। ବୋଧହୁଏ ପଥରେ ଅନ୍ୟ କୌଣସି ବିପଦ ତାଙ୍କ ଉପରେ ପଡ଼ି ନ ଥିବ।

ମଣିଆଁର ଆଖି ଆଗରେ ତାର ଅତୀତ ଜୀବନର ଚିତ୍ର ଗୋଟି ଗୋଟି କରି ଆସି ଦେଖାଦେଲା। ଆହା, ଆଜି ତାର ପ୍ରାଣର ସୁଶୀଳା କାହିଁ? ଚକ୍ଷୁରେ ଲୋତକ ଜାତ ହେଲା। ମନ ପରିବର୍ତ୍ତନ କରିବାକୁ ପୋଥି ପଢ଼ିବାକୁ ଚେଷ୍ଟା କଲା, ପାରିଲା ନାହିଁ।

ଆଲୋକ ଧୀରେ ଧୀରେ କମିଆସିଲାଣି। ପୋଥିର ଅକ୍ଷରଗୁଡ଼ିକ ଭଲ ପଢ଼ି ହେଉ ନାହିଁ। ପୋଥି ବନ୍ଦକରି ମୁଣ୍ଡରେ ଲଗାଇଲା। ସମୁଦ୍ର ଆଡ଼କୁ ଅନାଇ ଦେଖିଲା, ସୂର୍ଯ୍ୟ ପଶ୍ଚିମ ଦିଗରେ ଅସ୍ତ ହୋଇଗଲେଣି। ସମୁଦ୍ର ବକ୍ଷ ସ୍ଥିର। ଛୋଟ ଛୋଟ ଲହରୀଗୁଡ଼ିକ ନୌକାରେ ବାଜି କଳଧ୍ୱନି କରୁଛନ୍ତ। ନୌକା ସ୍ଥିର ଅଛି କି ଗତି କରୁଛି, ବୁଝି ହେଲା ନାହିଁ! ଭଜନାର କରଣୀଅକ୍ଷର ଚିହ୍ନି ଚିହ୍ନି ପଢ଼ିବାରେ ଯେ

ଏତେ ସମୟ ବ୍ୟୟିତ ହେଲେ, ସେ ତା ବୁଝିପାରିଲା ନାହିଁ। ଅସୀମ ସାଗରବକ୍ଷରେ ଏହି କ୍ଷୁଦ୍ର ନୌକା ଏବଂ ନୌକା ମଧ୍ୟରେ ମାତ୍ର ଜଣେ ଲୋକ।

ମଣିଆଁ କ୍ଷୁଧା ସମ୍ଭାଳି ପାରିଲା ନାହିଁ। ସେଠାରୁ ଉଠି ପଛ ମଙ୍ଗଆଡ଼େ ଚାଲିଗଲା।

ମଣିଆଁର ସେପରି ଅବସ୍ଥାରେ କୌଣସି କାର୍ଯ୍ୟ ନାହିଁ। ଖାଦ୍ୟ ଏବଂ ପାନୀୟ ନୌକାରେ ଯଥେଷ୍ଟ ଅଛି। ସେ ବିଷୟରେ ତାକୁ ଚିନ୍ତା କରିବାକୁ ପଡ଼େ ନାହିଁ। ସମୟ ସମୟରେ, ନୌକାଟିକୁ ପରିଷ୍କାର କରେ। ସେ କାହୁଁ ଜାଣିବ, ତାର ଭାଗ୍ୟରେ ପରେ କ'ଣ ଅଛି ? ତାକୁ ତାର ଭଗ୍ନ ହୃଦୟ ଧରି ସେହି ଭଗ୍ନ ନୌକାଟିରେ କେତେଦିନ ରହିବାକୁ ପଡ଼ିବ ?

ଦିନେ ନୌକାର ତଳ ସଫା କରୁ କରୁ ଗୋଟିଏ ଚମଡ଼ାର ଥଳି ପାଇଲା। ଥଳିଟି ମଧ୍ୟମ ଆକାରର, ନିତାନ୍ତ ଛୋଟ ନୁହେଁ। ଥଳିଟି ଉଠାଇ ଦେଖିଲା, ଟିକିଏ ଭାରୀ ଲାଗୁଛି। ତାହା ଖୋଲି ହାତ ପୂରାଇ ଟାଣି ଆଣିଲା ଗୋଟାଏ ଛୋଟ ଡବା। ସେଟି ସ୍ୱର୍ଣ୍ଣ ନିର୍ମିତ। ନାନା ପ୍ରକାର କାରୁକାର୍ଯ୍ୟ ତହିଁରେ ହୋଇଛି। ଡବା ଉପରେ ସୁନାର ଗୋଟିଏ ପଦ୍ମଫୁଲ ଅଙ୍କା। ଫୁଲର ମଧ୍ୟ ସ୍ଥଳରେ ଗୋଟିଏ ବହୁ ମୂଲ୍ୟର ରତ୍ନ।

ଡବାଟି ଅତି ସହଜରେ ଖୋଲିଗଲା। ମଣିଆଁ ଦେଖିଲା ଡବା ମଧ୍ୟରେ ଆଠଟି ଉଜ୍ଜ୍ୱଳ ରତ୍ନ ରକ୍ଷିତ। ସେହି ରତ୍ନମାନଙ୍କ ଉପରେ ଖଣ୍ଡେ ଛୋଟ ତାଳପତ୍ରର ଚିଟାଉ। ମଣିଆଁ ଡବା ବନ୍ଦକରି ଚମଡ଼ାର ଥଳିଟି ନେଇ ପଦାକୁ ଆସିବ ଏବଂ ଚିଟାଉ ଖଣ୍ଡି ପଢ଼ିବ ଭାବି ଥଳିଟିକୁ ଉଠାଇ ଆଣିବାକୁ ଚେଷ୍ଟା କଲା, ମାତ୍ର ହେଲା ନାହିଁ। ଥଳି ଦେହରେ ଖଣ୍ଡେ ଚମଡ଼ାର ଦଉଡ଼ା ବନ୍ଧା। ଦଉଡ଼ାର ଆରପାଖ ନୌକା ଦେହରେ କୌଣସି ଗୋଟିଏ ଲୁହା କଣ୍ଟାରେ ସଂଲଗ୍ନ। କାରଣ କ'ଣ, ମଣିଆଁ ଅନୁମାନ କରିପାରିଲା ନାହିଁ। ଥଳିରେ ହାତପୂରାଇ ଦେଖିଲା, ଆଉ କିଛି ନାହିଁ। ଗୋଟିଏ ହାତରେ ସୁନାର ଡବା ଏବଂ ଅନ୍ୟ ହାତରେ ଚିଟାଉ ଧରି ପଦାକୁ ଆସିଲା। ଆଲୋକରେ ଚିଟାଉ ପଢ଼ିଲା। ତହିଁରେ ତର ତର କରି ଦୁଇଧାଡ଼ି ଲେଖା ହୋଇଛି, ବାଲିଦ୍ୱୀପର ବିଲୁପ୍ତ ରତ୍ନାଗାର ମଧ୍ୟରୁ ଏ କେଇଖଣ୍ଡ ମାତ୍ର ରତ୍ନ।

ସମୁଦ୍ର ମଧ୍ୟରେ ଏତେ ଗୁଡ଼ିଏ ବହୁ ମୂଲ୍ୟ ରତ୍ନର ଆବଶ୍ୟକ କ'ଣ ମଣିଆଁ ପକ୍ଷରେ ? ଉପରେ ସୁନୀଳ ଆକାଶ ବକ୍ଷରେ ନାନାରଙ୍ଗର ମୁକ୍ତ ବଉଦମାଳ ଖେଳି ବୁଲୁଛନ୍ତି। ତଳେ ସେହିପରି ସୁନୀଳ ସମୁଦ୍ରର ମୁକ୍ତ ତରଙ୍ଗ। ଚାରିଆଡ଼େ ମୁକ୍ତ ସମୀରଣ ଖେଳିବୁଲୁଛି। ମୁକ୍ତ ହୋଇ ମଧ୍ୟ ମଣିଆଁ ବନ୍ଦୀ। ଏପରି ଅବସ୍ଥାରେ କୁବେର ସମ୍ପତ୍ତି ତାକୁ ମାଟିମୁଣ୍ଡା।

ମଣିଆଁ ରତ୍ନଗୁଡ଼ିକ ଗୋଟି ଗୋଟି କରି ପରୀକ୍ଷା କରି ପୁଣି ସୁନାର ଡବା

ମଧ୍ୟରେ ବନ୍ଦ କରି ରଖିଲା ଏବଂ ଭଜନାର ଦୈନିକଲିପି ପୋଥିଖଣ୍ଡ ଆଣି ପଢ଼ି ବସିଲା। କାମଧନ୍ଦା କିଛି ନାହିଁ। ମନ ବଦଳାଇବାକୁ ସ୍ଥିର ହୋଇ ବସି ଜୀବନୀ ପଢୁଥାଏ। ସେହି ଦୈନିକ ଲିପିରେ ମଣିଆଁର ଜନ୍ମ ବୃତ୍ତାନ୍ତ ନିମ୍ନମତେ ବର୍ଣ୍ଣିତ ଥିଲା— ଦସ୍ୟୁମାନଙ୍କ ମୁଖରୁ ଶୁଣିଲି, ଯେଉଁଠାରେ ବୋଇତରୁ ଆମ୍ଭେମାନେ ସ୍ଥଳରୁ ଓହ୍ଲାଇଲୁଁ ତାହା ସୂର୍ଯ୍ୟଦ୍ୱୀପ। ଏଥିପୂର୍ବରୁ ସୂର୍ଯ୍ୟଦ୍ୱୀପର ନାମ ଆଉ କେବେ ଶୁଣି ନଥିଲି। ମୋର ଗୋଡ଼ ହାତ ବନ୍ଧା ହୋଇଥାଏ। ତେଣୁ ସ୍ଥଳଭାଗରେ ରହି ମଧ୍ୟ ମୁକ୍ତିଲାଭର କୌଣସି ଚେଷ୍ଟା କରିପାରିଲି ନାହିଁ। ମଣିଆଁର ମାତାଙ୍କୁ ମୋ ନିକଟରୁ ନେଇ ଚାଲିଯିବା ସମୟରେ ସେ ଲୋତକରେ ଚକ୍ଷୁ ଢଳ ଢଳ କରି ମୋତେ ପ୍ରଣାମ କଲେ। ମୋର କଠୋର ଚକ୍ଷୁ ମଧ୍ୟ ତାଙ୍କର ଅବସ୍ଥା ଏବଂ ଭାବଭଙ୍ଗୀ ଦେଖି ସହାନୁଭୂତି ପ୍ରକାଶର ଚେଷ୍ଟା କରିଥିଲା। ବନ୍ଦୀ ବା କି ସହାନୁଭୂତି ଦେଖାଇପାରେ ?

କିଛି ସମୟ ପରେ ମୋତେ ସେମାନେ ଏକ ବଙ୍କା ରାସ୍ତା ଦେଇ ଗୋଟିଏ ଛୋଟ ପାହାଡ଼ ଉପରକୁ ଟାଣିନେଲେ। ପାହାଡ଼ର ଉପରକୁ ଯାଇ ଦେଖିଲି, ମୋରି ସମ୍ମୁଖରେ ଅତ୍ୟୁଚ୍ଚ ପ୍ରାଚୀର ଦେହରେ ପ୍ରକାଣ୍ଡ ଦ୍ୱାର। ଦ୍ୱାର ଖୋଲା ଥିଲା। ସେହିବାଟେ ମୋତେ ଧାଡ଼ିଏ ଅନୁଚ୍ଚ କୋଠାର ସମ୍ମୁଖକୁ ନେଇଗଲେ। ଦେଖି ଆଶ୍ଚର୍ଯ୍ୟାନ୍ୱିତ ହେଲି ଯେ, ଏତେ ଅନୁଚ୍ଚ ହୋଇ ମଧ୍ୟ ତାହା ଦ୍ୱିତଳ। ପାଖକୁ ପାଖ ଲାଗି ଅନେକ ଗୁଡ଼ିଏ ଛୋଟ ଛୋଟ ଦରଜା। ତଳେ ଧାଡ଼ିଏ ଏବଂ ଉପରେ ଧାଡ଼ିଏ। ସେ ସବୁ ମଧ୍ୟରୁ ଜଣେ ବଳିଷ୍ଠକାୟ ଯୁବକ ତଳ ମହଲାର ଗୋଟିଏ ଦରଜା ଖୋଲି ଅନ୍ୟମାନଙ୍କୁ କହିଲା, ଏହି କୋଠରୀଟି ଖାଲି ଅଛି। ତାକୁ ଏଠାରେ ବନ୍ଦୀ କରି ରଖିପାର।

କିଛି ସମୟ ପରେ ଜଣେ ଦୁର୍ବଳ ଚୁଟିଆ, ନିଶୁଆ ଲୋକ ଆସି ଉପସ୍ଥିତ ହେଲେ। ତାଙ୍କୁ ଦେଖି ସମସ୍ତେ ମାନ୍ୟ କରି ପଛକୁ ଘୁଞ୍ଚିଗଲେ। ମୁଁ ତାଙ୍କୁ ପ୍ରଣାମ କଲି। ସେ ମୋତେ ଦେଖି ମୁରୁକି ମୁରୁକି ହସି ମୁଣ୍ଡ ଟୁଙ୍ଗାରିଲେ। ମୁଁ କିଛି ବୁଝିପାରିଲି ନାହିଁ। ମନରେ ମୋର ଭାରି ଭୟ ହେଲା। ଏପରି ଛୋଟ କୋଠରୀରେ ବନ୍ଦୀ କରି ମୋତେ କେତେଦିନ ରଖିବେ ? ଏହା ଭାବୁ ଭାବୁ ମୋର ହୃଦୟ ଥରିଉଠିଲା। ସ୍ଥିର ହେଇ ଠିଆହୋଇ ରହିଲି।

କିଛି ସମୟ ପରେ ସେମାନେ ମଣିଆଁର ମା'ଙ୍କୁ ନେଇ ଉପସ୍ଥିତ ହେଲେ। ମୋତେ ଦେଖି ତାଙ୍କର ମୁଖ ଉଜ୍ଜ୍ୱଳ ଦେଖାଗଲା। ବଳିଷ୍ଠକାୟ ଲୋକଙ୍କୁ ଡାକି ପୂର୍ବୋକ୍ତ ନିଶୁଆ ଲୋକ ପଚାରିଲେ, ସେ କେଉଁ କୋଠରୀରେ ବନ୍ଦ ଅଛି ?

ଆଜ୍ଞା ଏହି କୋଠରୀରେ କହି ବଳିଷ୍ଠ ଯୁବକ ହାତ ବଢ଼ାଇ ଦେଖାଇ ଦେଲା। ମୋତେ ଯେଉଁ କୋଠରୀରେ ବନ୍ଦୀ କରିବାକୁ ବସିଥିଲେ ସେ ତାହାରି ପାଖ କୋଠରୀକୁ

ଦେଖାଇ ଦେଇଥିଲେ । ସେ କିଏ, ମୁଁ ବା କିପରି ବୁଝିପାରନ୍ତି ? ବିଶେଷ ମୁଣ୍ଡ ଖରଚ କରିବାକୁ ମୋତେ ପଡ଼ିଲା ନାହିଁ । ପୂର୍ବୋକ୍ତ ଲୋକଟି ପୁନର୍ବାର ପଚାରିଲା, ସ୍ତ୍ରୀ ଲୋକଟିକୁ ତା'ରି କୋଠରୀରେ ରଖିଲେ କ୍ଷତି କ'ଣ ? ସେ ତ ତାର ସ୍ୱାମୀ ।

ନା, ମୋତେ ସେପରି ଆଦେଶ ନାହିଁ । ସେମାନେ ସ୍ୱାମୀ ସ୍ତ୍ରୀ ହେଲେ ମଧ୍ୟ ମୁଁ ତମର ଏ ପ୍ରସ୍ତାବରେ ଏକମତ ନୁହେଁ । ଛୋଟ କୋଠରୀଟିରେ ଦୁଇ ଜଣଙ୍କୁ ରଖିଲେ ସେମାନଙ୍କର ଅଧିକ ଅସୁବିଧା ହେବ ।

ଆଉ ଯେ କୋଠରୀ ନାହିଁ ?

ସେ କଥା ମୁଁ ବେଶ୍ ଜାଣେ ।

ମୋ ଆଡ଼କୁ ଆଙ୍ଗୁଠି ଦେଖାଇ, ତେବେ ଏ ?

ତାର ବ୍ୟବସ୍ଥା ପରେ କରାଯିବ । ବର୍ତ୍ତମାନ ୟାଙ୍କୁ ବନ୍ଦୀ କର । ରମଣୀ ଆଡ଼କୁ ଅନାଇ—ଯାଅ ମା, ଏବେ ତମର ଘରକୁ ତମେ ଚାଲିଯାଅ । ସେହି ଘରେ ତ ତମକୁ ସାରାଜୀବନ କଟାଇବାକୁ ହେବ । ବୁଝିଲ— । ମୁଁ ଏଥର ମଣିଆଁର ମା'ଙ୍କ ଆଡ଼କୁ ଅନାଇ ଦେଖିଲି ତାଙ୍କର ମୁଖ କଳା ପଡ଼ିଯାଇଛି । ସେ କିଛି ନ ବୁଝିଲାପରି ଲୋକଟିର ପାଦତଳେ ମୁଣ୍ଡ ଲଗାଇ ଶିଶୁପରି କାନ୍ଦିବାକୁ ଲାଗିଲେ । କ୍ରୋଧରେ ମୋର ସମସ୍ତ ଶରୀର ଜଳିଉଠୁଥାଏ । ଦେଖିଲି, ସମସ୍ତେ ରମଣୀ ଆଡ଼କୁ ଚାହିଁଛନ୍ତି । ମୋ ଉପରେ ବିଶେଷ କାହାର ନିଘା ନାହିଁ । ମୁଁ ଧୀରେ ଧୀରେ ମୋର ଗୋଡ଼ର ବନ୍ଧନ ଫିଟାଇପକାଇଲି । କାଳେ କାହାର ସନ୍ଦେହ ହେବ ତେଣୁ ଦଉଡ଼ିଖଣ୍ଡି ଗୋଡ଼ର ଚାରିଆଡ଼େ ଘେରାଇଦେଲି । ଆଗରୁ ମୋର ହାତର ଦଉଡ଼ି ମୁଁ ଛିଣ୍ଡାଇ ପକାଇଥିଲି ।

ବର୍ତ୍ତମାନ ମୁଁ ମୁକ୍ତ; ତଥାପି ପଳାଇଯିବାକୁ ସାହସ ହେଉ ନ ଥାଏ । ଚାରିଆଡ଼େ ଲୋକ ଘେରି ରହିଛନ୍ତି । ରମଣୀ ଅନେକ ସମୟ ଶିଶୁ ପରି କାନ୍ଦି ପ୍ରାର୍ଥନା କଲେ, ମୁଁ ଚିରଦିନ ବନ୍ଦିନୀ ରହିବାକୁ ଚାହେଁ । ମୋତେ ଦୟାକରି ମୋ ସ୍ୱାମୀଙ୍କ ନିକଟରେ ଛାଡ଼ିଦିଅ । ଏତିକି ମୋର ମାଗୁଣି ।

ତାଙ୍କର ଏହି ଅନୁରୋଧ ରକ୍ଷା କରିବାକୁ କେହି ରାଜି ହେଲେ ନାହିଁ । ବଳାତ୍କାର ପୂର୍ବକ ତାଙ୍କୁ ଅନ୍ୟ କୋଠରୀ ଆଡ଼କୁ ଟାଣିନେଲେ ।

ମୁଁ ଦେଖିଲି, ମୋ ଉପରେ ସେତେବେଳେ କାହାର ଆଖି ପଡୁନାହିଁ । ସାହସ ଅବଲମ୍ବନ କରି, ହୃଦୟରେ ହସ୍ତ ସ୍ଥାପନ କରି ଚୋରଙ୍କ ପରି ଧୀରେ ଧୀରେ ସେଠାରୁ ଖସିଆସିଲି । ଏଡ଼େ ବିପଦରେ ପଡ଼ି ମଧ୍ୟ ରମଣୀର ଅନୁରୋଧରେ ମୋର ହୃଦୟ ବିଗଳିତ ହୋଇଥିଲା । ତାଙ୍କୁ ଉଦ୍ଧାର କରିବାର ଆଉ ଉପାୟ କ'ଣ ? ପ୍ରଥମେ ନିଜେ ରକ୍ଷା ପାଏ ! ଏପରି ଦୁର୍ବଳତା ମୋ ମନରେ ଆଉ କେବେ ଆସି ନ ଥିଲା । ନିଜର

ଜୀବନ ନିମନ୍ତେ ଚୋରପରି ଲୁଚି ପଳାୟନ କରିବା ସେଦିନ ପ୍ରଥମ। ଯେତେଦୂର ସମ୍ଭବ, ମୋ ପରି ଅବସ୍ଥାପନ୍ନ ଯେ କେହି ଏପରି କରିବାକୁ ଟିକିଏ କୁଣ୍ଠିତ ହୋଇ ନ ଥାନ୍ତା।

ଆଜି ଏହି ଅଗଙ୍ଗ ପର୍ବତରେ, ବୌଦ୍ଧମନ୍ଦିରରେ ବସି ମୁଁ ଚିନ୍ତା କରୁଛି, ଏହା କରିବାଦ୍ୱାରା ସମସ୍ତଙ୍କର ମଙ୍ଗଳ ହେବ। ମୁଁ କଳିଙ୍ଗକୁ ଯାଇ କଳିଙ୍ଗ ସମ୍ରାଟ ଲଲାଟେନ୍ଦୁଙ୍କୁ ସମସ୍ତ ଘଟଣା ଜଣାଇବି। ସେ ଏହାର ପ୍ରତିକାର ଅବଶ୍ୟ କରିବେ। ଯଦି ନ କରନ୍ତି, ମୁଁ ନିଜେ ନିଜେ କରିବି। ମୋର ତ ଆଉ ଧନର ଅଭାବ ନାହିଁ।............

ମଣିଆଁ ଯନ୍ତ୍ରପରି ସମସ୍ତ ଘଟଣା ଗୋଟି ଗୋଟି କରି ପଢ଼ିଯାଉଛି। ବନ୍ଦୀଶାଳାରୁ ମୁକ୍ତ ହୋଇ ଭଜନା କିପରି ସହସ୍ର ବିପଦରୁ ଗୋଡ଼ ଖସାଇ ଶେଷରେ ବାଲିଦ୍ୱୀପରେ ଉପସ୍ଥିତ ହେଲା, ତାହାରହିଁ ବର୍ଣ୍ଣନା।

ପୋଥି ବନ୍ଦକରି ମଣିଆଁ ଚିନ୍ତାକଲା, ମୋର ପିତା ସେହି ବନ୍ଦୀଶାଳାରେ ବନ୍ଦୀ ରହିଛନ୍ତି। ମାତା ମଧ୍ୟ ବନ୍ଦିନୀ ଅଛନ୍ତି। ମୁଁ ମୂର୍ଖ। ଯଦି ଏହା ଆଗରୁ ଜାଣି ପାରିଥାନ୍ତି ! ଜାଣିଥିଲେ ବନ୍ଦୀ ମୁଁ, ମୋ'ର କି କ୍ଷମତା ଅଛି ତାଙ୍କୁ ଉଦ୍ଧାର କରିପାରିବି ? ସେ ବୃଦ୍ଧ କିଏ ? ନିଜର ଜୀବନ ପଣ କରି ମୋତେ ମୁକ୍ତ କରିଛନ୍ତି। ସେହି ବୃଦ୍ଧ ତେବେ କ'ଣ ମୋର ପିତା ? ଆହା, ଆଜି ମୋର ମନ ଏପରି କାହିଁକି ଅଧୀର ହୋଇପଡୁଛି। ସେହି ବୃଦ୍ଧ ମୋର ପିତା ? ସାକ୍ଷାତ୍ ଦେବତା ପିତୃ ଦେବଙ୍କୁ ସମ୍ମୁଖରେ ପାଇ ଚିହ୍ନିପାରି ନାହିଁ ? ଭଗବାନ ମୋତେ ବତାଇ ଦିଅ।

ମଣିଆଁ ଚକ୍ଷୁ ବନ୍ଦକରି ବେତ୍ରାସନ ଉପରେ ଢଳିପଡ଼ିଲା।

ଅନେକ ଦିନ ଗତ ହୋଇଗଲାଣି। ଦିନୁଦିନ ମଣିଆଁର ମନର ଅବସ୍ଥା ମନ୍ଦ ହୋଇପଡ଼ିଛି। ପ୍ରତ୍ୟହ ସୂର୍ଯ୍ୟଙ୍କର ଉଦୟ ଅସ୍ତ ଦେଖି ଦେଖି ସେ କ୍ଳାନ୍ତ। ଆଉ କେତେଦିନ ଏହିପରି ସେ ସମୁଦ୍ର ଉପରେ ଏକାକୀ ଭାସି ଭାସି ଯାଉଥିବ ? ସ୍ଥଳ, କାହିଁ ? କଳିଙ୍ଗ ଉପକୂଳ ଆଉ କେତେ ଦୂରରେ ?

ମଣିଆଁ ଦିନରେ ସୂର୍ଯ୍ୟ ଏବଂ ରାତ୍ରିରେ ଧ୍ରୁବତାରାକୁ ଦେଖି ଦିଗ ନିରୂପଣ କରେ। ସାଧ୍ୟଅନୁଯାୟୀ ନୌକାଟିକୁ ପଶ୍ଚିମ ଦିଗକୁ ଚଳାଇବାକୁ ଚେଷ୍ଟା କରେ। ସମୟ ସମୟରେ ହତାଶ ହୋଇ ଆହୁଲା ଛାଡ଼ି ଚୁପ୍‌କରି ବସି ଆକାଶ ଓ ସାଗରକୁ ଅନାଇଁ ରହିଥାଏ। କେବେ ବା ଭଜନାର ଦୈନିକ ଲିପି ଆଣି ପଢ଼େ। ସେଥିରେ ଏପରି ଘଟଣାମାନ ଲେଖାଥିଲା, ଯାହା ପଢ଼ିଲେ ମନରେ ଦମ୍ଭ ଆସେ। ସେ କେତେ ବିପଦରୁ ଉଦ୍ଧାର ପାଇ ଆସିଛନ୍ତି। ମଣିଆଁର ବିପଦ ତ ତା' ତୁଳନାରେ କିଛି ନୁହେଁ।

ଦିନେ ଅନ୍ୟମନସ୍କ ଭାବରେ ମଣିଆଁ ଭଜନାର ଦୈନିକ ଲିପି ଓଲଟାଉ ଓଲଟାଉ ତା'ର ନଜର ପଡ଼ିଗଲା—ଶେଷ ଆଡ଼କୁ ଗୋଟିଏ ପୃଷ୍ଠା ଉପରେ। ସେ ପଢ଼ିବାକୁ ଆରମ୍ଭ କଲା। ବାଲିଦ୍ୱୀପରୁ ଫେରିବାର ଅନେକ ଦିନ ହୋଇଗଲାଣି। ବୋଇତ କେବେ ତାମ୍ରଲିପ୍ତ କିମ୍ବା ଚାରିତ୍ରରେ ଲାଗିବ, ମୋର କୌଣସି ନାଉରି କହିପାରୁ ନାହାନ୍ତି। ସେମାନେ ବା କାହୁଁ ଜାଣିବେ? ଜାଭାର ଲୋକ ଓଡ଼ିଆ ହେଲେ କ'ଣ ହେଲା, ଜାଭା ବିଷୟରେ ଯାହା କିଛି ଜାଣନ୍ତି। ଆଖପାଖ ଦ୍ୱୀପକୁ ଯା' ଆସ କରନ୍ତି ସିନା, ନିଜ ଦେଶକୁ ତ ଆଉ କେବେ ଆସି ନାହାନ୍ତି, ଜାଣିବେ କାହୁଁ? ଯାହାହେଉ, ଆଶା କରେ ଅଳ୍ପଦିନ ଭିତରେ କଳିଙ୍ଗରେ ଉପସ୍ଥିତ ହେଲେ ସୂର୍ଯ୍ୟଦ୍ୱୀପର ବନ୍ଦୀମାନଙ୍କୁ ମୁକ୍ତ କରିବାର ଚେଷ୍ଟା କରାଯିବ।

ଓଃ, ସେ ତ ଅନେକ ବର୍ଷ ତଳର କଥା। ରମଣୀ କ'ଣ ଅଦ୍ୟାପି ବଞ୍ଚି ରହିଛନ୍ତି। ମୁଁ ଭାରି ଭୁଲ୍ କରିଛି। ଆହୁରି ଥୋଡ଼ାଏ ରତ୍ନ ନେଇ ଆସିଥିଲେ ଭଲ ହୋଇଥାନ୍ତା।

ଆହୁରି ପୃଷ୍ଠାଏ ଲେଉଟାଇ ମଣିଆଁ ପଢ଼ିଲା, ତାମ୍ରଲିପ୍ତର ବିଖ୍ୟାତ ସାଧବ ନାରାୟଣ ପଣ୍ଡାଙ୍କର ବୋଇତରେ ମୁଁ। ସାଧବଙ୍କ ପାଖରେ ତାଙ୍କର ସ୍ତ୍ରୀ ଉପବିଷ୍ଟା। ସେ ସୁନ୍ଦରୀ। ନାକ କାନର ବଉଳି ଛିଣ୍ଡା। ସେ ଭାରି ଶାନ୍ତ। ତାମ୍ରଲିପ୍ତର ଖବର ବୁଝିବାକୁ ତାଙ୍କର ବୋଇତ ସଙ୍ଗେ ମୋର ଏ ନୌକାଟି ଲଗାଇଥିଲି। ଜାଣି ନ ଥିଲି, ଏ ଜଣେ ଦସ୍ୟୁ ସର୍ଦ୍ଦାର। ସାଧବଙ୍କ ସମ୍ମୁଖରେ ବସି ମୁଁ କଥୋପକଥନ କରୁଥିଲି। ରମଣୀ ଟିକିଏ ଦୂରକୁ ଉଠିଯାଇ ବଙ୍କା ହୋଇ ଠିଆହୋଇ ସବୁ ଶୁଣୁଥିଲେ। ସାଧବଙ୍କର ମୂଳ ଉଦ୍ଦେଶ୍ୟ ବୁଝିପାରି ମୁଁ ଏକାଥରେ ମୋର ନୌକା ଉପରକୁ ଛୁଟିଆସିଲି।

ଆହୁରି ପୃଷ୍ଠାଏ ଓଲଟାଇ ମଣିଆଁ ପଢ଼ିଲା, ...ଯୁଦ୍ଧରେ ମୋର ସମସ୍ତେ ମଲେ। ମୁଁ ରତ୍ନଗୁଡ଼ିକର ଉପଯୁକ୍ତ ବ୍ୟବସ୍ଥା କରି ଏକାକୀ ଏହି କୋଠରୀରେ ବସି ଦୈନିକ ଲିପି ଲେଖୁଛି; କାରଣ ମୁଁ ଜାଣେ, ଶତ୍ରୁ ନୌକା ବୁଡ଼ାଇଦେବ। ବିଫଳ ଚେଷ୍ଟା ନିଷ୍ପ୍ରୟୋଜନ। ପୋଥି ଲେଖା ମୋର ପ୍ରଧାନ ଆନନ୍ଦ। ଅତଏବ ମନରେ ଦୁଃଖ ନ କରି ଅନ୍ତିମ ଦଶା ବରଣ କରିବି। ବାହାରେ ଏ କାହାର ଶବ୍ଦ! ମୁଁ ଜାଣେ ମୋର ପ୍ରତ୍ୟେକ ନାବିକ ମୃତ। ଏମାନେ ନିଶ୍ଚୟ ଶତ୍ରୁ! ଶତ୍ରୁ?

ଏହିଠାରୁ ଭଜନାର ଦୈନିକ ଲିପି ସମାପ୍ତ।

ଅନେକ ଦିନ ଗତ ହୋଇଗଲଣି। ମଣିଆଁର ମନର ଅବସ୍ଥା ପରିବର୍ତ୍ତନ

ହୋଇନାହିଁ। ପୂର୍ବପରି ଅନନ୍ତ ସାଗର ବକ୍ଷରେ ଏକାକୀ ଭାସି ଭାସି ଚାଲିଛି। ଏଣେ ସାଗର ବକ୍ଷରେ ଲହରୀମାଳ ଯେପରି କଳକଳ ହୋଇ ଆସି ନୌକାରେ ବାଜୁଛନ୍ତି, ସେହିପରି ଯୁବକର ମନ ମଧ୍ୟରେ ସାହସ ଭାବନାର ଲହରୀ ଖେଳି ଉଠୁଛି। ସର୍ବଦା ଜୀବନ ବିଷୟରେ ସନ୍ଦିହାନ। ସମୁଦ୍ର ମଧ୍ୟସ୍ଥ କୌଣସି ଅଜଣା ପଥରଦେହରେ ନୌକା ବାଜିଗଲା କି? ଏପରି ଅବସ୍ଥାରେ ସାଧାରଣତଃ ମନୁଷ୍ୟ ମନରେ ଅନେକ ପ୍ରକାର କୁଭାବନା ଆସି ଉପସ୍ଥିତ ହୋଇଥାଏ।

ସମୟ ସମୟରେ ମଣିଆଁ ଚିନ୍ତାକରେ, ଭଗବାନ ମୋ ପ୍ରତି ଏଡ଼େ ନିର୍ଦ୍ଦୟ କାହିଁକି? ମୋର ପିତା ଚିରଦିନ ବନ୍ଦୀରହି ଶେଷରେ ସେହି ନିର୍ଜ୍ଜନ ଅନ୍ଧକାର ପ୍ରକୋଷ୍ଠରେ ପ୍ରାଣତ୍ୟାଗ କରିଥିବେ। ଆହା! ଯଦି ପୂର୍ବରୁ ଜାଣି ପାରିଥାନ୍ତି, ସେ ମୋର ପିତା, ନିଜର ଜୀବନ ନିମନ୍ତେ ତାଙ୍କୁ ସେପରି ଅବସ୍ଥାରେ କଦାପି ଛାଡ଼ି ପଳାଇ ଆସି ନ ଥାନ୍ତି। ମୃତ୍ୟୁ ଯନ୍ତ୍ରଣାରେ ସେ ଅଧୀର ହେଉଥିଲେ ମଧ୍ୟ ମୋର ମୁକ୍ତି ନିମନ୍ତେ ଏଡ଼େ ଅସ୍ଥିର ହୋଇପଡ଼ିଥିଲେ କାହିଁକି? ସେ କ'ଣ ତେବେ ଜାଣି ପାରିଥଲେ ମୁଁ ତାଙ୍କର ଅଧମ ପୁତ୍ର? ତେବେ, ମୋତେ ଜଣାଇ ନ ଦେଲେ କାହିଁକି? ସେ ମୋର ପିତା ହେଉନ୍ତୁ ଅବା ନ ହେଉନ୍ତୁ, ତାଙ୍କର ସେବାରେ ମୁଁ କୌଣସି ତ୍ରୁଟି କରିନାହିଁ।

ଆଉ ମୋର ମା, ସେ ମୋ ନିକଟରେ ବନ୍ଦିନୀ ଥିଲେ, ମୁଁ ଏହା କାହୁଁ ଜାଣିବି? ମୋତେ ଯେ ପୁତ୍ର ପରି ଆବାଲ୍ୟରୁ ପାଳନ କରିଥିଲେ ତାଙ୍କର ଦଶା ଶେଷରେ ଏହାହିଁ ହେଲା! ଯେଉଁ ବାଲିଦ୍ୱୀପର ଧନ ନିମନ୍ତେ ସୂର୍ଯ୍ୟଦ୍ୱୀପରେ ବୃଦ୍ଧ ଏତେ ଉପଦେଶ ଦେଇଥିଲେ, ସେ ଧନ ମୋର ପାଳକ ପିତା ପାଇ ଭୋଗ କରି ପାରିଲେ ନାହିଁ। ତାଙ୍କର ମହତ୍ ଉଦ୍ଦେଶ୍ୟ ପୂର୍ଣ୍ଣକରି ପାରିଲେ ନାହିଁ। ତାଙ୍କର ସମସ୍ତ ଇଚ୍ଛା ମୋତେ ପୂରଣ କରିବାକୁ ହେବ।

କିପରି ପାରିବି? ଯାହାର ଜୀବନର ସ୍ଥିରତା ନାହିଁ, ସେ ପୁଣି ମହତ୍ ଉଦ୍ଦେଶ୍ୟ ପୂର୍ଣ୍ଣ କରିବାକୁ ଆଶା କରିପାରେ? ମଣିଆଁ ଏହି ସମସ୍ତ ଘଟଣା ଭାବୁ ଭାବୁ ସୁଶୀଳାର କଥା ମନେ ପଡ଼େ। ସୁଶୀଳା ବିଶ୍ୱାସଘାତିନୀ! ସୁଶୀଳା କୃତଘ୍ନା! ସେ ଥରେ ଜଣକୁ ସ୍ୱାମୀରୂପେ ବରଣ କରି ପୁଣି ଅନ୍ୟକୁ ବରଣ କରିଛି! ନଚେତ୍ ସେ କିଏ ହୋଇପାରେ? ନାରାୟଣ ପଣ୍ଡାଙ୍କ ଜାହାଜରେ ଥିବା ଯେଉଁ ରମଣୀ ବିଷୟରେ ଦୈନିକ ଲିପିରେ ଲେଖା ଅଛି, ସେ ରମଣୀ ସୁଶୀଳା ବ୍ୟତୀତ ଅନ୍ୟ କେହି ହୋଇ ନ ପାରେ। ତା'ର ନାକ କାନର ବଉଳି ଛିଣ୍ଡା। ସେ ବଙ୍କା ହୋଇ ଛିଡ଼ା ହୋଇଥିଲା। ଅତଏବ ସୁଶୀଳା ବିନା ସେ ଆଉ କେହି ନୁହେଁ।

ଧୀବର କନ୍ୟା ସୁଶୀଳାକୁ ବିଖ୍ୟାତ ଦସ୍ୟୁ ନାରାୟଣ ସାଧବ ବିବାହ କରିଛନ୍ତି, ଏହା ତାଙ୍କ ପକ୍ଷରେ ସାମାନ୍ୟ ଅପମାନର କଥା ନୁହେଁ। ସେ ବ୍ରାହ୍ମଣର ପୁତ୍ର, ଏ ଧୀବର କନ୍ୟା। ସମାଜ ଅନୁମତି ଦିଅନ୍ତା କିପରି ? ସୁଶୀଳା ଧୀବର କନ୍ୟା ବ୍ୟତୀତ ଅନ୍ୟ କିଛି ବୋଲି କେହି ଜାଣେ ନାହିଁ। ବନ୍ଦୀଶାଳାରେ ଥିବା ସମୟରେ ପ୍ରହରୀ ମୁଖରୁ ଶୁଣିଥିଲି, ନାରାୟଣ ସାଧବ କଳିଙ୍ଗ ପଲ୍ଲୀର ଜଣେ ବିଖ୍ୟାତ୍ ବଣିକଙ୍କର କନ୍ୟା ସହିତ ବିବାହିତ। ଅତଏବ, ସୁଶୀଳାକୁ ନାରାୟଣ ସାଧବ କଦାପି ବିବାହ କରି ନାହାନ୍ତି। ସେ ରକ୍ଷିତା ପରି ତାଙ୍କର ବୋଇତରେ ରହିଛି। ଶେଷରେ ସୁଶୀଳାର ଏହି ଗତି ହେଲା ? ଭଗବାନ ତାକୁ ବେଶ୍ୟା କରିବାକୁ ସଂସାରକୁ ପଠାଇଥିଲେ !

ନା, ସୁଶୀଳା କଦାପି ସେପରି ହୋଇ ନ ପାରେ। ଆଜିଠାରୁ ଭାବିବି ସୁଶୀଳା ମୃତା। ସେ ମରିଛି କେବଳ ମୋତେ ଭାବି ଭାବି। ସେ ଜାଣେ, ନାରାୟଣ ସାଧବ ମୋତେ ବନ୍ଦୀ କରିଛି। ଯଦି ସେ ନାରାୟଣ ସାଧବର ସ୍ତ୍ରୀ ହୋଇ, ଅବା ବିଦେଶରେ ମନୋରଞ୍ଜନ କରିବାକୁ ନାରାୟଣ ସାଧବର ବୋଇତରେ ରହିଥାନ୍ତା, ମୋତେ ମୁକ୍ତ କରିବାକୁ ଅବଶ୍ୟ ଚେଷ୍ଟା କରିଥାନ୍ତା ! ମୋ ପ୍ରତି କ'ଣ ତା'ର ଟିକିଏ ହୋଇ ଦୟା ହୁଅନ୍ତା ନାହିଁ ? ବାଲ୍ୟ କାଳର ସ୍ନେହ ମମତା, ବିଦାୟକାଳର ହୃଦୟବିଦାରକ ବାକ୍ୟ, ଏକାଥରେ ଭୁଲିଯାନ୍ତା ସେ ! ଏତେଦିନ ତା' ନିକଟରୁ ଦୂରରେ ଥାଇ ମଧ୍ୟ ଦିନେ ହେଲେ ତ କେବେ ତା'ର କଥା ଭୁଲିପାରି ନାହିଁ। ତାକୁ ହୃଦୟରେ ଧରି ରଖିପାର ନାହିଁ ସତ; କିନ୍ତୁ ସର୍ବଦା ତା'ର ସ୍ମୃତିକୁ ହୃଦରେ ଜଗାଇ ରଖିଛି।

ନୌକା ଉପରେ ଟହଲୁ ଟହଲୁ ସୁଶୀଳା କଥା ଭାବୁଥିବା ସମୟରେ ତାର ଶୂନ୍ୟ ଚକ୍ଷୁ ଦ୍ୱୟ ସମୁଦ୍ରର ନୀଳିମା ଉପରେ ସ୍ଥିର ଥିଲା। ଚକ୍ଷୁ ଫେରାଇ ଦେଖିଲା, ଦୂରରେ ଗୋଟାଏ ପ୍ରକାଣ୍ଡ ବୋଇତ। ବହୁଦୂରରେ ଯାଉଥିବାରୁ ତା'ର ଗତି କେଉଁ ଦିଗକୁ ସେ ନିରୂପଣ କରିପାରିଲା ନାହିଁ। କ୍ଷଣକ ମଧ୍ୟରେ ଆକାଶରେ ବିଦ୍ୟୁତ୍ ପରି ତାର ହତାଶ ମନରେ ଆଶା ଚମକଉଠିଲା। ମାତ୍ର, ଆକାଶ ବକ୍ଷରେ ବିଦ୍ୟୁତ୍ ପରି ତା'ର ସେ ଆଶା ଅଧିକ ସମୟ ନ ରହି ନୈରାଶ୍ୟ ଅନ୍ଧକାରରେ ମିଶିଗଲା। ଯୁବକ ସତୃଷ୍ଣ ନୟନରେ ନୌକା ଆଡ଼କୁ ଅନାଇ ଭାବିଲା, ଏ ଯଦି ନାରାୟଣ ସାଧବର ବୋଇତ ହୋଇଥାଏ, ତେବେ ତ ମହରଗରୁ ଯାଇ କାନ୍ତାରରେ ପଡ଼ିଲାପରି ହେବ। ସେ ନିର୍ଦ୍ଦୟ ଜୀବନ ନ ନେଇ ଛାଡ଼ିଦେବ ନାହିଁ। ନାରାୟଣ ସାଧବ କୌଣସି ବୋଇତ କିମ୍ବା ନୌକାକୁ ଆକ୍ରମଣ କଲେ ଧ୍ୱଂସ ନ କରି ଛାଡ଼ନ୍ତି ନାହିଁ। ମୋତେ ସେ ମାରି ପକାଇବେ। ନୌକାଟିକୁ ବୁଡ଼ାଇଦେବେ। ମାତ୍ର ନିର୍ଜ୍ଜନତା ଠାରୁ ବରଂ ମୃତ୍ୟୁ ଭଲ।

ବିଳମ୍ବ କଲେ ବୋଇତ ହୁଏତ ପାଖକୁ ନ ଆସି ଅନ୍ୟ ଦିଗରେ ଅଦୃଶ୍ୟ

ହୋଇପାରେ। ଏତେଦିନ ପରେ, ମନରେ ଯେଉଁ କ୍ଷୀଣ ଆଶା ଉଦୟ ହୋଇଛି, ତାହା ବିଲୁପ୍ତ ହେବ। ଜୀବନ ବିଷୟରେ ଏପରି ସନ୍ଦିହାନ ହୋଇ ରହିବି କାହିଁକି? ଥରେ ଚେଷ୍ଟା କରି ଦେଖେଁ। କୌଣସି ପ୍ରକାରେ ମୁକ୍ତି ତ ହେବ। ହୁଏତ ମୁକ୍ତି ଏପରି ଅବସ୍ଥାରୁ, ନତୁବା ମୁକ୍ତି ଚିରଦିନ ନିମନ୍ତେ, କର୍ମମୟ ଜଗତ୍ ବକ୍ଷରୁ। ଦେହର ସମସ୍ତ ଗତି ଏକତ୍ରିତ କରି ଯୁବକ ଆହୁଲା ପକାଇଲା। ବହୁ ସମୟ ପରେ ବୋଇତର ନିକଟକୁ ଆସି ଦେଖିଲା, ପତାକାରେ ଲେଖା ହୋଇଛି ଯଦୁନାଥ ମିଶ୍ର।

ମନରେ ଆଶା ବାନ୍ଧି ବୋଇତର ନାଉରିମାନଙ୍କୁ ଡାକି କହିଲା, ମୋତେ ବୋଇତକୁ ନିଅ।

ନାଉରିମାନେ ସୌଦାଗରଙ୍କର ଅନୁମତି ମାଗିବାକୁ ଗଲେ। ସୌଦାଗର ଆଶ୍ଚର୍ଯ୍ୟ ହେଲେ ଯେ, ଏତେବଡ଼ ନୌକାଟିରେ କେବଳ ଜଣେ ମନୁଷ୍ୟ ବ୍ୟତୀତ ଆଉ କେହି ନାହିଁ। ସେ ଜଣକ ମନୁଷ୍ୟ ହେଲେ ମଧ୍ୟ ବଡ଼ ଭୟଙ୍କର ଦେଖା ଯାଉଅଛି। ମୁଣ୍ଡର ବାଳ ବଢ଼ି ଅଣ୍ଟାଯାକେ ପଡ଼ିଛି। ମୁହଁରେ ବେତାଏ ରୁଢ଼। ଲୁଗା ପଟା ଛିଣ୍ଡା ଓ କୋଚଟ ମଇଳା। ଜଙ୍ଗଲୀ ଜନ୍ତୁଙ୍କ ପରି ଆଙ୍ଗୁଠିରେ ନଖଗୁଡ଼ାକ ବଢ଼ିଛି। ଅଙ୍ଗ ଦୁର୍ବଳ। ଦେହରେ ବୋଧହୁଏ ଯଥେଷ୍ଟ ଶକ୍ତି ଅଛି। ନୋହିଲେ, ସେ ଏକାକୀ ନୌକା ବାହାନ୍ତା କିପରି?

ସାଧବ ମଣିଆଁକୁ ଅନେକ ସମୟ ନିରୀକ୍ଷଣ କରି ଲଣ୍ଡା ମୁଣ୍ଡରେ ହାତ ବୁଲାଇ ନିକଟସ୍ଥ ଜଣେ ଅନୁଚରକୁ କହିଲେ, ଯାଅ, ନାଉରିମାନଙ୍କୁ କହିଦିଅ, ସେମାନେ ବୋଇତ ଚଳାନ୍ତୁ। ସେ ତ ପାଗଳ ପରି ଦିଶୁଛି। ତାକୁ ବୋଇତକୁ ଆଣିବା ଅନ୍ୟାୟ। ବୁଝିଲ କିହେ ଜେନାଏଁ, ନିଜ ଦୁଃଖକୁ ହାରି ଗୁହାରି ନାହିଁ, ପର ଦୁଃଖ ବୁଝୁଛି କିଏ।

ନୌକା ଉପରୁ ଯୁବକ ଦେଖିଲା, ସୌଦାଗର ଜଣେ ଯୁବକ। ମୁଣ୍ଡରେ ଚିତା। କାନ୍ଧରେ ପଇତା। ଲଣ୍ଡା ମୁଣ୍ଡ। ସୌଦାଗରଙ୍କ କଥା ଶୁଣି ହତାଶ ହେଲା। ଉଚ୍ଚସ୍ୱରରେ ଡାକି କହିଲା, ବିପନ୍ନର ସହାୟ ହେବା ପ୍ରତ୍ୟେକ ମନୁଷ୍ୟର କର୍ତ୍ତବ୍ୟ! ମୋତେ ରକ୍ଷାକର।

ସୌଦାଗର ପଚାରିଲେ, ତେମେ କ'ଣ ବିପଦାପନ୍ନ? ମୋତେ ଏହା ଜଣା ନ ଥିଲା। ମୁଁ ଭାବିଲି କାମଧନ୍ଦାରେ କାହିଁ ଯାଉଛି ବୋଲି।

ଏପରି ଗୋଟିଏ ଅନର୍ଥକ କଥାରେ ମଣିଆଁର ଭାରି ରାଗ ହେଲା। ସେ କହିଲା, ସୌଦାଗର ମହାଶୟ, ଆପଣ କ'ଣ ଦେଖିପାରୁ ନାହାନ୍ତି ଯେ, ଏତେବଡ଼ ନୌକାରେ ମୁଁ ଏକା! ନୌକା ଚଳାଇବାର କ୍ଷମତା ମୋର ନାହିଁ। ବିସ୍ତୀର୍ଣ୍ଣ ମହାସାଗର ବକ୍ଷରେ ଏହି କ୍ଷୁଦ୍ର ନୌକାଟି ଯହିଁ ଇଚ୍ଛା ତହିଁ ଭାସି ଯାଉଛି। ଏହାଠାରୁ ବଳି ଅଧିକ ବିପଦ ଆଉ କ'ଣ ହୋଇପାରେ? ଦୟାକରି ମୋତେ ବୋଇତରେ ସ୍ଥାନ ଦିଅନ୍ତୁ।

ତମର ଅନୁରୋଧ ରକ୍ଷା କରିବି। ତୁମେ ବିପଦରେ ପଡ଼ିଛ ସତ; କିନ୍ତୁ ପରିଚୟ ନ କହିଲେ ବୋଇତରେ ସ୍ଥାନ ଦେବା ଠିକ୍ ମନେ କରୁନାହିଁ। ତୁମେ ହୁଏତ ଦସ୍ୟୁ ହୋଇପାର।

ମଣିଆଁ କହିଲା, ମନେ କରନ୍ତୁ ମୁଁ ଜଣେ ଦସ୍ୟୁ। କିନ୍ତୁ ଜଣେ ଦସ୍ୟୁ ଆପଣଙ୍କର କିଛି କ୍ଷତି କରିପାରେ କି ?

ନୌକା ଭିତରେ ଯେ ଆହୁରି ଅନେକ ଲୋକ ଲୁଚି ନ ରହିଛନ୍ତି, ଏହାର ପ୍ରମାଣ କ'ଣ ? ନିଜେ ହୁସିଆର ହୋଇ ଆଗରୁ ବାଟ କାଟିଲେ ଅଗଗୋଡ଼ରେ କଣ୍ଟା ବାଜିବ ନାହିଁ। ମୋର ଭାରି ସନ୍ଦେହ ହେଉଛି। ଏଡ଼େ ବଡ଼ ଡଙ୍ଗାରେ କି କେବେ ମୋଟେ ଜଣେ ଲୋକ ଥାଇପାରେ ?

ଆପଣ ଭାରି ସନ୍ଦେହୀ, ଯଦି ମୋର ଅବସ୍ଥା ବୁଝି ପାରୁ ନ ଥାନ୍ତି, ମୁଁ ଆଉ ଅଧିକ କିଛି କହିପାରିବି ନାହିଁ। ଏଣିକି ଆପଣଙ୍କର ଇଚ୍ଛା।

ମୁଁ ପ୍ରଥମେ ଜାଣିବାକୁ ଚାହେଁ, ଏତେବଡ଼ ନୌକାଟିରେ ତେମେ ଜଣେ ଲୋକ ଅଛ କାହିଁକି ? ତାପରେ ବିଚାର କରି ତମକୁ ସଙ୍ଗରେ ନେବାର ବ୍ୟବସ୍ଥା କରିବି ?

ଆପଣଙ୍କ ପ୍ରଶ୍ନର ଉତ୍ତର ଦେବାକୁ ମୁଁ ପ୍ରସ୍ତୁତ ଅଛି। ପ୍ରତ୍ୟେକ ଘଟଣା ବର୍ଣ୍ଣନା କରିବାକୁ ଗଲେ ଅନେକ ସମୟ ଲାଗିବ। ଆପଣ ରହିଲେ ବୋଇତ ଉପରେ, ମୁଁ ରହିଲି ଏତେ ଦୂରରେ ନୌକା ଉପରେ। ଏପରି ଅବସ୍ଥାରେ ମୁଁ ଏବେ କେତେ ଚିତ୍କାର କରି କହିବି ? ମୁଁ ଯାହା କହିବି ଯଦି ତହିଁରେ ବିଶ୍ୱାସ କରିବାକୁ ଚାହାଁନ୍ତି, ତେବେ ବର୍ତ୍ତମାନ ବିଶ୍ୱାସ କରନ୍ତୁ ଯେ ମୁଁ ଜଣେ ଦରିଦ୍ର ହତଭାଗ୍ୟ ଯୁବକ। ଜଳଦସ୍ୟୁ ନୁହେଁ। ଭାଗ୍ୟର ପରିବର୍ତ୍ତନରୁ ଏପରି ଅବସ୍ଥାରେ ପଡ଼ିଛି। ମୋତେ ଆପଣଙ୍କ ବୋଇତରେ ସ୍ଥାନ ଦିଅନ୍ତୁ। ପରେ ମୁଁ ଗୋଟି ଗୋଟି କରି ସମସ୍ତ ଘଟଣା ଜଣାଇବି।

ସୌଦାଗରଙ୍କ ଆଦେଶରେ ମଣିଆଁ ବୋଇତରେ ସ୍ଥାନ ପାଇଲା। ପରେ ସୌଦାଗର ବୁଝି ପାରିଲେ, ତାଙ୍କର ଭୟ ନିରର୍ଥକ। ମଣିଆଁର କଥାନୁଯାୟୀ ନୌକାରୁ କେତେଗୁଡ଼ିଏ ପଦାର୍ଥ ବୋଇତକୁ ଅଣାଗଲା। ନୌକାଖଣ୍ଡି ମୋଟା କତା ଦଉଡ଼ିରେ ବାନ୍ଧି ବୋଇତର ପଛମଙ୍ଗରେ ଯୋଡ଼ି ଦେଲେ।

ସୌଦାଗରଙ୍କ ନାମ ରାଧାଶ୍ୟାମ ମିଶ୍ର। ତାମ୍ରଲିପ୍ତର ଜନୈକ ବଣିକ ଯଦୁନାଥ ମିଶ୍ରଙ୍କର ଏକମାତ୍ର ପୁତ୍ର। ପିତାଙ୍କର ମୃତ୍ୟୁ ପରେ ପିତାଙ୍କ କାର୍ଯ୍ୟଭାର ଗ୍ରହଣ କରି ବାଣିଜ୍ୟ କରିବାକୁ ବିଦେଶ ବାହାରିଛନ୍ତି। ପିତାଙ୍କ ସଙ୍ଗେ ଏଥି ପୂର୍ବରୁ ଅନେକ ଥର ଯା'ଆସ କରି ସମୁଦ୍ର ସଙ୍ଗେ ସେ ଉତ୍ତମରୂପେ ପରିଚିତ।

ରାଧାଶ୍ୟାମ ଦେଖିଲେ, ମଣିଆଁକୁ ବୋଇତରେ ସ୍ଥାନ ଦେଇ ସେ ଭଲ କରିଛନ୍ତି। ପ୍ରଥମ କଥା, ମଣିଆଁର ଜୀବନ ରକ୍ଷାକରି ପାରିଅଛନ୍ତି। ଦ୍ୱିତୀୟରେ, ମଣିଆଁ ସମୁଦ୍ର ବିଷୟରେ ଅନେକ କଥା ଜାଣେ। ତା'ର କାର୍ଯ୍ୟ ବିଷୟକ ଅଭିଜ୍ଞତା ଅଳ୍ପ; କିନ୍ତୁ ବୁଦ୍ଧି ତୀକ୍ଷ୍ଣ।

ଆକାଶରେ ତାରା ଗଣି ଦିଗ ଏବଂ ସ୍ଥାନ ନିର୍ଣ୍ଣୟ କରିବାରେ ସେ ସୁଦକ୍ଷ। ମଧ୍ୟାହ୍ନ ସୂର୍ଯ୍ୟଙ୍କର କୋଣ ନିର୍ଣ୍ଣୟ କରି ମଣିଆଁ ଅକ୍ଷାଂଶର ପରିମାଣ ସ୍ଥିର କରିପାରେ। କହିପାରେ, ତାମ୍ରଲିପ୍ତର କେତେ କୋଶ ଦୂରରେ ବୋଇତ ଅଛି। ମଣିଆଁର ପ୍ରଧାନ ଗୁଣ—ସେ ଭଲ ଲକ୍ଷ୍ୟ କରି ପାରୁଥିଲା। ଶର କିମ୍ବା ବାଟୁଳି ସନ୍ଧାନ କରିବାରେ ସେ ସିଦ୍ଧହସ୍ତ।

ରାଧାଶ୍ୟାମଙ୍କର ଲୋକ ତୋପ ଫୁଟାଇ ପାରୁଥିଲେ। ବୋଇତରେ ନିଜ କାରଖାନା ଗଢ଼ା ଦୁଇଗୋଟି ତୋପ ରଖା ହୋଇଥିଲା। ରାଧାଶ୍ୟାମ ସମ୍ବଲପୁର ଅଞ୍ଚଳର ଜଣେ ବିଖ୍ୟାତ ବାଣୁଆକୁ ପାଖରେ ରଖିଥିଲେ। ସେ ତାଙ୍କୁ ଜେନାଏଁ ବୋଲି ଡାକନ୍ତି। ତାଙ୍କର କାର୍ଯ୍ୟ ସେ କେବଳ ବାରୁଦ ତିଆରି କରିବେ। ସମୟ ସମୟରେ କେବଳ ଶବ୍ଦ ହେବ ବୋଲି ମିଶ୍ରଙ୍କ ଆଦେଶ ମତେ ତୋପ ଫୁଟୁଥିଲା। ଏଥର ମଣିଆଁ ସାହାଯ୍ୟରେ ତୋପଦ୍ୱାରା ସମୁଦ୍ରରୁ ଅନେକ ଜୀବ ମରାଗଲା। ମଣିଆଁ ତୋପକୁ ଏପରି କୋଣ କରି ରଖିପାରେ ଯେ, ତୋପ ଫୁଟାଇଲେ ଗୁଳା ଆକାଶକୁ ଉଠି ଶେଷରେ ଠିକ୍ ନିର୍ଦ୍ଦିଷ୍ଟ ସ୍ଥାନରେ ପଡ଼େ, ଜନ୍ତୁଙ୍କୁ ମାରିପକାଏ। ମଣିଆଁ ମିଶ୍ରଙ୍କୁ ଏବଂ ତାଙ୍କ ଲୋକଙ୍କୁ ଶିଖାଇଲା, ତୋପ କେତେ କୋଣ କରି ରଖିଲେ ଗୁଳା କିପରି ଠିକ୍ ସ୍ଥାନରେ ପଡ଼ିବ। ନିଜେ ମଧ୍ୟ ବାରୁଦ କିପରି ତିଆରି କରିବାକୁ ହୁଏ, ଜେନାଙ୍କଠାରୁ ଶିଖିଲା।

ମିଶ୍ରଙ୍କର ଯେତେ ସମ୍ପତ୍ତି, ତହିଁରେ ସେ ସାରାଜୀବନ ଆନନ୍ଦରେ କଟାଇ ପାରିଥାନ୍ତେ। ବାଣିଜ୍ୟ କରି ଧନ ଉପାର୍ଜନ କରିବା ତାଙ୍କର ପ୍ରଧାନ ଉଦ୍ଦେଶ୍ୟ ନ ଥିଲା। ଉଦ୍ଦେଶ୍ୟ ଥିଲା, ଶତ୍ରୁ ନାଶ। ଯେଉଁ ଶତ୍ରୁ ସପ୍ତପୁରୁଷରୁ ତା'ଙ୍କ ସଙ୍ଗେ ବିବାଦ କରି ଆସୁଛି, ତାଙ୍କର ଏମାନେ କୌଣସି ଅନିଷ୍ଟ କରି ପାରୁନାହାନ୍ତି। ଏହାହିଁ ରାଧାଶ୍ୟାମଙ୍କ ମନରେ ମହାଦୁଃଖ। ପିତା କେବଳ ପ୍ରତିଶୋଧ କଥା ଚିନ୍ତାକରି ମଲେ। ପ୍ରତିଶୋଧ ନେଇପାରିଲେ ନାହିଁ।

ଶତ୍ରୁ ସାଧାରଣ ଲୋକ ନୁହେଁ। ଧନର ପ୍ରଭାବରେ ଦେଶର ସମସ୍ତଙ୍କର ମୁହଁ ବାନ୍ଧିରଖିଛି। କେହି ହେଲେ ସେ ବଂଶର ବିପକ୍ଷରେ ଠିଆ ହୋଇ ପଦେ କଥା କହିପାରୁ ନାହିଁ। ଯଦି ନ୍ୟାୟ ନିମନ୍ତେ ରାଜଦରବାରରେ ଆବେଦନ କରନ୍ତି ତାମ୍ରଲିପ୍ତର ରାଜା କାହ୍ନୁ ଭୂୟାଁ ହସରେ ଉଡ଼ାଇଦେବେ। ଉତ୍କଳ ସମ୍ରାଟ ଲଲାଟେନ୍ଦୁଙ୍କ ନିକଟରେ ଅଭିଯୋଗ

କଲେ ରାଜା ଅସନ୍ତୁଷ୍ଟ ହେବେ। ହୁଣ୍ଡା, କୈବର୍ତ୍ତ ବାହୁବଳରେ ସିଂହାସନ ଅଧିକାର କରିଛନ୍ତି ବୋଲି ବଂଶଲକ୍ଷଣ ଭୁଲି ପାରିବେ ନାହିଁ। ଯଦି ତାଙ୍କୁ ଅଗ୍ରାହ୍ୟ କରି ଲଲାଟେନ୍ଦୁଙ୍କ ନିକଟକୁ ଯିବାକୁ ହୁଏ, ତେବେ ପ୍ରମାଣ ଲୋଡ଼ା। ସଂସାରରେ ଚିରଦିନ ଧନ ଏବଂ ବଳର ପ୍ରଭାବ ଅଧିକ। ଶତ୍ରୁର ଧନ ଅଛି, ବଳ ଅଛି। କଥା ଶୁଣିବ କିଏ?

କିଛିଦିନ ପୂର୍ବେ ତାମ୍ରଲିପ୍ତରେ ଯେଉଁ ଘଟଣା ଘଟିଯାଇଛି, ସେଥି ନିମନ୍ତେ ଲଜ୍ଜାରେ ରାଧାଶ୍ୟାମ ବଣିଜ କରିବାକୁ ବାହାରିଛନ୍ତି। ଘରେ ବୃଦ୍ଧା ଜନନୀ, ବାଳିକା ଭଗିନୀ, ଏମାନଙ୍କୁ ଛାଡ଼ି ସେ ସହଜରେ ବିଦେଶ କରି ଆସି ନ ଥାନ୍ତେ। ବିଦେଶ ଆସିବାର ପ୍ରଧାନ କାରଣ ପ୍ରତିଶୋଧ। ଯେଉଁଠାରେ ହେଉ ଶତ୍ରୁର ବୋଇତ ଦେଖିଲେ ସେ ଆକ୍ରମଣ କରିବେ। ତେଣୁ ସମ୍ବଲପୁରର ପ୍ରଧାନ ବାଣୁଆଁ ଜେନା ମହାଶୟ ସଙ୍ଗରେ ଆସିଛନ୍ତି। ବାରୁଦ ଦେଇ ଶତ୍ରୁ ଜାହାଜକୁ ପୋଡ଼ିପକାଇବା ଏମାନଙ୍କର ଉଦ୍ଦେଶ୍ୟ। ଯୋଗକୁ ଆସି ମଣିଆଁ ଉପସ୍ଥିତ ହେଲା। ତା'ର ଶିକ୍ଷାନୁଯାୟୀ ଦୂରରେ ଥାଇ ଶତ୍ରୁର ବୋଇତକୁ ସହଜରେ ଜାଳିଦେଇ ହେବ।

ମିଶ୍ରେ ଏବେ ମଣିଆଁକୁ ଭାରି ଭଲ ପାଉଛନ୍ତି। ମଣିଆଁର ଏପରି ଅନେକ ଗୁଣ ଅଛି, ଯହିଁରେ ସେ ପରକୁ ଆପଣାର କରିପାରେ। ପରର ମନ କିପରି ନେବାକୁ ହୁଏ, ସେ ଜାଣେ।

ତାମ୍ରଲିପ୍ତରୁ ବହୁଦୂରରେ କଳିଙ୍ଗ ଉପକୂଳସ୍ଥ ମାରବ୍ୟ ଦ୍ୱୀପ ନିକଟରେ ସୁନାହାଟ ଗ୍ରାମ। ସେହି ଗ୍ରାମରେ ମୁକୁନ୍ଦ ମହାପାତ୍ରଙ୍କ ଘର। ମୁକୁନ୍ଦ ମହାପାତ୍ରଙ୍କର ଏକମାତ୍ର ପୁତ୍ର ଅଧିରାଜ ଏବଂ ଏକମାତ୍ର କନ୍ୟା ଚଞ୍ଚଳା। ରାଧାଶ୍ୟାମଙ୍କର ଚଞ୍ଚଳା ସଙ୍ଗେ ଶୁଭବିବାହ ହେବାର ସମସ୍ତ ସ୍ଥିର ହୋଇଥିଲା। ବରଯାତ୍ରୀ ସୁନାହାଟରେ ଉପସ୍ଥିତ ହୋଇ ଯାହା ଶୁଣିଲେ, ଏକାଥରେ ଅବାକ୍ ହୋଇଗଲେ।

ଶୁଣିଲେ ଗତରାତ୍ରିରେ ମୁକୁନ୍ଦ ମହାପାତ୍ରଙ୍କ ଘରେ ଡକାଇତ ପଶି ତାଙ୍କୁ ମାରି ପକାଇଛନ୍ତି। ତାଙ୍କ ପୁତ୍ର ଅଧିରାଜ ଓ କନ୍ୟା ଚଞ୍ଚଳାଙ୍କୁ ବନ୍ଦୀ କରି ଧରି ନେଇଛନ୍ତି।

ଏ ଘଟଣା ଶୁଣି ରାଧାଶ୍ୟାମଙ୍କ ମୁଣ୍ଡରେ ବଜ୍ରପାତ ହେଲା। ସେ ଶିଶୁପାଳ ହୋଇ ତାମ୍ରଲିପ୍ତ ଫେରିବେ କିପରି? ଡକାଇତିର କାରଣ କ'ଣ? ଡକାଇତି କଲା କିଏ? ରାଧାଶ୍ୟାମ ତାମ୍ରଲିପ୍ତ ଫେରି ବୁଝିପାରିଲେ ଯେ, ଡକାଇତ ତାମ୍ରଲିପ୍ତର ବିଖ୍ୟାତ ବଣିକଙ୍କ ପୁତ୍ର ନାରାୟଣ ପଣ୍ଡାଙ୍କ ଲୋକେ। ଯଦି ନାରାୟଣ ସାଧବ ବିବାହିତ ହୋଇ ନ ଥାନ୍ତେ, ତେବେ ବା ଆଶା କରାଯାନ୍ତା ଯେ, ସେ ଚଞ୍ଚଳାକୁ ବିବାହ କରିବାକୁ ଏପରି ଡକାଇତି କରିଛନ୍ତି। ସେ ବିବାହିତ। ତାଙ୍କର ପ୍ରଧାନ ଇଚ୍ଛା, ରାଧାଶ୍ୟାମଙ୍କୁ ଶିଶୁପାଳ କରାଇ ଅପମାନିତ କରିବେ।

ନାରାୟଣ ସାଧବଙ୍କର ଲୋକେ ଯେ ଏ କାର୍ଯ୍ୟ କରିଛନ୍ତି, ଏହାର ପ୍ରମାଣ କ'ଣ ? କିନ୍ତୁ ନାରାୟଣ ସାଧବଙ୍କ ବିନା ଏପରି ଅମାନୁଷିକ କାର୍ଯ୍ୟ କରିବାକୁ କାହାର ଛାତି ପଡେଇବ ? କିଏ ଧର୍ମକୁ ଭୟ ନ କରେ ? ଲୋକନିନ୍ଦାକୁ ଖାତିରି ନ କରେ ? କେବଳ ଧନ ବଳ, ଲୋକବଳ ପାଇ ଏତେ ଗୁଡ଼ାଏ ପାପ ଆଖିବୁଜି କରୁଛନ୍ତି। ଉପରେ ଯେ ଜଣେ ତାଙ୍କର କାର୍ଯ୍ୟ ଦେଖୁଛି, ଏହା ସେ ଏକାଥରେ ଭୁଲିଯାଇଛନ୍ତି।

ହୃଦୟରେ ପ୍ରତିହିଂସାନଳ ଜାଗ୍ରତ କରି ରାଧାଶ୍ୟାମ ମନସ୍ଥ କଲେ, ସଧର୍ମନଗର ଏବଂ ସିଙ୍ଗାପୁର ବାଟଦେଇ ତାଙ୍କର ବୋଇତ ସେଲିବିସ୍ ଚଳାଇବେ। ଏ ମଧ୍ୟରେ ଯଦି ନାରାୟଣଙ୍କ ସଙ୍ଗେ ସାକ୍ଷାତ ହୁଏ ତ ଉତ୍ତମ। ନିଜର ମାନ ଏବଂ ବଂଶର ମାନ ରକ୍ଷା ନିମନ୍ତେ ସେ ସମୁଦ୍ର ମଝିରେ ଯୁଦ୍ଧ କରିବେ। ଯଦି ଭଗବାନଙ୍କର ଇଚ୍ଛା ଥାଏ, ସେ ସହଜରେ ଜୟୀ ହୋଇ ନାରାୟଣ ସାଧବଙ୍କୁ ବନ୍ଦୀ କରିବେ। ତାଙ୍କର କାର୍ଯ୍ୟ ନିମନ୍ତେ ତାଙ୍କୁ ଉପଯୁକ୍ତ ଦଣ୍ଡ ଦେଇ ପରେ ମୁକ୍ତ କରିବେ। ରାଧାଶ୍ୟାମ ଭାବିଲେ, ସାପକୁ ରଗାଇ ଛାଡ଼ିଦେବା ଅନୁଚିତ। ସେ ନିଶ୍ଚୟ ପରେ ଅନିଷ୍ଟ ସାଧନ କରିବ। ଜୀବନରେ ମାରି ପକାଇବା ଭଲ। ଏ ହେଲା ରାଧାଶ୍ୟାମଙ୍କର ହାଟେ କଦଳୀ ନୈବେଦ୍ୟ ସ୍ୱାହା କଥା। ଶତ୍ରୁ କେଉଁଠି ଅଛି ଜାଣିବା ପୂର୍ବରୁ ଏତେ ଗୁଡ଼ାଏ ଚିନ୍ତା। ହୁଏ ତ ସେ ନିଜେ ବନ୍ଦୀ ହୋଇପାରନ୍ତି କିମ୍ବା ଅନୁକୂଳରେ ଦସ୍ୟୁ ସର୍ଦାର ନାରାୟଣଙ୍କ ସଙ୍ଗେ ଦେଖା ନ ହୋଇପାରେ।

ମଣିଆଁକୁ ଏତେ ଭଲ ପାଇଲେ ମଧ୍ୟ ସେ ନିଜର ଉଦ୍ଦେଶ୍ୟ ତାକୁ କେବେ ହେଲେ ଜଣାଇ ନାହାନ୍ତି। କାର୍ଯ୍ୟ କରିବାକୁ ଆଦେଶ କରନ୍ତି, ମଣିଆଁ ସଙ୍ଗେ ସଙ୍ଗେ ପାଳନ କରେ। ମଣିଆଁ ନିଜର ଜୀବନୀ ଆମୂଳଚୂଳ ତାଙ୍କ ପାଖରେ ବର୍ଣ୍ଣନା କରିଛି। ସୁନାହାଟର ମହାପାତ୍ରଙ୍କ ବଂଶ, ଚଞ୍ଚଳା ଓ ଅଧିରାଜ ସଙ୍ଗେ ତାର ଯେତିକି ସମ୍ପର୍କ ଥିଲା, ସେତକ ମଧ୍ୟ କହିବାକୁ ଭୁଲି ନାହିଁ। ରାଧାଶ୍ୟାମ ଚଞ୍ଚଳାର ସମସ୍ତ ବିଷୟ ଜାଣି ମଧ୍ୟ ମଣିଆଁକୁ କିଛି କହନ୍ତି ନାହିଁ। ଏହାର କାରଣ ସେ ସହଜରେ କାହାକୁ ବିଶ୍ୱାସ କରନ୍ତି ନାହିଁ।

ମଣିଆଁ ଦିନେ ରାଧାଶ୍ୟାମଙ୍କୁ କହିଲା ଯେ, ସେ ସିଙ୍ଗାପୁରରେ ଓହ୍ଲାଇ ଯିବ। ସିଙ୍ଗାପୁରଠାରୁ ଦେଶକୁ କୌଣସି ନାବିକଙ୍କ ବୋଇତରେ ଫେରି ଆସି ପାରିବା ସହଜ।

ସାଧବପୁତ୍ର କୌଣସି ଆପତ୍ତି କଲେ ନାହିଁ।

ସାଲଉଇନ୍ (ସାଲନ୍ଦୀ ?) ନଦୀକୂଳବର୍ତ୍ତୀ ସଧର୍ମନଗରରେ (ଆଧୁନିକ ଥାଟନ) ଉପସ୍ଥିତ ହୋଇ ରାଧାଶ୍ୟାମ ନାରାୟଣଙ୍କର କୌଣସି ସମ୍ବାଦ ପାଇଲେ ନାହିଁ। ପେଗୁକୁ ଲୋକ ପଠାଇ ବୁଝିଲେ, ନାରାୟଣ ସାଧବ ସେଠାରେ ମଧ୍ୟ ନାହାନ୍ତି। ଏତିକି ସମ୍ବାଦ ମିଳିଲା ଯେ, ସେ ପେଗୁରୁ ପ୍ରାୟ ଏକମାସ ହେବ ଚାଲିଯାଇଛନ୍ତି। ଶୁଣାଗଲା ସେ ସେଲିବିସ୍ ବାଟଦେଇ ବୁଲିକରି ଚୀନଦେଶକୁ ଯିବେ। କାଳବ୍ୟୟ ନ କରି ବୋଇତରେ ଯଥେଷ୍ଟ ଖାଦ୍ୟ ଓ ପାନୀୟ ରଖାଗଲା ଏବଂ ବୋଇତ ସିଙ୍ଗାପୁର ଅଭିମୁଖେ ଯାତ୍ରାକଲା।

ସିଙ୍ଗାପୁରରେ ଉପସ୍ଥିତ ହୋଇ ରାଧାଶ୍ୟାମ ଶୁଣିଲେ, ନାରାୟଣ ସାଧବ ସେଠାକୁ ଆସି ନାହାନ୍ତି। ହତାଶ ହୋଇ ସେଲିବିସ୍ ରମାନା ଯିବାର ବନ୍ଦୋବସ୍ତ କଲେ। ହୁଏତ, ରାଧାଶ୍ୟାମ ନାରାୟଣଙ୍କୁ ସେହିଠାରେ ଦେଖିବେ।

ମଣିଆଁ ବୁଝିଥିଲା ଯେ, ଧନ ଅଭାବରେ ମନୁଷ୍ୟ କିଛି କରିପାରେ ନାହିଁ। ନିଜର ଉଦ୍ଦେଶ୍ୟ—ତାହା ମହତ୍ ହେଉ ଅବା ହୀନ ହେଉ, କେବଳ ଧନର ସାହାଯ୍ୟରେ ମନୁଷ୍ୟ ସାଧନ କରିପାରେ। ଧନ ହତାଶାକୁଳିତ ମନରେ ଆଶାବାରି ସେଚନ କରେ। ମୃତକୁ ଜୀବଦାନ ଦେଇପାରେ।

ଯେଉଁ ବାଲିଦ୍ୱୀପର ଧନ ପାଇବାକୁ ଚେଷ୍ଟା କରି ତାର ପାଳକପିତା ଥରେ କୃତକାର୍ଯ୍ୟ ହୋଇଛନ୍ତି, ସେ କୃତକାର୍ଯ୍ୟ ନୋହିବ କାହିଁକି ?

ମଣିଆଁ ସିଙ୍ଗାପୁରଠାରେ ରାଧାଶ୍ୟାମଙ୍କ ବୋଇତରୁ ଓହ୍ଲାଇଲା। ବୋଇତର ଭଡ଼ା ସ୍ୱରୂପ ରାଧାଶ୍ୟାମଙ୍କୁ ଖଣ୍ଡିଏ ରତ୍ନ ଯାଚିଲା। ସେ ଗ୍ରହଣ କଲେ ନାହିଁ। ମଣିଆଁ ତାର ନୌକା ବଦଳରେ ରାଧାଶ୍ୟାମଙ୍କ ବୋଇତରୁ ଖଣ୍ଡେ ଛୋଟ ନୌକା ରଖିବାକୁ ଅନୁରୋଧ କଲେ। ସେ ରାଜି ହେଲେ। ରାଧାଶ୍ୟାମ ସେଲିବିସ୍ ଯାତ୍ରା କରିବାର ବହୁଦିନ ପରେ ମଣିଆଁ ତାର କ୍ଷୁଦ୍ର ନୌକା ନେଇ ଜଳଯାତ୍ରା ଆରମ୍ଭ କଲା। ବ୍ୟବହାର ନିମନ୍ତେ କେତେଗୁଡ଼ିଏ ଆବଶ୍ୟକ ପଦାର୍ଥ ସଂଗ୍ରହ କଲା। ବହୁଧନ ଦେଇ ଦିଗନିରୂପକ ଯନ୍ତ୍ରଟିଏ କ୍ରୟ କରି ରଖିଲା। ସଙ୍ଗରେ ତାର ଅନ୍ୟ କେହି ନ ଥିଲେ। ମଣିଆଁ ଇଚ୍ଛା କରିଥିଲେ ସଙ୍ଗରେ ନେବାକୁ ଅନେକ ଲୋକ ମିଳିଥାନ୍ତେ। ପଥରେ ଯଦି ଆକସ୍ମିକ ଦୁର୍ଘଟଣାରୁ ତାକୁ ଜୀବନ ଦେବାକୁ ହୁଏ, ତେବେ ସେ କେବଳ ନିଜର ଜୀବନ ଦେବ। ପରକୁ ସଙ୍ଗରେ ନେଇ ପରର ଅମୂଲ୍ୟ ଜୀବନ ନଷ୍ଟ କରିବ କାହିଁକି ?

ଦିଗନିରୂପକ ଯନ୍ତ୍ର ସାହାଯ୍ୟରେ ମଣିଆଁର ନୌକା ଦିନ ରାତି ସବୁବେଳେ

ଚାଲିଲା। ଯେତେବେଳେ ପବନ ଅନୁକୂଳ ଥାଏ, ସେ ପାଲ ଟେକି ନିଶ୍ଚିନ୍ତରେ ବସି ସମୁଦ୍ରର ମନୋମୁଗ୍ଧକର ଦୃଶ୍ୟ ଦେଖେ। ଯେତେବେଳେ ପବନ ପ୍ରତିକୂଳ ରହେ, ସେ ପାଲ ଖୋଲି ଆହୁଲା ପକାଏ। ଏହିପରି ଦିନପରେ ଦିନ କଟିଗଲା। ସେ ଯେତିକି ସମୁଦ୍ର ଭିତରକୁ ଯାଉଥାଏ, ତାର ମନର ଦୃଢ଼ତା ସେତିକି କମି ଆସୁଥାଏ। କେବେ କେବେ ମନରେ ଅନୁତାପ ଆସେ। ଆହା ଆସିଲି କାହିଁକି ? ସିଙ୍ଗାପୁରରୁ ଦେଶକୁ ଫେରି ଯାଇଥିଲେ ଭଲ ହୋଇଥାନ୍ତା। ଯେତେ ଧନ ପାଖରେ ଥିଲା, ତହିଁରେ ଜୀବନଟା ଆନନ୍ଦରେ କଟିଯାଇଥାନ୍ତା। ମୁଁ ବଡ଼ ନିର୍ବୋଧ।

ପୁଣି ଭାବେ, ଧନ ଥିଲେ କ'ଣ ମନୁଷ୍ୟର ଜୀବନ ଆନନ୍ଦରେ କଟିପାରେ ? କଦାପି ନୁହେଁ। ମୋ ଉପରେ ଅନେକ କାର୍ଯ୍ୟର ଭାର ଅଛି। ସେତକ ନକରି ପାରିଲେ ମନରେ ଶାନ୍ତି ଆସିବ ନାହିଁ।

ଆହୁରି ମଧ୍ୟ ଦେଶକୁ ଫେରିଲେ କାହାକୁ ଘେନି ବା ସେ ଆନନ୍ଦରେ କାଳ ଯାପନ କରିବ ? ଯାହାକୁ ଜୀବନରୁ ଅଧିକ ଭଲ ପାଉଥିଲା, ସେ ଆଜି କାହିଁ ? ପାପିଷ୍ଠ ନାରାୟଣ ସାଧବର ଉପପତ୍ନୀରୂପେ ବୋଧହୁଏ ସେ ବର୍ତ୍ତମାନ ସମୁଦ୍ରର କୌଣସି ଅଜଣା ସ୍ଥାନରେ ଥିବ। ଚଞ୍ଚଳାକୁ ମଧ୍ୟ ସେମାନେ ହରଣ କରି ନେଇଛନ୍ତି।

ତଥାପି ମଣିଆଁର ମନରେ ବିଶ୍ୱାସ ହୁଏ ନାହିଁ। ସେ ନିଜେ ଭାବି ନିଜର ଚିନ୍ତାକୁ ବିଶ୍ୱାସ କରିପାରେ ନାହିଁ। ଯେଉଁ ସୁଶୀଳା ତାକୁ ଏତେ ଭଲପାଉଥିଲା ସେ କି କେବେ ଅନ୍ୟର—ପୁଣି ନାରାୟଣ ସାଧବର ଉପପତ୍ନୀ ହୋଇ ରହିପାରେ ? ବୋଧହୁଏ ସେ ଆଉ କେହି ହୋଇଥିବ। ସୁଶୀଳା ବନ୍ଦିନୀ।

ମଣିଆଁର ନୌକା ଧୀରେ ଧୀରେ ଦକ୍ଷିଣକୁ ଚାଲିଲା। ଦିନେ ସେ ଦେଖିଲା, ଧ୍ରୁବତାରା ଦିଗ୍‌ବଳୟର ପଛଆଡ଼େ ଲୁଚିଗଲାଣି। ସେ ସାହସ ଅବଲମ୍ବନ କରି ନୌକାରେ ପାଲ ଟାଣିଲା। ଏଣେ ସମୁଦ୍ରର ସ୍ରୋତରେ ପଡ଼ି ନୌକାଟି ଦକ୍ଷିଣପୂର୍ବ ଦିଗଆଡ଼େ ଚାଲିଥାଏ। ପ୍ରକୃତି ଉପରେ ସମ୍ପୂର୍ଣ୍ଣ ନିର୍ଭର କରି ବହୁ ବାଧାବିଘ୍ନ ଅତିକ୍ରମ କରି ସେ ଜାଭାରେ ଉପସ୍ଥିତ ହେଲା। ସେଠାରେ ତାକୁ ଅନେକ ଦିନ ଅପେକ୍ଷା କରି ରହିବାକୁ ପଡ଼ିଲା। କାରଣ, ସେ ସ୍ଥିର କରିଥିଲା, ମୂର୍ଖପରି ସେ ଆଉ ସମୁଦ୍ର ମଧ୍ୟକୁ ଯିବ ନାହିଁ। ଅନେକ ଦିନ ପରେ ଗୋଟିଏ ବୋଇତ ଜାଭାରୁ ବାହାରି ବାଲିଦ୍ୱୀପକୁ ଯିବାର ଠିକ୍ ହେଲା। ବୋଇତ ଅଧିକାରୀ ଜଣେ ତେଲଙ୍ଗା। ସେହି ତେଲଙ୍ଗା ଭଦ୍ରଲୋକଙ୍କ ସଙ୍ଗେ ସାକ୍ଷାତ କରି ତାଙ୍କରି ବୋଇତରେ ବାଲିଦ୍ୱୀପକୁ ଯିବାକୁ ଜଣାଇବାରୁ ସେ ସମ୍ମତ ହେଲେ। ମଣିଆଁ ତାଙ୍କୁ ଖଣ୍ଡେ ରତ୍ନ ଦେଇ ତାର ନୌକାକୁ ବୋଇତରେ ରଖିବାକୁ ଅନୁମତି ପାଇଲା।

ବାଲିଦ୍ୱୀପ ନିକଟରେ ମଣିଆଁ ତେଲଙ୍ଗା ସାଧବଙ୍କଠାରୁ ବିଦାୟ ନେଇ କୂଳେ କୂଳେ ନୌକା ଚଳାଇଲା। ସର୍ବଦା ନଦୀ ମୁହାଣର ଅନ୍ୱେଷଣ କରୁଥାଏ। କେବେ କେବେ ଦେଖିବାକୁ ପାଏ ଗୋଟିଏ ଗୋଟିଏ ନାଳର ମୁହାଣ। ମାତ୍ର ସେ ଜାଣେ, ଯେଉଁ ନଦୀର କୂଳରେ ପାହାଡ଼ ଉପରେ ହିନ୍ଦୁ ମନ୍ଦିର ଏବଂ ବୌଦ୍ଧ ମନ୍ଦିର ଅଛି, ସେ ନଦୀଟି ବୈତରଣୀ ନଦୀପରି ବଡ଼।

ମଣିଆଁ ଦକ୍ଷିଣମୁହାଁ ବାଲିଦ୍ୱୀପର କୂଳେ କୂଳେ ଚାଲିଛି। ବାଁହାତି ନିବିଡ଼ ଜଙ୍ଗଲ। କୂଳ ନିକଟରେ କୌଣସି ପାହାଡ଼ ପର୍ବତ ନାହିଁ। ଭିତରକୁ ଅନାଇଲେ ଦେଖେ ବହୁଦୂରରେ ଅନଙ୍ଗ ପର୍ବତର ଧବଳ ଶୃଙ୍ଗ ସୂର୍ଯ୍ୟ ରଶ୍ମିରେ ଝଲସି ଉଠୁଛି।

କୂଳେ କୂଳେ ନୌକା ବାହି ସେ ଏତେଦିନ ହେଲା ଚାଲିଛି; ଅଥଚ କେବେ କୂଳରେ ମନୁଷ୍ୟ ଦେଖିନାହିଁ।

ସେ ବାଲିଦ୍ୱୀପର ସୌନ୍ଦର୍ଯ୍ୟ ଦେଖି ଚନ୍ତାକଲା, କଳିଙ୍ଗରେ ସ୍ଥାନର ଅଭାବ ବେଶୀ ହୋଇପଡ଼ିଛି। ଲୋକସଂଖ୍ୟା ବେଶୀ ଅଥଚ ସ୍ଥାନ ଅଳ୍ପ। ଭାରତୀୟ ଆର୍ଯ୍ୟମାନେ ସୁମାତ୍ରା, ଜାଭା, ବୋର୍ଣ୍ଣିଓ, ସେଲିବିସ୍ ଦେଶମାନଙ୍କରେ ବସତି ସ୍ଥାପନ କରି ରହିଛନ୍ତି। ସେଠାକାର ଅନାର୍ଯ୍ୟ ଆଦିମ ଅଧିବାସୀଙ୍କୁ ଶିକ୍ଷିତ କରି ହିନ୍ଦୁଧର୍ମରେ ଦୀକ୍ଷିତ କରାଇ ଜଗତର ମଙ୍ଗଳ ସାଧନ କରିଛନ୍ତି। ବାଲିଦ୍ୱୀପରେ ସେପରି ବସତି ସ୍ଥାପନ କଲେ ତ ଭଲ ହୁଅନ୍ତା। ଭାରତବାସୀଙ୍କୁ ବାଲିଦ୍ୱୀପ କଥା ଜଣା ନ ରହିବାର କାରଣ କ'ଣ? ଶୁଣିଛି ଚୀନ୍ ଦେଶରେ ଲୋକେ ସ୍ଥାନ ଅଭାବରୁ ନଦୀ ଏବଂ ସମୁଦ୍ର ଉପରେ ଡଙ୍ଗା ଭସାଇ ତହିଁରେ ସାରାଜୀବନ କଟାଉଛନ୍ତି। ବାଲିଦ୍ୱୀପ କ'ଣ ଶିକ୍ଷିତ ଚୀନ୍‌ଲୋକଙ୍କର ଚକ୍ଷୁ ଅନ୍ତରାଳରେ ରହିଛି ? ଯାହା ହେଉ, ପରମେଶ୍ୱର ଯଦି ମୋତେ ସାହାଯ୍ୟ କରନ୍ତି, ମୁଁ ଏହି ବାଲିଦ୍ୱୀପରେ ବସବାସ କରି ରହିବି।

ମଣିଆଁ ଦିନବେଳେ ସମୁଦ୍ରରେ ନୌକା ଚଳାଇ ରାତ୍ରିରେ କୌଣସି ନଦୀ ମୁହାଣ ନିକଟରେ ରହେ। ତେଲଙ୍ଗା ସୌଦାଗରଙ୍କୁ ଛାଡ଼ିବାର ଦଶ ଦିନ ପରେ ସେ ଗୋଟିଏ ନଦୀମୁହାଣରେ ଉପସ୍ଥିତ ହେଲା। ମୁହାଣଟି ଅତି ପ୍ରଶସ୍ତ। ସେ ମନେ ମନେ ପରମେଶ୍ୱରଙ୍କୁ ସ୍ମରଣ କରି ସମୁଦ୍ର ଛାଡ଼ି ନଦୀପଥରେ ନୌକା ଚଳାଇଲା। ଗ୍ରୀଷ୍ମଋତୁ, ଜଳ ମଧ୍ୟରେ ସ୍ଥାନେ ସ୍ଥାନେ ବାଲିର ଚଟାଣ ସୂର୍ଯ୍ୟ କିରଣରେ ଝଲସି ଉଠୁଛି। ଏଣେ ଦୁଇ ପାଖରେ ନିଘଞ୍ଚ ଅରଣ୍ୟ। କୂଳରେ ଭାଲୁ ଏବଂ ଶିଆଳ ପ୍ରଭୃତି ବଣ୍ୟ ଜନ୍ତୁମାନେ ନିର୍ଭୟରେ ବିଚରଣ କରୁଛନ୍ତି। କେତେ ବିଚିତ୍ର ଜାତିର ପକ୍ଷୀ କୂଳସ୍ଥ ବୃକ୍ଷ ଡାଳରେ ବସିଛନ୍ତି। ମଣିଆଁ ଏପରି ପକ୍ଷୀ କଳିଙ୍ଗରେ କେବେ ଦେଖି ନ ଥିଲା। ସେ ଆଶ୍ଚର୍ଯ୍ୟ ହୋଇ ପକ୍ଷୀଗୁଡ଼ିକୁ ଅନାଇ ରହୁଥାଏ।

ସ୍ରୋତର ପ୍ରତିକୂଳରେ ନୌକା ଚଳାଇ ଯାଉଁ ଯାଉଁ ମଣିଆଁ ଦେଖିଲା, ବାମହାତି କୂଳର ଅନତି ଦୂରରେ ଜଙ୍ଗଲ ଭେଦକରି ଛୋଟ ଛୋଟ ଦିଓଟି ପାହାଡ଼। ପଛଆଡୁ ଲାଗି ଲାଗି ପାହାଡ଼ ଉଚ୍ଚତର ହୋଇ ଆକାଶ ସଙ୍ଗେ ମିଶି ଯାଇଛି। ନଦୀକୂଳସ୍ଥ ପାହାଡ଼ ଦୁଇଟି ଉପରେ ମୁହାଁମୁହିଁ ହୋଇ ଦୁଇଟି ମନ୍ଦିର ରହିଛି। ମଣିଆଁ ଆନନ୍ଦରେ କହି ଉଠିଲା, ଆଃ ମୁଁ ଅବଶେଷରେ ଆସି ଠିକଣା ମୁଣ୍ଡରେ ପହଞ୍ଚିଗଲି। ନୌକା ଉପରେ କ୍ଷୁଦ୍ର ବାଳକ ପରି ସେ ଚିତ୍କାର କରି ନାଚିଉଠିଲା।

ନିକଟସ୍ଥ ଗୋଟିଏ ବାଲି ଚଟାଣ ଉପରେ ମଣିଆଁ ରାତ୍ରିଯାପନ କଲା। ହିଂସ୍ର ଜନ୍ତୁଙ୍କର ଭୟରେ କୂଳକୁ ଗଲା ନାହିଁ। ପରଦିନ ସକାଳୁ ନୌକା କୂଳରେ ଲଗାଇଲା ଏବଂ କୂଳର ଗୋଟିଏ ଗଛରେ ନୌକା ବାନ୍ଧି ଧନୁଶର ଧରି ଜଙ୍ଗଲ ଭିତରକୁ ପଶିଲା।

ମଣିଆଁ ଜଙ୍ଗଲ ଭିତରେ ପଶିଲା, ସ୍ଥାନଟିକୁ ଉତ୍ତମରୂପେ ପରୀକ୍ଷା କରି ଦେଖିବାକୁ। କିଛିଦୂର ଯାଇ ସେ ଗୋଟିଏ ଅପ୍ରଶସ୍ତ ପଥରେ ଉପସ୍ଥିତ ହେଲା। ସେହି ବାଟକୁ ଅନୁସରଣ କରି ଆଗକୁ ଯାଉଁ ଯାଉଁ କିଛି ଦୂରରେ ଦେଖିଲା, ଧୂଳିରେ ଅନେକଗୁଡ଼ିଏ ମନୁଷ୍ୟର ପାଦଚିହ୍ନ ପଡ଼ିଛି। ଏପରି ନିର୍ଜ୍ଜନ ସ୍ଥାନରେ ମନୁଷ୍ୟର ପାଦଚିହ୍ନ ଆସିଲା କାହୁଁ? ମଣିଆଁ ଆଶ୍ଚର୍ଯ୍ୟାନ୍ୱିତ ହୋଇ ଚିନ୍ତା କଲା, ମୁଁ ତ ଏତେଦିନ ହେଲା ଜଣେ ମନୁଷ୍ୟ ସୁଦ୍ଧା ଦେଖି ନାହିଁ। ଏ ପଦଚିହ୍ନ କାହାର?

ମଣିଆଁ ନଇଁପଡ଼ି ପାଦଚିହ୍ନଗୁଡ଼ିକ ଭଲ ଭାବରେ ପରୀକ୍ଷା କରି ଦେଖିଲା। ଜଣାଗଲା ସେ ସବୁ ଯେପରି ତଟକା। ଚିହ୍ନଗୁଡ଼ିକରେ ପାଦତଳିର ଗାରଗୁଡ଼ିକ ସୁଦ୍ଧା ବାରିହୋଇ ପଡୁଛି। ଅତଏବ ଏଠାରେ ନିଶ୍ଚୟ ଲୋକେ ଘରକରି ରହିଛନ୍ତି। ପାଦଚିହ୍ନଗୁଡ଼ିକ ଆକାରରେ ଛୋଟ। ସତେ କି ଛ' ସାତ ବର୍ଷ ପିଲାଙ୍କର। ସ୍ଥାନେ ସ୍ଥାନେ ଗୋଟିଏ ଗୋଟିଏ ବଡ଼ପାଦ ମଧ୍ୟ ପଡ଼ିଛି।

ମଣିଆଁ ଏହି କଥା ଭାବୁ ଭାବୁ ହଠାତ୍ ସୁ—ସୁ—ଶବ୍ଦ ଶୁଭିଲା। ସେ ମୁହଁ ଫେରାଇ ପଛକୁ ଚାହିଁ ଦେଖିଲା, ଦୂରରେ ଗୋଟାଏ ମସ୍ତବଡ଼ ଭୀଷଣକାୟ ସାପ ପାଟି ମେଲାକରି ତା'ରି ଆଡ଼କୁ ଧାଇଁଆସୁଛି। ଭୟରେ ତାର ଆପାଦମସ୍ତକ ଥରି ଉଠିଲା। ଭାବିବାକୁ ଆଉ ସମୟ ନାହିଁ। ସାପ ଏତେ ବଡ଼ ଯେ ଅକ୍ଳେଶରେ ତାକୁ ଗିଳି ଦେଇପାରିବ।

ସାପ କିଛିଦୂର ଆସି ସ୍ଥିର ହୋଇ ଚାରିଆଡ଼କୁ ଅନାଇଲା, ସତେ ଯେପରି ମଣିଆଁର ଅନ୍ୱେଷଣ କରୁଛି। ହଠାତ୍ ତାର ଆଖି ମଣିଆଁ ଉପରେ ପଡ଼ିଲା। ସେ ମଣିଆଁକୁ ଲକ୍ଷ୍ୟକରି ଛୁଟିଲା।

ମଣିଆଁ ସଙ୍ଗେ ସଙ୍ଗେ ଧନୁରେ ଶର ସନ୍ଧାନ କଲା। ସାପର ଚକ୍ଷୁକୁ ଲକ୍ଷ୍ୟ କରି

ଶର ବିନ୍ଧିଲା । ମାତ୍ର ଚକ୍ଷୁରେ ତାହା ନ ବାଜି ଦେହରେ ପଶିଗଲା । ସାପ ଗର୍ଜନ କରି ଦ୍ୱିଗୁଣ ବେଗରେ ଛୁଟି ଆସିଲା । ମଣିଆଁ ପୁନର୍ବାର ଶର ସନ୍ଧାନ କଲା । ତା' ପାଖରେ ଛ'ଟି କାଣ୍ଡ ଥିଲା । ଚାରୋଟି ମାରି ସାରିଲାଣି, ତଥାପି ସାପ ପଛକୁ ଘୁଞ୍ଚୁ ନାହିଁ । ଚାରୋଟି କାଣ୍ଡରୁ ଦୁଇଟି ବ୍ୟର୍ଥ ହେଲା, ଅନ୍ୟ ଦୁଇଟି ଚକ୍ଷୁଭେଦ ନ କରି ଦେହ ଭେଦ କଲା ।

ଜୀବନର ଆଶା ତ୍ୟାଗକରି ସେ ଶେଷଥର ନିମନ୍ତେ ଗୋଟିଏ କାଣ୍ଡ ବିନ୍ଧିଲା । ସର୍ପ ଅତି ନିକଟରେ ଥିବାରୁ ଏଥର ତାର ଚେଷ୍ଟା ବିଫଳ ହେଇ ନାହିଁ । କାଣ୍ଡ ଚକ୍ଷୁରେ ଭେଦ କଲା । ସର୍ପ ଘୋର ଗର୍ଜନ କରି ତଳେ ପଡ଼ିଗଲା । ମାତ୍ର ପରମୁହୂର୍ତ୍ତରେ ଜଙ୍ଗଲ ମଧ୍ୟକୁ ପଶିଗଲା ।

ନଦୀ ଭିତରୁ ପାହାଡ଼ ଯେତେ ନିକଟରେ ଥିଲା ପରି ଦେଖାଯାଉଥିଲା, ପ୍ରକୃତରେ ତାହା ନୁହେ; ନିତାନ୍ତ କମ୍‌ରେ ଅଧପାଏ ବାଟ ଦେବ । ଯଦିଚ ପାହାଡ଼ ଏବଂ ତଦୂପରିସ୍ଥ ମନ୍ଦିର ତାହାର ଅତି ନିକଟରେ; ତଥାପି ସେ ଆଉ ମନ୍ଦିରକୁ ନ ଯାଇ ତୃଷାତୁର ହୋଇ ନଦୀକୂଳକୁ ଫେରିଆସିଲା ।

ପରଦିନ ପ୍ରାତଃକାଳରୁ ଉଠି ମଣିଆଁ ନଦୀଜଳରେ ସ୍ନାନ କରୁଛି, ଏହିପରି ସମୟରେ ତାକୁ ଶୁଭିଲା ଯେପରି କିଏ ଜଣେ କରୁଣ ସ୍ୱରରେ ଚିତ୍କାର କରି କହୁଛି ରକ୍ଷା କର, ରକ୍ଷା କର ।

ମଣିଆଁ ଚମକି ପଡ଼ିଲା । ଏ କ'ଣ ! ସେ ଚକିତ ହୋଇ ଏଣେତେଣେ ଚାହିଁଲା । କାହାକୁ ଦେଖିପାରିଲା ନାହିଁ ।

ମଣିଆଁ ସ୍ନାନସାରି ନୌକା ଉପରକୁ ଉଠିଲା । ଲୁଗା ପିନ୍ଧି ଅଣ୍ଟାରେ ଖଣ୍ଡାଟି ଝୁଲାଇଲା । ସାମାନ୍ୟ କିଛି ଆହାର କରୁଛି, ଏହି ସମୟରେ ପୁନର୍ବାର ଶୁଭିଲା— ରମଣୀର କୋମଳ କଣ୍ଠର ଅନୁରୋଧ, ମୋତେ ଛାଡ଼ିଦିଅ ।

ମଣିଆଁ ସନ୍ଦିଗ୍ଧ ନେତ୍ରରେ ଚାରିଆଡ଼କୁ ଚାହିଁ ଏବଂ ଧନୁଶର ହାତରେ ଧରି ଜାମା ପକେଟରେ ଅନେକଗୁଡ଼ିଏ ମାଟିର ବାଟୁଳି ପୂରାଇଲା । ସେ ଜୋତା ମାଡ଼ି ନୌକା ଉପରୁ କୂଳକୁ ଡେଇଁପଡ଼ିଲା । ଅତଡ଼ା ଉପରକୁ ଉଠିବାକୁ ଆଣ୍ଠୁରେ ହାତଦେଇ ଦୁଇ ଚାରିପାଦ ଯାଇ ପୁଣି କଣ ଭାବି ପଛକୁ ଫେରିଆସିଲା । ଜଳ ନିକଟରେ ଜୋତା ରଖି ନୌକା ଉପରକୁ ଉଠିଲା । ଚମଡ଼ାର ଗୋଟିଏ ମୁଣିରେ କାଣ୍ଡ ଭରି ବେକରେ ଝୁଲାଇ ନୌକାରୁ ଓହ୍ଲାଇ ଆସିଲା । ଜୋତା ମାଡ଼ି ଜଙ୍ଗଲ ଭିତରେ ପଶିଲା ।

କିଛିଦୂର ଯାଇ ଶୁଣିଲା, ଅନେକ ଲୋକ ହର୍ଷଧ୍ୱନି ମଧ୍ୟରେ କୋଳାହଳ କରୁଛନ୍ତି । ସେମାନଙ୍କର ଭାଷା ମଣିଆଁକୁ ଅଜଣା । ସେ ଶବ୍ଦ ଆସୁଥିବା ଦିଗକୁ ଚାଲିଲା ।

ତେଣିକି ମଧ୍ୟ ଗୋଟିଏ ଛୋଟ ରାସ୍ତା ଜଙ୍ଗଲ ଭିତରେ ପଡ଼ିଛି। ଲଟାପତ୍ର ଆଡ଼େଇ ସେହି ରାସ୍ତାରେ ଯାଉ ଯାଉ ଆହୁରି ଥରେ ଅନେକ ଲୋକଙ୍କର ଚିତ୍କାର ଶୁଣି ପାରିଲା। ଗତି ଦ୍ରୁତତର କରି ସେ ଭାବିଲା, ଏମାନେ ନିଶ୍ଚୟ ଏଠାକାର ଆଦିମ ଅଧିବାସୀ ଅନାର୍ଯ୍ୟ। କୌଣସି ହତଭାଗ୍ୟ ଲୋକକୁ ଧରି ରଖିଅଛନ୍ତି। ବାପାଙ୍କ ପୋଥିରୁ ପଢ଼ିଛି, ଏମାନେ ମନୁଷ୍ୟ ମାଂସ ଖାନ୍ତି। ମାଆମାନେ ପିଲାମାନଙ୍କୁ ଗଳ୍ପ କହିଲାବେଳେ ଯେଉଁ ଅସୁର ଅସୁରୁଣୀ କଥା କହିଥାନ୍ତି, ବୋଧହୁଏ ସେମାନେ, ଏହିମାନେ। ସେମାନେ ଜାଣନ୍ତି, ପଶୁମାନଙ୍କ ମଧ୍ୟରୁ କେତେକଙ୍କୁ ଛାଡ଼ିଦେଲେ କେବଳ ଅସୁରମାନେ ମନୁଷ୍ୟ ମାଂସ ଖାନ୍ତି। ବୋଧହୁଏ ସେହି ଲୋକମାନଙ୍କ କବଳରେ କେହି ଜଣେ ହତଭାଗିନୀ ରମଣୀ ପଡ଼ିଛି। ବିଳମ୍ବ କଲେ ତାକୁ ସେମାନେ କଞ୍ଚା ଖାଇଯିବେ।

ସେ କିଛିଦୂର ଆଗକୁ ଯାଇ ବୁଦା ଆଢୁଆଳରୁ ଦେଖିପାରିଲା—କିଛି ଦୂରରେ ଜଙ୍ଗଲ ମଧ୍ୟରେ ଅରାଏ ସ୍ଥାନ ଖୋଲା ଅଛି। ଅନେକ ଅନାର୍ଯ୍ୟ ଲୋକ ସମବେତ ହୋଇଛନ୍ତି। କେହି କେହି ଠିଆ ହୋଇଛନ୍ତି, କେହି କେହି ତଳେ ବସିଛନ୍ତି। ଅନ୍ୟ ଥୋକେ ତଳେ ପତର ପାରି ତାହାରି ଉପରେ ଗଡୁଛନ୍ତି। ସେମାନଙ୍କ ମଧ୍ୟରୁ ଅଧିକାଂଶ ପୁରୁଷ। କେତେଜଣ ମାତ୍ର ନାରୀ। ଦେଖିବାକୁ ଜହ୍ନି ମଞ୍ଜିପରି କଳା, ମାତ୍ର ଦେହ ଜହ୍ନିମଞ୍ଜି ପରି ଚିକ୍‌କଣ ନୁହେଁ। ଉଚ୍ଚରେ ପ୍ରାୟ ତିନି ହାତ ହେବେ। ମୁଣ୍ଡର ବାଳ ଠିଆ ଠିଆ। ସଂକୀର୍ଣ୍ଣ କପାଳ। ଅଭୁତ ଲଙ୍ଗଳା। କେତେ ଜଣ ଅଣ୍ଟାର ଆଗ ପାଖରେ ମାଳେ ପତର ଗୁନ୍ଥି ବାନ୍ଧିଛନ୍ତି। ଲଜ୍ଜା ସମ୍ବରଣ କରିବାକୁ ଅବଶ୍ୟ ନୁହେଁ। ପତ୍ରମାଳ ହୁଏ ତ ଅଳଙ୍କାରରୂପେ ବ୍ୟବହୃତ ହୋଇଛି। ଜଣେ ଦୁଇଜଣ ବେକରେ ଏବଂ ଅଣ୍ଟାରେ ମଣିଷ ମୁଣ୍ଡ ଝୁଲାଇଛନ୍ତି। ଜଣେ ତାର ବାଁ କାନ୍ଧରେ ଦୁଇଟି ମୁଣ୍ଡ ଝୁଲାଇଛି।

ନିକଟରେ ଗୋଟିଏ ଛୋଟ ଗଛ ଦେହରେ ଦୁଇଜଣ ମଣିଷ ବନ୍ଧା। ମଣିଆଁ ଜଣକର ଆଗପାଖ ଓ ଅନ୍ୟ ଜଣକର ପଛପାଖ ଦେଖିପାରୁଛି। ସେ ଦେଖି ଆଶ୍ଚର୍ଯ୍ୟ ହେଲା ଯେ, ତାହା ଆଡ଼କୁ ମୁହଁକରି ବନ୍ଧା ହୋଇଥିବା ଲୋକଟି ଉଚ୍ଚରେ ଛୋଟ। ଦେଖିବାକୁ ନିକଟରେ ଥିବା ଅନ୍ୟାନ୍ୟ ଲୋକମାନଙ୍କ ପରି କହିଲେ ଚଳେ। ପ୍ରଭେଦ ଏତିକି ଯେ, ବନ୍ଦୀଲୋକର ଗୋଡ଼ ହାତ ନାଲିମାଟିରେ ରଙ୍ଗା ହେଲା ପରି ଲାଲ ଦିଶୁଛି। ଯିଏ ମଣିଆଁ ଆଡ଼କୁ ପଛକରି ବନ୍ଧା ଯାଇଛି, ସେ ଅନାର୍ଯ୍ୟ ନୁହେଁ, ନିଶ୍ଚୟ ଆର୍ଯ୍ୟ ସନ୍ତାନ। ଦେଖିବାକୁ ଉଚ୍ଚ। ଭାରତୀୟଙ୍କ ପରି ଗୌର ବର୍ଣ୍ଣ; ଉଲଗ୍ନ ହୋଇଥିଲେ ମଧ୍ୟ ମସ୍ତକର ଲମ୍ବ କୃଷ୍ଣକେଶ ପଛଆଡ଼େ ଜଙ୍ଘ ପର୍ଯ୍ୟନ୍ତ ଲମ୍ବି ଆସିଛି। ବନ୍ଦୀଦ୍ୱୟ ବୃକ୍ଷର ଗଣ୍ଡିପରି ନିଶ୍ଚଳ ଭାବରେ ଠିଆ ହୋଇଛନ୍ତି ସତେ ଯେପରି ଦେହରେ ଜୀବନ ନାହିଁ। ହାତ ଗୋଡ଼ ଦୃଢ଼ଭାବରେ ଲଟା ଦ୍ୱାରା ଆବଦ୍ଧ।

ଏପରି ଦୃଶ୍ୟ ଦେଖି ଭୟରେ ମଣିଆଁର ହୃଦୟ କମ୍ପିତ ହେଲା । ସେ କପାଳରୁ ଝାଳ ପୋଛି ଭାବିଲା, ଏମାନେ ନିଶ୍ଚୟ ରମଣୀକୁ ମାରି ପକାଇବେ । ମୁଁ କ'ଣ ଏଡ଼େ ଭୀରୁ, ଆଖି ଆଗରେ ଜଣେ ରମଣୀର କଲବଲ ମୃତ୍ୟୁ ଦେଖିବି ? ନା, କଦାପି ତାହା ହେବ ନାହିଁ ।

କିପରି ସେ ରମଣୀକୁ ଉଦ୍ଧାର କରି ପାରିବ, ଏହି ଚିନ୍ତାରେ ବ୍ୟସ୍ତ ଥାଇ ମଣିଆଁ ଏକାଥରେ ଭୁଲିଗଲା ଯେ, ଯଦି ସେ ଅନାର୍ଯ୍ୟମାନଙ୍କ କବଳରେ ପଡ଼େ, ତାକୁ ମଧ୍ୟ ଜୀବନ ହରାଇବାକୁ ପଡ଼ିବ । ଏତେ ଲୋକଙ୍କ ବିପକ୍ଷରେ ଠିଆ ହେବା ସହଜ ନୁହେଁ ଭାବି ସେ ହତାଶ ହେଲା । ଏହି ସମୟରେ ସେଠାରେ ଆହୁରି ତିନି ଜଣ ଆସି ଉପସ୍ଥିତ ହେଲେ । ଜଣେ ଗୋଟାଏ କଦଳୀପତ୍ର ଦେହରେ କଣ ଗୁଡ଼ାଏ ବଟା ଜିନିଷ ଆଣି ତଳେ ରଖିଦେଲା । ଅନ୍ୟ ଜଣେ ଆହୁରି ଖଣ୍ଡେ ପତ୍ର ଦେହରେ ବାଲିପରି କିଛି ଜିନିଷ ରଖିଦେଲା । ତୃତୀୟ ଲୋକ ଦୁଇ ହାତରେ ଦୁଇଟା ମଣିଷ ମୁଣ୍ଡର ଖପୁରିରେ ଜଳ ଆଣିଥିଲା । ନିକଟରେ ଖଣ୍ଡେ ପଥର ଦେହରେ ଗୋଟାଏ ମସ୍ତବଡ଼ ଗାଡ଼ । ସେ ସେହି ଗାଡ଼ରେ ଜଳ ଅଜାଡ଼ିଦେଲା । ଆଗନ୍ତୁକ ତିନି ଜଣଙ୍କୁ ଦେଖି ସମସ୍ତେ ଆନନ୍ଦରେ ବୋବାଇ ଉଠିଲେ । ଶୋଇଥିବା ଏବଂ ବସିଥିବା ଲୋକମାନେ ଠିଆହୋଇ ତାଳିମାରିଲେ ।

ମଣିଆଁ ଦେଖିଲା ସେମାନଙ୍କ ମଧ୍ୟରୁ ଜଣେ ସୁନାର ଗୋଟିଏ ବହୁମୂଲ୍ୟ ହାର ଅଣ୍ଟାରେ ଝୁଲାଇଛି । ସେ ହାରଟି ଯେ ଆର୍ଯ୍ୟ ରମଣୀର, ଏଥିରେ ସନ୍ଦେହ ନାହିଁ । ହାର ନାଇଥବା ଲୋକର ଇଙ୍ଗିତରେ ସମସ୍ତେ ନୀରବ ହେଲେ । ସେ ଆହୁରି ପଦେ କ'ଣ ମୁଣ୍ଡ ହଲାଇ କହିଲା । ଯେଉଁମାନେ ବନ୍ଦୀଦ୍ୱୟଙ୍କ ନିକଟରେ ଠିଆ ହୋଇଥିଲେ, ସେମାନେ ସେଠାରୁ ଘୁଞ୍ଚିଆସି ଟିକିଏ ଦୂରରେ ଠିଆ ହେଲେ ।

ପୂର୍ବୋକ୍ତ ଲୋକ ହାତରେ ଖଣ୍ଡେ ହତିଆର ଧରିଲା । ହତିଆର ଖଣ୍ଡ ଦେଖିବାକୁ ଛୁରି ପରି । ବୋଧହୁଏ ପଥରର ଛୁରି ।

ହାର ନାଇଥିବା ଲୋକଟି ହାତରେ ପଥରର ଛୁରି ଧରି ବନ୍ଦୀମାନଙ୍କ ନିକଟକୁ ଗଲା । ସେ ସମ୍ମୁଖୀନ ହେବାର ଦେଖି ବନ୍ଦୀ ଓ ବନ୍ଦିନୀ ଅସ୍ଥିର ହୋଇ ପଡ଼ିଲେ । ବନ୍ଦୀ ତାର ନିଜ ଭାଷାରେ କେତେ କ'ଣ କହି ଜୀବନ ବଞ୍ଚାଇବାକୁ ପ୍ରାର୍ଥନା କଲା । ବନ୍ଧନ ଛିଣ୍ଡିଯିବ ବୋଲି ହାତ ଗୋଡ଼ ହଲାଇବାକୁ ଚେଷ୍ଟାକଲା, ମାତ୍ର ବନ୍ଧନ ଛିଣ୍ଡିଲା ନାହିଁ ।

ବନ୍ଦିନୀ ନିଜର ମାତୃଭାଷାରେ ବିନୀତ ଭାବରେ ପ୍ରାର୍ଥନା କଲା, ମୋତେ ଛାଡ଼ିଦିଅ ।

ଲୋକଟି ରମଣୀର ଭାବଭଙ୍ଗୀ ଦେଖି ମନେ ମନେ କ'ଣ ଚିନ୍ତା କଲା କେଜାଣି

ଦୂରରୁ ଘୁଞ୍ଚିଆସିଲା ଏବଂ ହାତଠାରି ମୁଣ୍ଡ ହଲାଇ କ'ଣ କହିଲା। ଦୂରରେ ଠିଆ ହୋଇଥିବା ଲୋକମାନେ ଉଚ୍ଚ ସ୍ୱରରେ ଏକାସଙ୍ଗେ କ'ଣ କହି ଉଠିଲେ। ଲୋକଟି ଧୀରେ ଧୀରେ ବନ୍ଦୀ ନିକଟକୁ ଅଗ୍ରସର ହେଲା। ପଛକୁ ଚାହିଁ ଲୋକମାନଙ୍କଠାରୁ କ'ଣ ଇଙ୍ଗିତ ପାଇ ପଥରର ଖଣ୍ଡାଟି ଟେକିଲା।

ଆହା ! ସେ କି ଭୀତିପ୍ରଦ ଦୃଶ୍ୟ !

ସମ୍ମୁଖରେ ସାକ୍ଷାତ ଯମ ଦଣ୍ଡାୟମାନ। ପଳାୟନର କୌଣସି ଉପାୟ ନାହିଁ। ସେ ଜାଣେ, ଯେତେ ଅନୁରୋଧ କଲେ ମଧ୍ୟ ତା'ର କଥା କେହି ଶୁଣିବେ ନାହିଁ। ଦୟା କ'ଣ ସେମାନେ ଜାଣନ୍ତି ନାହିଁ। ସେ ଉଚ୍ଚସ୍ୱରରେ କାନ୍ଦିଉଠିଲା। ପଳାୟନର ଚେଷ୍ଟା କଲା ନାହିଁ। ମୁକ୍ତି ନିମନ୍ତେ ଅନୁରୋଧ କଲା ନାହିଁ। ସେ ଜାଣେ ଏ ସମସ୍ତ ନିରର୍ଥକ ହେବ।

ପଥରର ଖଣ୍ଡା ଉପରକୁ ଉଠିଲା। ଆଉ ମୁହୂର୍ତ୍ତେ। ମୁହୂର୍ତ୍ତକ ପରେ ବନ୍ଦୀର ମୃତ୍ୟୁ ହୋଇଥାନ୍ତା। ଲୋକେ ମାଂସ ଖାଇବା ନିମନ୍ତେ ପ୍ରସ୍ତୁତ ଅଛନ୍ତି। ଥୋକେ ଓଠ ଚାଟୁଛନ୍ତି। ଏହି ସମୟରେ ଘାତକର ମୁଣ୍ଡରେ ବଜ୍ରପାତ ହେଲା ପରି ସେ ତଳେ ପଡ଼ିଗଲା। ହାତରୁ ଖଣ୍ଡା ଛିଡ଼ିକି ଯାଇ କିଛିଦୂରରେ ଖଣ୍ଡେ ପଥରରେ ବାଜି ଦୁଇଖଣ୍ଡ ହୋଇ ଭାଙ୍ଗିଗଲା। ସମସ୍ତେ ଅବାକ୍ ହୋଇ ଅନାଇ ରହିଛନ୍ତି। କାରଣ କେହି ସ୍ଥିର କରିପାରିଲେ ନାହିଁ।

କିଛି ସମୟ ପରେ ଜଣେ ସାହସ କରି ଘଟଣା କ'ଣ ଦେଖିବାକୁ ଆସିଲା। ସେ ଭୂପତିତ ଲୋକର ନିକଟକୁ ଆସି ନଇଁପଡ଼ି ଦେଖିଲା, ତାର ମୁଣ୍ଡ ଫାଟି ରକ୍ତ ବାହାରୁଛି। ସେ ମଧ୍ୟ ମୁହଁ ମାଡ଼ି ପ୍ରଥମ ଆହତ ଲୋକର ଉପରେ ପଡ଼ିଗଲା। ତାର ହୃଦୟରେ ଗୋଟିଏ କାଣ୍ଡ ଲାଗି ରହିଛି। ରକ୍ତ ବାହାରି ତଳ ତିନ୍ତିଗଲାଣି।

ବେଢ଼ି ରହିଥିବା ଲୋକଙ୍କ ମନରେ ଭୟ ହୋଇଗଲା। ମାତ୍ର ସେମାନଙ୍କ ମଧ୍ୟରୁ ଜଣେ ସ୍ତ୍ରୀ ଓ ଜଣେ ପୁରୁଷ ରକ୍ତର ଲୋଭ ସମ୍ଭାଳି ପାରିଲେ ନାହିଁ। ତଳେ ମୁହଁ ଲଗାଇ ରକ୍ତତକ ଚାଟି ଉଦରସ୍ଥ କରିବା ନିମନ୍ତେ ପତିତ ବ୍ୟକ୍ତି ପାଖକୁ ଧାଇଁଗଲେ। କିନ୍ତୁ ସ୍ତ୍ରୀଲୋକଟି ଚିତ୍କାର କରି ହାତ ଛାଟି ଛାଟି ଜଙ୍ଗଲ ଭିତରକୁ ପଳାଇଲା। ବୋଧହୁଏ ମଣିଆଁର ବାଟୁଳି ତା ହାତ ପାପୁଲିରେ ବାଜିଛି।

ଅନ୍ୟ ଜଣକ ଆଣ୍ଠୁ ମାଡ଼ି କୁକୁର ପରି ତଳେ ଜିଭ ଲଗାଇ ରକ୍ତ ଚାଟୁ ଚାଟୁ ସେହିଠାରେ ଢଳି ପଡ଼ିଲା। ଆଉ କେହି ସାହସ ବାନ୍ଧି ପାଖକୁ ଆସିଲେ ନାହିଁ। ଦୂରରେ ଥାଇ ଘଟଣା କ'ଣ ଜାଣିବାକୁ ଠିଆ ହୋଇ ରହିଲେ। ଏପରି କି ନିଜେ ବନ୍ଦୀ ମଧ୍ୟ ଭୟରେ କମ୍ପିବାକୁ ଲାଗିଲା। କିଛି ସମୟ ପରେ ଉପସ୍ଥିତ ଲୋକମାନଙ୍କ

ମଧ୍ୟରୁ ଜଣକ ଦେହରେ ବାଟୁଳି ବାଜିଲା । ସେ ଚିତ୍କାର କରି ପଳାଇଯିବା ପୂର୍ବରୁ ଅବିରଳ ବାଟୁଳିର ସ୍ରୋତ ଆସି ଅନ୍ୟ ସମସ୍ତଙ୍କୁ ଅସ୍ଥିର କରି ପକାଇଲା । ସମସ୍ତେ ଧାଇଁ ପଳାଇଯିବାକୁ ବସିଲେ । କେତେ ଜଣ ପଳାଇ ଯାଇ ଗଛ ଉଢ଼ୁଆଳରେ ଲୁଚି ରହିଲେ । ଅବଶିଷ୍ଟ ଲୋକେ ପଳାଇଯିବା ପୂର୍ବରୁ ବନ୍ଦୀ ଓ ବନ୍ଦିନୀକୁ ସଙ୍ଗରେ ନେଇ ଯିବାକୁ ଏକାଥରେ ଆସି ଗଛର ଚାରିପାଖେ ବେଢ଼ିଗଲେ ।

ଏହି ଅସଭ୍ୟ ଆଦିମ ଅଧିବାସୀମାନେ ଧନୁଶର କିମ୍ବା ବାଟୁଳିଖଡ଼ାର ବ୍ୟବହାର ଜାଣନ୍ତି ନାହିଁ । ମଣିଆଁ ବୁଢ଼ା ଉଢ଼ୁଆଳରୁ ଦେଖିଲା, ସେ ଏତେ ଚେଷ୍ଟା କରି ମଧ୍ୟ ରମଣୀକୁ ଉଦ୍ଧାର କରିପାରିବ ନାହିଁ । ତା'ର ଶର ଏବଂ ବାଟୁଳିକୁ ଖାତିର ନ କରି ସେମାନେ ବନ୍ଦୀକୁ ଟାଣିଟାଇ ନେବାକୁ ବସିଛନ୍ତି । ସେ ଧନୁଖଣ୍ଡ ଗୋଟିଏ ଗଛର ଉଢ଼ୁଆଳରେ ରଖି ଚମତ୍କାର ଥଳି ଗଛ ଡାଳରେ ଓହଳାଇ ଦେଲା । ଖଣ୍ଡା ଧରି ସେମାନଙ୍କ ଭିତରକୁ ନିର୍ଭୟରେ ପଶି ଆସିଲା । ମଣିଆଁ ଖଣ୍ଡା ଚଳାଇବାରେ ସିଦ୍ଧହସ୍ତ । ସେ ଖଣ୍ଡା ବୁଲାଇ ସେମାନଙ୍କୁ ଆକ୍ରମଣ କଲା । ପରାସ୍ତ ସୈନ୍ୟ ପରି ପ୍ରଥମେ ଆଦିମ ଅଧିବାସୀମାନେ ଏଣେ ତେଣେ ପଳାଇଲେ, ମାତ୍ର ଯେତେବେଳେ ଦେଖିଲେ ଯେ, ସେମାନଙ୍କୁ ତାଙ୍କରି ପରି ଜଣେ ଲୋକ ଆକ୍ରମଣ କରୁଛି, ସେ ଭୂତ ପ୍ରେତ କି ଆଉ କେହି ନୁହେ, ସମୁଦ୍ରର ଜୁଆର ମାଡ଼ିଆସିଲା ପରି ଚାରିଆଡ଼ରୁ ମାଡ଼ି ଆସିଲେ ନିଜ ନିଜର ଶସ୍ତ୍ର ଧରି । ମଣିଆଁ ଖଣ୍ଡା ବୁଲାଇ ସେମାନଙ୍କ ମଧ୍ୟରୁ ଦୁଇତିନିଜଣଙ୍କୁ ମାରି ପକାଇଲା । ସାତ ଆଠଜଣ ଆହତ ହୋଇ ତଳେ ପଡ଼ିରହିଲେ । ଅନେକେ ଆହତ ହୋଇ ଭୟରେ ଜୀବନ ରକ୍ଷାକରିବାକୁ ପଳାଇଗଲେ ।

ମଣିଆଁର ଦେହରେ ଅନେକ ଜାଗାରେ କ୍ଷତ ହୋଇ ରକ୍ତ ବହୁଥିଲା । ସମସ୍ତେ ପଳାଇଛନ୍ତି ଜାଣି ସେ ଶ୍ରାନ୍ତି ହରଣ କରିବାକୁ ପଡ଼ିଥିବା ତାଳପତ୍ର ଉପରେ ଲମ୍ବ ହୋଇ ଶୋଇପଡ଼ିଲା । ହାତରେ କିନ୍ତୁ ଖଣ୍ଡାଟିକୁ ଦୃଢ଼ଭାବରେ ଧରି ରଖିଥାଏ । କାଳେ ଶତ୍ରୁମାନେ ପୁଣି ଫେରନ୍ତି । ସେ ଏତେ କ୍ଳାନ୍ତ ହୋଇଥିଲା ଯେ ବନ୍ଦୀ ବା ବନ୍ଦିନୀକୁ ମୁକ୍ତ କରିବା ଦୂରେ ଥାଉ, ସେମାନଙ୍କୁ ଅନାଇଁ ପାରିଲା ନାହିଁ ।

କିଛି ସମୟ ପରେ କିଏ ଜଣେ ଡାକିଲା, ମଣିଆଁ ଭାଇ ।

ମଣିଆଁ ଶୋଇ ନ ଥିଲା । ଆଖି ବୁଜି ଦମ୍ ନେଉଥିଲା । ତା'ର ନାମ ଧରି କିଏ ଜଣେ ଡାକୁଥିବାର ଶୁଣି ସେ ଅବାକ୍ ହୋଇ ଆଖି ମେଲାଇ ଏଣେ ତେଣେ ଚାହିଁଲା । କିଏ ଡାକୁଛି ସ୍ଥିର କରି ପାରିଲା ନାହିଁ ।

ପୂର୍ବପରିଚିତ ସ୍ୱର ଆହୁରି ଥରେ ଡାକିଲା, ମଣିଆଁ ଭାଇ । ମଣିଆଁ ସ୍ୱର ଆସୁଥିବା ଦିଗକୁ ଚାହିଁ ବୁଝି ପାରିଲା, ବନ୍ଦିନୀ ରମଣୀହିଁ ତା'ର ନାମ ଧରି ଡାକୁଛି ।

କିଏ, ସୁଶୀଳା ? ମଣିଆଁ ଚମକିପଡ଼ିଲା। ରକ୍ତକ୍ଷୟ ହେତୁ ଅଙ୍ଗ ଦୁର୍ବଳ ହୋଇ ପଡ଼ିଥିଲେ ମଧ୍ୟ ସେ ଧୀରେ ଧୀରେ ଉଠି ନିକଟକୁ ଗଲା। କିନ୍ତୁ ଏ ତ ସୁଶୀଳା ନୁହେଁ।

ମଣିଆଁର ସମସ୍ତ ଆଶା ରମଣୀକୁ ଦେଖିବା ମାତ୍ରେ ଉଭେଇଗଲା—ଆକାଶରେ ବିଦ୍ୟୁତ୍ ଯେପରି କ୍ଷଣକ ନିମନ୍ତେ ଝଲସିଉଠି ପରକ୍ଷଣରେ ଲୁଚିଯାଏ। ରମଣୀଟି ସମ୍ପୂର୍ଣ୍ଣ ନଗ୍ନ। ଚକ୍ଷୁ ଫେରାଇ ମଣିଆଁ ଡାକିଲା, ଚଞ୍ଚଳା—।

ମଣିଆଁ ବହୁବର୍ଷ ପୂର୍ବେ ଚଞ୍ଚଳାକୁ ଦେଖିଥିଲା। ଏ ଅବସ୍ଥାରେ ଚଞ୍ଚଳାକୁ ଦେଖିବ ପୁଣି ବାଲିଦ୍ୱୀପରେ, ଏ ଆଶା ବା ତା'ର ହୁଅନ୍ତା କାହିଁକି ? ତଥାପି ସେ ଦେଖିବା ସଙ୍ଗେ ସଙ୍ଗେ ଚିହ୍ନି ପାରିଲା। ଚଞ୍ଚଳାର ଗଣ୍ଡ ଲଜ୍ଜାରେ ରକ୍ତିମ ହେଲା। କୃତଜ୍ଞତାର ଚିହ୍ନ ସ୍ୱରୂପ ଚକ୍ଷୁରୁ ଜଳଧାରା ଗଡ଼ିପଡ଼ିଲା। ସେ ମଣିଆଁର ପ୍ରଶ୍ନର ଉତ୍ତର ଦେବାକୁ କହିଲା-ହଁ—।

ଚଞ୍ଚଳା ବନ୍ଦିନୀ। ତେଣୁ ତା'ର ନଗ୍ନଯୌବନ ଘୋଡ଼ାଇ ଲଜ୍ଜା ନିବାରଣ କରିବାର ଉପାୟ ନାହିଁ। ସେ ପୂର୍ବପରି ନିଶ୍ଚଳ ରହିଲା।

ମଣିଆଁ ନିଜ ଅଣ୍ଟାରେ ଭିଡ଼ିଥିବା ଉତ୍ତରୀୟ ଖୋଲି ଚଞ୍ଚଳା ଉପରକୁ ପକାଇଦେଲା। କିଛି ସମୟ ଅପେକ୍ଷା କରି ମୁହଁ ଫେରାଇ ଚାହିଁ ଦେଖିଲା, ଚଞ୍ଚଳା ପୂର୍ବପରି ଠିଆହୋଇ ରହିଛି। ଉତ୍ତରୀୟଖଣ୍ଡି ତଳେ ପଡ଼ିଛି।

ମଣିଆଁର ମନେ ହେଲା ଯେ, ସେ ଦୃଢ଼ଭାବରେ ଆବଦ୍ଧ। ସେ ତା'ର ହାତ ଗୋଡ଼ର କୌଣସି ବ୍ୟବହାର କରିପାରୁ ନାହିଁ। ଅତି ଶୀଘ୍ର ବନ୍ଦୀ ଓ ବନ୍ଦିନୀ ଉଭୟଙ୍କୁ ମୁକ୍ତକରି ମଣିଆଁ ଆହତ ଓ ମୃତ ଅସଭ୍ୟ ଲୋକଙ୍କ ଆଡ଼େ ଚାହିଁଲା। ଯେଉଁମାନେ ମୃତ, ସେମାନଙ୍କୁ ଗୋଟାଏ ସ୍ଥାନକୁ ନେଇ ଜମାକରି ରଖିଲା। ପଥର ଖୋଲରୁ ଜଳ ଆଣି ଆହତ ଲୋକଙ୍କ ମୁହଁରେ ଛିଞ୍ଚିଲା। ସେମାନେ ଆଗରୁ ସଂଜ୍ଞା ଲାଭକରିଥିଲେ। ଯେତେବେଳେ ସେମାନେ ଦେଖିଲେ ଯେ ମଣିଆଁ ସେମାନଙ୍କୁ ନ ମାରି ମୁହଁରେ ଜଳ ଛିଞ୍ଚୁଛି, ସେମାନେ ଭୟ ନ କରି ଉଠି ବସିଲେ। ମଣିଆଁ ସେମାନଙ୍କୁ ମଣିଷ ମୁଣ୍ଡର ଖପୁରିରେ ଜଳ ଆଣିଦେଲା। ଇତ୍ୟବସରେ ଚଞ୍ଚଳା ପ୍ରସ୍ତୁତ ହୋଇ ମଣିଆଁକୁ ସାହାଯ୍ୟ କରିବା ନିମନ୍ତେ ପଥର ଖୋଲରୁ ଜଳ ଆଣି ଆହତ ଲୋକଙ୍କର ମୁହଁରେ ଦେଲା। ନିକଟରେ ଥିବା କୌଣସି ଗୋଟିଏ ଲତା ଦେହରୁ ପତ୍ର ଆଣି ହାତରେ ମକଚି ତା'ର ରସ ସେମାନଙ୍କର କ୍ଷତସ୍ଥାନମାନଙ୍କରେ ଲଗାଇ ଦେଲା। ମଣିଆଁକୁ ଅନୁରୋଧ କରି ତା' ଦେହର କେତେକ ସ୍ଥାନରେ ମଧ୍ୟ ଦେବାକୁ ଭୁଲିଲା ନାହିଁ।

ଅନାର୍ଯ୍ୟମାନଙ୍କ ମଧ୍ୟରୁ ତିନିଜଣ ଭବଲୀଳା ସାଙ୍ଗ କରିଥିଲେ। ଆହତ ହୋଇଥିଲେ ଛ'ଜଣ। ମୁକ୍ତ ବନ୍ଦୀ ଏବଂ ଆହତ ଲୋକମାନେ ମଣିଆଁ ଏବଂ ଚଞ୍ଚଳାର

ବ୍ୟବହାର ଦେଖି ଅବାକ୍ ହୋଇଗଲେ। ଏ କ'ଣ? ଯାହାର ମାଂସ ଖାଇବାକୁ ଆମେମାନେ ବାନ୍ଧି ରଖିଥିଲୁ, ସେ ଆମର ସେବା କରୁଛି? ସେ କ'ଣ ଦେବୀ। ବୋଧହୁଏ ସେମାନେ ଏହିପରି କେତେ କ'ଣ ଭାବିଥିବେ।

ମଣିଆଁ ସେମାନଙ୍କୁ ଇଙ୍ଗିତ କରି ଚାଲିଯିବାକୁ ଆଦେଶ କଲେ। ସେମାନେ ବୁଝିପାରିଲେ। କୃତଜ୍ଞତାପୂର୍ଣ୍ଣ ନେତ୍ରରେ ମଣିଆଁ ଏବଂ ଚଞ୍ଚଳାକୁ ଚାହିଁ ଲମ୍ବ ଲମ୍ବ ହୋଇ ସେମାନଙ୍କର ଗୋଡ଼ତଳେ ଶୋଇପଡ଼ିଲେ। ମଣିଆଁ ଏବଂ ଚଞ୍ଚଳା ସେମାନଙ୍କୁ ତଳୁ ଉଠାଇ ପୁନର୍ବାର ହାତଠାରି ଯିବାକୁ କହିବାରୁ ସେମାନେ ଗୋଟି ଗୋଟି ହୋଇ ସେ ସ୍ଥାନରୁ ଚାଲିଗଲେ। ଏକା ରହିଲା ସେହି ମୁକ୍ତ ବନ୍ଦୀ। ମଣିଆଁ ତାକୁ ଯେତେ ଠାରି କହିଲେ ସୁଦ୍ଧା ସେ ଚାଲିଗଲା ନାହିଁ।

ମୁର୍ଦ୍ଦାରଗୁଡ଼ାକ ସେପରି ଅବସ୍ଥାରେ ପକାଇ ଗଲେ କାଳେ ପରେ ଅସଭ୍ୟ ଲୋକମାନେ ଆସି ସେମାନଙ୍କର ମାଂସ ଖାଇଯିବେ ଏହା ଭାବି ମଣିଆଁ ନିକଟସ୍ଥ ଗୋଟାଏ ମସ୍ତବଡ଼ ଶୁଖିଲା ବାଉଁଶ ବୁଦା ନିକଟକୁ ମୁର୍ଦ୍ଦାରଗୁଡ଼ିକ ଘୋଷାଡ଼ି ନେଲା, ତହିଁରେ ମୁକ୍ତ ବନ୍ଦୀ ତାକୁ ସାହାଯ୍ୟ କଲା। ଚଞ୍ଚଳା ତଳେ ବସି ସ୍ଥିର ଚକ୍ଷୁରେ ମଣିଆଁକୁ ଅନାଇଁ ରହିଥାଏ।

ଶବଗୁଡ଼ିକ କଣ୍ଟାବାଉଁଶ ବୁଦାରେ ସଜାଇ ରଖି ସେ ଯେଉଁଠାରେ ଧନୁ ଏବଂ ଥଳି ରଖିଥିଲା ସେହି ସ୍ଥାନକୁ ଗଲା। ଧନୁକୁ କାନ୍ଧରେ ଝୁଲାଇ ମୁଣି ହାତରେ ଧରି ବାଉଁଶ ବୁଦାପାଖକୁ ଗଲା। ଦେଖିଲା ମୁକ୍ତ ବନ୍ଦୀ ଗୋଟିଏ ଶବ ଦେହରୁ ସୁନା ହାରଟି ଫିଟାଉଛି। ସେ ବାଧା ଦେଲା ନାହିଁ। ସୁନାହାର ଫିଟାଇବା ପରେ ସେ ଶବ ଉପରେ ଶୁଖିଲା କାଠ ଓ ବାଉଁଶ ଲଦିଦେଲା ଏବଂ ଚକମକି ପଥର ସାହାଯ୍ୟରେ ନିଆଁ ବାହାର କରି ଲଗାଇଦେଲା। ନିଆଁ ଧୀରେ ଧୀରେ ଉପରକୁ ଉଠିଲା। ଜଙ୍ଗଲରେ ଜାଣି ଜାଣି ନିଆଁ ଲଗାଇଛି। କାଳେ ଚାରିଆଡ଼େ ମାଡ଼ିଯିବ, ସେମାନେ ବିପଦରେ ପଡ଼ିବେ, ଏହା ଭାବି ମଣିଆଁ ମୁକ୍ତ ବନ୍ଦୀକୁ ଚାଲିଯିବାକୁ ଇଙ୍ଗିତ କରି ଚଞ୍ଚଳାକୁ କହିଲା, ପଛେ ପଛେ ଆସ।

ଚଞ୍ଚଳା ଅନେକ ଦିନ ହେଲା ଆହାର ଅଭାବରେ ବଡ଼ ଦୁର୍ବଳ ହୋଇ ପଡ଼ିଥିଲା। ଚାଲିବାର ଶକ୍ତି ତା'ଠାରୁ ପ୍ରାୟ ଲୋପ ପାଇଥିଲା। ଯାହାହେଉ ମଣିଆଁର କଥା ଶୁଣି ସେ ତାର ପଛେ ପଛେ ଟଳ ଟଳ ହୋଇ ଚାଲିଲା; କିନ୍ତୁ ପଛକୁ ପଡ଼ି ଯାଉଥାଏ। ଏଣେ ନିଆଁ ହାଉ ହାଉ ହୋଇ ଜଳିଉଠିଲାଣି।

ମଣିଆଁ ପଛକୁ ଚାହିଁ ଦେଖିଲା, ଚଞ୍ଚଳା ଧୀରେ ଧୀରେ ଚାଲୁଛି। ମୁକ୍ତ ବନ୍ଦୀ ଗୋଟିଏ ଗଛର ଉଢୁଆଳରେ ଠିଆ ହୋଇ ଜ୍ୱଳନ୍ତ ନିଆଁ ଆଡ଼କୁ ଚାହିଁ ଭୟରେ

ଥରୁଛି । ସେ ସମସ୍ତ ଘଟଣା ବୁଝିପାରିଲା । ସେ ଜାଣି ପାରିଲା ଯେ, ଅସଭ୍ୟ ଲୋକମାନେ ନିଆଁର ବ୍ୟବହାର ଜାଣନ୍ତି ନାହିଁ । ତାକୁ ହାତଠାରି ପଛେ ପଛେ ଆସିବାକୁ ଇଙ୍ଗିତ କରି କ୍ଳାନ୍ତ ଏବଂ ଦୁର୍ବଳ ଚଞ୍ଚଳାର ହାତ ଧରି ଦ୍ରୁତପଦରେ ନଦୀକୂଳ ଆଡ଼େ ଚାଲିଲା ।

ବନ୍ଦୀଟି ତାର ଅନୁସରଣ କଲା ।

ଉଜ୍ଜ୍ୱଳ ଚନ୍ଦ୍ର ଆକାଶ ବକ୍ଷରେ । ନୌକା ଭିତରେ କ୍ଳାନ୍ତ ମଣିଆଁ ନିଦ୍ରାମଗ୍ନ । ନିକଟରେ ପ୍ରଭୁଭକ୍ତ ଅଜଙ୍ଗ । ଟିକିଏ ଆଡ଼ ହୋଇ ଦୂରରେ ଚଞ୍ଚଳା ।

ଦୁଇଦିନ ହେଲା ଚଞ୍ଚଳା ଏବଂ ଅଜଙ୍ଗ (ଅଜଙ୍ଗ ପର୍ବତର ଅଧିବାସୀ ହୋଇଥିବାରୁ ମୁକ୍ତବନ୍ଦୀକୁ ବର୍ତ୍ତମାନଠାରୁ ଅଜଙ୍ଗ ବୋଲି ଡକାଯିବ) ଶତ୍ରୁ ହାତରୁ ମୁକ୍ତହୋଇ ଆସିଛନ୍ତି । ସେମାନଙ୍କର ଶାରୀରିକ ଅସୁସ୍ଥତା ନାହିଁ, ମାତ୍ର ଯେ ସେମାନଙ୍କୁ ମୁକ୍ତ କରିଛି ସେ ପୀଡ଼ିତ । ଦେହରୁ ଅପର୍ଯ୍ୟାପ୍ତ ରକ୍ତ କ୍ଷୟ ହୋଇଥିବାରୁ ସେ ଦୁର୍ବଳ ହୋଇପଡ଼ିଛି । ବେଦନାରୁ ରକ୍ଷା ପାଇବାକୁ ସେ ଶୋଇବାକୁ ଚେଷ୍ଟା କରିଥିଲା । ଦୁଇଦିନ ପରେ ଆଜି ତାକୁ ନିଦ ହୋଇଛି ।

ଅଜଙ୍ଗ ମୁକ୍ତ ହୋଇ ମଧ୍ୟ ପଳାଇଗଲା ନାହିଁ । ମଣିଆଁ ତାକୁ ବାରମ୍ବାର କହିଲେ ମଧ୍ୟ ସେମାନଙ୍କୁ ଛାଡ଼ି ଚାଲିଯିବାକୁ ଅସମ୍ମତ । ପଳାଇ ଯିବାକୁ କହିଲେ ସେ ମୁହଁ ଶୁଖାଇ ତଳକୁ ଅନାଇ ଚୁପ୍ କରି ବସିପଡ଼େ, କିଛି କହେ ନାହିଁ ।

ଏମାନଙ୍କ ମଧ୍ୟରେ ଅନେକ ଦିନ ରହି ଚଞ୍ଚଳା ସେମାନଙ୍କ ଭାଷା କିଛି କିଛି ଶିଖିଛି । ଯେତେବେଳେ ମଣିଆଁ ନିଦ୍ରିତ ଥାଏ, ଚଞ୍ଚଳା ମଣିଆଁ ନିକଟରୁ ଉଠିଆସି ଅଜଙ୍ଗକୁ ହାତଠାରି ଅନେକ କାର୍ଯ୍ୟ କରିବାକୁ ଆଦେଶ ଦିଏ । ଅଜଙ୍ଗ ବିନା ଆପତ୍ତିରେ ଠାରରୁ ବୁଝିପାରି ଚଞ୍ଚଳାର ସମସ୍ତ କାର୍ଯ୍ୟ କରେ । ନିକଟସ୍ଥ ଜଙ୍ଗଲକୁ ଯାଇ ଏକ ପ୍ରକାର ଲତା ଦେହରୁ ପତ୍ର ଛିଣ୍ଡାଇ ଆଣେ । ଚଞ୍ଚଳା ନିଜ ହାତରେ ପତ୍ରରୁ ରସ କାଢ଼ି ମଣିଆଁର କ୍ଷତସ୍ଥାନମାନଙ୍କରେ ଲଗାଏ । ଚଞ୍ଚଳାର ଇଙ୍ଗିତରେ ଅଜଙ୍ଗ ଦୁଇଦିନ ହେବ ଲୁଗା ପିନ୍ଧୁଛି । ଅବଶ୍ୟ ତାକୁ ଅଡୁଆ ଅଡୁଆ ଲାଗେ ।

ମଣିଆଁର ନିଦ୍ରାଭଙ୍ଗ ହେଲା । ସେ ହାଇ ମାରୁ ମାରୁ ଦେଖିଲା, ନିକଟରେ ଅଜଙ୍ଗ ବସିଛି । ସେପାଖେ ଚଞ୍ଚଳା ବସି ଅନ୍ୟମନସ୍କ ଭାବେ ଜଙ୍ଗଲ ଆଡ଼କୁ ଅନାଇଁ ରହିଛି ।

ଦୁଇଦିନ ପୂର୍ବେ ଜଙ୍ଗଲରେ ସେ ଯେଉଁ ଅଗ୍ନି ଲଗାଇ ଆସିଥିଲା, ତାହା ଅଦ୍ୟାପି ନିର୍ବାପିତ ହୋଇନାହିଁ। ବେଳକୁବେଳ ଅଧିକ ହୋଇ ଶେଷରେ ମନ୍ଦିର ନିକଟ ପର୍ଯ୍ୟନ୍ତ ମାଡ଼ିଆସିଲାଣି। ଦୂରରୁ ଅଗ୍ନିଶିଖା କ୍ରମେ ଉପରକୁ ଉଠିବା ଦେଖାଯାଉଛି। ସେହି ଦିଗରୁ ପବନ ବହି ଆସୁଥିବାରୁ ଗରମ ପବନ ନୌକାର ଅଧିବାସୀଙ୍କୁ ଅଥୟ କରିପକାଉଛି। କ୍ରମେ ଉତ୍ତାପ ଅସହ୍ୟ ହେଲା। ଚଞ୍ଚଳା ପର୍ବତ ଆଡୁ ମୁହଁ ଫେରାଇ ମଣିଆଁ ନିକଟକୁ ଆସିଲା। ମଣିଆଁକୁ ଜାଗ୍ରତ ଦେଖି କହିଲା, ଜଙ୍ଗଲରେ ନିଆଁ ଲାଗିଛି ବୋଲି ଆଜି ଭୀଷଣ ଗରମ ହେଉଛି। ବଡ଼ ଅସହ୍ୟ—

ମଣିଆଁ ଉତ୍ତର ଦେଲା, ଜଙ୍ଗଲରେ ନିଆଁ ଲଗାଇ ମୁଁ ଭୁଲ୍ କରିଛି। ଯେଉଁଥି ପାଇଁ ଏଠାକୁ ଏତେ କଷ୍ଟ ସହି ଆସିଛି, ହୁଏତ ସେ କାର୍ଯ୍ୟ ସାଧନ କରିବାରେ ବିଳମ୍ବ ହୋଇପାରେ। ଧୀରେ ଧୀରେ ଖାଦ୍ୟ ସାମଗ୍ରୀ କମିଆସୁଛି। ଯଦି ଶେଷ ହୋଇଯାଏ, ହୁଏତ ଆମକୁ ଖାଦ୍ୟାଭାବରେ ଜୀବନ ହରାଇବାକୁ ପଡ଼ିବ।

ଚଞ୍ଚଳା କହିଲା, ଖାଦ୍ୟ ଅଭାବରୁ ଜୀବନ ହରାଇବାକୁ ହେବ ନାହିଁ। ନୌକାରେ ଚାଉଳ ଡାଲି ପ୍ରଭୃତି ଯାହା କିଛି ଅଛି, ସେ ସବୁ ସେହିପରି ଥାଉ।

ତେବେ ଖାଇବା କଣ?

ଯେଉଁଦିନ ମୋତେ ନାରାୟଣ ସାଧବର ଲୋକମାନେ ଆଣି ଏଠାରେ ଛାଡ଼ିଦେଇ ଗଲେ, ତା'ର ପରଦିନ ମୁଁ ଏଠାର ନରମାଂସ ଭକ୍ଷଣକାରୀ ଅସଭ୍ୟଙ୍କ ହାତରେ ପଡ଼ିଲି। ସେମାନେ ଯେପରି କଞ୍ଚା ମାଂସରେ ଲୁଣ ଏବଂ ମସଲା ଦେଇ ଖାଆନ୍ତି, ମୋତେ ମଧ ସେହିପରି ଦେଲେ। ମୁଁ ସେ ସମସ୍ତ କିଛି ଖାଇଲି ନାହିଁ। ମୋତେ ସେମାନେ ନ ମାରି ଏତେଦିନ ଯାଏ କାହିଁକି ଯେ ରଖିଥିଲେ, ମୁଁ କହି ପାରିବି ନାହିଁ। କଞ୍ଚା ମାଂସ ଖାଉ ନାହିଁ ଦେଖି ସେମାନେ ମୋତେ ଦୁଧ ଏବଂ ରାବିଡ଼ି ଆଣିଦେଲେ। ମୁଁ ପ୍ରଥମେ କାବା ହୋଇ ଭାବିଲି, ଏମାନେ ଦୁଧ ପାଇଲେ କାହୁଁ। ଦୁଧକୁ ରାବିଡ଼ି କଲେ କିପରି, ଏମାନେ ତ ନିଆଁର ବ୍ୟବହାର ଜାଣନ୍ତି ନାହିଁ। ଜାଣିଥିଲେ ନରମାଂସ ହେଉ ପଛକେ ଅନ୍ତତଃ ସିଝାଇକରି ଖାଅନ୍ତେ ତ। ଯାହା ହେଉ ମୁଁ ସେହିଦିନ ଠାରୁ ଦୁଧ ଏବଂ ଦୁଧସର ଖାଇ ଜୀବନ ବଞ୍ଚାଇ ରଖିଛି।

ବୋଧହୁଏ ସେମାନେ ଗାଈ ରଖିଥିବେ?

ସେମାନଙ୍କର ଗାଈ ନାହିଁ। ଯେଉଁମାନେ ମୁର୍ଦ୍ଦାର ମାଂସ ସଢ଼ାଇ ଖାଇବାକୁ ଘୃଣା କରନ୍ତି ନାହିଁ, ସେମାନେ କି କେବେ ଗାଈ ପାଖରେ ଥିଲେ ତା' ମାଂସ ନ ଖାଉଥାନ୍ତେ। ଦୁଧ କେଉଁଠାରୁ ଆଣନ୍ତି, ଏ ବିଷୟ ମୁଁ ପରେ ବୁଝିପାରିଲି। ଯେଉଁଠାରେ ଆମେ ବନ୍ଦୀଥିଲୁ, ଯେଉଁଠାରୁ ଆମକୁ ତୁମେ ମୁକ୍ତ କରି ଆଣିଲ

ସେହି ସ୍ଥାନର ଅନତି ଦୂରରେ ଗୋଟିଏ ପ୍ରକାଣ୍ଡ ଗଛ ଅଛି। ହୁଏତ ବର୍ତ୍ତମାନ ବିଶ୍ୱାସ ନ କରିପାର, କିନ୍ତୁ ପରେ ଦେଖିବାକୁ ପାଇବ ଯେ, ସେହି ପ୍ରକାଣ୍ଡ ଗଛର କ୍ଷୀର ହେଉଛି ଦୁଧ। ଗଛର ବକଳ କାଟିଦେଲେ ସେ ଗଛରୁ ଗାଢ଼ା ଆଉଟା ଦୁଧ ପରି କ୍ଷୀର ବାହାରେ। ଗାଈଦୁଧ ଏବଂ ସେହି ବୃକ୍ଷରୁ ବାହାରୁଥିବା ଦୁଧ ମଧ୍ୟରେ କୌଣସି ପ୍ରଭେଦ ବୁଝାଯାଏ ନାହିଁ। ଯେଉଁସବୁ କ୍ଷୀର ଶୁଖିଯାଇ ମୁଣ୍ଡା ମୁଣ୍ଡା ହୋଇ ଅଠାପରି ଗଛରେ ଲାଗିଥାଏ, ତାର ସ୍ୱାଦ ଠିକ୍ ଦୁଧସର ପରି। ଗଛରେ ଯେଉଁ ଫଳ ଫଳେ, ତାକୁ ଭାଙ୍ଗିଲେ ତା ଭିତରୁ ଯେଉଁ ରସପୂର୍ଣ୍ଣ ଶସ ବାହାରେ ତାର ସ୍ୱାଦ ତ କହିଲେ ନ ସରେ। ବର୍ତ୍ତମାନ ମୋର କହିବାର କଥା, ନିଆଁ ଲିଭିଗଲେ, ଆମେ ସେହି ଗଛରୁ ଦୁଧ ଆଣି ଖାଇବା।

ଏ ଆଶ୍ଚର୍ଯ୍ୟ ଘଟଣା ଯଦି ସତ୍ୟ ହୋଇଥାଏ, ଆଉ ଖାଦ୍ୟର କୌଣସି ଅଭାବ ରହିବ ନାହିଁ। ଆଚ୍ଛା କହିବ କି, ତୁମକୁ ନାରାୟଣ ସାଧବର ଲୋକମାନେ କାହିଁକି ଆଣି ଏଠାରେ ଛାଡ଼ିଗଲେ ? ସେମାନେ ତୁମକୁ ପାଇଲେ କିପରି ?

ଚଞ୍ଚଳା ଚିନ୍ତାକଲା ତାର ଏ କାହାଣୀ କେଉଁଠାରୁ ଆରମ୍ଭ କରିବ। ବିବାହ କଥାରୁ ଆରମ୍ଭ କରିବ ଭାବି କିପରି ତାକୁ ଲାଜ ମାଡ଼ିଲା, କିନ୍ତୁ ତାର ଜୀବନ ଯେ ରକ୍ଷା କରିଛନ୍ତି, ତାଙ୍କ ଆଗରେ ନ କହିଲେ କାଳେ ସେ ଅନ୍ୟ କିଛି ଭାବନ୍ତି। କାଳେ ତାଙ୍କ ମନରେ କଷ୍ଟ ହୁଏ। ଏପରି ଚିନ୍ତାକରି ଗୋଟି ଗୋଟି କରି ସମସ୍ତ ଘଟଣା ବର୍ଣ୍ଣନା କଲା।

ରାଧାଶ୍ୟାମଙ୍କ କଥାରୁ ପ୍ରକାଶ ଯେ, ସେ ଶିଶୁପାଳ ହୋଇ ତାମ୍ରଲିପ୍ତ ଫେରିଲେ। ଏହାର କାରଣ ଚଞ୍ଚଳାଙ୍କ ଘରେ ଡକାୟତର ଆକ୍ରମଣ। ଡକାୟତମାନେ ନାରାୟଣ ସାଧବଙ୍କର ଲୋକ। ଚଞ୍ଚଳାର ପିତା ଜୀବନ ହରାଇଲେ। ସେ ଏବଂ ତାର ଭାଇ ବନ୍ଦୀ ହେଲେ। ସେମାନଙ୍କୁ ବନ୍ଦୀ କରି ତାମ୍ରଲିପ୍ତ ଅଣାଗଲା। ତାମ୍ରଲିପ୍ତଠାରେ ଭାଇ ଭଉଣୀଙ୍କର ବିଚ୍ଛେଦ ହେଲା। ଅଧିରାଜ କୁଆଡ଼େ ଗଲେ ଚଞ୍ଚଳା ଜାଣି ନାହିଁ। ଯେଉଁ ବୋଇତରେ ସେ ବନ୍ଦିନୀ ଥିଲା, ତାହାର କୌଣସି ଲୋକକୁ ପଚାରିବାରୁ ଜଣାଗଲା, ଅଧିରାଜ ମୃତ। ଚଞ୍ଚଳା ହତାଶ ହେଲା। କିଛିଦିନ ପରେ ବୋଇତ ସମୁଦ୍ରକୁ ଗଲା। ତାମ୍ରଲିପ୍ତରୁ ବୋଇତ ଆସିବା ପୂର୍ବରୁ ଚଞ୍ଚଳାକୁ ଯେପରି ଟିକିଏ ସ୍ୱାଧୀନତା ଦେଉଥିଲେ, ବୋଇତ ସମୁଦ୍ରରେ ପଶିଲାରୁ ସେତକ ତାକୁ ହରାଇବାକୁ ପଡ଼ିଲା। ସକାଳୁ ସନ୍ଧ୍ୟାଯାଏ ଗୋଟିଏ କୋଠରୀରେ ବନ୍ଧାହୋଇ ଥାଏ। କିଛିଦିନ ପରେ ତାକୁ ସେ ବୋଇତରୁ ଅନ୍ୟ ବୋଇତକୁ ନେଇଗଲେ। ସେ ବୋଇତର ଲୋକମାନେ ଆଣି ତାକୁ ଏଠାରେ ଛାଡ଼ିଦେଇ ଯାଇଛନ୍ତି। ଏ ସବୁର କାରଣ ଚଞ୍ଚଳା କହି ପାରିଲା ନାହିଁ।

ତା'ର କଥା ଶୁଣି ମଣିଆଁ ମୁଣ୍ଡରେ ହାତ ଦେଇ କେତେ କଣ ଚିନ୍ତାକଲା। ଚଞ୍ଚଳା ତାର ମୁହଁକୁ ଅନାଇ ରହିଲା ତୃଷିତ—ନେତ୍ରରେ।

ଏହି ସମୟରେ ସେମାନେ ଅଜଙ୍ଗଙ୍କୁ ଓଦା ସର ସର ହୋଇ ନଦୀକୂଳରୁ ଆସୁଥିବାର ଦେଖିଲେ। ସେ ତାର ଦୁଇ ହାତରେ ଗୋଟିଏ ବଡ଼ ମାଛ ଧରିଛି। ଚଞ୍ଚଳା ଅଜଙ୍ଗଙ୍କୁ କଣଠାରି ମଣିଆଁକୁ କହିଲା, ଅସଭ୍ୟ ଆଦିମ ଅଧିବାସୀଙ୍କ ମଧ୍ୟରେ ମୁଁ ଏତେ ଦିନ ରହି ବୁଝିପାରୁଛି ଯେ ସେମାନେ ବଡ଼ ନିଷ୍ଠୁର ହୃଦୟ। ମନୁଷ୍ୟ ପଶୁପକ୍ଷୀ ଯାହା ପାଇବେ ଟିକି ଟିକି କରି ଜୀବନ୍ତ କାଟି ଖାଇବେ। ଅଜଙ୍ଗ କିନ୍ତୁ ସେମାନଙ୍କ ଭିତରୁ ବାହାର। ସେ ଯେ ନରମାଂସ କିମ୍ବା ଅନ୍ୟ କୌଣସି ମାଂସ ନ ଖାଏ, ତାହା ନୁହେଁ। ହେଲେ କଣ ହେଲା, ତାର ହୃଦୟଟି ଅନ୍ୟ ଉପାଦାନରେ ଗଠିତ, ମନରେ ଦୟା ମାୟାର ସ୍ଥାନ ଅଛି। ମୋର କଷ୍ଟ ଦେଖି ସେ ମୋତେ ମୁକ୍ତ କରିବାକୁ ବସିଥିଲା। ଧରା ପଡ଼ିବାରୁ ତାକୁ ବନ୍ଦୀ କଲେ। ଆହା ବିଚରା ମୋତେ ମୁକ୍ତ କରିବାକୁ ଯାଇ ନିଜର ଜୀବନ ଦେବାକୁ ବସିଥିଲା। ଯେଉଁ ଜାତି ମୃତ ପିତା ମାତାଙ୍କର ମାଂସ ଖାଇବାକୁ କୁଣ୍ଠିତ ନୁହନ୍ତି, ସେପରି ଅସଭ୍ୟ ଜାତିରେ ଅଜଙ୍ଗ ଗୋଟିଏ ରତ୍ନ।

ମଣିଆଁ ମୁଣ୍ଡ ଟେକି ଅଜଙ୍ଗ ଆଡ଼କୁ ଚାହିଁଲା। ଚଞ୍ଚଳାର କଥା ଶୁଣି ମଧ୍ୟ କିଛି ଉତ୍ତର ଦେଲା ନାହିଁ। ତାର ମନ ସେତେବେଳେ ଅନ୍ୟ ଭାବନାରେ ଆନ୍ଦୋଳିତ। ଚଞ୍ଚଳାକୁ ଦେଖି ଓ ତା କଥା ଶୁଣି ସୁଶୀଳା ତାର ମନେ ପଡ଼େ। ଇଚ୍ଛା ବିରୁଦ୍ଧରେ କେବେ କେବେ ଚଞ୍ଚଳା ଉପରେ ଆଖି ପକାଇ ଦେଖେ ସେ ତାରି ଆଡ଼କୁ ଚାହିଁଛି। ମଣିଆଁର ମୁହଁକୁ ଚାହିଁଲେ ସେ କେଜାଣି କାହିଁକି ଲଜ୍ଜିତ ହୁଏ। ଗଣ୍ଡ ରକ୍ତିମ ଦେଖାଯାଏ। କିଛି ନ ଜାଣିଲାପରି ଅନ୍ୟଆଡ଼କୁ ଚାହିଁ ଭିନ୍ନ ପ୍ରସଙ୍ଗରେ ବାଁରେଇ ଦିଏ।

ସେଦିନ ମଣିଆଁର ଦୃଷ୍ଟି ଚଞ୍ଚଳା ଉପରେ ପଡ଼ିବାରୁ ଚଞ୍ଚଳା ବାଁରେଇ ହୋଇ ଅଜଙ୍ଗ ଆଡ଼କୁ ଅନାଇଁ ହାତ ଠାରି ନିକଟକୁ ଡାକିଲା। ଅଜଙ୍ଗ ନିକଟକୁ ଆସିଲାରୁ ସେ ତାକୁ ପଚାରିଲା, ମାଛ କେଉଁଠୁ ଧରିଲୁ?

ଅଜଙ୍ଗ ବଲ ବଲ କରି ମୁହଁକୁ ଅନାଇଁ ରହିଲା, ଉତ୍ତର ଦେଲା ନାହିଁ। ବୋଧହୁଏ ବୁଝି ପାରିଲା ନାହିଁ।

ଚଞ୍ଚଳା ହାତଠାରି ତାକୁ ବୁଝାଇ ଦେଲାରୁ ସେ ମଧ୍ୟ ହାତଠାରି ନଦୀଜଳକୁ ଦେଖାଇ ଦେଲା। ମଣିଆଁ ଆନନ୍ଦରେ ଦୁଇଜଣଙ୍କର ମଜା ଦେଖୁଥାଏ। କିଛି ସମୟ ପରେ ଅଜଙ୍ଗ ଚଞ୍ଚଳା ନିକଟରେ ମାଛ ରଖି ପୁନର୍ବାର ଡଙ୍ଗାରୁ ଓହ୍ଲାଇଗଲା। ଚଞ୍ଚଳା ବୁଝିଲା ସେ ଶୁଖିଲା କାଠ ଅନ୍ୱେଷଣରେ ଯାଉଛି। ଜ୍ୱଳନ୍ତ-ଅଗ୍ନି ଦେଖିବାକୁ ଭାରି

ଭଲ ଲାଗେ। ଚଞ୍ଚଳା ନିଆଁ ଜାଳି ରୋଷାଇ କରୁଥିବା ସମୟରେ ସେ ଦୂରରେ ବସି ନିଆଁ କିପରି ଉଜ୍ଜ୍ୱଳ-ଭାବରେ ଜଳୁଛି, ତାହାହିଁ ଦେଖୁଥାଏ।

ଆଗରୁ ଶୁଖିଲା କାଠ ପାଖରେ ଥିଲା। ଚଞ୍ଚଳା ଅଜଙ୍ଗକୁ ରାତିରେ ବୃଥା କଷ୍ଟ ଦେବ ନାହିଁ ଭାବି ଡାକିଲା, ଅଜଙ୍ଗ ଶୁଣ।

ଅଜଙ୍ଗ ବୁଝିଛି, ତାକୁ ଏ ଦୁଇଜଣ ଅଜଙ୍ଗ ବୋଲି ଡାକନ୍ତି। ସେ ଫେରିଆସି ଚଞ୍ଚଳାକୁ କହିଲା, କାଠେଁ ଏବଂ ହାତ ବଢ଼ାଇ ଜଙ୍ଗଲ ଆଡ଼କୁ ଦେଖାଇ ଦେଲା।

ଚଞ୍ଚଳା ଅଜଙ୍ଗର ଓଡ଼ିଆ କଥା ଶୁଣି ମୁରୁକି ମୁରୁକି ହସି କହିଲା, ଆରେ ଅଲକ୍ଷଣା ତୁ କଣ ଓଡ଼ିଆ କହି ଶିଖିଲୁଣି ?

ଅଜଙ୍ଗ ଚଞ୍ଚଳାର କଥାରୁ କଣ ବୁଝିଲା କେଜାଣି ପୁନର୍ବାର ଜଙ୍ଗଲ ଆଡ଼କୁ ଯିବାକୁ ବସିଲା। ଚଞ୍ଚଳା ଡାକିଲା, ଅଜଙ୍ଗ, କାଠ ଅଛି। ଯା ନା ରାତିଟା ପରା। ଅଜଙ୍ଗ ଉତ୍ତର କଲା, କାଠୋ। ଅଛି ଯାଁ ନାଁ।

ଚଞ୍ଚଳା ହାତ ଏବଂ ମୁଖର ଭାବଭଙ୍ଗୀ ଦେଖାଇ ନିଜର ଉଦ୍ଦେଶ୍ୟ ବୁଝାଇ ଦେଲା। ଅଜଙ୍ଗ ତାର ନିଜ ଭାଷାରେ କଣ କହୁ କହୁ ବାଲି ଉପରେ ବସି ପଡ଼ିଲା।

ଏହି ସମୟରେ ପଛଆଡୁ ମଣିଆଁ ଆସି ହଠାତ୍ ପଚାରିଲା, ତୁମେ ସୁଶୀଳାର କୌଣସି ଖବର ଜାଣ କି ?

ମୁଁ ତ ତମକୁ ସେହି ବିଷୟରେ ପଚାରିବି ପଚାରିବି ହେଉଛି। କାଳେ ମନରେ କଣ ଭାବିବ, ସେଥିପାଇଁ ଆଜିଯାଏ କିଛି ପଚାରି ନାହିଁ। ସେ ମୋର ପିଲାଦିନର ସାଙ୍ଗ। ଆହା ସେ ମୋତେ କେଡ଼େ ଭଲ ପାଏ। ମୁଁ ଜାଣିଥିଲି, ତେମେ ଦୁଇଜଣ ଜାତିରେ କେବେ କୈବର୍ତ୍ତ ନୁହଁ। ବାପା ମା କାହିଁକି ସେହିପରି ସନ୍ଦେହ କରୁଥିଲେ।

ଚଞ୍ଚଳାର ମୁଖ ଆରକ୍ତ ହେଲା। ସେ ଆଉ ମଣିଆଁକୁ ଅନାଇ ପାରିଲା ନାହିଁ। ଦୃଷ୍ଟି ଅନ୍ୟ ଦିଗକୁ ଫେରାଇ କିଛି ସମୟ ପରେ ରୁଦ୍ଧକଣ୍ଠରେ ଆରମ୍ଭକଲା, ମୋର ଆଜି ଭଲ ଭାବରେ ମନେ ପଡୁଛି, ଜନ୍ମଦିନ ଦିନ ମୁଁ ଓ ସୁଶୀଳା ତମକୁ ଅପେକ୍ଷା କରି ଅନେକ ବେଳଯାଏ ବସିଥିଲୁ। ବନ୍ଦାପନା ଶେଷ ହେଲା। ମା ମୋତେ ଖାଇବାକୁ ଯେତେ କହିଲେ ମୁଁ ଖାଇଲି ନାହିଁ। ତମ ଦୁଇ ଜଣଙ୍କୁ ଡାକି ଆଣିବାକୁ ମୁଁ ଲୋକ ପଠାଇଲି। ଲୋକ ରାତି ଦିଘଡ଼ିକୁ ଫେରିଆସି କହିଲା ଯେ ତମର ଦେଖା ପାଇଲା ନାହିଁ।

ମଣିଆଁ ଆଗ୍ରହର ସହିତ ପଚାରିଲା, ସତେ ?

ସତ କହୁଛି, ସୁଶୀଳା ପ୍ରତି ମୋର ଭାରି ରାଗ ହେଲା। ସେହି ରାତିରେ ମୁଁ ଖାଇ ପିଇ ଶୋଇଲି। ପରଦିନ ସକାଳେ ତମ୍ଭକୁ ଦେଖି ସମସ୍ତ ଘଟଣା ପଚାରିବି

ଭାବିଥିଲି। ତେମେ କି ସୁଶୀଳା କେହି ଆସିଲ ନାହିଁ। ଏହିପରି ଅନାଇ ଅନାଇ ଅନେକ ଦିନ ଚାଲିଗଲା। ପରେ ବୁଝି ପାରିଲି ତେମେମାନେ ନାହିଁ। ଲୋକେ କିଏ କେତେ ପ୍ରକାର କହିଲେ।

କ'ଣ କହିଲେ— ?

ଥଙ୍ଗେର ଥଙ୍ଗେଇ ହୋଇ ଚଞ୍ଚଳା କହିଲା, ଆମ ଗାଁର ଅନେକ ଲୋକ ବିଶ୍ୱାସ କରିଲେ ଯେ, ତେମେ ଦୁଇଜଣ ଭଜନା ଓ ରୂପେଇର ପୁଅ ଝିଅ ନୁହଁ।

କଣ ବୋଲି ବିଶ୍ୱାସ କରିଥିଲେ ?

ତମମାନଙ୍କୁ ସେମାନେ ଶତ୍ରୁ ହାତରୁ ରକ୍ଷାକରି ପୁଅ ପରି ପାଳିଥିଲେ। ସେଥି ନିମନ୍ତେ ଲୋକେ କହିଲେ, ବୋଧହୁଏ ତେମେ ଜାଣି ପାରିଛ ତେମେ କାହାର ପୁଅ ଏବଂ ତମ ଘର କେଉଁଠି। ସେଥିପାଇଁ ଭାଇ ଭଉଣୀ ଦୁହେଁ ନିଜ ଘରକୁ ଚାଲି ଯାଇଛନ୍ତି। ଆହୁରି ମଧ୍ୟ ଲୋକଙ୍କୁ କହିବାର ଶୁଣିଛି, ତେମେ କୁଆଡ଼େ ଜଣେ ମସ୍ତବଡ଼ ବଣିକର ପୁଅ।

ଆଚ୍ଛା, ଲୋକେ କିପରି ଜାଣିଲେ ଆମେ ଭଜନା ଓ ରୂପେଇଙ୍କର କିଛି ନୋହୁ ବୋଲି ?

ମୁଁ ତା ଠିକ୍ କହିପାରୁ ନାହିଁ। ଯେତେଦୂର ସମ୍ଭବ ଅନୁମାନ। ଚଞ୍ଚଳାକୁ ମୁହଁର ଓଢ଼ଣା କାଢ଼ିବାର ଦେଖି ମଣିଆଁ ନୌକାର କାନ୍ଥକୁ ଆଉଜି ତାକୁ ଅନାଇଲା। ସତେ ଯେପରି ସେ ଚଞ୍ଚଳାର ହୃଦୟ ଭିତରୁ କଥାର ସତ୍ୟତା ପ୍ରମାଣ କରିବାକୁ କଣ ଦେଖୁଛି। କିଛି ସମୟ ପରେ ନିଜକୁ ନିଜେ କହିଲାପରି ଉଚ୍ଚାରଣ କଲା, ଅନୁମାନ ନା। ଲୋକଙ୍କର ତ ଅନୁମାନ କରିବାର କ୍ଷମତା ବେଶୀ।

ହଁ, ଅନୁମାନ।

ମୋ ମତରେ—ଚଞ୍ଚଳାର ସୁନ୍ଦର ମୁହଁରେ ଚକ୍ଷୁ ନ୍ୟସ୍ତ କରି।

ମୁଁ ଆଉ ଅନୁମାନ କରିବି କ'ଣ ? ସୁଶୀଳାଠାରୁ ତ ଶୁଣିଥିଲି ଯେ ତୁମେ ଦୁଇଜଣ ସମ୍ପର୍କରେ କିଛି ନୁହଁ। ତମକୁ ଭଜନା ପାଳିଥିଲା ଏବଂ ତାକୁ ତୁମେ ପାଳିଥିଲ। ତାଠାରୁ ଏତକ ଶୁଣି ମୁଁ ହତାଶ—

କଣ କହିବାକୁ ବସିଥିଲା କହିଲା ନାହିଁ ଜାଣି ମଣିଆଁ ଘଟଣାଟି ଅନୁମାନ କରିନେଲା। ତାର ମନେ ପଡ଼ିଗଲା ଦିନେ ସୁଶୀଳା ତାକୁ କହୁଥିଲା, ଚଞ୍ଚଳାପରି ଗୁଣବତୀ କନ୍ୟାକୁ ସ୍ତ୍ରୀରୂପେ ପାଇ ତୁମେ ଭାରି ସୁଖୀ ହେବ। ସେ ଯଦି ଚଞ୍ଚଳାର ମନ ଆଗରୁ ବୁଝି ନଥାନ୍ତା, ଏପରି କହନ୍ତା କାହିଁକି ?

ସେଥିରେ ତମର ହତାଶ ହେବାର କାରଣ ? ମଣିଆଁ ପଚାରିଲା।

ଉଭୟେ କିଛି ସମୟ ନୀରବ ରହିଲେ। ନୀରବତା ଭଙ୍ଗକରି ମଣିଆଁ ପଚାରିଲା, ଲୋକେ ଭଲା ଆମର ଆକସ୍ମିକ ଅନ୍ତର୍ଦ୍ଧାନ ବିଷୟରେ ଆହୁରି କଣ ଅନୁମାନ କରିଥିବେ କହି ପାରିବ କି? ଲୋକଙ୍କର ଅନୁମାନ କରିବାର କ୍ଷମତା ବେଶୀ କି ନା!

କେତେକ କହିଲେ ମଣିଆଁ ବୋଧହୁଏ ସୁଶୀଳାକୁ ବିବାହ କରି ନିକଟସ୍ଥ କୌଣସି ଗ୍ରାମରେ ଘରକରି ରହିବାକୁ ଚାଲି ଯାଇଛି।

ଏଥିରେ ତମର କ'ଣ ବିଶ୍ୱାସ ହେଲା?

ମୋ ବିଶ୍ୱାସ— ?

ହଁ, ତମର—

ସତ କହୁଛ, ଏ କଥା କାହିଁକି ମୋର ମନକୁ ଆସିଲା।

ତମମାନଙ୍କର ଶେଷ ଅନୁମାନଟି ଯେ ଏକାଥରେ ଯୁକ୍ତିସଙ୍ଗତ ନୁହେଁ, ତା ନୁହେଁ। କିନ୍ତୁ ବଡ଼ ଆଶ୍ଚର୍ଯ୍ୟର କଥା ଯେ ଅସଲ କଥାଟା କେହି ଅନୁମାନ କରି ପାରିଲେ ନାହିଁ।

ଚଞ୍ଚଳା ଦୀର୍ଘନିଶ୍ୱାସ ତ୍ୟାଗକରି ପଚାରିଲା, ତେବେ ତମର ସୁଶୀଳା ସଙ୍ଗେ ବିବାହ ହୋଇ ଯାଇଛି? ବର୍ତ୍ତମାନ ଦୟାକରି ମୋତେ କହ ସୁଶୀଳାକୁ କେଉଁଠି ରଖିଛ।

ଏତେ ଶୀଘ୍ର ମୋର ପ୍ରଶ୍ନ ଯେ ଭୁଲିଗଲ। ମୁଁ ତମକୁ ଠିକ୍ ତାହା ହିଁ ପଚାରୁଥିଲି। ତୁମେ ଯେତେବେଳେ ନାରାୟଣ ସାଧବଙ୍କ ବୋଇତରେ ବନ୍ଦିନୀ ଥିଲ, ସୁଶୀଳା ବିଷୟରେ ନିଶ୍ଚୟ କିଛି ଜାଣିଥିବ।

ଚଞ୍ଚଳା ଟିକିଏ ନିମ୍ନ ସ୍ୱରରେ ମନକୁ ମନ କହିଲା, ମୋର ଅନୁମାନ କ'ଣ ତାହା ହେଲେ ସତ? ସେ ସ୍ୱର କ'ଣ ସୁଶୀଳାର? ତାପରେ ମଣିଆଁକୁ ସମ୍ବୋଧନ କରି କହିଲା, କହ, କହ, ସୁଶୀଳା ସଙ୍ଗେ ନାରାୟଣ ସାଧବର କି ସମ୍ପର୍କ? ପ୍ରଥମେ କହ ତୁମେ କ'ଣ ସୁଶୀଳାକୁ ପ୍ରକୃତରେ ବିବାହ କରିଛ?

ମଣିଆଁ ଉଦ୍‌ବିଗ୍ନତାର ସହିତ କହିଲା, ଆଗ କହ ତମର ଅନୁମାନ କ'ଣ? କେଉଁ ସ୍ୱର ସୁଶୀଳାର ବୋଲି କହୁଥିଲ। ପରେ ମୁଁ ସବୁକଥା କହିବି।

ମୁଁ ଏ ସବୁ କଥା ଭାବି, ପାଗଳ ହୋଇ ଯାଉଛି। ବର୍ତ୍ତମାନ ମୋର ମୁଣ୍ଡ ବୁଲାଉଛି, ମୋର ପ୍ରଶ୍ନ ଗୁଡ଼ିକର ଉତ୍ତର ଦିଅ ଭଲା।

ମଣିଆଁ ଠିକେ ଠିକେ ସମସ୍ତ ଘଟଣା ବର୍ଣ୍ଣନା କଲା। ସୁଶୀଳାର ପତ୍ର, ପତ୍ରର ବିଭିନ୍ନ ଅର୍ଥ, ସେମାନଙ୍କର ପ୍ରତିଜ୍ଞା, ମଣିଆଁର ମାଛସହ ପ୍ରତ୍ୟାବର୍ତ୍ତନ, ସୁଶୀଳାର ଅନ୍ତର୍ଦ୍ଧାନ, ସମୁଦ୍ରରେ ବୋଇତ, ମଣିଆଁର ବନ୍ଦୀ ଜୀବନ, ମୁକ୍ତି, ରାଧାଶ୍ୟାମଙ୍କ ସହ

ସାକ୍ଷାତ। ରାଧାଶ୍ୟାମଙ୍କ ମନର ଅବସ୍ଥା, ପ୍ରତିଜ୍ଞା, ସଧର୍ମନଗର, ସିଙ୍ଗାପୁର, ଜାଭା ଏବଂ ବାଲି। ମଣିଆଁର ଉଦ୍ଦେଶ୍ୟ—

ଚଞ୍ଚଳା ସ୍ଥିର ହୋଇ ଗୋଟି ଗୋଟି କରି ସମସ୍ତ ଘଟଣା ଶୁଣିଗଲା। ମଣିଆଁର ବକ୍ତବ୍ୟ ଶେଷ ହେଲାରୁ ସେ ଡାକିଲା,—ଅଜଙ୍ଗ।

ଅଜଙ୍ଗ, ଉଁ, କହି ନିକଟରେ ଉପସ୍ଥିତ ହେଲା। ଚଞ୍ଚଳା ତାକୁ ମାଛ ଓ ଛୁରି ବଢ଼ାଇ ଦେଇ କହିଲା, ନେ ଆକୁ କାଟ। ହାତ ଓ ମୁହଁର ଭାବଭଙ୍ଗୀ କରି ମନର ଭାବ ବୁଝାଇ ଦେଲା। ମାଛ କାଟିବାକୁ ହେବ ଅଜଙ୍ଗ ଏହା ବୁଝିପାରି କହିଲା, ନେ ଆଁଙ୍କୁ କାଟେ। ମାଛ ଓ ଛୁରି ନେଇ ଚାଲିଗଲା।

ଏମାନଙ୍କର କଥୋପକଥନ ଶୁଣି ମଣିଆଁ ମନେ ମନେ ହସିଲା।

ଅଜଙ୍ଗ ନିକଟରୁ ଚାଲିଯିବା ପରେ ଚଞ୍ଚଳା କହିଲା, ତେବେ ସେ ନିଶ୍ଚୟ ସୁଶୀଳା। ତଥାପି ସନ୍ଦେହ ହେଉଛି। ସୁଶୀଳା ପ୍ରତିଜ୍ଞା କରିଥିଲା, ତମ ବ୍ୟତୀତ ଅନ୍ୟ କାହାକୁ ସେ ବିବାହ କରିବ ନାହିଁ। ନାରାୟଣ ସାଧବଙ୍କ ସଙ୍ଗେ ତାର କଥୋପକଥନ ଶୁଣିଲେ ଯେ କେହି ଅନୁମାନ କରି ପାରିବ ଯେ ବକ୍ତା ନିଶ୍ଚୟ ନାରାୟଣ ସାଧବର ସ୍ତ୍ରୀ। ଅତଏବ ସେ କେବେ ସୁଶୀଳା ହୋଇ ନ ଥିବ। ତାମ୍ରଲିପ୍ତଠାରେ ନାରାୟଣ ସାଧବ ସଙ୍ଗରେ ମୋର ଅନେକ ଥର ଦେଖା ହୋଇଥିଲା। ମୁଁ ଯେଉଁ ବୋଇତରେ ଥିଲି, ସେ ସେହି ବୋଇତକୁ ଅନେକ ଥର ଆସେ। ଅନ୍ୟ କୌଣସି କାରଣ ନାହିଁ। କେବଳ ମୋ ସଙ୍ଗେ କଥୋପକଥନ କରି ନାନାପ୍ରକାର ପ୍ରଲୋଭନ ଦେଖାଇବାକୁ। ଆହା, ବିଚାରି କେଡ଼େ ହତାଶ ହୋଇ ଫେରେ। ମୁଁ ତାର ସ୍ୱର ଉତ୍ତମରୂପେ ମନେ ରଖିଥିଲି। ପରେ ବୋଇତ ସମୁଦ୍ରରେ ଚାଲିଲା। ମୁଁ ବନ୍ଦିନୀ ହୋଇ ଗୋଟିଏ କୋଠରୀରେ ରହିଲି। ମୁଁ ଯେଉଁ କୋଠରୀରେ ରହିଥିଲି, ତାହା ପ୍ରଶସ୍ତ, ଆଲୋକିତ। ତେଣୁ ବନ୍ଦିନୀ ହୋଇ ତମପରି ମୋତେ ବିଶେଷ କଷ୍ଟ ସହିବାକୁ ପଡ଼ି ନ ଥଲା। ମୁଁ ଯେଉଁ କୋଠରୀରେ ଥିଲି, ତାକୁ ଲାଗି ଅନ୍ୟ ଗୋଟିଏ କୋଠରୀ। ସେହି କୋଠରୀରେ ଅନେକ ସମୟରେ ମୁଁ ଦୁଇଜଣଙ୍କ କଥୋପକଥନ ହେବାର ଶୁଣେ। ଦୁଇଜଣଙ୍କ ଭିତରୁ ଜଣେ ପୁରୁଷ ଅନ୍ୟ ଜଣକ ସ୍ତ୍ରୀ। ପୁରୁଷର ସ୍ୱରକୁ ଅନୁମାନ କରି ନେଲି ସେ ନିଶ୍ଚୟ ନାରାୟଣ ସାଧବ। ସ୍ତ୍ରୀର ସ୍ୱର ମୋର ପରିଚିତ ପରି ବୋଧହେଲା, ଯେପରି କି ସୁଶୀଳାର।

ତାର ଚେହେରା କିପରି ?

ଚେହେରା ଦେଖିଲେ କ'ଣ ମୁଁ ତାକୁ ଚିହ୍ନି ପାରି ନ ଥାନ୍ତି ? ଦେଖିବାକୁ ଚେଷ୍ଟା କରିଛି, କିନ୍ତୁ ପାଇନାହିଁ।

ପାହାଡ଼ ଆଡ଼େ ଜଳୁଥିବା ନିଆଁ ଆଡ଼କୁ ମୁହଁ ଫେରାଇ ମଣିଆଁ ପଚାରିଲା, ତମର କ'ଣ ବିଶ୍ୱାସ ସେ ନିଶ୍ଚୟ ସୁଶୀଳା !

ସେ ସୁଶୀଳା ହେଉ କିମ୍ବା ଆଉ କେହି ହେଉ, ନାରାୟଣ ସାଧବର ସ୍ତ୍ରୀ। ସୁଶୀଳା କି ନୁହେଁ ? ମୁଁ କହି ପାରିବି ନାହିଁ ତାର କଣ୍ଠସ୍ୱର ଓ ଏବଂ ମୋର ବାଲ୍ୟ-ସଙ୍ଗିନୀ ସୁଶୀଳାର କଣ୍ଠ-ସ୍ୱର ଏକା।

ତମର କାହିଁକି ବିଶ୍ୱାସ ସେ ନାରାୟଣ ସାଧବର ସ୍ତ୍ରୀ ବୋଲି ?

ଉଭୟଙ୍କର କଥୋପକଥନରୁ।

ବିଶ୍ୱାସଘାତିନୀ ?

ହୁଏତ ସେ ସୁଶୀଳା ନ ହୋଇ ଆଉ କେହି ହୋଇଥିବ। ଟିକିଏ ଭୀତ ହୋଇ ଚଞ୍ଚଳା କହିଲା।

ସୁଶୀଳା ! ତୁ ନାରାୟଣର ସ୍ତ୍ରୀ ? କହି ମଣିଆଁ ଦୁଃଖରେ ସେଠାରୁ ଚାଲିଗଲା। ଚଞ୍ଚଳା ମଣିଆଁକୁ ଅନାଇଁ କେତେ କଣ ଚିନ୍ତା କରି ଡାକିଲା, ଅଜଙ୍ଗ, ୟାଡ଼େ ଆ।

ଅଜଙ୍ଗ ଖଣ୍ଡେ କଦଳୀ ପତ୍ରରେ କଟା ମାଛ ଘେନି ଉପସ୍ଥିତ ହେଲା ଏବଂ କହିଲା, ୟାଁଡ଼େୟାଁ।

ଚୁଲ୍ଲୀପଶା କଣ କହୁଛୁ ରେ, ଯା ବାଲି ଉପରେ ବସିବୁ ଯା—କହି ତାକୁ ହାତ ଠାରି ବୁଝାଇ ଦେଲା।

ଅଜଙ୍ଗ ଚାଲିଯିବା ପରେ ଚଞ୍ଚଳା ଆସିଲା ଚୁଲ୍ଲୀ ଲଗାଇବାକୁ। ବ୍ୟସ୍ତ ହୋଇ ନିଜକୁ ନିଜେ କହିଲା, ଓଃ ଆଜି ବଡ଼ ଡେରି ହୋଇଗଲାଣି।

ଆହୁରି ଅନେକ ଦିନ କଟିଗଲାଣି। ଏଣିକି ମଣିଆଁ ପ୍ରଭୃତି ଆଉ ନୌକାରେ ରହୁ ନାହାନ୍ତି। ପ୍ରତ୍ୟହ ନୌକାରୁ ଯାଇ ବହୁ ଦୂରରେ ଜଙ୍ଗଲ ମଧ୍ୟରେ ପଶି ଧନର ଅନ୍ୱେଷଣ କରିବା କଷ୍ଟକର ହେଲା। ତେଣୁ ନୌକା ନଦୀକୂଳରେ ବାନ୍ଧି ସେମାନେ ହିନ୍ଦୁ ମନ୍ଦିରରେ ଆଶ୍ରୟ ଗ୍ରହଣ କରିଛନ୍ତି। ମଣିଆଁ ପ୍ରତ୍ୟହ ଯାଇ ତାର ନୌକା ଦେଖିଆସେ। କିଛି ଆଣିବାର ଥିଲେ ଆଣେ।

ପ୍ରାୟ ଦଶଦିନ ପରେ ଜଙ୍ଗଲରୁ ନିଆଁ ସମ୍ପୂର୍ଣ୍ଣରୂପେ ଲିଭିଗଲା। ନିଆଁ ଲଗାଇବା ଦ୍ୱାରା ମଣିଆଁ ପ୍ରଥମେ ଯାହା ଭାବିଥିଲା ଖରାପ କରିଛି, ସେ ଧାରଣା ତାର ପରିବର୍ତ୍ତିତ ହୋଇଗଲା। ଅଗ୍ନିର ପ୍ରଭାବରେ କେଉଁ କାଳର ପୁରାତନ ବୌଦ୍ଧ ମନ୍ଦିରଟି ଏକାଥରକେ

ଭାଙ୍ଗି ଭୂପତିତ ହୋଇଛି। ତହିଁରେ ମଣିଆଁର କ୍ଷତି କଣ ? ବରଂ ଲାଭ ହେଲା। ଜଙ୍ଗଲ ଜଳିଯାଇ ଥିବାରୁ କୌଣସି ହିଂସ୍ର ଜନ୍ତୁଙ୍କର ଭୟ ରହିଲା ନାହିଁ। ସେମାନେ ନିର୍ଭୟରେ ଯଥେଚ୍ଛା ଭ୍ରମଣ କରି ପାରିଲେ। ଧନ ଖୋଜିବାରେ ମଧ୍ୟ ସୁବିଧା ହେଲା।

ଦୁଇ ଛୋଟ ପର୍ବତର ମଧ୍ୟରେ ଉପତ୍ୟକା। ହିନ୍ଦୁ ମନ୍ଦିରଠାରୁ ଆରମ୍ଭ କରି ସତକୁ ସତ ଅର୍ଦ୍ଧବୃତ୍ତାକାରରେ ଅନେକଗୁଡ଼ିଏ ପଥରର ଖୋଲ ବା ଗହ୍ୱର ଭଗ୍ନ ବୌଦ୍ଧ ମନ୍ଦିର ପର୍ଯ୍ୟନ୍ତ ଅଛି। ଏହି ଗହ୍ୱରମାନଙ୍କ ମଧ୍ୟରୁ କେଉଁଟିରେ ଧନ ଅଛି, କିପରି ବା ମଣିଆଁ ଜାଣିବ ? ସୂର୍ଯ୍ୟଦ୍ୱୀପରେ ତାରି ପିତା ଯେଉଁ ଏକତ୍ରିଂଶ ଗହ୍ୱରର କଥା କହିଥିଲେ, ସେ କଥା ମଣିଆଁର ବେଶ୍ ମନେ ଅଛି। ଗଣି ଗଣି କେଉଁ ଗୋଟିକ ଯେ ଏକତ୍ରିଂଶ ଗହ୍ୱର ସେ ସ୍ଥିରକରି ପାରୁନାହିଁ। ଯହିଁରେ ତାର ସନ୍ଦେହ ହେଉଛି ସେ ତାକୁ ଉତ୍ତମରୂପେ ପରୀକ୍ଷା କରି ଦେଖେ। ପରେ ଅନ୍ୟଟି ଦେଖିବାକୁ ଯାଏ। ଏଥିରେ ଚଞ୍ଚଳା ତାକୁ ସାହାଯ୍ୟ କରେ।

ଅଜଙ୍ଗ ଏ ସବୁର କୌଣସି କାରଣ ବୁଝି ପାରେ ନାହିଁ। ତାର ପ୍ରଭୁମାନେ ଯେପରି ଧନ ଖୋଜିବାରେ ଲାଗିଯାନ୍ତି, ସେ ଅନୁକରଣ କରି ସେହିପରି ପଥର ଆଡ଼େଇ, ଲତାପତ୍ର ଆଡ଼େଇ ମନକୁମନ କଣ ଦେଖେ। ଚଞ୍ଚଳା ଏବଂ ମଣିଆଁ ତାର କାର୍ଯ୍ୟ ଦେଖି ସମୟ ସମୟରେ ହସନ୍ତି। କିନ୍ତୁ ସେ କାହାରି ହସକୁ ଖାତିରି ନ କରି ନିଜ କାର୍ଯ୍ୟରେ ଲାଗିଥାଏ।

ଦିନେ ଦିନେ ଚଞ୍ଚଳା ହିନ୍ଦୁ ମନ୍ଦିରରେ ଥାଇ ରୋଷାଇ କରେ। ଅଜଙ୍ଗ ଏବଂ ତାର ପ୍ରଭୁ ଦୁଇଜଣ ଜଙ୍ଗଲରେ ପଶି ପୂର୍ବପରି ଖୋଜନ୍ତି।

ହିନ୍ଦୁ ମନ୍ଦିରଟି ଉଚ୍ଚରେ ଅଧିକ ନୁହେଁ। ଉତ୍କଳୀୟ ଶିଳ୍ପୀ ହସ୍ତରେ ନିର୍ମିତ। ଅବଶ୍ୟ ତାହାର ଦେହରେ ଏପରି କିଛି ଅସାଧାରଣ କାରିଗରୀ ହୋଇ ନାହିଁ, ଯାହା କି ଜଗତ୍‌ବିଖ୍ୟାତ ଉତ୍କଳୀ ଶିଳ୍ପୀର ସିଦ୍ଧହସ୍ତ ନିର୍ମିତ ବୋଲି ଚିହ୍ନାଇ ଦେବ। ହେଲେ ମଧ୍ୟ, ଉତ୍କଳୀୟ ମନ୍ଦିରମାନଙ୍କର ଗଠନ ପ୍ରଣାଳୀ ଯେପରି, ଏହି ହିନ୍ଦୁ ମନ୍ଦିରର ଗଠନପ୍ରଣାଳୀ ଠିକ୍ ସେହିପରି। ଏହାକୁ କିଏ ନିର୍ମାଣ କରିଛି ଜାଣିବା ସହଜ ନୁହେଁ। ଉତ୍କଳରୁ ଶିଳ୍ପୀ ଆସି ଏ ମନ୍ଦିର ନିର୍ମାଣ କରିଛନ୍ତି କି ଜବଦ୍ୱୀପର ଉତ୍କଳ ବାସିନ୍ଦା ଏଠାରେ ନିଜ ଜାତିର କୃତିତ୍ୱ ଦେଖାଇ ଯାଇଛନ୍ତି, ମଣିଆଁ ସ୍ଥିରକରି ନ ପାରି ଭଜନାର ମତକୁ ଉଚିତ ବୋଲି ଗ୍ରହଣ କରିଛି। ଭଜନା ତାର ଦୈନିକ ଜୀବନୀରେ ମନ୍ଦିରର ସମସ୍ତ ବର୍ଣ୍ଣନାକରି ଶେଷରେ ଲେଖିଛି, ଉତ୍କଳୀୟ ବଣିକ ବା ସାଧାରଣ ଲୋକଙ୍କର ପ୍ରକୃତି—ସେମାନେ ଉପନିବେଶ ସ୍ଥାପନ କରିବାକୁ ଯେଉଁଠିକି ଯିବେ, ପ୍ରଥମେ ଧର୍ମର ଟେକ ରଖିବାକୁ ଏବଂ ପୂଜାର ସୁବିଧା ପାଇଁ, ସେଠାରେ ଦେଉଳ ତୋଳିବେ।

ବୋଧହୁଏ କେହି ଉତ୍କଳୀୟ ସୌଦାଗର ଏବଂ ତାଙ୍କର ଅନୁଚରମାନେ କିମ୍ବା ଜବଦ୍ୱୀପର ଉତ୍କଳୀୟ ଉପବେଶକମାନେ ଏହି ସ୍ଥାନରେ ଉପନିବେଶ ସ୍ଥାପନ କରିବାକୁ ମନସ୍ଥ କରି ପ୍ରଥମେ ଦେଉଳ ତୋଳାଇଛନ୍ତି; କିନ୍ତୁ ପରେ ହୁଏତ ଏଠାକାର ଆଦିମ ଅଧିବାସୀଙ୍କ ଅତ୍ୟାଚାରରୁ, ଜୀବ ଜନ୍ତୁଙ୍କ ଭୟରୁ ସେମାନେ ଉପନିବେଶ ତ୍ୟାଗ କରିବାକୁ ବାଧ୍ୟ ହୋଇଛନ୍ତି ।

ଦୈନକ ଲିପିର ଅନ୍ୟ ଗୋଟିଏ ସ୍ଥାନରେ ଲେଖାଅଛି, ଯେତେବେଳେ ବୌଦ୍ଧଧର୍ମ ଏବଂ ହିନ୍ଦୁଧର୍ମ ମଧ୍ୟରେ ବରାବର ବିବାଦ ଆବହମାନ କାଳରୁ ଚାଲି ଆସିଛି, ଉଭୟ ଧର୍ମର ନେତାମାନେ ଚେଷ୍ଟାକରି ଆସିଛନ୍ତି କିପରି ପୂର୍ବଦେଶମାନଙ୍କରେ ନିଜ ନିଜର ଧର୍ମର ପ୍ରଭାବ ବଢୁ। ବୋଧହୁଏ ସେହି ସମୟରେ ଚୀନଦେଶର କୌଣସି ରାଜା (ଯେ ଜଗତରେ ଘୋଷଣା କରାଇ ଥିଲେ—କେଉଁଠାରେ ପର୍ବତର ପଥର ଦେହରେ ଖୋଳାଇ ବା ଲିଖିତ ପତ୍ର ସମୁଦ୍ରରେ ଭସାଇ,—ଯେଉଁ ଲୋକ ବାଲିଦ୍ୱୀପସ୍ଥ ଧନର ଅଧିକାରୀ ହେବ, ସେ ଜଗତରେ ବୌଦ୍ଧଧର୍ମ ପ୍ରଚାର କରିବ) ଏଠାରେ ବୌଦ୍ଧ ମନ୍ଦିର ପ୍ରଥମେ ତୋଳାଇ ଥିଲେ। ଦୁଇ ମନ୍ଦିରକୁ ତୁଳନା କଲେ ଜଣାଯାଏ, ବୌଦ୍ଧ ମନ୍ଦିରଟି ହିନ୍ଦୁ ମନ୍ଦିର ଅପେକ୍ଷା ପୁରାତନ। ବୋଧହୁଏ କେହି ଉତ୍କଳୀୟ ଧନୀ ବଣିକ ବୌଦ୍ଧ ମନ୍ଦିର ଦେଖି ନିଜ, ଧର୍ମର ଟେକ ରଖିବାକୁ ଏଠାରେ ହିନ୍ଦୁ ମନ୍ଦିର ନିର୍ମାଣ କରାଇ ଅଛନ୍ତି। ଭଜନାର ଏହି ଶେଷ ଯୁକ୍ତିରେ ମଣିଆଁ ଏକମତ ହେଲା।

ମନ୍ଦିର ମଧ୍ୟରେ ଶିବଲିଙ୍ଗ ସ୍ଥାପିତ। ଶିବମୂର୍ତ୍ତିର ସମ୍ମୁଖରେ ବିସ୍ତୃତ ମୁଖଶାଳା। ଏହାର ଡାହାଣ କରକୁ ବଖୁରିଏ ଏକମହଲା ପକ୍କା। ଦେବାଳୟର କୌଣସି ସ୍ଥାନରେ ଦ୍ୱାର ନାହିଁ। ଏଠାରେ ଆଉ ଚୋର ଡକାୟତର ଭୟ ନାହିଁ। ଆବଶ୍ୟକୀୟ ସମସ୍ତ ପଦାର୍ଥ ପୂର୍ବୋକ୍ତ କୋଠରୀଟିରେ ଥାଏ। ରୋଷାଇବାସ ହୁଏ ମୁଖଶିଆଳି ଭିତରେ ଏବଂ ସମସ୍ତେ ରାତିରେ ସେହି ମୁଖଶିଆଳିରେ ଶୁଅନ୍ତି।

ଚଞ୍ଚଳା ବ୍ରାହ୍ମଣର କନ୍ୟା। ପିତା ଗୃହରେ ସେ ମାଛମାଂସ ଖାଇ ନ ଥିଲା। ତାଙ୍କ ଘରର ପୁରୁଷମାନେ ମାଛମାଂସ ଖାଆନ୍ତି, କିନ୍ତୁ ସ୍ତ୍ରୀମାନେ ଖାଆନ୍ତି ନାହିଁ। ଏଠାରେ ଚଞ୍ଚଳା ମାଛମାଂସ ଖାଇବାକୁ ବାଧ୍ୟ ହେଲା। ନୋହିଲେ ଜୀବନ ରକ୍ଷା କରନ୍ତା କିପରି ? ଇଚ୍ଛା କରିଥିଲେ ଦୁଧ ଗଛର ଦୁଧ ଖାଇ ସେ ନିଜର କ୍ଷୁଧା ନିବାରଣ କରି ପାରିଥାନ୍ତା, କିନ୍ତୁ ଏତେ ତ୍ୟାଗକରି କଷ୍ଟରେ ଜୀବନଧାରଣ କରିବାକୁ ସେ ଇଚ୍ଛା କଲା ନାହିଁ।

ଆକାଶ ମେଘାଚ୍ଛନ୍ନ। ମଣିଆଁ ଅଭ୍ୟାସାନୁଯାୟୀ ଧନର ଅନ୍ୱେଷଣ କରିବାକୁ ଚାଲିଗଲା। ଅଜଙ୍ଗ ମାଛ, ମାଂସ ଓ ଦୁଧ ସଂଗ୍ରହ କରିବାକୁ ବଡ଼ିସକାଳୁ ଚାଲିଗଲା। ସଙ୍ଗରେ ଖଣ୍ଡେ ଧନୁ ଓ ମଣିଆଁଠୁ ମାଗି ନେଇଥିବା କେଇଖଣ୍ଡି କାଣ୍ଡ ରଖିଥିଲା।

କିପରି ଧନୁଶର ବ୍ୟବହାର କରିବାକୁ ହୁଏ, ମଣିଆଁ ତାକୁ ଆଗରୁ ବତାଇ ଦେଇଥିଲା। ସେ ଅଳ୍ପଦିନ ଅଭ୍ୟାସ କରି ଭଲ ଲକ୍ଷ୍ୟକରି ପାରୁଥିଲା। ଆଜି ଚଞ୍ଚଳା ନିକଟରେ ପ୍ରତିଜ୍ଞା କରି ଯାଇଛି ଯେ କୌଣସି ଉପାୟରେ ନିଶ୍ଚୟ ଗୋଟାଏ ଠୋକୁ (ଠେକୁଆ) ମାରି ଆଣିବ।

ଚଞ୍ଚଳା ଏକାକିନୀ ଦେଉଳ ଆଗରେ ବସି ଚିନ୍ତାମଗ୍ନ ଥିଲା। ଆଜି ମୋର ବାପ ମା କାହାନ୍ତି ? ଭାଇ କାହିଁ ? ସମାଜ ଛାଡ଼ି ଦେଶ ଛାଡ଼ି ମୁଁ ଅପନ୍ତରାରେ ପଡ଼ିଛି। ବାପା ମୋର ମୃତ। ମାଙ୍କର କୌଣସି ସମ୍ବାଦ ଜାଣେ ନାହିଁ। ଶତ୍ରୁପକ୍ଷର ଲୋକମାନେ ଭାଇଙ୍କୁ ମାରି ପକାଇଛନ୍ତି। ମୋ କପାଳରେ ଏତେ କଷ୍ଟ ଠାକୁରେ ରଖିଥିଲେ କାହିଁକି ? ଆମର ଏ ଦୁରବସ୍ଥା ହେଲା କାହିଁକି ? ଭଗବାନ, ଯଦି ତୁମେ ସତ୍ୟ, ନାରାୟଣ ସାଧବକୁ ଦଣ୍ଡ ଦେଉ ନାହଁ କାହିଁକି ? ତମ ରାଜ୍ୟରେ କ'ଣ ପାପ ପୁଣ୍ୟର ପ୍ରଭେଦ ନାହିଁ ? କାହିଁ ନାରାୟଣ ସାଧବ ପରି ରାକ୍ଷସ, କାହିଁ ମଣିଆଁ ଭାଇପରି ପୁଣ୍ୟବାନ ପୁରୁଷ ! ଏ ଯୁଗରେ କ'ଣ ପାପର ଜୟ ହେବ ବୋଲି ତମର ଆଦେଶ ଅଛି ଭଗବାନ୍। ଚଞ୍ଚଳାର ଚକ୍ଷୁ ଛଳ ଛଳ ହେଲା।

ଆଉ ବୃଥା ଚିନ୍ତାରେ ଲାଭନାହିଁ। ଯାହା ହେବାର ହୋଇ ସାରିଛି ! ବୃଥା ଅତୀତକୁ ଭାବି ମନରେ କଷ୍ଟ ଆଣିବା ନିଷ୍ପ୍ରୟୋଜନ। ତହିଁରେ ନିଜର ଜୀବନ କେବଳ ଦୁଃଖମୟ ହେବ। ମଣିଆଁ ଭାଇ ତେବେ ଧୀବରପୁତ୍ର ନୁହେଁ। ଭଜନାର ଦୈନିକ ଜୀବନୀ ପଢ଼ିବା ଦ୍ୱାରା ଜଣାଯାଉଛି ମଣିଆଁ ଭାଇ ଜଣେ ବିଖ୍ୟାତ ବଣିକଙ୍କ ପୁଅ। ସୁଶୀଳା କଥାରୁ ଯାହା ସନ୍ଦେହ କରୁଥିଲୁ, ଏବେ ତାହା ଏକପ୍ରକାର ପ୍ରମାଣିତ ହୋଇଛି। ସୁଶୀଳା ଯେ ୟାଙ୍କର କେହି ନୁହେଁ, ଏହା ନିଶ୍ଚୟ—

ମଣିଆଁ ଭାଇ ମୋତେ ମୃତ୍ୟୁ ମୁଖରୁ ବଞ୍ଚାଇଛନ୍ତି। ମୋର ଜୀବନ ଉପରେ ସବୁ ଅଧିକାର ତାଙ୍କର।

ଚଞ୍ଚଳାର ଚକ୍ଷୁପ୍ରାନ୍ତର ଲୋତକବିନ୍ଦୁ ଶୁଷ୍କ ହେବା ପୂର୍ବରୁ ମଣିଆଁ ହସହସ ମୁହଁରେ ସେଠାରେ ଉପସ୍ଥିତ ହେଲା। ଚଞ୍ଚଳାର ଚକ୍ଷୁରେ ଜଳ ଦେଖି ତାର ମୁହଁଟି ଗମ୍ଭୀର ହୋଇ ଉଠିଲା। ସେ କୋମଳ ସ୍ୱରରେ ପଚାରିଲା, ଚଞ୍ଚଳା ତମେ କାନ୍ଦୁଛ କାହିଁକି ?

ଚଞ୍ଚଳା ହାତପାପୁଲିରେ ଆଖି ପୋଛି ଟିକିଏ ଲଜ୍ଜିତା ହୋଇ ଉତ୍ତର କଲା, କାହିଁ; ନାହିଁ ତ।

ମୁଁ ତ ନିଜେ ଦେଖୁଛି। ଭୁରୁଡ଼େଇଲେ ମୁଁ ମାନିବି କାହିଁକି ?

ଚଞ୍ଚଳାକୁ ନୀରବ ଦେଖି ମଣିଆଁ ପ୍ରବୋଧ କରିବାକୁ କହିଲା, ଅତୀତକୁ

ଭୁଲିଯାଅ। ଦୁଃଖମୟ ଅତୀତ ମନରେ କେବଳ ଦୁଃଖ ଆଣେ। ଭବିଷ୍ୟତ ଉପରେ ଆଶା ରଖି ନିଶ୍ଚିନ୍ତ ରହ। ଯେଉଁ ଲୋକ ଧନର ପ୍ରଭାବରୁ କେବଳ ତମର ନୁହେଁ ସମଗ୍ର ଦେଶ ଉପରେ ଅତ୍ୟାଚାର କରିଛି, ତାକୁ ଉପଯୁକ୍ତ ଦଣ୍ଡ ଦେବାକୁ ମୁଁ ଦୃଢ଼ପ୍ରତିଜ୍ଞ। ଏତେ ପରିଶ୍ରମ, ଏତେ କଷ୍ଟ ସହିଥିଲି ଯେଉଁଥିପାଇଁ, ତାହା ଆଜି ସଫଳ ହୋଇଛି। ଆଉ ମୋର ଧନର ଅଭାବ ନାହିଁ। ଭଗବାନଙ୍କ କୃପାରୁ ମୁଁ ବର୍ତ୍ତମାନ ଅଗାଧ ସମ୍ପତ୍ତିର ଅଧିକାରୀ। ମୋ ଧନ ତୁଳନାରେ ନାରାୟଣ ସାଧବର ଧନ ସାମାନ୍ୟ ମାତ୍ର। ଭାବିଛି ଏଥର ଉତ୍କଳକୁ ଯାଇ ନାରାୟଣ ସାଧବ ବିଷୟରେ ଉତ୍କଳ ସମ୍ରାଟ ଲଳିତେନ୍ଦୁଙ୍କ ନିକଟରେ ଅଭିଯୋଗ କରିବି। ସେ ଯଦି ଶୁଣନ୍ତି ଉତ୍ତମ, ନୋହିଲେ ବାଲିରାଜା ନିଜେ ନାରୟଣର ବିଚାର କରିବେ।

ବାଲିରାଜା କିଏ।

ଏତିକି ବୁଝିପାରୁନା ଚଞ୍ଚଳା। ତେବେ କହ ରମଣୀର ଉର୍ବର ମସ୍ତିଷ୍କ, ଏହି ସମାନ୍ୟ କଥାଟି ବୁଝି ନ ପାରି ପରାସ୍ତ ହେଲ। ମୁଁ ବାଲି ଅଧିକାର କରିଛି। ତେଣୁ ଆଜିଠାରୁ ମୁଁ ନିଜକୁ ରାଜା ବୋଲି ଘୋଷଣା କରୁଛି। ଯେଉଁ ବାଲିର ଅଧିବାସୀମାନଙ୍କୁ ଅସଭ୍ୟ ବୋଲି ଭାରତୀୟମାନେ ଘୃଣା କରନ୍ତି, ସେହି ଅସଭ୍ୟ ଜାତିକୁ ନେଇ ମୁଁ ରାଜ୍ୟ ସ୍ଥାପନ କରିବି। ତାଙ୍କୁ ସଭ୍ୟତା ଶିଖାଇବି।

ଚଞ୍ଚଳା ସ୍ମିତ ହସି କହିଲା, ତେବେ ତ ଆପଣ ଆପଣଙ୍କର ଅତୀତକୁ ଭୁଲି ପାରିନାହାନ୍ତି। ଯଦି ଅତୀତକୁ ଭୁଲି ଯାଇଥାନ୍ତେ ଆଜି ପ୍ରତିଶୋଧ ନେବାକୁ ଦୃଢ଼ପ୍ରତିଜ୍ଞ ହୋଇ ନ ଥାନ୍ତେ।

ଚଞ୍ଚଳା ବାଲିରାଜାଙ୍କୁ ଆପଣ ବୋଲି ସମ୍ବୋଧନ କଲା। ଦେଶର ରାଜାଙ୍କୁ ଆପଣ ନ କହି ଅନ୍ୟ କିଛି କହିବା ଅନ୍ୟାୟ।

ବାଲିରାଜା ଆପତ୍ତି କରି କହିଲେ, ମାତ୍ର ତମପରି ମୁଁ ଅତୀତକୁ ସ୍ମରଣ କରି କାନ୍ଦୁନାହିଁ।

ମୁଁ ତ ଅତୀତକୁ ଚିନ୍ତାକରି କାନ୍ଦୁ ନ ଥିଲି।

ତେବେ ଭବିଷ୍ୟତକୁ ଚିନ୍ତାକରି ହୋଇଥିବ। ଭବିଷ୍ୟତ ଚିନ୍ତାରେ ମନରେ କଷ୍ଟ ଆଣି କାନ୍ଦିବା ଉଚିତ ନୁହେଁ। ଆମ୍ଭେମାନେ ବୋଧହୁଏ ଦିନେ ଦୁଇଦିନ ମଧ୍ୟରେ ଜାଭା ଫେରିଯିବା। ଜାଭାରେ କିଛିଦିନ ଡେରି ହେବ। ଯେତେ ଧନ ଖର୍ଚ୍ଚ ହେଉ, ଯେତେ ସମୟ ବ୍ୟୟ ହେଉ ପଛେ ଏଥର ଗୋଟିଏ ଅତି ବଡ଼ ବୋଇତ ଗଢ଼ାଇବାକୁ ହେବ, ଯେପରି କି ଗୋଟିଏ ବୋଇତରେ ପାଞ୍ଚଶହ ଲୋକଙ୍କର କୁଟୁମ୍ବ ଅକ୍ଲେଶରେ ଆରାମରେ ରହି ପାରିବେ। ଆହୁରି ମଧ୍ୟ ଅନେକଗୁଡ଼ିଏ ଛୋଟ ଛୋଟ ବୋଇତ

ସଙ୍ଗରେ ନେଇ ଉତ୍କଳ ଯିବାକୁ ହେବ। ମୋର ଇଚ୍ଛା, ଉତ୍କଳ ଯିବା ପଥରେ ବ୍ରହ୍ମଦେଶ ଓ ସୂର୍ଯ୍ୟଦ୍ୱୀପ ବାଟ ଦେଇ ଯିବା। ତଦ୍ଦ୍ୱାରା ସମସ୍ତଙ୍କୁ ଜଣାଇ ଦେବା ଯେ ବଣିକମାନେ ବାଲିରେ ବ୍ୟବସାୟ କରି ପାରିବେ। ଯେଉଁମାନେ ବଣିଜ କରିବାକୁ ଇଚ୍ଛୁକ, ବାଲିରାଜା ତାଙ୍କୁ ସାହାଯ୍ୟ କରିବେ। ଉତ୍କଳରେ ପହଞ୍ଚିବା ପୂର୍ବରୁ ବୋଧହୁଏ ରାଧାଶ୍ୟାମ ସେଠାରେ ଉପସ୍ଥିତ ହୋଇ ସାରିଥିବେ। ମୁଁ ଭଲକରି ଜାଣେ, ରାଧାଶ୍ୟାମ ନାରାୟଣ ସାଧବଙ୍କୁ ସମୁଦ୍ରରେ ପାଇ ନ ଥିବେ। ତେବେ ଚଞ୍ଚଳା ଆଉ ଭବିଷ୍ୟତ ଚିନ୍ତା କରୁଛ କାହିଁକି ? ତାମ୍ରଲିପ୍ତରେ ମୁଁ ତୁମକୁ ତମର ସ୍ୱାମୀଙ୍କ ପାଖରେ ଛାଡ଼ି ଆସିବି। ତାହା ମୋର କର୍ତ୍ତବ୍ୟ।

ଚଞ୍ଚଳା ବିସ୍ମୟ ଦେଖାଇ ପଚାରିଲା, ମୋର ସ୍ୱାମୀ ?

ହଁ, ତମର ସ୍ୱାମୀ—

ମୋର ସ୍ୱାମୀ କାହୁଁ ଆସିଲେ ? ମୁଁ ତ ବିବାହିତା ନୁହେଁ। ଲଜ୍ଜାବନତା ଚଞ୍ଚଳା କହିଲା।

ତା ମୁଁ ବେଶ୍ ଜାଣେ। କିନ୍ତୁ ରାଧାଶ୍ୟାମଙ୍କ ସଙ୍ଗେ ତମର ବିବାହ ହେବାର ସବୁ ଠିକ୍ ହୋଇଥିଲା। ବୋଧହୁଏ ତୁମେ ଜାଣ ଯେ ରାଧାଶ୍ୟାମ ଏବଂ ବରଯାତ୍ରୀ ସୁନାହାଟ ନିକଟରେ ଉପସ୍ଥିତ ହେବା ପୂର୍ବରୁ ତମ ଘରେ ନାରାୟଣ ସାଧବଙ୍କର ଲୋକେ ଡକାୟତି କରିଥିଲେ।

ମୁଁ ଏତେ କଥା ଜାଣେ ନାହିଁ। ଏତିକି ଜାଣେ ଯେ, ମୋର ବିବାହ ତାମ୍ରଲିପ୍ତର ଜଣେ ଧନୀ ବଣିକପୁତ୍ରଙ୍କ ସଙ୍ଗେ ବାପା ସ୍ଥିର କରିଥିଲେ।

ରାଧାଶ୍ୟାମ ସେହି ଧନୀ ବଣିକ ପୁତ୍ର।

ତାମ୍ରଲିପ୍ତର ସେହି ଧନୀ ବଣିକ ପୁତ୍ରଙ୍କୁ ବିବାହ କରିବି ନାହିଁ ବୋଲି ମୁଁ ତ ବାପାଙ୍କୁ ବାରଣ କରି ପଠାଇଥିଲି।

ବାପା କ'ଣ କହିଲେ ?

ସେ ମୋ କଥାରେ କର୍ଣ୍ଣପାତ କଲେ ନାହିଁ। ସେଥିପାଇଁ ଠାକୁରେ ଏ ଦଣ୍ଡ ଦେଲେ।

ତମେ ତେବେ ଆଗରୁ ଜାଣିଥିଲ ଯେ ଏପରି ଗୋଟିଏ ଘଟଣା ଘଟିବ ?

ଏଥିରୁ ମୁଁ ଅନୁମାନ କରୁଛି, ନାରାୟଣ ସାଧବଙ୍କୁ ବିବାହ କରିବାକୁ ତମର ଇଚ୍ଛା ଥିଲା ?

ନା—

କେଉଁ ବାକ୍ୟର ଉତ୍ତର ଦେଉଛ ? ପ୍ରଥମଟିର କି ଦ୍ୱିତୀୟଟିର।

ଉଭୟର।

ତେବେ ତମର ଅନ୍ୟ କାହାକୁ ବିବାହ କରିବାକୁ ଇଚ୍ଛା ଥିଲା ?

ଚଞ୍ଚଳା ମୁଖ ଅବନତ କଲା । ଉତ୍ତର ଦେଲାନାହିଁ ।

ତୁମକୁ ମୌନ ଦେଖି ମୁଁ ଅନୁମାନ କରୁଛି ତୁମେ ବୋଧହୁଏ ଉତ୍ତର ଦେବ, ହଁ । ତାହାହିଁ ଯଦି ହୁଏ, ମୋତେ ଦୟା କରି ବତାଇ ଦିଅ, ସେ ଭାଗ୍ୟବାନ୍ ଲୋକଟି କିଏ । ମୁଁ ତୁମକୁ ତାଙ୍କ ନିକଟରେ ଛାଡ଼ିବାକୁ ଚେଷ୍ଟା କରିବି ।

ଚଞ୍ଚଳା ହାତ ଆଙ୍ଗୁଠିରେ ତଳେ ଗାର ପକାଉ ପକାଉ କି ଉତ୍ତର ଦେବ ଚିନ୍ତା କଲା । ତାର ମୁଖର ଆଭା ଲଜ୍ଜାରୁଣ ହେଲା । ସେ ସେହି ଭାବ ଗୋପନ କରିବାକୁ ଓଢ଼ଣା ତଳକୁ ଟାଣିଦେଲା । ମଣିଆଁ ଚଞ୍ଚଳାର ମୁଖଭାବର ପରିବର୍ତ୍ତନ ଲକ୍ଷ୍ୟ କରି ମନେ ମନେ କେତେ କଣ ତର୍କକରି ପଚାରିଲା, ଉତ୍ତର ଦେଲ ନାହିଁ ଯେ ଚଞ୍ଚଳା ?

ଚଞ୍ଚଳା ଉତ୍ତେଜିତ ହୋଇ କହିଲା, ଯଦି ମୋର ଏଠି ରହିବା ଦ୍ୱାରା ଆପଣଙ୍କୁ ଅସୁବିଧା ହେଉଥାଏ, ଲଜ୍ଜା ହେଉଥାଏ, କିମ୍ବା କଷ୍ଟ ହେଉଥାଏ, ତେବେ ମୋତେ ଆପଣ ଯେଉଁଠାରୁ ଉଦ୍ଧାର କରି ଆଣିଥିଲେ ସେହିଠାରେ ଛାଡ଼ିଦେଇ ଆସନ୍ତୁ, କିମ୍ବା ଚାଲିଯିବାକୁ କୁହନ୍ତୁ । ମୁଁ ମୋର ଭାଗ୍ୟ ଅନୁସରି ଭଗବାନଙ୍କୁ ସାକ୍ଷ୍ୟ ରଖି ଯାହା ଉଚିତ ଏବଂ ସହଜ ମନେ କରିବି ତାହା କରିବି ।

ଭୁଲିଯାଉଛ ଚଞ୍ଚଳା, ମୁଁ ଦେଶର ରାଜା । ଏ ଦେଶର ସମସ୍ତ ଲୋକଙ୍କର ସୁଖ ଦୁଃଖ ପାଇଁ ମୁଁ ଦାୟୀ । ଯଦି ଆଜି ତୁମକୁ ଅନାଥ କରି ଛାଡ଼ିଦିଏ, ତେବେ ତମେ ବିପଦରେ ପଡ଼ିବ, ଏପରି କି ଜୀବନ ମଧ୍ୟ ହରାଇପାର ।

ତେବେ ଆପଣ ଯାହା ଉଚିତ ମନେ କରୁଛନ୍ତି, ତାହା କରନ୍ତୁ ।

ଏହି ସମୟରେ ଅଜଙ୍ଗ ଧଇଁ ସଇଁ ହୋଇ ସେଠାରେ ଉପସ୍ଥିତ ହେଲା । ବେକେରେ ତାର ମସ୍ତବଡ଼ ବୋଝ—ଶିକାର । ସେ ଶିକାରକୁ ତଳେ ପକାଇ ଏକାଥରେ ମନ୍ଦିର ମଧ୍ୟକୁ ଦଉଡ଼ିଗଲା । କାହାକୁ କିଛି କହିଲା ନାହିଁ । ମନ୍ଦର ମଧ୍ୟରେ ନଜକୁ ଲୁଚାଇ ରଖିଲା । ସତେ ଯେପରି ସେ କାହାକୁ ଦେଖି ଭୟରେ ପଳାଇ ଆସିଛି ।

ମଣିଆଁ ଆଗରୁ ସାବଧାନ ହୋଇ ଧନୁରେ ଗୁଣ ଲଗାଇ ରଖିଲା ।

ଉଭୟେ ଚଞ୍ଚଳା ଏବଂ ମଣିଆଁ ଶିକାରକୁ ଦେଖି ଆଶ୍ଚର୍ଯ୍ୟ ହେଲେ । ନ ହସି ରହି ପାରିଲେ ନାହିଁ । ଏହା ଗୋଟିଏ ମୋଟା ଶୃଗାଳ ।

କିଛି ସମୟ ପରେ ଦଳେ ଲୋକ ମନ୍ଦିର ଆଡ଼କୁ ଆସୁଥିବା ବାଲିରାଜା ଦେଖି

ପାରିଲେ। ସେମାନେ ଏଠାକାର ଆଦିମ ଅଧିବାସୀ। ସେମାନେ କ୍ରମେ ନିକଟତର ହେଲେ। ବାଲିରାଜା ଧନୁରେ ଗୁଣ ଚଢ଼ାଇଲେ। ଚଞ୍ଚଳା ଭୀତା ହୋଇ କହିଲା ଏମାନେ ତ ସେହିମାନେ। ମୁଁ ଯାଙ୍କ ଭିତରୁ କେତେକଙ୍କୁ ଚିହ୍ନି ପାରୁଛି। ଚାଲ ପଳାଇବା।

ଠିକ୍ କହୁଛ ତ, ସେମାନଙ୍କ ମଧ୍ୟରୁ ତେବେ ଅନେକଙ୍କୁ ଚିହ୍ନି ପାରିଛ ?

ହଁ, ଦେଖନ୍ତୁ, ସେ ଯେଉଁ ଲୋକଟି ଗଛରୁ ଗୋଟାଏ ପତର ଛିଣ୍ଡାଇ କାନରେ ଖୋସିଲା, ତାକୁ ତୁମେ ସେଦିନ ଆହତ କରି ତଳେ ପକାଇଥିଲ। ତା ଦେହରେ ପତ୍ରର ରସ ଦେବାରୁ ସେ ବଞ୍ଚିଗଲା। ତା ପାଖ ଜଣର ବଙ୍କା ପାଟିଟା ମୋର ଠିକ୍ ମନେ ଅଛି। ମୁଁ ଯେତେ ବେଳେ ତାଙ୍କ ହାତରେ ବନ୍ଦିନୀ ଥିଲି, ସେହି ଲୋକଟି ମୋତେ ପ୍ରତ୍ୟହ ଦୁଧ ଆଣି ଦେଉଥିଲା। ଆଉ ଡେରି କରନାହିଁ। ସେମାନେ ଆମକୁ ହୁଏତ ଆକ୍ରମଣ କରିବେ। ଆସ ମନ୍ଦିର ଭିତରେ ଲୁଚିଯିବା।

ମଣିଆଁ କହିଲା, ଆମେ ଯଦି ଲୁଚିବା ସେମାନେ ଭାବିବେ ଆମେ ତାଙ୍କୁ ଡରିଲେ। ତାଙ୍କ ଢଙ୍ଗଢାଙ୍ଗରୁ ଜଣା ପଡୁଛି ତାଙ୍କ ମନରେ କୌଣସି ବିଦ୍ୱେଷ ଭାବ ନାହିଁ। ତଥାପି ଯଦି ତମକୁ ଡର ମାଡୁଥାଏ, ତୁମେ ଯାଇ ମନ୍ଦିର ଭିତରେ ଲୁଚ।

ଚଞ୍ଚଳା କୌଣସି ଉତ୍ତର ନ ଦେଇ ଟିକିଏ ପଛକୁ ଘୁଞ୍ଚିଯାଇ ବାଲିରାଜାଙ୍କର ପଛଆଡ଼େ ଚୁପ୍‌ହୋଇ ଠିଆ ହେଲା।

କାଣ୍ଡ ଲାଖ ହେଲା ଭଳି ନିକଟକୁ ସେମାନେ ଆସିଲାରୁ ଦୁଇ ପାଦ ଆଗକୁ ଘୁଞ୍ଚି ବାଲିରାଜା ହାତ ଟେକିଲେ। ତାଙ୍କର ଠାର କେହି ବୁଝି ନ ପାରି ପରସ୍ପରକୁ ଅନାଅନି ହୋଇ ଆଗକୁ ଅଗ୍ରସର ହେଲେ। ବାଲିରାଜା ଧନୁରେ କାଣ୍ଡ ଦେଇ ବିନ୍ଧିବାର ଉପକ୍ରମ କରି ଧନୁଶର ତଳେ ରଖି ପୁନର୍ବାର ଦୁଇହାତ ଉପରକୁ ଟେକିଲେ। ସେମାନେ କିଛି ସ୍ଥିର କରି ନ ପାରି ଠିଆ ହୋଇ ରହିଲେ। ବାଲିରାଜା ବୁଝିଲେ ସେମାନଙ୍କ ମନରେ ବିଦ୍ୱେଷ ଭାବ ନାହିଁ। ତଥାପି, ନିଃସନ୍ଦେହ ହେବା ପାଇଁ ସେ ପୁନର୍ବାର ହାତଟେକି ସଙ୍କେତ କଲେ। ସେମାନଙ୍କ ମଧ୍ୟରୁ ଜଣେ ବାଲିରାଜାଙ୍କର ସଙ୍କେତ ବୁଝିପାରି ଅନ୍ୟମାନଙ୍କୁ ଜଣାଇଲା। ସମସ୍ତେ ଏକ ସମୟରେ ଏକ ସ୍ଥାନରେ ନିଜ ନିଜର ଅସ୍ତ୍ର ରଖି ଠିଆ ହେଲେ। ବାଲିରାଜା ସେମାନଙ୍କ କାର୍ଯ୍ୟରେ ସନ୍ତୁଷ୍ଟ ଏହିଭାବ ଦେଖାଇ ହସ ହସ ହୋଇ ମୁଣ୍ଡ ହଲାଇଲେ। ପରେ ସେମାନଙ୍କ ନିକଟକୁ ଆସିବାକୁ ହାତ ଠାରିଲେ। ସେମାନେ ବାଲିରାଜାଙ୍କର ମନର ଭାବ ବୁଝିପାରି ଶୂନ୍ୟ ହସ୍ତରେ ନିକଟକୁ ଆସିଲେ। କାଳେ ସେମାନଙ୍କ ମନରେ ସନ୍ଦେହ ହୁଏ ସେଥି ନିମନ୍ତେ ସେ ନିଜର ଧନୁଶର ଏବଂ ଖଣ୍ଡା ପଛଆଡ଼େ ଥୋଇ ଦେବାକୁ ମୁହଁ ବୁଲାଇ ଦେଖିଲେ

କିଛି ଦୂରରେ ଚଞ୍ଚଳା ଠିଆ ହୋଇ ହସ ହସ ମୁଖରେ ଲୋକମାନଙ୍କୁ ଅନାଇଁ ରହିଛି। ବାଲିରାଜାଙ୍କୁ ତା ଆଡ଼କୁ ଅନାଇବାର ଦେଖି ସେ ମୁଖାବନତ କଲା। ବାଲିରାଜା କହିଲେ, ଭୟ ନାହିଁ ଚଞ୍ଚଳା, ଭୟ ନାହିଁ, ସେମାନେ ଆମର କୌଣସି ଅନିଷ୍ଟ କରିବେ ନାହିଁ। ନିଅ, ଆକୁ ଧର।

ଚଞ୍ଚଳା ଇଚ୍ଛା ବିରୁଦ୍ଧରେ ଧନୁଶର ଏବଂ ଖଣ୍ଡାଟି ବାଲିରାଜାଙ୍କ ହାତରୁ ନେଇ ନିକଟରେ ଠିଆହେଲା, କାଳେ କେତେବେଳେ ଦରକାର ପଡ଼େ। ସେମାନେ ନିକଟକୁ ଆସି ଉଭୟ ବାଲିରାଜା ଏବଂ ଚଞ୍ଚଳାର ପାଦତଳେ ଲମ୍ବ ଲମ୍ବ ହୋଇ ପଡ଼ିଗଲେ।

ବାଲିରାଜା ସେମାନଙ୍କୁ ଉଠିବାକୁ କହି ହାତ ଉପରକୁ ଉଠାଇଲେ। ଆଗନ୍ତୁକମାନେ ତଳୁ ଉଠି ଠିଆହେଲେ। ବାଲିରାଜା ଡାକିଲେ ଅଜଙ୍ଗ, ଅଜଙ୍ଗ—।

ଅଜଙ୍ଗ ଉତ୍ତର ଦେଇ, ୟେଁ। କିନ୍ତୁ ମନ୍ଦିର ଭିତରୁ ପଦାକୁ ବାହାରିଲା ନାହିଁ।

ଚଞ୍ଚଳା ବାଲିରାଜାଙ୍କର ଉଦ୍ଦେଶ୍ୟ ବୁଝିପାରି ଉଚ୍ଚସ୍ୱରରେ ଡାକି କହିଲା, ଅଜଙ୍ଗ, ୟାଡ଼େ ଆ।

ଅଜଙ୍ଗ ଉତ୍ତର ଦେଲା ୟାଁ-ଢ଼ୋଁ-ୟାଁ।

ସେ ମନ୍ଦିର ଭିତରୁ ଥରି ଥରି ଆସି ଚଞ୍ଚଳାର ପଛଆଡ଼େ ଠିଆହୋଇ ରହିଲା। ସତେ ଯେପରି ଛାତ୍ର କୌଣସି ଦୋଷ କରି ଶିକ୍ଷକଙ୍କ ସମ୍ମୁଖରେ ଦଣ୍ଡାଜ୍ଞାର ଅପେକ୍ଷା କରି ଠିଆ ହୋଇଛି।

ଅଜଙ୍ଗକୁ ଦେଖି ଅନ୍ୟାନ୍ୟମାନେ ନିଜ ଭାଷାରେ କଣ କୁହାକୁହି ହେଲେ। ପରେ ମୃତଶୃଗାଳକୁ ଆଙ୍ଗୁଠି ଦେଖାଇ ଅଜଙ୍ଗକୁ ଅନେକ କଥା କହିଲେ। ପ୍ରଭୁ ନିକଟରେ ଥିଲେ ପୋଷା କୁକୁର ଯେପରି ସାହସରେ ଅନ୍ୟ କୁକୁରଙ୍କ ଉପରକୁ ଭୁକିଉଠେ, ଅନଙ୍ଗ ବାଲିରାଜା ଏବଂ ଚଞ୍ଚଳାଙ୍କର ନିକଟରେ ଥାଇ ସେମାନଙ୍କ ଉପରକୁ ସେହିପରି ଖେଙ୍କି ଉଠିଲା।

ବାଲିରାଜା ଏମାନଙ୍କ କଥାରୁ କିଛି ବୁଝି ପାରିଲେ ନାହିଁ।

ଚଞ୍ଚଳା ମନେ ମନେ ଗୋଟିଏ ବିଷୟ ଠଉରେଇ ନେଇ ଅଜଙ୍ଗକୁ ଜିଜ୍ଞାସା କଲା, ଅଜଙ୍ଗ ଏଠେ କୌଁ କଣ ତୁ ମାରିଛ ?

ଅଜଙ୍ଗ ବୋଧହୁଏ କଥାଟି ବୁଝି ପାରିଲା। ଯେ ପ୍ରକୃତରେ ଦୋଷ କରିଥାଏ, ସେ ସର୍ବଦା ସନ୍ଦେହୀ। ହୁଏତ ଏଥିପାଇଁ ସେ ଚଞ୍ଚଳାର ପ୍ରଶ୍ନ ବୁଝି ପାରିଲା। ପୋଷା କୁକୁର ପ୍ରଭୁଠାରୁ ଗାଳି ଖାଇ ଯେପରି ଘାଲିପାରି ଲାଙ୍ଗୁଳ ଯାକି ସ୍ଥିର ରହେ, ଅଜଙ୍ଗ ଚଞ୍ଚଳାର ପ୍ରଶ୍ନରେ ସେହିପରି ମୁଣ୍ଡ ତଳକୁ ନୁଆଇଁ ନୀରବ ରହିଲା। ଚଞ୍ଚଳା ଆହୁରି ଥରେ ସେହି ପ୍ରଶ୍ନ ପଚାରିବାରୁ ସେ ନିଜ ମନକୁ କଣ ଗାଉଁ ଗାଉଁ ହେଲା। ଚଞ୍ଚଳା

ଟିକିଏ କ୍ରୋଧ ପ୍ରକାଶ କରି ତୃତୀୟ ଥର ପଚାରିବାରୁ ସେ ଧୀରେ ଧୀରେ ଉତ୍ତର ଦେଲା, ମେଁ—ନାଁ—ମଁ—।

ତେବେ ତୁ ସେମାନଙ୍କଠାରୁ ଛଡ଼ାଇ ଆଣିଛୁ ନା ?

ଅଜଙ୍ଗ ବୁଝି ନ ପାରି ଚଞ୍ଚଳା ବାକ୍ୟର ଶେଷଅଂଶ ପୁନରୁଦ୍ଧାର କଲା, ୟାଁ ଣେଁ ଞୋନାଁ।

ଚଞ୍ଚଳା ଜାଣେ ଅଜଙ୍ଗ ନ ବୁଝି ପାରିଲେ ତାହାର ବାକ୍ୟର ଶେଷଅଂଶ ଉଦ୍ଧାର କରେ। ସେ ଟିକିଏ ହସି ତାକୁ ମୁଖ ଏବଂ ହାତର ଭାବଭଙ୍ଗୀ କରି ବୁଝାଇ ଦେଲାରୁ ଅଜଙ୍ଗ ଟିକିଏ ଲଜ୍ଜିତ ହୋଇ ଉତ୍ତର ଦେଲା, ହେ୍ୟାଁ—

ଚଞ୍ଚଳା ସମବେତ ଆଗନ୍ତୁକମାନଙ୍କୁ ହାତଠାରି ଶୃଗାଳଟିକୁ ନେଇଯିବାକୁ କହିଲା। ସେମାନେ ଆନନ୍ଦରେ ଶୃଗାଳଟାକୁ ନେଇଯିବାକୁ ବସିଲାରୁ ବାଲିରାଜା ହାତ ଦେଖାଇ ଅପେକ୍ଷା କରିବାକୁ କହିଲେ। ଅନଙ୍ଗ ଆଡ଼କୁ ମୁହଁ ବୁଲାଇ କହିଲେ, କାଠୋଁ—

ଅଜଙ୍ଗ ବୁଝିପାରି ସଙ୍ଗେ ସଙ୍ଗେ ନିକଟସ୍ଥ ବୃକ୍ଷମାନଙ୍କରୁ ଶୁଖିଲା କାଠ ଭାଙ୍ଗି ତଳେ ପକାଇଲା। ନିଜେ ବାଲିରାଜା ସେ ସମସ୍ତ କାଠ ଏକତ୍ର କରି ଟିକିଏ ଦୂରରେ ଜମା କଲେ। ଅଜଙ୍ଗ ଓହ୍ଲାଇ ଆସିଲାରୁ ତାକୁ ଶୃଗାଳଟିକୁ କାଠ ଉପରେ ଲଦି ଦେବାକୁ ଆଦେଶ ଦେଲେ। ଆଦେଶ ପାଳିତ ହେଲାରୁ ନିକଟରୁ ଚକ୍‌ମକି ପଥର କାଢ଼ି ତହିଁରେ ଅଗ୍ନି ସଂଯୋଗ କଲେ। ବାଲିରାଜା ଆଗରୁ ହୁସିଆର ହୋଇଥିଲେ, ଯେପରି ଅଗ୍ନି ଜଙ୍ଗଲ ଭିତରକୁ ବ୍ୟାପି ନ ଯାଏ। ନିଆଁ ଜଳିବାର ଦେଖି ଅଜଙ୍ଗ ଆନନ୍ଦରେ ନାଚିଉଠିଲା, ମାତ୍ର ଆଗନ୍ତୁକମାନେ ଭୀତ ଦେଲେ।

ଫୁରୁକୁଟିଆ ଗନ୍ଧ ଲୋପ ପାଇବାର କିଛି ସମୟ ପରେ ନିଆଁର ତାଉ କମିଗଲା। ବାଲିରାଜାଙ୍କ ଆଦେଶମତେ ପୋଡ଼ା ବିଲୁଆକୁ ନିଆଁରୁ ଟାଣି ଆଣି ନିଜର ଅସ୍ତ୍ର ଧରି ଖଣ୍ଡ ଖଣ୍ଡକରି କାଟିଲେ। ସେମାନଙ୍କ ମଧ୍ୟରୁ ଜଣେ ଖଣ୍ଡେ କଦଳୀ ପତ୍ରରେ ଲୁଣ ଏବଂ ଅନ୍ୟ ଜଣେ ଆଉ ଗୋଟିଏ କଦଳୀ ପତ୍ରରେ ବଟା ମସଲା ଆଣି ନିକଟରେ ରଖିଥିଲେ। ବଟା ମସଲା ଏବଂ ଲବଣ ସାହାଯ୍ୟରେ ସେମାନେ ପୋଡ଼ା ବିଲୁଆକୁ ଖାଇବାରେ ଲାଗିଲେ। ଅଜଙ୍ଗ ସେମାନଙ୍କ ସଙ୍ଗେ ଯୋଗ ଦେବାକୁ ଚେଷ୍ଟା କରୁଥିଲା, ମାତ୍ର ଚଞ୍ଚଳାର ରକ୍ତଚକ୍ଷୁର ବିରୁଦ୍ଧରେ ସେ ବିଦ୍ରୋହ କରି ପାରିଲା ନାହିଁ।

ବାଲିରାଜାଙ୍କ ଆଦେଶମତେ ଚଞ୍ଚଳା ମନ୍ଦିର ମଧ୍ୟରୁ କେତେଖଣ୍ଡି ପୁରୁଣା ଲୁଗା ଓ ଖଣ୍ଡେ ଦି'ଖଣ୍ଡ ଚକମକି ପଥର ଆଣିଲା। ଆଗନ୍ତୁକମାନଙ୍କର ଭୋଜନ ଶେଷ ହେଲା ପରେ ବାଲିରାଜା ସେମାନଙ୍କ ମଧ୍ୟରୁ ମୁଖିଆ କେତେଜଣଙ୍କୁ ପୁରୁଣା ଲୁଗା

ଉପହାର ଦେଲେ। ଯେଉଁ ଜଣକ ସେମାନଙ୍କର ନେତାପରି ଦିଶୁଥିଲା, ବାଲିରାଜା ତାକୁ ଉତ୍କଳୀୟ ଉତ୍କୃଷ୍ଟ ଛିଟରୁ ଖଣ୍ଡେ ଓ ଚକମକି ପଥର ଓ ଲୁହାଦେଇ କିପରି ବ୍ୟବହାର କରିବାକୁ ହୁଏ ବତାଇ ଦେଲେ। ଶେଷରେ ସେମାନଙ୍କୁ ବିଦାୟ ଦେଲେ।

ସେମାନେ ଆନନ୍ଦରେ ନାଚି ନିଜ ନିଜ ହତିଆର ଧରି ଜଙ୍ଗଲରେ ଅଦୃଶ୍ୟ ହୋଇଗଲେ।

ବାଲିରାଜା ହସି ହସି ଚଞ୍ଚଳାକୁ ଅନାଇ କହିଲେ, ସେଦିନ ମୁଁ ବାଲି ଜୟ କରିଥିଲି। ଆଜି ମୁଁ ମୋର ପ୍ରଜାଙ୍କର ହୃଦୟ ଜୟ କରିଛି। ନ୍ୟାୟ ବିଚାର କରି ସେମାନଙ୍କ ପଦାର୍ଥ ତାଙ୍କୁ ଫେରାଇ ଦେଇଛି। ଏପରି ବ୍ୟବହାର ଦ୍ୱାରା ଲାଭ କଣ ହେଲା ବୁଝି ପାରିଛ ଚଞ୍ଚଳା ?

ସେ ପୁଣି କହିଲେ, ସେମାନଙ୍କର ମନରେ ବିଶ୍ୱାସ ହେଲା ଯେ, ଆମେ ତାଙ୍କର କୌଣସି ଅନିଷ୍ଟ କରିବୁ ନାହିଁ। ଅତଏବ ସେମାନେ ଆମର କୌଣସି ପ୍ରକାର ଅନିଷ୍ଟ କରିବାକୁ ଚେଷ୍ଟା କରିବେ ନାହିଁ। ଆଗ ଲୋକଙ୍କର ମନ ନେଇ କାମ କରିବାକୁ ହୁଏ। ଯେତେବେଳେ ସେମାନେ ପୋଷା ମାନିଯିବେ, ପ୍ରଭୁତ୍ୱ ବିସ୍ତାର କରୁ ଥା ତେଣିକି—।

ସେମାନଙ୍କୁ ଧନୁଶରର ବ୍ୟବହାର ଶିଖାଇଲେ ନାହିଁ ତ ?

ଏତେ ଶୀଘ୍ର ତାଙ୍କୁ ଏତେଗୁଡ଼ାଏ ସୁବିଧା ଦେବା ଉଚିତ ବୋଲି ମୁଁ ମନେ କରୁ ନାହିଁ। ଅବଶ୍ୟ ଧନୁଶରର ବ୍ୟବହାର ଶିଖାଇ ଦେଇଥିଲେ, ସେମାନଙ୍କର ଉପକାର ହୋଇଥାନ୍ତା, ମାତ୍ର ଯଦି ସେମାନେ ଧନୁଶର ନେଇ ଆମକୁ ଆକ୍ରମଣ କରନ୍ତି ସେତେବେଳକୁ ? ଏତେଗୁଡ଼ାଏ ଲୋକଙ୍କ ବିପକ୍ଷରେ ଆମେ ମୋଟେ ଦୁଇ ଜଣ ଠିଆହୋଇ ପାରିବା କି ? ମୋର ଇଚ୍ଛା, ଧୀରେ ଧୀରେ ସେମାନେ ଯେତିକି ସଭ୍ୟ ହେଉଥିବେ, ତାଙ୍କୁ ସେତିକି ପରିମାଣରେ ଶିଖାଉଥିବା।

ନରମାଂସ ଭକ୍ଷଣରୁ ବିରତ କରାଯାଇ ପାରିବ ନାହିଁ ସେମାନଙ୍କୁ !

ଏତେ ଶୀଘ୍ର କରିବା କଠିନ। ଦେଖୁ ନା, ଆମ ଦେଶର ସବାଖିଆ କେଳାଙ୍କୁ; ଆମ ପାଖରେ ଶହ ଶହବର୍ଷ ରହି ସୁଦ୍ଧା ମୃତ ପିତା ମାତାଙ୍କର ମାଂସ ଖାଇବାକୁ ଟିକିଏ ଘୃଣା କରନ୍ତି ନାହିଁ।

ତେବେ ତ ଏମାନଙ୍କୁ ବିଶ୍ୱାସ କରି ହେବ ନାହିଁ। ସୁବିଧା ପାଇଲେ ଆମକୁ ମାରି ଖାଇବା ଏମାନଙ୍କ ପକ୍ଷେ ବିଚିତ୍ର ନୁହେଁ।

ବିଚିତ୍ର କିଛ ନୁହେଁ। ତଥାପି ତୁମେ ଯଦି ତାଙ୍କପ୍ରତି ଭଲ ବ୍ୟବହାର କରିବ, ସେମାନେ ତୁମପ୍ରତି ନିଶ୍ଚୟ ଭଲ ବ୍ୟବହାର କରିବେ। କୁକୁର ମାଙ୍କଡ଼ଙ୍କ ପରି ଜନ୍ତୁ କଥା ମାନି ଚଳୁଛନ୍ତି, ଏମାନେ ତ ମଣିଷ।

ଏମାନଙ୍କର କଥୋପକଥନ ଶେଷ ହେବା ପୂର୍ବରୁ ଅଜଙ୍ଗ ତାର ଧନୁଶର ଧରି ଜଙ୍ଗଲକୁ ଚାଲି ଯାଇଥିଲା।

ବାଲିରାଜା ଚଞ୍ଚଳାକୁ ମନ୍ଦିରକୁ ଯିବାକୁ କହି ନିଜେ ହାତରେ ଖଣ୍ଡା ଧରି ଜଙ୍ଗଲ ଭିତରେ ପଶିଲେ।

ଜାଭା ଯିବାର ସମସ୍ତ ଆୟୋଜନ ହୋଇ ସାରିଥିଲା। କ୍ଷୁଦ୍ର ନୌକାଟିରେ ବ୍ୟବହାର ନିମନ୍ତେ ଯାହା କିଛି ରଖା ଯାଇପାରେ ରଖା ଯାଇଥିଲା। ନୌକାରେ ଅନେକଗୁଡ଼ିଏ ମାଠିଆ ଥିଲା ! ଚଞ୍ଚଳାର ଇଚ୍ଛା ଥିଲା ସେ ସବୁମାଠିଆ ଦୁଧରେ ପୂର୍ଣ୍ଣକରି ନେବ। ବାଲିରାଜା ବାରଣ କରି କହିଲେ, ଚଞ୍ଚଳା, ଭବିଷ୍ୟତରେ କ'ଣ ଘଟିବ, ତୁମେ ତାହା ଚିନ୍ତା କର ନାହିଁ। ଦୁଧ ବିନା ମନୁଷ୍ୟର ଜୀବନ ରହିପାରେ, କିନ୍ତୁ ଜଳ ଅଭାବରେ ଜୀବନ ବଞ୍ଚାଇବା କଷ୍ଟକର। ମାଠିଆଗୁଡ଼ିକରେ ଦୁଧ ପରିବର୍ତ୍ତେ ଜଳ ରଖିବା ଉଚିତ। ତା'ପର ଦୁଧ କେତେଦିନ ରହି ପାରିବ ? ଦିନେ ଦୁଇଦିନ ପରେ ନଷ୍ଟ ହୋଇଯିବ। ସେତେବେଳେ ସମୁଦ୍ର ମଝିରେ ବୁନ୍ଦାଏ ଜଳ ଅଭାବରେ ପ୍ରାଣ ଛାଡ଼ିଯିବ।

କିନ୍ତୁ ଚଞ୍ଚଳା ଲୁଚାଇ କରି ମାଠିଆଟିଏ ଦୁଧ ଏବଂ କିଛି ସର ନୌକାରେ ରଖିଲା। କେତେବେଳେ ନୌକା ସମୁଦ୍ରରୁ ଯିବ, ସେମାନେ ଆନନ୍ଦରେ ଜନ୍ମଭୂମି ଅଭିମୁଖେ ଚାଲିବେ ତାର କେବଳ ସେହି ଚିନ୍ତା।

ସମୁଦ୍ର ପାର ହୋଇ ଅନ୍ୟ ଦେଶକୁ ଯିବେ, ଏହା ଶୁଣି ଅଜଙ୍ଗ ପ୍ରଥମେ ଭୀତ ଏବଂ ଅନିଚ୍ଛୁକ ହୋଇଥିଲା। ବାଲିରାଜା ତାକୁ ଓହ୍ଲାଇ ଯିବାକୁ କହିଲେ। ସେ ସେଥିରେ ଅମଙ୍ଗ ହେଲା। ପରେ ଚଞ୍ଚଳା ତା କାନରେ କି ମନ୍ତ୍ର ଫୁଙ୍କିଲା କେଜାଣି ଅଜଙ୍ଗ ସମୁଦ୍ରକୁ ଯିବାକୁ ଗୋଡ଼ ଟେକି ବସିଲା। ବାଲିରାଜା ଇଚ୍ଛା କରିଥିଲେ ଧନରତ୍ନ ଯାହା କିଛି ଗହ୍ୱରରେ ଥିଲା ସବୁ ସଙ୍ଗରେ ନେଇଯିବେ। ପରେ ଭାବିଲେ, କେଜାଣି ଭଗବାନ ଭାଗ୍ୟରେ କଣ ରଖିଛନ୍ତି। ଯଦି ସବୁ ଧନ ସଙ୍ଗରେ ନେଇଯାଏ, ହୁଏ ତ ଆକସ୍ମିକ କୌଣସି ଦୁର୍ଘଟଣାରୁ ଜଳମଗ୍ନ ହେଲେ, ଏତେଗୁଡ଼ିଏ ସମ୍ପତ୍ତି ମନୁଷ୍ୟର ମଙ୍ଗଳକର କାର୍ଯ୍ୟରେ ନ ଲାଗି ବୃଥା ସମୁଦ୍ର ଗର୍ଭରେ ସମାଧି ନେବ।

ବାଲିରାଜା ମନେ ମନେ ହିସାବ କରି ସ୍ଥିର କଲେ, ଯେତିକି ଆବଶ୍ୟକ ସେତିକି ନେବେ। ପ୍ରଥମେ ଜବଦ୍ୱୀପରେ ଉପସ୍ଥିତ ହୋଇ ଗୋଟିଏ ବଡ଼ ଏବଂ ଦୁଇଟି ଛୋଟ ବୋଇତ କରିବା ଦରକାର। ବୋଇତରେ ନାଉରି ରହିବେ। ସେମାନଙ୍କର ଖାଦ୍ୟ ଓ ବେତନ, ଆଣ୍ଡାମାନର ବନ୍ଦୀ, ତାମ୍ରଲିପ୍ତର ଖରଚ ଇତ୍ୟାଦି। ହାତରେ କିଛି ଅଧିକା ରଖିବା ଆବଶ୍ୟକ। ଅଣ୍ଟ ନିଅଣ୍ଟ ବେଳକୁ ହାତରେ ନ ଥିଲେ ଦେବ କିଏ ?

ବାଲିରାଜା ଧନରତ୍ନରୁ କେତେକ ନେଇ ନୌକାରେ ରଖିଲେ । ବାକୀ ସମସ୍ତ ପୂର୍ବପରି ବନ୍ଦକରି ଗହ୍ୱର ମୁହଁରେ ପଥର ଜମା କଲେ ।

ଚଞ୍ଚଳା ନୌକା ଉପରେ ଏକାକିନୀ ନୀରବରେ ବସି କେତେ କଣ ଚିନ୍ତା କରୁଥିବା ସମୟରେ ବାଲିରାଜା ପଛରୁ ଡାକି କହିଲେ, ଚଞ୍ଚଳା, ତମକୁ ଗୋଟିଏ କଥା ପଚାରିବି ।

ଚଞ୍ଚଳା ପଛକୁ ଅନାଇଁ ଦେଲା, ଦେଖିଲା ବାଲିରାଜା । ତାର ମୁଖ ବିବର୍ଣ୍ଣ ହେଲା । ସେ ଉଠି ଠିଆହୋଇ ପଚାରିଲା, କଣ ?

ବାଲିରାଜା ତାର ମୁଖଭାବ ପରିବର୍ତ୍ତନ ଦେଖି କଣ ଚିନ୍ତାକରି ମୁଖ ଗମ୍ଭୀର କଲେ । କିଛି ସମୟ ଅପେକ୍ଷା କରି ସମୁଦ୍ର ଆଡ଼କୁ ଅନାଇଁ କହିଲେ, ଆଜି ଆମର ନୌକା ସମୁଦ୍ରମୁହାଁ ହୋଇ ଚାଲିବ । ସ୍ରୋତର ଅନୁକୂଳରେ ଯିବ । କୌଣସି କଷ୍ଟ ହେବ ନାହିଁ । ମୁଁ ଭାବୁଛି ନୌକାକୁ ଉତ୍ତର କିମ୍ବା ଦକ୍ଷିଣକୁ ନ ଚଳାଇ ଏକାଥରେ ପଶ୍ଚିମମୁହାଁ କରି ଚଳାଇବା । ଏହି ମାନଚିତ୍ର ଦେଖ । ତାହା ହେଲେ ଦିନେ ଦୁଇଦିନ ମଧ୍ୟରେ ଆଗେ ଜବଦ୍ୱୀପର ଉପକୂଳରେ ଉପସ୍ଥିତ ହେବା । କଣ କହୁଛ ?

ଚଞ୍ଚଳା ବାଲିରାଜାଙ୍କର ହାତରୁ ମାନଚିତ୍ର ନେଲା । କିଛି ବୁଝି ନ ପାରି ଫେରାଇ ଦେଇ କହିଲା; ଆପଣ ଯାହା ଭଲ ବିବେଚନା କରନ୍ତି କରନ୍ତୁ । ମୁଁ ମାଇପି ଲୋକ । ସମୁଦ୍ର କଥା କଣ ଜାଣେ ?

ସୁନାହାଟରେ ଥିବାବେଳେ ଯେଉଁ ମଣିଆଁ ଚଞ୍ଚଳାଙ୍କ ଘରେ ପ୍ରତ୍ୟହ ମାଛ ଯୋଗାଉ ଥିଲା ସେ ଆଜି ବାଲିଦ୍ୱୀପର ରାଜା । ସମୟହିଁ ମନୁଷ୍ୟର ଅବସ୍ଥାକୁ ବଦଳାଇ ଦିଏ ।

ବାଲିରାଜା କହିଲେ, ନୌକାକୁ ପ୍ରଥମେ ଜବଦ୍ୱୀପକୁ ନେବାର ପ୍ରଧାନ କାରଣ ସମୁଦ୍ର କୂଳେ କୂଳେ ନୌକା ଚଳାଇଲେ, ବିପଦର ବିଶେଷ ଭୟ ରହିବ ନାହିଁ । ଆମ୍ଭମାନଙ୍କର ଖାଦ୍ୟ ଏବଂ ପାନୀୟର ବିଶେଷ ଭାବନା ମଧ୍ୟ ରହିବ ନାହିଁ ।

ଯାହା ଭଲ ବିବେଚନା କରୁଛନ୍ତି, ତାହାହିଁ କରନ୍ତୁ । ବର୍ତ୍ତମାନ କହନ୍ତୁ, ମୋତେ କଣ ପଚାରିବେ ବୋଲି କହୁଥିଲେ ?

ଥଙ୍ଗେଇ ଥଙ୍ଗେଇ ହୋଇ ବାଲିରାଜା କହିଲେ, ହଁ କଣ ପଚାରିବି ବୋଲି ବସିଥିଲି ପରା । ଭୁଲି ଗଲିଣି । ହଁ, ମନେ ପଡ଼ିଲା ।

ଚଞ୍ଚଳା କହିଲା, କଣ କହନ୍ତୁ ।

ମନରେ କିଛି ଭାବିବ ନାହିଁ ତ ?

ଚଞ୍ଚଳାର ଆଶା ଜାଗି ଉଠିଲା । ସେ ଟିକିଏ ଆନନ୍ଦର ଚିହ୍ନ ଦେଖାଇ କହିଲା, ନା—

ତମକୁ ମୋର ପଚାରିବାର କଥା ଉତ୍କଳରେ ଉପସ୍ଥିତ ହେଲେ ତେମେ କେଉଁଠିକି ଯିବ। ତୁମର ଯେଉଁଠି ଇଚ୍ଛା ମୁଁ ତମକୁ ସେହିଠାରେ ଛାଡ଼ି ଦେଇ ଆସିବି ନିଜେ। ଯଦି କହ ସୁନାହାଟରେ କିମ୍ବା ତାମ୍ରଲିପ୍ତରେ ରାଧାଶ୍ୟାମଙ୍କ ଘରେ କିମ୍ବା ଅନ୍ୟ ଯେଉଁଠି ତମର ଇଚ୍ଛା, ମୋର କିଛି ଆପତ୍ତି ନାହିଁ।

ଆହା ! ଚଞ୍ଚଳାର ଆଶା ଉପରେ ବଜ୍ରପାତ ହେଲା। ସେ ବାଲିରାଜାଙ୍କ କଥାର ଢଙ୍ଗ ଢାଙ୍ଗରୁ ଆଶା କରିଥିଲା ବୋଧହୁଏ ସେ ପଚାରି ଥାନ୍ତେ, ଚଞ୍ଚଳା ତୁ ମତେ ଭଲ ପାଉ ? ଆଉ ସେ କିଛି ଉତ୍ତର ନ ଦେଇ ଚୁପ୍ ରହିଥାନ୍ତା। ବାଲିରାଜା ଯାହା ବୁଝିବାର ବୁଝି ନେଇ ଥାନ୍ତେ। ଆନନ୍ଦରେ ବୋଧହୁଏ ତା ନିକଟକୁ ଆସି ତା ହାତଧରି—

ବଲିରାଜାଙ୍କର କଥାରେ ଚଞ୍ଚଳା ନିରୁତ୍ତର ହେଲା। ଚକ୍ଷୁରେ ଲୋତକ ଉଦୟ ହେଲା। ବାଲିରାଜା ପଚାରିଲେ, ମୋ କଥାରେ ତମ ମନରେ କଷ୍ଟ ହେଉଛି; କିନ୍ତୁ କଷ୍ଟ ହେବାର କିଛି କାରଣ ଦେଖି ପାରୁନାହିଁ। ପ୍ରକୃତ କଥାଟି ମୁଁ ପଚାରିଲି। ଉତ୍କଳରେ ଉପସ୍ଥିତ ହେବା ପୂର୍ବରୁ ମୁଁ ଜାଣିବାକୁ ଚାହେଁ ତେମେ—

ଯଦି ନିତାନ୍ତ ଜାଣିବାକୁ ଇଚ୍ଛୁକ ଥାନ୍ତି ଶୁଣନ୍ତୁ। ମୋର ଏ ସଂସାରରେ କେହି ନାହିଁ। ଆପଣ ଏହା ଜାଣନ୍ତି। ମୋତେ ମୃତ୍ୟୁ ମୁଖରୁ ଯେ ବଞ୍ଚାଇଛନ୍ତି ମୁଁ ତାଙ୍କୁହିଁ କେବଳ ମୋର ବୋଲି ମନେ କରେ। ସୁନାହାଟରେ ମୋର କେହି ନାହିଁ କି ରାଧାଶ୍ୟାମ ସାଧବ ମୋର କିଛି ନୁହନ୍ତି। ଚଞ୍ଚଳା ଆଖିରୁ ଲୁହ ପୋଛିଲା।

କିଛି ସମୟ ଚିନ୍ତାକରି ବାଲିରାଜା ହସ ହସ ହୋଇ କହିଲେ, ମୁଁ ତୁମକୁ ବଞ୍ଚାଇଛି ସତ, କିନ୍ତୁ ମୁଁ ତ ତମର ସମ୍ପର୍କୀୟ ନୁହେଁ।

ଚଞ୍ଚଳା ଉତ୍ତେଜିତ ହୋଇ କହିଲା, ଛାଡ଼ନ୍ତୁ ସେ କଥା। ବର୍ତ୍ତମାନ କହନ୍ତୁ ଆପଣ ମୋତେ ପାଖରୁ ତଡ଼ିବାକୁ ଏତେ ବ୍ୟସ୍ତ କାହିଁକି ? ନିଶ୍ଚୟ ଏହା ଭିତରେ କିଛି ରହସ୍ୟ ଅଛି।

ଅଛି।

କ'ଣ ! କହିବାକୁ ଯଦି ଆପତ୍ତି ନ ଥାଏ—

ମୁଁ ଚାହେଁ, ମୋତେ ନାରୀ ଜାତିର ବିଶ୍ୱାସଘାତକତାରୁ ମୁକ୍ତ କରିବି। କାରଣ ସ୍ତ୍ରୀ ଜାତି ପ୍ରତି ମୋର ଅଶ୍ରଦ୍ଧା ଜନ୍ମିଛି।

ସ୍ତ୍ରୀ ଜାତି ପ୍ରତି କହୁଛନ୍ତି କାହିଁକି ? କହନ୍ତୁ ସୁଶୀଳା ପ୍ରତି। ମୁଁ ଦିନେ ତାର ସଙ୍ଗିନୀ ଥିଲି, ତେଣୁ ମୋ ପ୍ରତି। ମନେ ରଖନ୍ତୁ, ସୁଶୀଳା ବିଶ୍ୱାସଘାତିନୀ ବୋଲି ପ୍ରମାଣ ନ ପାଇବା ଯାଏ କଦାପି ବିଶ୍ୱାସ କରିବେ ନାହିଁ ଯେ...

ତେବେ ସେ ସୁଶୀଳା ନୁହେଁ ?

ନ ହୋଇ ପାରେ।

ଆହା, ସୁଶୀଳା ତେବେ ଆତ୍ମଘାତିନୀ ? ମୁଁ କେଡ଼େ ସୁଖୀ ହେବି।

ଯଦି ସେ ସୁଶୀଳା ହୋଇଥାଏ—

ତେବେ, ନାରୀ ଜାତିଠାରୁ ମୋର ସମସ୍ତ ବିଶ୍ୱାସ ତୁଟି ଯିବ।

ଜଗତର ନାରୀଜାତି—ମାତୃଜାତି ଉପରେ ଏପରି ଦୋଷାରୋପ କରନ୍ତୁ ନାହିଁ। କୌଣସି ଚିହ୍ନିତ ରମଣୀ ଉପରେ ହୁଏତ ଆପଣଙ୍କର ଦୋଷାରୋପ ହୋଇ ପାରେ। ନାରାୟଣ ସାଧବ ଦସ୍ୟୁ, ନାରାୟଣ ସାଧବ ଲମ୍ପଟ, ରାକ୍ଷସ, ତା ବୋଲି ସମଗ୍ର ପୁରୁଷଜଗତକୁ ଆମେ ସେହି ନାରାୟଣ ସାଧବର ପଦବୀରେ ମଣ୍ଡିତ କରିବା କି ? ଜଗତରେ ତ ପୁଣି ଆପଣଙ୍କ ପରି ଦେବତା ଜନ୍ମ ହୋଇ ସଂସାରର ହିତ କରିବାକୁ ଦୃଢ଼ ପ୍ରତିଜ୍ଞ ହୋଇ ପାରନ୍ତି। ସେହିପରି ବିଶ୍ୱାସ କରନ୍ତୁ, ନାରୀ ସମାଜର ସମସ୍ତେ ରାକ୍ଷସୀ ନୁହନ୍ତି। ସେମାନଙ୍କ ମଧ୍ୟରେ ଦେବୀ ମଧ୍ୟ ସମ୍ଭବ—

ଚଞ୍ଚଳାର ମୁଖଭଙ୍ଗୀ ବାକ୍ୟାଳାପର ଚାତୁରୀ ଏବଂ ସୌନ୍ଦର୍ଯ୍ୟରେ ମୁଗ୍ଧ ହୋଇ ବାଲିରାଜା ତାର ହାତ ପାପୁଲିକୁ ଚାପିଧରି ଟିକିଏ ଜୋରରେ କହିଲେ, ଏବଂ ସେହି ନାରୀ-ଜାତି, ରାକ୍ଷସୀ ଜାତି ମଧ୍ୟରେ ତୁମେ ହେଉଛ ଦେବୀ। ନୁହଁ ଚଞ୍ଚଳା ?

ଚଞ୍ଚଳା ମୁଖାବନତ କଲା। ତାର ଦେହ ଥରି ଉଠିଲା।

ବାଲିରାଜା ପରମୁହୂର୍ତ୍ତରେ ହଠାତ୍ ଚଞ୍ଚଳାର ହାତ ଛାଡ଼ି କହି ଉଠିଲେ, ସୁଶୀଳା ତୁଇ ଏକା ମୋର ହୃଦୟର ରାଣୀ। ତୁ ଆଜି କେଉଁଠାରେ ?

ସେ ଲଜ୍ଜିତ ହୋଇ ଚଞ୍ଚଳା ପାଖରୁ ଦୂରେଇ ଗଲେ। ଉତ୍ତେଜନାରେ ସେ ଗୋଟିଏ ବଡ଼ ଭୁଲ୍ କରି ପକାଇଛନ୍ତି। ଜଣେ ନିରୀହା, ନିରାଶ୍ରୟା ନାରୀର ହାତ ଧରି ତା ମନରେ ବୃଥା ଆଶା ଜନ୍ମାଇବା କେଡ଼େ ଅନ୍ୟାୟ।

ଚଞ୍ଚଳା ପୁଲକ ବିସ୍ମୟରେ ଠିଆହୋଇ ରହିଲା। ଆଖିରେ ଛଳ ଛଳ ହେଲା ଲୋତକ।

ପେଗୁ ରାଜଭବନର ଗୋଟିଏ ସୁବୃହତ୍ ପ୍ରକୋଷ୍ଠ। ପ୍ରତ୍ୟେକ ଅଂଶ ଉତ୍ତମ ଭାବରେ ସଜ୍ଜିତ। କାନ୍ଥଗୁଡ଼ିକ ନାନା ରଙ୍ଗରେ ଚିତ୍ରିତ। କେଉଁଠାରେ ବୁଦ୍ଧଦେବଙ୍କର ପ୍ରତିମୂର୍ତ୍ତି, କେଉଁଠାରେ ବୌଦ୍ଧମନ୍ଦିର ବା ପ୍ୟାଗୋଡା, କେଉଁଠାରେ କେବଳ ବୃକ୍ଷ, ପଶୁ, ପକ୍ଷୀ, ଚିତ୍ର। ପ୍ରକୋଷ୍ଠର ଛାତତଳ ଉତ୍କୃଷ୍ଟ ଉତ୍କଳୀୟ ଛିଟରେ ଆବୃତ। ଚଟାଣରେ

କତାର ଗଦି। ଗୃହ ମଧ୍ୟରେ ସୁବୃହତ୍ ଅଣ୍ଡାକୃତି ତକ୍ତା ରକ୍ତ ଏବଂ ପୀତବର୍ଣ୍ଣର ମର୍ମର ପ୍ରସ୍ତର ନିର୍ମିତ। ତକ୍ତାକୁ ବେଷ୍ଟନ କରି ଅନେକଗୁଡ଼ିଏ କାଷ୍ଠାସନ। ନିମ୍ନରେ ଏବଂ ଆଉଜି ବସିବାକୁ କରରେ ମଖମଲ୍ ଗଦି।

ଗୋଟିଏ କାଷ୍ଠାସନ ଉପରେ ଜଣେ ଭଦ୍ରଲୋକ ଉପବିଷ୍ଟ। ମସ୍ତକରେ ରେସମୀ ପଗଡ଼ି, ଦେହରେ ବ୍ରହ୍ମପୁରୀ ଉତ୍କୃଷ୍ଟ ମଠାର ଚପ୍‌କନ। ପରିଧେୟ ସମ୍ବଲପୁରୀ ମଠା। ପାଦରେ ରକ୍ତବର୍ଣ୍ଣର ପାଣ୍ଢୋଇ।

ଭଦ୍ରଲୋକ ଦେଖିବାକୁ ହୃଷ୍ଟପୁଷ୍ଟ। ମସ୍ତକର ବାବୁରିବାଳ ପଛଆଡ଼େ ବୁଲି ବୃତ୍ତାକୃତି ହୋଇଅଛି। ଦାଢ଼ି ନାହିଁ। ନିଶ ମୋଡ଼ା ହୋଇ ଦୁଇ ପାଖେ ଛୁଞ୍ଚି ପରି ଗୋଜା ହେଲେ ମଧ୍ୟ ଘଞ୍ଚ ନୁହେଁ। କେହି ଅନୁମାନ କରିବେ ନାହିଁ ଯେ ଭଦ୍ର ଲୋକ ପ୍ରୌଢ଼। ଯୌବନର ଜ୍ୱଳନ୍ତ ଆଭା, ଚକ୍ଷୁ ଏବଂ କପାଳରୁ ଫୁଟି ବାହାରୁଛି।

ଅନେକ ସମୟ ନୀରବରେ ବସି ବସି ଭଦ୍ରଲୋକ କ୍ଳାନ୍ତ ହୋଇ ପଡ଼ିଲେଣି। ଅସ୍ଥିର ହୋଇ ମସ୍ତକରୁ ପଗଡ଼ି କାଢ଼ି ଟେବୁଲ ଉପରେ ରଖିଲେ। ପକେଟରୁ ରୁମାଲ କାଢ଼ି ମୁହଁ ପୋଛିଲେ। ଗରମରୁ ରକ୍ଷା ପାଇବେ ବୋଲି ରୁମାଲ ହଲାଇଲେ ମୁହଁ ପାଖରେ, ଅଥଚ ଝରକା ବାଟେ ପବନର ସ୍ରୋତ ଅନବରତ ଚାଲିଛି, ଏପରି କି ଭଦ୍ର ଲୋକଙ୍କର ପଗଡ଼ିଟି ଉଡ଼ାଇ ନେବାକୁ ଉପକ୍ରମ କରୁଛି। ଏଥିରୁ ଅନୁମିତ ହେଉଛି ଯେ ଭଦ୍ରଲୋକ ଅନ୍ୟମନସ୍କ ହୋଇ କିଛି ଚିନ୍ତା କରୁଛନ୍ତି।

ନିମ୍ନସ୍ୱରରେ ଭଦ୍ରଲୋକ ମନକୁ ମନ କହିଲେ, ବଡ଼ ଅଭଦ୍ର ତ ପେଗୁର ରାଜା।

ଏହି ସମୟରେ ବାହାରେ ପାଣ୍ଢୋଇର ଶବ୍ଦ ଶୁଭିଲା। ସଙ୍ଗେ ସଙ୍ଗେ ଦ୍ୱାର ରକ୍ଷକ ଆସି ହାତ ଯୋଡ଼ି ଜଣାଇଲା, ହଜୁର ରାଜା ବିଜେ କରୁଛନ୍ତି।

ଭଦ୍ରଲୋକ ଶୁଣି ନ ଶୁଣିଲା ପରି ଚଉକିକୁ ଆଉଜି ବସିଲେ, ଯେପରି ଘୋର ଚିନ୍ତାରେ ମଗ୍ନ। କେବଳ ଟେବୁଲ ଉପରୁ ପଗଡ଼ି ନେଇ ମୁଣ୍ଡଉପରେ ଥୋଇଲେ।

ଦ୍ୱାରରକ୍ଷକ ସମ୍ବାଦ ଜଣାଇ ନିବା ସଙ୍ଗେ ସଙ୍ଗେ ହାତ ଧରାଧରି ହୋଇ ଦୁଇ ଜଣ ଭଦ୍ରଲୋକ ପ୍ରକୋଷ୍ଠରେ ପ୍ରବେଶ କଲେ। ସେମାନଙ୍କ ମଧ୍ୟରେ ଯେ ବୃଦ୍ଧ ସେ ଅନ୍ୟ ଜଣଙ୍କୁ ସମ୍ବୋଧନ କରି କହିଲେ, ଦେଖନ୍ତୁ ସାଧବ, ଏହି ମୋର ବିଶିଷ୍ଟ ବନ୍ଧୁ— ବାଲିରାଜା।

ନିଜର ନାମୋଚ୍ଚାରିତ ହେବା ଶୁଣି ବାଲିରାଜା ଚଉକିରୁ ଉଠି ଆଗନ୍ତୁକ ଉଭୟଙ୍କୁ ଯଥାବିଧି ମାନ୍ୟ ପ୍ରଦର୍ଶନ କଲେ। ପରସ୍ପର ମଧ୍ୟରେ ସଦ୍‌ଭାବର ବିନିମୟ ପରେ ତିନିଜଣ ପାଖାପାଖି ହୋଇ ଚଉକିରେ ବସିଲେ। ପ୍ରଥମେ ପେଗୁର ବୃଦ୍ଧରାଜା

ବାଲିରାଜାଙ୍କୁ ଉଦ୍ଦେଶ୍ୟ କରି ଜଣାଇଲେ, ଆଶାକରେ, ମୋର ବିଳମ୍ବ ଜନିତ ତ୍ରୁଟି ମାର୍ଜନା କରିବେ। ମୋର ଏହି ବନ୍ଧୁପୁତ୍ରଙ୍କ ନିମନ୍ତେ ବିଳମ୍ବ ହୋଇଗଲା। ଆପଣଙ୍କୁ ଅନେକ ସମୟ ବସାଇ ରଖିଲି। ଭାବିଥିଲି କୌଣସି କର୍ମଚାରୀ ହାତରେ କହି ପଠାଇବି, ଟିକିଏ ଡେରି ହେବ ବୋଲି। ପରେ ସ୍ଥିରକଲି, ଯଦି ଏପରି ସମ୍ବାଦ ପଠା ହୁଏତ ଆପଣ ଚାଲିଯିବେ। ଶୁଣୁଛି ଆଜି ଆପଣମାନେ ଚାଲିଯିବେ। ଆପଣଙ୍କର ଆନନ୍ଦ ପ୍ରଦାୟକ-ସଙ୍ଗ କାଳେ ଆଉ ଜୀବନରେ ନ ମିଳିବ ସେଥି ନିମନ୍ତେ ମୋର ଇଚ୍ଛା ବିରୁଦ୍ଧରେ ମୁଁ ସମ୍ବାଦ ପଠାଇଲି ନାହିଁ। ଆଶାକରେ କ୍ଷମା କରିବେ।

ବାଲିରାଜା ପେଗୁରାଜାଙ୍କର ଏତେ ଗୁଡ଼ାଏ କଥାର ସମସ୍ତ ଅଂଶ ଶୁଣି ନାହାନ୍ତି। ଦ୍ୱିତୀୟ ଭଦ୍ରଲୋକଙ୍କର ଆପାଦ ମସ୍ତକ ନିରୀକ୍ଷଣ କରି ମନେ ମନେ କଅଣ ଚିନ୍ତା କରୁଛନ୍ତି। ମୁଖଭଙ୍ଗିରୁ ଜଣାଯାଏ ଯେପରି କୌଣସି ଗୁରୁତର ଭାବନାରେ ମଗ୍ନ। ମୁଖର ରଙ୍ଗ ଦେଖୁ ଦେଖୁ ଏକା ଥରେ ପରିବର୍ତ୍ତିତ ହେଲା। ସମସ୍ତ ଶରୀର କମ୍ପମାନ। ଦକ୍ଷିଣହସ୍ତ ସ୍ୱତଃ ଯାଇ ତରବାରିର ବେଣ୍ଟରେ। ବାଲିରାଜା ସମସ୍ତ ଭାବ ଗୋପନ କରିବାକୁ ଚେଷ୍ଟାକଲେ; ପାରିଲେ ନାହିଁ। ଅତି କଷ୍ଟରେ ହୃଦୟର ବେଦନା ଲୁଚାଇ ରଖିବାକୁ ଛାତିରେ ହସ୍ତସ୍ଥାପନ କରି ଧୀରେ ଧୀରେ କହିଲେ, ହଁ ଅବଶ୍ୟ ଡେରିହେଲା। ମାତ୍ର ଆପଣଙ୍କ ପରି ସ୍ନେହୀ ଗୁରୁଜନଙ୍କର ମନର କଥା ଶୁଣିବାକୁ ମୁଁ ଆହୁରି ଚାରିଘଡ଼ି ଅପେକ୍ଷା କରିପାରିଥାନ୍ତି। ତା ପର, ମୁଁ ଏଠି ବସି ଏହି ପ୍ରକୋଷ୍ଠର କାନ୍ଥମାନଙ୍କରେ ଅଙ୍କା ହୋଇଥିବା ଚିତ୍ର ଗୁଡ଼ିକ ଦେଖୁଥିଲି। ତେଣୁ ସମୟ ଅତି ସହଳରେ କଟିଗଲା।

ବାଲିରାଜା ଆହୁରି ଥରେ ଅପର ଜଣକର ଆପାଦ ମସ୍ତକ ନିରୀକ୍ଷଣ କଲେ। କ୍ରୋଧରେ ରକ୍ତର ପ୍ରବାହ ଦ୍ରୁତତର ହେଲା। କ୍ରୋଧ ପ୍ରକାଶ କରିବାର ଉପଯୁକ୍ତ ସ୍ଥାନ ଏ ନୁହେଁ। ପେଗୁରାଜାଙ୍କର ପ୍ରାସାଦରେ ଏବଂ ପେଗୁରାଜାଙ୍କର ସମ୍ମୁଖରେ ସେ ସ୍ଥିର ହୋଇ ପୁନର୍ବାର ଚଉକିକୁ ଆଉଜି ବସିଲେ।

ଏହା ଦେଖି ପେଗୁରାଜା ପଚାରିଲେ, ଆପଣ କ'ଣ ପୀଡ଼ିତ ? ହଠାତ୍ ଆପଣଙ୍କ ମୁଖର ଏ ପରିବର୍ତ୍ତନ କାହିଁକି ?

ସାଧବ ସ୍ଥିର ହୋଇ ପୂର୍ବପରି ବସିଛନ୍ତି। ଭାବର କୌଣସି ପରିବର୍ତ୍ତନ ନାହିଁ।

ବାଲିରାଜା ଉତ୍ତର ଦେଲେ, ହଁ ମୋର ଦେହ ଟିକିଏ ଅସୁସ୍ଥ ଅଛି, ସେ କିଛି ନୁହେଁ। ହଁ ମହାରାଜା, ଆପଣଙ୍କର ଏ ବିଶିଷ୍ଟ ବନ୍ଧୁଙ୍କର କୌଣସି ପରିଚୟ ତ ପାଇଲି ନାହିଁ।

କ୍ଷମା କରିବେ, ମୁଁ ଜାଣିଥିଲି ବୋଧହୁଏ ଆପଣ ନାରାୟଣ ସାଧବଙ୍କୁ ଚିହ୍ନନ୍ତି। ସେ ତାମ୍ରଲିପ୍ତର ଜଣେ—।

କିଏ ନାରାୟଣ ସାଧବ? ବାଧାଦେଇ ବାଲିରାଜା କହିଲେ। ତାଙ୍କର ଶରୀର ଘର୍ମାକ୍ତ ହେଲା। ମୁଖ କ୍ରୋଧରେ ରକ୍ତବର୍ଣ୍ଣ ଧାରଣ କଲା। ଏ ସମସ୍ତ ଭାବ ଗୋପନ କରିବାକୁ ଯାଇ, ସେ ହସି ହସି କହିଲେ, ଆଉ ବିଶେଷ ପରିଚୟର ଆବଶ୍ୟକତା ନାହିଁ। ନାରାୟଣ ସାଧବଙ୍କ ସଙ୍ଗେ କେବେ ସାକ୍ଷାତ କରିବାର ସୁଯୋଗ ପାଇନାହିଁ। ତେଣୁ ଆଜି ତାଙ୍କୁ ସମ୍ମୁଖରେ ଦେଖିବାକୁ ପାଇ ମୁଁ ନିଜକୁ ଭାଗ୍ୟବାନ ମନେ କରୁଛି। କିନ୍ତୁ ଏଥି ପୂର୍ବରୁ ତାମ୍ରଲିପ୍ତର ଏ ବିଖ୍ୟାତ ସାଧବଙ୍କର କଥା ମୋ କାନରେ ବହୁବାର ପଡ଼ିଛି।

ଏଥିରେ ଆଉ ଭୁଲ କିଛି ନାହିଁ। ନାରାୟଣ ସାଧବ ଏବଂ ତାଙ୍କ ପିତାଙ୍କର ନାମ କିଏ ନ ଜାଣେ ଦେଶରେ। ଏହି ନାରାୟଣ ସାଧବଙ୍କର ପିତା ଯେ ମୋର ଜଣେ ପ୍ରଧାନ ବନ୍ଧୁ ଥିଲେ, ସେଥିପାଇଁ ମୁଁ ଗର୍ବିତ। ନାରାୟଣ ସାଧବ ସେତେବେଳେ ପିଲା ଥିଲେ। ସେ ତାଙ୍କ ସ୍ୱର୍ଗୀୟ ପିତାଙ୍କ ସଙ୍ଗେ ବ୍ରହ୍ମଦେଶକୁ ଅନେକ ଥର ଆସି ମୋର ଆତିଥ୍ୟ ଗ୍ରହଣ କରିଛନ୍ତି। ତାଙ୍କୁ ପିଲାଦିନୁ ଦେଖି ଏ ଦେଶରେ ସମସ୍ତେ କହୁଥିଲେ, ଏ ପରେ ଜଣେ ବଡ଼ ଲୋକ ହେବେ।

ଏବେ ତାହା ହିଁ ହେଲା, କହି ବାଲିରାଜା ନିଜର ହସକୁ ବନ୍ଦ କରିବାକୁ ମୁହଁରେ ରୁମାଲ ଦେଇ ଅନ୍ୟ ଆଡ଼ରୁ ଅନାଇଲେ।

ନିଶ୍ଚୟ। ଆଜି ନାରାୟଣ ସାଧବଙ୍କର ଦୟାରୁ କେବଳ ଉତ୍କଳରେ କିଆଁ ପୂର୍ବୋପକୂଳର ସମସ୍ତ ଦେଶମାନଙ୍କରେ କେତେ କେତେ କାମ ଯେ ହୋଇଛି ଏବଂ ହେଉଛି ତା'ର ସୀମା ନାହିଁ। ଦରିଦ୍ରଙ୍କ ନିମନ୍ତେ ସେ ଯେତେ ଧନ ଦାନ କରନ୍ତି, ଆମପରି ରାଜା ତାହା ସ୍ୱପ୍ନରେ ଭାବି ପାରିବେ ନାହିଁ।

ନାରାୟଣ ସାଧବ ବାଲିରାଜାଙ୍କ ଆଡ଼କୁ ଅନାଇ ହଠାତ୍ ପ୍ରଶ୍ନ କଲେ, ମାନନୀୟ ପେଗୁର ରାଜା ଆପଣଙ୍କୁ ବାଲିରାଜା ବୋଲି ଚିହ୍ନାଇ ଦେଲେ। କିନ୍ତୁ ମୁଁ କଥାଟା ଠିକ୍ ବୁଝି ପାରିଲି ନାହିଁ। ଯଦି ଆପଣ ମନରେ କିଛି ନ ଭାବନ୍ତି, ମୁଁ ଏତିକି କହିପାରେ ଯେ ମୁଁ ଯେତେଦୂର ଜାଣେ ସମଗ୍ର ବାଲି ଦେଶରେ ଜଣେ କେହି ରାଜା ବର୍ତ୍ତମାନ ନାହାନ୍ତି। ଅବଶ୍ୟ ବହୁବର୍ଷ ପୂର୍ବେ ମୁଁ ଅନେକ ବୁଢ଼ା ଲୋକଙ୍କଠୁ ଶୁଣିଛି, ଯେ ସେମାନଙ୍କ ମତରେ ପ୍ରାୟ ଚାରିଶ ପାଞ୍ଚଶ ବର୍ଷ ପୂର୍ବେ ଭାରତୀୟ ହିନ୍ଦୁମାନେ ବାଲିର ପଶ୍ଚିମ ଉପକୂଳମାନଙ୍କରେ ଅର୍ଥାତ୍ ଜବଦ୍ୱୀପ ନିକଟରେ ରାଜ୍ୟ ସ୍ଥାପନ କରିଥିଲେ। କିନ୍ତୁ ଏକଶତ ବର୍ଷ ପୂର୍ବେ ଯେଉଁ ଭୀଷଣ ଆଗ୍ନେୟଗିରିର ବିସ୍ଫୋରଣ ହେଲା, ତାହାରି ଫଳରେ ଅନେକ ପରିବାର ବାଲି ତ୍ୟାଗ କରି ଜବଦ୍ୱୀପରେ ଆଶ୍ରୟ ଗ୍ରହଣ କଲେ। ଯେଉଁ କେତେ ଜଣ ସେଠାରେ ରହିଥିଲେ, ସେମାନେହିଁ ପରେ ସେଠାକାର ଶାସକ

ହୋଇ ଛୋଟ ଛୋଟ ରାଜ୍ୟ ସ୍ଥାପନ କଲେ। ବାଲିର ଯେଉଁମାନେ ରାଜା ବୋଲି ନିଜକୁ ପରିଚୟ ଦିଅନ୍ତି ସେମାନେ ଆମ ଦେଶର ଛୋଟ ଛୋଟ ଜମିଦାରଙ୍କଠାରୁ ମଧ୍ୟ ଛୋଟ କହିଲେ ଚଳେ।

ଉଚ୍ଚରେ ଛୋଟ ନୁହନ୍ତି, ବାଲିରାଜା ହସି ହସି କହିଲେ, ହଁ କହନ୍ତୁ।

ନିଶ୍ଚୟ ଉଚ୍ଚରେ ଛୋଟ। ବାଲିର ଅଧିବାସୀଙ୍କ ପରି ବାମନ ନୁହନ୍ତି, ତେବେ ଉଚ୍ଚରେ ଛୋଟ। ବହୁଦିନରୁ ସେ ଦେଶରେ ବାସ କରି ସେଠାକାର ଲୋକଙ୍କ ସହିତ ମିଶି ଏପରି ଘଟିଛି। ସେଠାରେ ବୌଦ୍ଧଧର୍ମ ଅଦ୍ୟାପି ପ୍ରବେଶ କରିପାରି ନାହିଁ। ଲୋକେ ହିନ୍ଦୁ। ସେମାନଙ୍କର ବିଧବା ମାନେ ସତୀ ଯାନ୍ତି; ତଥାପି ତାଙ୍କର ଚେହେରା ଭାରତୀୟ ହିନ୍ଦୁମାନଙ୍କଠାରୁ......।

ସେ ସବୁ ମୁଁ ବେଶ୍ ଜାଣେ। ଅନ୍ୟ କିଛି କହିବାର ଅଛି ତ କହନ୍ତୁ।

କ୍ଷମା କରିବେ ମୁଁ ଭୁଲ ଯାଇଥିଲି ଯେ ଆପଣ ବାଲିର ରାଜା। ଭୁଲିଯିବାର କାରଣ ରହିଛି। ପ୍ରଧାନ କାରଣ, ମୋର ଗୋଟିଏ କିପରି ଧାରଣା ଥିଲା ଯେ ବାଲିରେ କେହି ଜଣେ ରାଜା ନାହାନ୍ତି।

ମୁଁ ବାଲିର ରାଜା ବୋଲି ଆପଣଙ୍କୁ ଧନ୍ୟବାଦ ଦେବାର କ୍ଷମତା ଅଛି। ଆପଣ ଉତ୍କଳର ଜଣେ ସାଧବ ହୋଇ ବାଲିର ଢେର ଖବର ରଖିଛନ୍ତି। ଆଚ୍ଛା, ଆପଣ ବାଲିର ପୂର୍ବଉପକୂଳ ସମ୍ବନ୍ଧେ କିଛି ଜାଣନ୍ତି କି ?

ପୂର୍ବ ଉପକୂଳ ? ହଁ, ନିଶ୍ଚୟ ଜାଣେ। ପୂର୍ବ ଉପକୂଳରେ ଅଜଙ୍ଗ ପର୍ବତ। କିନ୍ତୁ ସ୍ଥାନ ତ ସେତେ ଉର୍ବରା ନୁହେଁ ? ଆପଣ ପୂର୍ବ ଉପକୂଳର ରାଜା ?

ଠିକ୍, ମୁଁ ପୂର୍ବ ଉପକୂଳର ରାଜା। ଆପଣ ବୋଧହୁଏ ସମୁଦ୍ରରେ ଥାଇ ଅଜଙ୍ଗ ପର୍ବତକୁ ଦୂରରୁ ଦେଖି ଅନୁମାନ କରି ନେଇଛନ୍ତି ଯେ ପୂର୍ବଉପକୂଳ ଉର୍ବର ନୁହେଁ। ନୋହିଲେ ଏହା କଦାପି କହି ନ ଥାନ୍ତେ।

ଆପଣଙ୍କର ଅନୁମାନ ଯଥାର୍ଥ। ସାଧବଙ୍କର ମୁଖର ତେଜ ମଳିନ ଦେଖାଗଲା। ସତେ ଯେପରି ତାଙ୍କ ମନରେ କୌଣସି ବିଷୟରେ ଭୟ ଜାତ ହୋଇଛି। ଟିକିଏ ରହି ଆରମ୍ଭ କଲେ, ଆପଣଙ୍କର ଅନୁମାନ ଯଥାର୍ଥ। ବାଣିଜ୍ୟ ସମ୍ବନ୍ଧୀୟ କୌଣସି କାରଣରୁ ଲେମ୍ବକ ଯାଉଥିବା ସମୟରେ ବାଲିର ପୂର୍ବ ଉପକୂଳସ୍ଥ ଅତ୍ୟୁଚ୍ଚ ପର୍ବତ ଦେଖି ମୁଁ ସେହିପରି ଅନୁମାନ କରିଥିଲି। ତେବେ ଆପଣ ପୂର୍ବ ଉପକୂଳର ରାଜା ? ଆମର ସେଆଡ଼େ ବୋଇତର କାରବାର ନାହିଁ।

ପୂର୍ବ ଉପକୂଳର ରାଜା, କେବଳ ସେତିକି ନୁହେଁ—ସମଗ୍ର ବାଲିଦ୍ୱୀର ରାଜା କହିଲେ ଚଳେ।

କହିଲେ ଚଳେ ? ନାରାୟଣ ସାଧବଙ୍କର ବିବର୍ଣ୍ଣ ବିକୃତ ମୁଖରେ ହସ ଦେଖାଗଲା। ବାଲିରାଜା ଛଳେଇ କହିଲେ, ପୂର୍ବ ଉପକୂଳକୁ ବୋଇତ ନେଇ କେବେ କୌଣସି ଭାରତୀୟକୁ ବଣିଜ କରି ଯିବାର ଦେଖି ନାହିଁ। ଆମର ଲୋକମାନେ କହୁଥିଲେ, କିଛିଦିନ ପୂର୍ବେ ଗୋଟିଏ ଛୋଟ ବୋଇତ ସେଠାରେ ଲାଗିଥିଲା, ମାତ୍ର ଗୋଟିଏ ଦିନ ରହି ପୁଣି କେଉଁଆଡ଼େ ଚାଲିଗଲା। ଏବଂ—

ଏବଂ କଣ ?

ଉଦ୍‌ବିଗ୍ନତାର ଚିହ୍ନ ଦେଖାଇ ସାଧବ ପଚାରିଲେ, ଏବଂ ? ଏବଂ ସେ ବୋଇତ ତାମ୍ରଲିପ୍ତର କୌଣସି ଜଣେ ବିଖ୍ୟାତ ସାଧବଙ୍କର ଓ......

ଓ ?—

ଓ, ତହିଁରେ ଜଣେ ବନ୍ଦିନୀ ରମଣୀ ଥିଲା।

ତା ପର ଦୀର୍ଘ ନିଶ୍ୱାସ ପକାଇ ତକ୍ତାକୁ ଆଉଜି ବସି ସାଧବ ପଚାରିଲେ। ମୁଁ ସେ ନୌକାର ବିଶେଷ କିଛି ଖବର ରଖି ନାହିଁ। ନାରାୟଣ ସାଧବଙ୍କ ମୁହଁକୁ ଅନାଇ ବାଲିରାଜା ହସିଦେଲେ। ସେ ହସରେ କି ବିଷ ମିଶ୍ରିତ ଥିଲା କେଜାଣି, ସାଧବଙ୍କର ଆପାଦ ମସ୍ତକ ଥରି ଉଠିଲା। ମୁଖ ମୃତ ମନୁଷ୍ୟର ମୁଖ ପରି ଦେଖାଗଲା। ପାପ କେତେଦିନ ହୃଦୟରେ ଦମ୍ଭ ରଖିପାରେ ? ଦୁର୍ବଳ କ୍ଷଣରେ ସେ ଦମ୍ଭ ନିଜେ ନିଜେ ଅନ୍ତର୍ହିତ ହୋଇଯାଏ। ନାରାୟଣ ସାଧବଙ୍କର ତାହା ଥିଲା ଦୁର୍ବଳ ସମୟ। ତାଙ୍କର ସମଗ୍ର ଶରୀର ଘର୍ମାକ୍ତ ଦେଖାଗଲା। ସେ ଯେପରି କୁଣ୍ଠିତ ହୋଇ ପଚାରିଲେ, ବିଶେଷ କିଛି ଖବର ରଖି ନାହାନ୍ତି ?

ବାଲିରାଜାଙ୍କ ମୁଖରେ ପୁନର୍ବାର ସେହି ବିଷମୟ ହସ ଫୁଟି ଉଠିଲା। ସେ ହସରେ ଜଣାଗଲା, ସତେ ଯେପରି ନାରାୟଣ ସାଧବଙ୍କର ଅନ୍ତରାତ୍ମା ଜଳି ଉଠୁଛି। ବାଲିରାଜା ଟିକିଏ ଜୋରରେ ଉତ୍ତର ଦେଲେ ନା, କିଛି ସମୟ ପରେ କହିଲେ, ଆଚ୍ଛା ସାଧବ, ଆପଣ ସେ ନୌକା ବିଷୟରେ କିଛି ଜାଣନ୍ତି, କହି ପାରିବେ ?

କ୍ଷମା କରନ୍ତୁ ମୁଁ କିଛି ଜାଣେ ନାହିଁ।

କିନ୍ତୁ ଆପଣଙ୍କର କଥାର ଢଙ୍ଗ ଏବଂ ମୁଖର ଚେହେରା କହୁଛି ଆପଣ ସେ ବିଷୟରେ କିଛି ଜାଣନ୍ତି, ପେଗୁର ବୃଦ୍ଧ ରାଜା କହିଲେ।

ବାଲିରାଜା କହିଲେ, ପ୍ରକୃତରେ ଭଗବାନ ବୃଦ୍ଧଙ୍କୁ ଏହି ଯେଉଁ ପ୍ରଶଂସନୀୟ ଗୁଣ ଦେଇଛନ୍ତି ତାହା ଦ୍ୱାରା ସେ ଯୁବକର ମୁଖର ପରିବର୍ତ୍ତନ, କଥାର ଢଙ୍ଗ ଦେଖି ମନର କଥା ବେଶ୍ ଅନୁମାନ କରି ପାରନ୍ତି। କ'ଣ କହୁଛନ୍ତି ସାଧବ ?

ସାଧବ ସେତେବେଳକୁ ପଥର ପରି ବସି ରହିଛନ୍ତି। ତାଙ୍କର ଏପରି ଅବସ୍ଥା

ଦେଖି ପେଗୁରାଜା କହିଲେ, ଏଥିରେ ତ ବାହାଦୁରି କିଛି ନାହିଁ। ଯୁବକ ସଂସାର ବିଷୟରେ ସମ୍ପୂର୍ଣ୍ଣ ଅନଭିଜ୍ଞ, କିନ୍ତୁ କେବଳ ସଂସାର ଜ୍ଞାନ ନିମନ୍ତେ ବୃଦ୍ଧ କୌଣସି କଥା ଶୀଘ୍ର ଅନୁମାନ କରି ନିଏ।

କିନ୍ତୁ ଅନୁମାନଟା ସବୁବେଳେ....... ସାଧବ କହିଲେ।

ବାଲିରାଜା ବାଧା ଦେଇ ସାଧବଙ୍କୁ ପଚାରିଲେ ଆପଣ ସେ ରମଣୀଙ୍କ ବିଷୟରେ କିଛି ଜାଣନ୍ତି କି? ମୁଁ ମୋର ଲୋକଙ୍କଠାରୁ ଶୁଣିଥିଲି ସେ ଭାରି ସୁନ୍ଦରୀ, ସ୍ୱର୍ଗର ଅପ୍ସରା।

ହୋଇଥିବେ ମୁଁ, ମୁଁ—ସେ କଥା—ସେ ବିଷୟ ଜାଣେ ନାହିଁ...

ଆପଣ ବିବାହିତ? ବୃଦ୍ଧ ହସି ହସି ବାଲିର ରାଜାଙ୍କୁ ପଚାରିଲେ।

ମୁଁ। କାହିଁକି?

ଏ ପ୍ରଶ୍ନ ପଚାରିବାର ଅଧିକାର ମୋର ନାହିଁ। ପଚାରିବାର କାରଣ, ସ୍ଥିର କରିବାକୁ ଯେ, ମୋର ଅନୁମାନ ଠିକ୍ କି ନୁହେଁ।

ଆପଣଙ୍କର ଅନୁମାନ କ'ଣ କହିବାରେ କିଛି ଆପତ୍ତି ଅଛି?

କିଛି ଆପତ୍ତି ନାହିଁ। ମୁଁ ଅନୁମାନ କରୁଛି, ଆପଣ ବିବାହିତ ନୁହନ୍ତି। ଯଦି ହୋଇଥାନ୍ତେ ତେବେ କୌଣସି ଜଣେ ସୁନ୍ଦରୀ ରମଣୀ ବିଷୟରେ ଏତେ ଜାଣିବାକୁ ଅସ୍ଥିର ହୁଅନ୍ତେ ନାହିଁ।

କଥା ନାରାୟଣ ସାଧବଙ୍କ ମନକୁ ପାଇଲା। ସେ ମୁଣ୍ଡ ଟୁଙ୍ଗାରି ପେଗୁରାଜାଙ୍କ ବାକ୍ୟର ସତ୍ୟତା ପ୍ରମାଣ କଲେ। ତାଙ୍କ ମୁଖର ଭାବ ତଥାପି କୌଣସିମତେ ପରିବର୍ତ୍ତିତ ହେବାର ଦେଖାଗଲା ନାହିଁ। କିପରି ପେଗୁରାଜଭବନରୁ ମୁକ୍ତ ହୋଇ ଯିବେ ଏହାହିଁ ଚିନ୍ତା କରିବାକୁ ଲାଗିଲେ।

କିଛି ସମୟ ଚିନ୍ତାକରି ବାଲିରାଜା କହିଲେ, ମୁଁ ତ ଅସ୍ଥିରତା ଦେଖାଇ ନାହିଁ। ପଚାରି ଦେଲି କଥା ପ୍ରସଙ୍ଗରେ। ମୁଁ ଅନୁମାନ କରୁଛି, ପ୍ରତ୍ୟେକ ମନୁଷ୍ୟର ପ୍ରକୃତି ଏପରି। ଗୋଟିଏ ପ୍ରସଙ୍ଗର କଥୋପକଥନ କରୁ କରୁ ଅନ୍ୟ ପ୍ରସଙ୍ଗକୁ ଡେଇଁପଡ଼େ ଏକାଥରେ।

ଯାଉ ସେ କଥା, ବର୍ତ୍ତମାନ କହନ୍ତୁ ଆପଣ ବିବାହିତ କି?

ତା ମୁଁ ଠିକ୍ କହି ପାରୁନାହିଁ।

ଠିକ୍ କହି ପାରୁନାହାନ୍ତି ଆପଣ ନିଜେ ବିବାହିତ କି ନୁହନ୍ତି!

ଆଶ୍ଚର୍ଯ୍ୟ?

ଆଶ୍ଚର୍ଯ୍ୟର କୌଣସି କଥା ନାହିଁ। ଶୁଣନ୍ତୁ, ମୁଁ ଯାହାକୁ ବିବାହିତ ବୋଲି

ମନେ କରିଥିଲି, କହିବାରେ ଭୁଲ ହେଲା । ମୁଁ ଜୀବନର ପ୍ରଥମ କରି ଯାହାକୁ ଭଲ ପାଇଥିଲି, ଆଶାକରେ ସ୍ତ୍ରୀ ଜାତିକୁ ଭଲ ପାଇବାର ସେହି ମୋର ଶେଷ ଏବଂ ସ୍ଥିର କରି ଜାଣିଲି ଯେ ସେ ମୋତେ ଜୀବନରୁ ଅଧିକ ଭଲପାଏ । ତାକୁ ଜଣେ ବିଖ୍ୟାତ ବଣିକ-ଦସ୍ୟୁ ମୋର ଅନୁପସ୍ଥିତିରେ ହରଣ କରି ନେଇଛନ୍ତି ।

ଆଃ, ପାପିଷ୍ଠ ।

ସେ ଯେ ନିଜକୁ ପାପିଷ୍ଠ ବୋଲି ମନେ କରେ ନାହିଁ । ଆମର ବିବାହର ସମସ୍ତ ଆୟୋଜନ ହୋଇ ସାରିଥିଲା । ଭାବିଥିଲି ଆମ ଦୁଇଜଣଙ୍କର ପ୍ରାଣର ମିଳନ ହୋଇ ସାରିଥିଲା; ବାକି ଥିଲା ବାହ୍ୟିକ ହସ୍ତର ମିଳନ । ଏହି ସମୟରେ ବଣିକ-ଦସ୍ୟୁ ତାକୁ ହରଣ କରି ନେଲେ ।

ହାଃ, ହତଭାଗ୍ୟ । ଏବେ ବୁଝିଲି ଆପଣ ସେ ବନ୍ଦିନୀ ବିଷୟରେ ଜାଣିବାକୁ ଏତେ ଅସ୍ଥିର ହୋଇଥିଲେ କାହିଁକି ? ମୋତେ କ୍ଷମା କରନ୍ତୁ, ବିନୟୀ ହୋଇ ବୃଦ୍ଧ କହିଲେ । ତାଙ୍କର ଚକ୍ଷୁରେ ସହାନୁଭୂତିର ସଂକେତ ଦେଖାଗଲା ।

ନା, ସେ ବନ୍ଦିନୀ ସଙ୍ଗେ ମୋର କୌଣସି ସମ୍ପର୍କ ନାହିଁ । ମୁଁ ଜାଣେ ଯାହାର ଆତ୍ମା ସଙ୍ଗେ ମୋ ଆତ୍ମା ମିଳିତ ବୋଲି ଭାବିଥିଲି ସେ ମୋତେ ତା ହୃଦୟରୁ ବିଚ୍ଛିନ୍ନ କରି ଅନ୍ୟକୁ ସେ ସ୍ଥାନରେ ବସାଇଛି । ସେ ବିବାହିତା ।

ବିବାହିତା ! ପାପିୟସୀ ବିଶ୍ୱାସଘାତକ !

ସେହିଦିନଠାରୁ—ନା—ଏହି ଖବର ଶୁଣିଲା ଦିନଠାରୁ ମୋର ସ୍ତ୍ରୀ ଜାତି ଉପରେ ଘୃଣା ଜନ୍ମିଛି । ମୁଁ ଭାବେ ଭଗବାନଙ୍କର ସୃଷ୍ଟିରେ ସ୍ତ୍ରୀ ଜାତି କେବଳ ନରକର କୀଟ ।

ମାତୃଜାତି ପ୍ରତି ଏପରି ଅବମାନନା ଦେଖାଇବେ ନାହିଁ । ଆପଣ ଯୁବକ, ତେଣୁ ମାତୃଜାତିର ମହତ୍ତ୍ୱ ବୁଝି ପାରିବେ ନାହିଁ । ସେମାନେ ନରକର କୀଟ ନୁହନ୍ତି, ସେମାନେ ମୂର୍ତ୍ତିମତି ଦୟା, କ୍ଷମା, ଲକ୍ଷ୍ମୀ— ।

ଆପଣଙ୍କର ଏ ଭ୍ରମ ଧାରଣା ଶୀଘ୍ର ସଂଶୋଧିତ କରିଦେବି । ଶୁଣିବାକୁ ଚାହାନ୍ତି ? ଶୁଣନ୍ତୁ । ସେ ରମଣୀ କାହାକୁ ବିବାହିତା ଜାଣନ୍ତି ? ଯେଉଁ ବଣିକ୍-ଦସ୍ୟୁ ତାକୁ ହରଣ କରିଥିଲେ, ସେ ତାମ୍ରଲିପ୍ତର ଜଣେ ବିଖ୍ୟାତ ସାଧବ ।

ବାଲିରାଜା ଏତକ ଉଚ୍ଚାରଣ କରିବା ସଙ୍ଗେ ସଙ୍ଗେ ନାରାୟଣ ସାଧବ ଚିତ୍କାର କରି ଉଠିଲେ, ଓଃ ! ଜଣାଗଲା ଯେପରି ତାଙ୍କର ମସ୍ତିଷ୍କରେ ସହସ୍ର ବୃଶ୍ଚିକ ଦଂଶନ କରୁଛନ୍ତି ।

ଉଭୟ ବାଲିରାଜା ଏବଂ ପେଗୁରାଜାଙ୍କର ଦୃଷ୍ଟି ସେ ସାଧବଙ୍କ ଆଡ଼କୁ ଆକୃଷ୍ଟ ହେଲା ।

ସାଧବ ଚିନ୍ତା କରୁଛନ୍ତି, ଏ ବାଲିରାଜା କିଏ ? ମୋ ବିଷୟରେ ସେ ଏତେ ଗୁଡ଼ାଏ ଜାଣିଲେ କିପରି ? କଳିଙ୍ଗ ଉପକୂଳସ୍ଥ ବାଲୁକା ପ୍ରାନ୍ତରେ ଦରିଦ୍ର ମଣିଆଁ ସଙ୍ଗେ ବାଲିରାଜାଙ୍କର ସମ୍ପର୍କ କଣ ? ମଣିଆଁ ବର୍ତ୍ତମାନ ସୂର୍ଯ୍ୟ ଦ୍ୱୀପରେ ବନ୍ଦୀ । ତେବେ ବାଲିରାଜା ମଣିଆଁ ବିଷୟରେ ଏତେ କଥା ଯୋଗାଡ଼ କଲେ କିପରି ? ହଁ ବୁଝିଲି । ମୋର ଲୋକମାନେ ବୋଇତରେ ଚଞ୍ଚଳାକୁ ନେଇ ବାଲିଦ୍ୱୀପର ପୂର୍ବ ଉପକୂଳରେ ଛାଡ଼ି ଆସିଥିଲେ । ବୋଧହୁଏ ବାଲିରାଜା, ଚଞ୍ଚଳାକୁ ପାଇ ତାଠାରୁ ସମସ୍ତ ଖବର ବୁଝିଛନ୍ତି । ଚଞ୍ଚଳା ଯେ ଉଭୟ ସୁଶୀଳା ଏବଂ ମଣିଆଁ ବିଷୟରେ ଜାଣେ ଏହା ନିଶ୍ଚୟ । କାରଣ ଚଞ୍ଚଳା ସୁଶୀଳାର ସାଙ୍ଗ । ମାତ୍ର ସେ ପର ଜୀବନର ଘଟଣା ଜାଣିଲା କିପରି ? ମୁଁ ଭାରି ମୂର୍ଖ । ଚଞ୍ଚଳା ପରି ଜଣେ ସାଧାରଣ ରମଣୀକୁ ମାରି ସମୁଦ୍ର ଭିତରେ ପକାଇ ଦେଇଥିଲେ ଏତେ ଚିନ୍ତା ଆଜି କରିବାକୁ ପଡ଼ନ୍ତା ନାହିଁ । ଏତେ ଅପମାନ ସହିବାକୁ ହୁଅନ୍ତା ନାହିଁ । ଆଚ୍ଛା ମଣିଆଁର ଜୀବନ ସଙ୍ଗେ ବାଲିରାଜାଙ୍କ ଜୀବନର କି ସମ୍ପର୍କ । ସେ ମଣିଆଁ ଜୀବନର ପ୍ରତ୍ୟେକ ଘଟଣା ନିଜ ଜୀବନ ସଙ୍ଗେ ସଂଯୋଜିତ କରିବାକୁ ଚାହାନ୍ତି । କାହିଁକି ? ଏହା ମୋର ଭ୍ରମ ହୋଇପାରେ । ବାଲିରାଜାଙ୍କ ଜୀବନ ହୁଏତ ମଣିଆଁ ଜୀବନ ପରି ଦୁଃଖମୟ ହୋଇ ପାରେ । ତାଙ୍କର ସ୍ତ୍ରୀଙ୍କୁ ତାମ୍ରଲିପ୍ତର ଅନ୍ୟ କେହି ଦସ୍ୟୁ ସାଧବ ହୁଏତ ବାଲିରୁ ହରଣ କରି ଆଣି ଥାଇ ପାରନ୍ତି ।

ସାଧବଙ୍କର ମୁଖ ଉଜ୍ଜ୍ୱଳ ଦେଖାଗଲା । ସେ ଗୃହର ନୀରବତା ଭଙ୍ଗକରି ପେଗୁର ରାଜାଙ୍କୁ କହିଲେ, ବିଳମ୍ୱ ହେଲାଣି । ବର୍ତ୍ତମାନ ମେଲାଣି ଦିଅନ୍ତୁ । ଅନ୍ତଃପୁରକୁ ସମ୍ବାଦ ପଠାନ୍ତୁ । ବୋଧହୁଏ ଏଥର ଆଉ ଆପଣଙ୍କ ସଙ୍ଗେ ଦେଖା କରି ପାରିବି ନାହିଁ ।

ପେଗୁରାଜା ଘଣ୍ଟି ଧ୍ୱନି କରିବା ସଙ୍ଗେ ସଙ୍ଗେ ବାହାରୁ ପ୍ରହରୀ ଆସି ଛାମୁରେ ହାଜର ହେଲା । ରାଜା ଆଦେଶ ଦେଲେ, ଯା ସବାରୀ ପ୍ରସ୍ତୁତ କର, ଅନ୍ତଃପୁରକୁ ଦାସୀ ହାତରେ ଖବର ଦେଇପଠା ସାଧବଙ୍କର ସ୍ତ୍ରୀ ଆସିବେ । ସେ ଯିବାକୁ ଉଚ୍ଛନ୍ନ ହେଲେଣି ।

ପ୍ରହରୀ ପ୍ରଣାମ କରି ଚାଲିଯିବା ପରେ ନାରାୟଣ ସାଧବଙ୍କର ହାତଧରି କହିଲେ, ଆପଣଙ୍କୁ ଡାକିବାର କାରଣ ବର୍ତ୍ତମାନ ସୁଦ୍ଧା ଜଣାଇ ନାହିଁ । ପ୍ରାୟ ଏକମାସ ପୂର୍ବେ ମୁଁ ଉତ୍କଳରୁ ସମ୍ବାଦ ପାଇଛି—ତାମ୍ରଲିପ୍ତଠାରେ ପ୍ରକାଣ୍ଡ ବଣିକ ସଭା ଏହିବର୍ଷ କାର୍ତ୍ତିକ ପୂର୍ଣ୍ଣିମା ଦିନ ବସିବ । ସ୍ୱୟଂ ଉତ୍କଳ ସମ୍ରାଟ ସଭାପତିର ଆସନ ଗ୍ରହଣ କରିବେ ବୋଲି ଦୟାକରି ସ୍ୱୀକାର କରିଛନ୍ତି । କୈବର୍ତ୍ତରାଜା କାହ୍ନୁ ଭୂୟାଁ ତାମ୍ରଲିପ୍ତ ଫେରନ୍ତା ବା ତାମ୍ରଲିପ୍ତ ଯାତ୍ରାକାରୀ ସାଧବମାନଙ୍କୁ ଅଭ୍ୟର୍ଥନା କରିବାର ଭାର ସ୍ୱୟଂ ଗ୍ରହଣ କରିଛନ୍ତି । ଏହା ତାମ୍ରଲିପ୍ତ ରାଜାଙ୍କର ଉଦାରତା । ଆଶାକରେ ଆପଣ ସଭାରେ ଯୋଗ

ଦେବେ। କାହ୍ନୁ ଭୂୟାଁ ମୋ ପାଖକୁ ସମ୍ବାଦ ପଠାଇ ଅନୁରୋଧ କରିଥିଲେ, ଏ ଦେଶରେ ଭାରତୀୟ ହେଉ କିମ୍ବା ଅନ୍ୟ କୌଣସି ଦେଶୀୟ ବଣିକ ହେଉ ସମସ୍ତଙ୍କୁ ଏ ସମ୍ବାଦ ଦେବେ। ବୋଧହୁଏ ସେ ଅନ୍ୟାନ୍ୟ ଦେଶମାନଙ୍କୁ ଏହିପରି ସମ୍ବାଦ ପଠାଇ ଥିବେ। ଆପଣ କାର୍ତ୍ତିକ ପୂର୍ଣ୍ଣିମା ଦିନ ତାମ୍ରଲିପ୍ତରେ ଉପସ୍ଥିତ ହୋଇ ପାରିବେ ତ?

ସାଧବ କହିଲେ, ନିଶ୍ଚୟ! ତେବେ କାଲି ଆମ୍ଭମାନଙ୍କୁ ବ୍ରହ୍ମଦେଶ ତ୍ୟାଗ କରିବାକୁ ପଡ଼ିବ। ଆଶ୍ୱିନ ପୂର୍ଣ୍ଣିମା ଆଜିକି ତିନି ଦିନ ଅଛି। ଆଜି ଶନିବାର। ଯଥେଷ୍ଟ ସମୟ ରହିଛି, ତଥାପି ଆଗରୁ ଯାଇ ତାମ୍ରଲିପ୍ତରେ ଉପସ୍ଥିତି ଆବଶ୍ୟକ। ସାଧବ ସଭା କିପରି ହେବ, ତାହାର ଅୟୋଜନ କରିବା ଦରକାର। ଏହା କ'ଣ ଆମର କାର୍ଯ୍ୟ ନୁହେଁ? ପ୍ରକୃତରେ ଦିନକୁ ଦିନ ଭାରତୀୟ ବାଣିଜ୍ୟ ଯେପରି କମି ଆସୁଛି, ଏପରି ସଭା ସମିତି ଦ୍ୱାରା ସାଧବମାନଙ୍କୁ ଉତ୍ସାହିତ ନ କରିଲେ କିଛି ଦିନପରେ ଭାରତୀୟ ବାଣିଜ୍ୟ ଲୋପ ପାଇବ ଦେଖୁଛି। ଦୁଇଶ ବର୍ଷ ପୂର୍ବେ ଯେପରି ଭାରତ ମହାସାଗର ବୋଇତରେ ପୂର୍ଣ୍ଣ ଥିଲା, ଆଜି ତାହା ନାହିଁ। ତେଣେ ଭାରତ ସମ୍ରାଟ ହର୍ଷବର୍ଦ୍ଧନ ନିଜର ଉଚ୍ଚାଶା ପୂରଣ କରିବାକୁ ଅସ୍ଥିର ହୋଇ ଅଯଥା ଲୋକକ୍ଷୟରେ ଲାଗିଛନ୍ତି। ଏଣେ ସ୍ୱାଧୀନ ଉତ୍କଳ ହର୍ଷବର୍ଦ୍ଧନଙ୍କର କ୍ଷମତା ସ୍ୱୀକାର ନ କରି ବୃଥା ଧନବ୍ୟୟ କରି ଏକାମ୍ରରେ ପ୍ରକାଣ୍ଡ ଶିବ ମନ୍ଦିର ନିର୍ମାଣ କରିବାରେ ଲାଗି ଯାଇଛି। ସମୁଦ୍ରରେ ବାଣିଜ୍ୟ କରିବା ଭାରି ବିପଜ୍ଜନକ ହୋଇ ପଡ଼ିଲାଣି। ଜାଭା, ବାଲି, ପ୍ରଭୃତିର କଥା ଦୂରେ ଥାଉ ତାମ୍ରପର୍ଣ୍ଣୀର ଅନୁରାଧାପୁର ସଙ୍ଗେ ବାଣିଜ୍ୟ କରିବା, ଜଳଦସ୍ୟୁଙ୍କ ପ୍ରଭାବରୁ ବିପଦପୂର୍ଣ୍ଣ ହୋଇ ପଡ଼ିଲାଣି। ଅତଏବ ଏପରି ସମୟରେ ତାମ୍ରଲିପ୍ତଠାରେ ସାଧବ ସଭା କରି ଏ ସମସ୍ତ ବିଷୟର ସମାଧାନ କରିବା ନିତାନ୍ତ ଆବଶ୍ୟକ।

ହଁ, ନିତାନ୍ତ ଆବଶ୍ୟକ। ତେବେ ଆପଣ କହି ପାରିବେ କି ସେ ଜଳ ଦସ୍ୟୁମାନେ କିଏ? ଏବଂ ସେମାନଙ୍କୁ ଦମନ କରିବାର କୌଣସି ଉପାୟ ଅଛି କି? ବାଲିରାଜା ସାଧବଙ୍କ ମୁହଁକୁ ଅନାଇଁ ହସି ହସି ପଚାରିଲେ।

ସାଧବ କିଛିକ୍ଷଣ ନୀରବ ରହିବା ପରେ ଧୀରେ ଧୀରେ ଭୟ ବିଜଡ଼ିତ କଣ୍ଠରେ କହିଲେ, ଯଦି ଦସ୍ୟୁମାନଙ୍କୁ ଚିହ୍ନିବାର କୌଣସି ଉପାୟ ଥାନ୍ତା, ସେମାନେ ସମୁଦ୍ରରେ ଏତେ ଉପଦ୍ରବ କରୁଥାନ୍ତେ କି? ସହଜରେ ଦମନ କରି ହୁଅନ୍ତା।

ଯଥାର୍ଥ କହିଛନ୍ତି। ସମୁଦ୍ରରେ ଏତେ ଉପଦ୍ରବ କରୁଥାନ୍ତେ କି? ସୂର୍ଯ୍ୟଦ୍ୱୀପ ପରି ନିରୋଳା ସ୍ଥାନରେ ନିର୍ଦ୍ଦୋଷ ପ୍ରାଣୀଙ୍କୁ ବନ୍ଦୀକରି ନରକ ଯନ୍ତ୍ରଣା ଦିଆଉଥାନ୍ତେ କି?

ସୂର୍ଯ୍ୟ ଦ୍ୱୀପର ନାମ ଶୁଣିବା ସଙ୍ଗେ ସଙ୍ଗେ ନାରାୟଣ ସାଧବ ଚମକି ପଡ଼ିଲେ।

ଚଉକିରୁ ଉଠି ଠିଆହୋଇ ସମୟ ଓ ସ୍ଥାନର ଗୁରୁତ୍ୱ ବୁଝି ନିଜର ଏପରି ଢଙ୍ଗକୁ ବୁଝାଇବାକୁ ପଚାରିଲେ, ସୂର୍ଯ୍ୟଦ୍ୱୀପ କେଉଁଠି ? ମୁଁ ତ ଏ ନାମ ଆଉ କେଭେ ଶୁଣି ନାହିଁ ?

ଏହାର କାରଣ ଆପଣ ଆଖିରେ ଅନାଇଁ କାନରେ ହାତ ଦେଇ, ନିଜ କାର୍ଯ୍ୟ କରନ୍ତି। ନୋହିଲେ ସୂର୍ଯ୍ୟଦ୍ୱୀପର ଆର୍ତ୍ତନାଦ ଆପଣଙ୍କ ମନ ଏବଂ ହୃଦୟକୁ ତରଳାଇ ଦିଅନ୍ତା। ବାଲିରାଜା ଜୋର କରି କହିଲେ।

ନାରାୟଣ ସାଧବ ବିସ୍ମିତ ହୋଇ ବାଲିରାଜାଙ୍କର ଆପାଦମସ୍ତକ ନିରୀକ୍ଷଣ କରିବାରେ ଲାଗିଗଲେ। ଏହି ସମୟରେ ପ୍ରହରୀ ଆସି ଜଣାଇଲା, ସବାରି ପ୍ରସ୍ତୁତ ଅଛି। ସାଧବ ପତ୍ନୀ ସବାରିରେ ବସି ଅପେକ୍ଷା କରିଛନ୍ତି।

ତିନିଜଣ ଯାକ ଏକାସଙ୍ଗେ ଉଠିଲେ। ବାଲିରାଜା ନାରାୟଣ ସାଧବଙ୍କର ଦକ୍ଷିଣ ହସ୍ତର ପାପୁଲି ମୁଠାଇ ଧରି କହିଲେ, ବନ୍ଧୁ, ଭୁଲିଯିବ ନାହିଁ। ଆଉ କେବେ ଦେଖା ହେଉଛି କେଜାଣି।

ନାରାୟଣ ସାଧବ ଶୁଖିଲା ହସ ହସି ନଜ ହାତକୁ ବାଲିରାଜାଙ୍କର ହାତରୁ ମୁକ୍ତକରି କହିଲେ, ବୋଧହୁଏ ତାମ୍ରଲିପ୍ତରେ ସାକ୍ଷାତ ହେବ। ଆପଣ ସେଠାରେ ମୋ ଆଗରୁ ପହଞ୍ଚିବେ। କାରଣ ଆପଣ ଆଜି ବାହାରୁଛନ୍ତି।

ନା, ମୋର ଟିକିଏ ଡେରି ହୋଇ ପାରେ। ବାଟରେ ମୋର କାର୍ଯ୍ୟ ଅଛି।

ତାମ୍ରଲିପ୍ତରେ ଆପଣଙ୍କୁ ମୁଁ ଅପେକ୍ଷା କରି ରହିଥିବି। ଆଶାକରେ ସେଠାରେ ଆପଣ ମୋର ଆତିଥ୍ୟ ଗ୍ରହଣ କରିବେ।

ନିଶ୍ଚୟ, ଆପଣଙ୍କ ପରି ଦୟାବାନ ସାଧବଙ୍କର ଅତିଥି ହେବା କାହା ଭାଗ୍ୟରେ ଘଟେ ?

ବିଦାୟ ଗ୍ରହଣ କରି ନାରାୟଣ ସାଧବ ସବାରି ଚଢ଼ି ଆଗେ ଆଗେ ଚାଲିଲେ। ସାଧବ ପତ୍ନୀଙ୍କର ସବାରି ପଛରେ ଚାଲିଲା। ବାଲିରାଜା ଏବଂ ପେଗୁରାଜା। ସିଂହଦ୍ୱାରରେ ଠିଆ ହୋଇ ସେମାନଙ୍କୁ ଅନାଇଁ ରହିଲେ।

ଅଳ୍ପଦୂର ଯିବାପରେ ସାଧବାଣୀ ସବାରିରୁ ମୁହଁ କାଢ଼ି ପଦାକୁ ଚାହିଁଲେ। ବାଲିରାଜା ସାଧବାଣୀଙ୍କୁ ଏକ ମୁହୂର୍ତ୍ତ ନିମନ୍ତେ ଦେଖି ପାରିଛନ୍ତି। ପେଗୁର ରାଜା ଅନ୍ୟ ଆଡ଼କୁ ଅନାଇଁ ଥିଲେ, ତେଣୁ ସେ କିଛି ଦେଖି ପାରିଲେ ନାହିଁ। ହଠାତ୍ ବାଲିରାଜା ଅବୋଧ ଭାଷାରେ କଣ ଚିତ୍କାର କରି ଉଠିଲେ। ସଙ୍ଗେ ସଙ୍ଗେ ତରବାରୀ ଖୋଳରୁ କାଢ଼ି ଦୁଇପାଦ ଆଗକୁ ଅଗ୍ରସର ହେଲେ। ଆଉ ଯାଇ ପାରିଲେ ନାହିଁ। ପେଗୁରାଜା ଯେ ଆଗରେ ଠିଆହୋଇ ବାଟ ଓଗାଳି ପଚାରିଛନ୍ତି, କଥା କ'ଣ ?

ବାଲିରାଜା ହୃଦୟରେ ହସ୍ତ ସ୍ଥାପନ କରି ନୀରବରେ ଦଣ୍ଡାୟମାନ ରହିଲେ। ସେ ଧୈର୍ଯ୍ୟ ଧରି ତରବାରୀ ଖୋଳରେ ପୂରାଇଲେ। ପେଗୁରାଜାଙ୍କ ପ୍ରଶ୍ନର କୌଣସି ଉତ୍ତର ନ ଦେଇ, ନମସ୍କାର କରି ଧୀରେ ଧୀରେ, ଚାଲିଗଲେ, ନାରାୟଣ ସାଧବ ଯାଉଥିବା ରାସ୍ତାର ବିପରୀତ ଦିଗକୁ।

ବାଲିରାଜାଙ୍କର ଆଦେଶ ମତେ ନିଶୁଆ ଲୋକଟି ଆସି ହାତ ଯୋଡ଼ି ପାଖରେ ଠିଆହେଲେ। ଭୟରେ ତାଙ୍କର ଦେହରୁ ରକ୍ତ ଶୁଖି ଯାଇଥିଲା। ବାଲିରାଜା ତାଙ୍କୁ ନିକଟରେ ବସିବାକୁ ଅନୁରୋଧ କଲେ, ମାତ୍ର ସେ ନ ବସି ପୂର୍ବପରି ଠିଆହୋଇ ରହିଲେ। ବାଲିରାଜା ପଚାରିଲେ, ତୁମେ କିଏ ?

ହାତକୁ ହାତରେ ଘଷି ଭଦ୍ରଲୋକ ଭୟ ବିହ୍ୱଳ ସ୍ୱରରେ କହିଲେ, ଆଜ୍ଞା, ମୁଁ ଆଜ୍ଞା।

ତମର ଭୟର କାରଣ ନାହିଁ। ମୁଁ ଯାହା ପଚାରୁଛି ଉତ୍ତର ଦିଅ।

ଆଜ୍ଞା, ମୁଁ ପାଞ୍ଜିଆ। ଏଠାରେ ମୁଁ ହିସାବପତ୍ର ରଖେ। ଏମାନଙ୍କର ଚଳାଚଳ ନିମନ୍ତେ ମୁଁ ଭଣ୍ଡାରରୁ ସରଞ୍ଜାମ କାଢ଼ିଦିଏ। ମୋର କେଉଁ ଦୋଷ ? ମୁଁ ନୌକର ଲୋକ।

ମୁଁ ସେଇଆ କହୁଚି ତମର ଦୋଷ ନାହିଁ। ତେମେ ମୋର ପ୍ରଶ୍ନର ଠିକ୍ ଠିକ୍ ଉତ୍ତର ଦିଅ।

ଆଜ୍ଞା, କଅଣ ପଚାରିବା ହେଉନ୍ତୁ।

ପ୍ରଥମେ କହ, ଏଠାରେ ବର୍ତ୍ତମାନ କେତେ ଜଣ ବନ୍ଦୀ ଅଛନ୍ତି।

ଆପଣଙ୍କର ପ୍ରଶ୍ନର ଉତ୍ତର ଦେବାକୁ ମୁଁ କ'ଣ ବାଧ୍ୟ ?

ନିଶ୍ଚୟ ବାଧ୍ୟ, ଯଦି ଜୀବନର ଲୋଭ ଥାଏ। ତମର ଖୁସି। ଦୁଇଟିରୁ ଗୋଟିକୁ ତମୁକୁ ବାଛି ନେବାକୁ ହେବ। ତମର ମୃତ୍ୟୁ ଲୋଡ଼ା କି ମୋର ପ୍ରଶ୍ନର ଉତ୍ତର ଦେଇ ଜୀବନ ଲୋଡ଼ା।

ଆପଣ କ'ଣ ପ୍ରତିଜ୍ଞା କରୁଛନ୍ତି ମୋର ଜୀବନ ରକ୍ଷାକରି ପାରିବେ ? ନାରାୟଣ ସାଧବଙ୍କ ଆଦେଶ, କୌଣସି ବାହାରିଆ ଲୋକକୁ ଆମର ଗୋପନୀୟ କଥା ପ୍ରକାଶ ନ କରିବା। ଯଦି ପ୍ରକାଶ କରେ ତେବେ ମୋର ଏ ମୁଣ୍ଡ ନାରାୟଣ ସାଧବଙ୍କ ଖଣ୍ଡା ଦାଢ଼ରେ ପଡ଼ିବ। ମୋ ମୁଣ୍ଡ ତାଙ୍କ ହାତରୁ ରକ୍ଷାକରି ପାରିବେ ତ କହନ୍ତୁ।

ପ୍ରତିଜ୍ଞା କରୁଛି, ତମର ଜୀବନ ନାରାୟଣ ସାଧବଙ୍କ ଖଣ୍ଡା ଦାଢ଼ରେ ଯିବନାହିଁ। ବର୍ତ୍ତମାନ ମୋର ପ୍ରଶ୍ନଗୁଡ଼ିକର ଉତ୍ତର ଦେବାକୁ ପ୍ରସ୍ତୁତ ତ ? ତେବେ କହ, ବର୍ତ୍ତମାନ ଏଠାରେ କେତେ ଜଣ ବନ୍ଦୀ ଅଛନ୍ତି ? କେତେ ଜଣ ପ୍ରହରୀ ଅଛନ୍ତି ? ତୁମେ କେତେ ଦିନ ହେଲା ଏଠାରେ ଅଛ ? ନାରାୟଣ ସାଧବ ଶେଷ ଥର ଏଠାକୁ କେବେ ଆସିଥିଲେ ? ତାଙ୍କ ସଙ୍ଗରେ ଆଉ କେହି ଥିଲେ କି ନାହିଁ ? ବନ୍ଦୀମାନଙ୍କ ନାମ କ'ଣ ଏବଂ ସେମାନେ କେଉଁଠିକାର ଲୋକ ? ଏହାର କୌଣସି ତାଲିକା ରଖିଛ କି ?

ଆପଣଙ୍କର ଏତେଗୁଡ଼ିଏ ପ୍ରଶ୍ନର ଉତ୍ତର ମୁଁ ଏକାଥରେ ଦେଇ ପାରିବି ନାହିଁ। ଗୋଟି ଗୋଟି କରି ପଚାରନ୍ତୁ। ମୁଁ ପ୍ରଶ୍ନର ଉତ୍ତର ଦେବାକୁ ରାଜି।

ଆଚ୍ଛା, ଏଠାରେ କେତେ ଜଣ ବନ୍ଦୀ ଅଛନ୍ତି ?

ପାଞ୍ଚଶ ତିରିଶ। ଚାରି ମାସ ପୂର୍ବେ ପାଞ୍ଚଶ ପଇଁତ୍ରିଶ ଜଣ ଥିଲେ। ଏମାନଙ୍କ ମଧ୍ୟରୁ ଆଜି ସୁଦ୍ଧା ପାଞ୍ଚ ଜଣ ମରି ଯାଇଛନ୍ତି।

କିଛି ସମୟ ଚିନ୍ତାକରି ବାଲିରାଜା ପଚାରିଲେ, ଠିକ୍ ଖବର ରଖିଛ ପାଞ୍ଚ ଜଣ ମରି ଯାଇଛନ୍ତି ? ମୋ ଆଗରେ ମିଛ କଥା କହୁନା ତ ?

ଭୀତ ହୋଇ ପାଞ୍ଜିଆ କହିଲା, ମୁଁ ତେବେ ଭୁଲ କହିଲି ନା କଣ ? ହଁ ଭୁଲ କହିଛି। ଚାରି ଜଣ ମରି ଯାଇଛନ୍ତି, ଆଉ ଜଣେ—ଆଉ ଜଣେ—।

ଆଉ ଜଣେ ?

ମୋର ସେଥିରେ କି ଦୋଷ ? ସେ ଚଲାଖି କରି ପଳାଇଛି।

ପଳାଇଛି ? ବେଶ୍ ଚିତା କାଟିଛି ତ। ଏବେ କହ ଯେଉଁ ଚାରି ଜଣ ମରି ଯାଇଛନ୍ତି—ସେମାନେ କିଏ ?

ଜଣେ ଲୋକ ହ୍ୟାଉଁ ମ୍ୟାଉଁ କରି କଥା କହେ। ତା କଥା ଆମର କେହି ବୁଝିପାରନ୍ତି ନାହିଁ। ସେ ମୋଟେ ଦୁଇ ଦିନ ହେଲା ମରିଛି। ତା ପୂର୍ବରୁ ଯେ ମରିଥିଲା ସେ ସବୁବେଳେ ଆହ୍ଲା, ଆହ୍ଲା, କହି ଉଚ୍ଚ ସ୍ୱରରେ ଚିତ୍କାର କରୁଥାଏ। ସେ ପ୍ରଥମରେ ଯେତେବେଳେ ଏଠାକୁ ଆସେ ଦେଖିବାକୁ ଭାରି ସବଳ, ଲମ୍ବା, ମିଷ୍ଟଭାଷୀ ଥିଲା। ଶୁଣିଲୁ ତା ଘର ପାରସ୍ୟ ଦେଶ। ସେ ଜଣେ ଧର୍ମପ୍ରଚାରକ ବଣିକ। ତାଙ୍କ ଧର୍ମ ନା, ଆହ୍ଲାଧର୍ମ। ଭାରତରେ ଏବଂ ପୂର୍ବ ଦେଶମାନଙ୍କରେ ଧର୍ମପ୍ରଚାର କରିବାକୁ ସେ ପାରସ୍ୟରୁ ଆସିଥିଲେ। ପରେ ନାରାୟଣ ସାଧବ ତାଙ୍କୁ କେଉଁଠାରୁ କିପରି ଆଣିଲେ ମୁଁ କହି ପାରିବି ନାହିଁ।

ତା ସାଙ୍ଗରେ ଆଉ କେହି ଥିଲେ ?

ସୁନାର ପ୍ରତିମା ପରି ଝିଅଟିଏ, ସେ ଅଛି।

ବାକି ଦୁଇ ଜଣ ?

ବାକି ଦୁଇ ଜଣଙ୍କ ମଧ୍ୟରୁ ଜଣେ ସୁନ୍ଦରୀ ସ୍ତ୍ରୀ। ଯେଉଁ ଦିନ ଆସିଲା ତା ପରଦିନଠାରୁ ପାଗଳ ହୋଇଗଲା। ସବୁବେଳେ ବକୁଥାଏ ମୋ ମଣିଆଁ କାହିଁ, ମୋ ସ୍ୱାମୀ କାହାନ୍ତି, ମୋତେ ମୋ ସ୍ୱାମୀଙ୍କ ଘରେ ବନ୍ଦିନୀ କରି ରଖ। ମୁଁ ବିନା ଆଦେଶରେ ତାହା କରନ୍ତି କିପରି ? ପ୍ରାୟ ଏହିପରି ଦୁଇ ଚାରି ଦିନ ବକିବା ପରେ ସେ ମରିଗଲା।

ବାଲିରାଜାଙ୍କର ଚକ୍ଷୁ ଲୋତକରେ ଢଳ ଢଳ ହେଲା। ନିକଟରେ ଉପବିଷ୍ଟା ଚଞ୍ଚଳା ଏବଂ ଟିକିଏ ଦୂରରେ ଦଣ୍ଡାୟମାନ ଅଜଙ୍ଗ ବାଲିରାଜାଙ୍କର ଏପରି ଆକସ୍ମିକ ଭାବ ଦେଖି ବିସ୍ମିତ ହେଲେ।

ଏବଂ ଅନ୍ୟ ଜଣକ ?

ଆଜ୍ଞା ମୁଁ ଆବାଲ୍ୟରୁ ଏଠାରେ ଅଛି। କେହି କେହି କହନ୍ତି ମୋର ଜନ୍ମ ଏହିଠାରେ। ନାରାୟଣ ସାଧବଙ୍କ ପିତାଙ୍କ ଅମଳରୁ ମୁଁ ଏହିଠାରେ କାର୍ଯ୍ୟକରି ଆସୁଛି।

ଗୁଡ଼ାଏ ବାଜେ ବକିବା ଅପେକ୍ଷା ମୋ ପ୍ରଶ୍ନର ଉତ୍ତର ଦିଅ।

ଆଜ୍ଞା ମୁଁ ବାଜେ ବକିଲି ନା କ'ଣ ? ମୋର କହିବାର କଥା ମୁଁ ଏତେଦିନ ଏଠାରେ ରହିଲି। ତା ପରି ଜଣେ ଚଲାଖ ଲୋକ ଦେଖି ନାହିଁ। ତାକୁ ନାରାୟଣ ସାଧବ କେଉଁଠାରୁ ଧରି ଆଣିଥିଲେ ମୁଁ ଜାଣେ ନା। ସେ ଏଠାରେ ଅନେକ ଦିନ ରହିଥିଲା। ଯେଉଁଦିନ ଯୁବକବନ୍ଦୀ କାନ୍ଥରେ କଣା କରି ଦୁଇ ଜଣଯାକ ସଲା ହୋଇ ଯୁବକ ପଳାଇଲା, ତାର ଦୁଇ ଦିନ ପରେ ସେ ମରିଗଲା।

ମରିଗଲେ ସତେରେ ? ନା ତୁମ୍ଭେମାନେ ତାକୁ ନିଜ ହାତରେ ମାରି ପକାଇଛ।

ମୁଁ କ'ଣ ମିଛରେ କହୁଛି ଆପଣଙ୍କ ଆଗରେ ? ଅବଶ୍ୟ ତା ଉପରେ ଆମେ ଭାରି ରାଗିଥିଲୁ। କିନ୍ତୁ ତାକୁ ମାରିବାକୁ ହାତ ଚଳିଲା ନାହିଁ। ତାକୁ ଦେଖି ଦେଖି ବୁଝି ପାରିଲୁ ସେ ଦିନେ ଦୁଇ ଦିନ ମଧ୍ୟରେ ମରିଯିବ। ଆମର କଥା ବି ସତ ହେଲା।

ବାଲିରାଜା ଚକ୍ଷୁରୁ ଜଳ ପୋଛିଲେ।

ଅଜଙ୍ଗ ପ୍ରଭୁର ଚକ୍ଷୁରେ ଲୋତକ ଦେଖି ନିକଟକୁ ଆସିଲା। ଗୋଡ଼ତଳେ ଲମ୍ବ ହୋଇ ପଡ଼ି କାତରତାପୂର୍ଣ୍ଣ ସ୍ୱରରେ ଚିତ୍କାର କରି କହିଲା, ରାଁ ଜୋଁ, କାଦୋ ନା।

ଅଜଙ୍ଗକୁ ତଳୁ ଉଠାଇ ବାଲିରାଜା ତାର ମୁହଁକୁ ସ୍ନେହପୂର୍ଣ୍ଣ ଚକ୍ଷୁରେ ଅନାଇ ହସି ଦେଲେ। ମାତ୍ର ଚକ୍ଷୁର ଲୋତକ ବନ୍ଦ ହେଲା ନାହିଁ। ପ୍ରଭୁର ମୁହଁରେ ହାସ୍ୟ ଦେଖି ଅଜଙ୍ଗ ସୁଖୀ ହୋଇ ନାଚି ନାଚି ଦୂରକୁ ଚାଲିଗଲା।

ବାଲିରାଜା ପଚାରିଲେ, ତୁମ୍ଭେମାନେ ଏଠାରେ କେତେ ଜଣ ପ୍ରହରୀ ଅଛ ?

ବନ୍ଦୀମାନଙ୍କୁ ଛାଡ଼ିଲେ ଅମେ ଏଠାରେ ସର୍ବମୋଟ, ଆଙ୍ଗୁଠି ଗଣି କିଛି ସମୟରେ ପାଞ୍ଜିଆ କହିଲେ, ସର୍ବମୋଟ ଚାଳିଶି ଜଣ। ପଚିଶି ଜଣ ଲୋକ, ପନ୍ଦର ଜଣ ମାଇକିନିଆଁ। ପିଲାଙ୍କୁ ଧରିବି ନା କଣ ? ପିଲାଙ୍କୁ ଗଣିଲେ ମୋଟ ପଚାଶ।

ଆଉ ତୁମକୁ କୌଣସି ପ୍ରଶ୍ନ ପଚାରିବା ଆବଶ୍ୟକ ମନେ କରୁନାହିଁ। ବର୍ତ୍ତମାନ ମୋର ଆଦେଶ ପାଳନ କରିବାକୁ ପ୍ରସ୍ତୁତ ହୁଅ। ଆଶାକରେ ଯାହା କହିବି ତାହା ସଙ୍ଗେ ସଙ୍ଗେ ପାଳନ କରିବ।

ଆପଣଙ୍କର ଆଜ୍ଞା ମୁଁ କେବେ ଅମାନ୍ୟ କରିବି ନାହିଁ। କହନ୍ତୁ କ'ଣ କରିବାକୁ ହେବ।

ବନ୍ଦୀମାନେ ଯେଉଁ ସବୁ କୋଠରୀମାନଙ୍କରେ ଜୀବନ୍ତ ସମାଧି ପାଇଛନ୍ତି ସେ ସବୁର ବାହାର ପାଖ ତାଲା ବନ୍ଦ ନୁହେଁ ତ ? ଯଦି ବନ୍ଦ ହେଇଥାଏ ସେ ସବୁର କଞ୍ଚି ମୋତେ ଦିଅ।

କୋଠରୀଗୁଡ଼ିକରେ ତାଲା ବନ୍ଦ ନାହିଁ, ସେପରି ଆଦେଶ ଆମେ ପାଇନୁ। ବାହାର ପାଖୁ ଜଞ୍ଜିର ବନ୍ଦ।

ମୋତେ ସେମାନଙ୍କ ପାଖକୁ ନେଇ ଚାଲ। ବିନା କାଳ ବ୍ୟୟରେ ମୁଁ ସେମାନଙ୍କୁ ମୁକ୍ତ କରିବି।

ମୋତେ ସେପରି ଆଦେଶ କାହିଁ ?

ମୁଁ ଆଦେଶ ଦେଉଛି।

ଆପଣ ନାରାୟଣ ସାଧବ ନା କଣ ?

ମୁଁ ତାଙ୍କର ବନ୍ଧୁ।

ନାରାୟଣ ସାଧବଙ୍କ ବନ୍ଧୁଙ୍କ କଥାରେ ଆମେ ତ ଆଉ ଜୀବନକୁ ପାଣି ଛଡ଼ାଇ ଦେବୁ ନାହିଁ। ମୁଁ ତାହା କରି ପାରିବି ନାହିଁ। ମତେ କ୍ଷମା କରନ୍ତୁ।

ତୁମେ ତାହା କରି ନ ପାର। ମୁଁ ନିଶ୍ଚୟ କରିବି। ଯାହା ଥରେ ପ୍ରତିଜ୍ଞା କରିଛି ତାହା କରିବି। ମୋ କାର୍ଯ୍ୟରେ ଯଦି ବାଧା ଦିଅ ପରେ ଫଳ କ'ଣ ହେବ ଜାଣ ? ଏଠାରେ ତୁମ୍ଭେମାନେ ମୋଟେ ପଚିଶ ଜଣ ଲୋକ। ମୋର ଲୋକସଂଖ୍ୟା ଢେର ଅଧିକ। ଯଦି ବାଧା ଦିଅ ନିଶ୍ଚୟ ସମସ୍ତେ ବନ୍ଦୀ ହୋଇ ତାମ୍ରଲିପ୍ତ ଯିବ।

ଆପଣ କିଏ ? ତାମ୍ରଲିପ୍ତ ଆମେ କାହିଁକି ଯିବୁ ?

ମୁଁ କିଏ ଏ ବିଷୟ ତୁମକୁ ଜଣାଇ ଦେବା ମୋର ଇଚ୍ଛା ନୁହେଁ। ଭଗବାନ ଯଦି ତୁମକୁ ବଞ୍ଚାଇ ରଖନ୍ତି, ତେବେ ମୋ ବିଷୟରେ ତମେ ଅନେକ କଥା ଜାଣି ପାରିବ। ଆସନ୍ତା କାର୍ତ୍ତିକ ପୂର୍ଣ୍ଣିମା ଦିନ ତାମ୍ରଲିପ୍ତଠାରେ ବଣିକ ସଭା ବସିବ। ଉତ୍କଳ

ସମ୍ରାଟ ସଭାପତିର ଆସନ ଗ୍ରହଣ କରିବେ। ତାଙ୍କର ସମ୍ମୁଖରେ ନାରାୟଣ ସାଧବଙ୍କ ବିପକ୍ଷରେ ଏହି ପାଞ୍ଚଶ ବନ୍ଦୀଙ୍କ ପକ୍ଷରୁ ମୁଁ ଅଭିଯୋଗ ଉତ୍‌ଥାପନ କରିବି। ଏହି ବନ୍ଦୀମାନେ ଓ ତୁମ୍ଭେମାନେ ସେଠାରେ ନାରାୟଣ ସାଧବଙ୍କ ବିପକ୍ଷରେ ସାକ୍ଷ୍ୟ ଦେବ।

ମୁଁ ଏହା କରି ପାରିବି ନାହିଁ। ମୋର ଖାମିନ୍ଦଙ୍କ ବିପକ୍ଷରେ ଜୀବନ ଥିବାଯାଏ ପଦେ ହେଲେ କଥା ମୋ ତୁଣ୍ଡରୁ ବାହାରିବ ନାହିଁ।

ବେଶ୍, ତାହା ତମର ବାହାଦୁରି, ବୀରତ୍ୱ। ଦେଖାଯାଉ ତମର ପ୍ରତିଜ୍ଞା ତମେ କେତେଦୂର ପାଳନ କରି ପାରିବ।

ଏତିକି କହି ବାଲିରାଜା ସମୁଦ୍ରକୂଳରୁ ବଙ୍କାରାସ୍ତା ଦେଇ ବନ୍ଦୀଶାଳା ଆଡ଼େ ଚାଲିଲେ। ତାଙ୍କ ପଛେ ପଛେ ଅଜଙ୍ଗ ଓ ଚଞ୍ଚଳା, ଶେଷରେ ନାବିକମାନେ।

ସେମାନେ ବନ୍ଦୀଶାଳାର ସମ୍ମୁଖରେ ଠିଆହୋଇ ଦେଖିଲେ ଦ୍ୱାର ବନ୍ଦ। ବନ୍ଦୀଶାଳା ଏପରି ଭାବରେ ପ୍ରସ୍ତୁତ ଯେ ଦରଜା ବ୍ୟତୀତ ଅନ୍ୟ କୌଣସି ପଥ ଦେଇ ଭିତରକୁ ପ୍ରବେଶ କରିବା ଅସମ୍ଭବ। ଦ୍ୱାର ପାଖରେ କୌଣସି ଲୋକର ପତ୍ତା ନାହିଁ। ବାଲିରାଜା ପାଞ୍ଜିଆକୁ ଅପେକ୍ଷା କରି ରହିଲେ।

ଅଥଚ ପାଞ୍ଜିଆ ଆସିଲେ ନାହିଁ। ନାବିକମାନେ ଉଚ୍ଛନ୍ନ ହୋଇ ବାଲିରାଜାଙ୍କ ଆଦେଶକୁ ଅପେକ୍ଷା କରି ରହିଲେ। ଟିକିଏ ଇସାରା ପାଇଲେ ଦ୍ୱାର ଭାଙ୍ଗି ଭିତରେ ପଶିବେ।

ଏହି ସମୟରେ ଅଜଙ୍ଗ ଧଇଁ ସଇଁ ହୋଇ ପଛଆଡୁ ଦଉଡ଼ି ଆସିଲା। ହାତରେ ତାର ଖଣ୍ଡେ ଜ୍ୱଳନ୍ତ-କାଷ୍ଠ। ସମସ୍ତେ ଆଶ୍ଚର୍ଯ୍ୟ ଭାବରେ ଅଜଙ୍ଗର କାର୍ଯ୍ୟ ଦେଖୁଥିଲେ। କେହି ବାଧା ଦେବାକୁ ସାହସ କଲେ ନାହିଁ ବା ଇଚ୍ଛା କଲେ ନାହିଁ। ଅଜଙ୍ଗ ସେହି ଜ୍ୱଳନ୍ତ କାଷ୍ଠ ଖଣ୍ଡି ଧରି ଦରଜାର ନାନା ସ୍ଥାନରେ ଦେଖାଇଲା।

ଚଡ଼ ଚଡ଼ ଶବ୍ଦ ଶୁଣି ସମସ୍ତେ ପଛକୁ ଅନାଇଲେ। ଏ କଣ? ନିଆଁ ଧୂଆଁ ଆସିଲା କୁଆଡୁ? ଏହା ଅଜଙ୍ଗର କାମ।

ଚଞ୍ଚଳା ଧୀରେ ଧୀରେ ବାଲିରାଜାଙ୍କର କାନ ପାଖରେ କହିଲା, ସେ ଜଙ୍ଗଲରେ ନିଆଁ ଲଗାଇବାକୁ ଭାରି ଭଲ ପାଏ। ବୋଧହୁଏ ଜଙ୍ଗଲରେ ନିଆଁ ଲଗାଇଛି।

ବାଲିରାଜା କହିଲେ, ସେ ଜଙ୍ଗଲରେ ନିଆଁ ଲଗାଇ ନାହିଁ।

ତେବେ କେଉଁଠି ସମୁଦ୍ରରେ? ଚଞ୍ଚଳା ହସିଦେଲା।

ବାଲିରାଜା ମଧ୍ୟ ହସି ହସି କହିଲେ, ନା, ସମୁଦ୍ରରେ ନୁହେଁ ଯେ, ବାହାରେ ପ୍ରହରୀମାନଙ୍କର ଯେଉଁ ଘର ସବୁ ଥିଲା ବୋଧହୁଏ ସେଥିରେ।

ଏଣେ ଅଜଙ୍ଗ ଦରଜାରେ ନିଆଁ ଲଗାଇବାରେ ଅକୃତକାର୍ଯ୍ୟ ହୋଇ ହତାଶ

ପୂର୍ଣ୍ଣ ଚକ୍ଷୁରେ ତାର ଜ୍ୱଳନ୍ତ କାଷ୍ଠ ଖଣ୍ଡକୁ କ୍ରୋଧରେ ଅନାଇଁ ନିଜ ଭାଷାରେ କେତେ କଣ ଗାଳିଦେଲା।

ପଛରୁ ବାଲିରାଜା ଡାକିଲେ ଅଜଙ୍ଗ।

ଅଜଙ୍ଗ ରାଗରେ ନିଆଁ ଖୁଣ୍ଟା ଖଣ୍ଡ ବନ୍ଦିଶାଳା ଭିତରକୁ ପକାଇ ଲଜ୍ଜାରେ ମୁଖାବନତ କରି ପାଖରେ ଠିଆ ହେଲା। ବାଲିରାଜା ପଛଆଡ଼କୁ ଆଙ୍ଗୁଠି ବଢ଼ାଇ ଜ୍ୱଳନ୍ତ ଅନଳକୁ ଦେଖାଇ ପଚାରିଲେ, ପ୍ରହରୀମାନଙ୍କର ଘର ପୋଡ଼ିଛୁ ତୁ।

ଭୟରେ ଥରି ଥରି ମୁଣ୍ଡ ଟୁଙ୍ଗାରି ସମ୍ମତି ପ୍ରକାଶ କରି କହିଲା, ପୋଁଡ଼ୋଁଛୋ।

ଦରଜା ଆଡ଼କୁ ହାତ ବଢ଼ାଇ କହିଲେ, ଦରଜା ପୋଡୁଥିଲୁ? ସେ ଗୁଡ଼ାକ ଲୁହା, ପୋଡ଼ିହେବ ନାହିଁ।

ସମସ୍ତେ ଏକାସଙ୍ଗରେ ହସି ଉଠିଲେ। ଅଜଙ୍ଗ ହନୁମାନ ପରି ନାଚି ନାଚି ବସି ପଡ଼ିଲା ଚଞ୍ଚଳା ପାଖରେ।

ବାଲିରାଜା ତାଙ୍କର ଲୋକମାନଙ୍କୁ ଆଗକୁ ଆସିବାକୁ କହିଲେ। ଆଦେଶ ପାଳିତ ହେଲାରୁ କହିଲେ, ବୃଥା ଅପେକ୍ଷା କରି ସମୟ ନଷ୍ଟ କରିବା ଅନୁଚିତ। ଦରଜା ଭାଙ୍ଗିକରି ଭିତରକୁ ପଶିବାକୁ ହେବ।

ଯେ ଆଜ୍ଞା! ଏକସ୍ୱରରେ ଚିତ୍କାର କଲେ।

ଏପରି ଗୋଳମାଳ କର ନାହିଁ। ଆହୁରି ଗୋଟାଏ କଥା କହିବାକୁ ଅଛି। ଦରଜା ଭାଙ୍ଗି ତୁମମାନଙ୍କ ଭିତରୁ କେତେଜଣ ଦରଜାରେ ଜଗି ରହିବ। ହୁସିଆର, କାହାକୁ ଯେପରି ପଦାକୁ ଛାଡ଼ି ନ ଦିଅ। ପାଞ୍ଜିଆର କହିବାମତେ ଏଠାରେ ପଚିଶିଜଣ ପ୍ରହରୀ ଅଛନ୍ତି। ସେମାନଙ୍କୁ ବନ୍ଦୀ କରିବାକୁ ହେବ। ଦେଖ, ସେମାନଙ୍କ ଭିତରୁ ଯେପରି କେହି ଆହତ ନ ହୁଅନ୍ତି କିମ୍ବା ଅନର୍ଥକ ଯେପରି ସେମାନଙ୍କର ଜୀବନ ନଷ୍ଟ ନ କର।

ଯଦି ସେମାନେ ଆକ୍ରମଣ କରନ୍ତି?

ନିଶ୍ଚୟ କରିବେ।

ଯଦି ଆମର ଜୀବନ ଉପରେ ପଡ଼େ?

ସେତେବେଳେ ଅବଶ୍ୟ ତମେ ତାଙ୍କ ଜୀବନ ନେଇ ପାର। ନିତାନ୍ତ ଆବଶ୍ୟକ ନହେଲେ କେବେ ସେମାନଙ୍କ ଜୀବନ ନେବ ନାହିଁ। ଆଉ ଗୋଟିଏ କଥା। ବନ୍ଦୀମାନଙ୍କୁ ମୁକ୍ତ କରିବ ନାହିଁ। ଆମେ ଦୁଇ ଜଣ ସେ ଗଛ ତଳ ଛାଇରେ ବସିଛୁ। ତୁମ୍ଭେମାନେ ପ୍ରହରୀ ଓ ବନ୍ଦୀମାନଙ୍କୁ ଆଣି ଆମ ପାଖରେ ହାଜର କରିବ, ବୁଝିଲ।

ଯେ ଆଜ୍ଞା।

ବାଲିରାଜା ଏବଂ ଚଞ୍ଚଳା ନିକଟସ୍ଥ ଆମ୍ବଗଛ ତଳକୁ ଚାଲିଯିବା ପରେ ନାବିକମାନେ ଦରଜା ଭାଙ୍ଗିବାକୁ ଲାଗିଲେ। ଅଜଙ୍ଗ କିଛି ସମୟ ଚିନ୍ତା କରି ପାତିମାଙ୍କଡ଼ ପରି ଦରଜାରେ ଚଢ଼ି ଆରପାଖକୁ ଡେଇଁ ପଡ଼ିଲା। ତା ଦେଖାଦେଖି ଆହୁରି କେତେଜଣ ତାକୁ ଅନୁସରଣ କଲେ। ଗୋଳମାଳ ନ କରି ସମସ୍ତେ ନିଜ ନିଜର କାମରେ ଲାଗିଲେ। ଭିତରକୁ ପଶିଥିବା ଲୋକମାନେ ତାଲା ଭାଙ୍ଗିବାକୁ ଚେଷ୍ଟା କଲେ।

ହଠାତ୍ ଚଡ଼ ଚଡ଼ ହୋଇ ଅଗ୍ନିଶିଖା ଉପରକୁ ଉଠିଲା। ନାବିକମାନେ ଦେଖିଲେ, ବନ୍ଦିଶାଳା ଭିତରେ ଧାଉଡ଼ିଏ ଛଣ ଘରରେ ନିଆଁ ଲାଗିଛି। ନାବିକମାନେ ନିଆଁକୁ ଅନାଇଁ ଥିବା ସମୟରେ କିଏ ଜଣେ ଦଉଡ଼ି ଆସି ତାଲା ଭାଙ୍ଗିବାରେ ଲାଗିଗଲା। ସମସ୍ତେ ଦେଖି ଆଶ୍ଚର୍ଯ୍ୟ ହେଲେ, ସେ ହେଉଛି ଅଜଙ୍ଗ।

ଏଣେ ବାଲିରାଜା ଓ ଚଞ୍ଚଳା ଦୁଇଖଣ୍ଡି ପଥର ଉପରେ ପାଖାପାଖି ହୋଇ ବସି ସୂର୍ଯ୍ୟଦ୍ୱୀପର ଚାରିଆଡ଼କୁ ଅନାଉଥିଲେ। ତାଙ୍କୁ ଜଣାଗଲା ଯେପରି ସୂର୍ଯ୍ୟଦ୍ୱୀପର ପ୍ରତ୍ୟେକ ବୃକ୍ଷଲତା ପ୍ରତ୍ୟେକ ଜୀବଜନ୍ତୁ ବନ୍ଦୀର କଷ୍ଟମୟ ଜୀବନଯାପନ କରୁଛନ୍ତି; ହତାଶର ଦୀର୍ଘଶ୍ୱାସ ତ୍ୟାଗ କରୁଛନ୍ତି। ସେତେବେଳେ ସୂର୍ଯ୍ୟ ମଧ୍ୟ ଆକାଶ ତ୍ୟାଗ କରି ପଶ୍ଚିମଦିଗକୁ ଟିକିଏ ଢଳି ପଡ଼ିଲେଣି।

ବାଲିରାଜା ଦୀର୍ଘନିଶ୍ୱାସ ଛାଡ଼ି ନିଜକୁ ନିଜେ କହିଲେ, କାଲି ବଡ଼ିସକାଳୁ ସମସ୍ତଙ୍କୁ ସଙ୍ଗରେ ନେଇ ତାମ୍ରଲିପ୍ତାଭିମୁଖେ ବୋଇତ ଚଳାଇବାକୁ ହେବ। ସାଧବସଭା ହେବା ପୂର୍ବରୁ କୌଣସି ମତେ ସେଠାରେ ପହଞ୍ଚିବା ଉଚିତ। ନାରାୟଣ ସାଧବଙ୍କ ବିପକ୍ଷରେ ସାଧବ ସଭାରେ କହିବାକୁ ହେଲେ ଅନେକ ବିଷୟର ଆୟୋଜନ ଆବଶ୍ୟକ। ନୋହିଲେ ଲୋକେ ଆମ କଥାରେ ବିଶ୍ୱାସ କରିବେ ନାହିଁ।

ଚଞ୍ଚଳା କହିଲା, ଆମମାନଙ୍କ ନିମନ୍ତେ ସଭାରେ, କୌଣସି ବନ୍ଦୋବସ୍ତ କରାଯିବ କି ?

ତମର ପ୍ରଶ୍ନ ମୁଁ ଠିକ୍ ବୁଝିପାରୁ ନାହିଁ ଚଞ୍ଚଳା।

ମୁଁ ପଚାରୁଛି, ସ୍ତ୍ରୀଲୋକମାନେ ସଭାରେ ଯୋଗ ଦେଇ ପାରିବେ କି ?

ଯଦି କେହି ସ୍ତ୍ରୀ-ସାଧବ ଉତ୍କଳରେ ଥାନ୍ତି। କିନ୍ତୁ ଯେପରି ବୋଧ ହେଉଛି, ସେମାନେ ସ୍ତ୍ରୀଲୋକମାନଙ୍କ ପାଇଁ କୌଣସି ବନ୍ଦୋବସ୍ତ କରି ଥିବେ।

ଯାହାହେଉ, ନାରାୟଣ ସାଧବଙ୍କ ସ୍ତ୍ରୀ ନିଶ୍ଚୟ ସଭାଗୃହ ଅଳଙ୍କୃତ କରିବେ। ସେ ବଡ଼ଲୋକର ପତ୍ନୀ।

କଣ କହିଲ ଚଞ୍ଚଳା। ସୁଶୀଳା ସଭାଗୃହ ଅଳଙ୍କୃତ କରିବ ? ନା, ତମେ ଭୁଲ୍ ବୁଝିଛ। ଅଳଙ୍କୃତ କରିବ ନାହିଁ ଯେ କଳଙ୍କିତ କରିବ। ଆହା ଚଞ୍ଚଳା, ତମର

ବାଲ୍ୟସଙ୍ଗିନୀ ସୁଶୀଳାର ମୁଖ ଦେଖି ଦିନେ ମୁଁ ଚମତ୍କୃତ ହେଉଥିଲି। ଯେଉଁ ସୁନ୍ଦରୀର ଜୀବନରକ୍ଷା କରିବାକୁ ମୁଁ ମୋର ପ୍ରାଣପଣ ଚେଷ୍ଟା କରି କୃତକାର୍ଯ୍ୟ ହୋଇଛି, ଯେଉଁ ସୁଶୀଳାର ସୁନ୍ଦର ମୁହଁକୁ ଦେଖି ଦିନେ ମୁଁ ମୋହିତ ହୋଇଥିଲି, ଯେଉଁ ସଙ୍ଗିନୀ ତମର କାର୍ଯ୍ୟବ୍ୟସ୍ତ ଥିଲାବେଳେ ମୁଁ ମୋର ସମସ୍ତ କାର୍ଯ୍ୟ ତ୍ୟାଗ କରି ଦୂରରେ ଠିଆ ହୋଇ ତା'ର ସେ ସୁନ୍ଦର ମୁହଁକୁ ଅନାଇ ରହୁଥିଲି, ଆଜି ଇଚ୍ଛା ହେଉଛି ଚଞ୍ଚଳା, ତାର ସେ ସୁନ୍ଦର ମୁହଁରେ ବାରମ୍ବାର ପଦାଘାତ କରି ମୋର ହୃଦୟର ଅନଳ ନିର୍ବାପିତ କରିବି। କାରଣ ମୁଁ ଭଲ କରି ଜାଣେ ତାର ସେ ସୁନ୍ଦର ମୁହଁକୁ ଅନାଇଁ ମୋର ଦଗ୍ଧ ହୃଦୟର ଜ୍ୱଳନ୍ତ ଅନଳ ଅଗ୍ନିରେ ଘୃତାହୁତି ଦେଲା ପରି ଜଳି ଉଠିବ।

ରାଜା, ମୋର ସଙ୍ଗିନୀର ପକ୍ଷ ନେଇ ଗୋଟିଏ କଥା କହିବାକୁ ଅନୁମତି ଦିଅନ୍ତୁ।

ପକ୍ଷ ନେଇ କହିବ? ନା ସେ ଅନୁମତି ମୁଁ ତମକୁ ଦେଇ ନ ପାରେ। ମୁଁ ଜାଣେ, ତମର କୋମଳ ହୃଦୟ ସଙ୍ଗିନୀର ଅପମାନ ସହି ପାରିବ ନାହିଁ। ଆଗରୁ କହୁଛି ତେମେ ଦେବୀ, ସେ ନରକର କୀଟ। ସେ ଅସତୀ ବିଶ୍ୱାସ ଘାତିନୀ। ହିନ୍ଦୁ ସ୍ତ୍ରୀ ହୋଇ ବ୍ରାହ୍ମଣର କନ୍ୟା ହୋଇ ସେ ଦ୍ୱିତୀୟ ପତି ଗ୍ରହଣ କରିଛି। ନରକକୁ ନିଜର ପଥ ସଫା କରିଛି।

ସୁଶୀଳା ବ୍ରାହ୍ମଣର କନ୍ୟା?

ବ୍ରାହ୍ମଣର କନ୍ୟା। ମୋର ପାଳକ ପିତାଙ୍କର ଜୀବନ ପାଠ କଲେ ଜାଣି ପାରିବ। ଅବଶ୍ୟ ସେ ନିଶ୍ଚିତ କରି ଏହା ଜାଣି ନାହାନ୍ତି, କିନ୍ତୁ ଅନ୍ଦାଜ କରି ଯେଉଁ ସମସ୍ତ ଯୁକ୍ତି ଦେଖାଇ ଲେଖି ଯାଇଛନ୍ତି, ତାହା ଯେ ଅକାଟ୍ୟ ଏଥିରେ ମୁଁ ତିଳେମାତ୍ର ସନ୍ଦେହ କରି ପାରୁ ନାହିଁ। ବ୍ରାହ୍ମଣର କନ୍ୟା ସେ, ଥରେ ଜଣକୁ ତା'ର ଜୀବନ-ଯୌବନ ଅର୍ପଣ କରି—

ଜୀବନ-ଯୌବନ ଅର୍ପଣ କରି?

ଯଦି ପ୍ରକୃତରେ ସେ ସାଧବସଭାକୁ କଳଙ୍କିତ କରେ ତାହାରି ସମ୍ମୁଖରେ ଜଗତକୁ ଜଣାଇ ଦେବ ରମଣୀର ପ୍ରେମ କି ତୁଚ୍ଛ। ଜଗତକୁ ଦେଖାଇ ଦେବି ଚାକ୍ଷୁଷ ପ୍ରମାଣ ଦେଇ, ରମଣୀ କେଡ଼େ ବିଶ୍ୱାସଘାତକ। ଯାହାକୁ ଜଗତରେ ସରଳା ବୋଲି ଘୋଷଣା କରନ୍ତି, କିପରି କୁଟିଳା ସେ।

ଆପଣଙ୍କୁ ଆପଣଙ୍କର ଠାକୁରଙ୍କ ଦ୍ୱାହି ସୁଶୀଳାକୁ ସଭା ଆଗରେ ଅପମାନିତା କରିବେ ନାହିଁ। ସେ ମୋର ବାଲ୍ୟସଙ୍ଗିନୀ, ସେ ଆପଣଙ୍କର ବାଲ୍ୟବନ୍ଧୁ।

ଉତ୍ତେଜିତ ହୋଇ ବାଲିରାଜା କହିଲେ, ଚଞ୍ଚଳା ତୁମେ ମୋର ଉଦ୍ଦେଶ୍ୟରେ

ବାଧା ଦେବାକୁ ଚାହଁ? ମନେ ରଖିଥାଅ ତୁମକୁ ମୁଁ ଜୀବନ ଦେଇଛି, ଯଦି ମୋ ନିକଟରୁ ଦୂର ହେବାକୁ ନ ଚାହଁ ତେବେ ତୁମକୁ ସେହି ଭଗବାନଙ୍କ ଦ୍ୱାହି, ମୋର କଥାରେ ଆଉ କେବେ ବାଧା ଦେବନାହିଁ।

ଚଞ୍ଚଳା ଦୀର୍ଘନିଶ୍ୱାସ ତ୍ୟାଗ କରି କହିଲା, ଆହା ସୁଶୀଳା! ତାର ଚକ୍ଷୁରେ ଦୁଇବିନ୍ଦୁ ଲୋତକ ଢଳ ଢଳ ହେଲା।

ଉତ୍ତେଜିତ ବାଲିରାଜା ଚଞ୍ଚଳାର ଚକ୍ଷୁରେ ଲୋତକ ଦେଖି ନ ଦେଖିଲା ପରି ରୂଢ଼ ସ୍ୱରରେ କହିଲେ, ଚଞ୍ଚଳା, ଆଜିଠାରୁ ସୁଶୀଳାକୁ ନାରାୟଣ ପତ୍ନୀ ଡାକିବାକୁ ହେବ। ଏଇ ସୁଶୀଳା ନାମଟି ମୋ ମନରେ ଅତୀତ ସ୍ମୃତି ଜଗାଇ ଦେଉଛି। ମୋର ହୃଦୟର ଅନଳଶିଖାକୁ ପ୍ରଜ୍ୱଳିତ କରୁଛି। ଚଞ୍ଚଳା ପାପୀୟସୀର ନାମ ଆଉ କେବେ ମୋ ପାଖରେ ଉଚ୍ଚାରଣ କରିବ ନାହିଁ।

ନାରାୟଣ ସାଧବଙ୍କର ସ୍ତ୍ରୀ ଯଦି ମୋର ବାଲ୍ୟସଙ୍ଗିନୀ ହୋଇ ନ ଥାଏ।

ତୁମେ କଣ କହିବାକୁ ଚାହ, ମୁଁ ଅନ୍ଧ? ମୁଁ ମୋର ଚକ୍ଷୁକୁ କର୍ଣ୍ଣ ଅପେକ୍ଷା ଅଧିକ ବିଶ୍ୱାସ କରେ। ଆଜି ତମର କୋମଳ କଥାରେ ମୋର ଚକ୍ଷୁକୁ ଅବିଶ୍ୱାସ କରି ନ ପାରେ। ସେଦିନ ତାକୁ କ୍ଷଣକ ନିମନ୍ତେ ଦେଖିଛି। ସେହି କ୍ଷଣକ ଭିତରେ ମୁଁ ତାକୁ ଭଲ କରି ଚିହ୍ନି ପାରିଛି। ତାର ମନର ସମସ୍ତ ପୈଶାଚିକ ଭାବନା ଉତ୍ତମରୂପେ ପଢ଼ି ପାରିଛି। କ'ଣ ଶୁଣିବ? ସେ ଜାଣେ ମୋତେ ନାରାୟଣ ସାଧବ ବନ୍ଦୀ କରିଛି। ଚେଷ୍ଟା କରିଥିଲେ ଅକ୍ଲେଶରେ ମୋତେ ସେ ଏଠାରୁ ମୁକ୍ତ କରିପାରି ଥାନ୍ତା। ନ କଲା କାହିଁକି? ଏହାର କାରଣ ବଡ଼ ସହଜ। ମୁଁ ମୁକ୍ତିଲାଭ କଲେ ଯେ ତାର ଲଜ୍ଜା ହେବ। ତାର ଅପମାନ ହେବ। ଲୋକେ, ତାର ଗୁପ୍ତ ଆଚରଣର ସମସ୍ତ କଥା ଜାଣି ପାରିବେ। ଦେଖ ଚଞ୍ଚଳା, ତମର ସଙ୍ଗିନୀ କିପରି ସ୍ୱାର୍ଥପର। ତାକୁ ଅପମାନ ହେବ, ଏହି ଚିନ୍ତାରେ ମୋର ଜୀବନ ବି ସେ କଷ୍ଟମୟ କରିବାକୁ ଚାହେ। ମୋର ମୃତ୍ୟୁ ଖବର ଶୁଣିଲେ ସେ ଆନନ୍ଦିତ ହେବ ନାହିଁ କି? ବୋଧ ହୁଏ ଭଗବାନଙ୍କ ନିକଟରେ ପ୍ରାର୍ଥନା କରୁଥିବ ମୁଁ କିପରି ଶୀଘ୍ର ମରେ, ଅଥଚ ସେ ଉତ୍ତମ ଭାବରେ ଜାଣେ ମୁଁ ତାହାରି ନିମନ୍ତେ ବନ୍ଦୀ।

ରାଜା, କ୍ଷମାକର, ମୁଁ ଗୋଟିଏ କଥା କହିବାକୁ ବସିଛି। ବୋଧ ହୁଏ ସୁଶୀଳାର—

ପୁଣି ସେ ଅପବିତ୍ର ନାମ ତୁଣ୍ଡରେ ଧରି ମୁହଁ ଖରାପ କରୁଛ।

ବୋଧ ହୁଏ ତାର ଦୋଷ ନାହିଁ।

ଆଉ ଦୋଷ କାହାର, ମୋର? ହଁ ଠିକ୍ କହିଛ ନିଶ୍ଚୟ ମୋରି ଦୋଷ, ମୁଁ

ତାକୁ ବିଶ୍ୱାସ କରିଥିଲି। ମୁଁ ତାକୁ ବିଶ୍ୱାସ କରି ହୃଦୟରେ ସ୍ଥାନ ଦେଇଥିଲି। ଏହା ମୋର ଦୋଷ।

ମୁଁ ତାହା କହୁନାହିଁ। ମୁଁ କହୁଛି, ସେ ଯଦି ପ୍ରକୃତରେ ନାରାୟଣ ସାଧବଙ୍କୁ ସ୍ୱାମୀରୂପେ ଗ୍ରହଣ—

କ'ଣ ? ତଥାପି ତମର ଅବିଶ୍ୱାସ ? ନାରାୟଣ ସାଧବର ପତ୍ନୀ ସୁଶୀଳା ନୁହେଁ ?

କ୍ଷମା କର ରାଜା, ମୋର ଅବିଶ୍ୱାସ ହେଉ ନାହିଁ। ମୋର କଥାର ଭୁଲ ହୋଇଗଲା। ମାଇକିନିଆଁ ଲୋକ ଆମେ, କଥା କହି ଜାଣୁନାହିଁ।

ମାଇକିନିଆ ଜାତି କଥା କହି ଜାଣନ୍ତି ନାହିଁ ଆଉ ଜାଣେ କିଏ ? ସେମାନଙ୍କର ପ୍ରତ୍ୟେକ ଶବ୍ଦ ପ୍ରତ୍ୟେକ ଭାବଭଙ୍ଗିରେ କିଛି ନା କିଛି ଅର୍ଥ ଗୁପ୍ତ ରହିଥାଏ। ଭାରି ବାଗରେ ସେମାନେ କଥା କହି ପାରନ୍ତି। ବର୍ତ୍ତମାନ ଯାହା କହିଛନ୍ତି ଗୋଟିଏ ପ୍ରକାର ଭାବଭଙ୍ଗି ଦେଖାଇ, ପରକ୍ଷଣରେ ଠିକ୍ ସେଇଆ କହିବେ, କେବଳ ସ୍ୱର ଓ ଭାବଭଙ୍ଗିରେ ପ୍ରଭେଦ ମାତ୍ର ଥିବ। କି ଆଶ୍ଚର୍ଯ୍ୟ ! ପ୍ରଥମ ବାକ୍ୟରେ ଯେତିକି ଗୁଡ଼ିଏ ଶବ୍ଦ ଥିଲା ଦିତୀୟ ବାକ୍ୟରେ ଠିକ୍ ସେତିକି, ଯେଉଁ ଯେଉଁ ଶବ୍ଦ ଥିଲା ଠିକ୍ ସେଇଆ, ଅଥଚ ବାକ୍ୟର ଅର୍ଥ ସମ୍ପୂର୍ଣ୍ଣ ପରିବର୍ତ୍ତିତ। କୌଣସି ବିଷୟର ଦୋଷଟା ଆସି ଶ୍ରୋତା ମୁଣ୍ଡରେ ମାଡ଼ିବସିଛି। ରମଣୀ ମୁରୁକି ହସି ମୁଣ୍ଡ ଗଳାଇ ଖଲାସ।

ଆପଣ ବୋଧହୁଏ ଜୀବନରେ ଦୁଇଟି ସ୍ତ୍ରୀ ବ୍ୟତୀତ ଅନ୍ୟ କାହାରି ସଂସର୍ଗରେ ଆସି ନାହାନ୍ତି। ପ୍ରଥମ ଜଣକୁ ତ ସରଳ ବୋଲି ଭାବିଥିଲେ। ଦ୍ୱିତୀୟ ହେଉଛି ମୁଁ। ଏପରି ବାକ୍ୟ କାହାଠାରୁ ଶୁଣିଛନ୍ତି ? ପ୍ରଥମାଠାରୁ ? କଦାପି ନୁହେଁ। ତାଙ୍କୁ ଆପଣ ବିଶ୍ୱାସ କରିଥିଲେ। ଅତଏବ ଦ୍ୱିତୀୟା ଠାରୁ। ଯଦି ତାହା ହୋଇଥାଏ କେବଳ ମୋର ଆଚରଣ ଦେଖି ଆପଣ ସ୍ତ୍ରୀ ଜଗତକୁ ଦୋଷୀ କରି ନ ପାରନ୍ତି।

ନା ଚଞ୍ଚଳା, କଥାକୁ ବାଁରେଇ ବାଲିରାଜା କହିଲେ, ତମେ ସ୍ତ୍ରୀ ଜଗତର ରତ୍ନ। ତମେ ପ୍ରକୃତରେ ସରଳ। ତମ ଉପରେ ମୁଁ ଏ ଦୋଷାରୋପ କରୁ ନାହିଁ। ପ୍ରତ୍ୟେକ ନିୟମର ବହିର୍ଭୂତ ଅଛି। ତାପରେ, ମୁଁ ଯାହା କହିଲି, ତାହା ମୋର ନିଜର ଅଭିଜ୍ଞତା ନୁହେଁ। ମୋର ପୂଜନୀୟ ପାଳକ ପିତାଙ୍କର। ସେ ଭାରି ଚତୁର। ପ୍ରକୃତରେ ସେ ଜଗତକୁ ଭଲରୂପେ ଚିହ୍ନିଥିଲେ। ତାଙ୍କ ପରେ ଯେଉଁମାନେ ଆସିବେ ସେମାନଙ୍କୁ ସତର୍କ କରାଇ ଦେବାପାଇଁ ସେ ତାଙ୍କର ଜୀବନୀ ଲେଖି ଯାଇଛନ୍ତି। ମୁଁ ତାଙ୍କର ଜୀବନୀ ପଢ଼ି ଏତକ କହିଛି। ଏଥିରେ ତମ ମନରେ କଷ୍ଟ ହେବ କାହିଁକି ? ତଳକୁ ମୁହଁ ପୋତି କାନ୍ଦୁଛ ? ଛିଃ ! ଏହି ଦେଖ, ଦୂରରୁ କିପରି ଆମର ଲୋକେ ବିଜୟୀ ହୋଇ ଚିତ୍କାର କରି ଆସୁଛନ୍ତି। ହଁ, ବର୍ତ୍ତମାନ କହ, ତମେ ତମର ସଙ୍ଗିନୀର ନିର୍ଦୋଷତା

ବିଷୟରେ କଣ କହିବାକୁ ବସିଥିଲ। ପ୍ରତିଜ୍ଞା କରୁଛି, ବାଧା ନ ଦେଇ ନିଶ୍ଚୟ ଶୁଣିବ। କହ ଚଞ୍ଚଳା, କାନ୍ଦ ନା।

ବାଲିରାଜା ଅପଲକ ନୟନରେ ଅନାଇଁଲେ। ଦେଖିଲେ ଚଞ୍ଚଳାର ସୁନ୍ଦର ମୁହଁଟି ପଦ୍ମଫୁଲ ପରି ଫୁଟନ୍ତ। ତାର ଉଜ୍ଜ୍ୱଳ ଚକ୍ଷୁ ଦିଓଟି ସତେ କି ଦୁଇଟି ପାଖୁଡ଼ା। ପଦ୍ମଫୁଲରେ ଶିଶିରବିନ୍ଦୁ, ଲାଖି ରହିଥିଲା ପରି ତାର ଚକ୍ଷୁରେ ଦୁଇବିନ୍ଦୁ ଜଳ ଢଳଢଳ। ଯୌବନର ଦୀପ୍ତି ବାଲିରାଜାଙ୍କର ଯୁବକ ହୃଦୟକୁ ତରଳାଇ ଦେଲା। କ୍ଷଣକ ପୂର୍ବେ ସେ ଯେଉଁ ରମଣୀଜାତିର ବିପକ୍ଷରେ ଚଞ୍ଚଳା ନିକଟରେ ଅଭିଯୋଗ କରୁଥିଲେ, ସେ ପୁଣି ସେହି ଜାତିର ଗୋଟାଏ ସାମାନ୍ୟ ଅଂଶ ପାଖରେ ନଇଁପଡ଼ି ନିଜ ହାତରେ ତାର ଚକ୍ଷୁର ଜଳ ପୋଛି ଦେଲେ। ତାଙ୍କର ସମସ୍ତ ଦମ୍ଭ ଲୁପ୍ତ ହେଲା। ରମଣୀ ଜୟ କଲା ତାର ସୌନ୍ଦର୍ଯ୍ୟ ନିମନ୍ତେ ତାର ମୁଖର ଭାବଭଙ୍ଗୀ ନିମନ୍ତେ, ବାକ୍ୟର ଚାତୁରୀ ନିମନ୍ତେ।

ଚଞ୍ଚଳା ତାର ମସ୍ତକର ଭାର ବାଲିରାଜାଙ୍କର ସୁଦୃଢ଼ ହାତ ଉପରେ ନ୍ୟସ୍ତକରି ଦୀର୍ଘ ନିଶ୍ୱାସ ପକାଇ କହିଲା, ରାଜା ଅପଣ ମୋତେ ଅବିଶ୍ୱାସ କରନ୍ତି ?

ନା ଚଞ୍ଚଳା, ତମୁକୁ ମୁଁ ଅବିଶ୍ୱାସ କରେ ନାହିଁ। ମାତ୍ର ତମ ଜାତିକୁ ମୁଁ ଅବିଶ୍ୱାସ କରେ। ତା' ବୋଲି ତମେ ମନରେ ଦୁଃଖ କରି କାନ୍ଦିବ କାହିଁକି ? ମୁଁ ତ କହିଛି ତମେ ସ୍ତ୍ରୀ ଜାତିର ଉପରେ।

ମୁଁ ଭଲ କରି ଜାଣେ ମୁଁ ସ୍ତ୍ରୀ ଜାତିର ଉପରେ ନୁହେଁ। ନିଷ୍ଠୁର ପୁରୁଷଜାତିର ହୋଇପାରେ।

ମୁହୂର୍ତ୍ତେ ସମୟ ଚିନ୍ତାକରି ବାଲିରାଜା ହସି ହସି କହିଲେ, ଅର୍ଥାତ୍ ତୁମେ କହିବାକୁ ଚାହ ସ୍ତ୍ରୀଜାତି ପୁରୁଷଜାତିର ଢେର ଉପରେ, ନା ? ଏହି ତ, ସ୍ତ୍ରୀଜାତିର କଥାର ଢଙ୍ଗ ତମରି ମୁହଁରେ। ଆଉ ଦୂରକୁ ଦୃଷ୍ଟାନ୍ତ ନିମନ୍ତେ ଯିବାକୁ ପଡ଼ିବ ନାହିଁ। ଛି, ଛି, କି ଲଜ୍ଜା।

ବାଲିରାଜା ଘୃଣାବ୍ୟଞ୍ଜକ ସ୍ୱରରେ ଏହା କହି ଚଞ୍ଚଳାର ନିକଟରୁ ଉଠିଗଲେ।

ପ୍ରହରୀ ଏବଂ ସେମାନଙ୍କର ସ୍ତ୍ରୀ ଓ ସନ୍ତାନମାନଙ୍କୁ ଗୋଟିଏ ବୋଇତରେ ରଖି ସେମାନଙ୍କର ସବୁ ପ୍ରକାର ସୁବିଧା ନିମନ୍ତେ ବନ୍ଦୋବସ୍ତ କରାଗଲା। ବାଲିରାଜା ସେମାନଙ୍କ ମନରୁ ଭୟ ଦୂର କରି ପର ଜୀବନ କିପରି ସୁଖମୟ ହେବ ସେଥିନିମନ୍ତେ ଯତ୍ନବାନ ହେବେ ବୋଲି ପ୍ରତିଜ୍ଞା କଲେ। ପାଞ୍ଜିଆ ଏବଂ ତାର ଆଉ ଦୁଇଜଣ

ସଙ୍ଗୀଙ୍କୁ ଡକାଇ କହିଲେ, ତମମାନଙ୍କର ଭୟର କାରଣ ନାହିଁ। ତମେମାନେ ଆମ ବିପକ୍ଷରେ ଠିଆ ହୋଇଥିଲ ବୋଲି ମୁଁ ଯେ ତମ ଉପରେ ଅସନ୍ତୁଷ୍ଟ ତାହା ନୁହେ, ବରଂ ପ୍ରୀତ। ଯାହାର ନିମକ୍ ଖାଉଥିଲ ତାର ମଙ୍ଗଳ ପାଇଁ ଜୀବନ ଦେବାକୁ ପ୍ରସ୍ତୁତ ଥିଲ। ଏବେ ଗୋଟିଏ କାର୍ଯ୍ୟ କରିବାକୁ ପଡ଼ିବ। ତମେ ତିନିଜଣ ମୋ ବୋଇତରେ ତାମ୍ରଲିପ୍ତ ଯିବ। ନାରାୟଣ ସାଧବ ଯେ ବଡ଼ ଅତ୍ୟାଚାରୀ, ତୁମେମାନେ ଏହା ନିଶ୍ଚୟ ସ୍ୱୀକାର କରିବ। ଯଦି ଆବଶ୍ୟକ ପଡ଼େ ଉତ୍କଳ ସମ୍ରାଟ ଲଳିତେନ୍ଦୁ କେଶରୀଙ୍କ ଆଗକୁ ଯାଇ ସତ ସତ ସମସ୍ତ କଥା ବର୍ଣ୍ଣନା କରିବାକୁ ପଡ଼ିବ ମୋର ସାକ୍ଷୀରୂପେ।

ଆପଣ ଆମକୁ ନିମକହାରାମୀ ଶିଖାଉଛନ୍ତି କିପରି ?

ବାଲିରାଜା ଲଜ୍ଜିତ ହୋଇ କହିଲେ, ତେବେ ହେଉ ତୁମମାନଙ୍କୁ କିଛି କହିବାକୁ ହେବ ନାହିଁ। ଯଦି ଆବଶ୍ୟକ ପଡ଼େ ସମ୍ରାଟଙ୍କ ଆଗକୁ ଯିବାକୁ ପଡ଼ିବ। ପ୍ରମାଣ ନିମନ୍ତେ ମୁଁ ମୋର ଅନ୍ୟ ବନ୍ଦୋବସ୍ତ କରୁଛି।

ସମସ୍ତଙ୍କୁ ତାମ୍ରଲିପ୍ତ ଯିବାକୁ ପଡ଼ିବ ତେବେ।

ନା, କେବଳ ତୁମ ତିନିଜଣଙ୍କୁ। ମୁଁ ଭଲ କରି ଜାଣେ, ତୁମର ଭାରତ ସଙ୍ଗେ କୌଣସି ସମ୍ପର୍କ ନାହିଁ। ସୂର୍ଯ୍ୟଦ୍ୱୀପହିଁ ତୁମ ଘର। ଅତଏବ, ତୁମକୁ ବାଲିଦ୍ୱୀପ ଯିବାକୁ ପଡ଼ିବ। ମୁଁ ବାଲିଦ୍ୱୀପର ରାଜା। ବାଲିଦ୍ୱୀପରେ ମୁଁ ତୁମମାନଙ୍କୁ ଜମିବାଡ଼ି ଦେଇ ମୋର ପ୍ରଜା କରିବି। ଏଠାରେ ଯେଉଁମାନେ ବନ୍ଦୀ ରହିଛନ୍ତି ସେମାନଙ୍କୁ ମଧ୍ୟ ବାଲିଦ୍ୱୀପ ଯିବାକୁ ହେବ। ଅତଏବ, ତୁମ ତିନିଜଣଙ୍କୁ ଛାଡ଼ି ଅନ୍ୟମାନଙ୍କୁ ମୋର ଲୋକଙ୍କ ଦ୍ୱାରା ଜବଦ୍ୱୀପକୁ ପଠାଇ ଦେବି। ମୋ ନିକଟରେ ପ୍ରଚୁର ଧନ ରହିଛି। ସେହି ଧନରେ ସେମାନେ ଜବଦ୍ୱୀପରେ ସୁଖରେ ରହିବେ। ତାମ୍ରଲିପ୍ତରେ କାର୍ଯ୍ୟ ଶେଷ କରି ଜବଦ୍ୱୀପରୁ ସେମାନଙ୍କୁ ନେଇ ପରେ ଆମେମାନେ ବାଲିଦ୍ୱୀପକୁ ଯିବୁ।

ଆଜ୍ଞା ଆପଣଙ୍କର ଆଦେଶ ଶିରୋଧାର୍ଯ୍ୟ। ଆମେମାନେ ଏଠାରେ ଯେପରି ଜୀବନଯାପନ କରୁଥିଲୁ ପଶୁମାନେ କଣ ଏପରି ଭାବରେ ଜୀବନଯାପନ କରନ୍ତି। ଦେଶରୁ ବହୁଦୂରରେ ଏକୁଟିଆ ରହିଥିଲୁ। ଖାଦ୍ୟର ବନ୍ଦୋବସ୍ତ ନାହିଁ। ଯଦି ଆପଣ ଦୟାକରି ଆମ୍ଭମାନଙ୍କର ସେ ଦୁଃଖ ଦୂର କରିବାକୁ ଚାହାନ୍ତି, ଏଥିରେ ଆମେ ଆପତ୍ତି କରିବୁ କାହିଁକି ?

ତେବେ, ବନ୍ଦୀମାନଙ୍କୁ ଯେ ଦୁଇ ଦିନ ଦିନରେ ଥରେ ଖାଇବାକୁ ଦିଆଯାଏ ସେଥିରେ ତମର କୌଣସି ଦୋଷ ନାହିଁ ?

ନିଶ୍ଚୟ ନାହିଁ। ଖାଦ୍ୟସାମଗ୍ରୀ ବରାବର ଅଭାବ। ଅଭାବ ନୋହିଥିଲେ, ଦୁଇ ତିନି ଦିନରେ ଥରେ ଆମର କୁଟୁମ୍ବ ଖାଅନ୍ତେ ?

ନାରାୟଣ ସାଧବ ଏହାର କୌଣସି ପ୍ରତିକାର କରନ୍ତି ନାହିଁ ?

ସେ ଆମ କଥା ଶୁଣନ୍ତି ନାହିଁ। ତାଙ୍କର ଯାହା ଇଚ୍ଛା ସେ ତାହା କରନ୍ତି। ଆମେ ଉଦର ଜ୍ୱାଳାରେ ସମୟ ସମୟରେ ସମୁଦ୍ରରେ ଡକାୟତି କରୁଥିଲୁ ଏହା ମୁଁ ସ୍ୱୀକାର କରୁଛି।

ସେ ସବୁକଥା ଛାଡ଼। କହ, ତାମ୍ରଲପ୍ତ ଯିବାକୁ ପ୍ରସ୍ତୁତ ଅଛ କି ନାହିଁ। ମୁଁ ଅନ୍ୟ ବନ୍ଦୋବସ୍ତ କରିବି।

ଆପଣଙ୍କର ଆଦେଶ ପାଳନ ନ କରିବାର କ୍ଷମତା ମୋର ନାହିଁ। ଯଦି କ୍ଷମା କରିବେ ମୁଁ ଏତିକି କହିପାରେ ଯେ ତାମ୍ରଲିପ୍ତକୁ ଯିବା ମୋର ଇଚ୍ଛା ନୁହେଁ। ମୁଁ ସ୍ୱଚକ୍ଷୁରେ ମୋର ଖାମିଦଙ୍କର ଦଣ୍ଡ ଦେଖି ସମ୍ଭାଳି ପାରିବି ନାହିଁ।

ଦେଖୁଛି ତମେ ପ୍ରଭୁଭକ୍ତ, ବିଶ୍ୱାସୀ। ତୁମକୁ ମୁଁ ତାମ୍ରଲିପ୍ତ ନେବାକୁ ଚାହେ ନାହିଁ। ଏହି ଦୁଇଜଣଙ୍କ ଦ୍ୱାରା ମୁଁ ମୋର କାର୍ଯ୍ୟ ସମାଧାନ କରି ପାରିବି।

ବାଲିରାଜା ଗୋଟିଏ ରତ୍ନର ଥାଳି ଖୋଲି ତହଁରୁ କେତେଗୁଡ଼ିଏ ପାଞ୍ଜିଆଙ୍କ ହାତକୁ ବଢ଼ାଇ କହିଲେ, ତୁମକୁ ମୁଁ ବିଶ୍ୱାସୀ ବୋଲି ଗ୍ରହଣ କରି ଏହି ଆଦେଶ କରୁଛି ଯେ ଏଠାକାର ବନ୍ଦୀମାନଙ୍କୁ ମୋର ଦୁଇ ଖଣ୍ଡି ବୋଇତରେ ନେଇ ତୁମେ ଜବଦ୍ୱୀପ ଯାଅ। ସମସ୍ତଙ୍କର ସୁବିଧା ପାଇଁ ତୁମକୁ ଦାୟୀ କରି ଯାଉଛି। ଯେପରି ତୁମେ କର୍ତ୍ତବ୍ୟରେ ହେଳା ନ କର। ଚାଲ, ବର୍ତ୍ତମାନ ବନ୍ଦୀମାନଙ୍କୁ ମୁକ୍ତ କରିବା।

ପାଞ୍ଜିଆ ବାଲିରାଜା ଏବଂ ଚଞ୍ଚଳାକୁ ପ୍ରଣାମ କରି ଭକ୍ତି ଏବଂ ଆନନ୍ଦର ଚିହ୍ନ ଦେଖାଇ କହିଲା, ହେ ଭଗବାନ୍। ମୋ ରାଜା ରାଣୀଙ୍କୁ ଦୀର୍ଘାୟୁ କର।

ବାଲିରାଜା କଣ କହିବାକୁ ବସିଥିଲେ ନ କହି ମୁଖ ଗମ୍ଭୀର କଲେ। ଚଞ୍ଚଳାର ପାପୁଲିକୁ ଟିକିଏ ଜୋରରେ ବୁଢ଼ା ଆଙ୍ଗୁଠିରେ ଟିପି ଦେଲେ। ଚଞ୍ଚଳା ମୁଖ ଅବନତ କଲା। ଅଜଙ୍ଗ ନିକଟରେ ଠିଆ ହୋଇଥିଲା। ଆହୁରି ପାଖକୁ ଆସି ଚଞ୍ଚଳାର ଆର ହାତ ଧରି କହିଲା, ରାଜୋ ଚାଲେ।

ସମସ୍ତେ ବନ୍ଦୀଶାଳା ଆଡ଼େ ଚାଲିଲେ।

ବନ୍ଦୀଶାଳାରେ ଉପସ୍ଥିତ ହୋଇ—ବାଲିରାଜା ନିଜ ହାତରେ ସମସ୍ତଙ୍କୁ ମୁକ୍ତ କରିବାକୁ ମନସ୍ଥ କଲେ। ପ୍ରଥମରୁ ଆରମ୍ଭ କଲେ ଉପର ମହଲଆଡୁ। ଦେଖୁ ଦେଖୁ ଗୋଟି ଗୋଟି କରି କଙ୍କାଳସାର ବନ୍ଦୀମାନେ ମୁକ୍ତ ହୋଇ ବନ୍ଦିଶାଳାର ପ୍ରାଙ୍ଗଣରେ ଠିଆ ହେଲେ। ପାଞ୍ଜିଆଙ୍କର କାର୍ଯ୍ୟ ଥିଲା, ସେ ବନ୍ଦୀମାନଙ୍କୁ ବୁଝାଇ ଦେବେ ଯେ ଦୟାବାନ୍ ବାଲିରାଜା ସେମାନଙ୍କୁ ଚିରଦନ ନିମନ୍ତେ ମୁକ୍ତ କରୁଛନ୍ତି। ପାଞ୍ଜିଆ ତାଙ୍କ

କାର୍ଯ୍ୟ ଉପରେ ଯାଇ ଠିଆହେଲେ। ଅଜଙ୍ଗ ଲୁଚି ଲୁଚି ବାଲିରାଜାଙ୍କ ଅଜ୍ଞାତରେ କେତେ ଜଣ ନର ନାରୀଙ୍କୁ ମୁକ୍ତ କଲା।

ବାଲିରାଜା ଉପର ଏବଂ ତଳର ସମସ୍ତ ବନ୍ଦୀଙ୍କୁ ମୁକ୍ତ କରି ସେମାନଙ୍କ ମନରେ ଦମ୍ଭ ଦେଲେ, ଆଶା ଦେଲେ। ମୁକ୍ତ ବନ୍ଦୀମାନେ ରାଜାଙ୍କର ଗୋଡ଼ତଳେ ଲମ୍ବ ଲମ୍ବ ହୋଇ ପଡ଼ିଲେ। ଅଧିକାଂଶ ଭାରତୀୟ ହେଲେ ମଧ୍ୟ ସମସ୍ତେ ନୁହନ୍ତି। ଏସିଆ ମହାଦେଶସ୍ଥ ଅନ୍ୟାନ୍ୟ ଦେଶର ଲୋକେ ମଧ୍ୟ ସେମାନଙ୍କ ମଧ୍ୟରେ ଅଛନ୍ତି। ରାଜା ପାଞ୍ଜିଆକୁ ଡାକି କହିଲେ, ତୁମେ ଏବେ ସମୁଦ୍ରକୂଳକୁ ଯାଇ ମୋର ନାବିକମାନଙ୍କୁ କୁହ ସେମାନେ ଖାଦ୍ୟର ଆୟୋଜନ କରନ୍ତୁ। ବ୍ରହ୍ମଦେଶରୁ ମୁଁ ଏଥିପାଇଁ କ୍ରୟ କରି ମଧ୍ୟଭଳିଆ ଦୁଇଟି ବୋଇତ ଖାଦ୍ୟ-ସାମଗ୍ରୀରେ ପୂର୍ଣ୍ଣ କରି ଆଣିଛି। ଲୁଗାପଟା ମଧ୍ୟ ଯଥେଷ୍ଟ ଅଛି, ଯାଅ।

ପାଞ୍ଜିଆ ଶବ୍ଦାୟମାନ ନରସମୁଦ୍ର ଭେଦ କରି ଚାଲିଗଲେ। ସେତେବେଳ ଯାଏ ବାଲିରାଜା ଚଞ୍ଚଳାକୁ ଦେଖି ନ ଥିଲେ। ହଠାତ୍ ଚିନ୍ତାକଲେ, ଚଞ୍ଚଳା କାହିଁ? ପ୍ରକୃତରେ ଚଞ୍ଚଳା କାହିଁ? ସେ ତ ନିକଟରେ ନାହିଁ। ବାଲିରାଜା ଉଦ୍‌ବିଗ୍ନତାର ସହିତ ଏଣେ ତେଣେ ଚାହିଁଲେ। ଦେଖିଲେ, ନିକଟରେ ଅଜଙ୍ଗ ଠିଆ ହୋଇ ହାତ ହଲାଇ କାହା ସଙ୍ଗେ କଥାବାର୍ତ୍ତା କରୁଛି। ସେ ଅଜଙ୍ଗ ନିକଟକୁ ଯାଇ ଧୀରେ ଧୀରେ ତାର ମୁଣ୍ଡ ଉପରେ ହସ୍ତ ସ୍ଥାପନ କଲେ।

ଅଜଙ୍ଗ ଚମକି ପଡ଼ି ପଛକୁ ଚାହିଁଲା, ତା ରାଜା।

ରାଜା ସଙ୍ଗେ ସଙ୍ଗେ ପଚାରିଲେ, ଅଜଙ୍ଗ, ଚଞ୍ଚଳା କାହିଁ?

ଅଜଙ୍ଗ ଜାଣେ ନାହିଁ ବୋଲି ମୁଣ୍ଡ ହଲାଇ କହିଲା, ଚଞ୍ଚୋଲା କାହୋଁ। ସେ ସଙ୍ଗେ ସଙ୍ଗେ ସେହି ଲୋକମାନଙ୍କ ଭିତରେ ଅଦୃଶ୍ୟ ହୋଇଗଲା।

ବାଲିରାଜା ଅଗଣାର ଗୋଟିଏ ସ୍ଥାନରୁ ଅନ୍ୟସ୍ଥାନକୁ ଯାଇ ମନେ ମନେ ଚଞ୍ଚଳାକୁ ଖୋଜିଲେ। ସେ ଯେଉଁଆଡ଼େ ଯାଉଥାନ୍ତି ଲୋକେ ଦୁଇ ପାଖକୁ ଆଡ଼େଇ ହୋଇ ତାଙ୍କୁ ବାଟ ଛାଡ଼ି ଦେଉଥାନ୍ତି। ବିନୀତ ଭାବରେ ମସ୍ତକାବନତ କରି ପ୍ରଣାମ କରୁଥାନ୍ତି।

କିଛିଦୂର ଅଗ୍ରସର ହୋଇ ରାଜା ଦେଖିଲେ, ଗୋଟିଏ କାନ୍ଥର କରରେ ଅନେକ ଲୋକ ଠିଆ ହୋଇ ନିଜର ସମସ୍ତ ଦୁଃଖ ଭୁଲି ସ୍ଥିରଚକ୍ଷୁରେ କଣ ଦେଖୁଛନ୍ତି। ସେ ନିକଟକୁ ଯାଇ ଦେଖିଲେ ଜଣେ ପୁରୁଷ ଏବଂ ଜଣେ ସ୍ତ୍ରୀ ପରସ୍ପରକୁ ଆଲିଙ୍ଗନ କରି କାନ୍ଦୁଛନ୍ତି। ମୁକ୍ତବନ୍ଦୀମାନଙ୍କ ମଧ୍ୟରୁ କିଏ କେତେ ପ୍ରକାର ଅର୍ଥ କରି ତାର ନିକଟସ୍ଥ ଲୋକକୁ ଏହାର କାରଣ ବୁଝାଉଛି। ସେ ସନ୍ତୁଷ୍ଟ ନ ହୋଇ ମୁଣ୍ଡ ହଲାଉଛି।

ବାଲିରାଜା ସଙ୍ଗେ ସଙ୍ଗେ ଘଟଣାଟି ବୁଝିନେଲେ। ଭାଇ ଭଉଣୀଙ୍କର ମିଳନ ଦେଖି ସେ ଭାରି ଖୁସି ହେଲେ। ତାଙ୍କର ଚକ୍ଷୁରୁ କରୁଣାର ଅଶ୍ରୁ ବିନ୍ଦୁ ଗଡ଼ି ପଡ଼ିଲା। ସେ ପୂର୍ବ ପରି ଦଣ୍ଡାୟମାନ ହୋଇ ଚିନ୍ତାକଲେ, ବୋଧହୁଏ ଚଞ୍ଚଳା ତାର ଭାଇ ଅଧିରାଜ ନିକଟରେ ରହିବ। ସେଇଆ ତ ବାଞ୍ଛନୀୟ। ରମଣୀର ଅକଥନ ବୋଝରୁ ମୁଁ ମୁକ୍ତ ହେବି।

କିଏ ଜଣେ ଆର ପାଖରୁ ବୁଲିପଡ଼ି ଚିତ୍କାର କଲା, ଚଞ୍ଚୋଲୋଁ। ଚଞ୍ଚଳା ଅଜଙ୍ଗର ପାଟି ବାରି ଚାରିଆଡ଼କୁ ଅନାଇଲା। ଦେଖିଲା, ଟିକିଏ ଦୂରରେ ସ୍ୱୟଂ ବାଲିରାଜା ଦଣ୍ଡାୟମାନ ହୋଇ ସେମାନଙ୍କୁ ଅନାଇଛନ୍ତି। ଅଧିରାଜର କାନରେ ସେ କଣ ଚୁପ କରି କହିଦେଲା।

ଉଭୟେ ବାଲିରାଜାଙ୍କ ନିକଟକୁ ଆସିଲେ। ରାଜା କିଛି କହିବା ପୂର୍ବରୁ ଦୁଇଜଣଯାକ ତାଙ୍କ ପଦତଳେ ମସ୍ତକ ଲଗାଇ ଦେଲେ। ବାଲିରାଜାଙ୍କର ଆଦେଶ ପାଳିତ ହେଲା।

ଚଞ୍ଚଳା ବିନୀତ ଭାବରେ କହିଲା, ଆପଣଙ୍କୁ ଧନ୍ୟବାଦ ଦେବାର ସାହସ...

ସେ ସାହସ ତୁମଠାରେ ନାହିଁ, ଏ ସ୍ଥଳରେ ଧନ୍ୟବାଦ କେବଳ ଭଗବାନଙ୍କୁ ଦିଆଯାଇ ପାରେ, ମୋତେ ନୁହେଁ। ମୁଁ ମୋର କର୍ତ୍ତବ୍ୟ ପାଳିଛି, ଏତିକି।

ଏକସ୍ୱରରେ କେତେଜଣ ଲୋକ ଆନନ୍ଦରେ କରତାଳି ମାରି ଚିତ୍କାର କଲେ ରାଜା ରାଣୀଙ୍କର ମଙ୍ଗଳ ହେଉ।

ବାଲିରାଜା ଅସମ୍ମତି ପ୍ରକାଶ କଲାଭଳି ମୁଣ୍ଡ ହଲାଇଲେ ସତ, ବାଧାଦେଲେ ନାହିଁ। ଦେଖିଲେ ଚଞ୍ଚଳାର ମୁଖ ଅବନତ।

ବାଲିରାଜା ଯେତେ ଶୀଘ୍ର ସୂର୍ଯ୍ୟଦ୍ୱୀପ ତ୍ୟାଗ କରିବେ ବୋଲି ମନସ୍ଥ କରିଥିଲେ ସମୁଦ୍ର ଏବଂ ଆକାଶର ଅବସ୍ଥା ଯୋଗୁ ତାହା କାର୍ଯ୍ୟରେ ପରିଣତ କରି ପାରିଲେ ନାହିଁ। ବାଧ୍ୟ ହୋଇ ଏକ ସପ୍ତାହ ଅଟକି ରହିଲେ। ପରେ ସମସ୍ତ ଆୟୋଜନ କରି ପ୍ରାୟ ସମସ୍ତଙ୍କୁ ଜବଦ୍ୱୀପ ପଠାଇଦେଲେ ! ମୁକ୍ତ ବନ୍ଦୀମାନଙ୍କ ମଧ୍ୟରୁ ଦୁଇଜଣ, ପ୍ରହରୀ ଦୁଇଜଣ ଏବଂ ନାବିକମାନଙ୍କୁ ସଙ୍ଗରେ ନେଇ ଜବଦ୍ୱୀପରୁ ଆଣିଥିବା ପ୍ରକାଣ୍ଡ ବୋଇତରେ ତାମ୍ରଲିପ୍ତ ଯାତ୍ରା କଲେ।

ବାଲିରାଜା, ଚଞ୍ଚଳା ଏବଂ ଅଧିରାଜ ତିନିଜଣଙ୍କର ମନ ଆନନ୍ଦରେ ନାଚି

ଉଠିଲା। ବହୁଦିନ ପରେ ସହସ୍ର ବାଧାବିଘ୍ନ ଅତିକ୍ରମ କରି ସେମାନେ ପୁନର୍ବାର ଜନ୍ମଭୂମିକୁ ଫେରି ଆସୁଛନ୍ତି। ଜଗତର ରାଣୀ ଭାରତବର୍ଷ, ଭାରତର ସନ୍ତାନ ବୋଲି ଜଳଯାତ୍ରୀଙ୍କର ମନ ଆନନ୍ଦରେ ଅଧୀର। ସେମାନେ ମନେ ମନେ ଗର୍ବ କରୁଛନ୍ତି। ସଗର ଦ୍ୱୀପରେ ଉପସ୍ଥିତ ହେବାଯାଏ ଏମାନଙ୍କ ଉପରେ କୌଣସି ବିପଦ ପଡ଼ି ନ ଥିଲା। ସଗର ଦ୍ୱୀପର ନିକଟବର୍ତ୍ତୀ ହେଲା ବେଳେ ହଠାତ୍ ଦୁଇ ଖଣ୍ଡ ମଧ୍ୟଭଳିଆ ବୋଇତ ସ୍ଥଳ ଭାଗର ନିକଟରେ ସେମାନଙ୍କୁ ଆକ୍ରମଣ କରିବାକୁ ଉଦ୍ୟତ ଥିଲା ଭଳି ଜଣା ଗଲା। ତେଣୁ ସେମାନେ ବାଧ୍ୟ ହୋଇ ସଗରଦ୍ୱୀପରେ ଚାରିଦିନ କଟାଇଲେ। ତଥାପି, ବୋଇତ ଦୁଇଟି ସଗର ଦ୍ୱୀପ ତ୍ୟାଗ କଲେ ନାହିଁ। ଏଣେ ଦିନ ଯେତିକି ଡେରି ହେଉଛି, ବାଲିରାଜାଙ୍କର ମନ ସେତିକି ଅସ୍ଥିର ହେଉଛି। ତିଥି ଜଣା ନ ଥିଲେ ମଧ୍ୟ ଚନ୍ଦ୍ରଙ୍କୁ ଅନାଇଲେ ଜଣାଯାଉଛି, ଯେପରି ପୂର୍ଣ୍ଣିମା ମୋଟେ ତିନି ଚାରି ଦିନ ଅଛି। କର୍ତ୍ତବ୍ୟ କଣ ?

ସେଦିନ ଦୁଇ ଖଣ୍ଡ ବୋଇତରୁ ଗୋଟିଏ ବୋଇତ ଅଦୃଶ୍ୟ ହୋଇଗଲା। ବାଲିରାଜାଙ୍କ ମନରେ ସନ୍ଦେହ ହେଲା। ଅନେକ ସମୟ ଚିନ୍ତା କରି ସେ ଘଟଣାର ମର୍ମ ସ୍ଥିର କରି ପାରିଲେ। ସେହି ରାତ୍ରିରେ ସେ ବୋଇତ ଉପରେ ଚଢ଼ାଉ କଲେ।

ମେଦିନୀପୁର ଜିଲାର ରୂପନାରାୟଣ ନଦୀକୂଳସ୍ଥ ଆଧୁନିକ ତାମ୍ରଲୁକ ଗ୍ରାମଟିକୁ ଦେଖି କିଏ ବିଶ୍ୱାସ କରିବ ଯେ, ଏହା ଦିନେ ଭାରତର ଗୋଟିଏ ସମୃଦ୍ଧିଶାଳୀ ପ୍ରଧାନ ନଗରୀ ଥିଲା ? କେବଳ ଭାରତର କାହିଁକି, ପୂର୍ବ ଗୋଲାର୍ଦ୍ଧର ସମସ୍ତ ଦେଶରେ ଏହାର ଖ୍ୟାତି ବ୍ୟାପିଥିଲା। ଆଜି ଯେଉଁ ତାମ୍ରଲୁକ ଗ୍ରାମଟି ସମୁଦ୍ର କୂଳରୁ ପ୍ରାୟ ଷାଠିଏ ମାଇଲ ଦୂରରେ ଅବସ୍ଥିତ, ଦିନେ ତାହା ସମୁଦ୍ର କୂଳରେ ଅବସ୍ଥିତ ଥିଲା।

ଯେଉଁ ସମୟର ଘଟଣା ବର୍ଣ୍ଣନା କରିଯାଇଛି ସେତେବେଳକୁ ତାମ୍ରଲିପ୍ତ ସମୁଦ୍ରରୁ ପ୍ରାୟ ନଅ ମାଇଲ ଦୂରରେ ଥିଲା। କଳିଙ୍ଗ ଉପକୂଳରେ ଏହା ଥିଲା ପ୍ରଧାନ ବନ୍ଦର। ସହରର ଲୋକମାନଙ୍କ ମଧ୍ୟରୁ ଅଧିକାଂଶ ଥିଲେ ହିନ୍ଦୁ ଧର୍ମାବଲମ୍ବୀ; କିନ୍ତୁ ବୌଦ୍ଧ ସଂଘ ଏବଂ ବୌଦ୍ଧ ବିହାର ଅନେକ ଥିଲା। ଅନେକ ବୌଦ୍ଧ ସନ୍ନ୍ୟାସୀ ଥିଲେ। ତାମ୍ରଲିପ୍ତର କୈବର୍ତ୍ତ ରାଜା କାହ୍ନୁ ଭୂୟାଁ। ପ୍ରତ୍ୟେକ ଧର୍ମକୁ ସମ୍ମାନ ଦେଖାଉଥିଲେ, ମାତ୍ର ନିଜେ ଥିଲେ ହିନ୍ଦୁ।

ସହରଟି ଦେଖିବାକୁ ମନୋହର। ଦ୍ୱିତଳ, ତ୍ରିତଳ, ଏପରିକ ଚତୁସ୍ତଳ

ପ୍ରାସାଦମାନ ରାଜପଥର ଦୁଇପାଖେ ଠିଆ ହୋଇଥିଲେ। ତାମ୍ରଲିପ୍ତରେ କେବଳ ସାଧବମାନେ ବାସ କରୁ ନ ଥିଲେ। ସାଧବମାନଙ୍କର ବୋଇତ ଚଳାଇବାକୁ ନାବିକ, ବାଣିଜ୍ୟ ପଦାର୍ଥ ଯୋଗାଇବାପାଇଁ ଅନେକ ଯୋଗାଣିଆ ବରାବର କାର୍ଯ୍ୟବ୍ୟସ୍ତ ଥିଲେ।

ତାମ୍ରଲିପ୍ତରୁ ବିଦେଶକୁ ପଠାହେଉଥିବା ପଦାର୍ଥମାନଙ୍କ ମଧ୍ୟରେ ଛିଟା, ରେସମୀ, ମଠା ପ୍ରଭୃତି ନାନା ଜାତିର ଲୁଗା, ସ୍ୱର୍ଣ୍ଣ ଏବଂ ରୌପ୍ୟର ଅଳଙ୍କାର, ନାନାଜାତି ରତ୍ନ, ଲବଣ, ଚନ୍ଦନକାଠ ଇତ୍ୟାଦି ହେଉଛି ପ୍ରଧାନ। ଏ ସମସ୍ତ ଯୋଗାଇବାକୁ ତାମ୍ରଲିପ୍ତରେ ଅନେକ ଲୋକ ଥିଲେ। କିନ୍ତୁ ସାଧାରଣତଃ ସାଧବମାନେ ଥିଲେ ବଡ଼ଲୋକ।

ତାମ୍ରଲିପ୍ତରୁ ଗୌଡ଼ ଏବଂ ଉତ୍କଳର ଅନ୍ୟାନ୍ୟ ଅନେକ ସ୍ଥାନକୁ ସେ କାଳର ପକ୍‌କା ରାସ୍ତା ପଡ଼ିଥିଲା। ଏହି ରାସ୍ତାବାଟେ ଲୋକେ ବଣିଜ ପଦାର୍ଥ ନେଇ ତାମ୍ରଲିପ୍ତକୁ ଆସୁଥିଲେ। ତେଣୁ ଦେଶ ଭିତର ସଙ୍ଗେ ତାମ୍ରଲିପ୍ତର ଘନିଷ୍ଠ ସମ୍ପର୍କ ଥିଲା।

ରୂପନାରାୟଣ ନଦୀର ବକ୍ଷ ଶତଶତ ବୋଇତରେ ପୂର୍ଣ୍ଣ ଥିଲା। ବିଭିନ୍ନ ଦେଶରୁ ଲୋକେ ବାଣିଜ୍ୟ କରିବାକୁ ଆସି ନଦୀ କୂଳରେ ଆଶ୍ରୟ ଗ୍ରହଣ କରୁଥିଲେ। ଏପରି କି କେବଳ ତାମ୍ରଲିପ୍ତ ସହର ଦେଖିବାକୁ ଲୋକେ ବହୁଦୂରରୁ ଆସୁଥିଲେ। କୋଟି-କୀର୍ତ୍ତି-ମାଳିନୀ ଉତ୍କଳ-କମଳାଙ୍କ ମସ୍ତକସ୍ୱରୂପ ତାମ୍ରଲିପ୍ତ ଆଜି ବଙ୍ଗଦେଶର ଗୋଟିଏ କ୍ଷୁଦ୍ର ନଗଣ୍ୟ ପଲ୍ଲୀ। ତାର ଅତୀତ ଆଜି ଭୂଗର୍ଭରେ ଲୁପ୍ତ।

ସହରଟି ଅନେକଗୁଡ଼ିଏ ସାହିରେ ବିଭକ୍ତ। ସାଧବମାନେ ସମସ୍ତେ ଗୋଟିଏ ସାହିରେ ବାସ କରୁ ନ ଥିଲେ। ସହରର ପ୍ରତ୍ୟେକ ପଡ଼ା ବା ସାହିରେ ନିଜ ନିଜର ବୃହତ୍ ଅଟ୍ଟାଳିକାମାନ ନିର୍ମାଣ କରିଥିଲେ। ଯେଉଁ ସମୟର ଘଟଣା, ସେ ସମୟକୁ ତାମ୍ରଲିପ୍ତର ନୌବାଣିଜ୍ୟ ହ୍ରାସ ଲଭିଥିଲା। ଏହାର ପ୍ରଧାନ କାରଣ, ରୂପନାରାୟଣ ନଦୀ ପ୍ରତିବର୍ଷ ସମୁଦ୍ରରେ ପଟୁ ପକାଇ ସମୁଦ୍ରକୁ ଦୂରକୁ ଠେଲି ନେଉଥିଲା। ଦ୍ୱିତୀୟତଃ ସାଧବମାନେ ସମୁଦ୍ରର ଜଳଦସ୍ୟୁ ଭୟରେ ଆଉ ବୋଇତ ନେଇ ଅଧିକ ଦୂର-ଦେଶରେ ବାଣିଜ୍ୟ କରିବାକୁ ନ ଯାଇ ବାପ ଅଜାଙ୍କର ସଂଚିତ ଧନ ବ୍ୟୟ କରି ସୁଖରେ ରହିବାକୁ ଇଚ୍ଛା କଲେ। ପାଶ୍ଚାତ୍ୟ ଦେଶମାନଙ୍କ ପରି ଉତ୍କଳର ରାଜାମାନେ ସେମାନଙ୍କୁ ଉତ୍ସାହିତ କରୁ ନ ଥିଲେ। ସେମାନେ ଧନୀ ଏହି ଚିନ୍ତାରେ ବରଂ ତାମ୍ରଲିପ୍ତର ରାଜାମାନେ ବୃଥା କଥା ନେଇ ସାଧବମାନଙ୍କ ଉପରେ ଅତ୍ୟାଚାର କରିବାରୁ କୁଣ୍ଠିତ ହେଉ ନ ଥିଲେ।

ସପ୍ତମ ଶତାବ୍ଦୀରେ ଯେତେବେଳେ ହର୍ଷବର୍ଦ୍ଧନ ଭାରତ ସିଂହାସନ ଅଳଂକୃତ କରି ଦେଶବିଦେଶ ବିଜୟ କରିବାରେ ବ୍ୟସ୍ତ ଥିଲେ, ସେତେବେଳେ ଲଳିତେନ୍ଦୁ

କେଶରୀ ଲିଙ୍ଗରାଜଙ୍କର ଜଗତ ବିଖ୍ୟାତ ମନ୍ଦିର ନିର୍ମାଣରେ ନିଯୁକ୍ତ ଥିଲେ। ଏଣେ ତାମ୍ରଲିପ୍ତରେ କାହ୍ନୁ ଭୂୟାଁ ରାଜତ୍ୱ କରି ବଣିକମାନଙ୍କୁ ବାଣିଜ୍ୟ କରିବାକୁ ଉତ୍ସାହିତ କରୁଥିଲେ। କେବଳ ତାଙ୍କରି ପ୍ରରୋଚନାରେ ସାଧବ ସଭା ତାମ୍ରଲିପ୍ତରେ ବସିବାର ଆୟୋଜନ ହୋଇଥିଲା।

ବ୍ରହ୍ମଦେଶରୁ ଫେରି ନାରାୟଣ ସାଧବ ସେହି ଆୟୋଜନ କରିବାରେ ଲାଗିଗଲେ। ଧନ ସ୍ରୋତମୁହଁରେ ଛୁଟିଲା। ବ୍ରହ୍ମଦେଶରୁ ଫେରି ନାରାୟଣ ସାଧବ ଅପରିମିତ ଧନ ଭୁବନେଶ୍ୱର ପଠାଇଦେଲେ। ବାହାରେ କହି ବୁଲିଲେ, ମନ୍ଦିରର ପ୍ରତିଷ୍ଠା ନିମନ୍ତେ ସେ ଧନ ଦେବାଳୟକୁ ଦାନ କରିଛନ୍ତି। ତତ୍‌ପରେ ଅପର୍ଯ୍ୟାପ୍ତ ଧନ ବ୍ୟୟ କରି ତାମ୍ରଲିପ୍ତର ଆବାଳବୃଦ୍ଧବନିତାଙ୍କୁ ଭୋଜି ଖୁଆଇଲେ। ଦେଶର ନାନା ସ୍ଥାନରେ ବ୍ରାହ୍ମଣମାନଙ୍କୁ ଭୋଜନ ଦେଇ ବହୁ ଧନ ଅର୍ପଣ କଲେ। କାହ୍ନୁ ଭୂୟାଁଙ୍କୁ ମଧ୍ୟ ଉପହାର ସ୍ୱରୂପ ସେ ବହୁ ଧନ ଉପହାର ଦେଲେ। ଏ ସମସ୍ତର ଭିତିରିଆ କାରଣ କଣ ରାଧାଶ୍ୟାମଙ୍କ ପରି ପ୍ରଧାନ ଶତ୍ରୁ ସୁଦ୍ଧା ଚିନ୍ତାକରି କୌଣସିମତେ ସ୍ଥିର କରି ପାରିଲେ ନାହିଁ। ଯହିଁ ଶୁଣ ତହିଁ ନାରାୟଣ ସାଧବଙ୍କର ପ୍ରଶଂସା ! ପ୍ରତ୍ୟେକ ଦେବାଳୟରେ ନାରାୟଣ ସାଧବଙ୍କର ମଙ୍ଗଳ କାମନା କରି ପୁରୋହିତମାନେ ପୂଜା କରୁଛନ୍ତି।

ବ୍ରହ୍ମଦେଶରୁ ଫେରିବାର ଏକ ସପ୍ତାହ ପରେ ଶୁଣାଗଲା ନାରାୟଣ ସାଧବଙ୍କର ଗୋଟିଏ ପୁତ୍ର ସନ୍ତାନ ଜାତ ହୋଇଛି। ଏ ସମ୍ବାଦ ଶୁଣି ଲୋକେ ସନ୍ତୁଷ୍ଟ ହୋଇ ପୁତ୍ରର ଦୀର୍ଘାୟୁ କାମନା କଲେ। ଯେଉଁ ମୁଷ୍ଟିମେୟ ଶତ୍ରୁ ତାଙ୍କ ବିପକ୍ଷରେ ନାନା କଥା କହିଲେ, ସେମାନେ ଲୋକଙ୍କର ଚକ୍ଷୁ-ଶୂଳ ହୋଇ ପଡ଼ିଲେ। ନାରାୟଣ ସାଧବ ଲୋକଙ୍କୁ ପଟେଇ ରଖିଥିଲେ। ନଦୀକୂଳରେ ସାଧବ ସଭାର ଆୟୋଜନ ହେଉଥିଲା। ବହୁମୁଦ୍ରା ବ୍ୟୟକରି ଦୂରଦେଶାଗତ ବିଦେଶୀ ବଣିକମାନଙ୍କର ରହିବା ପାଇଁ ନଦୀ କୂଳେ କୂଳେ ଅନେକ କୋଠା ତୋଳା ହୋଇଥିଲା। ଏ ସବୁର ବ୍ୟୟଭାର ନାରାୟଣ ସାଧବ ନିଜେ ବହନ କରିଥିଲେ।

ସହରଟି ବଡ଼ ବିଚିତ୍ର ଭାବରେ ସଜା ହୋଇଥିଲା। ପ୍ରତ୍ୟେକ ଅଟ୍ଟାଳିକା ଉପରେ ପତାକା, ପ୍ରତ୍ୟେକ ଲୋକ ମୁହଁରେ ହସ, ସତେ ଯେପରି ସମସ୍ତେ ଆନନ୍ଦମଗ୍ନ। କାହାର ମନରେ ଟିକିଏ ହୋଇ ଦୁଃଖ ନାହିଁ। ସେ ସମୟରେ ପରଦା ପ୍ରଥା ନ ଥିଲା। ସ୍ତ୍ରୀଲୋକମାନେ ନିର୍ଭୟରେ ରାଜପଥରେ ଭ୍ରମଣ କରୁଥିଲେ।

ତ୍ରୟୋଦଶୀ ଦିନ ସନ୍ଧ୍ୟା ସମୟରେ ବାଲିରାଜାଙ୍କର ବୋଇତ ତାମ୍ରଲିପ୍ତରେ ଲାଗିଲା। ସ୍ୱୟଂ କାହ୍ନୁ ଭୂୟାଁ ଆସି ତାଙ୍କୁ ଅଭ୍ୟର୍ଥନା କରି ସଭାରେ ଯୋଗ ଦେବା ନିମନ୍ତେ ଅନୁମତି ପତ୍ର ଦେଲେ। ବାଲିରାଜା ଅନୁମତି ପତ୍ର ପଢ଼ି ମନେ ମନେ ଖୁସି

ହେଲେ । ସେହି ପତ୍ର ନେଇ ଚଞ୍ଚଳା ଏବଂ ଅଧିରାଜ ପ୍ରଭୃତି ସଭାଗୃହରେ ପ୍ରବେଶ କରିପାରିବେ । କାହ୍ନୁ ଭୂୟାଁଙ୍କୁ ପଚାରି ବୁଝିଲେ ଯେ ଭଦ୍ର ଘରର ସ୍ତ୍ରୀଲୋକମାନଙ୍କ ନିମନ୍ତେ ଉପଯୁକ୍ତ ବନ୍ଦୋବସ୍ତ କରାଯାଇଛି ।

ବୋଇତରୁ ଓହ୍ଲାଇ ବାଲିରାଜା, ଅଜଙ୍ଗ, ଚଞ୍ଚଳା ଏବଂ ଅଧିରାଜ ନଦୀକୂଳରେ ବୁଲି ବୁଲି ତାମ୍ରଲିପ୍ତର ସୌନ୍ଦର୍ଯ୍ୟ ଅବଲୋକନ କରି ବିସ୍ମିତ ହେଉଥିଲେ । ବାଲିରାଜାଙ୍କର ଆଗମନ ବାର୍ତ୍ତା ଶୁଣି ନାରାୟଣ ସାଧବ ତାଙ୍କୁ ନିମନ୍ତ୍ରଣ କରିବାକୁ ପାଲିଙ୍କି ଚଢ଼ି ନଦୀ କୂଳକୁ ଆସିଲେ । ମାତ୍ର ସେ ଦୂରରୁ ଯାହା ଦେଖିଲେ, ସେଥିରେ ତାଙ୍କର ହୃଦୟ ଭୟରେ ଥରି ଉଠିଲା । ଚଞ୍ଚଳା ଏବଂ ଅଧିରାଜ ! ଏମାନେ ବାଲିରାଜାଙ୍କ ସାଙ୍ଗକୁ ଆସିଲେ କୁଆଡୁ ? ଅଧିରାଜ ତ ସୂର୍ଯ୍ୟଦ୍ୱୀପରେ ବନ୍ଦୀ ଥିଲା । ଚଞ୍ଚଳାକୁ ତ ବାଲିଦ୍ୱୀପରେ ଛାଡ଼ି ଆସିଥିଲେ ? ତେବେ ସେମାନେ ଆସିଲେ କିପରି ? ସେ ସଭା ଭବନର ଅସମ୍ପୂର୍ଣ୍ଣ ଗୃହ ମଧ୍ୟକୁ ପାଲିଙ୍କି ନେବାକୁ କହିଲେ । ଆଦେଶ ପାଳିତ ହେଲା । ନାରାୟଣ ଗୋଟିଏ ପ୍ରକୋଷ୍ଠରେ ପଶି ଏମାନଙ୍କ ଗତି ଲକ୍ଷ୍ୟ କଲେ ।

ନାରାୟଣ ସାଧବ ଦେଖିଲେ, କିଛି ସମୟ ପରେ ଖଣ୍ଡେ ସବାରୀ ଓ ତିନି ଖଣ୍ଡ ପାଲିଙ୍କି ଆସି ବାଲିରାଜା ଟହଲୁଥିବା ସ୍ଥାନରେ ଉପସ୍ଥିତ ହେଲା । ଆଗ ପାଲିଙ୍କିରୁ ଜଣେ ଭଦ୍ରଲୋକ ଓହ୍ଲାଇ ବାଲିରାଜାଙ୍କୁ ପ୍ରଣାମ କଲେ । ସେ ଭଦ୍ରଲୋକ ଆଉ କେହି ନୁହନ୍ତି—ସ୍ୱୟଂ ରାଧାଶ୍ୟାମ । ରାଧାଶ୍ୟାମଙ୍କୁ ଦେଖି ନାରାୟଣ କ୍ରୋଧରେ ଗର୍ଜି ଉଠିଲେ । ଚିତ୍କାର କରି ନିଜକୁ ନିଜେ କହିଲେ, ଭୀଷଣ ଷଡ଼ଯନ୍ତ୍ର ଓଃ !

ବାଲିରାଜା ରାଧାଶ୍ୟାମଙ୍କୁ ଏକାଥରେ ଆଲିଙ୍ଗନ କରି, ତାଙ୍କ କାନରେ କଣ ଦୁଇପଦ କହିଲେ । ରାଧାଶ୍ୟାମ ଟିକିଏ ଦୂରକୁ ଘୁଞ୍ଚିଯାଇ ବାଲିରାଜାଙ୍କୁ ସ୍ଥିରଦୃଷ୍ଟିରେ ଅନାଇଁ ମୁଣ୍ଡ ଟୁଙ୍ଗାରିଲେ । ସନ୍ଧ୍ୟା ହୋଇ ଆସୁଥିବାରୁ ନାରାୟଣ ବିଶେଷ କିଛି ଦେଖି ପାରିଲେ ନାହିଁ; ତାଙ୍କୁ ଜଣାଗଲା, ଯେପରି ବାଲିରାଜା ଏବଂ ଅନ୍ୟମାନେ ପାଲିଙ୍କି ଚଢ଼ି ତାମ୍ରଲିପ୍ତର ଜନସ୍ରୋତ ଭିତରେ ମିଶିଗଲେ ।

ବାଲିରାଜା ଅଦୃଶ୍ୟ ହୋଇଯିବା ପରେ ନାରାୟଣ ସାଧବ ପାଗଳ ପରି ନଦୀ କୂଳକୁ ଧାଇଁଲେ । ବେହେରାମାନେ ତାଙ୍କର ଅନୁଗମନ କଲେ । ନଦୀ କୂଳରେ ଉପସ୍ଥିତ ହୋଇ ଦେଖିଲେ, ବୋଇତରେ କେତେଜଣ ଲୋକ ଟହଲୁଛନ୍ତି । ହାତ ଠାରି ସେମାନଙ୍କ ମଧ୍ୟରୁ ଜଣକୁ ପାଖକୁ ଡାକିଲେ । ସେ ନିକଟକୁ ଆସିବାରୁ ନାରାୟଣ ସାଧବ ଚାରିଆଡ଼କୁ ଚାହିଁ ପଚାରିଲେ, ଏ ବୋଇତ କାହାର ?

ଲୋକଟି ବାଲିରାଜାଙ୍କର ଜଣେ ନାବିକ । ସେ କୌଣସି ସନ୍ଦେହ ନ କରି ମାନ୍ୟ ଦେଖାଇ କହିଲା, ବାଲିରାଜାଙ୍କର ।

କେଉଁଠୁ ଆସିଛି ?

ଆଜ୍ଞା, ସୂର୍ଯ୍ୟଦ୍ୱୀପରୁ।

ସୂର୍ଯ୍ୟଦ୍ୱୀପରୁ ?

ନାରାୟଣ ସାଧବଙ୍କର ଆପାଦ ମସ୍ତକ ଭୟରେ କମ୍ପିତ ହେଲା। ସେ କିଛି ସମୟ ଚିନ୍ତା କରି ପଚାରିଲେ, ଆଚ୍ଛା ନାବିକ, କହି ପାରିବ କି ବାଲିରାଜା ସୂର୍ଯ୍ୟଦ୍ୱୀପକୁ କାହିଁକି ଯାଇଥିଲେ ?

ଆପଣଙ୍କର ତହିଁରେ ଅବଶ୍ୟକ କଣ ?

ଆବଶ୍ୟକ ଅଛି।

ଆପଣ କିଏ ?

ମୁଁ ରାଜାଙ୍କର ଲୋକ। ଏଠାକାର ନିୟମ, ଯେଉଁ ନୂଆ ବୋଇତ ଆସି ଏ ସହରରେ ଲାଗେ, ସେ ବିଷୟରେ ସମସ୍ତ ଘଟଣା ଉତ୍ତମରୂପେ ନ ବୁଝିଲେ ବୋଇତକୁ କୂଳରେ ରହିବାକୁ ଅନୁମତି ଦିଆଯିବ ନାହିଁ।

ଆପଣ ଏ ସମସ୍ତ ଘଟଣା ବାଲିରାଜାଙ୍କଠୁ ଭଲଭାବରେ ବୁଝି ପାରିବେ।

ବାଲିରାଜା କେଉଁଠିକୁ ଯାଇଛନ୍ତି ?

ରାଧାଶ୍ୟାମ ସାଧବ ସେମାନଙ୍କୁ ନିମନ୍ତ୍ରଣ କରି ନେଇଛନ୍ତି।

ତମର ବାଲିରାଜା କ'ଣ ରାଧାଶ୍ୟାମ ସାଧବଙ୍କୁ ଆଗରୁ ଚିହ୍ନିଥିଲେ ?

ଯେତେଦୂର ସମ୍ଭବ ଚିହ୍ନିଥିଲେ। ଆପଣ ଏ ପ୍ରଶ୍ନଗୁଡ଼ାକ ମୋତେ ପଚାରିଛନ୍ତି କିଆଁ ?

ନା, ବିଶେଷ କିଛି କାରଣ ନାହିଁ। ତେବେ ବାଲିରାଜାଙ୍କ ନାମ ଶୁଣି ମୋର ମନରେ କିପରି ଆନନ୍ଦ ଆସୁଛି। ସେ ମୋର ପରିଚିତ ବନ୍ଧୁ। ଆଚ୍ଛା ନାବିକ, ସୂର୍ଯ୍ୟଦ୍ୱୀପର ବନ୍ଦୀମାନଙ୍କୁ ମୁକ୍ତ କରିବାର କଥା ଥିଲା। ମୁଁ ସେଥିନିମନ୍ତେ ବ୍ରହ୍ମଦେଶରେ ରାଜାଙ୍କୁ ତମର କହିଥିଲି। ସେଥି ନିମନ୍ତେ ମୁଁ ଭାରି ଉଦ୍‌ବିଗ୍ନ ଅଛି। କହି ପାରିବ କି ବାଲିରାଜା ସେମାନଙ୍କୁ ମୁକ୍ତ କରିଛନ୍ତି କି ?

ଆଜ୍ଞା ହଁ କରିଛନ୍ତି। ନାବିକ ଭାବିଲା, ବୋଧହୁଏ ଏ ବାଲିରାଜାଙ୍କର ଜନୈକ ଅନ୍ତରଙ୍ଗ ବନ୍ଧୁ। ନୋହିଲେ ଏତେ କଥା ଜାଣନ୍ତେ କିପରି ?

ପ୍ରହରୀମାନେ ବାଧାଦେଲେ ନାହିଁ ?

ଦେଲେ, କିନ୍ତୁ ଶେଷରେ ପରାସ୍ତ ହେଲେ।

ବନ୍ଦୀମାନେ ଅଛନ୍ତି କେଉଁଠାରେ ?

ବାଲିରାଜା ସେମାନଙ୍କୁ ଜବଦ୍ୱୀପକୁ ପଠାଇ ଦେଇଛନ୍ତି। ସେମାନଙ୍କ ମଧ୍ୟରୁ କେବଳ ଦୁଇ ଜଣ, ନା, ପୋତାଧ୍ୟକ୍ଷଙ୍କୁ ଧରି ତିନି ଜଣ ତାମ୍ରଲିପ୍ତ ଆସିଛନ୍ତି।

ପୋତାଧ୍ୟକ୍ଷ କିଏ ?

ସେ ରାଣୀଙ୍କର ଭାଇ । ବାଲିରାଜା ତାଙ୍କୁ ଅଧିରାଜ ବୋଲି ଡାକନ୍ତି ।

ବନ୍ଦୀମାନଙ୍କ ମଧ୍ୟରେ ମଣିଆଁ ବୋଲି କେହି ଥିଲା କି ?

ବୋଧହୁଏ ଥିଲା, ମାତ୍ର ପାଞ୍ଜିଆ ବାଲିରାଜାଙ୍କୁ କହୁଥିବାର ଶୁଣିଛି, ସେ ଅନେକ ଦିନୁ କୌଶଳରେ ବନ୍ଦୀଶାଳାରୁ ପଳାଇଛି ।

ପଳାଇଛି ? ମଣିଆଁ ପଳାଇଛି ଠିକ୍ ଜାଣ ? ନା ମରିଯାଇଛି ?

ଭୀତ ହୋଇ ନାରାୟଣ ସାଧବ ପଚାରିଲେ ।

ନାବିକ ଉତ୍ତର ଦେଲା, ଆପଣ ଏଡ଼େ ଅସ୍ଥିର ହେଉଛନ୍ତି କାହିଁକି ? ମଣିଆଁ କିଛି ଆପଣଙ୍କର କେବେ ଅନିଷ୍ଟ କରିଥିଲା ? ମଣିଆଁ ପଳାଇ ଯାଇଥାଉ କିମ୍ବା ନ ଯାଇଥାଉ, ଏହା ନିଶ୍ଚିତ ଯେ ସେ ମରି ନାହିଁ । ପାଞ୍ଜିଆ ଚାରିଜଣ ମଲା ଲୋକଙ୍କର କଥା ବାଲିରାଜାଙ୍କୁ କହୁଥିଲେ । ସେମାନଙ୍କ ଭିତରେ ମଣିଆଁ ନ ଥିଲା ।

କୃତ୍ରିମ ସନ୍ତୋଷ ପ୍ରକାଶକରି ନାରୟଣ ସାଧବ କହିଲେ, ଭଗବାନ ବିଚାରା ମଣିଆଁକୁ ଜୀବିତ ରଖିଥାନ୍ତୁ । ସେ ମୋର ଶତ୍ରୁ ନୁହେଁ ଯେ ପରମବନ୍ଧୁ, କେବଳ ତାକୁ ଉଦ୍ଧାର କରିବାକୁ ଏତେ ଆୟୋଜନ । ଯଦି ଜାଣ ସେ କେଉଁଠି ଅଛି ମୋତେ କହ ।

ମୁଁ ଜାଣେ ନାହିଁ ।

ଏ ବୋଇତ ଏଠି କେତେଦିନ ରହିବ ?

ବୋଧହୁଏ ସାଧବସଭା ଶେଷ ହେବାଯାଏ ।

ନାରାୟଣ ସାଧବ ନାବିକ ହାତରେ ଗୋଟିଏ ସ୍ୱର୍ଣ୍ଣମୁଦ୍ରା ଗୁଞ୍ଜିଦେଇ ପାଲିଙ୍କି ଚଢ଼ି ଘରକୁ ଫେରିଲେ । କଣ କରିବେ ତାଙ୍କୁ ବୁଦ୍ଧି ଦିଶିଲା ନାହିଁ । ସେ ଭାବିଲେ ସମସ୍ତ ଭିତିରି କଥା ଜଣା ପଡ଼ିଗଲାଣି । ମଣିଆଁ ମୁକ୍ତ । ସେ ଯେ ଧୂମକେତୁ ପରି କେତେବେଳେ ଆସି ତାମ୍ରଲିପ୍ତରେ ଉପସ୍ଥିତ ହୋଇ ସମସ୍ତ ଗୁପ୍ତ ବିଷୟ ପଦାରେ ପକାଇ ଦେବ, ତା କିଏ କହି ପାରିବ ? ସାତ ସମୁଦ୍ରର ସେ ପାଖେ ବାଲିଦ୍ୱୀପ; ସେଠାକାର ରାଜା ଚଞ୍ଚଳାକୁ ହାତରେ ପାଇ ତାଙ୍କ ବିଷୟରେ ଅନେକ କଥା ଜାଣି ପାରିଛନ୍ତି । ଚଞ୍ଚଳାକୁ ନ ମାରି ଛାଡ଼ି ଆସିବା ଠିକ୍ ହୋଇନାହିଁ । କାଲି ଛାଡ଼ି ପହରି ଦିନ ସାଧବସଭା । ଏହି ଦିନକ ଭିତରେ ହୁଏ ତ ବାଲିରାଜା, ଅଧିରାଜ ଏବଂ ଚଞ୍ଚଳାଙ୍କୁ ବନ୍ଦୀକରି ହତ୍ୟା କରିବାକୁ ହେବ କିମ୍ବା ତାଙ୍କ ସଙ୍ଗେ ବନ୍ଧୁତ୍ୱ ସ୍ଥାପନ କରି ନିଜର କରିବାକୁ ହେବ । ନୋହିଲେ ମୁକ୍ତି ନାହିଁ । ସାଧବସଭାରେ ସମସ୍ତଙ୍କ ସମ୍ମୁଖରେ ବାଲିରାଜା ତାଙ୍କୁ ଦୋଷୀ ବୋଲି ପ୍ରମାଣ କରାଇବେ । ନୋହିଲେ ସଙ୍ଗରେ ଦୁଇଜଣ ବନ୍ଦୀ ଆଣିଥାନ୍ତେ କାହିଁକି ? ଥରେ ଦୋଷୀ ବୋଲି ପ୍ରମାଣିତ ହେଲେ, ତେଣିକି କାହ୍ନୁ ଭୂୟାଁଙ୍କ ହାତରେ ଦଣ୍ଡ ଅନିବାର୍ଯ୍ୟ ।

ଏହି ସମସ୍ତ ବିଷୟ ଚିନ୍ତା କରୁ କରୁ ନାରାୟଣ ସାଧବ ହତାଶ ହୋଇ ପଡ଼ିଲେ। ସେ ନିଜର ବୈଠକ ଘରେ ଆରାମ ଚଉକିରେ ବସି ମୁକ୍ତିଲାଭର ଉପାୟ ଚିନ୍ତା କରିବାରେ ଲାଗିଲେ। ଦୁଃଖ ଏବଂ ଭାବୀ ବିପଦର ସମ୍ଭାବନାରେ ତାଙ୍କ ମୁଖ ମଳିନ ଦେଖାଗଲା। ନିଶ୍ୱାସ ଘନ ଘନ ପ୍ରବାହିତ ହେଲା। ଆଖିବୁଜି ଆରାମ-ଚଉକିରେ ପଡ଼ି ଛଟପଟ ହେଲେ। ସତେ ଯେପରି କୃତକର୍ମମାନଙ୍କର ଅନୁଶୋଚନା ଏବଂ ବିବେକର ତାଡ଼ନା ସେ ଆଉ ସହ୍ୟ କରି ପାରୁ ନାହାନ୍ତି। ସତେ ଯେପରି ସମସ୍ତେ ଏକାଠି ହୋଇ ତାଙ୍କର ଧୈର୍ଯ୍ୟବନ୍ଧ ଭାଙ୍ଗିବାକୁ ଦୃଢ଼ପ୍ରତିଜ୍ଞ।

ନାରାୟଣ ସାଧବ ଆଗତ ପ୍ରାୟ ଘଟଣାବଳୀର ଭୀଷଣ ଦୃଶ୍ୟ ଜାଗ୍ରତ-ସ୍ୱପ୍ନରେ ଦେଖୁଥିବା ସମୟରେ ସେହି ଅନ୍ଧକାରମୟ ପ୍ରକୋଷ୍ଠ ମଧ୍ୟରେ ଜଣେ ରମଣୀ ପ୍ରବେଶ କଲେ। କିଛି ସମୟ ପରେ ଜଣେ ଦାସୀ ଆଲୋକ ନେଇ ଉପସ୍ଥିତ ହେଲେ। ଆଲୋକଟିକୁ ତକ୍ତା ଉପରେ ରଖି ନିଃଶବ୍ଦରେ ପ୍ରକୋଷ୍ଠ ତ୍ୟାଗ କଲା। ସେତେବେଳକୁ ରମଣୀ ଅନ୍ୟ ଗୋଟିଏ ଆରାମ ଚଉକି ଉପରେ ବସି ତୀକ୍ଷ୍ଣ ଭୟପୂର୍ଣ୍ଣ ଲୋଚନରେ ନାରାୟଣ ସାଧବଙ୍କର ବିରସ ମୁଖକୁ ଅନାଇ ରହିଥିଲେ।

କାଲିକାର ଧୂସର ମରୁପ୍ରାନ୍ତରବାସିନୀ ସୁଶୀଳା, ଆଜି ନୂଆ ସାଜରେ ବିମଣ୍ଡିତା ହୋଇ ତାମ୍ରଲିପ୍ତର ବିଖ୍ୟାତ ଧନୀ ବଣିକ ନାରାୟଣ ସାଧବଙ୍କ ତ୍ରିତଳ ପ୍ରାସାଦ ଉପରେ। ଏହି ତ ସଂସାରର ପରିବର୍ତ୍ତନ ! ଧୀବରକନ୍ୟା ଆଜି ପ୍ରାସାଦବାସୀ ବ୍ରାହ୍ମଣ ବଣିକଙ୍କର ସ୍ତ୍ରୀ। ଯେଉଁ ସୁଶୀଳା କାଲି ବାଲୁକା ପ୍ରାନ୍ତର ଉପରେ ନାଚି ପ୍ରକୃତିର ଦେହରେ ନିଜର ନଗ୍ନ ଅଙ୍ଗ ମିଶାଇ ଦେବାକୁ ଅସ୍ଥିର ହେଉଥିଲା, ଆଜି ସେ ବସ୍ତ୍ର ଉପରେ ବସ୍ତ୍ର ପରିଧାନ କରି ସ୍ଥିର, ଅଚଞ୍ଚଳ। ଅଳଙ୍କାର ଧାରଣକୁ ଯେ ଦିନେ ରମଣୀର ବନ୍ଧନ ଏବଂ ଦଣ୍ଡ ବୋଲି ମନେକରୁଥିଲା ଆଜି ସେ ହୀରା, ନୀଳାଦି ଖଚିତ ନାନା ଅଳଂକାର ଦେହରେ ଧରି ଭାରବାହୀ ପଶୁରେ ପରିଣତ। ଯେଉଁ ବନ୍ଧନକୁ ସେ ଦିନେ ଘୃଣା କରୁଥିଲା, ତାହାକୁ ହିଁ ଆଜି ସାଦରେ ବରଣ କରିଛି। ତାର ସେ ପୂର୍ବ ପ୍ରାକୃତିକ ସୌନ୍ଦର୍ଯ୍ୟ ଆଉ ନାହିଁ। ତାର ବଳିଷ୍ଠ ଅଙ୍ଗ ଶୀର୍ଣ୍ଣ। ଚିନ୍ତାଶୂନ୍ୟ ହାସ୍ୟମୟ ମୁଖଟିକୁ ସତେ ଯେପରି ଗୋଟିଏ ଭୀଷଣ ଚିନ୍ତା ଘୋଡ଼ାଇ ରଖିଛି। କାଲିକାର ବାଳିକା ସୁଶୀଳା ଆଜି ଜନନୀ। ସେ ଜନନୀ, ଏତିକି ମାତ୍ର ତା'ର ଜୀବନର ଆନନ୍ଦ। ଏହାହିଁ କେବଳ ତା ମନରେ ଗର୍ବ ଆଣେ।

ସେ ରମଣୀ, ସେ ସତୀ ସାଧ୍ଵୀ ସ୍ତ୍ରୀ—ଏହାହିଁ ତା ମନରେ ସନ୍ଦେହ ଆଣେ। ଅତୀତ କାଳର ଗୋଟିଏ କଥା ଏତିକିବେଳକୁ ତାର ମନ ଅଧିକାର କରି ବସେ। ମାରବଦ୍ଵୀପର ସେହି ଉଦ୍ୟାନଟିରେ, ପ୍ରଥମେ ସନ୍ଦେହ, ତା ପରେ ଅଶ୍ରୁ, ତା ପରେ ବରଣମାଳା, ତା ପରେ ଆଲିଙ୍ଗନ ଏବଂ ତା ପରେ.. ?

ପରଦିନ ସଙ୍ଗିନୀର ଜନ୍ମୋତ୍ସବ ଦିନ। ପ୍ରଥମେ ଫୁଲରୁ ହାର... ତାପରେ ଆକ୍ରମଣ ଏବଂ ତାପରେ ? ଶେଷରେ ଆଜି, ବହୁଦିନ ପରେ ! ଓଃ... ଏହି ତ ପ୍ରଥମେ ତା ମନକୁ ଅସ୍ଥିର କରି ପକାଇଥିଲା। ବିବାହ ହେଲା ତେବେ ସୁଦ୍ଧା ସେ ବୁଝି ପାରି ନ ଥିଲା ସେ କାହାର ଏବଂ କିଏ ତାହାର ?—ଯାହାକୁ ସେ ଭଲ ପାଇଥିଲା ତାର କି, ଯାହାକୁ ସେ ଘୃଣା କରୁଥିଲା ତାହାର ? ଯିଏ ତାକୁ ମୃତ୍ୟୁମୁଖରୁ ବଞ୍ଚାଇ ନିଜର ବକ୍ଷରେ ବଢ଼ାଇ ଆଣିଥିଲା ସେ, କି ଯିଏ ବଳାତ୍‌କାରରେ ହରଣ କରି ଆଣିଛି, ସେ।

ଏହି ପ୍ରଶ୍ନଗୁଡ଼ିକ ବରାବର ତା ମନକୁ ଅସ୍ଥିର କରୁଥିଲା। ଅବଶ୍ୟ ସମୟର ପ୍ରବାହ ସଙ୍ଗେ ସଙ୍ଗେ ଏ ସମସ୍ତ ଚିନ୍ତା ଟିକିଏ କମିଯାଏ, ମାତ୍ର ଏକାଥରେ ନୁହେଁ। କେବେ କେବେ ନିଜେ ନିଜେ ଆସି ସ୍ଥିର ମନକୁ ଅସ୍ଥିର କରେ। ଦୁର୍ବଳ ମନକୁ ମାଡ଼ିବସେ। କିନ୍ତୁ, ବର୍ତ୍ତମାନ ସେ ସବୁ ଦୂର ହୋଇ ଗଲାଣି। ସେ ବୁଝି ପାରିଲାଣି ସେ କାହାର, ମାତ୍ର, ସେ ବୁଝି ପାରି ନାହିଁ ତାର କିଏ ? ସେ ମନେ କରେ, ଆଉ ବୁଝିବା ଆବଶ୍ୟକ ନାହିଁ। ଆଉ ବୁଝି ଲାଭ ନାହିଁ। ସେ ଜନନୀ।

ସେ ବୁଝି ପାରିଛି, ସେ କାହାର। ସେ ଯାହାର ତାଙ୍କୁ ଚିନ୍ତାମଗ୍ନ ଦେଖି ତାର ପ୍ରାଣ ଅସ୍ଥିର ହୋଇ ପଡ଼ିଲା। ସେ ଦେବତା ହେଉ, ମନୁଷ୍ୟ ହେଉ ବା ରାକ୍ଷସ ହେଉ, ସେ ଯାହାର ତାଙ୍କର ମନରେ କଷ୍ଟ। ହୃଦୟରେ ବେଦନା ଅନୁଭବ କରି ସୁଶୀଳା ସ୍ଥିର ହୋଇ ବସି ନାରାୟଣଙ୍କର ମୁଖକୁ ଅନାଇ ରହିଥିଲା; ତାଙ୍କୁ ଉଠାଇବାକୁ ସାହସ କଲାନାହିଁ।

କିଛି ସମୟ ପରେ ସେ ନିଜେ ନିଜେ ଉଠି ଡେରି ହୋଇ ବସିଲେ। ଚକ୍ଷୁ ଅର୍ଦ୍ଧ ମୁଦ୍ରିତ। ଦୀର୍ଘ ନିଃଶ୍ଵାସ ପକାଇ ଅନାଇ ଦେଖିଲେ ସମ୍ମୁଖରେ ଉପବିଷ୍ଟ ସୁଶୀଳା। କହି ପକାଇଲେ, କିଏ ସୁଶୀଳା ? ହଉ ବସ।

ସୁଶୀଳା ଆରାମ ଚଉକିକୁ ପାଖକୁ ଟାଣି ଆଣି କହିଲା, କାହିଁକି ମନମାରି ବସିଛ ? ତମର କଣ ହୋଇଛି ଶୁଣେ ?

ନ ଶୁଣିଲ ପରି ନାରାୟଣ ପଚାରିଲେ, ଏଁ ?

ସୁଶୀଳା ନାରାୟଣ ସାଧବଙ୍କର ହାତ ଧରି ପଚାରିଲା, କାହିଁକି ମନ ମାରି ବସିଛ ?

କାହିଁକି, ନାହିଁ ତ ?

ଲୁଚେଇବ ତ ? ହଉ ଲୁଚାଅ। କାହିଁକି ନ ଲୁଚାଇବ। ମୁଁ ସିନା ତମର, ତମେ ତ ମୋର ନୁହଁ।

କଣ କହିଲ ?

ମୁଁ ଯାହା କହିଛି ଠିକ୍ କହିଛି। ହଉ ତେବେ ଚୁପ୍‌ଟି କରି ବସି ଏଠି କଣ ଭାବୁଛ ଭାବୁଥାଅ। ମୁଁ ଯାଉଛି—କହି ସୁଶୀଳା ସେଠାରୁ ଚାଲିଯିବାକୁ ବସିଲା।

ନାରାୟଣ ସାଧବ ତାର ହାତ ଧରି ଚଉକିରେ ବସାଇ ଦେଲେ। ମଳିନ ମୁଖରେ ଶୁଷ୍କ ହାସ୍ୟ ଫୁଟାଇ କହିଲେ, ତମେ ବଡ଼ ଅଭିମାନିନୀ ସୁଶୀଳା।

ମୁଁ ତ କିଛି ଅଭିମାନ କରିନାହିଁ। ତମେ ସିନା ଅଭିମାନ କରିଛ। ମନରେ ତମର କି କଷ୍ଟ ହୋଇଛି ପଚାରିଲେ କହୁନାହଁ। ଓଲଟା ଉପରେ, କାଳର ନିୟମ। ତେମେ କ'ଣ କରିବ ?

ସୁଶୀଳା, ମୋର...ଆଉ କହି ପାରିଲେ ନାହିଁ। ମୁହଁ ତଳକୁ ପୋତିଲେ।

ସୁଶୀଳା ଚଉକିରୁ ଉଠି ନାରାୟଣ ସାଧବଙ୍କର ମୁଣ୍ଡ ହାତରେ ଟେକି ଟିକିଏ ବ୍ୟଥିତ ଭାବରେ ଉତ୍କଣ୍ଠା ପୂର୍ଣ୍ଣ ସ୍ୱରରେ ପଚାରିଲା, କଣ କହୁଥିଲ କହିଲ ନାହିଁ ଯେ। ମୋ ରାଣଟି ସତକରି କହ, ତମର ମଳିନ ମୁହଁ ଦେଖି ମୋର ହୃଦୟ ଯେ ଫାଟିଯିବ। କହ, କହ, କ'ଣ କହୁଥିଲ।

ମୋର ଜୀବନରେ ଘୋର ବିପଦ ଉପସ୍ଥିତ ସୁଶୀଳା, ଘୋର ବିପଦ।

ବିପଦ ? ବିପଦ ତମର କ'ଣ ? କି ବିପଦ ?

ନାରାୟଣ ସୁଶୀଳାର ହାତ ଧରି ଅନ୍ୟ ହାତରେ ତାର ମୁଣ୍ଡ ନୁଆଇଁ ଆଣି ଗଣ୍ଡଦେଶରେ ଗୋଟିଏ ଚୁମ୍ବନ ଦେଇ କହିଲେ, ସୁଶୀଳା, ସେ ଯେତେ ବଡ଼ ବିପଦ ହେଉ ପଛେ ତମକୁ ସ୍ତ୍ରୀ ରୂପେ ପାଇ ମୁଁ ସୁଖୀ। ତମର ମୁହଁକୁ ଅନାଇଁ ଦେଲେ କ୍ଷଣକରେ ମୋର ସବୁ ଦୁଃଖ ଉଭେଇ ଯାଏ। ତମର ଗଣ୍ଡଦେଶରେ ଗୋଟିଏ ଚୁମ୍ବନ ଦେଲେ ମୁଁ ଆଉ କୌଣସି ବିପଦକୁ ମନରେ ସ୍ଥାନ ଦିଏନାହିଁ।

ସୁଶୀଳାର ମୁଖ ଲଜ୍ଜାରେ ଆରକ୍ତ ହେଲା। ନାରାୟଣ ତାକୁ କୋଳଆଡ଼କୁ ଟାଣିନେଇ ହୃଦୟରେ ଆଉଜାଇ କପାଳରେ ଆହୁରି ଗୋଟିଏ ଚୁମ୍ବନ ଦେଲେ। ସୁଶୀଳା ଉଠିଆସି ସମ୍ମୁଖରେ ଖଣ୍ଡେ ଚଉକିରେ ବସି ଓଢ଼ଣା ଟାଣି କହିଲା, ମୁଁ ଜାଣେ ତମର ଏ ସବୁ ସ୍ନେହ କେବଳ ବାହାରିଆ। ମୋ ପରି ଅନେକଙ୍କୁ ତମେ ସ୍ନେହ କର।

ସୁଶୀଳା, ତମେ ମୋତେ ଆଜିଯାଏ ଚିହ୍ନିପାରିନାହଁ ତେବେ। ଅନେକଙ୍କୁ ମୁଁ ସ୍ନେହ କରୁଥାଇ ପାରେ; କିନ୍ତୁ ସମସ୍ତଙ୍କ ଉପରେ ତମର ସ୍ଥାନ। ମନେ ନାହିଁ, ତମେ

ଧୀବର କନ୍ୟା, ଅଥଚ ମୁଁ ବ୍ରାହ୍ମଣ ବଣିକ। କୌଶଳରେ ତୁମକୁ ମୁଁ ମୋର ସମସ୍ତ ସମ୍ପତ୍ତିର ଲକ୍ଷ୍ମୀ କରିଛି।

ଏହା ତ ମହାପାପ।

ପାପ କାହିଁକି ହେବ? ତମେ କ'ଣ ଧୀବର କନ୍ୟା ବୋଲି ମନୁଷ୍ୟ ନୁହଁ? ତମେ କ'ଣ ସୁନ୍ଦରୀ ନୁହଁ? ବ୍ରାହ୍ମଣ କନ୍ୟାଠାରୁ କେଉଁ ଗୁଣରେ ଊଣା ତମେ? ବ୍ରାହ୍ମଣର ଅଧିକାର ଅଛି ସେ ଯେ କୌଣସି ବର୍ଣ୍ଣରେ ବିବାହ କରିପାରେ। ସୁଶୀଳା—

ସୁଶୀଳାର ଅତୀତ କଥା ମନେ ପଡ଼ିଗଲା। ଚକ୍ଷୁରୁ ଲୋତକଧାରା ଗଡ଼ି ପଡ଼ିଲା। ଆହା, ତାର ମଣିଆଁ ଭାଇ କାହିଁ, ଯାହାକୁ ସେ ପ୍ରଥମେ ହୃଦୟ ଦାନ କରି ସାରିଥିଲା। ସେ ଆଜି ସ୍ୱର୍ଗପୁରରେ। ସୁଶୀଳା ଭାବିଲା, ମୃତ୍ୟୁପରେ ମୋ ଆତ୍ମାର ଗତି ହେବ କେଉଁ ସ୍ଥାନକୁ? ରମଣୀର ପ୍ରକୃତ କାର୍ଯ୍ୟ ମୁଁ କରିଛି କି? ରମଣୀର ସତୀତ୍ୱ ମୁଁ ଅକ୍ଷୁଣ୍ଣ ରଖି ପାରିଛି କି?

ସୁଶୀଳା, ଏତେ ଚିନ୍ତିତା କାହିଁକି? ଅତୀତ କଥା ମନେ ପଡ଼ିଗଲା ପରା? ନା ଆଉ ସେ ସବୁ କଥା ଭାବ ନା। ତୁମେ ମୋର ହୋଇ ସାରିଛ। ମୁଁ ତମର ସ୍ୱାମୀ। ମୋ ଉପରେ ଘୋର ବିପଦ ପଡ଼ିଛି। ବର୍ତ୍ତମାନ ବତାଇ ଦିଅ କର୍ତ୍ତବ୍ୟ କଣ?

କି ବିପଦ ସେ।

ହିଁ କହିବି, ତୁମକୁ ନ କହିବି ଏପରି କଥା ଅଛି କ'ଣ? ତେବେ—

କ'ଣ କହ—

ତେବେ—କିନ୍ତୁ—ମୋତେ କ୍ଷମା କରି ପାରିବ ତ ସୁଶୀଳା?

କ୍ଷମା! ମୁଁ କ'ଣ କ୍ଷମା କରିବି ତୁମକୁ।

ସୁଶୀଳାର ମନରେ କି ଏକ ଅଜଣା ସନ୍ଦେହର ଛାୟାପାତ ହେଲା। ସେ ଚଉକିରୁ ଉଠିଯାଇ ନାରାୟଣ ସାଧବଙ୍କର ହାତ ଧରି ଟିକିଏ ଜୋରରେ କହିଲା, କି ବିପଦ ପଡ଼ିଛି ଶୀଘ୍ର କହ।

ନାରାୟଣ କହିଲେ, ସ୍ଥିର ହୋଇ ଚଉକିରେ ବସ, ମୁଁ ଧୀରେ ଧୀରେ ସବୁ କଥା କହିବି। ମାତ୍ର, ମନେ ରଖ, ମୁଁ ତୁମର ସ୍ୱାମୀ। ଯାହା କହିବି ମୋତେ କ୍ଷମା କରିବାକୁ ହେବ।

ସୁଶୀଳା ଚଉକି ଉପରେ ବସି ଦୀର୍ଘ ନିଃଶ୍ୱାସ ତ୍ୟାଗ କରି କହିଲା, ହଁ କ୍ଷମା କରିବି।

ନାରାୟଣ କହିଲେ, ତୁମେ ବୋଧହୁଏ ଜାଣିଥିବ, ତାମ୍ରଲିପ୍ତରେ ବିରାଟ ବଣିକ ସଭାର ଆୟୋଜନ ହେଉଛି। ଦିନେ ଦୁଇଦିନ ପରେ ସଭା କାର୍ଯ୍ୟ ଆରମ୍ଭ

ଦେବ। ସେଥିପାଇଁ ଦେଶ ବିଦେଶରୁ ଅନେକ ବଣିକ ଆସି ତାମ୍ରଲିପ୍ତ ନଗରରେ ବସା କରି ରହିଲେଣି। କାହ୍ନୁ ଭୂୟାଁ ସେମାନଙ୍କୁ ଅଭ୍ୟର୍ଥନା କରିବାରୁ ନିଯୁକ୍ତ ଅଛନ୍ତି। ସେ ସଭାପତି ଆସନ ଗ୍ରହଣ କରିବେ।

ହଁ ଜାଣେ, ସେଇଠୁ ?

ବାଲିରାଜା ଆସି ତାମ୍ରଲିପ୍ତରେ ଉପସ୍ଥିତ ହୋଇଛନ୍ତି। ସେ ରାଧାଶ୍ୟାମଙ୍କର ଆତିଥ୍ୟ ଗ୍ରହଣ କରିଛନ୍ତି।

ବାଲିରାଜାଙ୍କ ନାମ ତମ ମୁହଁରୁ ମୁଁ ଅନେକ ଥର ଶୁଣିଛି। ବ୍ରହ୍ମଦେଶରେ ତମେ କହୁଥିଲ ବ୍ୟବସାୟରେ ସେ ଓ ରାଧାଶ୍ୟାମ ତମର ଶତ୍ରୁ। ହେଉ ଆସନ୍ତୁ। ତହିଁରେ ତମର କ୍ଷତି କଣ ?

କିଛି ନାହିଁ। ତେବେ, ବାଲିରାଜାଙ୍କ ସଙ୍ଗେ ଚଞ୍ଚଳା ଓ ଅଧିରାଜ—

ଚଞ୍ଚଳା ଓ ଅଧିରାଜ। ବାଲିରାଜାଙ୍କ ସଙ୍ଗେ ? ବେଶ୍ ଭଲ ହେଲା, ସେମାନଙ୍କୁ ନିମନ୍ତ୍ରଣ କର। ମୁଁ ମୋର ବାଲ୍ୟସଙ୍ଗିନୀ ସଙ୍ଗେ ଦେଖା କରିବି।

ସରଳା, ତମେ କିଛି ଜାଣ ନାହିଁ। ସେ ଚଞ୍ଚଳା ଆଉ ନାହିଁ। ସେ ବାଲିରାଜାଙ୍କୁ ବରଣ କରି ସାରିଛି।

ସୁସମ୍ବାଦ ଦେଲ ଆଜି। ପ୍ରାଣସଙ୍ଗିନୀ ଚଞ୍ଚଳା ମୋର ବାଲିରାଜାଙ୍କୁ ବିବାହ କରିଛି ? ମୁଁ ଭାରି ସୁଖୀ ହେଲି। ତେବେ ତ ବାଲିରାଜା ତମର ବନ୍ଧୁ ହେବେ। ଆଉ ବିପଦ କ'ଣ ? କାଲି ସେମାନଙ୍କୁ ନିମନ୍ତ୍ରଣ କର।

ସେଥିପାଇଁ କହିଲି ସୁଶୀଳା ତମେ କିଛି ଜାଣ ନାହିଁ। ତମେ ସରଳା। ତେବେ ତମ୍ଭକୁ ମୁଁ ସବୁ ଖୋଲି କହିବି ?

କ'ଣ ଖୋଲି କହିବ। ମୋତେ କ'ଣ ପାଗଳ କରିବାକୁ ଅଭିପ୍ରାୟ କରିଛ। କହୁନା କାହିଁକି ଶୀଘ୍ର ? ମୁଁ ମୂର୍ଖ କିଛି ବୁଝିପାରୁ ନାହିଁ।

କ୍ଷମା କରିବ ତ ?

ପୁଣି ସେହି କ୍ଷମା କଥା। କହ, କ'ଣ କହିବାର ଅଛି। ମୁଁ କଛି ବୁଝି ପାରୁ ନାହିଁ। ଥରେ କିଆଁ ସହସ୍ର ଥର କ୍ଷମା କରିବି ମୁଁ ତୁମକୁ। ବହୁବାର କ୍ଷମାକରି ଆସିଛି। ତୁମକୁ କ୍ଷମା କରି କରି ମୁଁ ମୋର ପରଜନ୍ମ ନଷ୍ଟକରି ସାରିଛି। ତଥାପି ଚାହୁଁଛ କ୍ଷମା ?

ବାଲିରାଜା ତାମ୍ରଲିପ୍ତ ଆସିଛନ୍ତି ମୋର ସର୍ବନାଶ କରିବାକୁ। ବଣିକ ସଭାରେ ମୋର କାର୍ଯ୍ୟକଳାପ ବର୍ଣ୍ଣନା କରି ରାଜ ଛାମୁରେ ଦଣ୍ଡିତ କରାଇବେ। ସେଥିପାଇଁ ସେ ସାକ୍ଷୀ ଠିକଣା କରି ଆଣ୍ଡାମାନ ଓ ବାଲିଦ୍ୱୀପରୁ ଲୋକ ଆଣିଛନ୍ତି। ବ୍ରହ୍ମଦେଶରେ ଥରେ ତାଙ୍କ ସଙ୍ଗେ ଆଳାପ କରି ମୁଁ ବୁଝିଛି ମୋର ପ୍ରତ୍ୟେକ ଗୁପ୍ତ ବିଷୟ ସେ

ଜାଣନ୍ତି। ସବୁ କଥା ବଣିକ ସଭାରେ ରାଜଛାମୁରେ ପ୍ରକାଶ କରିବେ। ଏହାଠାରୁ ବଳି ବିପଦ ଆଉ କ'ଣ ହୋଇ ପାରେ ?

ତମେ ଯଦି ପ୍ରକୃତରେ ନିର୍ଦ୍ଦୋଷ ହୋଇଥାଅ, ତେବେ ତମର ଭୟ କଣ ?

ନିର୍ଦ୍ଦୋଷ ? ମୁଁ ଦୋଷୀ। କିନ୍ତୁ, ମନେ ରଖିଥାଅ, ମୁଁ ତୁମର ସ୍ୱାମୀ। ନିର୍ଦ୍ଦୋଷ ବାଳିକା ତମେ ଥିଲ, ତମୁକୁ ତୁମ ସ୍ୱାମୀ ନିକଟରୁ କିଏ ଅପହରଣ କରି ଆଣିଛି ? ମଣିଆଁକୁ ଆଣ୍ଡାମାନର କାରାଗାରରେ ବନ୍ଦୀ କରି କିଏ ତମ ଆଗରେ କହିଥିଲା, ମଣିଆଁ ମୃତ ବୋଲି— ?

ମଣିଆଁ ବନ୍ଦୀ। ହେ ନିଷ୍ଠୁର ପ୍ରାଣ ! ମଣିଆଁକୁ କାରାଗାରରେ ବନ୍ଦୀ କରି ମୋତେ ସ୍ୱର୍ଗସୁଖ ଦେଉଛ ? କହୁଥିଲ, ଆଣ୍ଡାମାନରେ ତମର ବଣିଜଘର ଅଛି ବୋଲି। ତେବେ ସବୁ ମିଛ। ସେଠାରେ ତମର କାରାଗୃହ। ମୋର ସ୍ନେହର, ନା, ମୋର ମଣିଆଁଭାଇ ବନ୍ଦୀ ଅଛି ?

ସୁଶୀଳାର ଅଧୀରତା ଦେଖି ନାରାୟଣ ସାଧବ ଭୟରେ କହିଲେ, ସୁଶୀଳା ! ମନେ ରଖ ମୁଁ ତୁମର ସ୍ୱାମୀ। ମଣିଆଁ ନୁହେଁ।

ମଣିଆଁ ମୋର କିଛି ନ ହେଉ ପଛେ ସେ ମୋର ପିଲାଦିନର ମଣିଆଁଭାଇ। ସେ ମୋର ଜୀବନଦାତା। ସେ କାରାଗାରରେ ବନ୍ଦୀ, ମୋତେ ମିଛରେ ଏତେ କଥା କହି ଏତେ ନାରଖାର କରିଛ ? ମୋର ସ୍ତ୍ରୀ ଜନ୍ମ ଅପବିତ୍ର କରିଛ ? ମୁଁ ତ ସହଜରେ ତାଙ୍କ ପାଇଁ ଜୀବନ ଦେଇ ପାରି ଥାନ୍ତି।

ମନେରଖ ସୁଶୀଳା, ମୁଁ ତମର ସ୍ୱାମୀ। ତମେ ମୋର ସ୍ତ୍ରୀ।

ମନେ ରଖିଛି, ଅଗ୍ରାହ୍ୟ କରିବାର ବାଟ ନାହିଁ। ମଣିଆଁଭାଇକୁ ମୋର ମୁକ୍ତ କରିଦିଅ। ସେ ପଛେ—ସେ ପଛେ—

ବାଲିରାଜା ସେମାନଙ୍କୁ ମୁକ୍ତ କରିଛନ୍ତି।

ବାଲିରାଜାଙ୍କ ସଙ୍ଗେ ମଣିଆଁ ଭାଇ ମୋର ଆସିଛି ? କାଲି ସେମାନଙ୍କୁ ନିମନ୍ତ୍ରଣ କର। ମୁଁ ତାକୁ ଦେଖିବି। ସବୁ ଦୋଷ ମାଗିନେବି। ସ୍ୱାମୀ ମୋର ଏହି ଅନୁରୋଧଟି ରକ୍ଷା କର। ନା, ନା, ଦରକାର ନାହିଁ। କିପରି ମୋର ନିର୍ଲଜ୍ଜ ମୁହଁ ତାଙ୍କୁ ଦେଖାଇବି ? ଓଃ ମୃତ୍ୟୁ, ମୃତ୍ୟୁ, ମୃତ୍ୟୁ। ନା, ମୁଁ ମୋର ମୁହଁ ଆଉ କାହାକୁ ଦେଖାଇବି ନାହିଁ। ବିଷ ଦିଅ ମୁଁ ଖାଇବି, ବିଷ ଦିଅ। ଏ କଳଙ୍କିତ ଜୀବନକୁ ଏ କଳଙ୍କିତ ପ୍ରାସାଦରୁ ଉଡ଼ାଇ ଦେବି।

କହୁ କହୁ ସୁଶୀଳା ମୁହ୍ୟମାନା ହୋଇ ଚଉକି ଉପରୁ ତଳକୁ ଗଡ଼ିପଡ଼ିଲା। ଦେହରେ ଜ୍ଞାନ ନାହିଁ। ନାରାୟଣ ସାଧବ କ୍ଷଣକାଳ ସୁଶୀଳାର ରକ୍ତଶୂନ୍ୟ ମୁଖକୁ ଅନାଇଁ ସ୍ତମ୍ଭୀତ ହେଲେ। ତାଙ୍କ ମନକୁ କେତେ କଣ ଚିନ୍ତା ଆସି ମାଡ଼ି ବସିଲା। ସେ

ଧୀରେ ଧୀରେ ସୁଶୀଳାକୁ ତଳୁ ଉଠାଇ ଧରିଲେ। ପରେ ତାକୁ ଆରାମ ଚଉକିରେ ବସାଇ ରଖି ପଙ୍ଖା ଧରି ନିଜେ ବ୍ୟଜନ କଲେ।

କିଛି ସମୟ ପରେ ସୁଶୀଳାର ଜ୍ଞାନ ହେଲାରୁ ଚକ୍ଷୁ ଖୋଲି ଦେଖିଲା, ସମ୍ମୁଖରେ ନାରାୟଣ ସାଧବ ସ୍ୱୟଂ ତାକୁ ବ୍ୟଜନ କରୁଛନ୍ତି। ସେ କୃତଜ୍ଞତାପୂର୍ଣ୍ଣ ସ୍ୱରରେ ଚକ୍ଷୁ ଆର୍ଦ୍ର କରି କହିଲା, ମଣିଆଁଭାଇ ଜୀବିତ। ମୁଁ ତାକୁ ଦେଖିବାକୁ ଚାହେଁ ନାହିଁ। ସ୍ୱାମୀ! ଶିଶୁଟି ତମର। ତମରି ହାତରେ ତାକୁ ଦେଇଗଲି। ତାର ଭଲମନ୍ଦ ଭାର ତମେ ଜାଣ। ମୁଁ ନିଶ୍ଚୟ ମରିବି। ମୋର ପ୍ରାଣ କଳଙ୍କିତ। ମୋର ଆତ୍ମା କଳଙ୍କିତ। ମୁଁ ଆଉ ଏତେ କଳଙ୍କ ବହନ କରି ପାରିବି ନାହିଁ। ମୁଁ ମୋର କଳଙ୍କରେ ଜଗତକୁ କଳଙ୍କିତ କରି ପାରିବି ନାହିଁ। ବିଦାୟ ଦିଅ।

ସୁଶୀଳା ପୁଣି ମୋହ ଗଲା।

କ୍ଷମା କରନ୍ତୁ ବାଲିରାଜା, ଲଣ୍ଡାମୁଣ୍ଡରେ ହାତ ବୁଲାଉ ବୁଲାଉ ରାଧାଶ୍ୟାମ ମିଶ୍ର ଆଶ୍ଚର୍ଯ୍ୟ ହୋଇ କହିଲେ, ଆପଣଙ୍କ କଥାରେ ମୁଁ ଏକାଥରେ ବିଶ୍ୱାସ କରି ପାରୁ ନାହିଁ। ମନ ମାନୁ ନାହିଁ। ଆପଣଙ୍କୁ ଏପରି ଭାବରେ ଦେଖି କିପରି ବିଶ୍ୱାସ ଯିବି ଯେ ଆପଣ ସେହି ହତଭାଗ୍ୟ ଯୁବକ ମଣିଆଁ—ଯାହାକୁ ଦିନେ ମୁଁ ସମୁଦ୍ର ବକ୍ଷରୁ ଉଦ୍ଧାର କରି ସିଙ୍ଗାପୁର ପର୍ଯ୍ୟନ୍ତ ନିଜ ବୋଇତରେ ନେଇଥିଲି? ଯେତେବେଳେ ସମ୍ବାଦ ପାଇଲି, ବାଲିରାଜା ସ୍ୱୟଂ ମୋ ଗୃହରେ ଆଶ୍ରୟ ନେବାକୁ ବସିଛନ୍ତି, ମୋର ମନ ଆନନ୍ଦରେ ନାଚି ଉଠିଲା। ମୁଁ ତ ପ୍ରଥମରୁ ଜାଣି ନ ଥିଲି ବାଲିରାଜା ସେହି ହତଭାଗ୍ୟ ଯୁବକ ବୋଲି। ବର୍ତ୍ତମାନ ସୁଦ୍ଧା ମୋର ବିଶ୍ୱାସ ହେଉ ନାହିଁ।

ବିଶ୍ୱାସ ହେବ କିପରି ତେବେ? ମୁଁ ଅକ୍ଷରେ ଅକ୍ଷରେ ମୋର ଜୀବନର ସମସ୍ତ ଘଟଣା ଆପଣଙ୍କୁ କହିସାରିଛି। ଚଞ୍ଚଳା ଏବଂ ଅଧିରାଜଙ୍କୁ ଆପଣ ଆଖି ଆଗରେ ଦେଖି ମୋ କଥାରେ ବିଶ୍ୱାସ କରି ପାରୁ ନାହାନ୍ତି?

ମୁଁ ବିଶ୍ୱାସ କରି ପାରୁ ନାହିଁ କହିଲି ବୋଲି କ'ଣ, ସତରେ ଭାବୁଛନ୍ତି ମୁଁ ବିଶ୍ୱାସ କରୁନାହିଁ? ନା, ମୁଁ ସମ୍ପୂର୍ଣ୍ଣ ବିଶ୍ୱାସ କରୁଛି। ତେବେ ଭାରି ଆଶ୍ଚର୍ଯ୍ୟ ଲାଗୁଛି। କୁହୁକ ପରି ଜଣା ପଡୁଛି। ଆପଣ ଯଦି ମଣିଆଁ ହୋଇ ନ ଥାନ୍ତେ, ମୋ ବିଷୟରେ ଏତେ ଜାଣନ୍ତେ କିପରି? ଚଞ୍ଚଳା ଓ ଅଧିରାଜଙ୍କ କଥା ଯେ କହିଲେ, ମୁଁ ତାଙ୍କ ନାମ ମାତ୍ର ଜାଣେ। ତାଙ୍କୁ ତ ମୁଁ ଆଉ ଏଥିପୂର୍ବେ କେବେ ଦେଖି ନ ଥିଲି! ବୁଝି ପାରିଲି

ଆପଣ କେବଳ ଜଗତରେ ମୋର ପରମ ବନ୍ଧୁ। ନାରାୟଣ ପଣ୍ଡା ଉପରେ ପ୍ରତିହିଂସା ସାଧନ କରିବାରେ ଆପଣ କେବଳ ମୋତେ ସାହାଯ୍ୟ କରି ପାରିବେ। ମୋର ବଂଶ ମର୍ଯ୍ୟାଦା ରକ୍ଷା କରି ପାରିବି କେବଳ ଆପଣଙ୍କର ସାହାଯ୍ୟରେ। ସ୍ୱର୍ଗୀୟ ପିତାଙ୍କର ଅଭିପ୍ରାୟ ସାଧିତ ହୋଇ ପାରିବ ଆପଣଙ୍କ କୃପାରୁ। କାଲି ସାଧବ ସଭା। ସଭାରେ ସମସ୍ତ କଥା ପଡ଼ିବ। ପ୍ରମାଣ ନିମନ୍ତେ ସବୁତ ଯୋଗାଡ଼ କରିଛନ୍ତି। ବାଃ, ବାଃ, ଉପରେ ତ ଫେର୍ ଜଣେ ଅଛି।

ଭୁଲ ବୁଝିଛନ୍ତି ମିଶ୍ର ମହାଶୟ, ଭୁଲ ବୁଝିଛନ୍ତି ଆପଣ। ଆପଣଙ୍କ ବଂଶ ମର୍ଯ୍ୟାଦା ରକ୍ଷା କରିବାକୁ କିମ୍ବା ଆପଣଙ୍କ ପିତାଙ୍କର ଶେଷ ଅନୁରୋଧ ରକ୍ଷା କରିବାକୁ ନାରାୟଣ ସାଧବଙ୍କ ବିପକ୍ଷରେ ମୁଁ ଅଭିଯୋଗ କରିବି ନାହିଁ।

କ୍ଷମା କରିବେ, ମୁଁ ବୁଝି ପାରି ନ ଥିଲି। ଏବେ ବୁଝି ପାରିଛି। ଆପଣଙ୍କ ସ୍ତ୍ରୀକୁ ସେ ଅପହରଣ କରିଛି...

ଆହୁରି ଭ୍ରାନ୍ତ ଆପଣ। ଏ ତ ସାମାନ୍ୟ କଥା। ସେଥି ନିମନ୍ତେ ନାରାୟଣ ସାଧବଙ୍କର ଯେତେ ଦୋଷ ତଦପେକ୍ଷା ଅଧିକ ଦୋଷ ହେଉଛି, ଯେ ଅପହୃତା ତା'ର। ନାରାୟଣ ସାଧବଙ୍କ ବିପକ୍ଷରେ ଅଭିଯୋଗ କରିବି ସେ ଜଗତର ଅମଙ୍ଗଳ କରିଛନ୍ତି। ଶତ ଶତ ନିର୍ଦ୍ଦୋଷ ପ୍ରାଣୀଙ୍କୁ ବିନା ଦୋଷରେ ଆଜୀବନ କାରାରୁଦ୍ଧ କରିଛନ୍ତି। ଅବଶ୍ୟ ଏଥି ସଙ୍ଗେ ମୋର ସ୍ୱାର୍ଥ ଜଡ଼ିତ ଅଛି। ସେ ମୋର ପିତା ମାତାଙ୍କୁ ଆଣ୍ଡାମାନରେ ବନ୍ଦୀ କରି ରଖିଥିଲେ। କାରାବାସରେ ଉଭୟେ ପ୍ରାଣତ୍ୟାଗ କରିଛନ୍ତି। ଭାରତର ନୌବାଣିଜ୍ୟର ଏ ଅବନତି କେବଳ ତାଙ୍କରି ପାଇଁ ଘଟିଛି।

ବାଲିରାଜାଙ୍କର କଥା ଶେଷ ନ ହେଉଣୁ ଜଣେ ବୃଦ୍ଧା ପ୍ରକୋଷ୍ଠ ମଧ୍ୟରେ ପ୍ରବେଶ କଲେ। ବୃଦ୍ଧାଙ୍କର ପଛେ ପଛେ ଚଞ୍ଚଳା ଏବଂ ହେମ। ବୃଦ୍ଧା ରାଧାଶ୍ୟାମଙ୍କର ଜନନୀ। ହେମ କନିଷ୍ଠା ଭଗ୍ନୀ। ହେମର ବିବାହ ବୟସ ହୋଇଥିଲେ ମଧ୍ୟ ଉପଯୁକ୍ତ ପାତ୍ର ଅଭାବରୁ ତାର ବିବାହ ହୋଇ ନାହିଁ। ସେ ସମୟରେ ପିଲା କନ୍ୟା ବିବାହ ପ୍ରଥା ବ୍ରାହ୍ମଣଘରେ ପ୍ରଚଳିତ ଥିଲା ସତ, ତେବେ ବଡ଼ କନ୍ୟା ବିବାହରେ ସେତେ ଆପତ୍ତି କେହି କରୁ ନ ଥିଲେ। ତେଣୁ, ହେମ ଏବଂ ଚଞ୍ଚଳା ଅଦ୍ୟାପି ଅବିବାହିତା।

ମାଙ୍କୁ ଆସିବାର ଦେଖି ରାଧାଶ୍ୟାମ ଟିକିଏ ବିରକ୍ତ ହୋଇ କହିଲେ, ଆମର କଥା ଭାଷାରେ ବାଧାଦେଲୁ କାହିଁକି ମା।

ମା ପ୍ରଶ୍ନର ଉତ୍ତର ଦେବା ପୂର୍ବରୁ ରାଧାଶ୍ୟାମଙ୍କର ଚକ୍ଷୁ ଚଞ୍ଚଳା ଉପରେ ପଡ଼ିଲା। ସେ ଚୁପହୋଇ ତଳକୁ ଅନାଇଁଲେ। ନୀରବରେ ସେ ତାଙ୍କ ପ୍ରଶ୍ନର ଉତ୍ତର ପାଇ ଥିଲା।

ବୃଦ୍ଧା କୋମଳ ସ୍ୱରରେ ଉତ୍ତର କଲେ, ବାପ ଟିକିଏ ରହ। ମୋ ମନରେ ଗୋଟାଏ ଭାରି ସନ୍ଦେହ ହୋଇଛି। ଆମର ଇଚ୍ଛୁଣି ଏଣୁ ତେଣୁ ବହୁତ କଥା ପଡ଼ିଥିଲା। ଚଞ୍ଚଳା ବାଲିରାଜାଙ୍କ ବିଷୟରେ ମୋତେ ଯାହା କହିଲା, ତହିଁରେ ମୋର ଭାରି ସନ୍ଦେହ ହେଲା। ମୁଁ ତୋ ବନ୍ଧୁ ବାଲିରାଜାଙ୍କୁ ପଦେ ଅଧେ କଥା ପଚାରିବ।

ତାଙ୍କର ଚକ୍ଷୁପ୍ରାନ୍ତ ଦେଇ ଲୋତକଧାରା ଗଡ଼ି ପଡ଼ିଲା। ରାଧାଶ୍ୟାମ ଉତ୍ତର ଦେବା ପୂର୍ବରୁ ବାଲିରାଜା କହିଲେ, କଣ ପଚାରିବ ମା, ମୁଁ ଆପଣଙ୍କ ପ୍ରଶ୍ନର ଉତ୍ତର ଦେବାକୁ ପ୍ରସ୍ତୁତ ଅଛି। ଠିଆହେଲେ କାହିଁକି, ବସନ୍ତୁ।

ଚଞ୍ଚଳା ଏବଂ ହେମକୁ ଚାହିଁ, ତେମେ ସବୁ ବସ।

ଚଞ୍ଚଳା ଏବଂ ହେମ ଆସନ ଗ୍ରହଣ କଲାରୁ ବୃଦ୍ଧା ବାଲିରାଜାଙ୍କ ନିକଟକୁ ଯାଇ ଚକ୍ଷୁ ଛଳ ଛଳ କରି ପଚାରିଲେ, ବାପ, ସତ କରି କହ ତେମେ କିଏ। ମୋ ଆଗରେ କିଛି ଆଉ ଲୁଚାନା—ସବୁ ସତ କରି କହ। ମୁଁ ବୁଢ଼ୀମାଇପୀ ଲୋକ। ସରଳ କଥାରେ ନ କହିଲେ କିଛି ବୁଝି ପାରିବି ନାହିଁ।

ବାଲିରାଜା କହିଲେ, ମା, ମୁଁ କିଏ ଏବେ କଣ କହିବି। ମୁଁ ଯେ ମୁଁ ନୁହେଁ ମା। ପ୍ରଜାପତି ପରି କେତେ ଅବସ୍ଥା ଭୋଗ କରି କରି ଆସି ଆଜି ଆପଣଙ୍କ ଆଗରେ ମୁଁ ବାଲିରାଜା।

ବୁଝି ପାରିଲି ନାହିଁ ବାପା ମୋତେ ସରଳ କଥାରେ ବୁଝାଇ ଦିଅ। ବୃଦ୍ଧା କହିଲେ ମୋର ଯେ ପେଟ ଭିତରୁ କ'ଣ ଉଠୁଛି। ଚଞ୍ଚଳାଠାରୁ ତମର ଇତିହାସ ଶୁଣି—କହ ବାପ, ଆଉ ସେ ବେଦନା ସମ୍ଭାଳି ପାରିବି ନାହିଁ।

ସବୁ ତ ଚଞ୍ଚଳାଠାରୁ ଶୁଣିଛ ମା ମୁଁ ଆଉ କଣ ଅଧିକା କହିବି।

ହଁ, ମୁଁ ତମ ମୁହଁରୁ ଆହୁରି ଥରେ ଶୁଣିବାକୁ ଚାହେଁ। ନୋହିଲେ ମୋର ପରତେ ହେଉ ନାହିଁ ବାପା—ସତ କହୁଛି।

କ'ଣ ପରତେ ହେଉ ନାହିଁ ମା? ମୁଁ ଜଣେ ସାମାନ୍ୟ ଧୀବରପୁତ୍ର ଏହି କଳିଙ୍ଗର ସମୁଦ୍ର କିନାରାରେ ମାଛଧରି ବଢ଼ି ଆସିଥିଲି। ମୋର ଗୋଟିଏ ଭଉଣୀ, ନା ସ୍ତ୍ରୀ, ନା ଭଉଣୀ ଥିଲା, ପରେ ଆମର ବୟସ ହେଲା। ଏ ସହରର ନାରାୟଣ ସାଧବ ମୋର ତାକୁ ଚୋରାଇ ଆଣି ମୋତେ ବନ୍ଦୀ କଲା। ମୁଁ କୌଣସି ମତେ ଉଦ୍ଧାର ପାଇ ବାଲିଦ୍ୱୀପ ଗଲି। ସେଠାକାର ରାଜା ହୋଇ ଦେଶକୁ ଫେରିଛି।

ତମର ଏ ସବୁ କଥା ମୋ କାନରେ ପଶୁ ନାହିଁ। ସତ କରି କୁହ, ତମେ କଣ ଧୀବରପୁତ୍ର।

ମା, ମୁଁ ମୋର ଜନ୍ମବୃତ୍ତାନ୍ତ ଭଲ କରି ଜାଣେ ନାହିଁ। କିପରି ବା ଜାଣନ୍ତି

ମୋର ତ ହେତୁ ନ ଥିଲା। ମୋର ପାଳକ ପିତାଙ୍କର ଦୈନିକ ଲିପିରୁ ମୁଁ ବୁଝି ପାରୁଛି ପ୍ରକୃତରେ ମୁଁ ଧୀବରସନ୍ତାନ ନୁହେଁ, କିନ୍ତୁ ମୋର ପାଳକପିତା ଧୀବର। ମୁଁ ନିଜକୁ ଧୀବର ବୋଲି ପରିଚିତ କରେ।

ରାଧାଶ୍ୟାମ କହିଲେ, ମୁଁ ତ ନିଜେ ଆପଣଙ୍କ ମୁହଁରୁ ଶୁଣିଛି ଆପଣ ଧୀବର ସନ୍ତାନ ନୁହନ୍ତି। ଆପଣଙ୍କର ପିତାମାତାଙ୍କୁ ନାରାୟଣ ସାଧବ ସୂର୍ଯ୍ୟଦ୍ୱୀପରେ ବନ୍ଦୀ କରି ରଖିଥିଲା। ଆପଣ ତ ବର୍ତ୍ତମାନ କହୁଥିଲେ, ସେମାନେ କାରାଗାରରେ ମରିଛନ୍ତି।

ବାଲିରାଜା କହିଲେ ହଁ, ମୁଁ କହୁଥିଲି, ବର୍ତ୍ତମାନ ମଧ୍ୟ ତା ମୁଁ ନାହିଁ କରୁ ନାହିଁ। ମୋର ପିତା ମାତା କିଏ ମୁଁ ଜାଣେ, କିନ୍ତୁ ସେମାନଙ୍କୁ ତ ମୁଁ ଚିହ୍ନେ ନାହିଁ। ସେମାନେ କିଏ, ତାଙ୍କର ଘର କେଉଁଠି ଏ ବିଷୟରେ ଅତ୍ୟଳ୍ପ ମାତ୍ର ଦୈନିକ ଲିପିରେ ଲେଖା ଅଛି।

ଚଞ୍ଚଳା କହିଲେ, ମହାରାଜା, ଯେତିକି ଲେଖା ଅଛି ସେତିକିରୁ ତ ବେଶ୍ ପ୍ରମାଣ ମିଳୁଛି। ଆହୁରି ମଧ୍ୟ ସୁନାହାଟରେ ଥିବା ସମୟରେ ବାପାଙ୍କ ମୁହଁରୁ ତମ ସଙ୍ଗେ ତା'ର ଦି'ଜଣଙ୍କ ବିଷୟରେ ଯାହା ଶୁଣିଥିଲି ଦୈନିକଲିପି ସଙ୍ଗେ ତା'ର କେତେ ଅଂଶ ମିଳୁଛି।

ବାଲିରାଜା କହିଲେ, ଯଦି ଚଞ୍ଚଳାର କଥା ସତ ହୋଇଥାଏ—

ଚଞ୍ଚଳା କହିଲା, କାହିଁକି ? ଭାଇ ମଧ୍ୟ ସେ ବିଷୟରେ କେତେକ କଥା କହି ପାରିବେ।

ବାଲିରାଜା କହିଲେ, ଚଞ୍ଚଳା, ଏତେ କଥା ଏଠାରେ କାହିଁକି କହୁଛୁ ? ମୁଁ ଚାହେଁ ନାହିଁ ମୋର ଜନ୍ମବୃତ୍ତାନ୍ତ ଅନ୍ୟ କାହାକୁ ଜାଣିବାକୁ ଦେବି। ମୁଁ ଚାହେଁ ମୁଁ ଧୀବରର ପୁତ୍ର ହୋଇ ରହିବି। ବ୍ରାହ୍ମଣ ସମାଜ ଉଚ୍ଚ ହେଲେ ମଧ୍ୟ ନାରାୟଣ ସାଧବ ତା'କୁ କଳଙ୍କିତ କରି ସାରିଛି। ତେଣୁ ମୋର ଜନ୍ମ ସେହି ସମାଜରେ, ମୁଁ ଏହା ସ୍ୱୀକାର କରିବାକୁ ଅମଙ୍ଗ। ମୁଁ ତ ଆଉ ଉପବୀତଧାରୀ ବ୍ରାହ୍ମଣ ନୁହେଁ।

ବୃଦ୍ଧା ଉତ୍କଣ୍ଠାପୂର୍ଣ୍ଣ କଣ୍ଠରେ କହିଲେ, ବାବା, ବ୍ରାହ୍ମଣସମାଜକୁ ନିନ୍ଦା କର ନାହିଁ। ଦେବତାଙ୍କ ଭିତରେ ଜଣେ ରାକ୍ଷସ ଥିଲେ କ'ଣ ସବୁ ଦେବତାଙ୍କୁ ରାକ୍ଷସ କହିବା ? ତା'ତ ନୁହେଁ। ଏବେ କହ ବାପ ତୁମର ଜନ୍ମବୃତ୍ତାନ୍ତ।

ଜଣାଗଲା ବାଲିରାଜା ଯେପରି ନିଜର ଜନ୍ମବୃତ୍ତାନ୍ତ ପ୍ରକାଶ କରିବାକୁ ଏକାଥରେ ଅମଙ୍ଗ। ବୃଦ୍ଧାଙ୍କର ଢଙ୍ଗଢାଙ୍ଗ ଏବଂ ତାଙ୍କ ମନରେ ସନ୍ଦେହ ଏହାର ମର୍ମ ବୁଝି ନ ପାରି ସେ ସନ୍ଦିହାନ ହୋଇ ପଡ଼ିଲେ। ନିଜକୁ ଯେତେ ପଚାରିଲେ, ବୃଦ୍ଧାଙ୍କର ଚକ୍ଷୁରେ ଜଳ କାହିଁକି ? ମୋର ଜନ୍ମବୃତ୍ତାନ୍ତରୁ ତାଙ୍କୁ କଣ ମିଳିବ ଯେ ସେ ଏତେ

ଅଧୀରା ହୋଇ ମୋତେ ପଚାରୁଛନ୍ତି ? ଚଞ୍ଚଳା ଯଦି ମୋର ଜୀବନୀ ତାଙ୍କ ଆଗରେ ପ୍ରକାଶ କରିଥାଏ, ସେ ତ ଯାହା ବୁଝିବାର ବୁଝି ସାରିବେଣି। ମୋର ମୁହଁରୁ ମୋ ଜୀବନୀ ଶୁଣିବାକୁ ଏତେ ଆଗ୍ରହ କାହିଁକି ତାଙ୍କର ? ଏ ଭିତରେ ନିଶ୍ଚୟ କିଛି ଗୂଢ଼ ରହସ୍ୟ ଲୁଚି ରହିଛି। ବୃଦ୍ଧା ସେହି ରହସ୍ୟକୁ ଭେଦ କରିବାକୁ ବସିଛନ୍ତି। ମୁଁ ଏବେ କ'ଣ ବୋଲି ନିଜକୁ ପରିଚିତ କରାଇବି।

ବାଲିରାଜା ମୁଖ ଗମ୍ଭୀର କରି କହିଲେ, ଯଦି ନିତାନ୍ତ ଶୁଣିବାକୁ ଚାହାନ୍ତି ତ ଶୁଣନ୍ତୁ। ମୁଁ ଯାହା କହିବି ତହିଁରେ ଯେ ମୋର ପୂର୍ଣ୍ଣ ବିଶ୍ୱାସ ଏହା ନୁହେଁ। ମୋର ପାଳକ ପିତାଙ୍କ ଦୈନିକ ଲିପିରୁ ଯେତିକି ଜାଣେ କହୁଛି। ଯଦି ଆପଣମାନଙ୍କର ବିଶ୍ୱାସ ହୁଏତ, ସତ ବୋଲି ଗ୍ରହଣ କରିବେ।

ମୋର ପାଳକପିତାଙ୍କର ଦୈନିକ ଲିପିରୁ ପ୍ରକାଶ, ତାଙ୍କ ସ୍ତ୍ରୀ ବା ମୋର ପାଳକ ମାଆ କୌଶଳରେ ମୋତେ ଡକାଇତମାନଙ୍କ ହାତରୁ ଉଦ୍ଧାର କରି ଆଣିଥିଲେ। ଅନୁମାନ, ଡକାଇତ ନାରାୟଣ ସାଧବଙ୍କର ପିତା। ମୋର ପିତା ଜଣେ ବଣିକ। ତାଙ୍କର ଘର ଚିଲିକା କୂଳରେ। ସେ ହେଉଛନ୍ତି କୌଣସି ସୌଦାଗରଙ୍କର ଦ୍ୱିତୀୟ ପୁତ୍ର। ଯୌବନ ସମୟରେ ସସ୍ତ୍ରୀକ ସେ ବଣିଜ କରିବାକୁ ବାହାରିଥିଲେ। ମୋର ଜନ୍ମ ସମୁଦ୍ରରେ—

ବୃଦ୍ଧା କହିଲେ, ସେତିକି ଥାଉ ବାପ, ସେତିକି ଥାଉ। ତାପରେ ତୋର ଜୀବନରେ ଆଉ କ'ଣ ଘଟିଛି ମୁଁ ଜାଣିବାକୁ ଚାହେଁ ନାହିଁ—ବୃଦ୍ଧା ଆନନ୍ଦରେ ଅଧୀରା ହୋଇ କହିଲେ। ଚକ୍ଷୁରୁ ପୁନର୍ବାର ଲୋତକଧାରା ଗଡ଼ିପଡ଼ିଲା। ସେ ବିହ୍ୱଳିତ କଣ୍ଠରେ ପଚାରିଲେ, ବାପ ମା'ଙ୍କର ନାମ ଜାଣୁ ତ ?

ନା ମା, ଜାଣେ ନାହିଁ। ବାଲିରାଜାଙ୍କର ବିସ୍ମୟର ସୀମା ରହିଲା ନାହିଁ।

ସେ ଅବାକ୍ ହୋଇ ବୃଦ୍ଧାଙ୍କର ପ୍ରଶ୍ନର ପ୍ରତୀକ୍ଷାରେ ରହିଲେ।

ବୃଦ୍ଧା ପଚାରିଲେ, ତୋ'ର ବାପ ମା ବ୍ରାହ୍ମଣ ଘରର ତ ?

ହଁ, ଦୈନିକ ଲିପିରୁ ପ୍ରକାଶ ସେମାନେ ବ୍ରାହ୍ମଣ। ମା ମୋର ଗରିବ ଘରର ଝିଅ। କିନ୍ତୁ ବାପା ବଡ଼ଲୋକର ସନ୍ତାନ।

ଚିଲିକା କୂଳରେ ତ ?

ହଁ ମା ଚିଲିକା କୂଳରେ। ଆଉ ଗୋଟିଏ କଥା। ସେମାନେ ବ୍ରାହ୍ମଣ ଘରର

ହେଲେ କ'ଣ ହେବ ଦୈନିକଲିପିରୁ ପ୍ରକାଶ, ବୌଦ୍ଧଧର୍ମ ଉପରେ ତାଙ୍କର ଅଚଳା ବିଶ୍ୱାସ, ପ୍ରତି କଥାରେ ସେମାନେ ବୁଦ୍ଧଦେବଙ୍କୁ ସାକ୍ଷୀ କରନ୍ତି।

ବୃଦ୍ଧା କଅଣ ଚିନ୍ତା କରି ବାଲିରଜାଙ୍କ ନିକଟକୁ ଘୁଞ୍ଚିଗଲେ। ଶିଶୁ ପରି ତାଙ୍କର କପାଳ ଚୁମ୍ବନ କରି ନିଜ ଆଡ଼କୁ ଟାଣି ଆଣିଲେ। ଚକ୍ଷୁରେ ଲୋତକ; ଅଥଚ ମୁଖ ଆନନ୍ଦର ଅପୂର୍ବ ଆଲୋକରେ ଉଦ୍ଭାସିତ। ମୃଦୁ ହସି କହିଲେ, ବୁଝିଲୁ ବାପ, ପରମପିତାଙ୍କର ଲୀଳା ବିଚିତ୍ର। ମା' ମଙ୍ଗଳା ରକ୍ତଠାରୁ ରକ୍ତକୁ ଦୂରରେ ରଖିପାରନ୍ତି ନାହିଁ। ମୁଁ କିଏ ମୋତେ ଚିହ୍ନି ପାରୁଛୁ ବାପ ? ନା, ଯେ ନିଜର ବାପ ମା'ଙ୍କୁ ଚିହ୍ନି ପାରିନାହିଁ, ସେ ମୋତେ କାହୁଁ ଚିହ୍ନି ପାରିବ ? ମୁଁ ତ ଦୂରସମ୍ପର୍କୀୟା।

ଦୂରସମ୍ପର୍କୀୟା ! ବାଲିରାଜା ବିସ୍ମୟରେ ଚକ୍ଷୁ ବିସ୍ଫାରିତ କରି କହିଲେ, କିଏ ତେବେ ମା' ଆପଣ ?

ହଁ ମୋର ପରିଚୟ ଦେବି। ତାପରେ ସେ ବାଲିରାଜାଙ୍କର ମୁହଁରୁ କ୍ଷଣକାଳ ଏକଦୃଷ୍ଟିରେ ଚାହିଁ ଖୁସି ହୋଇ ନିଜକୁ ନିଜେ କହିଲେ—ଖଣ୍ଡାଦାଢ଼ ପରି ନାକଟି ତ ଅବିକଳ ତାରି ନାକ ପରି, ଭ୍ରୂଲତା ଦିଓଟି ଠିକ୍ ସେମିତି। ନିଶ୍ଚୟ, ଆଉ ସନ୍ଦେହ କ'ଣ ?

ପୁଣି ସେ କହିଲେ ଆହା, ଆଜିକି କେତେବର୍ଷ ହେଲାଣି। ତାଙ୍କର କୌଣସି ଖବର ମିଳି ନ ଥିଲା। ସମସ୍ତେ ନିରାଶ ହୋଇଥିଲୁଁ। ବାପା ଶେଷ ସମୟ ପର୍ଯ୍ୟନ୍ତ ମଝିଆଁ ଭାଇଙ୍କର କଥା ବରାବର ଭାବୁଥିଲେ। ଶେଷ ମୁହୂର୍ତ୍ତରେ ତା'ଙ୍କ ମୁହଁରେ ମଝିଆଁ ଭାଇଙ୍କର ନାମ। ନାରାୟଣ ସାଧବର ବାପର ଏ କାଣ୍ଡ। ହାତୀ ବନସ୍ତରେ ବଢ଼ିଲେ ରଜାଙ୍କର ବାପ ! ତତେ ଯେ କେହି ପାଳି ଥାଉ, ତୁ ଯେଉଁଠାରେ ବଢ଼ିଥା ପଛେ ତୁ ମୋର। ମଝିଆଁ ଭାଇଙ୍କୁ କୋଉ କାଳରୁ ଦେଖି ନାହିଁ। କିନ୍ତୁ ଆଜି ଦେଖିଲି। ତାଙ୍କୁ ମୁଁ ଆଜି ତୋଠାରେ ଦେଖିଲି, ତୁ ତ ତାଙ୍କର ପ୍ରତିମୂର୍ତ୍ତି। ତୋ ଦେହରେ ତାଙ୍କର ଚିହ୍ନ ସେ ଛପା ମାରି ରଖିଛନ୍ତି। ଏବେ ଚିହ୍ନିଲୁ ବାପ, ମୁଁ କିଏ ? ଆହା, ଭାଇ ମୋତେ କେତେ ସ୍ନେହ କରୁଥିଲେ। ଏବେ ମୁହଁଲୁଚା ଦେଇ କେଉଁଠି ରହିଲେ।

ଆଫ୍ରିକାର ଗୁଣିଆଁ ଆଲ୍ଲାଦିନର ଦାଦି, ଏହା ଶୁଣି ଆଲ୍ଲାଦିନର ଜନନୀ ପ୍ରଥମେ ଯେତେ ଆଶ୍ଚର୍ଯ୍ୟାନ୍ୱିତ ହୋଇଥିଲେ, ବୃଦ୍ଧାଙ୍କର କଥା ଏବଂ ବ୍ୟବହାରରେ ବାଲିରାଜା ତଦପେକ୍ଷା ବେଶି ଆଶ୍ଚର୍ଯ୍ୟ ହେଲେ। ତୀକ୍ଷ୍ଣ ଦୃଷ୍ଟିରେ ବୃଦ୍ଧାଙ୍କୁ ଚାହିଁ ଚିନ୍ତା କଲେ ଅତୀତର ସେହି ଆଣ୍ଡାମାନରେ ବନ୍ଦୀ ଥିବା ସମୟ କଥା। ସୂର୍ଯ୍ୟଦ୍ୱୀପର ଅନ୍ଧକାରମୟ ପ୍ରକୋଷ୍ଠ ମଧ୍ୟରେ ରକ୍ତମାଂସଶୂନ୍ୟ କଙ୍କାଳସାର ବୃଦ୍ଧ ପୁତ୍ର ବୋଲି ନ ଜାଣି ମଧ୍ୟ ନିଜର ଜୀବନ ବିନିମୟରେ ମଣିଆଁର ସ୍ୱାଧୀନତା କ୍ରୟ କରିଛନ୍ତି ସେ। ପୁତ୍ର ବୋଲି

ନ ଜାଣି ମଧ୍ୟ ନିଜର ମୂଲ୍ୟବାନ୍ ଉପଦେଶ ଦ୍ୱାରା ମଣିଆଁକୁ ଆଜି ବାଲିଦ୍ୱୀପର ଅଧୀଶ୍ୱର କରି ପାରିଛନ୍ତି। ମଣିଆଁ ତାଙ୍କୁ ପିତା ବୋଲି ଜାଣି ନ ଥିଲା। ତଥାପି, ସେ ବୃଦ୍ଧଙ୍କର ଶେଷ ସମୟକୁ ଯେତେ ସେବା କରିଛି, କୌଣସି ପୁତ୍ର ପିତାଙ୍କର ଏତେ ସେବା କରିବାରେ ନିଶ୍ଚୟ କୁଣ୍ଠିତ ହୋଇଥାନ୍ତା। ମଣିଆଁର ସେବାରେ କୁଣ୍ଠାର ଚିହ୍ନ ନ ଥିଲା। ଏତେ କରି ମଧ୍ୟ ମଣିଆଁ ମନକୁ ଗୋଟିଏ କଥା ବାରମ୍ବାର ଅଧୀର କରେ। ବୋଇତ ଶତ ବାଧାବିଘ୍ନ ଅତିକ୍ରମ କରି ସମୁଦ୍ର କୂଳରେ ଜଳମଗ୍ନ ହେଲା ପରି ଏତେ ସେବା କରି କରି ମଣିଆଁ ଶେଷ ମୁହୂର୍ତ୍ତରେ ବୃଦ୍ଧଙ୍କ ମୃତ୍ୟୁଯନ୍ତ୍ରଣାରେ ଘାଣ୍ଟି ହେଉଥିବାର ଜାଣି ମଧ୍ୟ, ତାଙ୍କୁ ଏକାକୀ ପକାଇ ପ୍ରାଣବିକଳରେ ପଳାୟନ କରିଥିଲା। ମା ବନ୍ଦିନୀ ଥିଲେ। ତାଙ୍କୁ ସେ ଦେଖି ପାରିଲା ନାହିଁ। ଏହାଠାରୁ ବଳି ଦୁର୍ଭାଗ୍ୟର ବିଷୟ କ'ଣ ହୋଇପାରେ? ମଣିଆଁ ତା'ର ଦୁର୍ବଳ କ୍ଷଣରେ ଭାବେ।

ବୃଦ୍ଧାଙ୍କର କଥା ଶୁଣି ଅତୀତର ପ୍ରତ୍ୟେକ ଘଟଣା ବିଦ୍ୟୁତ୍‌ପରି କ୍ଷଣକ ମଧ୍ୟରେ ମଣିଆଁର ମନ ମଧ୍ୟରେ ଚହଟିଗଲା।

ବାଲିରାଜା ଚିନ୍ତାମଗ୍ନ। ସମସ୍ତେ ନୀରବ। ବୃଦ୍ଧାଙ୍କର ଚକ୍ଷୁରୁ ଲୋତକ ଧାର ଧାର ହୋଇ ଗଡ଼ିପଡୁଛି। ରାଧାଶ୍ୟାମ ଓ ହେମ ଉଭୟେ ଅବାକ୍ ହୋଇ ତାଙ୍କର ନୂତନ ପରିଚିତ ଭାଇକୁ ଅନାଇଛନ୍ତି। ଚଞ୍ଚଳା ଅନ୍ୟମନସ୍କ ହୋଇ ଆଙ୍ଗୁଠିରେ ତଳେ ଗାର କାଟୁଛି।

ଏହି ସମୟରେ ହଠାତ୍ ପବନ ଟିକିଏ ଜୋର୍‌ରେ ବହି କବାଟକୁ ଖୋଲି ଦେଲା। ଗୃହର ଅଭ୍ୟନ୍ତରରୁ ଆଲୋକ ବାହାରେ ପଡ଼ିଲାରୁ ଜଣାଗଲା, ଯେପରି କିଏ ଜଣେ ଠିଆ ହୋଇଛି। ଆଲୋକ ପଡ଼ିବାରୁ ଟିକିଏ ଅନ୍ଧାରକୁ ଘୁଞ୍ଚିଗଲା।

ବାଲିରାଜା ଭାବିଲେ, ବୋଧହୁଏ ଅଜଙ୍ଗ ଠିଆ ହୋଇଛି। ତେଣୁ କୌଣସି ସନ୍ଦେହ କଲେ ନାହିଁ। ରାଧାଶ୍ୟାମ ଚଉକିରୁ ଉଠିଆସିଲେ। ଆଲୋକଟିକୁ ଟିକିଏ ତେଜିଦେଇ ବାହାରକୁ ଆସି ଦେଖିଲେ, କେହି ନାହିଁ। ନୀରବରେ ସିଡ଼ିରେ ତଳକୁ ଓହ୍ଲାଇ ଆସୁଛନ୍ତି, ଏହିପରି ସମୟରେ କିଏ ଜଣେ ତାଙ୍କ ପୃଷ୍ଠଦେଶରେ ସଜୋରେ ଆଘାତ କଲା। ସେ ଭୟରେ ଚିତ୍‌କାର କରି ଭୂପତିତ ହେଲେ। ଚାରିଆଡ଼କୁ ଅନାଇ ଦେଖିଲେ, କେହି ନାହିଁ। କେବଳ ଅନ୍ଧକାର। ନିକଟରେ ଅଜଙ୍ଗ ଏବଂ ଅଧିରାଜଙ୍କର କଥୋପକଥନ ଶୁଣାଯାଉଛି। ତଳୁ ଉଠି ଆହୁରି ଥରେ ଚିତ୍‌କାର କରି ଫେରିଯିବାକୁ ବସିଛନ୍ତି, ଏହିପରି ସମୟରେ କିଏ ଜଣେ ତାଙ୍କର ହୃଦୟରେ ଛୁରିକାଘାତ କଲା। ସଙ୍ଗେ ସଙ୍ଗେ ସେ ଚିତ୍‌କାର କରି ଭୂପତିତ ହେଲେ।

ରାଧାଶ୍ୟାମଙ୍କର ଆର୍ତ୍ତନାଦ ଶୁଣି ବାଲିରାଜା ପ୍ରଭୃତି ସମସ୍ତେ ଆଲୋକ ଧରି

ପଦାକୁ ଆସିଲେ। ଅଧିରାଜ ଏବଂ ଅଜଙ୍ଗ ମଧ୍ୟ ଦ୍ରୁତପଦରେ ସେ ସ୍ଥାନରେ ଉପସ୍ଥିତ ହେଲେ।

ଦେଖିଲେ, ରାଧାଶ୍ୟାମ ଭୂପତିତ। ସମଗ୍ର ଶରୀର ରକ୍ତାକ୍ତ, ମୃତ୍ୟୁଯନ୍ତ୍ରଣାରେ ଛଟପଟ ହେଉଛନ୍ତି। କେଉଁ ପାଷଣ୍ଡ ଏ ନିର୍ମମ କାର୍ଯ୍ୟ କଲା କେହି ବୁଝି ପାରିଲେ ନାହିଁ। ପୁତ୍ରର ଅବସ୍ଥା ଦେଖି ବୃଦ୍ଧା ହତଜ୍ଞାନ ହୋଇ ତଳେ ପଡ଼ିଗଲେ। ଅଧିରାଜ ଓ ଅଜଙ୍ଗ ଉନ୍ମତ୍ତ ପରି ପଦାକୁ ଛୁଟିଗଲେ।

ବାଲିରାଜା ନିଶ୍ଚଳ, ତାଙ୍କର ଚକ୍ଷୁ ବିସ୍ଫାରିତ। ଚଞ୍ଚଳା ହୃଦୟ ଦୃଢ଼ କରି ରାଧାଶ୍ୟାମଙ୍କର ଚିକିତ୍ସା କରିବାକୁ ବସିଲା। ନିରର୍ଥକ। ସେତେବେଳକୁ ଆଉ ସେ ନାହାନ୍ତି।

ସୁଶୀଳାର ମୋହ ଭାଙ୍ଗିଲା। ଆଖି ମେଲାଇ ଚାହିଁଲା, ପାଖରେ ନାରାୟଣ ସାଧବ ବସି ତାକୁ ପଙ୍ଖା କରୁଛନ୍ତି। ମୁହଁ ମଳିନ ଦେଖାଯାଉଛି। ସତେ କି ପୂର୍ବକଥିତ ବିପଦ ଆସି ଅତି ନିକଟରେ ପହଞ୍ଚିଗଲାଣି। ଆଉ ଉପାୟ ନାହିଁ ରକ୍ଷା ପାଇବାର। ତାର ମୁଣ୍ଡ ବୁଲାଇଲା। ଜଣାଗଲା, ଯେପରି ଘରର ପ୍ରତ୍ୟେକ ପଦାର୍ଥ ତାକୁ କେନ୍ଦ୍ର କରି ପ୍ରଖର ବେଗରେ ତାର ଚାରିପାଖେ ବୁଲୁଛନ୍ତି। ଆଖିରୁ ଯେପରି ଜୁଳୁଜୁଳିଆ ପୋକ ବାହାରୁଛି। ଅଧୀରା ହୋଇ ଉଠିବସିବାକୁ ଚେଷ୍ଟା କଲା। ହେଲା ନାହିଁ। ମୁଣ୍ଡ ବୁଲି ଚଉକି ଦେହରେ ସଜୋରରେ ବାଜିଥାନ୍ତା ଯଦି ନାରାୟଣ ଚଉକି ଏବଂ ମୁଣ୍ଡର ମଝିରେ ହାତ ଦେଇ ନ ଥାନ୍ତେ। ଉଠିବାର ଚେଷ୍ଟା ନ କରି ସୁଶୀଳା ଆଖିବୁଜି ପଡ଼ିରହିଲା।

ନାରାୟଣ ସାଧବଙ୍କର ମନ ଅନ୍ୟଆଡ଼େ ଭ୍ରମୁଥିଲା। ତଥାପି, ସେ ସୁଶୀଳା ନିକଟରେ ବସି ତା ମୁଣ୍ଡରେ ହାତ ବୁଲାଉଥିଲେ। ଏହି ସମୟରେ ପଦାରୁ ଦାସୀ ଆସି ଧୀରେ ଧୀରେ ଡାକି କହିଲା, ସାଆନ୍ତାଣୀ, ପୁଅ କାନ୍ଦୁଛି ପରା ! ଯେତେବେଳେ ଦ୍ୱାରର ପରଦା ଆଡ଼େଇ ଭିତରକୁ ଚାହିଁଲା, ନାରାୟଣ ହାତ ଠାରି ତାକୁ ଚାଲିଯିବାକୁ ଆଦେଶ କଲେ। ଦାସୀ ତାର ପ୍ରଭୁ ଏବଂ ପ୍ରଭୁପତ୍ନୀଙ୍କୁ ସେପରି ଅବସ୍ଥାରେ ଦେଖି ପରଦା ଟାଣି ସେଠାରୁ ପାଞ୍ଚ ଛଅ ପାଦ ଚାଲିଆସିଲା। ପରେ କଣ ଭାବି ପଛକୁ ଫେରି ଅତି ଭୟରେ ଧୀରେ ଧୀରେ ପର୍ଦା ଆଡ଼େଇ ଘର ଭିତରକୁ ଚାହିଁଲା। ନାରାୟଣ ସାଧବ ବିରକ୍ତିପୂର୍ଣ୍ଣ ଚକ୍ଷୁରେ ତା ଆଡ଼କୁ ଚାହିଁ ପଚାରିଲେ—କ'ଣ ?

ଦାସୀ ଭୟପୂର୍ଣ୍ଣ ସ୍ୱରରେ ଗଳା ଥରାଇ ଥରାଇ କହିଲା, ସାଁତାଣୀ କଣ ଇଚ୍ଛୁଣି..., ଆଉ ବିଶେଷ କିଛି ନ କହି ନୀରବ ରହିଲା। ସାଧବ ତାକୁ ହାତ ଠାରି ପାଖକୁ ଡାକିଲେ। ଦାସୀ ଆଡ଼େଇ ଆଡ଼େଇ ହୋଇ ନିକଟକୁ ଗଲା। ନାରାୟଣ ସାଧବ ତାକୁ ପଙ୍ଖା ଖଣ୍ଡିଦେଇ କହିଲେ, ବିଞ୍ଚ। ସୁଶୀଳାର ଦେହ ଭଲ ନାହିଁ।

କ'ଣ ହୋଇଛି ? ଇଚ୍ଛୁଣି ତ ଭଲ ଥିଲେ। ଇଚ୍ଛୁଣିକା ପୁଣି.....

ହଁ ଭଲ ଥିଲେ, ମୁଣ୍ଡ ବୁଲାଉଛି—

ଦାସୀ କିଛି ସମୟ ବ୍ୟଜନ କରି କହିଲା, ତେଣେ ପୁଅ ଭାରି ବିକଳ ହୋଇ କାନ୍ଦୁଛି। ମୁଁ ଯାଇ ଆଉ ଜଣକୁ ପଠାଇ ଦେବି।

ତେବେ ଯା, ଶୀଘ୍ର ବୁଲୀକୁ ପଠାଇ ଦେବୁ, ସେ ତାର ବୀଣା ନେଇ ଆସିବ।

ବୁଲୀ ବୀଣା ନେଇ ଆସିବା ଶୁଣି ସୁଶୀଳା ଆଖି ଖୋଲି ସାଧବଙ୍କ ଆଡ଼କୁ ଅନାଇଁଲା। ଜଣାଗଲା, ଯେପରି ତାର ଚକ୍ଷୁର ଜ୍ୟୋତି ନିଷ୍ପ୍ରଭ ହୋଇଛି। ତାର ମନ ମଧ୍ୟରେ କେଉଁ ଚିନ୍ତାର ଝଟିକା ପ୍ରବାହିତ ହେଉଛି ବୁଝି ନ ପାରି ସାଧବ କୋମଳ ସ୍ୱରରେ କହିଲେ, ସୁଶୀଳା, ବୁଲୀକୁ ଡକାଇ ପଠାଇଛି। ସେ ଆସି ଗୋଟିଏ ଗୀତ ଗାଇଲେ ତମର ମନରୁ ଦୁଃଖ ଘୁଞ୍ଚିଯିବ। ଅତୀତକୁ ମନରେ ଆଣି ଦୁଃଖ କରିବା ବିବେକୀର କାର୍ଯ୍ୟ ନୁହେଁ। ଯାହା ହୋଇଯାଇଛି, ହୋଇଯାଇଛି। ଦୁଃଖ କଲେ ଆଉ ପରିବର୍ତ୍ତନ କରାଯାଇ ନ ପାରେ ?

ସୁଶୀଳାର ଅଧରଦ୍ୱୟରେ ଶୁଷ୍କ ହାସ୍ୟ ଫୁଟିଉଠିଲା। ସେ କିଛି ନ କହି ନାରାୟଣଙ୍କର ଆପାଦ ମସ୍ତକ ନିରୀକ୍ଷଣ କରିବାକୁ ଲାଗିଲା। ସାଧବ ଭାବିଲେ, ବୋଧହୁଏ ସୁଶୀଳା ତାଙ୍କର ପ୍ରସ୍ତାବ ଗ୍ରହଣ କରିଛି। ତେଣୁ ବୁଲୀର ପ୍ରଶଂସା କରିବାରେ ଲାଗିଗଲେ। ବୁଲୀ ଦେଖିବାକୁ ଅସୁନ୍ଦର, କୋଇଲି ପରି କଳା; କିନ୍ତୁ କୋଇଲି ପରି ଗଳାଟିଏ ପାଇଛି ଏକା। ଭାଟଘରର ଝିଅ କିନା, ବେଶ୍ ଗାଇ ପାରେ। ତା ଗୀତକୁ ତ ମୁଁ ଭାରି ଭଲପାଏ। ତମେ କେମିତି ପସନ୍ଦ କର ସୁଶୀଳା ? ସେ ବର୍ତ୍ତମାନ ଆସି ଗୋଟିଏ ଗୀତ ଗାଇଲେ ତମର ମନ ବଦଳ ଯିବ।

ସୁଶୀଳାର ଅବସ୍ଥା ଟିକିଏ ଭଲ ଅଛି। ମୁଣ୍ଡ ସେତେ ବୁଲଉ ନାହିଁ। ସ୍ୱାମୀଙ୍କର କଥା ଶୁଣି ଉତ୍ତର ଦେଲା, ବୁଲୀର ଗୀତ ଆଜି ଶୁଣିବାକୁ ଭଲ ଲାଗିବ ନାହିଁ। ତାର ଆସିବା ଆବଶ୍ୟକ ନାହିଁ।

ମନ ଏତେ ଖରାପ କରୁଛ କାହିଁକି ସୁଶୀଳା ? ମନୁଷ୍ୟର ଜୀବନ କେତେଦିନକୁ ? ଯଦି ସେ କେଇଦିନ ମନ ଆନନ୍ଦରେ ନ କଟାଇବ, ଜୀବନଟା ଯେ ଦୁଃଖମୟ ହେବ ! ମୁଁ ତୁମକୁ ଆଗରୁ କହୁଛି, ଅତୀତକୁ ଭୁଲିଯାଅ। ମୁଁ ସ୍ୱୀକାର

କରୁଛୁ, ମୁଁ ଦୋଷୀ। ମୋତେ ସେଥିନିମନ୍ତେ କ୍ଷମା କର। ଦୋଷ କରି ସାରିଛି ତ......

ବତାସ ପାଇଲେ ଅର୍ଦ୍ଧନିର୍ବାପିତ ଅଗ୍ନି ଯେପରି ଜଳି ଉଠେ ନାରାୟଣଙ୍କ କଥାରେ ସୁଶୀଳାର କ୍ରୋଧ ସେହିପରି ଜଳିଉଠିଲା। ସତେ ଯେପରି ତାର ଚକ୍ଷୁରୁ ଅଗ୍ନିକଣା ବାହାରିଲା। ସେ ବାଧା ଦେଇ କହିଲା, ଓଃ! ଦୁନିଆଁର କଥା ବୁଝିବା କଠିଣ। ଯେ ଯାହା ନୁହେଁ, ବାହାରେ ନିଜକୁ ସେ ସେଇଆ ବୋଲି ଦେଖାଏ। ଅନ୍ୟ କାହାକୁ ଭୟ ନ ଥିଲେ କ'ଣ ନଜର ବିବେକକୁ ଭୟ ନାହିଁ! ତୁମେ ରାକ୍ଷସ ହୋଇ ଦେବତାର ବେଶ ଧରି ମୋତେ ଭୁଲାଇବାକୁ ଚେଷ୍ଟା କରୁଛ। ମୁଁ ତ ଥରେ ଭୁଲିସାରିଛି। ବାଟବଣା ହୋଇସାରିଛି। ଆଉ ଏବେ ଜାଣି ଜାଣି ଭୁଲିଲେ କ୍ଷତି କ'ଣ? କ୍ଷତିର ଶେଷ ସୀମାରେ ତ ପହଞ୍ଚିସାରିଛି। ଯୋଗୀ ଋଷିଙ୍କ ପରି ଶାସ୍ତ୍ରକଥା କହି ଆଉ ଲାଭ ନାହିଁ। ତମର ଶାସ୍ତ୍ରଜ୍ଞାନ, ମନୁଷ୍ୟତ୍ୱ, ବିବେକଶକ୍ତି ମୋତେ ସବୁ ଜଣା। ବୃଥା ନିଜକୁ ଘୋଡ଼ାଇ ରଖିବାକୁ ଚେଷ୍ଟା କର ନାହିଁ। ଅନ୍ୟ କୌଣସି ନୂତନ ପ୍ରେମିକା ନିକଟରେ ଆତ୍ମଗୋପନ କଲେ ବରଂ ଲାଭ ଅଛି। ମୋ ନିକଟରେ ନିଜକୁ ଏଡ଼େ ଜ୍ଞାନୀ ବୋଲି ପରିଚୟ ଦେଉଛି କାହିଁକି ବୃଥାରେ। ମନୁଷ୍ୟ ଜୀବନ କେତେ ଦିନକୁ, ଏହା ଯଦି ତମକୁ ଜଣାଥିଲା, ପାପ କାର୍ଯ୍ୟରେ ନିଯୁକ୍ତ ହେଲ କାହିଁକି? ପାପର ବୋଝ ମୁଣ୍ଡରେ ଲଦି ହେଲ କାହିଁକି? ଜୀବନ ଦୁଃଖମୟ ହେବ ବୋଲି ତମର ଏତେ ଭାବନା, ବୁଝିପାରୁ ନାହିଁ। ପଥର ଭିଖାରିର ଜୀବନ ତମଠାରୁ ସୁଖମୟ, ସେ ପାପମୁକ୍ତ। ନିଜକୁ ଦୋଷୀ ବୋଲି ସ୍ୱୀକାର କରୁଛ; କିନ୍ତୁ ତମେ କେବଳ ମୋ ନିକଟରେ ଦୋଷୀ ନୁହଁ; ଭଗବାନଙ୍କ ନିକଟରେ ମଧ୍ୟ ଦୋଷୀ ଏବଂ ପାପର ଦଣ୍ଡ ନ ହେବାଯାଏ ତୁମେ କଳଙ୍କିତ। ଭଗବାନଙ୍କୁ ନିବିଷ୍ଟଚିତ୍ତରେ ପ୍ରାର୍ଥନା କର। ସେ ତମର ପାପର ପ୍ରାୟଶ୍ଚିତ୍ତ ଶୀଘ୍ର ବିଧାନ କରନ୍ତୁ। ମୋତେ ବୁଝାଇବାକୁ ଯାଇ ଆହୁରି ପାପ ଅର୍ଜନ କରୁଛ। ମୁଁ ଦେଖିଛି, ଦୁଃଖ ପଡ଼ିଲେ ତମେ ଚିନ୍ତିତ ହୋଇ ନୀରବରେ ବସିରହ। ଆଜି ଅନ୍ୟକୁ ମନ ଆନନ୍ଦ କରିବାକୁ କହୁଛ, ନିଜର ପ୍ରକୃତିକୁ ଘୋଡ଼ାଉଛ। କି ଆତ୍ମଗୋପନ!

ବିନୀତ ହୋଇ ସାଧବ କହିଲେ, ସୁଶୀଳା ମୁଁ ଆତ୍ମଗୋପନ କରୁ ନାହିଁ, କରିବାକୁ ମଧ୍ୟ ଚେଷ୍ଟା କରୁ ନାହିଁ। ଆଉ କାହା ପାଖରେ ହୁଏ ତ କରିଥାନ୍ତି; କିନ୍ତୁ ତୁମ ପାଖରେ ନୁହେଁ। ତମଛଡ଼ା ମୋର ପ୍ରକୃତ ବନ୍ଧୁ କିଏ ଅଛି? ବିରକ୍ତ ହୁଅନା, ହୁଏ ତ ମୋର କଥା କହିବାରେ ଭୁଲ ହୋଇଥାଇ ପାରେ; ମାତ୍ର, ସେ ସବୁ ଭୁଲ ମୁଁ ଅଜାଣତରେ କରିଛି, ତମର ମନରୁ ଦୁଃଖ ଘୁଞ୍ଚାଇବାକୁ। ମୁଁ ତମର ସ୍ୱାମୀ—ସ୍ୱାମୀକୁ ତମର କ୍ଷମା

କରିବ ନାହିଁ ? ସ୍ୱାମୀ ଯଦି କୁପଥରେ ଯାଉଥାଏ ତାକୁ ତହିଁରୁ ନିବୃତ୍ତ କରିବ ନାହିଁ ? ତମେ ହିଁ ତ ମୋର ପ୍ରକୃତ ବନ୍ଧୁ !

ସୁଶୀଳା ଅବାକ୍ ହେଲା। ନାରାୟଣ ସାଧବଙ୍କର କ'ଣ ପ୍ରକୃତରେ ପରିବର୍ତ୍ତନ ହୋଇଛି ନା କହିବାର ଚାତୁରୀ, ସେ ବୁଝିପାରିଲା ନାହିଁ। ଅପଲକ ନୟନରେ ତାଙ୍କର ମୁଖକୁ କିଛି ସମୟ ନିରୀକ୍ଷଣ କରି କହିଲା—ମୁଁ ଶୁଣୁଛି ଦେଶଯାକ ତମର ପ୍ରଶଂସା କରନ୍ତି। ଦେଶଯାକ ତମର ବନ୍ଧୁ। ଅବଳା ମୁଁ ଅଳ୍ପ କଥାରେ ବିଶ୍ୱାସ କରିପକାଏ। କିନ୍ତୁ ଆଉ କରିବି ନାହିଁ। ବିଶ୍ୱାସ କରିବାର ଫଳ ପାଇଛି। ବନ୍ଧୁ ବନ୍ଧୁ କହି ବୃଥାରେ ମୋତେ ଭୁଲାଇବାକୁ ବସ ନାହିଁ।

ସାଧବ କହିଲେ, ଦେଶଯାକ ମୋର ବନ୍ଧୁ ? କିଏ କହିଲା ତମକୁ ? ତୁମେ ଯାହା ଜାଣ, ଯଦି ଦେଶଯାକ ସେଇଆ ଜାଣନ୍ତି, ସମସ୍ତେ ମୋର ଶତ୍ରୁ ହୋଇ ପଡ଼ିବେ।

ସୁଶୀଳା, ଦେଖିପାରୁଛି ଆତ୍ମରକ୍ଷାର ଆଉ ଉପାୟ ନାହିଁ। ବାଲିରାଜା କାଲି ସାଧବସଭାରେ ପ୍ରତ୍ୟେକ କଥା ଘୋଷଣା କରିବେ। ଧର୍ମର ଅବତାର ପ୍ରଜାରଞ୍ଜକ ଲଳିତେନ୍ଦୁ ମୋର ଏତେ ଦୋଷ ଦେଖି କ୍ଷମା କରିପାରିବେ ନାହିଁ। ଫଳରେ କ'ଣ ହେବ ? ମୁଁ ତାଙ୍କର ସହସ୍ର ନିରୀହ ପ୍ରଜାଙ୍କୁ ପଶୁ ପରି ବଧ କରିଛି। କେତେକଙ୍କୁ ସୂର୍ଯ୍ୟଦ୍ୱୀପରେ ଆଜୀବନ ବନ୍ଦୀକରି ନରକର ଯନ୍ତ୍ରଣା ଭୋଗ କରିବାକୁ ଦେଇଛି। ଉତ୍କଳର ନୌବାଣିଜ୍ୟର ଅଧଃପତନ କାହା ପାଇଁ ଜାଣ ? ସବୁ—ସବୁ ମୋରି ପାଇଁ। ଧନ ଲୋଭରେ କେତେ ବୋଇତ ଉପରେ ଚଢ଼ାଉ କରିଛି। ରାଜାଙ୍କୁ ସନ୍ତୁଷ୍ଟ କରିବା ପାଇଁ ବେଳେ ବେଳେ ମୁଁ ବହୁମୂଲ୍ୟର ରତ୍ନମାନ ଏକାମ୍ରକୁ ପଠାଇଥାଏଁ। ଦେଶରେ ଲୋକମାନଙ୍କର ମନ ନେବାକୁ ସେମାନଙ୍କୁ ପ୍ରଚୁର ଧନ ଅର୍ପଣ କରେ। ସେ ସବୁ ଧନ କାହାର ? ଯାହାଙ୍କୁ ଦାନ କରେ ସେହିମାନଙ୍କର ସିନା ! ପ୍ରଜାବତ୍ସଳ ମହାରାଜ, ବାଲିରାଜାଙ୍କ ମୁହଁରୁ ମୋର ଏ ସମସ୍ତ ଘଟଣା ଶୁଣି ମୋତେ କ୍ଷମା ଦେଇ ପାରିବେ ? ପାରିବେ ନାହିଁ। ଆଗରୁ ବୁଝିପାରିଛି ପ୍ରାଣଦଣ୍ଡ ଆଦେଶ କରିବେ। କହ ସୁଶୀଳା, ରକ୍ଷା ପାଇବାର ଉପାୟ କ'ଣ। ମୁଁ ମୋର ଦୋଷଯାକ ତମ ନିକଟରେ ପ୍ରକାଶ କରୁଛି।

ସୁଶୀଳା କ'ଣ କହିବ ବୁଝି ପାରିଲା ନାହିଁ। ହଠାତ୍ କହି ପକାଇଲା, ପୁଣି ଆତ୍ମଗୋପନ କରୁଛ ? ତମେ ତମର ସବୁ ଦୋଷ ପ୍ରକାଶ କରି ନାହଁ। ତମ ନିମନ୍ତେ ମୁଁ କହୁଛି ଶୁଣ—

କେତେ ନିରୀହା ଅବଳାଙ୍କର ଅମୂଲ୍ୟ-ଧନ ବଳାତ୍କାରରେ ଅପହରଣ କରିଛ କହିଲ ? ରୂପର ମୋହରେ ପଡ଼ି କେତେ ସୁଖର ସଂସାର ପୋଡ଼ି ଛାରଖାର କରିଛ

ମନେ କଲ? ଏ ସବୁ କଣ ତମର ଦୋଷ ନୁହେଁ? ଦୋଷ କରି ଦୋଷ ଗୋପନ କରୁଛ? ପାପ କେବେ ଛପି ରହେ ନାହିଁ; ସତ୍ୟ ପ୍ରକାଶ ପାଏ। ଧର୍ମ ଦିବାଲୋକପରି ଉଜ୍ଜ୍ୱଳ ଦିଶେ। ଅଧର୍ମ, ଅସତ୍ୟ, ପାପ ବଳେ ପ୍ରକାଶ ପାଏ। ତମେ ଅଧର୍ମୀ, ମିଥ୍ୟାବାଦୀ, ତମେ ମହାପାପୀ।

ହଁ, ସୁଶୀଳା, ମୁଁ ମହାପାପୀ। ଯେତେ ପ୍ରକାର ପାପ ହୋଇପାରେ ମୁଁ ସେ ସବୁ କରିଛି। କେବଳ ମୁଁ ନୁହେଁ, ମୋର ପିତା ଏବଂ ପିତାମହମାନେ ମଧ୍ୟ ମୋପରି ଥିଲେ। ମୁଁ ସେମାନଙ୍କ ପରି, ମୁଁ ଏ ସବୁ ଶିକ୍ଷାକଲି କାହାଠାରୁ? ସେହିମାନଙ୍କଠାରୁ ସିନା। ସୁଶୀଳା, ନଦୀ ଉନ୍ମାଦିନୀ ହୋଇ ଯୌବନଉନ୍ମତ୍ତା ହୋଇ ଅନ୍ଧ ପରି ବହିଯାଏ। ସେ କ'ଣ କରୁଛି, ନିଜେ କେଉଁଠାକୁ ଯାଉଛି, ବୁଝିପାରେ ନାହିଁ। କିନ୍ତୁ ଯେତେବେଳେ ଯାଇ ଅନନ୍ତ ସାଗରରେ ମିଶିଯାଏ, ତାର ସେ ଉନ୍ମାଦନା ଯାଏ କୁଆଡ଼େ? କେଉଁଠାକୁ ଯାଉଥିଲା କ୍ଷଣକରେ ସେ ତା ବୁଝିପାରେ। ସେହିପରି ମୋ'ର ସୌନ୍ଦର୍ଯ୍ୟପିପାସା। ତମଠାରେ ହିଁ ତାର ଶେଷ ତୃପ୍ତି, ଶେଷ ଉନ୍ମାଦନା। କ୍ଷମାକର, ବତାଇଦିଅ ଆତ୍ମରକ୍ଷାର ଉପାୟ କ'ଣ?

ମୁଁ ନିର୍ବୋଧ ରମଣୀ। ଆତ୍ମରକ୍ଷାର କି ଉପାୟ ବତାଇ ପାରିବି? ତେବେ ଗୋଟିଏ ଉପାୟ ଅଛି। ଯଦି ପ୍ରକୃତରେ ମୋତେ ବନ୍ଧୁ ବୋଲି ମନେକରି ମୋର ଉପଦେଶ ପାଳନ କରିବାକୁ ମନସ୍ଥ କରିଛ, ମୁଁ ଭଗବାନଙ୍କୁ ସାକ୍ଷୀ ରଖି ଏହାହିଁ ବତାଇ ଦେଉଛି, ଯାଅ, କାଳ ବିଳମ୍ବ ନ କରି ବାଲିରାଜାଙ୍କ ଶରଣାପନ୍ନ ହୁଅ। ତାଙ୍କର ଉଦ୍ଦେଶ୍ୟ ପୂରଣରେ ତାଙ୍କୁ ସାହାଯ୍ୟ କର। କାଲି ସାଧବସଭାକୁ ଯାଇ ସର୍ବସମ୍ମୁଖରେ ତମର ସମସ୍ତ ଦୋଷ ପ୍ରକାଶ କର। ନତଶିରରେ ଲଲାଟେନ୍ଦୁଙ୍କର ଦଣ୍ଡାଜ୍ଞା ଅମ୍ଳାନ ବଦନରେ ବରଣ କର। ଅନ୍ୟର ରକ୍ତ ବିନିମୟରେ ଯେଉଁ ବିପୁଳ ସମ୍ପତ୍ତିର ଅଧିକାରୀ ବୋଲି ନିଜକୁ ପ୍ରଚାରିତ କରୁଛ, ସେ ବିପୁଳ ସମ୍ପତ୍ତିକୁ ଦରିଦ୍ରଙ୍କୁ ବଣ୍ଟନ କର। ତେବେ କେଜାଣି ତମର ଆତ୍ମରକ୍ଷା ସମ୍ଭବ ହୋଇ ପାରିବ। ମୃତ୍ୟୁ ପରେ ହେଲେ ଆତ୍ମାର ସଦଗତି ହେବ।

ସୁଶୀଳା, ବିରକ୍ତ ହୋଇ ମୋତେ ଆଉ ଉପହାସ କର ନାହିଁ। ମୁଁ ଅନୁତପ୍ତ। ସାଧବସଭାରେ ଯଦି ମୁଁ ମୋର ସବୁ ଦୋଷ ପ୍ରକାଶ କରେ, ମୁକ୍ତିଲାଭର ଆଶା ଅତ୍ୟଳ୍ପ। ଲଲାଟେନ୍ଦୁ ନିଶ୍ଚୟ ମୋର ପ୍ରାଣଦଣ୍ଡର ଆଦେଶ କରିବେ।

ସାଧବ ଦୀର୍ଘନିଶ୍ୱାସ ତ୍ୟାଗ କଲେ।

ସୁଶୀଳା ଟିକିଏ କ୍ରୁଦ୍ଧା ହୋଇ ଉତ୍ତେଜିତ ସ୍ୱରରେ କହିଲା, ଯେଉଁ ନରାଧମ ସହସ୍ର ସହସ୍ର ନିରୀହ ପ୍ରାଣୀଙ୍କର ଜୀବନ ନଷ୍ଟ କରି ଏତେ ପାପ ଅର୍ଜନ କରିଛି, ତାର

ଜୀବନ କଳଙ୍କିତ। ସେହି କଳଙ୍କିତ ଜୀବନ ରକ୍ଷା କରିବାକୁ ସେ ଏତେ ଏଡ଼େ ଉଦ୍‌ବିଗ୍ନ ? ତେବେ ବୃଥାଟାରେ ଆତ୍ମରକ୍ଷା କରିବାକୁ ଏତେ ବ୍ୟସ୍ତ କାହିଁକି ? ସତ କହୁଛ, ଯଦି ତମ ଜୀବନ ନେଇ ତମର କଳଙ୍କିତ ଶରୀରକୁ ବିଲୁଆ କୁକୁରଙ୍କର ଭୋଜନ ନିମନ୍ତେ ଦିଆଯାଏ, ତମର ମୁକ୍ତି ନାହିଁ। ନରକରେ ମଧ୍ୟ ସେ ଆତ୍ମାର ସ୍ଥାନ ନାହିଁ। ଏପରି ସ୍ଥଳେ ମୁଁ ତମୁକୁ ଉପଦେଶ ଦେଇ ନ ପାରେ। ତମେ ଅନୁତପ୍ତ ନୁହଁ। ଯେଉଁ ପାପକାର୍ଯ୍ୟ ନିଜ ହସ୍ତରେ ସମ୍ପାଦନ କରିଛ କେବଳ ଜୀବନର ଆନନ୍ଦ ବର୍ଦ୍ଧନ ନିମନ୍ତେ, ସେଥିପାଇଁ ତମେ ଟିକିଏ ହୋଇ ଅନୁତପ୍ତ ନୁହଁ। ଜୀବନରକ୍ଷାର ଉପାୟ ଆଉ ତମର ନାହିଁ। ସେଥିପାଇଁ ହତାଶ ହୋଇ ଦୁଃଖ କରୁଛ। ପାପ ନିମନ୍ତେ ଅନୁତାପ କରୁନାହଁ। ଯଦି ଜୀବନରକ୍ଷାର କୌଣସି ନୂତନ ବାଟ ଦେଖିପାର, ତେବେ ଜଳରେ ଲବଣ ପରି ତମର ମିଥ୍ୟା ଅନୁତାପ, ଆଶା ଏବଂ ଉତ୍ସାହର ନୂତନ ଢେଉରେ ମିଳାଇଯିବ। ବୃଥା ଛଳନା କରିବା ଅନାବଶ୍ୟକ। ଦୟା କରି ମୋତେ ଏଠାରେ ଏକୁଟିଆ ରହିବାକୁ ଦିଅ। ମୋର ପାପ ନିମନ୍ତେ, ଭଗବାନଙ୍କଠାରେ କ୍ଷମା ପ୍ରାର୍ଥନା କରେ।

ପର୍ଦ୍ଦା ଆଡ଼େଇ ବୁଲୀ ବୀଣା ଧରି ଧୀରେ ଧୀରେ ପ୍ରକୋଷ୍ଠରେ ପ୍ରବେଶ କଲା।

ସୁଶୀଳାର କଠୋର ବାକ୍ୟରେ ନାରାୟଣ ମୂକବତ୍ ବସି ମୁଖ ନିମ୍ନକୁ କଲେ। ଆଉ ପଦେ କହିବାର ସାହସ କଲେ ନାହିଁ। ବୁଲୀ ବୀଣା ଧରି ଦ୍ୱାରବନ୍ଧ ପାଖରେ ଠିଆ ହୋଇ ରହିଲା ଆଦେଶର ପ୍ରତୀକ୍ଷାରେ।

କିଛିକ୍ଷଣ ନୀରବରେ ଅତିବାହିତ ହେଲା। ଜଣାଗଲା, ଯେପରି କିଏ ଜଣେ ଦ୍ରୁତପଦରେ ତ୍ରିତଳର ବାରଣ୍ଡା ଉପର ଦେଇ ତାଙ୍କରି ଆଡ଼କୁ ଆସୁଛି। ତା'ର ପଦଶବ୍ଦରେ ପ୍ରକାଣ୍ଡ କୋଠାଟା ଦମକି ଉଠୁଛି। ନାରାୟଣ ଭାବୀ ବିପଦର ପ୍ରତୀକ୍ଷା କରି ରହିଲେ।

ପୁନର୍ବାର ଚିନ୍ତାକଲେ, ପଦଶବ୍ଦରୁ ଜଣାଯାଉଛି ଯେପରି ଜଣେ କେହି ଆସୁଛି। ଜଣେ ତ ? ଭୟର କାରଣ ନାହିଁ। ହୁଏତ ସେ ପ୍ରହରୀ କିମ୍ବା ଅନ୍ୟ କେହି ଭୃତ୍ୟ ହୋଇଥିବ। ସେ ପୂର୍ବପରି ଆରାମଚଉକି ଉପରେ ବସି ଦ୍ୱାର ଆଡ଼କୁ ସତୃଷ୍ଣ ନୟନରେ ଅନାଇ ରହିଲେ।

ପଦଶବ୍ଦ ନିକଟରୁ ନିକଟତର ହେଲା। କିଛିକ୍ଷଣ ପରେ ଜଣେ ଲୋକ ଦ୍ରୁତପଦରେ ସେହି ପ୍ରକୋଷ୍ଠ ମଧ୍ୟରେ ପ୍ରବେଶ କଲା।

ଦେଖିବାକୁ ସେ ବଳିଷ୍ଠକାୟ। କଜ୍ଜଳକଳା। ଦେହରୁ ରକ୍ତ ବୁନ୍ଦା ବୁନ୍ଦା ହୋଇ ତଳେ ପଡ଼ିଯାଉଛି। ମୁଣ୍ଡରେ ତାର ସ୍ତ୍ରୀଲୋକଙ୍କ ପରି ବେଙ୍ଗାଏ ବାଳ। ଆଖି ଦିଓଟି ଚକ୍ର ପରି ବୁଲୁଛି। ଠିକ୍ କପାଳ ଉପରେ ଆବୁ। ଦେହରୁ ରକ୍ତଧାର ବହିଯାଉଥିଲେ ମଧ୍ୟ ସେଥି ପ୍ରତି ତା'ର ଭ୍ରୂକ୍ଷେପ ନାହିଁ। ହାତ ଦିଓଟି ଛାତି ଉପରେ ଚାପି ରଖିଛି। ଆପାଦମସ୍ତକ ପ୍ରକମ୍ପିତ। ଶରୀରର ଅନେକ ସ୍ଥାନରେ କ୍ଷତ। କାନ୍ଧରେ ଖଣ୍ଡେ ଛୁରୀ ଲାଖି ରହିଛି। ନିଃଶ୍ୱାସ ଘନଘନ ପ୍ରବାହିତ ହେଉଛି।

ଆଗନ୍ତୁକ ନାରାୟଣ ସାଧବଙ୍କ ସମ୍ମୁଖରେ ଖୁଣ୍ଟ ପରି ଠିଆ ହୋଇ ରହିଲା। ତାକୁ ଦେଖି ସୁଶୀଳା ଓ ବୁଲୀ ଭୟରେ ଚିତ୍କାର କରି ପ୍ରକୋଷ୍ଠର ଗୋଟିଏ କୋଣକୁ ଘୁଞ୍ଚିଗଲେ। ସୁଶୀଳା ଭାବିଲା, ମହାବିପଦ ଉପସ୍ଥିତ। ତଥାପି ପଳାୟନ କରିବାର ଉପାୟ ଦେଖିପାରିଲା ନାହିଁ। ପଳାଇଯିବାକୁ ଉଦ୍ୟତ ହୋଇ ମଧ୍ୟ ପଦେ ସୁଦ୍ଧା ଅଗ୍ରସର ହୋଇପାରିଲା ନାହିଁ। ଜଣାଗଲା, ତାର ପାଦ ଦୁଇଟିରୁ ଜୀବନ ଚାଲିଗଲାଣି। ଇଚ୍ଛା ହେଉଥାଏ, ଉଚ୍ଚ ସ୍ୱରରେ ଡାକି ନାରାୟଣଙ୍କୁ ସାବଧାନ କରିଦେବ। ପଳାୟନ କରି ଜୀବନ ରକ୍ଷା କରି ପାରିବେ। ମାତ୍ର ଅବାଧ୍ୟ ଜିଭଟି ଓଲଟିଲା ନାହିଁ। ଆଗନ୍ତୁକର ଭୟାବହ ଚେହେରା ଦେଖି ବୁଲୀ ସୁଶୀଳାକୁ ଜାବୁଡ଼ି କରି ଧଇଲା। ଉଭୟେ ବରଡ଼ାପତ୍ର ପରି ଥରିବାକୁ ଲାଗିଲେ।

ପ୍ରଥମେ ନାରାୟଣ ସାଧବ ଭୟରେ ଚମକିପଡ଼ିଲେ। ଆଗନ୍ତୁକ ହେଉଛି ତାଙ୍କର ବିଶ୍ୱସ୍ତ ଅନୁଚର ଭୀମା। ସେ ଭୀମାର ଦୁରବସ୍ଥା-ପ୍ରକମ୍ପିତ ଭୀଷଣ ମୂର୍ତ୍ତିକୁ ଭୟପୂର୍ଣ୍ଣ କାତର ଦୃଷ୍ଟିରେ ଅନାଇଁ ରହିଲେ।

ଭୀମା ନାରାୟଣଙ୍କର ମୁହଁକୁ ଅନାଇଁ କ'ଣ କହିବାକୁ ଚେଷ୍ଟା କଲା। କହିପାରିଲା ନାହିଁ। ତା'ର ଓଠ ଥରିଲା। ନାରାୟଣ ଚକିତ ହୋଇ ଭୟ ବିଜଡ଼ିତ କଣ୍ଠରେ ପଚାରିଲେ, କଥା କ'ଣ ଭୀମା ! ତୋର ଏପରି ଦୁର୍ଦ୍ଦଶା କାହିଁକି ?

ଭୀମାର ଅଧରରେ, ଆକାଶର ବିଦ୍ୟୁତ୍ ପରି ସ୍ମିତହାସ୍ୟ ଫୁଟି ଆସୁ ଆସୁ ପୁଣି ସେହି ପ୍ରକମ୍ପିତ ଅଧରରେ ମିଳାଇଗଲା। ସେ ହୃଦୟରୁ ହସ୍ତ କାଢ଼ି ସାଧବଙ୍କର ପାଦତଳେ ନଇଁପଡ଼ିଲା। ପାଦ ଦୁଇଟି ହାତରେ ଧରି ମୁଣ୍ଡରେ ଲଗାଇ ଟିକିଏ ଜୋର୍‌ରେ କହିଲା, ଆପଣଙ୍କର ଆଦେଶ ପାଳନ କରିଛି।

ମୋ ଆଦେଶ—କହି ସାଧବ ଭୀମାକୁ କି ଆଦେଶ ଦେଇଥିଲେ ଚିନ୍ତାକଲେ। ଭୀମା ଆଉ ବିଳମ୍ବ ସହ୍ୟ କରି ନ ପାରି ବ୍ୟଥିତ ଚିତ୍ତରେ କହିଲା, ମଣିଆଁକୁ ଶେଷକରି ଆସିଛି।

ମଣିଆଁକୁ ? ମଣିଆଁ କେଉଁଠୁ ଆସିଲା ଏଠାକୁ।

ସାଧବ ଭୀମାର କାନ୍ଧରୁ ଛୁରୀଖଣ୍ଡି ଜୋର୍‌ରେ ଟାଣି ଆଣି ତଳେ ନିକ୍ଷେପ କଲେ।

ଭୀମା ଚିତ୍କାର କରି ପଛକୁ ଘୁଞ୍ଚିଗଲା। କୃତଜ୍ଞତାପୂର୍ଣ୍ଣ ସ୍ୱରରେ ଆରମ୍ଭ କଲା, ମୁଁ ଆହତ। ବେଶିବେଳ ନାହିଁ। ମୋ କଥାରେ ବିଶ୍ୱାସ କର—ବାଲିରାଜା ଯେ ସେହି ହିଁ ମଣିଆଁ। ମୁଁ ତାଙ୍କର ମୁହଁରୁ ଶୁଣିଛି। ସାଧବ—ତମପାଇଁ ପ୍ରାଣ-ଦେ-ଏ-ଲି-ଇ—ମୋର ପିଲାଏ ତମକୁ.....।

କହୁ କହୁ ଭୀମା ତଳେ ପଡ଼ିଗଲା। ତା'ର ହୃଦୟରୁ ରକ୍ତସ୍ରୋତ ପିଚ୍ ପିଚ୍ ହୋଇ ବାହାରି ଗୃହର ଚଟାଣକୁ ଲୋହିତ କଲା। ସାଧବ ନିଶ୍ଚଳ ରହି ଲୋକଟିର ମୃତ୍ୟୁ ଯନ୍ତ୍ରଣା ଦେଖୁ ଦେଖୁ ମୃତ୍ୟୁର ଶୀତଳସ୍ପର୍ଶ ଭୀମାର ସମଗ୍ର ଶରୀରରେ ଖେଳିଗଲା।

ସାଧବଙ୍କର ମିଥ୍ୟା ଅନୁତାପ କ୍ଷଣକରେ ଆଶା ଏବଂ ଉତ୍ସାହର ନୂତନ ତରଙ୍ଗରେ ମିଳାଇଗଲା। ଭୀମାର ମୃତ୍ୟୁ ନିମନ୍ତେ ମଧ୍ୟ ମନରେ ଟିକିଏ ଦୁଃଖ ହେଲା ନାହିଁ। ଭୀମାକୁ ଛାଡ଼ି ପୁନର୍ବାର ଆରାମଚଉକିର ଆଶ୍ରୟ ଗ୍ରହଣ କଲେ। ମୁଖ ଉଜ୍ଜ୍ୱଳ ଦେଖାଗଲା।

ବର୍ତ୍ତମାନ ଉପାୟ କ'ଣ ? ସାଧବ ଚିନ୍ତାକଲେ, ସେ କ'ଣ ପ୍ରକୃତରେ ତେବେ ମୁକ୍ତ ? ବାଲିରାଜା ମୃତ; କିନ୍ତୁ ଚଞ୍ଚଳା ଓ ଅଧିରାଜ ତ ଜୀବିତ। ଚଞ୍ଚଳା ଏବଂ ଅଧିରାଜ ଯଦି ସାଧବସଭାରେ ସବୁ କଥା ପ୍ରକାଶ କରନ୍ତି ?

ଦେଖୁ ଦେଖୁ ସାଧବଙ୍କର ଆନନ୍ଦ କ୍ଷଣକରେ ବିଲୁପ୍ତ ହେଲା ହତାଶାର ଅମାନ୍ଧକାରରେ। ଅନ୍ଧକାର ଦେହରେ ବିଦ୍ୟୁତ୍‌ପରି ତାଙ୍କର ହତାଶାକୁଳିତ ମନରେ ଆଶାର ବିଦ୍ୟୁତ୍ ରେଖା ଖେଳିଉଠୁଥାଏ। ହଠାତ୍ ସାଧବଙ୍କ ମନରେ ଗୋଟିଏ ଦୃଢ଼ ଆଶାର ଉଦୟ ହେଲା। ସେ ସବୁ କଥା ଭୁଲି ଡାକିଲେ, ବୁଲୀ, ବୁଲୀ।

ସାଧବଙ୍କ ଡାକରେ ବୁଲୀ ସୁଶୀଳାକୁ ଛାଡ଼ି ନିକଟକୁ ଆସିଲା। ସାଧବ ବ୍ୟଗ୍ରଭାବରେ କହିଲେ, ଲୋକମାନଙ୍କୁ ଡାକି ଦେ ସେମାନେ ଏ ମୁର୍ଦାରଠାକୁ ନେଇ ଯାଆନ୍ତୁ। ହଁ, ଦେଖ୍ ବେଶି ଲୋକଙ୍କୁ ଡାକିବା ଦରକାର ନାହିଁ। ଜଣେ, ଦି'ଜଣ।

ବୁଲୀ ଆଦେଶ ପାଳନ କରିବାକୁ ଚାଲିଗଲା।

ସୁଶୀଳାକୁ ନିକଟରେ ଦେଖି ସାଧବ ମନ ଆନନ୍ଦରେ କହିଲେ, ଏଥର ସୁଶୀଳା, ଆଉ ମୋର ଭୟ ନାହିଁ। ଭୀମା ବାଲିରାଜାକୁ ମାରି ଆସିଛି। ବାଲିରାଜା କିଏ ଜାଣ ?

ସୁଶୀଳା ଉତ୍ତର ନ ଦେଇ ଭୀମାର ମୃତପିଣ୍ଡକୁ ଘୃଣାବ୍ୟଞ୍ଜକ ଦୃଷ୍ଟିରେ ଅନାଇଁ ରହିଲା।

ସାଧବ ପୁଣି ପଚାରିଲେ, ବାଲିରାଜା କିଏ ଜାଣ ସୁଶୀଳା ?

ଭୀମାର କଥା ସୁଶୀଳା ଶୁଣି ପାରିଥିଲା, କିନ୍ତୁ ବୁଝି ପାରିଲା ନାହିଁ। ସାଧବଙ୍କର ପ୍ରଶ୍ନ ଶୁଣି ହଠାତ୍ ବିଲିବିଲେଇ ଉଠିଲା ପରି କହିଲା, ମଣିଆଁଭାଇକୁ ମାରି ଆସିଛି ଭୀମା ? ମଣିଆଁଭାଇକୁ। ତମରି ପାଇଁ ?

ସାଧବଙ୍କ ଆଡ଼କୁ ମୁହଁ ବୁଲାଇ କହିଲା, ଏତେ ପାପ ସହିପାରୁଛ ସାଧବ ? ତମର ରାକ୍ଷସ-ହୃଦୟ ନିରୀହର ରକ୍ତଧାରରେ ତରଳ ହେଉ ନାହିଁ। କାହିଁଗଲା ତମର ଅନୁତାପ ? କାହିଁ ଗଲା ତମର ଦୁଃଖ ସାଧବ ? ବୁଝିଲି, ସବୁ ତମର ଛଳନା। ତମର ହୃଦୟ ହଳାହଳମୟ। ଓଃ, ମଣିଆଁ ଭାଇ, କ୍ଷମାକର ମୋତେ। କିଏ ଆସି ମୋର କାନରେ କହି ଯାଉଛି ମଣିଆଁ ଭାଇ ତୋର ରକ୍ତ ଚାହେଁ, ମଣିଆଁ ଭାଇ ତୋର ରକ୍ତ ଚାହେଁ। କାହାର ରକ୍ତ ? ନାରାୟଣ ସାଧବର ? ନାରାୟଣ ସାଧବର କଳୁଷିତ ରକ୍ତ ? ନାରାୟଣ ସାଧବର କଳଙ୍କିତ ରକ୍ତ ? ରକ୍ତ ଚାହେଁ ମଣିଆଁ ଭାଇ !

ତମର ପବିତ୍ର ଆତ୍ମା କଳୁଷିତ ରକ୍ତରେ କଳୁଷିତ କରିବ କାହିଁକି ? ହା ହା, ପୁଣି ସେହି ସ୍ୱର, ସେହି ଚିର ପରିଚିତ ମଣିଆଁ ଭାଇର ସ୍ୱର କାନରେ କହି ଯାଉଛି, ତୋର ରକ୍ତ ଚାହେଁ। କି କର୍କଶ ସେ ସ୍ୱର—କେତେ ଯାତନା-ବିଜଡ଼ିତ ହୃଦୟଦାହକ ସେ ସ୍ୱର ! ମୋର ହୃଦୟ ଆହୁରି କଳଙ୍କିତ। ମୋର ପ୍ରାଣ ଆହୁରି କଳୁଷିତ—ମୋର କଳଙ୍କିତ ରକ୍ତ ଚାହେଁ ମଣିଆଁ ଭାଇର ଆତ୍ମା। ଏଇ ନେ—

ସୁଶୀଳା ଭୂପତିତ ଛୁରିକା ଖଣ୍ଡି କମ୍ପିତ ହସ୍ତରେ ଟେକି ହୃଦୟରେ ଲଗାଇଲା। ପୁଣି ପାଗଳ ପରି କହିଲା, ମୋର ରକ୍ତ ଚାହିଁ ନା। ତେବେ ଉଭୟଙ୍କର। ଉଭୟଙ୍କର ରକ୍ତରେ ତମର ଦଗ୍‌ଧଆତ୍ମା ଶୀତଳ କରିବ ! ଦେବି, ରକ୍ତ ଦେବି। ଉଭୟଙ୍କର ରକ୍ତ ଦେବି, ତମର ଦଗ୍‌ଧ ଆତ୍ମା ଶାନ୍ତ କରିବି। ପ୍ରଥମେ ସାଧବର ରକ୍ତ ! ସେ ରାକ୍ଷସ। ସାଧବ ପ୍ରସ୍ତୁତ ହୁଅ। ମଣିଆଁଭାଇ ତମର ରକ୍ତ ଚାହେଁ। ମଣିଆଁଭାଇ, ମୋର ରକ୍ତ ଚାହେଁ।

ସୁଶୀଳା ସ୍ଥିର ହୁଅ।

ସ୍ଥିର ହେବି ? ସେ ସ୍ଥିର କରି ଦେବେ କାହିଁକି। ତାଙ୍କର ଆତ୍ମା ଯେ ଆଜି ଅସ୍ଥିର। ଓଃ ! ଏ କାହାର ମୂର୍ତ୍ତି। କି ଭୟଙ୍କର ! ସାଧବ, ସାଧବ ରକ୍ଷା କର। ମଣିଆଁଭାଇ ମୋର ରକ୍ତ ନେବାକୁ ଆସିଛି, ମଣିଆଁ ଭାଇ ତମର ରକ୍ତ ନେବାକୁ ଆସିଛି।

କହୁ କହୁ ସୁଶୀଳା ତ୍ରସ୍ତ ହୋଇ ସାଧବଙ୍କୁ ଆଲିଙ୍ଗନ କଲା। ସାଧବେ ସାନ୍ତ୍ୱନା ଦେବାକୁ ସୁଶୀଳାର ମୁଣ୍ଡରେ ହାତ ବୁଲାଉ ବୁଲାଉ କହିଲେ, ଆଉ ମଣିଆଁ ଭାଇକୁ

ଭୟ କରୁଛ କାହିଁକି ସୁଶୀଳା, ତମେ ମୁକ୍ତ। ମୁଁ ବି ମୁକ୍ତ। ସ୍ଥିର ହୁଅ। ମଣିଆଁ ଭାଇ ତମର କିଛି କରିପାରିବ ନାହିଁ। ସେ ଯେ ମୃତ। ଉଠ ସୁଶୀଳା, ଉଠ। ଉଠ ରାତ୍ରି ଅଧିକ ହେଲାଣି, ଆହୁରି ଢେର୍ କାମ ବାକି ଅଛି। ମୋତେ ବର୍ତ୍ତମାନ ରାଧାଶ୍ୟାମଙ୍କ ଘରକୁ ଯିବାକୁ ହେବ। ଆହୁରି ଦୁଇ ଜଣ ବାକି ଅଛନ୍ତି। ସେ କେଇଟା ମାଛି। ମାଛି କେଇଟାଙ୍କୁ ହୁରୁଡ଼ାଇ ପାରିଲେ ଆମର ସବୁ ଚିନ୍ତା ଲୋପ ପାଇବ। ଚଞ୍ଚଳା, ଅଧିରାଜ ଓ—

ସୁଶୀଳା ଚମକିଉଠିଲା। ଆହୁରି ରକ୍ତ ଚାହଁ ସାଧବ? ତମର ରକ୍ତ ପିପାସା ମେଣ୍ଟି ନାହିଁ?

ସୁଶୀଳା ନାରାୟଣ ସାଧବଙ୍କ କ୍ରୋଡ଼ରୁ ଉଠି ଆସି ଆଗରେ ଠିଆ ହେଲା। ନାରାୟଣ ସାଧବଙ୍କର ଆପାଦମସ୍ତକ ନିରୀକ୍ଷଣ କରି କ୍ଷୁଧିତା ସର୍ପିଣୀ ପରି ଛୁରିଖଣ୍ଡି ଉପରକୁ ଟେକି କହିଲା, ରକ୍ତ ଚାହଁ? ଚଞ୍ଚଳାର ରକ୍ତ ଚାହଁ? ଅଧିରାଜର ରକ୍ତ ଚାହଁ? ଏତେ ନିରୀହ ବ୍ୟକ୍ତିଙ୍କର ରକ୍ତପାନ କରିପାରିବ ନାହିଁ। ତମର ରକ୍ତରେ ଆଜି ତମରି ଆତ୍ମାକୁ ଶାନ୍ତ କରିଚି।

ସାଧବ ଭାବିଲେ ବୋଧହୁଏ ସୁଶୀଳା ପାଗଳ ହୋଇଗଲା। ପାଗଳର କେଉଁ ସ୍ଥିରତା। ସୁଶୀଳା ହୁଏତ ତାଙ୍କର ଅନିଷ୍ଟ କରିପାରେ। ପ୍ରଥମେ ଜୀବନ, ତାପରେ ସୁଶୀଳା। ଜୀବନ ଥିଲେ କେତେ ସୁଶୀଳା ଆସି ପାରିବେ।

ସାଧବ ସୁଶୀଳାର ହାତରୁ ଛୁରିଖଣ୍ଡ ଟାଣିନେଇ କହିଲେ, ସୁଶୀଳା, ମନେ ରଖ, ମୁଁ ସ୍ୱାମୀ। ମୋତେ ମାରି କ'ଣ ସ୍ୱାମୀଘାତିନୀ ହେବ? ସୁଶୀଳା ପୁଣି ପାଗଳ ପରି ବକିଲା, ସ୍ୱାମୀ? ହଁ ସ୍ୱାମୀ। ନିଶ୍ଚୟ! ନାରାୟଣ ସାଧବ ମୋର ସ୍ୱାମୀ। ମଣିଆଁ ମୋର ନୁହେଁ। ତାକୁ କେବେ ଥରେ ଭଲ ପାଇଥିଲି ଅତୀତରେ, ସେଥିପାଇଁ ସ୍ୱାମୀଘାତିନୀ ହୋଇ ନ ପାରେ। ମଣିଆଁ ସ୍ୱାର୍ଥପର। ଜାଣୁ ଜାଣୁ ସେ ମୋର ସ୍ୱାମୀଙ୍କୁ ବିପଦରେ ପକାଇବାକୁ ଇଚ୍ଛା କରିଥିଲା। ସ୍ୱାମୀ, ମୋତେ କ୍ଷମାକର। ମୁଁ ଆଉ ତମର ଅବାଧ୍ୟ ହେବି ନାହିଁ।

ନାରାୟଣ ସାଧବ ପ୍ରକୋଷ୍ଠ ତ୍ୟାଗ କରି ଚାଲି ଯାଇଥିଲେ। ସୁଶୀଳା ଦେଖିଲା, ଘରେ ସେ ଏବଂ ଭୀମାର ମୃତପିଣ୍ଡ ଛଡ଼ା ଆଉ କେହି ନାହିଁ।

ସେ ମଧ୍ୟ ପ୍ରକୋଷ୍ଠ ତ୍ୟାଗ କରି ଚାଲିଗଲା।

ରାଧାଶ୍ୟାମଙ୍କର ଦୁର୍ଘଟଣା ଦେଖି ବାଲିରାଜା ଏକାଥରେ କାତର ହୋଇ

ପଡ଼ିଲେ। ବୃଦ୍ଧା ଏବଂ ହେମଙ୍କୁ କଣ କହି ସାନ୍ତ୍ୱନା ଦେବେ, ବୁଝି ପାରିଲେ ନାହିଁ। ପାଟିରୁ କଥା ବାହାରିଲା ନାହିଁ। ସେ ବୁଝି ପାରିଲେ, ଏ ଦୁର୍ଘଟଣାର ପ୍ରଧାନ କାରଣ ସେ ନିଜେ। ସେ ଯଦି ରାଧାଶ୍ୟାମଙ୍କ ଘରେ ଆଶ୍ରୟ ନେଇ ନ ଥାନ୍ତେ, ତାଙ୍କର ଏ ଦୁରବସ୍ଥା ହୋଇ ନ ଥାନ୍ତା। ଏ ନରହତ୍ୟାକର୍ତ୍ତା ଯେ ହେଉ, ସେ ନିଶ୍ଚୟ ନାରାୟଣ ସାଧବର ପ୍ରରୋଚନାରେ ଏହା କରିଚି। ନୋହିଲେ ନିର୍ଦ୍ଦୋଷକୁ କାହିଁକି କିଏ ମାରିବାକୁ ଯାନ୍ତା? ରାଧାଶ୍ୟାମଙ୍କୁ ମାରିବା ଉଦ୍ଦେଶ୍ୟ ତାର ନ ଥିଲା—ବାଲିରାଜା ଏହା ସ୍ପଷ୍ଟ ବୁଝି ପାରିଥିଲେ। ଆଉ ମଧ ବୁଝି ପାରିଥିଲେ, ଅତି ଶୀଘ୍ର ଯଦି ଏହାର ପ୍ରତିକାର କରା ନ ଯାଏ ପରେ ବଡ଼ ବିପଦରେ ପଡ଼ିବାକୁ ହେବ। ସେଥି ନିମନ୍ତେ ତାଙ୍କର ଭୟ ନୁହେଁ। ଯେପରି ତାଙ୍କରି ନିମନ୍ତେ ଗୋଟିଏ ନିର୍ଦ୍ଦୋଷ ପ୍ରାଣୀର ପ୍ରାଣନାଶ ହୋଇଛି, ସେହିପରି ଅନ୍ୟାନ୍ୟମାନଙ୍କର ହୋଇ ପାରେ। ଏହାର ପ୍ରତିକାର, କାହ୍ନୁ ଭୂୟାଁଙ୍କୁ ଜଣାଇ ତାଙ୍କର ସାହାଯ୍ୟ ପ୍ରାର୍ଥନା କରିବା!

ବାଲିରାଜା ରାଧାଶ୍ୟାମଙ୍କୁ ସେହିପରି ଅବସ୍ଥାରେ ଛାଡ଼ି କାହ୍ନୁ ଭୂୟାଁଙ୍କ ପ୍ରାସାଦାଭିମୁଖରେ ଚାଲିଲେ। ମନ ମଧରେ ସହସ୍ର ଚିନ୍ତାର ଢେଉ ଖେଳି ଉଠିଲା। କେତେବେଳେ କେଉଁ ବିଷୟରେ ଭାବନା ମନ ମଧରେ ଆସି ପ୍ରବେଶ କରୁଥାଏ। ପ୍ରଥମେ ଆସିଲା ବାଲ୍ୟ ସୁଶୀଳାର ନଗ୍ନ ରୂପ, ହାସ୍ୟ କୌତୁକ, ପ୍ରେମ, ବ୍ରହ୍ମଦେଶରେ ସାକ୍ଷାତ। କ୍ଷଣକ ଭିତରେ ସେ ଯାହା ଦେଖିଛନ୍ତି, ତାହାହିଁ ଯଥେଷ୍ଟ। ଏହି ଅଳ୍ପ ସମୟ ସାକ୍ଷାତରେ ସେ ବୁଝି ପାରିଛନ୍ତି, ସୁଶୀଳାର ମନର ଭାବ, ସେ ଜାଣି ପାରିଛନ୍ତି ସୁଶୀଳା ଜଣେ ଦସ୍ୟୁର ସ୍ତ୍ରୀ। ପାପୀୟସୀ! ପାପକୁ ପ୍ରଶୟ ଦେଇଛି।

ବାଲିରାଜା ଚିନ୍ତାକଲେ। ଆଉ ଚଞ୍ଚଳା, ସେ କଣ ପ୍ରକୃତରେ ଭଲ ପାଏ ମୋତେ? ତାର ଆଶା ବୃଥା। ମୁଁ ଜଣକୁ ଥରେ ଭଲ ପାଇଥିଲି, ଜଣକୁ ମୋର ଜୀବନର ସମସ୍ତ ପ୍ରେମ ଅର୍ପଣ କରିଥିଲି। ଆଉ ଜଣକୁ ପୁଣି ସେ ପ୍ରେମ ଅର୍ପଣ କରିବି କିପରି? ତାହା ଯେ ପ୍ରଦତ୍ତ। ପ୍ରଦତ୍ତ ପଦାର୍ଥକୁ ଫେରାଇ ଆଣି ପୁଣି ଅନ୍ୟକୁ ଦାନ କରିବା ଅବିଧି। ଯାହାକୁ ଦାନ କରିଥିଲି, ସେ ଯଦି ଗ୍ରହଣ ନ କରେ?

ଚଞ୍ଚଳା, ତୁମେ ଦେବୀ—ମୋର ହୃଦୟ ଅଧିକାର କରିବାକୁ ବସିଛ। ଓଃ, ଚଞ୍ଚଳା ଦେବୀ ଏହା ମୁଁ ଜାଣିବି କିପରି? ସୁଶୀଳାକୁ କଣ ଥରେ ମୁଁ ଦେବୀ ବୋଲି ଭାବି ନ ଥିଲି? ସୁଶୀଳାକୁ କଣ ନାରୀଜାତିର ଅତି ଉଚ୍ଚରେ ଦିନେ ମୁଁ ସ୍ଥାନ ଦେଇ ନ ଥିଲି। ହେଲା କଣ? କି ଆଶ୍ଚର୍ଯ୍ୟ। ଅମୃତ ବୋଲି ଯାହାକୁ ଭକ୍ଷଣ କରିବାକୁ ବସିଥିଲି, ସେ ହଳାହଳ ପାଲଟିଗଲା। ଦେବୀ ବୋଲି ଯାହାକୁ ଭାବିଥିଲି, ସେ ଦାନବୀ। ଦାନବୀର ହୃଦୟରେ ପ୍ରେମର ପବିତ୍ର ତରଙ୍ଗ ଖେଳି ପାରେ! କିନ୍ତୁ ସୁଶୀଳା ହୃଦୟରେ

ପ୍ରେମ କାହିଁ? ସେ ଜଣକୁ ପରିତ୍ୟାଗ କରି ଅନ୍ୟ ଜଣକୁ ଗ୍ରହଣ କରିଛି। ହୁଏତ ସମୟରେ ତାଙ୍କୁ ମଧ୍ୟ ତ୍ୟାଗ କରି ଅନ୍ୟ ଜଣକୁ ଗ୍ରହଣ କରିପାରେ। ଏହାହିଁ କଣ ନାରୀଜାତିର ପ୍ରେମ?

ଏହି ଛାର ପ୍ରେମ ନିମନ୍ତେ ସଂସାର ପାଗଳ। ରୂପ ଯଦି ଏ ପ୍ରେମର ଅସ୍ତ୍ର ହୁଏ, ତେବେ ସେ ପ୍ରେମ କେବଳ ମିଥ୍ୟା।

କେଉଁଠାରେ ରମଣୀର ଆକର୍ଷଣ ଲୁକ୍‌କାୟିତ ଯାହା ପାଇଁ ଜଗତ ଅନ୍ଧ, ପାଗଳ, ବନ୍ଦୀ? ଏହା କି ତାର ଚକ୍ଷୁରେ ଥାଏ? ଏହା କି ତାର ଲୋତକରେ ଥାଏ? ଏହା କି ତାର ବାକ୍ୟର ମଧୁରତାରେ ଥାଏ?

ଚଞ୍ଚଳାର ଆଶା ବୃଥା। ମୋର ହୃଦୟକୁ, ମୋର ପ୍ରାଣକୁ ତାର କୋମଳ ମଧୁର କଥା ବଦଳାଇ ନ ପାରେ। ତେବେ, ଚଞ୍ଚଳାକୁ ଆଶ୍ରୟ ଦେଇଛି କାହିଁକି? ଚଞ୍ଚଳାକୁ ଏତେ ସ୍ୱାଧୀନତା ଦେଇଛି କାହିଁକି? ମୁଁ କ'ଣ ତାର ବାକ୍ୟରେ ମୁଗ୍‌ଧ ନୁହେଁ, ତାର ରୂପରେ ମୁଗ୍‌ଧ ନୁହେଁ?

ପ୍ରକୃତି ଜ୍ୟୋସ୍ନାସ୍ନାତ। ତାମ୍ରଲିପ୍ତର ପ୍ରାସାଦଗୁଡ଼ିକ ନୀରବରେ ସେହି ଜ୍ୟୋସ୍ନାମଧୁ ପାନ କରୁଛନ୍ତି। ଏତେ ବଡ଼ ସହରର କୋଳାହଳ ଅନ୍ତର୍ହିତ। କେବଳ ସମୁଦ୍ରର ଗଭୀର ଗର୍ଜନ ମନ ପ୍ରାଣରେ ନୂତନ ସ୍ଫୂର୍ତ୍ତି ଆଣୁଛି। ବୃକ୍ଷଲତା ସ୍ଥିର; କିନ୍ତୁ ଚଞ୍ଚଳ ବାଲିରାଜାଙ୍କର ମନ। ଅସ୍ଥିର ବାଲିରାଜାଙ୍କର ପ୍ରାଣ। ସେ ଏକାକୀ ଦ୍ରୁତପଦରେ ପ୍ରାସାଦାଭିମୁଖେ ଚାଲିଛନ୍ତି। କେତେବେଳେ ସୁଶୀଳାର, କେତେବେଳେ ଚଞ୍ଚଳାର, ପୁଣି କେତେବେଳେ ରାଧାଶ୍ୟାମର ମୃତ୍ୟୁ ଏହି ସମସ୍ତ ଚିନ୍ତା ତାଙ୍କର ମନକୁ ଅସ୍ଥିର କରୁଛି।

ସେ ପ୍ରାସାଦ ନିକଟରେ ଉପସ୍ଥିତ ହେଲେ। ନିକଟରେ କେହି ନାହାନ୍ତି। କାହାକୁ ଜଣାଇବେ? ଭୂୟାଁ ବୋଧହୁଏ ସୁଖରେ ନିଦ୍ରାମଗ୍ନ ଥିବେ, କିଏ ତାଙ୍କୁ ଏ ସମ୍ବାଦ ଦେବ? କଟୁଆଳ ଅଛନ୍ତି କେଉଁଠି? ରାଜଭବନ ସମ୍ମୁଖରେ ଦଣ୍ଡାୟମାନ ହୋଇ ବାଲିରାଜା କୌଣସି ପ୍ରହରୀର ପ୍ରତୀକ୍ଷା କରୁଥିବା ସମୟରେ ଦେଖିପାରିଲେ କିଏ ଜଣେ ଦୂରରୁ ତାଙ୍କୁହିଁ ଲକ୍ଷ୍ୟ କରି ଚାଲିଛି। ଆଗନ୍ତୁକ ନିକଟରେ ହେଲାରୁ, ବାଲିରାଜା ଡାକି ପଚାରିଲେ, କିଏ?

ଆଗନ୍ତୁକ କୌଣସି ଉତ୍ତର ନ ଦେଇ ଖୋଳରୁ ଖଣ୍ଡା କାଢ଼ି ହାତରେ ଧଇଲେ। ବାଲିରାଜା ନିଜର ତରବାରୀ କାଢ଼ି ହାତରେ ଧରି ପୁଣି ପଚାରିଲେ, କିଏ ସେ?

ଉତ୍ତର ଆସିଲା ରୁକ୍ଷ ସ୍ୱରରେ, ତୁମେ କିଏ ?

ବାଲିରାଜା ବିଳମ୍ବ ନ କରି ଉତ୍ତର ଦେଲେ, ମୁଁ ବାଲିରାଜା।

ଆଗନ୍ତୁକ ଖଣ୍ଡାଟିକୁ ପୁଣି ଖୋଳ ଭିତରେ ରଖି ନିକଟକୁ ଆସିଲେ।

ସେ ସ୍ୱୟଂ କାହ୍ନୁ ଭୂୟାଁ। ନିକଟକୁ ଆସି ପଚାରିଲେ, ଏତେ ରାତ୍ରରେ ରାଜପ୍ରାସାଦକୁ ଆସିବାର ଉଦ୍ଦେଶ୍ୟ କ'ଣ ?

ବାଲିରାଜା କାହ୍ନୁ ଭୂୟାଁଙ୍କୁ ଚିହ୍ନିପାରି ନିର୍ଭୟରେ କହିଲେ, ମହାରାଜ, ଆପଣ ଏତେ ରାତ୍ରରେ କୁଆଡ଼େ ଯାଇଥିଲେ ଯଦି ଆପତ୍ତି ନ ଥାଏ କୁହନ୍ତୁ। ମୁଁ ଆପଣଙ୍କ ପାଖକୁ ଆସିଥିଲି।

ଭୂୟାଁ କହିଲେ, ଉତ୍କଳକେଶରୀ ଲଳିତେନ୍ଦୁଙ୍କର ସମସ୍ତ ସୁବିଧା କରିଦେବାକୁ ନଦୀକୂଳକୁ ଯାଇଥିଲି। କାଲି ସାଧବ ସଭା। ସଭାମଣ୍ଡପରେ କାର୍ଯ୍ୟଲାଗିଛି। ସେ ସମସ୍ତ କାର୍ଯ୍ୟ ମୁଁ ନିଜେ ଦେଖିବାକୁ ଯାଇଥିଲି। ସମ୍ରାଟ୍ କାଲି ବିଜେ କରିବେ। ସଭାର ଆୟୋଜନ ନ କଲେ ହେବ କିପରି ? ହଁ, ଆପଣ ଏତେ ରାତ୍ରରେ ଏକାକୀ ରାଜଭବନକୁ ଆସିଛନ୍ତି କାହିଁକି ? ତାମ୍ରଲିପ୍ତ ଆପଣଙ୍କର ଅପରିଚିତ ସ୍ଥାନ। ଏପରି ଏକା ଆସିବା ଉଚିତ ନୁହେଁ। ବର୍ତ୍ତମାନ ତାମ୍ରଲିପ୍ତର ଅବସ୍ଥା ଯେପରି ହେଲାଣି, ଏକାକୀ—

ଆପଣ ଯେ ଏକାକୀ।

ନା, ପଛରେ ଅନେକ ଅନୁଚର ଆସୁଛନ୍ତି। ଆଚ୍ଛା, ରାଜପ୍ରାସାଦକୁ ବାଟ ଦେଖିଲେ କିପରି ?

ସନ୍ଧ୍ୟା ସମୟରେ ରାଧାଶ୍ୟାମଙ୍କୁ ପଚାରିବାରୁ ସେ ବାଟ ବତାଇ ଦେଇଥିଲେ।

ଆଗମନର କାରଣ ?

ମହାଶୟ ! ରାଧାଶ୍ୟାମଙ୍କ ଘରେ ମହାବିପଦ ଉପସ୍ଥିତ।

କି ବିପଦ ?

ରାଧାଶ୍ୟାମଙ୍କୁ କିଏ ଜଣେ ହତ୍ୟାକରି ପଳାୟନ କରିଛି। ଆମର ଦୁଇ ଜଣ ଲୋକ ହତ୍ୟାକାରୀ ପଛେ ପଛେ ଯାଇଛନ୍ତି। ବର୍ତ୍ତମାନ ଆପଣଙ୍କ ନିକଟକୁ ଆସିଛି ସାହାଯ୍ୟ ପାଇଁ—

କିଏ ହତ୍ୟା କରିଛି ? ଆଶ୍ଚର୍ଯ୍ୟ ! ରାଧାଶ୍ୟାମ...

କିଏ ହତ୍ୟା କରିଛି ମୁଁ କହିପାରିବ ନାହିଁ। ହତ୍ୟାର ଉଦ୍ଦେଶ୍ୟ ଭିନ୍ନ ପ୍ରକାର। ଆପଣ ତା ବଳେ ପରେ ଜାଣି ପାରିବେ। କେବଳ ସେତିକିରେ ସେ ସନ୍ତୁଷ୍ଟ ହେବ ନାହିଁ। ଆମମାନଙ୍କୁ ସମସ୍ତଙ୍କୁ ମାରିବା ତା ଇଚ୍ଛା—

ଆପଣ କଣ କହୁଛନ୍ତି ମୁଁ ବୁଝିପାରୁ ନାହିଁ।

ପରେ ସବୁ ବୁଝି ପାରିବେ। ବର୍ତ୍ତମାନ ବୁଝାଇଦେବାରୁ ବେଳ ନାହିଁ। ଆପଣଙ୍କୁ ମୋର ଏତିକି ଅନୁରୋଧ ଯେ, ରାଧାଶ୍ୟାମ ସାଧବଙ୍କର ଘର ଜଗିବାକୁ ଆଜି ରାତିକ ପାଇଁ ପ୍ରହରୀ ପଠାନ୍ତୁ। ହତ୍ୟାକାରୀର ଅନୁସନ୍ଧାନ କରିବାକୁ ତାମ୍ରଲିପ୍ତର ଚାରିଆଡ଼େ ଲୋକ ପଠାନ୍ତୁ। ମୁଁ ଚାଲିଲି।

ରହନ୍ତୁ କହି କାହ୍ନୁ ଭୂୟାଁ ଖଣ୍ଡିଏ ଛୋଟ ତୁରୀ ତିନିଥର ଫୁଙ୍କିଲେ। ସଙ୍ଗେ ସଙ୍ଗେ ପ୍ରାୟ ଏକଶତ ପାଇକ ନିକଟସ୍ଥ ବୌଦ୍ଧଶ୍ରମଣର ପଛପାଖୁ ବାହାରି ପଡ଼ି ରାଜାଙ୍କ ନିକଟରେ ଉପସ୍ଥିତ ହେଲେ। ରାଜା ସେମାନଙ୍କୁ ପାଞ୍ଚ ଭାଗ କରି ଚାରି ଭାଗକୁ ସହରର ଭିନ୍ନ ଭିନ୍ନ ସ୍ଥାନରୁ ପଠାଇଲେ। ସେମାନଙ୍କୁ ତାଙ୍କର ଉଦ୍ଦେଶ୍ୟ ଜଣାଇଦେଲେ। ଚାରିଭାଗ ଲୋକ ନିଃଶବ୍ଦରେ ପ୍ରତ୍ୟାବର୍ତ୍ତନ କଲା ଉତ୍ତାରୁ ସ୍ୱୟଂ ରାଜା ଅନ୍ୟ ଲୋକଙ୍କୁ ସଙ୍ଗରେ ନେଇ ବାଲିରାଜାଙ୍କର ଅନୁଗମନ କରି ରାଧାଶ୍ୟାମଙ୍କ ଗୃହାଭିମୁଖେ ଚାଲିଲେ।

କାହ୍ନୁ ଭୂୟାଁ ପଚାରିଲେ, ଆପଣଙ୍କର ଏଥିରେ କାହା ଉପରେ ସନ୍ଦେହ ହେଉଛି ?

ବାଲିରାଜା କହିଲେ, ଯାହା ଉପରେ ସନ୍ଦେହ ହେଉଛି ସେ କମ୍ ଲୋକ ନୁହେଁ। କ୍ଷମା କରନ୍ତୁ, ମୋର ଯାହା ଉପରେ ସନ୍ଦେହ ମୁଁ ଯଦି ପ୍ରକାଶ କରେ କେବଳ ଆପଣ କାହିଁକି, ଦେଶରେ କେହି ବିଶ୍ୱାସ କରିବେ ନାହିଁ। ଯଦି ଭଗବାନ୍ ଆଜି ରାତିକ ବଞ୍ଚାଇ ରଖନ୍ତି, କାଲି ସାଧବ ସଭାରେ ସବୁ କଥା ପ୍ରକାଶ କରିବି।

ଆପଣଙ୍କ କଥାରୁ ପ୍ରକାଶ ଯେପରି ସେ ଆପଣଙ୍କ ଶତ୍ରୁ। ତେବେ ରାଧାଶ୍ୟାମଙ୍କୁ ମାରିବାର କାରଣ ?

ମୁଁ ବୋଲି ଭୁଲରେ। ମୋତେ ମାରିବାହିଁ ତା'ର ଉଦ୍ଦେଶ୍ୟ ଥିଲା। ତେବେ ଏସବୁ ମୁଁ କେବଳ ସନ୍ଦେହ କରୁଛି।

ନାରାୟଣ ସାଧବ କେତେକ ବିଶ୍ୱସ୍ତ ଅନୁଚରଙ୍କୁ ସଙ୍ଗରେ ଘେନି ରାଧାଶ୍ୟାମଙ୍କ ପ୍ରାସାଦରେ ଉପସ୍ଥିତ ହେଲେ। ପ୍ରାସାଦଦ୍ୱାର ଉନ୍ମୁକ୍ତ ଥିଲା। କାଳବିଳମ୍ବ ନ କରି ସମସ୍ତେ ପ୍ରସାଦ ମଧ୍ୟରେ ପ୍ରବେଶ କଲେ। ଯେଉଁଠାରେ ହେମ, ଚଞ୍ଚଳା ଓ ବୃଦ୍ଧା ବସି ରାଧାଶ୍ୟାମଙ୍କର ଜୀବନହୀନ ପିଣ୍ଡ ଉପରେ ଅଶ୍ରୁ ବର୍ଷଣ କରୁଥିଲେ ନିଃଶବ୍ଦରେ, ସେହିଠାରେ ଉପସ୍ଥିତ ହେଲେ।

ଏମାନଙ୍କୁ ଦେଖି ରମଣୀ ତିନିଜଣ ଭୟରେ କାତର ହୋଇପଡ଼ିଲେ। ପଳାଇବାକୁ ଗୋଡ଼ ଚଳିଲା ନାହିଁ। ଚିତ୍କାର କରିବାକୁ ଜିଭ ଓଲଟିଲା ନାହିଁ। ଆଦେଶମତେ ଅନୁଚରମାନଙ୍କ ମଧ୍ୟରୁ କେତେଜଣ ଚଞ୍ଚଳା ଓ ହେମକୁ ବଳାତ୍କାରରେ ଧରି ନେଇଗଲେ। ଅବଳା ସେମାନେ। ତାଙ୍କର ବଳ କେବଳ ପାଟି ଓ ଚକ୍ଷୁର ଜଳ। ପ୍ରଥମ ଅସ୍ତ୍ର ପରାସ୍ତ ହେଲା, କାରଣ ସେମାନେ ପାଟିରେ ଲୁଗାବିଣ୍ଡା ମାଡ଼ି ଦେଇଥିଲେ। ଦ୍ୱିତୀୟ ଅସ୍ତ୍ର ପ୍ରୟୋଗ କଲେ; କିନ୍ତୁ କୌଣସି ଫଳ ହେଲା ନାହିଁ। ରମଣୀର ଚକ୍ଷୁଜଳ ପ୍ରେମିକର ହୃଦୟ ତରଳାଇ ପାରେ, ଅପହରଣକାରୀମାନଙ୍କର ହୃଦୟ ତରଳାଇ ପାରିବ କିପରି ? ବୃଦ୍ଧା ମୋହିତ ହୋଇ ଶବ ନିକଟରେ ପଡ଼ିଗଲେ।

ଆଲୋକ ସାହାଯ୍ୟରେ ନାରାୟଣ ସାଧବ ପ୍ରତ୍ୟେକ ପ୍ରକୋଷ୍ଠ ଖୋଜିଲେ। ବାଲିରାଜାଙ୍କର ମୃତପିଣ୍ଡ କୌଣସି ସ୍ଥାନରେ ପାଇଲେ ନାହିଁ। ରାଧାଶ୍ୟାମର ମୃତପିଣ୍ଡ ଦେଖି ଭୀମାର କଥାରେ ସନ୍ଦେହ କଲେ। ବୋଧହୁଏ ଭ୍ରମବଶତଃ ଭୀମା ରାଧାଶ୍ୟାମଙ୍କୁ ମାରି ବାଲିରାଜା ବୋଲି ମନେକରିଛି। ତେବେ ବାଲିରାଜା କାହାନ୍ତି ?

ବାଲିରାଜା କାହାନ୍ତି ! ଏ ବିଷୟ ଭାବୁ ଭାବୁ ସମୟ ଚାଲିଯିବ। ଅଗତ୍ୟା ନାରାୟଣ ସାଧବ ତାଙ୍କର ଲୋକମାନଙ୍କର ଅନୁଗମନ କଲେ। କିଛିଦୂର ଯାଇ ସେମାନଙ୍କ ସଙ୍ଗେ ମିଶିଲେ। ସେମାନଙ୍କ ମଧ୍ୟରୁ ଜଣକୁ ଡାକି ବ୍ୟସ୍ତ ହୋଇ କହିଲେ, ବାଲିରାଜାଙ୍କର ତ ଶବ ମିଳିଲା ନାହିଁ ? ଏହାର କୌଣସି କାରଣ ମୁଁ ବୁଝିପାରୁ ନାହିଁ। ଯାହା ହେଉ, ଶୀଘ୍ର ଏ ଦୁଇ ଜଣଙ୍କୁ ନେଇ ପ୍ରାସାଦ ଭିତରେ ଯେଉଁ ଗୁପ୍ତ ବନ୍ଦୀଶାଳା ଅଛି, ସେହିଠାରେ ରଖିବ। ତମମାନଙ୍କ ଭିତରୁ ଅଧେ ଲୋକ ଏହି କାର୍ଯ୍ୟ କର। ଆଉ ଅଧକ ମୋ ପଛେ ପଛେ ଆସ। ଅଧିରାଜକୁ ଦେଖିଲେ ବନ୍ଦୀ କରିବାକୁ ହେବ।

ଆଦେଶମତେ ଅନୁଚରମାନଙ୍କ ମଧ୍ୟରୁ କେତେଜଣ ଚଞ୍ଚଳା ଓ ହେମକୁ ନେଇ ଗୋଟିଏ ବାଟରେ ନାରାୟଣ ସାଧବଙ୍କ ଘରଆଡ଼େ ଚାଲିଲେ। ବାକୀତକ ସାଧବଙ୍କ ଅନୁଗମନ କରି ଅନ୍ୟ ପଥରେ ଚାଲିଲେ। ସାଧବଙ୍କ ମନ ମଧ୍ୟରେ ସେତେବେଳେ ଆଶା ଦୁରାଶାର ତୁମୂଳ ଆନ୍ଦୋଳନ ଲାଗିଥାଏ। ମୃତ ଭୀମାର କଥା ଉପରେ ବିଶ୍ୱାସ କରି ସେ ଯେଉଁ ଆନନ୍ଦ ଅନୁଭବ କରିଥିଲେ, ସେ ଆନନ୍ଦ ନୈରାଶ୍ୟରେ ବିଲୀନ ହେବାକୁ ବସିଲା।

ଏହିପରି ଚିନ୍ତା କରୁ କରୁ ଚନ୍ଦ୍ରାଲୋକ ସାହାଯ୍ୟରେ ସାଧବ ଦେଖିପାରିଲେ, କିଏ ଜଣେ ଅନତିଦୂରରେ ରାସ୍ତା ଉପରେ ପଡ଼ିଛି। ପୁଣି ଆଶା ତେଜି ଉଠିଲା। ଏ ଆଉ ବାଲିରାଜା କି ? ଭୀମାର ଖଣ୍ଡାରେ ମରିକରି ଏଠାରେ ପଡ଼ିଛନ୍ତି ? ନିକଟକୁ ଯାଇ ନିରୀକ୍ଷଣ କରି ଦେଖିଲେ, ସେ ବାଲିରାଜା ନୁହନ୍ତି, ଅଧିରାଜ।

ସାଧବ ଦେଖିଲେ ଅଧିରାଜ ମରି ନାହିଁ। କେବଳ ଆହତ ହୋଇ ତଳେ ପଡ଼ିଛି। ମନ ମଧ୍ୟରେ ପୁଣି ଆଶାର ଉଦୟ ହେଲା। ଅନୁଚରମାନଙ୍କୁ ଆଦେଶ ଦେଲେ, ଆହତ ଅଧିରାଜକୁ ସଙ୍ଗରେ ନେଇ ଚାଲ। ତାକୁ ମଧ୍ୟ ବନ୍ଦୀ କରିବାକୁ ହେବ।

ଆଦେଶ ପାଳିତ ହେଲା।

ଏହି ସମୟରେ ଦୂରରୁ କାହାର ପଦଶବ୍ଦ ଶୁଭିଲା। ଆଦେଶମତେ ସମସ୍ତେ ଗୋଟିଏ ଦ୍ୱିତଳ ପ୍ରାସାଦର କରରେ ଲୁଚିଗଲେ। ପଛରୁ ପଦଶବ୍ଦ ଶୁଭୁଛି ବୁଝିପାରି ନାରାୟଣ ସାଧବ ଅପେକ୍ଷା କଲେ। କିଛି ସମୟ ପରେ ଚଞ୍ଚଳା ଓ ହେମକୁ ଧରି ତାଙ୍କର ଲୋକେ ସେହି ପଥ ଦେଇ ଯାଉଥିବା ଦେଖି ସେ ରାସ୍ତା ଉପରକୁ ଉଠି ସେମାନଙ୍କୁ ରହିବାକୁ କହିଲେ। ସମସ୍ତେ ରାସ୍ତା ଉପରେ ଅପେକ୍ଷା କଲେ। ନାରାୟଣ ସାଧବ ଅନ୍ୟମାନଙ୍କ ନିକଟକୁ ଡାକିବାରୁ ସେମାନେ ଲୁଚିଥିବା ସ୍ଥାନ ତ୍ୟାଗ କରି ପାଖକୁ ଆସିଲେ। ପୂର୍ବରୁ ଦଉଡ଼ି ଦଉଡ଼ି ଆସୁଥିବା ଲୋକମାନେ କହିଲେ, ସାଧବ, ଆମ୍ଭୁକୁ ପଛରୁ ଦଳେ ଲୋକ ଗୋଡ଼ାଇଛନ୍ତି। ଆମେ ଭୟରେ ଫେରିଆସିଛୁ।

ଏମାନଙ୍କର କଥା ଶେଷ ନ ହେଉଣୁ ରାସ୍ତାର ଦୁଇ ପାଖରେ କେତେଗୁଡ଼ିଏ ଅଟ୍ଟାଳିକାର ଦ୍ୱାର ଉଦ୍‌ଘାଟିତ ହେଲା। ଏଣେ ମଧ୍ୟ ପଛରୁ ଲୋକମାନେ ଜୋର୍‌ରେ ଦଉଡ଼ି ଦଉଡ଼ି ସେମାନଙ୍କୁ ଗୋଡ଼ାଇଛନ୍ତି। ଜଣେ ଦୁଇଜଣ ହୋଇଥିଲେ ଆତ୍ମଗୋପନ କରିବା ସୁବିଧା ହୋଇଥାନ୍ତା। ଏକାଥରେ ଏତେଗୁଡ଼ାଏ ଲୋକ କେଉଁଠି ନିଜକୁ ଲୁଚାଇ ରଖିବେ? ଉଦ୍‌ଘାଟିତ ଦ୍ୱାରମାନଙ୍କରୁ, କିଏ? କିଏ? ବୋଲି ମଧ୍ୟ ପ୍ରଶ୍ନ ଆସିଲାଣି। ସାଧବ ସମସ୍ତଙ୍କୁ ଆଗକୁ ଯିବାକୁ କହିଲେ।

ଆହା ଏ କି ବିପଦ! ଆଗରୁ ପୁଣି ଏତେ ଲୋକ ଆସିଲେ କେଉଁଠୁ? ପଳାଇବାର ଉପାୟ ନାହିଁ। ସାଧବ ଆଦେଶ ଦେଲେ, ପ୍ରସ୍ତୁତ ହୁଅ। ଯଦି କେହି ଆମକୁ ବାଧା ଦିଏ, ଏହିଠାରେ ତାକୁ ଶେଷ କରିବାକୁ ହେବ। ଦେଖୁ ଦେଖୁ ଆଗ ଓ ପଛର ଲୋକେ ଆସି ସେମାନଙ୍କ ସଙ୍ଗେ ମିଶିଗଲେ। ବିପଦ ବୁଝି, ସାଧବଙ୍କ ଲୋକେ ଅସ୍ତ୍ର ଧରି ବାଧା ଦେବାକୁ ପ୍ରସ୍ତୁତ ରହିଲେ।

ବାଲିରାଜା ଓ କାହ୍ନୁ ଭୂୟାଁ ରାସ୍ତା ମଝିରେ ଏତେ ଲୋକଙ୍କୁ ସମବେତ ଦେଖି କିଛି ବୁଝି ପାରିଲେ ନାହିଁ। କିନ୍ତୁ ପଛରୁ ଆସୁଥିବା ଆର ଦଳକ ଏମାନଙ୍କୁ ଡକାଇତ ବୋଲି ବୁଝି ପାରିଥିଲେ। ସେମାନେ ସମସ୍ତେ ଚିତ୍କାର କଲେ, ଡକାଇତ, ଡକାଇତ, ଆଗରୁ ବାଧା ଦିଅ। ଡକାଇତ ଡାକ ଶୁଣି ବାଲିରାଜା ଓ ଭୂୟାଁ ନିଜର ଲୋକମାନଙ୍କୁ ଘେନି ଆକ୍ରମଣ କଲେ।

ଉଭୟପକ୍ଷରେ ତୁମୂଳ ଯୁଦ୍ଧ ଲାଗିଲା। ସେମାନଙ୍କର ଚିତ୍କାରରେ ତାମ୍ରଲିପ୍ତର

ଅନେକ ଲୋକ ଜାଗିଉଠିଲେ। ଡକାଇତ ନାମ ଶୁଣି ଠେଙ୍ଗା ବାଡ଼ି ଯିଏ ଯାହା ପାଇଲା, ହାତରେ ଧରି ରାସ୍ତା ଉପରକୁ ଛୁଟିଲେ। ପରସ୍ପର ମଧ୍ୟରେ ଘୋର ଯୁଦ୍ଧ ଆରମ୍ଭ ହେଲା। କିଏ କାହାକୁ ଚିହ୍ନିଛି? ଡକାଇତ କିଏ? ଅନେକ ଲୋକ ଜୀବନ ହରାଇଲେ। ଅନେକ ଆହତ ହୋଇ ଧୂଳି ଆଶ୍ରୟ କଲେ। ତାମ୍ରଲିପ୍ତ ଗୋଟାକଯାକ ଭୟରେ ଥରିଉଠିଲା।

ଏ ସମ୍ବାଦ ପାଇ କଟୁଆଳ ବହୁସଂଖ୍ୟକ ଅଶ୍ୱାରୋହୀ ସୈନିକ ନେଇ ଘଟଣାସ୍ଥଳରେ ଉପସ୍ଥିତ ହେଲେ। ଅଶ୍ୱାରୋହୀଙ୍କୁ ଦେଖି ନାଗରିକମାନେ ଛତ୍ରଭଙ୍ଗ ଦେଲେ। ନାରାୟଣଙ୍କ ପକ୍ଷର ଅନେକ ଲୋକ ମଧ୍ୟ ପଳାଇଲେ। ବାକୀ ଯେତକ ରହିଲେ ସେମାନଙ୍କୁ ବନ୍ଦୀ କରାଗଲା।

ସେମାନଙ୍କ ସଙ୍ଗେ ନାରାୟଣ ସାଧବ ମଧ୍ୟ ବନ୍ଦୀ ହେଲେ। ହେମ ଏବଂ ଚଞ୍ଚଳା ମୁକ୍ତ ହୋଇ ବାଲିରାଜା ସଙ୍ଗ ଧରିଲେ। ଅଜଙ୍ଗ କାହିଁ ଥିଲା ଆସି ସେଠାରେ ମିଳିଲା। ତା ସଙ୍ଗେ ଆହୁରି ଦୁଇ ତିନି ଜଣ ଲୋକ ଦେଇ ଆହତ ଅଧିରାଜଙ୍କୁ ରାଧାଶ୍ୟାମଙ୍କ ଗୃହକୁ ପଠାଇଦେଲେ।

ସକାଳ ହେଲା। ତାମ୍ରଲିପ୍ତର ସେ ପଥ ରକ୍ତରଞ୍ଜିତ। ବହୁ ମୃତଦେହ ଭୂପତିତ। ଯେଉଁମାନେ ଆହତ ହୋଇଥିଲେ, ସେମାନଙ୍କୁ କାହ୍ନୁ ଭୂୟାଁ ଭିଷକାଗାରକୁ ପଠାଇଦେଲେ। ବାଲିରାଜାଙ୍କଠାରୁ ନାରାୟଣ ସାଧବର ସମସ୍ତ ଘଟଣା ଶୁଣିଲେ।

ଆଜି ସାଧବସଭା। ସାଧବ ସଭାରେ ହିଁ ନାରାୟଣଙ୍କର କଥା ପଡ଼ିବ। ଏହି ପ୍ରସ୍ତାବ କରି ଭୂୟାଁ କହିଲେ, ବାଲିରାଜା, ଆପଣଙ୍କର କଥା ଶୁଣି ଓ ସାଧବଙ୍କର ପ୍ରକୃତ ଆଚରଣ ଦୁଇ ଆଖିରେ ଦେଖି ମଧ୍ୟ ବିଶ୍ୱାସ କରିପାରୁ ନାହିଁ ଲୋକଙ୍କୁ ନାରାୟଣ ସାଧବ ଏପରି ଭାବରେ ଭୁଲାଇ ରଖିଛନ୍ତି ଯେ, ଲୋକେ ସଦା ତାଙ୍କର ପ୍ରଶଂସା କରନ୍ତି। ସେମାନଙ୍କର ପ୍ରଶଂସା ଶୁଣି ଓ ସାଧବଙ୍କର ବାହାରର ଢଙ୍ଗଢାଙ୍ଗ ଦେଖି ମୁଁ ଏକାଥରେ ଭୁଲିଯାଇଛି। ଏତେ ବଡ଼ଲୋକ ସେ, ମାତ୍ର ପ୍ରକୃତି ଏପରି ମନ୍ଦ ବୋଲି ମୁଁ ଜାଣିବି କିପରି

ବାଲିରାଜା ପଚାରିଲେ, ନାରାୟଣ ସାଧବଙ୍କର ବିଚାର ସାଧବ ସଭାରେ ହେବ କାହିଁକି? ଆପଣଙ୍କର ପ୍ରଜା ସେ, ଆପଣ ତ ନିଜେ ବିଚାର କରିପାରିବେ? ସାଧବ ସଭାର କାର୍ଯ୍ୟ କଣ ମକଦ୍ଦମା ବିଚାର କରିବା? କାହ୍ନୁ ଭୂୟାଁ କହିଲେ, ହଁ

ନାରାୟଣ ସାଧବ ମୋର ପ୍ରଜା; କିନ୍ତୁ ପ୍ରଜା ହୋଇ ମଧ୍ୟ ସେ ଏତେ ବଡ଼ଲୋକ ଯେ ତାଙ୍କର ବିଚାରର ଭାର ମୁଁ ନିଜେ ଗ୍ରହଣ କରି ନ ପାରେ। ଉତ୍କଳକେଶରୀ ଲଳିତେନ୍ଦୁ କେବଳ ଏତେ ବଡ଼ ଲୋକର ବିଚାର କରିପାରନ୍ତି। କେବଳ ଏକା ଲଳିତେନ୍ଦୁ କାହିଁକି, ସାଧବସଭାରେ ଭାରତର ପ୍ରତ୍ୟେକ ସ୍ଥାନରୁ ସାଧବମାନେ ଉପସ୍ଥିତ ଥିବେ। ଯେଉଁ ସାଧବମାନଙ୍କର ସେ ଏତେ ଅନିଷ୍ଟ କରିଛନ୍ତି, ଯେଉଁମାନଙ୍କର ଆତ୍ମୀୟମାନଙ୍କୁ ଆଜୀବନ ବନ୍ଦୀ କରି ନରକର ଯନ୍ତ୍ରଣା ଦେଇଛନ୍ତି ବୋଲି ଆପଣଙ୍କ କଥାରୁ ପ୍ରକାଶ, ସେହିମାନେ ଲଳିତେନ୍ଦୁଙ୍କ ସଙ୍ଗେ ଯୋଗଦେଇ ସାଧବଙ୍କର ବିଚାର କରିବେ।

କାଲି ରାତ୍ରିର ଯେ ସମସ୍ତ ଘଟଣା ମୁଁ ଦେଖିଛି, ସେ ବିଷୟରେ ସାଧବ ସଭାରେ ମୁଁ ସାକ୍ଷ୍ୟ ଦେଇପାରିବି। ଅନ୍ୟାନ୍ୟ ସବୁ ପ୍ରମାଣ ଆପଣ ଜାଣନ୍ତି। ସବୁ ପ୍ରମାଣ ସାଧବ ସଭାରେ ଆପଣ ପହଞ୍ଚାଇବେ। ପ୍ରମାଣ ପାଇ ସାଧବମାନେ ଯାହା ବିଚାର କରିବେ, ଲଳିତେନ୍ଦୁ ଯାହା ଆଦେଶ ଦେବେ, ତାହା ହିଁ ହେବ। ଆପଣ ପଚାରିଲେ, ସାଧବସଭାର କାର୍ଯ୍ୟ କ'ଣ ଦୋଷାଦୋଷ ବିଚାର? ଅବଶ୍ୟ ସବୁ ସମୟରେ ଏବଂ ସବୁ ବିଷୟରେ ନୁହେଁ। ବାଣିଜ୍ୟ ସମ୍ବନ୍ଧୀୟ ଯାବତୀୟ ମୋକଦ୍ଦମା ସାଧବ ସଭାରେ ବିଚାର ହେବା ବିଧେୟ। ନାରାୟଣ ପଣ୍ଡା ଜଣେ ସାଧବ। ତାଙ୍କ ନାମରେ ଯେଉଁ ସବୁ ଅଭିଯୋଗ ସାଧବ ସଭାରେ କରିବାକୁ ବସିଛନ୍ତି, ସେ ସବୁ ପ୍ରମାଣ କରିବାଦ୍ୱାରା ସାଧବଙ୍କର କି ଦଣ୍ଡ ହେବ କହି ପାରୁ ନାହିଁ।

ସତ କହୁଛି ବାଲିରାଜା, ନାରାୟଣଙ୍କୁ ଏତେ ଗୁଡ଼ାଏ ପାପର କର୍ତ୍ତା ବୋଲି ଦିନେ ହେଲେ କେବେ ଭାବି ନ ଥିଲି। ତାଙ୍କର ଧର୍ମକାର୍ଯ୍ୟମାନ ଦେଖି ମୁଁ ତାଙ୍କୁ ମୋର ଜଣେ ବନ୍ଧୁ ବୋଲି ଗ୍ରହଣ କରିଥିଲି। ଆପଣ ମୋର ଅପରିଚିତ, ବିଦେଶୀ, ଆପଣଙ୍କ କଥାରେ ବିଶ୍ୱାସ କରି ମୁଁ ନାରାୟଣ ସାଧବଙ୍କ ପରି ଲୋକକୁ କଦାପି ଅବିଶ୍ୱାସ କରି ନ ଥାନ୍ତି; କିନ୍ତୁ ଯାହା ଦେଖିଲି ତହିଁରେ ବିଶ୍ୱାସ କରିବାକୁ ବାଧ୍ୟ ହେଉଛି। ଆପଣ ବର୍ତ୍ତମାନ ବିଦାୟ ନିଅନ୍ତୁ। ମୋର ବହୁତ କାର୍ଯ୍ୟ ଅଛି। ରାଧାଶ୍ୟାମଙ୍କର ଶୋକସନ୍ତପ୍ତ ମା ଓ ଭଗ୍ନୀଙ୍କ ପାଇଁ ମୁଁ ଆନ୍ତରିକ ଦୁଃଖ ପ୍ରକାଶ କରୁଛି। ମୋର ବିଶେଷ ଦୁଃଖ ହେଉଛି ନାରାୟଣ ସାଧବଙ୍କର ଆତ୍ମଗୋପନ ପାଇଁ। ସେ ବ୍ରାହ୍ମଣ ହୋଇ କୈବର୍ତ୍ତ କନ୍ୟାର ପାଣିଗ୍ରହଣ କରିଛନ୍ତି। ଚକ୍ରାନ୍ତରେ ଦରିଦ୍ର ମଣିଆଁକୁ ଆଜୀବନ କାରାଦଣ୍ଡ ଦେଇଛନ୍ତି। ସୂର୍ଯ୍ୟଦ୍ୱୀପରେ ସମସ୍ତଙ୍କର ଅଜ୍ଞାତରେ ଶତ ଶତ ଲୋକ ବନ୍ଦୀ କରି ରଖିଥିଲେ। ଆପଣ ସେମାନଙ୍କୁ ମୁକ୍ତ କରିଛନ୍ତି। ଭଗବାନ ଆପଣଙ୍କର ମଙ୍ଗଳ କରିବେ। ଯଦି ପ୍ରକୃତ କଥା ହୋଇଥାଏ, ସାଧବସଭା ତରଫରୁ ଆପଣଙ୍କୁ ମୁଁ ଧନ୍ୟବାଦ ଦେଉଛି।

ବାଲିରାଜା ବିଦାୟ ଗ୍ରହଣ କଲେ। ଚଞ୍ଚଳା ଓ ହେମଙ୍କୁ ସଙ୍ଗରେ ନେଇ ରାଧାଶ୍ୟାମଙ୍କ ଘରକୁ ଫେରି ଆସିଲେ।

ସାଧବସଭାର ପ୍ରଥମ ଅଧିବେଶନ ହୋଇଗଲା। ଲଳିତେନ୍ଦୁ ସଭାପତିର ଆସନ ଅଳଂକୃତ କଲେ। ସଭାର ଉଦ୍ଦେଶ୍ୟ କାହ୍ନୁ ଭୂୟାଁ ସମବେତ ସାଧବମଣ୍ଡଳୀଙ୍କୁ ଜଣାଇଲେ। ତାଙ୍କର ପ୍ରସ୍ତାବ ଗୃହୀତ ହେଲା। ପ୍ରସ୍ତାବର ମର୍ମ ହେଉଛି, ଭାରତୀୟ ନୌବାଣିଜ୍ୟର ଉନ୍ନତି-କରଣ। ଯେଉଁ ଭାରତ ନୌବାଣିଜ୍ୟ ନିମନ୍ତେ ଜଗଦ୍‌ବିଖ୍ୟାତ ଥିଲା, ସେ ଭାରତର ନୌବାଣିଜ୍ୟର ହ୍ରାସ ହୋଇଛି ସାଧବମାନଙ୍କର ବିଳାସ ପାଇଁ ଏବଂ ସମୁଦ୍ରରେ ଦସ୍ୟୁମାନଙ୍କର ଅତ୍ୟାଚାର ପାଇଁ। ଭୂୟାଁ କହିଲେ, ସାଧବମାନେ ଦୃଢ଼ପ୍ରତିଜ୍ଞ ହେଉନ୍ତୁ, ସେମାନଙ୍କର ସନ୍ତାନମାନଙ୍କୁ ବିଳାସର ମଝିରେ ନ ବଢ଼ାଇ ବୋଇତରେ ନେଇ ବାଣିଜ୍ୟ ବ୍ୟବସାୟ କିପରି କରିବାକୁ ହୁଏ ତାହା ଶିକ୍ଷା ଦେବେ।

ବିପଦରୁ ରକ୍ଷା ପାଇବାକୁ ହେଲେ ପ୍ରତ୍ୟେକ ନାବିକଙ୍କୁ ଯୁଦ୍ଧବିଦ୍ୟା ଶିକ୍ଷା କରିବାକୁ ହେବ। ସେଥି ନମନ୍ତେ ତାମ୍ରଲିପ୍ତରେ ଯୁଦ୍ଧବିଦ୍ୟା ଶିକ୍ଷା ଓ ନୌବାଣିଜ୍ୟ ସମ୍ବନ୍ଧୀୟ ନାନାକଥା ଶିଖାଇବାକୁ ଅନୁଷ୍ଠାନ ଖୋଲାହେବ। ପ୍ରତ୍ୟେକ ସାଧବ ଅନୁଷ୍ଠାନର ଉନ୍ନତି ପାଇଁ ଯଥାଶକ୍ତି ସାହାଯ୍ୟ ଦେବେ।

କାହ୍ନୁ ଭୂୟାଁ ଲଳିତେନ୍ଦୁ କେଶରୀଙ୍କୁ ଅନୁରୋଧ କଲେ, ଭୁବନେଶ୍ୱର ମନ୍ଦିର ନିର୍ମାଣ ଏବଂ ପ୍ରତିଷ୍ଠା କରିବା ଦ୍ୱାରା ଦେଶର ଆଧ୍ୟାତ୍ମିକ ଭାବର ଉନ୍ନତି ହେବ ସନ୍ଦେହ ନାହିଁ, କିନ୍ତୁ ନୌବାଣିଜ୍ୟକୁ ଦସ୍ୟୁମାନଙ୍କ ହାତରୁ ରକ୍ଷା କରିବା ଦ୍ୱାରା ଦେଶ ସମୃଦ୍ଧିଶାଳୀ ହେବ। ଅତଏବ ସାଧବ ସଭା ପକ୍ଷରୁ ଉତ୍କଳ ସମ୍ରାଟଙ୍କୁ ଏହି ଅନୁରୋଧ ଯେ, ଭାରତ ମହାସାଗରରେ ବାଣିଜ୍ୟପଥରେ ସ୍ଥାନେ ସ୍ଥାନେ ନୌସେନା ଜଗାଇ ରଖନ୍ତୁ। ସେମାନଙ୍କର ପ୍ରଧାନ କାର୍ଯ୍ୟ ହେବ ସମୁଦ୍ରରେ ନୌବାଣିଜ୍ୟ ରକ୍ଷା। ଧନ ନିମନ୍ତେ ଭାରତର ପ୍ରତ୍ୟେକ ସାଧବ ଦାୟୀ। ଏ ପ୍ରସ୍ତାବ ମଗଧ ରାଜସଭାକୁ ପଠାଯାଉ।

କାହ୍ନୁ ଭୂୟାଁଙ୍କ ପ୍ରସ୍ତାବ ଗୃହୀତ ହେଲା। ଲଳିତେନ୍ଦୁ ଏହି ପ୍ରସ୍ତାବ କଲେ ଯେ, ପ୍ରତ୍ୟେକ ବର୍ଷ ଏହିପରି ସାଧବସଭା ବସି ବାଣିଜ୍ୟର ଭଲ ମନ୍ଦ ବିଚାର କରି ପ୍ରତିକାର ନିମନ୍ତେ ଏକାମ୍ରକୁ ପ୍ରସ୍ତାବ ପଠାଯିବ। ତାହା ହେଲେ ତାର ପ୍ରତିକାର କରାଯିବ।

ସଭାସଦ୍‌ମାନେ ଲଳିତେନ୍ଦୁଙ୍କୁ ଧନ୍ୟବାଦ ଦେଲେ।

ତତ୍‌ପରେ, ଅନ୍ୟାନ୍ୟ କେତେକ ଗୁରୁତର ପ୍ରସ୍ତାବର ଆଲୋଚନା ହେଲା।

ଶେଷରେ କାହ୍ନୁ ଭୂୟାଁ ଗତ ରାତ୍ରିର ସବୁ ଘଟଣା ବର୍ଣ୍ଣନା କରି ନାରାୟଣ ସାଧବଙ୍କର ବିଚାର ନିମନ୍ତେ ଲଳିତେନ୍ଦୁଙ୍କୁ ଅନୁରୋଧ କଲେ। ନାରାୟଣ ସାଧବଙ୍କର ଗୁଣଗ୍ରାମ ବର୍ଣ୍ଣନା କରିବାକୁ ବାଲିରାଜା ଆବିଷ୍ଟ ହେଲେ। ଏତେ ବଡ଼ ସାଧବଙ୍କ ବିଷୟରେ ଅଭିଯୋଗ ! ତାମ୍ରଲିପ୍ତର ଆବାଳବୃଦ୍ଧବନିତା ସଭାଭବନର ଚାରିପାଖରେ ଉପସ୍ଥିତ ହୋଇଅଛନ୍ତି। ସମସ୍ତେ ଉତ୍କଣ୍ଠିତ ହୋଇ ଚାହିଁ ରହିଛନ୍ତି ସାଧବଙ୍କର କି ଦଣ୍ଡ ହେବ। ଲୋକେ କାହ୍ନୁ ଭୂୟାଁଙ୍କ କଥାରେ ବିଶ୍ୱାସ କରିପାରୁ ନାହାନ୍ତି। ସ୍ୱୟଂ ଲଳିତେନ୍ଦୁ ମଧ୍ୟ ଆଶ୍ଚର୍ଯ୍ୟ ହେଲେ।

ବାଲିରାଜା ନାରାୟଣ ସାଧବଙ୍କର ଅତୀତ ଜୀବନର ପାପକାହାଣୀ ବର୍ଣ୍ଣନା କଲେ। ସାକ୍ଷ୍ୟ ନିମନ୍ତେ ଆଣିଥିବା ଲୋକଙ୍କୁ ସଭାରେ ଉପସ୍ଥିତ କରାଇ, ତାଙ୍କର ଅଭିଯୋଗର ସତ୍ୟତା ପ୍ରମାଣ କରାଇଲେ। ଲଳିତେନ୍ଦୁଙ୍କ ଆଦେଶମତେ ନାରାୟଣ ସାଧବ ବନ୍ଦୀ ବେଶରେ ସଭାଭବନରେ ଉପସ୍ଥିତ ହେଲେ। ସେତେବେଳେ ତାଙ୍କ ଦୁର୍ଦ୍ଦଶା ଦେଖିଲେ ମାନବର ଗର୍ବ ଉପରେ ଭଗବାନଙ୍କର କି କଠୋର ଦଣ୍ଡ ବ୍ୟବସ୍ଥା ସହଜରେ ବୁଝିହୁଏ। ପୂର୍ବ ଭାରତର ବିଖ୍ୟାତ ବଣିକ ନାରାୟଣ ସାଧବ ଆଜି ବନ୍ଦୀବେଶରେ ସଭାରେ ଅଭିଯୁକ୍ତ ! ତାଙ୍କର ଗର୍ବିତ ଚକ୍ଷୁଦ୍ୱୟ ନିଷ୍ପ୍ରଭ। ମୁଖ ଅବନତ ! ଯେଉଁ ସାଧବଙ୍କର ଗୁଣ ସାରା ଭାରତ ଘୋଷଣା କରୁଚି, ସେହି ମହାମାନ୍ୟ ସାଧବ ସହସ୍ର ପାପର କର୍ତ୍ତା ବୋଲି ଆଜି ପ୍ରମାଣିତ। ତାଙ୍କର ଦୁର୍ଭାଗ୍ୟକୁ, କେତେ ଦୂରରୁ କାହିଁ ବାଲିଦ୍ୱୀପରୁ ଧୂମକେତୁ ପରି ବାଲିରାଜା ଉପସ୍ଥିତ ହୋଇ ତାଙ୍କର ସବୁ ଗର୍ବ ଚୂର୍ଣ୍ଣକଲେ।

ସେତେବେଳେ ନାରାୟଣ ସାଧବଙ୍କର ଅବସ୍ଥା କହିଲେ ନ ସରେ। ନାରାୟଣ ସାଧବ ଏତେ ଦିନରେ ଉପଲବ୍ଧି କରି ପାରିଛନ୍ତ ପାପର ପ୍ରାୟଶ୍ଚିତ୍ତ ଭଗବାନ୍ ଦିଅନ୍ତି। ସରଳା ସୁଶୀଳାର ବକ୍ୟ ତାଙ୍କର ମନକୁ ବାରମ୍ବାର ଆଲୋଡ଼ିତ କଲା। ସେ ଏତେବେଳେ ବୁଝି ପାରିଛନ୍ତି, ଆତ୍ମରକ୍ଷା କରିବାକୁ ହେଲେ ସାଧବସଭାରେ ନିଜର ସବୁ ଅତୀତ ଦୋଷ ପ୍ରକାଶ କରି ଉପଯୁକ୍ତ ଦଣ୍ଡ ଗ୍ରାହଣ କରିବାକୁ ହେବ।

ଯେତେବେଳେ ଲଳିତେନ୍ଦୁ ଦୁଃଖିତ ହୋଇ ନାରାୟଣ ସାଧବଙ୍କୁ ପ୍ରତିବାଦ କରିବାକୁ କହିଲେ, ସେ କଲେ କ'ଣ ? ତାଙ୍କର ପୂର୍ବ ପୁରୁଷଙ୍କର ଅମୋକ୍ଷ ଆତ୍ମାଗୁଡ଼ାକ ଆସି ତାଙ୍କ କାନେ କାନେ ଅଲକ୍ଷରେ ଶିଖାଇଗଲେ ବାଲିରାଜାଙ୍କର ଅଭିଯୋଗ ଅସ୍ୱୀକାର କରିବାକୁ; କିନ୍ତୁ ସୁଶୀଳାର କଥା ତାଙ୍କର ମନକୁ ଆଲୋଡ଼ିତ କରି ସାରିଥିଲା। ସେ ସତ ସତ ସବୁ କଥା କମ୍ପିତ ସ୍ୱରରେ ସମ୍ରାଟଙ୍କ ସମ୍ମୁଖରେ ଜଣାଇଲେ। ତାହା

ବାଲିରାଜାଙ୍କର ପ୍ରତ୍ୟେକ କଥା ସଙ୍ଗେ ପ୍ରମାଣିତ ହେଲା। ଲୋକେ ସାଧବଙ୍କ କଥା ଶୁଣି ସ୍ତମ୍ଭିତ ହେଲେ।

ନିଜେ ଉତ୍କଳକେଶରୀ ବହୁ ସମୟ ଚିନ୍ତା କରି ଲିଙ୍ଗରାଜ ମହାପ୍ରଭୁଙ୍କୁ ସ୍ମରଣ କରି ଦଣ୍ଡାଜ୍ଞା ଶୁଣାଇ ଦେଲେ—

ଦେଶଦ୍ରୋହୀ, ସମାଜକଣ୍ଟକ, ଅଗଣିତ ଲୋମହର୍ଷଣକର ପାପକର୍ମର କର୍ତ୍ତା, ଭାରତର ନୌବାଣିଜ୍ୟର ଧୂମକେତୁ, ଚରିତ୍ରହୀନ ଦସ୍ୟୁପତି, ଅଭିଯୁକ୍ତ ନାରାୟଣ ସାଧବଙ୍କୁ ନିରପେକ୍ଷ ବିଚାରରେ ଦୋଷୀ ବୋଲି ପ୍ରମାଣ ପାଇ ଏବଂ ଦୋଷୀ ସାବ୍ୟସ୍ତ କରି ଆମ୍ଭେ ଲଳିତେନ୍ଦୁ କେଶରୀ ବଣିକ ସଭାର ସଭାପତି ଉତ୍କଳ ସମ୍ରାଟ ତାଙ୍କର ପ୍ରାଣଦଣ୍ଡାଜ୍ଞା ପ୍ରଦାନ କରି ଆଦେଶ କରୁଅଛୁ କି, ସାଧବ ସଭାର କର୍ମ ସମାପ୍ତି ପରେ ତାମ୍ରଲିପ୍ତର ଶାସନକର୍ତ୍ତା ଶ୍ରୀଯୁକ୍ତ କାହ୍ନୁ ଭୂୟାଁ ଆମ୍ଭର ଏହି ଦଣ୍ଡାଜ୍ଞା ଅଚିରେ ପାଳନ କରି ରାଜଧାନୀ ଏକାମ୍ରକୁ ସମ୍ବାଦ ପଠାଇବାକୁ ତତ୍ପର ହେବେ ଏବଂ ସେ ସାଧବଙ୍କର ଅନ୍ୟାୟଲବ୍ଧ ବିପୁଳ ସମ୍ପତ୍ତି ଭବିଷ୍ୟତରେ ସାଧବ ସଭା ପରିଚାଳନା, ଶ୍ରୀ ଲିଙ୍ଗରାଜ ମନ୍ଦିରର ପ୍ରତିଷ୍ଠା, ନାରାୟଣ ସାଧବଙ୍କ ଶିଶୁପୁତ୍ରର ରକ୍ଷଣାବେକ୍ଷଣ ଓ ଦରିଦ୍ରନାରାୟଣ ସେବାରେ ସମଭାବରେ ବ୍ୟୟିତ ହେବାର ସୁବ୍ୟବସ୍ଥା କରିବେ।

ଏହି ସମ୍ବାଦ ସୁଶୀଳା ନିକଟରେ ପହଞ୍ଚିଲାବେଳକୁ ସନ୍ଧ୍ୟା। ସୁଶୀଳା ପୁତ୍ରଟିକୁ କୋଳରେ ଧରି ଏକାକିନୀ ଗୋଟିଏ ପ୍ରକୋଷ୍ଠରେ ବସି ମଣିଆଁଭାଇର ଭାଗ୍ୟ କଥା ଚିନ୍ତା କରୁଥିଲା। ଆହା, ମଣିଆଁଭାଇର ଜୀବନ କି କଷ୍ଟମୟ! ତାର ଯନ୍ତ୍ରଣାମୟ ଜୀବନରେ କେହି ଜଣେ ରହିଲେ ନାହିଁ ଟିକିଏ ଆଶ୍ୱାସନା ଦେବାକୁ! ଶେଷରେ ସେ ଜଣେ ଦୁର୍ଦ୍ଦାନ୍ତର ଛୁରିକାଘାତରେ ନିଜର ଅମୂଲ୍ୟ ଜୀବନ ହରାଇ ବସିଲେ। ସେ ଦିନେ ଯାହାକୁ ଭଲ ପାଉଥିଲେ, ସେହି ପାଷାଣୀ ମୁଁ, ଦିନେ ତାଙ୍କର ସ୍ନେହର ପ୍ରତ୍ୟୁତ୍ତର ଦେଇ ଆଜି କଠୋର ପ୍ରାଣରେ ଅନାଇ ବସିଛି। ଯାହାକୁ ଦିନେ ଘୃଣା କରିଥିଲ, ତାହାରି ହାତରେ ପୁଣି ମଣିଆଁଭାଇର ମୃତ୍ୟୁ। ଆହା! କି ଅସହନୀୟ ଘଟଣା ଦେଖି ଆଜି ବି ଏ ହୃଦୟ ସମ୍ଭାଳି ରହିଛି।

ନାରୀ ଜାତିର କଳଙ୍କ ମୁଁ, ନାରୀ ଜାତିର କଳୁଷ। କିଛି କରି ପାରୁ ନାହିଁ। କିଛି ବୁଝି ପାରୁ ନାହିଁ। ବିବେକ ମୋର ଗଲା କୁଆଡ଼େ? ମିଥ୍ୟା କଥାରେ ବିଶ୍ୱାସ କରି ମୁଁ ମୋର ନାରୀତ୍ୱ ହରାଇବସିଲି। କିନ୍ତୁ ସେ ଯେ ବହୁବର୍ଷ କାରାଦଣ୍ଡ ଭୋଗକରି

ଆସୁଥିଲେ । ମୋର ଚିନ୍ତା ବ୍ୟତୀତ ସେ ଅନ୍ୟ କାହାକୁ ସ୍ୱପ୍ନରେ ହେଲେ ଭାବି ନ ଥିବେ । ଯଦି ଭାବିଥାନ୍ତେ, ମୋ ପରି ସହସ୍ର ରମଣୀ ଆସି ତାଙ୍କର ପାଣିପ୍ରାର୍ଥନା କରନ୍ତେଣି । ସେ ସେମାନଙ୍କ ମଧ୍ୟରୁ ଉପଯୁକ୍ତା ବାଛି ନିଶ୍ଚୟ ବିବାହ କରିଥାନ୍ତେ । ଏପରି କି ଚଞ୍ଚଳା, ଯେ କି ଦିନେ ତାଙ୍କୁ ପ୍ରେମ-ଚକ୍ଷୁରେ ଦେଖୁଥିଲା, ସେ ନିକଟରେ ଥାଇ ମଧ୍ୟ ମଣିଆ ଭାଇର ମନ ବଦଳାଇ ପାରିଛି କି ? ନାରୀ ଜାତିର ଢେର୍ ତଳେ ମୁଁ, ନରଜାତିର ଢେର ଉପରେ ତୁମେ ମଣିଆଁଭାଇ । ଆଜି ମୋର ଆଖି ଆଗରେ ସମୁଦ୍ର କୂଳସ୍ଥ ସେହି ମରୁ ଉଦ୍ୟାନରେ ଦିନକର ଘଟନାର ଚିତ୍ର ନାଚି ଯାଉଛି । କିପରି ଉଭୟେ ଉଭୟଙ୍କୁ କୁସୁମ ହାରରେ ଛନ୍ଦି ବିମଳ ଚନ୍ଦ୍ରାଲୋକିତ ସନ୍ଧ୍ୟାରେ ପରସ୍ପରକୁ ପରସ୍ପରର ବୋଲି ପ୍ରତିଜ୍ଞା କରିଥିଲେ । କିନ୍ତୁ ତା' ପରେ, ତା'ପରେ କଣ ହେଲା । ...

ଭଲ ପାଏ ନ ପାଏ, ଯାହାକୁ ମୁଁ ସ୍ୱାମୀରୂପେ ଗ୍ରହଣ କରିଛି ସେ ନର-ପାଷଣ୍ଡ । ମୁଁ ତାଙ୍କୁ ଘୃଣା କରିବାକୁ ଶିଖିଛି । ହଁ, ଯେପରି ଲୋକ ହେଉନ୍ତୁ, ସେ ମୋର ସ୍ୱାମୀ । ତାଙ୍କୁ ଘୃଣା କଲେ, ତାଙ୍କୁ ଅବିଶ୍ୱାସ କଲେ, ନାରୀଜାତିର ପ୍ରକୃତି ବାହାରକୁ ଯିବାକୁ ହେବ । ଏହା ତ ମୁଁ କରିସାରିଛି । ନାରୀ, ଆହା ! କନ୍ୟା ରୂପେ, ଭଗିନୀ ରୂପେ, ସ୍ତ୍ରୀ ରୂପେ ଏବଂ ଜନନୀ ରୂପେ ଜଗତକୁ କେତେ ଉପରକୁ ଉଠାଇ ପାରନ୍ତି । ମୁଁ କଣ କରିଛି ? ନାରୀର କେଉଁ କାର୍ଯ୍ୟଟି ମୋ ଦ୍ୱାରା ପୂରଣ ହୋଇପାରିଛି ?

ସାଧବଙ୍କ ଦୁର୍ଦ୍ଦଶାର ସମ୍ବାଦ ଶୁଣି ପ୍ରଥମେ ସୁଶୀଳା ନିଜର କାନକୁ ବିଶ୍ୱାସ କରିପାରିଲା ନାହିଁ । ଜଣାଗଲା ତାକୁ, ଯେପରି ସେ ସ୍ୱପ୍ନ ଦେଖୁଛି—ଜାଗ୍ରତ ସ୍ୱପ୍ନ । ତାର ଚକ୍ଷୁ ଥରିବାକୁ ଲାଗିଲା । ସେ ଗତରାତ୍ରିର ଘଟଣା ସଙ୍ଗେ ଆଜି ରାତ୍ରିର ଘଟନାର ତୁଳନା କରି କିଛି ବୁଝିପାରିଲା ନାହିଁ । ସମ୍ବାଦଦାତା ବାରମ୍ବାର କରି ସାଧବ ସଭାର ସବୁ ଘଟଣା ବର୍ଣ୍ଣନା କଲା । ସୁଶୀଳାର ଚକ୍ଷୁ ଲୋତକପୂର୍ଣ୍ଣ ହେଲା । ଯେଉଁ ମଣିଆଁଭାଇର ଆତ୍ମା ନିମନ୍ତେ ସେ ଭଗବାନଙ୍କଠାରେ ମୁକ୍ତି କାମନା କରିଥିଲା, ଯେଉଁ ମଣିଆଁ ଭାଇର ଦୁଃଖ ନିମନ୍ତେ ସେ ସହାନୁଭୂତି ଦେଖାଇଥିଲା, ଯେଉଁ ମଣିଆଁ ଭାଇର ଅତୀତ ସ୍ମୃତିରେ ତାର ପ୍ରାଣ ଆକୁଳ ହୋଇ ଉଠିଥିଲା; ଆଜି ତାହାକୁହିଁ ହୃଦୟର ସହିତ ଘୃଣା କରିବ । ମଣିଆଁ ଭାଇ ମୋର ଜୀବନ ରକ୍ଷା କରିଛି—ସେ ଅକ୍ଲେଶରେ ମୋର ଜୀବନ ନେଇ ପାରିଥାନ୍ତା । ମୋର ସ୍ୱାମୀଙ୍କର ଜୀବନ ଉପରେ ତା'ର କେଉଁ ଅଧିକାର ? ଆହା,

ସ୍ୱାମୀଙ୍କୁ ଉଦ୍ଧାର କରିବାର ଆଉ ଉପାୟ କଣ ? କାଲି ସ୍ୱାମୀଙ୍କୁ ସେ ଯେଉଁ ଉପଦେଶ ଦେଇ କହିଥିଲା କିପରି ସେ ଆତ୍ମରକ୍ଷା କରିବେ, ଆଜି ତାହାହିଁ ହୋଇଛି। ରମଣୀ ଏଡ଼େ ଅସ୍ଥିର ! ରମଣୀର ଚକ୍ଷୁ ଲୋତକ ମାନୁ ନାହିଁ। ହୃଦୟ, ମନର କୌଣସି ପ୍ରବୋଧନା ମାନୁ ନାହିଁ। କେବଳ ତାର ଚିନ୍ତା—ରକ୍ଷା କରିବାର ଉପାୟ କଣ ? ମଣିଆଁଭାଇ ପ୍ରତିହିଂସା ସାଧନ କରିଛି, ତା ବିପକ୍ଷରେ ହୃଦୟ ଆଜି ବିଦ୍ରୋହୀ।

ସୁଶୀଳା କ୍ରୋଡ଼ର ଶିଶୁଟିକି ଚୁମ୍ବନ କରି ଅସ୍ପଷ୍ଟ ସ୍ୱରରେ କହିଲା, ପିତା ତୋର ପ୍ରାଣଦଣ୍ଡ ପାଉଛି। ତୁ କଣ ପ୍ରତିହିଂସା ସାଧନ କରିପାରିବୁ ନାହିଁ, ଧନ ? ସମ୍ବାଦଦାତା ଫେରିଗଲାରୁ ସୁଶୀଳା ପାଗଳିନୀ ପରି ହସି ନିଜକୁ ନିଜେ କହିଲା, ଯେଉଁ ମଣିଆଁ ଭାଇ ଈର୍ଷାକରି ମୋର ସ୍ୱାମୀଙ୍କୁ ପ୍ରାଣଦଣ୍ଡ ଦିଆଇଛି, ସେହି ମଣିଆଁ ଭାଇର ରକ୍ତରେ ହସ୍ତରଞ୍ଜିତ କରିବି। ଜଗତକୁ ଦେଖାଇ ଦେବି କିପରି ରମଣୀ ପ୍ରତିଶୋଧ ନେଇପାରେ। ଜଗତର ନାରୀଜାତିକୁ ଶିଖାଇଯିବି କିପରି ସ୍ୱାମୀ ନିମନ୍ତେ ରମଣୀ ରାକ୍ଷସୀ ହୋଇ ରକ୍ତପାନ କରିପାରେ।

ଏତିକି ଚିନ୍ତାକରି କ୍ରୁଦ୍ଧାସିଂହୀ ପରି ସୁଶୀଳା ଗର୍ଜନ କରିଉଠିଲା। ଚକ୍ଷୁ ପ୍ରାନ୍ତରୁ ଲୋତକ ତାର ଶୁଖିଯାଇ ନାହିଁ। ତଥାପି ତାର ଲୋତକଜଡ଼ିତ ଚକ୍ଷୁ ଦ୍ୱୟ ପ୍ରାତଃକାଳୀନ ପ୍ରାଚୀ ଆକାଶର ରକ୍ତିମ ଧାରଣ କଲା। ସେ ପାଗଳିନୀ ପରି ଖଣ୍ଡେ ଛୁରିକା ଧରି ପ୍ରକୋଷ୍ଠରୁ ପଦାକୁ ଚାଲିଆସିଲା। କେଶବାସର ଠିକ୍ ନାହିଁ। ପୃଷ୍ଠଦେଶରେ କଜ୍ଜଳକଳା କୁନ୍ତଳ। ପୁଣି କଣ ଚିନ୍ତାକରି ଛୁରିକା ଖଣ୍ଡି ଲୁଗା ଭିତରେ ଲୁଚାଇ ରଖିଲା। ଶିଶୁର କପାଳ ଚୁମ୍ବନ କରି କମ୍ପିତ ଦ୍ରୁତପଦରେ ତ୍ରିତଳର ପାବଚ୍ଛ ଶ୍ରେଣୀ ଗୋଟିକ ପରେ ଗୋଟିଏ ଓହ୍ଲାଇ ଆସିଲା। ସାଆନ୍ତାଣୀଙ୍କର ଏପରି ଦୁର୍ଦ୍ଦଶା ଦେଖି ମଧ୍ୟ ଭୟରେ କେହି ବାଧା ଦେଇ ପାରିଲେ ନାହିଁ। ଦୁଇ ତିନିଜଣ ଦାସୀ ତାଙ୍କର ଅନୁଗମନ କଲେ !

ଆଜି କାର୍ତ୍ତିକ ପୂର୍ଣ୍ଣିମା। ରାତିରୁ ଉଠି ତାମ୍ରଲିପ୍ତର ସାଧବ ସ୍ତ୍ରୀ, କନ୍ୟା, ଭଗ୍ନୀ ଏବଂ ଜନନୀମାନେ ରୂପନାରାୟଣ ନଦୀକୂଳକୁ ଯାଇ ଆଣ୍ଡାମାନ, କାମାକ୍ଷା, ମାଲଦ୍ୱୀପ ବା ମସଲା ଦ୍ୱୀପ ଓ ବୈବର୍ତ୍ତ ଦେଶ ପ୍ରଭୃତି ଦୂରଦେଶାଗତ ବୋଇତ ସବୁ ବନ୍ଦାଇ ଆସିବେ ଏବଂ ମା' ମଙ୍ଗଳାଙ୍କୁ ପୂଜା କରିବେ ବୋଲି ମନ ଆନନ୍ଦରେ ନିଜ ନିଜ ଘରେ ବସି ଆୟୋଜନ କରୁଛନ୍ତି। ଭାରତର ବିଖ୍ୟାତ ସାଧବ ନାରାୟଣଙ୍କର ପତ୍ନୀ ଆଜି ପାଗଳିନୀ ହୋଇ ଶିଶୁଟିକୁ ହୃଦୟରେ ଧରି ତାମ୍ରଲିପ୍ତର ଅଜଣା ଗଳି ପଥଦେଇ ଦ୍ରୁତଗତିରେ କେଉଁଆଡ଼େ ଚାଲି ଯାଉଛନ୍ତି। କେହି ବାଧା ଦେଉ ନାହିଁ। ଏପରି କି ମୁଖ ଫେରାଇ ତାଙ୍କ ଆଡ଼କୁ ଥରେ ଚାହୁଁ ନାହିଁ। ଦାସୀଗୁଡ଼ାକ କୁଆଡ଼େ ପଛରେ ପଡ଼ିଲେଣି।

ରାଧାଶ୍ୟାମ ସାଧବଙ୍କର ତଳ ମହଲାର କୌଣସି ଗୋଟିଏ ପ୍ରକୋଷ୍ଠ ମଝିରେ ସୁବୃହତ୍ ଟେବୁଲ ଉପରେ ମଖମଲ କନା। ଟେବୁଲର ଚାରିପାଖେ କେତେଖଣ୍ଡ କାଷ୍ଠାସନ। ଗୃହର ସାଜସଜା ସାଧାରଣ।

ବାଲିରାଜା ଗୋଟିଏ କାଷ୍ଠାସନ ଉପରେ ଉପବେଶନ କରି କପାଳରେ ହସ୍ତ ସ୍ଥାପନ କରି ଚିନ୍ତାମଗ୍ନ, ସମ୍ମୁଖରେ ଅଧିରାଜ ଉପବିଷ୍ଟ। ଅଧିରାଜ ଚିନ୍ତାମଗ୍ନ ନ ହେଲେ ମଧ୍ୟ ଚୁପ୍ ହୋଇ ବସିଛନ୍ତି। ଅଧିରାଜଙ୍କ ପଛରେ ହେମ ଓ ଚଞ୍ଚଳା ଦଣ୍ଡାୟମାନ। ନିକଟରେ ବୃଦ୍ଧା ଆଉ ଖଣ୍ଡେ କାଠର ଆସନ ଉପରେ ଆଖି ବୁଜି ବସିଛନ୍ତି। ଚକ୍ଷୁରୁ ଜଳ ଧାର ଧାର ହୋଇ ଗଡ଼ିପଡ଼ୁଛି।

ଜନନୀଙ୍କର ଏପରି ଅବସ୍ଥା ଦେଖି ହେମ କାତର ହୋଇ ପଡ଼ିଲାଣି। ଭାଇଙ୍କର ମୃତ୍ୟୁଶୋକ ତାର ହୃଦୟକୁ ଅଧୀର କରି ପକାଉଛି। ଅଜଙ୍ଗ ବାହାରେ କାହ୍ନୁକୁ ଆଉଜି ବସି ଘୁମାଉଛି।

ବାଲିରାଜା ଚିନ୍ତା କରୁଥିଲେ ସୁଶୀଳାର କଥା। ଦେଶର ମଙ୍ଗଳ ନିମନ୍ତେ ହେଉ ଅଥବା ପ୍ରତିହିଂସା ସାଧନ ନିମନ୍ତେ ହେଉ ନାରାୟଣ ସାଧବକୁ ସାଧବ-ସଭାରେ ମୁଁ ଦଣ୍ଡିତ କରିଛି। ପୁଣି କାହିଁକି ମନ ଏଡ଼େ ଅସ୍ଥିର ? ନାରାୟଣ ସାଧବ ମୋର ଶତ୍ରୁ, ଦେଶର ଶତ୍ରୁ। ଅତଏବ ତାର ଦଣ୍ଡାଜ୍ଞା ଶୁଣି ହୃଦୟ ଆହ୍ଲାଦରେ ନାଚି ଉଠନ୍ତା କଣ, ଦୁଃଖରେ ବ୍ୟଥିତ ହେଉଛି କାହିଁକି ? କେବଳ ସୁଶୀଳା ନିମନ୍ତେ ନୁହେଁ କି ? ବର୍ତ୍ତମାନ ସୁଦ୍ଧା ମୋର ଦ୍ୱିଖଣ୍ଡିତ ହୃଦସ୍ଥଳରେ ସୁଶୀଳାର ଚିତ୍ର ଅଙ୍କିତ। ବର୍ତ୍ତମାନ ସୁଦ୍ଧା ମୋର ମାନସ-ଚକ୍ଷୁରେ ତାର ବାଲ୍ୟ-ଚପଳ ପ୍ରତିମୂର୍ତ୍ତିଟି ନାଚିଉଠୁଛି। ଆହା ସେହି ସୁଶୀଳା, ମୋର ପ୍ରାଣର ସୁଶୀଳାର ମୁଁ ଆଜି ସର୍ବନାଶ କରିସାରିଛି। ଏହା କଣ ମୋର ସୁଶୀଳା ପ୍ରତି ସ୍ନେହ ନା ଘୃଣା। ଘୃଣା ବୋଲି କଣ ମନୁଷ୍ୟର ଅଧିକାର ଅଛି ଅନ୍ୟ ଜଣେ ରମଣୀର ସର୍ବନାଶ କରିବ ?

ସୁଶୀଳାର ଅବସ୍ଥା ହେବ କଣ ? ସେ ଯଦି ଜାଣେ, ତାର ବାଲ୍ୟସଖା ମଣିଆଁ ଭାଇ ତାର ସ୍ୱାମୀକୁ ଦଣ୍ଡିତ କରାଇଛି, ସେ ଭାବିବ କଣ ? ନା, ମୁଁ ନିଜେ ଯାଇ ସୁଶୀଳାଠାରୁ କ୍ଷମା ଚାହିଁବି। ସେ ଜାଣେ ନାହିଁ, ବାଲିରାଜା ତାର ବାଲ୍ୟ ପରିଚିତ ମଣିଆଁ ଭାଇ। ଏତିକି ଜାଣିଲେ ସେ ମୋତେ କ୍ଷମା ଦେଇପାରିବ ନାହିଁ ? ଆହା, ସ୍ୱର୍ଗର କୁସୁମ ପରି ଶିଶୁଟି ତାର ବାଲ୍ୟକାଳରୁହିଁ ପିତୃହୀନ ହେବ। ତାର ଦୁର୍ଦ୍ଦଶା କଣ ହେବ !

ଏହିପରି ଚିନ୍ତା କରୁଥିବା ସମୟରେ ଚଞ୍ଚଳା ନିକଟସ୍ଥ ଅଭ୍ର ନଳଟଣକୁ ଟିକିଏ ତେଜି ଦେଇ କହିଲା—ରାଜା, ଆପଣ ବଡ଼ କଠୋର-ପ୍ରାଣର କାର୍ଯ୍ୟ କରିଛନ୍ତି।

ବାଲିରାଜା ଚମକି ପଡ଼ି ବିଳିବିଳେଇଲା ପରି କହି ଉଠିଲେ, ଭାରି ନିଷ୍ଠୁର କାର୍ଯ୍ୟକରି ପକାଇଛି ତୋ ପ୍ରତି ସୁଶୀଳା, ମୋତେ କ୍ଷମା କର। ସମ୍ମୁଖକୁ ଚାହିଁ ଦେଖିଲେ ଚଞ୍ଚଳା, ସୁଶୀଳା ନୁହେଁ। ସେ ଦୀର୍ଘ ନିଃଶ୍ୱାସ ପକାଇଲେ।

ଚଞ୍ଚଳା ପୁଣି କହିଲା, ଉପାୟ କରି ନାରାୟଣ ସାଧବଙ୍କୁ ମୁକ୍ତ କରନ୍ତୁ।

ବାଲିରାଜା ଦୁଃଖିତ ହୋଇ କହିଲେ, ଆଉ ଯେ ଉପାୟ ନାହିଁ। ଉତ୍କଳ ସମ୍ରାଟଙ୍କର ଆଜ୍ଞା ଅଟଳ। କିଏ ଯାଇ ବିପକ୍ଷରେ କହିବ ?

ନା, ତାଙ୍କର ବିପକ୍ଷରେ କହିବାକୁ ମୁଁ କହୁ ନାହିଁ। ଯଦି ତାଙ୍କୁ କୌଣସି ମତେ ସନ୍ତୁଷ୍ଟ କରି ପ୍ରାଣଦଣ୍ଡ ପରିବର୍ତ୍ତେ କାରାବାସ ବ୍ୟବସ୍ଥା କରି ପାରନ୍ତି ...।

ପୁଣି କଣ ଆଣ୍ଡାମାନର ନରକ କୁଣ୍ଡରେ ଘାଣ୍ଟି ହେବାକୁ ମନସ୍ଥ କରିଛ—କହୁ କହୁ ବାଲିରାଜାର କ୍ରୋଧାନଳ ଜଳିଉଠିଲା। ସେ ତେରି ହୋଇ ବସି ଆରମ୍ଭ କଲେ, ନାରାୟଣ ସାଧବ ଦେଶର କି ଅମଙ୍ଗଳ ନ କରିଛି ? ଏହି ତ ସମ୍ମୁଖରେ ବୃଦ୍ଧା। ତାଙ୍କର ଏକମାତ୍ର ସନ୍ତାନ ରାଧାଶ୍ୟାମର ମୃତ୍ୟୁର କାରଣ କିଏ ? ଆଜି ବୃଦ୍ଧାଙ୍କର ବ୍ୟଥିତ ହୃଦୟ ଭିତରେ ପ୍ରବେଶ କରି ତାଙ୍କର ଯନ୍ତ୍ରଣା ଯଦି ବୁଝିପାରୁଥାନ୍ତ ଚଞ୍ଚଳା, ମୋ ନିକଟରେ ଏପରି ଅନୁରୋଧ କରନ୍ତ ନାହିଁ। ହେମ ବାଳିକା ତୁ, କାନ୍ଦ ନା। ତୋର ଭ୍ରାତୃହନ୍ତାର ଉପଯୁକ୍ତ ଦଣ୍ଡ ହୋଇ ସାରିଛି। ଦୁଃଖ କର ନା ଆଉ ଚଞ୍ଚଳା, ତମର ପିତାଙ୍କର ମୃତ୍ୟୁର କାରଣ କିଏ ? ଏହି ନାରାୟଣ ସାଧବ ନୁହେଁ କି ?

ନାରାୟଣ ସାଧବର ସବୁ ଦୋଷ ଭୁଲି ଯିବାକୁ ହେଉଛି ସୁଶୀଳାର ମୁହଁକୁ ଅନାଇ ! ଚଞ୍ଚଳା କହିଲା, ସୁଶୀଳା ତ ନିରୀହା।

ବାଲିରାଜାଙ୍କର ପୂର୍ବ ଚିନ୍ତା ଲୋପ ପାଇଲା। ଚଞ୍ଚଳା ଉପରେ କ୍ରୁଦ୍ଧ ହୋଇ ସେ କହିଲେ, ସୁଶୀଳା ତମର ନିରୀହା ? ନାରୀ ଜାତିର କଳଙ୍କ ସୁଶୀଳା ! ଅକୃତଜ୍ଞ ସ୍ୱାର୍ଥପର ସୁଶୀଳା, ନିରୀହା ? ସୁଶୀଳାର ଦୋଷ କଣ ନାରାୟଣ ସାଧବର ତୁଳନାରେ ଅଳ୍ପ। ସୁଶୀଳା କଣ ଜାଣି ନ ଥିଲା ସୂର୍ଯ୍ୟଦ୍ୱୀପର ବନ୍ଦୀଙ୍କ କଥା ? ସେ ତାର ସ୍ୱାମୀକୁ ଉପଦେଶ ଦେଲା ନାହିଁ କାହିଁକି ? ପାପୀୟସୀର ପାପ ନିମନ୍ତେ ତାର ନରକରେ ସୁଦ୍ଧା ସ୍ଥାନ ନାହିଁ। ଏତିକି କହି ବାଲିରାଜା ଚୁପ୍ ହେଲେ।

ସମସ୍ତେ ଅବାକ୍ ହୋଇ ଅନାଇଁ ରହିଛନ୍ତି—ଜଣେ ରମଣୀ କୋଳରେ ଗୋଟିଏ ଶିଶୁ ଧରି ସେ ପ୍ରକୋଷ୍ଠରେ ପ୍ରବେଶ କଲା। ଦେଖିଲେ ଜଣାଯାଉଛି, ଯେପରି ସେ

ପାଗଳିନୀ। ତରଙ୍ଗ ତରଙ୍ଗ କରି ଚାରିଆଡ଼କୁ ଚାହୁଁଛି। ମୁଣ୍ଡର ବାଳ ଏଣେ ତେଣେ ଝୁଲି ପଡ଼ିଛି। ବହୁମୂଲ୍ୟ ପରିହିତ ବସ୍ତ୍ର ଅନେକ ଜାଗାରେ ଛିଣ୍ଡି ତଳେ ଲୋଟୁଛି।

ସେ ଗୃହର ଅଭ୍ୟନ୍ତରକୁ ଆସି ଦ୍ୱାରବନ୍ଧ ନିକଟରେ ଅବନତ ହୋଇ ଠିଆହେଲା। ଅସ୍ଥିର ପଦ ତାର ପ୍ରକମ୍ପିତ। ସମ୍ମୁଖରେ ତାର ମଣିଆଁ ଭାଇକୁ ରାଜବେଶରେ ଦେଖି ଆଶ୍ଚର୍ଯ୍ୟାନ୍ୱିତ ହେଲା। ଝର ଝର ହୋଇ ଚକ୍ଷୁରୁ ଲୋତକ ଗଡ଼ିପଡ଼ିଲା। ହୃଦୟ ଅସ୍ଥିର ହୋଇ ପଡ଼ିଲା। ଆହା ଏହି ମଣିଆଁ ଭାଇକୁ ସେ ମାରିବାକୁ ଆସିଛି ! ମଣିଆ ଭାଇର ରକ୍ତରେ ସେ ହସ୍ତ ରଞ୍ଜିତ କରିବ? ଯେଉଁ ମଣିଆଁ ଭାଇକୁ ଦିନେ ସେ ଅନ୍ତରର ସହିତ ଭଲ ପାଇଥିଲା, ତାହାରି ରକ୍ତରେ ହସ୍ତ ରଞ୍ଜିତ କରିବ ? ସୁଶୀଳାର ଚକ୍ଷୁ ଅବନତ ହେଲା। ତା'ର ସବୁ ଦମ୍ଭ, ସବୁ ପ୍ରତିଜ୍ଞା ଗଲା କୁଆଡ଼େ ?

ପ୍ରକୋଷ୍ଠର ସମସ୍ତେ ଅବାକ୍ ହୋଇ ସୁଶୀଳାକୁ ଚାହିଁ ରହିଲେ। ଅଧିରାଜ ବିସ୍ମୟରେ ଏକାଥରେ ଚିତ୍କାର କରିଉଠିଲା। ଚଞ୍ଚଳା ଅଧୀରା ହୋଇ ତା'ର ବାଲ୍ୟସଙ୍ଗିନୀକୁ ଆଲିଙ୍ଗନ କରି ସହାନୁଭୂତିରେ ଲୋତକ ବର୍ଷଣ କଲା। ହେମ କିଛି ବୁଝିଲା ନାହିଁ, କି ବୃଦ୍ଧାଙ୍କର ଚକ୍ଷୁ ଖୋଲିଲା ନାହିଁ।

ବାଲିରାଜା ବିସ୍ଫାରିତ ଲୋଚନରେ ତାହାରି ଆଡ଼କୁ ଏକଦୃଷ୍ଟିରେ ଅନାଇ ରହିଲେ। ଚକ୍ଷୁରୁ ବୁନ୍ଦାଏ ହୋଇ ଲୋତକ ଝରିଲା ନାହିଁ। ହୃଦୟ ଟିକିଏ ହୋଇ ସ୍ପନ୍ଦିତ ହେଲା ନାହିଁ। ମନ ଟିକିଏ ହୋଇ ଚଞ୍ଚଳ ହେଲା ନାହିଁ। କେବଳ ଚକ୍ଷୁ ବିସ୍ଫାରିତ ହେଲା, ପଲକ ପଡ଼ିଲା ନାହିଁ।

ଏହିପରି ଅନେକ ସମୟ ଅତୀତ ହେଲା। ସୁଶୀଳା ଧୀରେ ଧୀରେ ବାଲିରାଜାଙ୍କ ନିକଟକୁ ଆସିଲା। କମ୍ପିତ ପଦରେ ଥରେ ଭଲ କରି ରାଜାଙ୍କ ମୁହଁକୁ ଅନାଇଁ ଶିଶୁଟିକୁ ତଳେ ଶୁଆଇ ଦେଲା। ନିଜର ଅଞ୍ଚଳରେ ଚକ୍ଷୁର ଲୋତକ ପୋଛି କ'ଣ କହିବାକୁ ଯାଉଥିଲା, କଣ୍ଠ ରୁଦ୍ଧ ହେଲା, କହିପାରିଲା ନାହିଁ। ଶିଶୁକୁ ସେହିଠାରେ ଛାଡ଼ି ପୁଣି ପଛକୁ କେଇ ପାଦ ଫେରି ଲଜ୍ଜାରେ ଚକ୍ଷୁନତ କଲା।

ବାଲିରାଜା ଦୀର୍ଘ ନିଶ୍ୱାସ ପକାଇ ଆସନ ଘୁଞ୍ଚାଇ ଟିକିଏ ଦୂରକୁ ହଟିଗଲେ। ତାଙ୍କର ଇଚ୍ଛା ହେଲା ଗୃହ ତ୍ୟାଗକରି ପଦାକୁ ଚାଲିଯିବେ, ମାତ୍ର ଦ୍ୱାରବନ୍ଧ ନିକଟରେ ଯେ ସୁଶୀଳା। କିଛି ଭାବି ନ ପାରି ଗଳା ଥରାଇ ଥରାଇ କହିଲେ, ସୁ—ଉ—ଶୀ—ଳା—ଆ...।

ଏତିକିରେ ସୁଶୀଳା ତଳେ ମୁଣ୍ଡ ଲଗାଇ ଗଳା ଥରାଇ ଥରାଇ କହିଲା, ମଣି—ଇ—ଆଁ ଭା—ଇ—ଇ, ମୋତେ କ୍ଷମା—କର—

ଆଉ କିଛି କହିପାରିଲା ନାହିଁ। ଇତ୍ୟବସରେ ଚଞ୍ଚଳା ଶିଶୁଟିକୁ ଟେକି ନେଲା।

ମଣିଆଁ ନିରୁତ୍ତର। ସୁଶୀଳା ମଧ୍ୟ ସେହିପରି ଅବସ୍ଥାରେ ତଳେ ମୁଣ୍ଡ ଲଗାଇ କଇଁ କଇଁ ହୋଇ କାନ୍ଦିଲା। ଚଞ୍ଚଳା ସୁଶୀଳାର ହାତ ଧରି ତାକୁ ଠିଆ କରି ଦେଲା। ସୁଶୀଳା ମନରେ ସାହସ ବାନ୍ଧି କହିଲା, ମଣିଆଁ ଭାଇ, ସାଧବକୁ କ୍ଷମାକର। ତା'କୁ ତାର ଜୀବନ ଦିଅ।

ମଣିଆଁ ଅନିମେଷ ଚକ୍ଷୁରେ ସୁଶୀଳାକୁ ଅନାଇ ରହିଛି। ତାର ପାଟିରୁ କଥା ବାହାରୁ ନାହିଁ। ଚଞ୍ଚଳା ତାର ସଙ୍ଗିନୀର ସହାୟ ହୋଇ ପ୍ରାର୍ଥନା କଲା, ବାଲିରାଜା, ଏହା ଶିଶୁଟିର ମୁହଁ ଦେଖି ସବୁ ଭୁଲିଯାଅ—

ଭୁଲିଯିବି ?

ଏହାର ପିତାକୁ କ୍ଷମାକର।

କ୍ଷମା... ?

ହଁ, ମହାରାଜ !

କ୍ଷମା କରିବାର ଶକ୍ତି ମୋ ପାଖରୁ ଚାଲିଗଲାଣି।

ତେବେ କାହ୍ନୁ ଭୂୟାଁଙ୍କୁ କହି...

ତାଙ୍କ ହାତରେ ମଧ୍ୟ କିଛି ନହଁ। ସବୁ ଲଳିତେନ୍ଦୁଙ୍କ ହାତରେ।

ରାଜା, ମୋ ଉପରେ ବିରକ୍ତ ହେଉନ୍ତୁ ପଛେ, ମୁଁ ମୋର ବାଲ୍ୟସଙ୍ଗିନୀର ପକ୍ଷ ନେଇ ଆପଣଙ୍କୁ ଏହି ଅନୁରୋଧ କରୁଛି, ଆପଣ ଲଳିତେନ୍ଦୁଙ୍କ ନିକଟକୁ ଯାଇ ସାଧବଙ୍କୁ ମୁକ୍ତ କରିବାକୁ ଅନୁରୋଧ କରନ୍ତୁ।

ଚଞ୍ଚଳା, ମୁଁ ଆଗରୁ କହିଛି, ଲଳିତେନ୍ଦୁଙ୍କର ଆଦେଶ ଅଟଳ।

ଆପଣ ଏତିକି ଚେଷ୍ଟା କରନ୍ତୁ।

ଚେଷ୍ଟା ? ଭାରତର ନୌବାଣିଜ୍ୟ ଭାଗ୍ୟର ଧୂମକେତୁ ଯେ, ତା'ରି ଜୀବନ ପାଇଁ ଚେଷ୍ଟା ? ମନୁଷ୍ୟ ସମାଜକୁ ଯେଉଁ ନରାଧମ ପଶୁଠାରୁ ହୀନ ବୋଲି ଜ୍ଞାନ କରି ଅକ୍ଳେଶରେ ଅସଂଖ୍ୟ ନିରୀହ ପ୍ରାଣୀଙ୍କର ଜୀବନ ବିନଷ୍ଟ କରିଛି, ତାହାରି ନିମନ୍ତେ ଚେଷ୍ଟା ? ତାହାରି ପାଇଁ ଅନୁରୋଧ ? ପୁଣି, ଉତ୍କଳ କେଶରୀ ନିକଟରେ ? ରମଣୀର ରମଣୀତ୍ୱକୁ ଯେ ବଜାରର ପଣ୍ୟ ଦ୍ରବ୍ୟ ପରି ଭାବି ଅକାତରରେ ସହସ୍ର ରମଣୀଙ୍କ ସର୍ବନାଶ କରିଛି, ସେହି ପାଷାଣ୍ଡ, ସେହି ନର-ରାକ୍ଷସର ଜୀବନ ନିମନ୍ତେ ଚେଷ୍ଟା ? ବୃଥା ତମର ଅନୁରୋଧ।

ସୁଶୀଳା କହିଲା, ଏଡ଼େ ନିଷ୍ଠୁର କାହିଁକି ମଣିଆଁ ଭାଇ। ଏକାଥରେ କ'ଣ ଭୁଲିଗଲ, ବାଲ୍ୟ ଜୀବନର.........

ଚଞ୍ଚଳା କହିଲା, କ୍ଷମାକର ସୁଶୀଳାକୁ। ମନେକର ବାଲ୍ୟଜୀବନର ଘଟଣାଗୁଡ଼ିକ।

ବାଲିରାଜା ଉତ୍ତର ଦେଲେ, ସେତିକି ଯେ ମୋ ମନରେ ଦୁଃଖ ଆଣେ ଚଞ୍ଚଳା। ଯଦି ବାଲ୍ୟସ୍ମୃତି କୌଣସି ମତେ ମନ ମଧ୍ୟରୁ ତିରୋହିତ ହୋଇ ପାରନ୍ତା, ଯଦି ତୋର ସଙ୍ଗିନୀ ମୋର ଏକାଥରେ ଅପରିଚିତା ହୋଇଥାନ୍ତା, ତେବେ କେଜାଣି—

ସୁଶୀଳା ଉତ୍ତେଜିତ ହୋଇ ଚିତ୍କାର କରି ଉଠିଲା, ଥାଉ, ଆଉ ମୁଁ କ୍ଷମା ଚାହିଁବି ନାହିଁ। ନିଷ୍ଠୁର ହୃଦୟ, ଆଉ ମୁଁ କ୍ଷମା ଚାହିଁବି ନାହିଁ। ନାରୀଜାତିର କଳଙ୍କ ମୁଁ। ନାରୀ ସମାଜର ବହୁତଳେ ମୁଁ, ମୋତେ କେହି କ୍ଷମା କରିପାରିବେ ନାହିଁ। ଆଃ! ମଣିଆଁ ଭାଇ, ପାପୀୟସୀ ମୁଁ। ନିର୍ଲଜ୍ଜୀ ମୁଁ। ତମର ପବିତ୍ର ହୃଦୟ ନିକଟରୁ କ୍ଷମା ଚାହିବାକୁ ଆସିଥିଲି। ଓଃ! ନାଁ, ଆସିଥିଲି ତମର ହୃଦୟର ରକ୍ତରେ ମୋର ଏ କଳଙ୍କିତ ହସ୍ତ ରଞ୍ଜିତ କରି ପ୍ରତିଶୋଧ ନେବାକୁ। ଯାହାକୁ ଥରେ ମୁଁ ଘୃଣା କରୁଥିଲି, ତାହାକୁ ଆଜି ମୁଁ ଭଲପାଇଛି। ଯାହାକୁ ମୁଁ ଆଜି ଭଲପାଇଛି, ତାହାରି ବିପକ୍ଷରେ ଅଭିଯୋଗ କରି ତାକୁ ପ୍ରାଣଦଣ୍ଡ ଦେବାର ଚେଷ୍ଟା କରୁଛି। ଏଥିରେ ତମର ସ୍ୱାର୍ଥପରତା ନିଜେ ନିଜେ ଫୁଟି ବାହାରୁଛି। ତମେ ଯଦି ନିଜର ସ୍ୱାର୍ଥ ନିମନ୍ତେ ଏତେ ଉଦ୍‌ବିଗ୍ନ ମୁଁ କାହିଁକି ନ ହେବି? ଏଇଆ ଭାବି ମୁଁ ଆସିଥିଲି ପ୍ରତିଶୋଧ ନେବାକୁ, କିନ୍ତୁ ମଣିଆଁ ଭାଇ ମୁଁ ବୁଝିପାରୁ ନାହିଁ ଏଥିରେ ତମର କେଉଁ ସ୍ୱାର୍ଥ ଚରିତାର୍ଥ ହେବ?

ସୁଶୀଳା, ଭ୍ରାନ୍ତ, ରକ୍ତ ଚାହୁଁ? ପ୍ରତିଶୋଧ ନେବୁ? ବାଲିରାଜା ଗଳା ଥରାଇ ଥରାଇ କହିଲେ। ତାଙ୍କର ହୃଦୟ ମଧ୍ୟରେ ଯେଉଁ ଝଟିକା ପ୍ରବାହିତ ହେଉଥିଲା, ବର୍ଣ୍ଣନାତୀତ!

ସୁଶୀଳାର କଥାରେ ତାଙ୍କର ପ୍ରାଣ ବିଗଳିତ ହେଲା। ସୁଶୀଳାର ଦୁର୍ଦ୍ଦଶା ଦେଖି ତାଙ୍କର ଚକ୍ଷୁରୁ ଲୋତକ ଝରିପଡ଼ିଲା। ସେ ସହାନୁଭୂତି ଦେଖାଇ କହିଲେ, ମୋର ଏ ଅସ୍ଥିର ହୃଦୟ ପ୍ରସ୍ତୁତ ରଖିଛି ସୁଶୀଳା, ଭୟ ନାହିଁ। ପ୍ରତିଶୋଧ ନେବୁ? ନେ। ମୋର ହୃଦୟ ବିଦୀର୍ଣ୍ଣ କରି ରକ୍ତରେ ହସ୍ତ ରଞ୍ଜିତ କର। ସଙ୍ଗେ ସଙ୍ଗେ ଦେଖିନେ କିପରି ଅଦ୍ୟାପି ମୋର ହୃଦୟର ଅନ୍ତଃସ୍ଥଳରେ ସୁଶୀଳାର ସ୍ମୃତିଚିତ୍ର ଅଙ୍କିତ ଅଛି। ସୁଶୀଳା, ସୁଶୀଳା ବୁଝି ପାରୁ ନାହିଁ ଅବଳା, ମୃତ୍ୟୁରାଜ୍ୟର ସନ୍ନିକଟବର୍ତ୍ତିନୀ ହୋଇଥିଲୁ ତୁ। ସେ ବହୁବର୍ଷ ତଳର କଥା, କିନ୍ତୁ ଅଦ୍ୟାପି ସେ ଦୃଶ୍ୟ ମୋର ମନ ମଧ୍ୟରେ ଅଙ୍କିତ ରହିଛି। ଡକାଇତମାନେ ତୋତେ ମାତୃକ୍ରୋଡ଼ରୁ ବଳାତ୍କାର କରି ଅପହରଣ କରିଥିଲେ। ତୋର ପୃଷ୍ଠଦେଶରେ ଛୁରିକାଘାତ କରି ବାଲୁକା ଉପରେ ନିକ୍ଷେପ କରି ଯାଇଥିଲେ। କିଏ ତୋତେ ନିଜର ଜୀବନ ବିପନ୍ନ କରି ସୁଦ୍ଧା ବକ୍ଷରେ ବଡ଼ାଇ ଆଣିଥିଲା ସୁଶୀଳା?

ସେହି ଅସ୍ଥିର ବକ୍ଷରେ ଥାଇ ତୁ ଦିନେ ସ୍ୱୀକାର କରିଥିଲୁ ମୋର ରାଣୀ ବୋଲି। ମନେ ଅଛି କଳଙ୍କିନୀ, ମନେ ଅଛି ନିଷ୍ଠୁରା, ନିଜେ ନିଜେ ଦିନେ ତୁ ମୋର ଗଳଦେଶରେ କୁସୁମହାର ଲମ୍ବାଇ ମୋତେ ପତି ରୂପେ ବରଣ କରିଥିଲୁ। ପୁଣି, ମନେ ଅଛି ନିର୍ଲଜ୍ଜୀ, ବିଦାୟକାଳରେ ଚକ୍ଷୁ ଛଳଛଳ କର କହି ଯାଇଥିଲୁ ଭୁଲି ନ ଯିବାକୁ ?

କାହୁଁ ଜାଣିବୁ ପାଷାଣୀ, କିପରି ତୋର ଶେଷବାକ୍ୟଟି ଜୀବନର ସର୍ବସ୍ୱ କରି ମୁଁ ସୂର୍ଯ୍ୟଦ୍ୱୀପର କାରାଗାରରେ ବହୁବର୍ଷ ନରକ ଯନ୍ତ୍ରଣା ଭୋଗ କରିଥିଲି। ଦିନକ ପାଇଁ ତ ହେଲେ କେବେ ତୋର ସ୍ମୃତିକୁ ମୁଁ ମନରୁ ଅନ୍ତର କରି ନାହଁ। ଆଃ ! ସୁଶୀଳା, ଏହାହିଁ କ'ଣ ନାରୀଜାତିର ପ୍ରତିଜ୍ଞା, ଏହାହିଁ କଣ ରମଣୀର ରମଣୀତ୍ୱ। ଆଜି ପ୍ରତିଶୋଧ ନେବାକୁ ଆସିଛୁ ତୁ, ଦସ୍ୟୁପତ୍ନୀ, ପ୍ରତିଶୋଧ ନେବାକୁ ଆସିଛୁ ? ନେ, ଯଥେଚ୍ଛା ପ୍ରତିଶୋଧ ନେ। ହୃଦୟ ମୋର ଉନ୍ମୁକ୍ତ। ଯେଉଁ ହୃଦୟ ଉପରେ ତୋତେ ପାଳନ କରି ଆସିଥିଲି, ସେହି ହୃଦୟରୁ ଅକ୍ଳେଶରେ ରକ୍ତପାନ କରିପାରୁ ରାକ୍ଷସୀ। ଏତିକି କହି ବାଲିରାଜା ଉପବେଶନ କରି ହୃଦୟ ଖୋଲି ଦେଖାଇଦେଲେ।

ଚଞ୍ଚଳା ବାଲିରାଜାଙ୍କର ସମ୍ମୁଖୀନ ହୋଇ ଉଦ୍‌ବିଗ୍ନତାର ସହିତ କହିଲା, ବାଲିରାଜା, ସୁଶୀଳା ତମର ଶ୍ରୀଚରଣରେ ଅପରାଧିନୀ, ତାକୁ କ୍ଷମାକର।

ସୁଶୀଳାର କଣ୍ଠ ରୁଦ୍ଧ ହେଲା। ପାଦଦ୍ୱୟ ଥରିବାକୁ ଲାଗିଲା। ସେ ହୃଦୟରୁ ଛୁରିକା ଖଣ୍ଡି କାଢ଼ି କହିଲା, ଚଞ୍ଚଳା, ବାଲ୍ୟସଙ୍ଗିନୀ ମୋର! ଆଉ ମୋ ନିମନ୍ତେ କ୍ଷମା ପ୍ରାର୍ଥନା କର ନା। ମୁଁ ଜାଣେ, ମୋର ଦୋଷ କ୍ଷମଣୀୟ ନୁହେଁ।

ମଣିଆଁ ଭାଇ, ନାରାୟଣ ସାଧବର ଚକ୍ରାନ୍ତରେ ପଡ଼ି ମୁଁ ତାର ବିବାହିତା ବଳାତ୍କାରରେ। ଦେଶରେ ଘୋଷଣା କରାଇଲେ କଳିଙ୍ଗ ପଲ୍ଲୀରେ ବିବାହ କରୁଛନ୍ତି ବୋଲି। ମୋତେ ମିଥ୍ୟାରେ କହିଥିଲେ, ମଣିଆଁ ମୃତ। ଏଥି ନିମନ୍ତେ ମୁଁ ଯାହା କରିଛି ସେଇଆ କରି କେହି ନାରୀ ସମାଜରେ ମୁଖ ଦେଖାଇ ନ ପାରେ। ଠିକ୍ କରିଛ ମଣିଆଁ ଭାଇ, ଠିକ୍ କରିଛ। ନାରାୟଣ ସାଧବ ନରରାକ୍ଷସ। ତା'ର ଉପଯୁକ୍ତ ଦଣ୍ଡବିଧାନ କରିଛ। ତଥାପି ଭାଇ, ସେ ମୋର ସ୍ୱାମୀ।

ଚଞ୍ଚଳା, ଭଉଣୀ, ଶିଶୁ କେଭେ କଳଙ୍କିତ ନୁହେଁ। ସେ ଯେ ସ୍ୱର୍ଗର କୁସୁମ। ଶିଶୁକୁ ହୃଦୟରେ ରଖିଛୁ। ଆଜିଠାରୁ ତୁ ତା'ର ଜନନୀ।

ମଣିଆଁ ଭାଇ, ରାକ୍ଷସୀର ଶେଷ ଉପହାର ଗ୍ରହଣ କର। ଶିଶୁ ଦେହରେ କିଛି କଳଙ୍କ ନାହିଁ। ତାକୁହିଁ ପୁତ୍ରରୂପେ ଗ୍ରହଣ କର। ନା, ତମର ବାରଣ ଆଉ ମାନିବି ନାହିଁ।

ସୁଶୀଳା ସୁପ୍ତ ପୁତ୍ରର ମୁଖାବଲୋକନ କଲା। ଚକ୍ଷୁରୁ ଲୋତକ ଝର ଝର ହୋଇ ବହିପଡ଼ିଲା। କମ୍ପିତ ହସ୍ତରେ ସୁତୀକ୍ଷ୍ଣ ଛୁରିକା ଉତ୍ତୋଳନ କରି କହିଲା ମଣିଆଁ ଭାଇ, ଯେଉଁ ସୁତୀକ୍ଷ୍ଣ ଛୁରିକା ଗୋପନ କରି ଆଣିଥିଲ ତମର ହୃଦୟ ବିଦୀର୍ଣ୍ଣ କରିବି ବୋଲି ସେହି ସୁତୀକ୍ଷ୍ଣ ଛୁରିକା ଆଜି ଭାରତର ନାରୀ ସମାଜର କଳଙ୍କ ଲିଭାଇ ଦେଉ। ଅଧିରାଜ, ତ୍ରସ୍ତ ହେଉଛ କାହିଁକି? ବାଧା ଦେବାକୁ ଚେଷ୍ଟା କର ନାହିଁ। ଏ କଳଙ୍କିନୀ ଆଉ କଳୁଷିତ ଜୀବନ ବହନ କରିପାରିବ ନାହିଁ। ଚଞ୍ଚଳା, ଭଉଣୀ ମୋର—

କହୁ କହୁ ସୁଶୀଳା ନିଜ ହୃଦୟରେ ଛୁରିକାଘାତ କଲା। ଚଞ୍ଚଳା ଚମକି ପଡ଼ି ବାଲିରାଜାଙ୍କର ସମ୍ମୁଖରୁ ଘୁଞ୍ଚିଗଲା। ସୁଶୀଳା ଛିନ୍ନ ରମ୍ଭାବୃକ୍ଷପରି ବାଲିରାଜାଙ୍କର ବିସ୍ମିତ ହୃଦୟ ଉପରେ ପଡ଼ିଲା। ସୁଶୀଳାର ଦୁର୍ଦ୍ଦଶା ଦେଖି ବାଲିରାଜା ମୁହ୍ୟମାନ ହେଲେ। ହେମ ଏବଂ ଅଧିରାଜ ଚିତ୍କାର କରି ଉଠିଲେ।

ଏତେବେଳେ ବୃଦ୍ଧା ଚମକି ଉଠିଲେ। ସେହି ସୁଦୂର ଅତୀତର କଥା, ଡକାଇତି କଥା ସ୍ୱପ୍ନ ପରି ଆସି ତାଙ୍କର ମନକୁ ଅସ୍ଥିର କରି ପକାଇଥିଲା। ସେ ପାଗଳିନୀ ପରି ଉଠି ଆସିଲେ। ସୁଶୀଳାର ମୁଖରୁ ଚାହିଁ ବିସ୍ମୟରେ ଥରେ ଚାରିଆଡ଼କୁ ଅନାଇଁଲେ। ଚିତ୍କାର କରି ଉଚ୍ଚସ୍ୱରରେ କହିଲେ, ପାଇଛି, ପାଇଛି, ମୋର ହରାଧନ ହୃଦୟର ମଣି ସୁଶୀଳାକୁ ଏତେଦିନେ ପାଇଛି! ରାଧାଶ୍ୟାମ, ରାଧାଶ୍ୟାମ, କାହିଁ ବାବା ତୁ? ତୋର ଭଉଣୀ, ସ୍ନେହର ଭଉଣୀ ସୁଶୀଳା, ଆଜି—ହୃଦୟ, ଭଗବାନ—ମାତୃହୃଦୟ ମୋର—ଭଗବାନ୍—ସୁଶୀଳା—କନ୍ୟା ମୋର...

କହୁଁ କହୁଁ ବୃଦ୍ଧା ସୁଶୀଳାର ଆହତ ହୃଦୟ ଉପରେ ପଡ଼ି ଶେଷଥର ପାଇଁ ତାର ଗଣ୍ଡଦେଶରେ ଗୋଟିଏ ଚୁମ୍ବନ ଦେଲେ।

ସାଧବ ସଭାର କାର୍ଯ୍ୟ ଶେଷ ହେଲା। ଲଳିତେନ୍ଦୁ ସଗର୍ବରେ ଏକାମ୍ର ଫେରିଲେ।

ବାଲିରାଜା ସୁଶୀଳାର ଶିଶୁପୁତ୍ରକୁ ସଙ୍ଗରେ ନେବାକୁ ରାଜା କାହ୍ନୁ ଭୂୟାଁଙ୍କଠାରୁ ଅନୁମତି ନେଲେ। ବାଲିରାଜା ପ୍ରକାଶ କଲେ ଯେ ସେ ବାଲିର ଉତ୍ତରାଧିକାରୀହେବ।

ଅଧିରାଜ ଏବଂ ହେମଙ୍କର ଶୁଭ ପରିଣୟ ହେବାର ସ୍ଥିର ହେଲା। ବାଲିରାଜା ସେ ଶୁଭବିବାହରେ ଯୋଗ ଦେଇ ପାରିବେ ନାହିଁ ବୋଲି ଦୁଃଖ ପ୍ରକାଶ କଲେ। କାରଣ, ତାଙ୍କୁ ଅତିଶୀଘ୍ର ଜବଦ୍ୱୀପ ଦେଇ ଲୋକମାନଙ୍କୁ ସଙ୍ଗରେ ଧରି ବାଲିଦ୍ୱୀପ ଯିବାକୁ ହେବ। ମାରବଦ୍ୱୀପରେ ମଧ୍ୟ ଅନେକଗୁଡ଼ିଏ କାର୍ଯ୍ୟ ବାକି ରହିଛି।

ହେମ କାତର ହୋଇ ପଡ଼ିଥିଲା। ମା, ଭାଇ, ଭଉଣୀ ଏମାନଙ୍କୁ ହରାଇବାରୁ

ତାର ମନରେ ବିଶେଷ କଷ୍ଟ। ନାରାୟଣ ସାଧବଙ୍କ ସମ୍ପତ୍ତିର ଯେଉଁ ଏକ ଚତୁର୍ଥାଂଶ ତାଙ୍କର ଶିଶୁପୁତ୍ରକୁ ଦିଆଯାଇଥିଲା, ବାଲିରାଜା ସେତକ ଅଧିରାଜ ଓ ହେମକୁ ଯୌତୁକ ରୂପେ ଦେଲେ। ଅଧିରାଜ ରାଧାଶ୍ୟାମଙ୍କ ସମ୍ପତ୍ତିର ଅଧିକାରୀ ହେଲେ।

ବାଲିରାଜା ଚଞ୍ଚଳାକୁ ତାର ଭାଇ ନିକଟରେ ରହିବାକୁ ବାରମ୍ବାର ଅନୁରୋଧ କଲେ। ଚଞ୍ଚଳା ବାରଣ କରି କହିଲା, ସୁଶୀଳା ଆପଣଙ୍କୁ ଯେଉଁ ରତ୍ନଟି ଉପହାର ଦେଇଛି ତାହାରି ପରିଚର୍ଯ୍ୟା କରିବାକୁ ମୁଁ ଆପଣଙ୍କ ସଙ୍ଗରେ ଯିବି। ମୋର ସଙ୍ଗିନୀର ଆଦେଶ ମୋତେ ପାଳନ କରିବାକୁ ଦିଅନ୍ତୁ।

ଏହି ସମୟରେ ଅଜଙ୍ଗ ଆସି କହିଲା, ରାଜୌଁ, ରାଣୀକୌଁ ଛଡୌଁ ନୌଁ।

ବାଲିରାଜା ଚକ୍ଷୁ ରକ୍ତବର୍ଣ୍ଣ କରି ଥରେ ଅଜଙ୍ଗ ଆଡ଼କୁ ଚାହିଁଲେ। ମୁଖ ଫେରାଇ ଚଞ୍ଚଳାକୁ ଚାହିଁ ଦେଖିଲେ ସେ ହସୁଛି। ବାଲିରାଜା ତା ଆଡ଼କୁ ଅନାଇଁବାର ଦେଖି ଶିଶୁଟିର ମୁଖରେ ଅଜସ୍ର ଚୁମ୍ବନର ଧାରା ଢାଳିଦେଲା ଚଞ୍ଚଳା।

ବାଲିରାଜା ଚିନ୍ତିତ ଦେଖାଗଲେ। କଣ ଭାବି ଅନ୍ୟ ଆଡ଼କୁ ମୁହଁ ବୁଲାଇ ଦୀର୍ଘ ନିଶ୍ୱାସ ତ୍ୟାଗ କଲେ। ଜଣାଗଲା ଯେପରି ସେ ଦୀର୍ଘ ନିଶ୍ୱାସଟି ଅତୀତର କେତେ ବ୍ୟଥାପୂର୍ଣ୍ଣ ସ୍ମୃତି ବିଜଡ଼ିତ।

ବାଲିରାଜା ସଙ୍ଗରେ ଚଞ୍ଚଳା ଓ ସୁଶୀଳାର ଶିଶୁପୁତ୍ରକୁ ନେଇ ଜବଦ୍ୱୀପ ଯିବା ପୂର୍ବରୁ ମରୁଉଦ୍ୟାନରୁ ଭଜନାର ଦୈନିକ ଜୀବନୀଗୁଡ଼ିକ ସଂଗ୍ରହ କରି ନେଲେ। ତାଙ୍କର ଜନନୀ ଦେଇଥିବା ଉପହାର ରତ୍ନଟି ସଙ୍ଗରେ ନେଲେ।

ଆଣ୍ଡାମାନରେ ଉପସ୍ଥିତ ହୋଇ ସୂର୍ଯ୍ୟଦ୍ୱୀପ ଖୋଜି ଆଉ ପାଇଲେ ନାହିଁ। ଜଣେ ବୃଦ୍ଧ ନାବିକ କହିଲେ, ତାମ୍ରଲିପ୍ତରେ ଥିବା ସମୟରେ ଯେଉଁ ସାମାନ୍ୟ ଭୂମିକମ୍ପ ହୋଇଥିଲା ବୋଧହୁଏ ସେହି ଭୂମିକମ୍ପ ସୂର୍ଯ୍ୟଦ୍ୱୀପକୁ ରସାତଳକୁ ପଠାଇଅଛି।

ବୃଦ୍ଧଙ୍କର ଅନୁମାନ ଯଥାର୍ଥ ବୋଲି ସମସ୍ତେ ଗ୍ରହଣ କଲେ।

ଢେଙ୍କାନାଳ

୨୪-୪-୧୯୨୯

BLACK EAGLE BOOKS

www.blackeaglebooks.org
info@blackeaglebooks.org

Black Eagle Books, an independent publisher, was founded as
a nonprofit organization in April, 2019. It is our mission to
connect and engage the Indian diaspora and the world at large
with the best of works of world literature published on a
collaborative platform, with special emphasis on
foregrounding Contemporary Classics and New Writing.

www.ingramcontent.com/pod-product-compliance
Lightning Source LLC
Chambersburg PA
CBHW020127120726
47903CB00007B/2145
* 9 7 8 1 6 4 5 6 0 4 7 0 9 *